Perry Rhodan

Arsenal der Giganten

Verlagsunion Erich Pabel-
Arthur Moewig KG, Rastatt

3. Auflage

Redaktion: Horst Hoffmann
Beratung: Franz Dolenc
Druck und Bindung: Mohndruck
Graphische Betriebe GmbH, Gütersloh
Printed in Germany 1992
ISBN 3-8118-2053-2

Vorwort

Das vorliegende Buch weist größere Eingriffe in die Handlung der Originalserie und deren Chronologie auf, als es in letzter Zeit üblich gewesen ist. So haben wir uns entschlossen, die Geschichte mit Heiko Anrath als Rhodans Double ganz wegzulassen. Nach dem Verschwinden der CREST IV sollte einer ganzen Milchstraße mit allen ihren Intelligenzen und Geheimdiensten weisgemacht werden, daß ein Perry Rhodan (der falsche) nach wie vor an der Spitze des Solaren Imperiums wirken würde. Abgesehen von der Unlogik erscheint mir diese Vorgehensweise ziemlich bedenklich.

In diesem Buch ist Rhodan also genau dort, wohin es ihn mit seinen Getreuen und der CREST IV verschlagen hat, in M87, runde 32 Millionen Lichtjahre von der Heimatgalaxis entfernt. Nicht zuletzt beugen wir so auch einer Wiederholung der Doppelgänger-Geschichte vor, wenn wir einmal bei den 600er Bänden sind . . .

Die zweite ‚Manipulation' ist rein technischer Natur und betrifft die Vertauschung der Romaninhalte, die in M87 und in der Milchstraße spielen. So beginnen wir mit der Heimatgalaxis und hören mit M87 auf – wo das nächste Buch dann nahtlos anschließen wird.

Was nicht geändert wurde (das wäre auch schier unmöglich), sind die Beschreibungen der solaren Planeten, in diesem Fall hauptsächlich Neptun. Natürlich sind wir durch die Voyager-Sonden längst alle viel schlauer geworden, aber Neptun ist in PR weiterhin ebensowenig eine ‚verhinderte Sonne', wie die STARDUST auch nur ein Jahr nach 1971 zum Mond fliegt. Und so wollen wir's auch in Zukunft weiterhin halten.

Die diesem Buch zugrunde liegenden Originalromane sind (ungeachtet aller Kürzungen, und in dieser Reihenfolge): *Ein Mann wie Rhodan* von *William Voltz, Kampf um den Neptunmond* von *H.G.Ewers, Das Meer der Träume* von *Kurt Mahr, Im Arsenal der Giganten* und *Die Flotte der gläsernen Särge* von *William Voltz* und *Ein Planet läuft Amok* von *H.G.Ewers*.

Herzlich gedankt sei – wie stets – Franz Dolenc für seine hervorragende Mitarbeit, und allen Lesern, die uns mit Lob und Tadel, aber vor allem durch ihre Anregungen, bei der Fortführung der PR-Buchausgabe eine ganz wertvolle Hilfe sind.

Gaggenau, Winter 1989 Horst Hoffmann

Zeittafel

1971 Perry Rhodan erreicht mit der STARDUST den Mond und trifft auf die Arkoniden Thora und Crest.
1972 Mit Hilfe arkonidischer Technik Aufbau der Dritten Macht.
1976 Das Geistwesen ES gewährt Perry Rhodan und seinen engsten Wegbegleitern die relative Unsterblichkeit.
1984 Galaktische Großmächte versuchen, die aufstrebende Menschheit zu unterwerfen.
2040 Das Solare Imperium ist entstanden. Der unsterbliche Arkonide Atlan taucht auf.
2400/2 Entdeckung der Transmitterstraße nach Andromeda. Abwehr von Invasionsversuchen aus der Nachbargalaxis.
2404/6 Direkter terranischer Vorstoß nach Andromeda und Begegnung mit den Tefrodern – wie die Terraner Nachkommen der Lemurer, die vor 50 000 Jahren die Milchstraße beherrschten. Die geheimnisvollen Herren Andromedas, ‚Meister der Insel', werden nacheinander Opfer ihrer eigenen Machtgier.
2435 Der Riesenroboter OLD MAN erscheint in der Galaxis und wird durch eine Fehlschaltung zum übermächtigen Gegner Terras. Mächte aus der Großen Magellanschen Wolke versuchen ihn zum Werkzeug einer Bestrafungsaktion gegen angebliche ‚Zeitverbrechen' der Terraner zu machen.
2436 Nach Ausschaltung der Gefahr aus Magellan erscheinen die sogenannten Zweitkonditionierten mit ihren organischen Raumschiffen und schicken sich an, die Strafe an der Menschheit zu vollziehen. Alle Unschuldsbeteuerungen sind nutzlos. Die Zweitkonditionierten bringen OLD MAN unter ihre Kontrolle und holen zum finalen Schlag gegen das Solsystem aus – während Perry Rhodan, Atlan und viele Schicksalsgefährten in eine mehr als dreißig Millionen Lichtjahre entfernte Galaxis geschleudert wurden und dort einen verzweifelten Überlebenskampf beginnen müssen. In der Heimatgalaxis gelten sie als verschollen und tot.

Prolog

Am 12. Januar 2436 geschieht es: Das solare Flaggschiff CREST IV wird durch unbekannte Energien im Kampf gegen die Zeitpolizei aus der Galaxis geschleudert und materialisiert in einer weit entfernten, völlig unbekannten Region des Universums.

Für Reginald Bull und die anderen Zurückgebliebenen muß es so aussehen, als wäre das Schiff mit Perry Rhodan, Atlan, vielen Mutanten und der gesamten Standardbesatzung verloren. Aber die Geschehnisse in der Milchstraße lassen Bull nicht viel Zeit, sich mit dem Schicksal seiner Freunde eingehend zu beschäftigen.

Kurz nach dem Verschwinden der CREST taucht der gigantische Trägerroboter OLD MAN mit seinen rund 15 000 Ultraschlachtschiffen in den Linearraum ein. Als sein Ziel wird das Solsystem angenommen. OLD MAN, ursprünglich als Geschenk an die Menschheit erbaut, ist in der Gewalt der Zeitpolizei und soll nun dazu herhalten, die Terraner für ein ‚Zeitverbrechen' zu bestrafen, das sie niemals begangen haben.

Staatsmarschall Bull läßt die terranische Flotte sammeln und zieht sie ins Solsystem zurück. Er informiert die galaktische Öffentlichkeit ausführlich über die Ereignisse in der Großen Magellanschen Wolke. Die Nachricht vom Verschwinden der CREST löst Bestürzung und Panik aus, doch es gelingt den Verantwortlichen, die kritische Situation zu meistern und größere Unruhen zu verhindern.

Dabei fällt der gemeinsamen Bedrohung der Menschheitswelten durch die Zeitpolizei und OLD MAN eine besondere Rolle zu. Die Terraner sind bereit, den Kampf gemeinsam aufzunehmen, wobei ihnen NATHAN von Luna aus mit Strategien für den Ernstfall eine wertvolle Hilfe ist.

Innerhalb des Solsystems warten nun 60 000 fliegende Festungen auf den Gegner, die zusammen das sogenannte Transmiform-System bilden. Es sind kleine, plattformähnliche Flugkörper, die auf verschiedenen Umlaufbahnen die Sonne umkreisen. Von mehreren Leitstellen aus gesteuert, können ihre Transformkanonen auf jeden Körper ausgerichtet werden, der an irgendeiner Stelle unbefugt ins Solsystem einzudringen versucht.

Dazu kommen insgesamt rund 50 000 Raumschiffe aller Größenordnungen.

Am 28. Januar 2436 übermitteln Kurierschiffe die Bestätigung, daß das Ziel OLD MANS und der Schwingungswächter nun eindeutig Terra ist und innerhalb der nächsten Tage mit der Ankunft des Robotriesen gerechnet werden muß.

Reginald Bull erwartet den Gegner vorerst von Terrania aus, um vom dortigen Hauptquartier der Flotte aus alle Aktionen zu leiten.

Die drohende Auseinandersetzung mit einem unvorstellbar hoch überlegenen Gegner verlangt ihm seine ganze Aufmerksamkeit ab. Und doch schweifen seine Gedanken immer öfter zu seinem alten Weggefährten Perry Rhodan ab und zu den vielen anderen Menschen, die jetzt entweder nicht mehr existieren – oder an einem Ort, so fern, daß kein Hyperfunk in der Lage ist, eine Nachricht zur Milchstraße zu bringen . . .

1.

Am 31. Januar 2436, 13.46 Uhr Erdzeit, tauchte der von sechs Zweitkonditionierten beherrschte Robot-Gigant OLD MAN eine Million Kilometer vor der Plutobahn aus dem Linearraum auf.

Schon ein paar Sekunden später waren die Kommandanten sämtlicher terranischen Schiffe vom Erscheinen des Gegners unterrichtet. Die Transformkanonen der fliegenden Plattformen wurden feuerbereit gemacht. Auf den besiedelten Planeten und Monden des Sonnensystems sowie auf den Trägerschiffen warteten Zehntausende von Moskito-Jägern auf ihren Einsatz.

Vier Minuten nachdem OLD MAN die Halbraumzone verlassen hatte, sprach Reginald Bull mit Julian Tifflor, der sich an Bord der DRUSUS III aufhielt. Die DRUSUS III gehörte zu jenen Schiffen der Heimatflotte, die im Randgebiet des Sonnensystems operierten. Tifflor und Bull unterhielten sich über Hyperfunk.

„OLD MAN hat abgestoppt", berichtete Tifflor dem Staatsmarschall. „Ich glaube nicht, daß ein unmittelbarer Angriff bevorsteht. Die Schwingungswächter werden sich zuerst orientieren wollen."

Bull atmete auf.

„Wir halten uns an den Plan", sagte er zu Tifflor. „Solange OLD MAN und die Zeitpolizei nicht angreifen, ignorieren wir ihre Anwesenheit. Sorgen Sie dafür, daß nicht irgendein unternehmungslustiger Draufgänger auf eigene Faust handelt und eine Raumschlacht beginnt."

„Die Kommandanten haben klare Befehle", erwiderte Tifflor. „Das Gebiet, in dem OLD MAN sich jetzt befindet, wird von unseren Schiffen abgeriegelt, damit sich kein neugieriger Handelskapitän mit seinem Schiff nähern kann. Wir lassen niemanden an den Robot-Giganten heran."

Bull nickte zufrieden. Er wußte, daß er sich auf Tifflor verlassen konnte.

Zwei Tage später. Reginald Bull befand sich in einem Gleiter auf dem Weg in das Hauptquartier der Solaren Abwehr, als er über Funk angerufen wurde. Er schaltete auf Empfang. Ein aufgeregter Major der Solaren Flotte meldete sich.

„Kommen Sie bitte schnell zurück, Sir!" rief der Mann. „Soeben hat uns Solarmarschall Julian Tifflor über Hyperfunk gemeldet, daß sich ein Dolan von OLD MAN gelöst hat und Kurs auf die Erde nimmt."

Bull biß sich auf die Unterlippe, um nicht zu fluchen.

„Ich bin in zwei Minuten da", versprach er. „Sagen Sie Tifflor, daß er noch nichts unternehmen soll."

Er beschleunigte den Gleiter und landete kurz darauf auf dem Dach des Hauptgebäudes. Er fragte sich, ob die Zeitpolizei nur einen Erkundungsflug unternahm, oder ob ein Angriff erfolgen würde. Nur NATHAN konnte darauf eine Antwort geben. Das bio-positronische Rechengehirn auf Luna würde alle vorliegenden Daten auswerten.

Bull sprang aus dem Gleiter und hastete zum nächsten Lift. In Rekordzeit erreichte er sein Büro. Einige Offiziere waren anwesend. Die Bildschirme der kombinierten Funkanlage leuchteten. Auf einem anderen Schirm erblickte Bull ein etwa hundert Meter durchmessendes Gebilde, das von einem Schwarm kleiner Schiffe verfolgt wurde.

„Das ist er!" sagte Tifflor grimmig, als er auf dem Bildschirm an Bord der DRUSUS III bemerkte, daß Bull eingetroffen war. „Wir haben ihn bisher nicht angegriffen."

Bull ließ sich wortlos in einen Sessel sinken.

„Haben Sie alle vorliegenden Daten an NATHAN gegeben?" erkundigte er sich.

„Ja", bestätigte Tifflor.

Bull nickte. „In wenigen Minuten wird sich herausstellen, ob wir zu verhandeln versuchen oder ob wir den Dolan angreifen."

Als der Dolan sich 600 000 Kilometer von OLD MAN entfernt hatte, traf an Bord der DRUSUS III eine Nachricht von Reginald Bull ein. Tifflor erfuhr, daß NATHAN eine Verhandlungstaktik im derzeitigen Stadium als sinnlos ansah. Die Schwingungswächter waren nur mit Gewalt zurückzuschlagen.

Tifflor hatte mit einer solchen Auskunft gerechnet.

Trotzdem fühlte er sich beunruhigt. Er machte sich keine Illusionen über die Kräfteverhältnisse bei einem bevorstehenden Kampf.

Die Zeitpolizisten schienen sich ihrer Überlegenheit bewußt zu sein. Die Tatsache, daß sie nur einen Dolan losschickten, bewies deutlich genug, was sie von den Verteidigungsmöglichkeiten der Terraner hielten.

Tifflor starrte auf den Bildschirm. Zusammen mit Bull hatte er eine völlig neue Taktik für den Fall ausgearbeitet, daß sich ein Dolan der Erde nähern würde.

Während Tifflor beobachtete, verschwand der seltsame Flugkörper im Hyperraum. Sofort ließ Tifflor alle Einheiten der Heimatflotte und die Plattformen des Transmiform-Systems alarmieren. Es mußte damit gerechnet werden, daß der Dolan innerhalb des Sonnensystems wieder ins Normaluniversum zurückkehrte.

Ein paar Minuten später wurde der Dolan in der Nähe zweier fliegender Plattformen wieder sichtbar. Der Schwingungswächter, der sich an Bord des Retortenwesens aufhalten mußte, ignorierte den Beschuß durch die Transformkanonen. Hilflos beobachtete Tifflor, wie der Dolan die entfesselten Energien in den Hyperraum ableitete und unbeschadet weiterflog.

Die Transmiform-Festungen waren nicht in der Lage, das Unheil abzuwehren.

Reginald Bull meldete sich über Funk. Er sprach ungewöhnlich schnell.

„Die Plattformen haben versagt", stellte er fest. „Auf diese Weise können wir den Dolan nicht aufhalten. Ich will noch einen letzten Versuch unternehmen, die Schwingungswächter zu stoppen, bevor wir unseren Plan ausführen."

Tifflor blickte grimmig auf den Bildschirm.

„Glauben Sie, daß es einen Sinn hat, wenn Sie sich mit den Zeitpolizisten an Bord OLD MANS in Verbindung setzen?"

„Wenn ich mich innerhalb der nächsten fünf Minuten nicht melde, müssen Sie die entscheidenden Befehle geben", sagte Bull. „Wenn es uns nicht gelingt, diesen Dolan zurückzuschlagen, sind wir verloren."

Tifflor mußte beobachten, wie der Dolan drei Plattformen vernichtete, bevor er abermals in den Hyperraum ging. Ein Verband von dreißig Schlachtschiffen, der in den Kampf eingreifen wollte, stieß ins Leere. Tifflor bezweifelte aufgrund der bisherigen Erfahrungen und NATHANS Analysen, daß die Entscheidung mit großen Schiffen herbeigeführt werden konnte. Sorgenvoll konzentrierte er seine Aufmerksamkeit auf OLD MAN, der noch immer eine Million Kilometer jenseits der Plutobahn stand. Was sollten sie tun, wenn auch die fünf anderen Dolans angriffen? An die Ultraschlachtschiffe, die OLD MAN einsetzen konnte, wagte Tifflor nicht zu denken.

Als der Dolan wieder sichtbar wurde, befand er sich bereits in der Nähe der Marsbahn. Tifflor blickte auf die Uhr. Fünf Minuten waren verstrichen. Die Zeitpolizisten hatten Bulls Appell wie erwartet ignoriert.

Tifflor gab einen allgemeinen Befehl an alle Schiffe der Flotte. Die Kommandanten wußten, was sie zu tun hatten. Das hundert Meter durchmessende Ungeheuer durfte die Erde nicht erreichen.

Julian Tifflor fragte sich, welche Gedanken den Schwingungswächter an Bord des bis zur Marsbahn vorgedrungenen Dolans bewegen mochten, als er sah, daß sich die terranischen Großkampfschiffe zurückzogen. Wahrscheinlich nahm der Zweitkonditionierte an, daß seine Feinde bereits kapituliert hatten. Das konnte den Terranern nur recht sein.

Plötzlich entstanden rund um den Dolan etwa 30 000 schwache Ortungsimpulse. Das waren die 26 Meter langen Moskito-Jäger, die sich jetzt von allen Seiten dem Gegner näherten, um aus ihren starr eingebauten Transformkanonen das Feuer zu eröffnen.

NATHANS Auswertungen hatten ergeben, daß ein Kampf gegen einen Dolan mit großen Schiffen – trotz deren Offensivkraft – allein nicht siegreich sein konnte, da sie sich aufgrund ihrer Größe bei der erforderlichen Ballung gegenseitig behinderten. Die Biopositronik hatte vorgeschlagen, auch die Moskito-Jets zum Einsatz zu bringen. Diese Kleinraumschiffe besaßen infolge ihrer Wendigkeit eine nicht zu unterschätzende Kampfkraft. Sie konnten näher an den Gegner herangehen als Großschiffe und die Transformgeschütze dadurch wirkungsvoller einsetzen.

Die DRUSUS III stand rund 100 000 Kilometer vom Kampfplatz entfernt. Julian Tifflor vertraute den Elitepiloten, die die Besatzungen der wendigen Jäger bildeten.

Im selben Augenblick, da sich die ersten Geschwader auf den Dolan stürzten, stiegen von den Stützpunkten im Sonnensystem weitere zwanzigtausend Moskito-Jäger auf.

Der Dolan hatte ein Paratronfeld aufgebaut. Als die ersten Gigabomben explodierten, wurden die Energien in den Hyperraum abgeleitet. Der klaffende Strukturriß im Raum-Zeit-Kontinuum ließ die Ortungsanlagen der DRUSUS III verrückt spielen. Etwa zweihundert Kleinstraumschiffe, die nicht schnell genug geflüchtet waren, verschwanden durch den Strukturriß im Hyperraum.

Tifflor wußte, daß auch die Leistung des Paratronfeldes nicht unerschöpflich war. Er hoffte, daß die Moskitos den Dolan zumindest in Bedrängnis bringen konnten.

In immer neuen Wellen flogen die Schiffe ihre Einsätze. Der Dolan hatte seine Fahrt längst abgestoppt. Es war deutlich zu erkennen, daß der Schwingungswächter die Angreifer nicht so zurückschlagen konnte, wie er das gewohnt war. Die Piloten der Jäger gaben dem Zeitpolizisten keine Gelegenheit zu Gegenangriffen.

Fellmer Lloyd klopfte dem Piloten des Jägers auf den Rücken.

„Drehen Sie ab!" befahl er. „Wir müssen einen Funkspruch absetzen."

Während der Raumfahrer das kleine Schiff aus dem Wirkungsbereich des Paratronfeldes rasen ließ, schaltete der Mutant das Hyperfunkgerät ein. Wie Lloyd erwartet hatte, war die Verbindung zur Erde schlecht. Bulls Stimme war jedoch zu verstehen.

„Ich habe soeben seltsame Hilferufe auf parapsychischer Basis empfangen", berichtete Lloyd. „Ich bin davon überzeugt, daß die Exekutoren an Bord des Dolans in Panik geraten sind."

„Was?" Bull schien zu schreien. „Ich verstehe Sie nur schlecht, Fellmer."

„Wir müssen noch weiter vom Strukturriß weg", befahl Lloyd dem Piloten. „Beeilen Sie sich! Der Staatsmarschall muß den Angriff der nächsten Einheiten veranlassen."

Während der Jäger durch den Raum schoß, wiederholte Fellmer Lloyd seine Nachricht.

„Können Sie Einzelheiten berichten?" erkundigte sich Bull, der jetzt offenbar deutlich verstanden hatte, worum es ging.

„Die Impulse sind zu fremdartig", erklärte Lloyd. „Die Exekutoren befürchten eine Niederlage und wollen den Schwingungswächter zum Rückzug veranlassen."

„Sir!" schrie der Pilot dazwischen. „Sehen Sie doch! Der Dolan ergreift die Flucht!"

Fellmer Lloyd warf einen Blick auf den Bildschirm. Er stellte fest, daß der Pilot sich nicht getäuscht hatte.

„Was geschieht im Augenblick?" erkundigte Bull sich ungeduldig.

Fellmer Lloyd berichtete, was er auf dem Bildschirm beobachtete. Gewaltsam unterdrückte er das Gefühl aufsteigender Erleichterung. Noch war nicht sicher, ob das Retortenwesen sich tatsächlich zurückzog. Vielleicht war das augenblickliche Manöver nur ein Trick, um die Piloten der Jäger zur Unvorsichtigkeit zu verleiten.

Mit seinen telepathischen Sinnen ‚lauschte' Fellmer Lloyd in den Raum hinaus. Obwohl sich die Entfernung zwischen ihm und dem Dolan erheblich vergrößert hatte, erschien es ihm, als seien die Hilferufe der Exekutoren noch dringlicher geworden. Der Schwingungswächter hatte die sieben Bewußtseinshüter offenbar nicht mehr in seiner Gewalt.

„Ich lasse jetzt weitere zwanzigtausend Jäger angreifen", drang Bulls Stimme aus dem Lautsprecher der Funkanlage. „Nur durch einen entscheidenden Sieg können wir verhindern, daß die Zeitpolizisten erneut angreifen."

„Verringern Sie die Geschwindigkeit!" befahl Lloyd dem Piloten. „Ich will genau beobachten, was jetzt geschieht. Außerdem möchte ich herausfinden, wie sich die Exekutoren verhalten, wenn die nächsten Geschwader angreifen."

General Nikolay Trestinow, Oberkommandierender auf dem Mars, verfolgte gebannt die unwirkliche Raumschlacht. Er atmete auf, als sich ein Sieg der Moskito-Jäger abzeichnete. Trestinow war kein Mann, den es lange in einem Bürostuhl hielt. Innerlich fieberte er mit den Besatzungen, die draußen im All ihr Leben einsetzten.

Trestinow hoffte, daß nicht im letzten Augenblick andere Dolans dem bedrohten Zeitpolizisten zu Hilfe kamen.

Den Moskito-Jägern, die sich jetzt erneut in großer Zahl zum Angriff formierten, war ein einzelner Dolan ganz offensichtlich nicht gewachsen. Alles hing davon ab, welche Rückschlüsse die auf OLD MAN zurückgebliebenen Schwingungswächter aus dem bisherigen Ausgang des Kampfes zogen.

Trestinow strich nervös über sein kurzgeschorenes Haar, das an den Schläfen bereits grau wurde. Er wußte, was bei dieser Auseinandersetzung auf dem Spiel stand. Wenn dem Dolan der Durchbruch zur Erde gelang, drohten der Menschheit Sklaverei und Vernichtung. In ihrem blinden Fanatismus würden die Zweitkonditionierten die Menschen für

Verbrechen bestrafen, für die die längst nicht mehr existierenden Meister der Insel verantwortlich waren.

Die Übertragung der Raumortung war nicht so einwandfrei wie an Bord eines Schiffs, aber Trestinow konnte genau sehen, was im Kampfgebiet vorging. Der Dolan befand sich noch immer auf dem Rückzug. Offenbar war der Schwingungswächter nicht in der Lage, mit größerer Geschwindigkeit zu fliehen. Trestinow führte das auf den Ausfall einiger Exekutoren zurück.

Plötzlich entstand weit vom Mars entfernt ein blutrot leuchtender Strukturriß. Der Dolan schien sich aufzublähen. Wie ein Spielball raste er an den Randlinien des Strukturrisses entlang. Dann erfolgte eine seltsame Explosion. Es sah aus, als würde das hundert Meter durchmessende Retortenwesen auseinanderfallen. Grell leuchtende Fragmente verschwanden im Hyperraum.

Der zu den Ortungsanlagen gehörende Strukturtaster schlug mit einem Knall durch. Später erfuhr Trestinow, daß sich an Bord aller terranischen Schiffe innerhalb des Sonnensystems das gleiche ereignet hatte.

Der Hyperschock war von nicht mehr erfaßbarer Stärke.

Ein paar Sekunden später hatte sich der Dolan endgültig aufgelöst.

Reginald Bull wunderte sich nicht darüber, daß seine anfängliche Erleichterung so rasch verflogen war. Im Grunde genommen war der Sieg über den Dolan bedeutungslos, denn ein massierter Angriff der fünf anderen Schwingungswächter mußte zur Katastrophe führen; besonders dann, wenn die fünfzehntausend Ultraschlachtschiffe OLD MANS ebenfalls in den Kampf eingriffen.

Die lunare Biopositronik hielt einen solchen Angriff in den nächsten Tagen für unwahrscheinlich. Die Zweitkonditionierten hatten offensichtlich Schwierigkeiten mit ihren Exekutoren, nachdem ein als nahezu unbesiegbar geltender Dolan vernichtet worden war, und waren vorerst damit beschäftigt, die neue Lage zu sondieren.

Die Ruhe, die jetzt im Solsystem herrschte, war in jeder Beziehung trügerisch. Die terranische Flotte beobachtete OLD MAN ununterbrochen, bereit, jederzeit loszuschlagen, falls die Schwingungswächter feindselige Aktionen starteten.

2.

Die beiden Oxtorner sahen die Sperre im selben Augenblick. Ein Gitter zog sich von einer Wand des Tunnels zur anderen, und zwischen zwei Kampfrobotern trat ein Milizsoldat hervor und schwenkte eine rote Lampe.

Perish Mokart bremste das Geländefahrzeug ab und stieß eine Verwünschung aus.

„Immer mit der Ruhe, Junge!" sagte Cronot Mokart. Er ließ das transparente Kuppeldach der ‚Superschildkröte' zurückfahren und beugte sich hinaus.

„Hallo, Herr General! Was ist los? Kennen Sie uns nicht?"

Der Milizsoldat schaltete seine rote Lampe aus und trat näher. Er war ein junger Mann mit den Rangabzeichen eines Sergeanten.

„Hallo, Mr. Mokart!" gab er den Gruß zurück. „Tut mir leid. Die Zufahrt zur subtritonschen Stadt ist gesperrt. Befehl vom Militärkommandanten."

Perish Mokart kletterte auf seinen Sitz und schwang sich über den Rand der Kuppel. Er trug, wie sein Vater, eine enganliegende, glänzend schwarze Kombination mit eingerollter Druckhelmkapuze, dazu einen signalroten Kombigürtel mit einem mächtigen Strahler im Halfter und darüber einen silberfarbenen, losen Umhang.

Als er vor dem Sergeanten stand, erhielt man eine Ahnung von seinen überragenden Körperkräften. Er wirkte nur wenig größer, aber bedeutend massiver als der Milizsoldat.

Dennoch hätte jeder Uneingeweihte ihn noch bei weitem unterschätzt, denn seine durch Umweltanpassung hervorgerufene Kompakt-Konstitution befähigte ihn, sich unter der oxtornischen Schwerkraft von 4,8 Gravos, bei Sandstürmen von 1 000 Stundenkilometern und Temperaturschwankungen zwischen minus 120 Grad Celsius und plus 95 Grad Celsius völlig ungeschützt und mit derselben Leichtigkeit zu bewegen wie ein Erdgeborener unter normalen irdischen Bedingungen.

Perish zog einen Plastikausweis hervor und reichte ihn dem Sergeanten.

„Das ist unsere Sondergenehmigung zum Betreten der alten lemurischen Zufluchtssiedlung!"

Der Sergeant schüttelte bedauernd den Kopf.

„General Ifros hat alle Sondergenehmigungen für ungültig erklärt, Mr. Mokart. Ausnahmezustand – wegen OLD MAN."

„OLD MAN steht zur Zeit weit außerhalb der Plutobahn und schmollt!" entgegnete Perish voller Sarkasmus. „Außerdem glaube ich nicht, daß er sich bei einem eventuellen Angriff ausgerechnet nach Triton verirrt. Sein Ziel ist die Erde."

„Ich habe nur meine Befehle auszuführen", erwiderte der Milizsoldat standhaft. „Beschweren Sie sich bitte beim General; vielleicht zeigt er sich geneigt, bei Ihnen eine Ausnahme zu machen."

Perish Mokart stieß eine Verwünschung aus.

Er wandte sich um.

„Was sollen wir tun, Vater? Am liebsten würde ich durch dieses lächerliche Gitter hindurchfahren."

Cronot Mokart lächelte.

„Mit zweiundvierzig Erdjahren solltest du dir eigentlich die Hörner abgestoßen haben, Perish. Komm, kehren wir um und suchen den General!"

Der Milizsoldat atmete erleichtert auf. Er wußte genau, daß er die beiden Oxtorner trotz der Kampfroboter nicht hätte aufhalten können, wenn sie einen gewaltsamen Durchbruch versucht hätten.

„Nichts für ungut, meine Herren!" rief er den Oxtornern nach.

Perish winkte ab und ging ein wenig in die Knie. In der nächsten Sekunde stand er auf dem Rand der Fahrerkuppel. Das Fahrzeug schwankte ein wenig, als das Gewicht des Umweltangepaßten die Federung belastete.

Vorsichtig, damit der Kontursessel nicht zusammenbrach, ließ Perish Mokart sich in die Kabine gleiten. Das Fahrzeug wendete auf der Stelle, überschüttete den Sergeanten und die beiden Kampfroboter mit einem Hagelschauer losgerissener Gesteinssplitter und ruckte mit aufheulenden Elektromotoren an.

Hinter ihm verklang das Schimpfen des Milizsoldaten.

„Ich möchte wissen, was diesem General einfällt!" murrte Perish.

Sein Vater wiegte den völlig kahlen Schädel.

„Moshe Ifros tut nichts ohne triftigen Grund, mein Junge. Vielleicht hat er Nachrichten vom Flottenkommando erhalten, die wir noch nicht kennen."

„Dann hätte er uns davon unterrichten können, anstatt einfach nur den Zugang zur Stadt zu sperren!“

Wütend trat Perish den Beschleunigungshebel bis zum Anschlag durch. Die breiten Gleitketten der Superschildkröte zermahlten das Triton-Gestein zu Staub und ließen das zweihundertfünfzig Tonnen Erdgewicht schwere Fahrzeug pfeilschnell dahinrasen. Nur in den Kurven hatte der Oxtorner Mühe, es auf Kurs zu halten, denn unter tritonschen Schwereverhältnissen wog es nur fünfzig Tonnen – und sein Fusionsgenerator, seine Elektrotriebwerke und das Fahrwerk waren für oxtornische Verhältnisse konstruiert, unter denen die Superschildkröte zwölfhundert Tonnen wog.

Mehrmals schrammte eine der drei Meter breiten Ketten tiefe Furchen in die Seitenwände.

„Ich möchte wissen, warum es hier unten so warm ist, daß Erdgeborene ohne Klimaanzüge auskommen. Bis hierher reicht doch die Wirkung der Fernheizung nicht, oder . . .?“ murmelte Cronot.

Perish warf seinem Vater einen kurzen Seitenblick zu, dann kratzte er sich gedankenverloren die Schädeldecke, die bei ihm im Unterschied zu allen anderen Oxtornern von dichtem flachsblondem Haar bedeckt war.

„Das werden wir jedenfalls nicht erfahren, wenn wir nicht die alte Lemurerstadt untersuchen. Auf alle Fälle dürfte es nicht weniger ungewöhnlich sein, daß es im Innern dieses Mondes Wasser gibt, das trotz der geringen Schwerkraft erst bei hundert Grad Celsius siedet.“

Er starrte düster auf den Weg.

„Ich wollte, wir hätten das Sperrgitter einfach zusammengefahren. Wer weiß – vielleicht greift OLD MAN doch Neptun und seine Monde an. In diesem Fall würden wir keine Chance haben, die Stadt zu untersuchen.“

„Fahr langsamer“, riet ihm sein Vater. „Wir kommen jetzt auf den Hauptverkehrsstrang, und ich möchte es möglichst vermeiden, einen Verkehrsunfall zu verursachen.“

Perish bremste gehorsam ab.

Sekunden später schoß die Superschildkröte in eine spiralige Auffahrt hinein, verzögerte dabei ihre Geschwindigkeit noch mehr und glitt rasselnd und summend auf die achtspurige Verbindungsstraße zwischen der Stadt Tritona und den Materiewandlern des gigantischen Umformerwerkes auf dem Südpol des Neptunmondes. Triton deckte einen Großteil des Bedarfs der Erde und der übrigen solaren Industrieplaneten mit Kupfer, obwohl dieses Metall von Natur aus nur in geringen Mengen vorkam. Aber die von den Posbis übernommene Technik der Materieumformung machte die Menschheit nahezu unabhängig von natürlichen Erzvorkommen.

Die Methode der Materieumformung funktioniert jedoch nicht bei allen Stoffen. Nicht alles ließ sich mit dem Materieumwandler produzieren.

Seit rund achtunddreißig Jahren arbeiteten Schürfrobots in immer größerer Zahl auf Triton, schabten die Oberfläche gleichmäßig ab und schütteten das taube Felsgeröll auf energetische Förderbänder, die strahlenförmig von den Schürfstellen zu dem einzigen Umformerwerk verliefen. Gigantische Materieumwandler formten die atomare Struktur des Gesteins um – und aus den heißen Mäulern der Ausstoßkomplexe kamen die quaderförmigen Kupferrohlinge von je einer Tonne Erdgewicht hervor.

Auf der subtritonschen Verbindungsstraße übernahm eine Leitpositronik die Steuerung der Superschildkröte. Sie schaltete sich in das Robotsegment des Fahrzeugs ein und dirigierte den schweren Wagen auf die langsame Außenbahn, damit er nicht mit den vorbeirasenden Transportgleitern kollidierte.

Außer den beiden Oxtornern befanden sich keine Menschen auf diesem Verkehrsstrang. Die Kupfertransporter fuhren ausnahmslos robotgesteuert, und die Ablösung der Kontrollmannschaft des Umformerwerkes war erst in drei Stunden fällig.

Perish Mokart zog mit einem Ruck seine beiden leichten, geschmeidigen Terkoplaststiefel aus und kratzte sich unter den Fußsohlen.

„Ah! Das tut gut!“ ächzte er.

Sein Vater sah ihn besorgt an.

„Was hast du? Phantomschmerzen?“

„Nein, Phantomjucken.“

Perish grinste und sah zu, wie seine Zehen sich bewegten. Sie waren, obwohl sie genau wie normale Zehen reagierten, nicht seine Zehen – wie es auch nicht seine Beine waren, mit denen er lief. Von der Mitte beider Oberschenkel an trug der oxtornische Kosmohistoriker Brutplasmaprothesen, organische Gebilde, die nach der Vorlage seines Gen-Kodes aus synthetischem Bioplasma gezüchtet worden waren. Eigentlich sollten sie absolut identisch sein mit den Beinen, die er während seines Einsatzes verloren hatte. Aber hin und wieder hatte er das Gefühl, als handle es sich um Fremdkörper – und die Erinnerung seiner Nervenfasern an die früheren Beine erzeugte dann ein Phantomjucken oder -zerren, das ihn glauben ließ, vier Beine zu haben. Er nahm es allerdings nicht tragisch.

„Ich habe dich damals gleich gewarnt“, sagte Cronot Mokart mürrisch, „als du unbedingt zur USO gehen wolltest. Aber du hast ja nicht auf mich gehört. Und was hast du nun davon? Zwei künstliche Beine und eine Schädeldecke aus MV-Leichtstahl mit einer lächerlich behaarten Biohaut darüber!“

Unwillkürlich faßte sich Perish an seinen Haarschopf.

Im Grunde genommen war der regelwidrige Haarwuchs das einzige, was ihn an seiner künstlichen Schädeldecke störte. Ein echter Oxtorner durfte einfach kein Haupthaar haben!

„Laß nur, Vater! Besser unpassende Haare auf der Schädeldecke als überhaupt keine Schädeldecke mehr. Im übrigen möchte ich die zehn Jahre bei der USO nicht missen. Vielleicht melde ich mich später einmal wieder zum Dienst.“

„Den Teufel wirst du . . .!“ knurrte Cronot.

„Du bist eben schon ein wenig verkalkt“, spöttelte Perish gutmütig.

Cronot holte aus, besann sich dann aber anders.

Er grinste.

„Verkalkt! Nun höre sich einer diesen Bengel an! Ich mit meinen achtundsechzig Jahren könnte mit den Lausejungen in eurem Verein immer noch konkurrieren. Wetten, daß der Lordadmiral mich einstellen würde, wenn ich mich bewerben würde?“

Perish lachte lauthals.

„Wie ich dich kenne, würdest du das niemals tun. Dafür bist du viel zu sehr mit deiner Arbeit verwachsen. Vor allem jetzt, da wir eine fünfzigtausend Jahre alte Fluchtsiedlung der Lemurer untersuchen können.“

„Wenn wir dürfen!“ fügte Cronot Mokart ironisch hinzu.

„Ich stauche diesen General aus seiner Uniform, wenn er uns nicht läßt!“ schimpfte Perish erbittert.

„Das wirst du bleibenlassen“, wies sein Vater ihn zurecht. „Aber jetzt solltest du lieber aufpassen. Wir verlassen gleich den Fernsteuerbereich.“

Perish Mokart blickte hoch und sah die Hinweisschilder unter der Decke.

Er umfaßte die beiden Lenkknüppel. Sein Fuß suchte das Beschleunigungspedal.

Gleich darauf stieg die Straße an. Ein Gewirr von Abzweigungen huschte vorüber. Die Kupfertransporter verschwanden in den hell erleuchteten Schlünden der Tunnels, die zu den Lagerhallen des Raumhafens Tritona führten.

Und plötzlich donnerte die Superschildkröte zwischen den offenen Panzerschotten des Stadteingangs hindurch.

Hoch über ihr wölbte sich die transparente Kuppel der Stadtzone B von Tritona – und darüber schwamm düsterrot drohend der gigantische Ball des Planeten Neptun in der Schwärze des Raumes.

Die Kuppel sorgte dafür, daß innerhalb des Stadtgebietes eine künstliche Atmosphäre existierte, so daß man sich ohne Raumanzüge frei bewegen konnte.

Perish Mokart stoppte vor dem hochragenden Palast aus Glas und Plastik, in dem die Militärkommandantur Tritons untergebracht war.

Die beiden schwerbewaffneten Posten vor dem Eingangsportal deuteten darauf hin, daß auf dem größten Neptunmond der Ausnahmezustand herrschte; normalerweise wurde die Kommandantur nicht bewacht.

„Wir möchten General Ifros sprechen!" sagte Cronot Mokart zu dem ranghöchsten der beiden Raumsoldaten, einem Leutnant.

Der Offizier bat die Oxtorner, zu warten, und verschwand in der letzten Pförtnerloge. Nach kurzer Zeit kam er zurück.

„Es tut mir leid, aber General Ifros ist nicht hier. Mir wurde gesagt, daß er die Verteidigungsanlagen inspiziert."

„Und sein Stellvertreter?" warf Perish ein.

„Ebenfalls, Mr. Mokart. Kann ich Ihnen irgendwie behilflich sein?"

„Ich glaube nicht", erwiderte Cronot. „Wir brauchen eine neue Genehmigung zum Betreten der alten Lemurerstadt."

„Die ist seit heute morgen gesperrt, soviel ich weiß", sagte der Leutnant.

„Eben deshalb sind wir hier", gab Cronot mit unverkennbarem Spott zurück.

Der Leutnant machte ein verlegenes Gesicht.

„Vielleicht wenden Sie sich an den Zivilgouverneur, meine Herren. Mr. van Geldern befindet sich in seinem Amtssitz, soviel mir bekannt ist."

„Na, schön", meinte Cronot. „Versuchen wir es dort."

Er nickte seinem Sohn zu und stieg wieder in den Wagen.

Perish folgte ihm und nahm hinter dem Steuer Platz.

Gleich darauf rollte die Superschildkröte wieder an.

Vorbei an Verwaltungsbauten der Vereinigten Solaren Kupferhütten, den Architektenbüros und den verschiedenen wissenschaftlichen Instituten, an Schulen und Laboratorien, Versuchsgärten und Tierfarmen steuerte Perish Mokart auf den Ausgang der Stadtzone B zu.

Durch eine von vier Schleusen gesicherte Röhre ging es hinüber zur gigantischen Kuppel der Stadtzone C. Hier wohnten zwei Drittel der insgesamt rund zwanzigtausend Männer und Frauen von Tritona. Ausgedehnte Parks, kleine künstliche Seen und Bäche mit glasklarem Wasser trennten die einzelnen sternförmig konstruierten Wohnhäuser voneinander.

Die Sternform der etwa hundert Meter hohen Gebäude garantierte den Familien und Einzelpersonen eine ungestörte Intimsphäre. Im Zentrum des Sterns befanden sich die Schnellifts, Versorgungsleitungen und Abfallrohre.

Der Amtssitz des Gouverneurs glich einem großen Fliegenpilz. Die stielförmige Röhre mit den Lifts und Versorgungsleitungen trug den pilzförmigen ‚Hut‘ mit den Verwaltungsräumen, der Positronik und der Dienstwohnung Piet van Gelderns. Das Gebäude war nur zur Hälfte belegt, sozusagen auf ‚Zuwachs‘ berechnet, denn in wenigen Jahren sollte Tritonas Einwohnerschaft sich verdreifacht haben.

Oben auf dem Dach des ‚Fliegenpilzes‘ aber befanden sich die großartigsten Dachgärten, die Cronot und Perish Mokart jemals zu Gesicht bekommen hatten.

Nachdem sie sich beim Robotpförtner angemeldet hatten, fuhren die beiden Oxtorner mit einem Schnellift in die siebzehnte Etage. Hier lag das Sekretariat des Zivilgouverneurs.

Die beiden Vorzimmerdamen tranken Kaffee.

„Mr. van Geldern befindet sich in den Dachgärten, meine Herren“, sagte eine dralle, junge Frau mit gesunden roten Wangen, die sich als Chefsekretärin vorgestellt hatte. „Gehen Sie nur ruhig hinauf. Der Herr Gouverneur wird sich freuen, wenn Sie seine neuen Züchtungen bewundern.“

Perish blickte ein wenig verwirrt drein, aber sein Vater zog ihn am Ärmel nach draußen.

„Komm, mein Junge“, flüsterte er. „Der Tip dürfte nicht schlecht sein. Überall auf Tritona weiß man schließlich, daß van Geldern ein Blumennarr ist. Wenn wir seine Schützlinge gebührend loben, wird er uns bestimmt zu einer neuen Sondergenehmigung verhelfen.“

Perish zuckte die Schultern. Er glaubte nicht recht daran, daß der Gouverneur ihnen helfen konnte.

Ein sehr langsam steigender Pneumolift brachte sie nach oben.

Erstaunt blickten die Oxtorner sich um. Für ihren Geschmack stellte die Üppigkeit der Vegetation schon so etwas wie ein Anzeichen von Dekadenz dar.

Rote, gelbe und gemusterte turkestanische Bergtulpen sowie Hybriden einer zentralasiatischen Wildform zauberten farbenfrohe bunte Tupfen zwischen die Blättermeere goldfarbener, blaugrüner und blasser Funkienarten. Von tritonschen Schaumfelsenblöcken winkten die hochgereckten Blütenstände der Nabelwurz. Der weißschäumende Flor von Schleifenblumen kontrastierte wohltuend mit den niedrigen buttergelben Teppichen der Goldprimel.

Durch den Hohlweg eines Heidegärtchens hindurch erblickten die beiden Kosmohistoriker die gebückte Gestalt eines Gärtners in blauem Kittel.

„Den werden wir nach dem Gouverneur fragen!" entschied Cronot Mokart.

Er duckte sich unwillkürlich, als ein bunter Vogel mit klatschendem Flügelschlag dicht über seinen Kopf flatterte und sich auf dem Rücken des Gärtners niederließ.

Als die Oxtorner näher kamen, flüchtete er auf einen Zweig eines blattlosen, weißblühenden Seidelbaststrauches und klapperte zornig mit dem gebogenen Schnabel.

„Hallo!" rief Cronot. „Wie geht es, Alter? Wollen die Blümchen nicht wachsen?"

Der vermeintliche Gärtner richtete sich zu imposanter Größe auf. Das volle rotwangige Gesicht wandte sich den Besuchern zu. Unter strohblonden Brauen blickten zwei wasserhelle Augen prüfend und ein wenig indigniert.

„Mr. van Geldern . . .!" stieß Cronot verblüfft hervor.

„Ah, die beiden Barbaren von Oxtorne!" rief Gouverneur Piet van Geldern. „Sie scheinen mich mit jemandem verwechselt zu haben, wie?"

Er wischte sich die mit Erde beschmierten Hände an dem Gärtnerkittel ab.

„So alt bin ich wohl noch nicht", grollte er. „Und was die Iris bakeriana atropurpurea betrifft, so macht sie sich ausgezeichnet. Aber von Blumen haben Oxtorner bekanntlich keinen blassen Schimmer."

„So ist es leider", erwiderte Cronot in reumütigem Tonfall. „Dennoch muß ich gestehen, daß Ihr Dachgarten berauschend und verwirrend schön ist. Diese Iris bak . . . bakeri . . ."

„. . . bakeriana atropurpurea", ergänzte van Geldern. „Ein Juwel aus dem Libanon, meine Herren. Sehen Sie dieses intensive Dunkelviolett! So stark kommen die Farben nicht einmal in ihrer Heimat zum Vorschein."

„Ein großartiger Erfolg Ihrer gärtnerischen Arbeit", lobte Perish. „Und wie sie duftet!"

„Unsinn! Sie duftet überhaupt nicht."

Piet van Geldern grinste plötzlich übers ganze Gesicht.

„Ihre Schmeicheleien lassen mich vermuten, daß Sie mit einer Bitte zu mir kommen. Na, schön! Setzen wir uns auf die Steinbank dort drüben."

Über einen Plattenweg führte er sie zu einer aus rohem Vulkangestein geschlagenen Bank, deren Sitzfläche allerdings geglättet und mit einer Schicht Iso-Spritzguß versehen war. Dahinter ragte eine Trockenmauer auf. Zwergefeu und Gabelsteinbrech kletterten wie von ungefähr daran empor, und von oben hingen die immergrünen Ranken einer Schwarzstern-Felsenmispel herab.

Der Gouverneur zog ein Lederetui hervor und bot seinen Besuchern lange, hellbraune Zigarren an.

„Import aus meiner Heimat", sagte er träumerisch. „Nur mit dem Unterschied, daß sie dort einen Solar pro zwanzig Stück kosten und ich auf Triton einen Solar für das Stück bezahlen muß."

„Ihre Heimat?" fragte Perish Mokart verwundert. „Sind Sie denn kein Erdgeborener?"

Piet van Geldern lachte behäbig.

„Diese Frage kann nur ein Oxtorner stellen! Natürlich bin ich auf der Erde geboren, aber dort gibt es eben im Gegensatz zu gewissen Kolonialwelten viele unterschiedliche Landschaften mit ihren besonderen Spezialitäten. Mit meiner Heimat meine ich die niederländische Region des Bundesstaates Europa."

Er nahm dankend das Feuer, das Cronot ihm reichte, und paffte genüßlich blauweiße Wolken in die künstliche Atmosphäre.

„Sie müßten einmal im Frühjahr dort hinfliegen, meine Herren. Dann ist das ganze Land ein einziger Teppich aus den verschiedensten Tulpen und Narzissen. So etwas gibt es auf Ihrer Heimatwelt bestimmt nicht."

Perish rutschte unruhig auf der Bank hin und her.

Cronot warf ihm einen verweisenden Blick zu und räusperte sich.

„Vielleicht machen wir einen Abstecher zur Erde, wenn die Gefahr beseitigt ist, die von OLD MAN droht. Im Augenblick steht uns noch eine andere Aufgabe bevor. Wir möchten die lemurische Stadt untersuchen."

Van Geldern nickte.

„Ah, ja! Sie sind ja beide Kosmohistoriker. Wenn ich Zeit hätte, würde ich Sie begleiten. Aber so . . ."

Er seufzte und blickte auf seine Hände.

„Hier oben wartet viel Arbeit für mich."

„Eine wundervolle Arbeit", schmeichelte Cronot. „Aber vielleicht gelingt es uns, in der Stadt die Samen oder Zwiebeln unbekannter Pflanzen aufzutreiben. Wir würden Sie selbstverständlich sofort davon unterrichten . . ."

„Oh! Das wäre sehr freundlich von Ihnen! Wirklich, die alten Lemurer sollen teilweise fanatische Blumenliebhaber gewesen sein. Ich wäre Ihnen sehr dankbar, wenn Sie in dieser Richtung ein wenig forschten."

„Wir werden daran denken", erwiderte Cronot. „Leider hat General Ifros den einzigen Zugang absperren lassen."

„Ich denke, Sie besitzen eine Sondergenehmigung von ihm?"

„Die ist ungültig wie alle Sondergenehmigungen. Der General denkt anscheinend, OLD MAN würde ausgerechnet Triton angreifen, sobald er sich wieder in Bewegung setzt. Dabei soll er noch immer außerhalb der Plutobahn stehen."

„Aber das ist doch Unsinn!"

Piet van Geldern drehte seine Zigarre nervös zwischen den erdverkrusteten Fingern.

„Könnten Sie uns nicht eine neue Sondergenehmigung verschaffen?" fragte Perish ungeduldig.

„Ich . . .?" fragte der Gouverneur zurück. „Das ist leider unmöglich. Über diese Angelegenheit entscheidet nur der Militärgouverneur."

Er deutete auf einen halbschattigen Platz unter dem nackten Zweiggewirr eines Wildrosenbusches.

„Cyclamen coum, das früheste aller Alpenveilchen. In diesem Jahr blüht es zum erstenmal. Sechs Jahre lang habe ich herumprobiert, welcher Platz ihr zusagt. Diese Pflanze ist ein wählerisches Frauenzimmer", sagte er voller Stolz über den endlichen Erfolg.

Perish zog eine Grimasse und ballte die Fäuste.

Aber sein Vater schüttelte den Kopf.

Er stand auf und hockte sich neben die rosa und weiß blühenden, niedrigen Pflanzen.

„Phantastisch!“ murmelte er.

Begeistert folgte ihm van Geldern.

„Manchmal gehorchen die Pflanzen hier auf Triton scheinbar überhaupt keinen Naturgesetzen mehr“, flüsterte er. „Ich habe schon Frühblüher gehabt, die erst im Herbst blühten, und Kurzblüher, die das ganze Jahr über remontierten. Wenn ich Ihnen einmal etwas ganz Besonderes zeigen darf, eine Fritillaria meleagris, die unter der Einwirkung der geringen Schwerkraft Tritons über drei Meter hoch wurde, obwohl sie auf der Erde höchstens vierzig Zentimeter erreicht . . .?“

Cronot seufzte entsagungsvoll.

„Sehr gern, Mr. van Geldern, wirklich, sehr gern. Aber wir müssen zuerst sehen, daß wir eine neue Sondergenehmigung vom General erhalten. Danach . . .“

„Ah! Diese Sondergenehmigung!“ schimpfte der Gouverneur. Er blickte nachdenklich über seinen Dachgarten hinweg. Plötzlich zog er eine flache Taschenuhr hervor, öffnete den Deckel der Rückseite und drückte auf einen winzigen Knopf.

Verblüfft sahen die Oxtorner, daß die rückwärtige Hälfte der Uhr ein Minikom war, wie es sonst nur Abwehrspezialisten erhielten.

Nach einigen Sekunden meldete sich eine rauhe Stimme, der man die Ungeduld anhörte.

„Hier General Ifros! Was ist los?“

Van Geldern lächelte in die Aufnahmeoptik und schaltete erst dann die Bildübertragung ein. Das verkniffene Gesicht von Moshe Ifros erschien auf dem winzigen Bildschirm.

„Hier van Geldern. Mein lieber General, ich brauche dringend zwei Sonderausweise zum Betreten der alten Lemurerstadt. Würden Sie die Freundlichkeit besitzen und Ihre Kommandantur anweisen, man möchte mir umgehend die Papiere ausstellen?“

Das harte Gesicht des Generals verzog sich zu einem ironischen Grinsen.

„Sind die beiden Oxtorner bei Ihnen? Dann sagen Sie ihnen, sie . . .“

„Warten Sie, General!“ rief van Geldern. „Ich benötige dringend einen sicheren Platz für die Geheimdokumente der Kupfererzeugung. Wie Sie wissen, dürfen die Unterlagen über die Materieumformung dem Gegner unter keinen Umständen in die Hände fallen. Aus dem Grund sollen Mr. Mokart und sein Sohn in die Stadt fahren und die Dokumente dort unterbringen. Es ist sicher, daß der Gegner die alte lemurische Fluchtsiedlung niemals findet.“

„Das ist etwas anderes", gab General Ifros zurück. „Ich gebe meinen Leuten sofort Bescheid. In einer halben Stunde können die Mokarts ihre Sonderausweise dort abholen. Aber ich muß darauf bestehen, daß sie von einer Eskorte begleitet werden."

„Vielen Dank, mein lieber Ifros", sagte van Geldern herzlich. „Ich wußte doch, daß Sie ein vernünftiger Mensch sind. Falls Sie Zeit haben, besuchen Sie mich doch einmal auf meinem Amtssitz; ich habe da eine neue Iris-Züchtung . . ."

Er brach ab, als General Moshe Ifros die Verbindung trennte.

„Dieser Mann ist ein tüchtiger Offizier, aber ein Banause, was die Blumenzucht angeht", murmelte der Gouverneur enttäuscht.

Die Oxtorner hatten Mühe, ein Grinsen zu verbergen.

„Vielen Dank jedenfalls, Mr. van Geldern", sagte Cronot und hielt dem Gouverneur die Hand hin. „Sagen Sie uns bitte noch, wo wir die Dokumente in Empfang nehmen können . . .?"

„Dokumente?" fragte Geldern erstaunt. „Aber meine Herren, das war doch nur eine Kriegslist. Oder glauben Sie, der General hätte Ihnen sonst die Pässe bewilligt?"

Plötzlich lachten sie alle drei.

„Aber nun kommen Sie", sagte van Geldern danach, „wir wollten uns ja noch die Riesenform der Fritillaria meleagris ansehen . . ."

Captain Arturo Geraldi war ein kleiner, drahtiger Mann mit schwarzem Haar und ebensolchen Augen.

Perish Mokart musterte ihn unauffällig und genau, als er sich mit einer Gruppe von sieben Soldaten bei seinem Vater und ihm meldete.

Mit dem scharfen Blick des ehemaligen Spezialoffiziers erkannte er, daß in dem braunhäutigen Körper des Captains ein Vulkan brodelte. Bestimmt war Arturo Geraldi ein verwegener Kämpfer, der stets alles einsetzte. Perish Mokart war froh, daß sie beide auf der gleichen Seite standen.

„So!" sagte er. „Sie sollen uns also begleiten. Ich freue mich auf unseren gemeinsamen Einsatz, Captain!"

Er streckte die Hand aus.

Captain Geraldi griff zu.

Seine Hand fühlte sich hart und sehnig an; in ihr pulste das heiße Blut seiner südländischen Vorfahren.

„Ich gebe das Kompliment zurück." Geraldi lachte, und sein braunes

Gesicht legte sich dabei in Hunderte von schmalen Falten. „Es ist das erstemal, daß ich leibhaftige Oxtorner zu Gesicht bekomme."

Ein wenig verlegen zuckte Perish die Schultern. Ihn berührte es immer etwas unangenehm, wenn man solches Aufheben um seine Abstammung machte.

„Wir Oxtorner sind auch nur Menschen", erwiderte er. „Und im Grunde genommen fühlen wir uns recht einsam, wenn wir nicht gerade unter unseresgleichen sind. Es ist nicht besonders erhebend, als Wundertier betrachtet zu werden."

Die sieben Soldaten grinsten. Es waren allesamt Männer im Alter zwischen dreißig und fünfunddreißig Jahren. Perish hätte jede Wette gehalten, daß es sich um hochintelligente Spezialisten handelte.

„Immerhin", wandte Geraldi ein, „könnte man Sie leicht für einen Erdgeborenen halten. Darf ich fragen, ob Ihr Haar echt ist oder nur eine Perücke?"

„Keines von beiden", entgegnete Perish unwillig. Er liebte es nicht, wenn die Rede auf seinen gänzlich unoxtornischen Haarwuchs gebracht wurde. „Jemand hat mir die Schädeldecke mit einem Strahler säuberlich abgetrennt, und die Biomediziner züchteten mir eine neue Haut auf der Leichtstahlprothese. Leider unterlief ihnen dabei der Fehler, sie mit den Anlagen zum Haarwuchs zu versehen."

Der Captain errötete leicht.

„Das wußte ich nicht."

„Ist auch unwichtig!" Perish Mokart winkte ab. „Können wir jetzt aufbrechen?"

„Selbstverständlich."

Geraldi gab seinen Leuten einen Wink, und die sieben Soldaten nahmen ihr Marschgepäck auf. Sie ließen sich von Cronot Mokart in den Laderaum der Superschildkröte führen und bewunderten die Innenausstattung des Geländefahrzeuges gebührend.

Besondere Aufmerksamkeit zollten sie dem fast mannshohen Sportbogen, der neben einem Pfeilköcher und einer Zielscheibe an der Wand hing.

„Sammeln Sie altertümliche Waffen?" fragte einer der Soldaten verwundert.

Perish grinste.

„Das ist keine altertümliche Waffe, auch wenn sie nach einem Prinzip arbeitet, das schon in der Vorzeit bekannt war. Der Bügel beispielsweise besteht aus Elastonit, die Sehne aus Terkonitstahldraht. Die Schäfte der

Pfeile sind aus Leichtstahl, die Pfeilspitzen aus MV-Metall und abnehmbar; man kann sie durch Spezialspitzen mit verschiedenen Ladungen ersetzen. Mein Vater betreibt das Bogenschießen als Freizeitbeschäftigung.“

Cronot lächelte.

„Es ist ein guter und nützlicher Sport. Auf Alyra beispielsweise überlebte ich nur deshalb, weil ich einen Nachtangriff der Achuurs, das sind gigantische Raubsaurier, mit dieser Waffe abschlagen konnte. Die Pfeile durchdringen selbst die stärkste Panzerhaut, und mit einer Thermoladung in der Spitze könnte ich sogar einen terranischen Flugpanzer vernichten.“

Captain Geraldi strich bewundernd über die Pfeilschäfte.

„Ich hätte nie gedacht, daß mit einem so uralten Waffenprinzip heute noch erfolgreich gekämpft werden kann, aber bei euch Oxtornern muß man wohl mit den unwahrscheinlichsten Dingen rechnen . . .“

Er blickte Perish prüfend an.

„Und was haben Sie für ein Hobby?“

„Meinen Sie, ich müßte eins haben?“

Geraldi nickte ernsthaft.

„Wenn ich das Muskelspiel unter dem Schulterteil Ihrer Kombination sehe, tippe ich auf Ringen oder Rudern.“

„Falsch getippt, mein lieber Captain. Kennen Sie Dragonflying . . .?“

„Was?“ rief ein hünenhafter Soldat. „Sie sind Dragonflyer? Und da haben Sie noch nie an unseren Wettkämpfen teilgenommen?“

„Sie mit Ihrem Körpergewicht können fliegen?“ fragte der Captain verblüfft. „Mit solchen Fledermausflügeln, mit denen man unter den Kuppeln Tritonas herumflattert?“

„Mit Drachenflügeln!“ verbesserte ihn Perish lächelnd. „Natürlich benötige ich bedeutend mehr Flughautfläche als ein Erdgeborener, aber es geht; sogar auf Oxtorne betreiben wir diesen Sport. Die 4,8 Gravos werden durch die starken Aufwinde unter den Gewitterwolken mehr als ausgeglichen. Der Rekord liegt bei zweihundertvier Stunden – Erdzeit natürlich.“

„Und wenn ich mich nicht irre, sind Sie der Rekordhalter“, warf der hünenhafte Soldat wieder ein und musterte den Oxtorner sekundenlang von Kopf bis Fuß.

Perish zuckte verlegen die Schultern.

„Man tut, was man kann.“

Er verschloß die Heckluke der Superschildkröte, forderte die Soldaten auf, während der Fahrt auf den herabklappbaren Bänken Platz zu nehmen, und kletterte zur Fahrerkuppel hinauf.

Sein Vater blieb unten. Dafür folgte ihm der Captain.

Mit einem heftigen Ruck zog das Gleiskettenfahrzeug an und schoß auf den Kuppelausgang zu.

3.

Die Wände des Tunnels wichen jäh zurück, und die starken Scheinwerfer der Superschildkröte beleuchteten die glatte Wasserfläche eines subtritonschen Sees.

Perish Mokart steuerte das Fahrzeug am Rand des Gewässers entlang, bis er eine natürliche Landungsbrücke aus gewachsenem Fels erreichte. Das Licht der Scheinwerfer wurde von einem metallischen Gebilde reflektiert, das bewegungslos im Wasser lag.

Perish bremste und brachte die Superschildkröte dicht am Ufer zum Stehen.

„Wir sind da, Herrschaften!"

„Ein Unterseeboot . . .!" verwunderte sich Captain Geraldi.

Perish nickte.

„Eigenartig für einen normalerweise luft- und wasserlosen Neptunmond, wie?"

„Das Vorhandensein von freiem Wasser ist bereits eigenartig genug", gab Geraldi trocken zurück. „Weshalb siedet es nicht bei der geringen Schwerkraft?"

„Warum siedet das Wasser unter den Kuppeln von Tritona nicht?" antwortete Perish mit einer Gegenfrage.

„Weil dort künstlich 0,8 Gravos erzeugt werden."

„Eben, und hier muß etwas Ähnliches vorhanden sein. Wir werden es schon noch herausfinden."

Er schwang sich über den Kuppelrand und sprang vom Landungssteg hinüber auf das abgeflachte Oberdeck des walförmigen Bootes.

Der Turm befand sich genau mittschiffs und glich einem unten abgeflachten Tropfen. Davor lag der kaum erkennbare Panzerbuckel eines versenkbaren Drehturms.

Perish Mokart öffnete das Turmluk und kletterte die schmale Stahlleiter hinab. Der Captain folgte ihm neugierig.

„Wo haben Sie das Boot her?“ fragte er.

Perish drehte sich um und grinste ihn an.

„Aus dem Militärhistorischen Museum von Terrania. Man hat es in seinen Einzelteilen hierhergebracht und hier unten montiert. Das Boot gehörte zum letzten Schrei der amerikanischen Atom-Unterseeboote Ausgang des zwanzigsten Jahrhunderts. Es enthält durch nachträglichen Einbau einen Katalyse-Fusionsreaktor und am Bug einen Laserstrahler, mit dem feindliche Minen- und Netzsperren beseitigt werden sollten. Die sechzehn Interkontinentalraketen hat man natürlich entfernt, damit niemand damit Unfug treiben kann.“

„He! Moment mal!“ rief der Captain plötzlich erschrocken. „Hat das Boot denn auch einen Schwerkrafterzeuger?“

„Wozu?“ fragte Perish Mokart verdutzt. Dann begann er schallend zu lachen. Er lachte noch, als sein Vater mit den sieben Soldaten und dem Gepäck im Turmluk auftauchte.

„Was gibt es denn hier zu lachen?“ knurrte Mokart senior verwundert.

Perish wurde übergangslos wieder ernst.

„Eigentlich nichts, Dad. Captain Geraldi hat lediglich etwas festgestellt, worüber wir uns schon lange die Köpfe zerbrechen.“

„Wie . . .?“

Perish nickte.

„Bitte, versuche einmal die Schwerkraft im Boot zu schätzen!“

Cronot Mokart sah verblüfft drein, dann wippte er mit den Füßen. Seine Verblüffung stieg.

„Etwa ein Gravo!“ stieß er hervor. „Aber an Bord ist doch kein . . .“ Er schlug sich mit der flachen Hand gegen die Stirn.

„Das Wasser! Natürlich, das ist es! Ein versteckter Projektor sorgt dafür, daß das Wasser im Innern von Triton ständig der Wirkung von einem Gravo ausgesetzt ist! Und das überträgt sich auch auf alle Körper, die Kontakt mit dem Wasser haben.“

„Klar! Deshalb verhält es sich wie unter irdischen Bedingungen.“

Geraldi runzelte die Stirn.

„Aber Sie hätten doch merken müssen, daß die Schwerkraft höher als die von Triton ist . . .“

Cronot schüttelte den Kopf.

„So einfach ist das nicht. Weshalb, glauben Sie, tragen wir keinen

Schwerkrafterzeuger am Leib wie die Ertruser oder Epsaler? Weil Perish und ich uns augenblicklich auf alle Schwerkraftbedingungen umstellen, die unter dem Wert von Oxtorne liegen! Das ist uns so selbstverständlich geworden, daß wir es gar nicht bewußt spüren."

„Ich wollte, uns Terranern ginge es ebenso", gab der Captain zurück. „Wenn ich daran denke, wie ich während meiner Raumausbildung zwei Monate auf dem Stützpunkt Pallas leben mußte . . .! Dort gibt es keine künstliche Erdschwere. Mir ist in den ersten vier Tagen sterbenselend gewesen."

Er sah sich neugierig in der Zentrale um und stieß einen anerkennenden Pfiff aus, als er die Panoramaschirme bemerkte.

„Hier sieht es aus wie in einem Raumschiff."

„Praktisch trifft das auch zu", erklärte Perish. „Das U-Boot bewegt sich schließlich in einem Element, das für den Menschen fast ebenso feindlich ist wie das Vakuum des Raumes. – Aber nun wollen wir das Gepäck verstauen und ablegen. Wer weiß, vielleicht überlegt es sich der General sonst noch anders und ruft uns zurück."

Die Soldaten halfen beim Verstauen des Gepäcks mit. Es wurde in dem ehemaligen Raketensilo untergebracht. In erster Linie handelte es sich um die Expeditionsausrüstung der Kosmohistoriker, wozu auch ein kleiner Schweber gehörte.

Nach einer halben Stunde flutete Perish die Tauchzellen. Gleichzeitig begannen die Heckschrauben das dunkel glänzende Wasser aufzuwühlen. Der Bug senkte sich, und langsam glitt das Boot unter die Oberfläche des Sees.

Auf den Panoramabildschirmen tauchten die Radarbilder der Uferwände auf. Wenige Minuten später kam der Eingang eines Stollens in Sicht. Das Boot paßte genau hinein; es hätte aber keinen Zentimeter breiter sein dürfen.

„Das Wasser füllt den Tunnel völlig aus", erläuterte Cronot. „Das Gefälle beträgt auf der gesamten Strecke, das sind fünf Kilometer, ungefähr zwölf Grad."

„Wir könnten also nicht auftauchen, wenn irgend etwas mit dem Boot geschähe?" fragte Geraldi.

„Allerdings nicht", erwiderte Cronot. „Aber was soll schon geschehen?"

Der Captain zuckte die Schultern.

An die Gefahr, die außerhalb der Plutobahn lauerte, dachte er ebensowenig wie die anderen Männer.

„Achtung, festhalten!" schrie Perish Mokart.
Etwas schüttelte das Boot durcheinander.
Im nächsten Augenblick ging ein heftiger Schlag durch das Schiff.
Die Bildschirme zeigten wieder nur Wasser an.
Cronot betätigte einen Schalter. Das Geräusch von Pumpen ertönte. Perish bediente das Tiefenruder. Die Soldaten schlitterten zur Rückwand der Zentrale, als der Bug sich hob.
Kurz darauf zeigten die Bildschirme das Radarbild einer gigantischen Höhle. Sie wurde fast völlig von einem Gegenstück des oberen Sees ausgefüllt. Aber das Ufer war durchgehend befestigt, und in den Wänden dahinter befanden sich die metallisch reflektierenden Schotte großer Schleusen.
In einem Schott klaffte ein großes Loch, groß genug, um einen kleinen Schweber hindurchzulassen.
„Leider mußte die Mannschaft, die diese Anlage entdeckte, ein Schott aufsprengen", berichtete Cronot. „Die Öffnungsautomatik funktioniert nur dann, wenn man einen speziellen Kodegeber aktiviert."
Er lachte grimmig.
„Man glaubte, auf diese Weise das Auslösen eventueller Sicherheitsschaltungen verhindern zu können. Drei Mann starben wegen dieses Trugschlusses, denn die Sprengung löste selbstverständlich eine Verteidigungsautomatik aus. Glücklicherweise scheint sie nur lokal zu funktionieren, so daß im Innern der Stadt kaum Gefahr bestehen wird. Die Verteidigungsautomatik dieses Tores wurde inzwischen zerstört."
„Dennoch werden wir uns vorsehen", ergänzte Perish. „Ich gehe zuerst in die Stadt."
„Den Teufel wirst du!" brauste sein Vater auf. „Bei allen Geistern der Barrier, ich . . ."
„Du übernimmst selbstverständlich meine Rückendeckung, Dad. Ich fliege mit meiner Dragon-Ausrüstung voraus und erkunde."
„Na schön!" gab Mokart senior nach, weil er einsah, daß sein Sohn mit der Dragon-Ausrüstung beweglicher sein würde als jeder andere Mann.
„Was war das übrigens vorhin für ein Schlag?" fragte einer der Soldaten.
Cronot deutete mit dem Daumen zum Heckbildschirm.
Dort war das Abbild eines riesigen Wasserfalles zu sehen, eigentlich eines Wasserstrahles, der aus der inneren Tunnelmündung hervorschoß und nach etwa zweihundert Metern in den See mündete.

„Und da sind wir herabgeflogen?“ fragte der Soldat ungläubig.
„Scheint so, mein Junge“, gab Cronot ironisch lächelnd zurück.
„Wo bleibt denn das Wasser?“ fragte Captain Geraldi. „Und wie kommt es, daß der Wasserspiegel in dem oberen See immer gleich bleibt?“
Perish lachte.
„Sehen Sie sich den ‚Wasserfall‘ einmal genauer an, Captain!“
Geraldi blickte zuerst ihn, dann den Wasserfall an.
„Oh!“ machte er dann. „Das sieht ja aus, als wäre das Wasser gefroren. Wo bleibt denn die Fallenergie?“
„Es gibt keine“, erklärte Perish Mokart. „Was wie ein Wasserstrahl aussieht, ist in Wirklichkeit eine Wasserbrücke, die von Traktorstrahlen in der Luft gehalten wird. Das Wasser zwischen den beiden Seen bewegt sich überhaupt nicht.“
„Phantastisch!“ rief der Captain begeistert. „Und das alles funktioniert nach fünfzigtausend Jahren immer noch einwandfrei?“
„Ja“, murmelte Cronot. „Unsere Vorfahren hatten schon einiges zu bieten. Ich bin mir nicht einmal sicher, ob wir ihren damaligen technisch-wissenschaftlichen Stand wieder erreicht haben. Vielleicht erleben wir in der Stadt noch einige Überraschungen.“

Perish Mokart riß den Magnetsaum der Plastikhülle auf und zog ein ledrig wirkendes Bündel Häute heraus. Er faltete es auseinander und schnallte sich die breiten Gurte über die Schulter. Danach drückte er auf einen Knopf, der sich auf dem flachen Kästchen befand, das die Gurte über seiner Brust zusammenhielt. Die ledrigen Häute entfalteten sich und spannten sich plötzlich gleich gigantischen Fledermausschwingen.
Perish steckte die Hände in die Rezeptormanschetten an der Flughautverstrebung.
„Ich bin bereit, Dad.“
Cronot Mokart versah den letzten Pfeilschaft mit einer Thermospitze und spannte probehalber die Sehne seines Sportbogens.
„Du weißt Bescheid, Perish! Zuerst Scheinangriff – und dann hochziehen, damit du aus dem Schußbereich der Automatwaffen kommst!“
„Klar, Dad!“
„Ist das nicht zu gefährlich?“ fragte Captain Geraldi beunruhigt.
Er saß mit den Soldaten seiner Gruppe auf dem kleinen Schweber, den die Kosmohistoriker mitgebracht hatten.

„Alles andere wäre noch gefährlicher", gab Cronot zurück. „Im Grunde genommen kann überhaupt nichts passieren. Wenn es in der Stadt eine funktionierende Reparaturzentrale gäbe, wäre das Schott längst instandgesetzt worden. Da es nicht repariert wurde, dürften auch die zerstörten Verteidigungswaffen noch nicht wieder funktionieren."

Er nahm einen präparierten Pfeil aus dem Köcher, setzte die Nock auf die Mitte der Sehne und nickte seinem Sohn zu.

„Fertig!"

Perish Mokart stieß einen schrillen Schrei aus und federte hoch. Die Sprungkraft des Oxtorners verblüffte jeden Erdgeborenen, der so etwas noch nie gesehen hatte. Die Soldaten reckten die Hälse.

Perish war ungefähr zwanzig Meter hoch gesprungen. Im Flatterflug der Fledermäuse schwang er sich völlig lautlos bis auf hundert Meter Höhe, dann flog er auf das zerschossene Eingangsschott zu.

Cronot zielte mit der Pfeilspitze auf die geschwärzten Löcher, hinter denen sich die Waffenmündungen der Abwehrautomatik einst verborgen hatten – oder wieder verbargen.

Aber nichts geschah.

Perish stieß pfeilschnell auf das Schott hinab – und flatterte wieder empor. Die künstlichen Flughäute bewegten sich rasend schnell.

Im nächsten Augenblick hatte er einen Bogen beschrieben und huschte durch das zerschossene Schott hindurch.

Mokart senior atmete hörbar auf.

„Der Weg ist frei, Herrschaften!"

Captain Geraldi schrie einen Befehl, und der Schweberpilot startete mit voller Beschleunigung. In seinem Eifer wäre er beinahe gegen die Felswand neben dem Schott geprallt. Im letzten Moment riß er das Steuer herum. Mit einem Laut, der wie das Knallen eines Sektpfropfens klang, schoß der Schweber durch die Öffnung.

„Satansbraten!" fluchte Cronot Mokart.

Er spurtete los und erreichte die Öffnung. Noch einmal blickte er zurück, sah das U-Boot friedlich am Kai schaukeln, beleuchtet von den roten und grünen Positionslampen, dann stieg er in die Unterwelt des Neptunmondes Triton.

Perish Mokart schwebte unterdessen über der alten lemurischen Fluchtsiedlung. Eine künstliche Atomsonne strahlte Hunderte von Metern über ihm an der Kuppeldecke und beleuchtete eine Stadt von den Ausmaßen Chikagos in der Mitte des zwanzigsten Jahrhunderts.

Die Dächer der Gebäude schimmerten, als wäre die Stadt erst vor wenigen Tagen fertiggestellt worden. Es gab keinerlei Anzeichen von Verfall oder Korrosion. Nur die Parks waren zu undurchdringlichen Dschungeln geworden, hatten sich aber nur um wenige Meter ausgedehnt, da das Material der Straßen und Gebäude ihren wuchernden Wurzeln weder nachgab noch Nahrung bot. Praktisch bestanden sie nur noch aus grünen, verfilzten Klumpen von etlichen hundert Metern Durchmesser. Tiere schienen die alten Lemurer nicht nach Triton exportiert zu haben – oder sie waren inzwischen ausgestorben.

Der Kosmohistoriker empfand Wehmut bei diesem Anblick.

Die Tragödie der Ersten Menschheit kam ihm hier besonders stark zu Bewußtsein. Und er überlegte, wo die heutige Zweite Menschheit jetzt stünde, wenn es vor fünfzigtausend Jahren einigen tausend Lemurern gelungen wäre, sich an diesen Zufluchtsort zu retten.

Vielleicht hätte die Geschichte der Zweiten Menschheit schon wenige Jahrzehnte nach der Verwüstung der Erde begonnen. Vielleicht wäre die Heimatgalaxis längst erforscht und besiedelt – und vielleicht würde dann heute nicht ein planetoidengroßer Roboter draußen vor der Plutobahn schweben und zusammen mit den schrecklichen Dolans die Menschheit bedrohen . . .

Er schüttelte diese Gedanken gewaltsam ab.

Mit Wenn und Aber war noch nie etwas erreicht worden.

Man mußte die Gegebenheiten anerkennen und sein Handeln danach einrichten, nur dann meisterte man die Gegenwart.

„Hallo, Perish!" scholl es aus dem winzigen Funkaggregat an seinem linken Ohr. „Ich denke, du solltest jetzt landen. Hier wartet eine Menge Arbeit auf uns."

„Einen Augenblick noch, Dad!" sprach Perish Mokart in das kleine Mikrophon vor seinen Lippen. „Ich möchte mich noch ein wenig umsehen."

„Gut!" erklärte sein Vater. „Aber nicht zu lange!"

Der Oxtorner steuerte einen Turm im Zentrum der ausgedehnten Stadt an. Das Bauwerk ragte mindestens zweihundert Meter in den künstlichen blauen Himmel des Gewölbedaches, während die übrigen Gebäude lediglich Höhen bis zu hundert Metern erreichten. Eine weitausladende Plattform dicht unterhalb der Spitze zeigte an, daß hier einmal Luftgleiter gelandet waren – oder hatten landen sollen . . .

Behutsam setzte er auf.

Im selben Augenblick erscholl ein schwaches Summen. Perish spürte, wie der Boden unter seinen Füßen vibrierte.

Schon wollte er sich wieder emporschwingen, da entdeckte er die Öffnung in der pyramidenförmigen Spitze; sie mußte sich eben erst gebildet haben. Offenbar löste die Belastung der Plattform einen uralten Mechanismus aus.

„Erstaunlich!“ murmelte Perish.

„Wie bitte?“ fragte sein Vater beunruhigt.

„Ach, nichts Besonderes“, gab Perish zurück.

Er kroch mit den Händen aus den Rezeptormanschetten und streifte die Traggurte ab. Die Flughäute fielen zu Boden.

Perish Mokart ließ sie liegen und zog seinen Kombistrahler.

Vorsichtig schlich er sich an die Öffnung heran und blickte hinein. Er sah einen erleuchteten Raum und ein kreisrundes Loch im Boden: den Einstieg zu einem Antigravlift.

Als er jedoch an den Rand des Loches trat, erblickte er die grausilberne Platte, die den Schacht abschloß. Der Lift war außer Betrieb.

Aber es mußte eine Nottreppe geben. Schließlich konnten sich Reparaturen als notwendig erweisen, zu denen man die Stromzuführung ausschalten mußte.

Perish ging an der Wand entlang und tastete die Verkleidung mit den Händen ab.

Plötzlich strauchelte er.

Eine Öffnung klaffte in der Wand, auf der soeben noch seine Hand gelegen hatte.

Rötliches Licht erhellte eine schmale Wendeltreppe.

Perish schob den Strahler ins Gürtelhalfter zurück und begann mit dem Abstieg.

Nach ungefähr vier Metern erreichte er eine kleine Plattform, die unmittelbar an der Innenwand haftete. Er trat darauf und fuhr mit der Handfläche über die Wandung.

Wieder öffnete sich eine Tür – und ebenso geräuschlos wie die erste.

Der Kosmohistoriker blickte in einen kreisrunden Saal. Tote Bildschirme reflektierten das gelblich-weiße Licht, das aus Decke und Wänden kam und den Raum mild erhellte. Schaltleisten und -platten funkelten metallisch, Skalentafeln schimmerten matt.

Und auf einem breiten Schalensessel hockte zusammengesunken ein menschliches Wesen in einer zartblauen Kombination. Der rechte Arm war ausgestreckt, und die Hand umklammerte einen rot leuchtenden Hebel, als hätte sie ihn eben erst zurückgezogen und nicht vor Jahrzehntausenden . . .

Perish Mokart wußte, daß er nur eine Mumie vorfinden würde, die sterbliche Hülle eines Lemurers, der an dem Platz gestorben war, an den man ihn gestellt hatte.

Dennoch wagte er kaum zu atmen, als er den Saal betrat. Auf leisen Sohlen ging er zu dem Schalensessel und blickte dem Toten ins Gesicht.

Es war ein menschliches Gesicht; Unterschiede zu einem Menschen der heutigen Zeit gab es nicht. Die lederartig erstarrte Haut faltete sich über einem Totenschädel, eingetrocknete Augen starrten den Besucher an, als könnten sie ihn noch sehen. Die Zähne waren entblößt und gelblich und täuschten ein Grinsen vor, wo kein Leben mehr vorhanden war.

Perish wunderte sich im ersten Moment über die Tatsache, daß ein Leichnam mumifiziert fünf Jahrzehntausende überstanden hatte, obwohl der Raum nicht luftdicht verschlossen war. Die Gitter der Belüftungsanlage gaben einen leisen Hauch von sich, der wahrscheinlich ohne technische Hilfsmittel entstand.

Doch dann fiel ihm ein, daß es eine künstliche Atmosphäre war, die in der subtritonschen Stadt herrschte, eine künstliche sterile Atmosphäre.

Das erklärte die Mumifizierung zur Genüge.

Perish betrachtete die außergewöhnlich hohe Stirn des Toten. Der Lemurer mußte, wenn man von der Schädelform auf die Qualität seines Inhaltes überhaupt schließen durfte, ein sehr intelligenter Mann gewesen sein, vielleicht ein Wissenschaftler.

Versehentlich berührte er mit der Schulter den linken Arm der Mumie.

Ein lautes Poltern schreckte ihn auf und ließ ihn entsetzt zurückspringen.

Er sah die Staubwolke dort, wo ehemals der linke Arm des Toten gewesen war. Die mumifizierten Bestandteile hatten sich unter der Berührung wie Zunder aufgelöst.

Und dann entdeckte Perish Mokart den Gegenstand, der aus der zerfallenen Haut der Mumie gefallen war und ihn durch sein Poltern so erschreckt hatte.

Eine apfelgroße, silbern leuchtende Kugel . . .!

Der Kosmohistoriker bückte sich und hob sie vorsichtig auf.

Dabei spürte er das schwache Vibrieren, das von ihr ausging. Sie war warm, etwa so warm wie das Blut eines Erdgeborenen – und an einer Stelle sah Perish die haardünne Fuge, die die Stelle markierte, an der sich ein Knopf in die Kugel eingedrückt hatte.

Der Oxtorner erstarrte.
Der Knopf mußte sich beim Aufprall auf den Boden aufgedrückt haben!
Behutsam, aber dennoch schnell, legte er die Kugel auf eine Schalttafel.
Danach wandte er sich blitzschnell um, war mit einem Satz an der Tür, sprang auf die Wendeltreppe und hastete hinauf, durch den Raum in der Turmspitze, auf die Plattform und zu seiner Dragon-Flughaut.
Ebenso schnell hatte er sich die Haltegurte übergestreift, war in die Rezeptormanschetten gekrochen und hatte sich von der Plattform abgestoßen.
Er strebte hastig von dem Turm fort, stieß hinab in das Häusermeer und versuchte, so schnell wie möglich recht viele Gebäude und Kilometer zwischen sich und den Turm zu bringen – und die Bombe, deren Zeitzünder vibrierte . . .
Über das Funkaggregat unterrichtete er die Gefährten von der drohenden Gefahr und forderte sie auf, in Deckung zu gehen.
Doch als er den Schweber in der Nähe des Stadtrandes verlassen an einer Hauswand stehen sah, als der Turm schon mehrere tausend Meter hinter ihm lag und immer noch keine Explosion erfolgt war, beruhigte er sich wieder.
Möglicherweise hatte er doch keine Bombe in der Hand gehalten.
Er fand seinen Vater und die acht Spezialsoldaten im Keller des Gebäudes, vor dem der Schweber parkte.
Sie bestürmten ihn mit Fragen, aber er überprüfte zuerst die Decke und die Wände des Kellerraums. Als er sich davon überzeugt hatte, daß sie stark genug waren, um die Auswirkungen einer etwa vier Kilometer entfernten Atomexplosion zu überstehen, berichtete er von seinem Erlebnis.
„Wahrscheinlich war es keine Bombe", schloß er. „Aber ich schlage dennoch vor, wir warten noch etwas, bevor wir wieder hinausgehen."
„Bombe oder nicht", erklärte Cronot Mokart. „Auf jeden Fall hast du völlig richtig gehandelt."
„Ich möchte nur wissen, was die Kugel darstellt – wenn sie keine Bombe ist . . .?", murmelte Perish nachdenklich.
„Sie vibriert, sagten Sie?" fragte Captain Geraldi.
Perish nickte.
„Allerdings absolut lautlos, Captain. Es war . . . hm . . . wie ein schnelles Pulsieren . . ."

Er stockte und holte tief Luft.

„Ein Pulsschlag! Ja, das war es! Die Kugel lebt, sie hat die Temperatur eines Erdgeborenen und einen Puls!“

„Und einen Knopf zum Einschalten“, ergänzte Cronot ironisch. „Du glaubst doch nicht ernsthaft, man könnte ein Lebewesen ein- und ausschalten wie eine Maschine!“

„Aber wenn man es doch kann?“

„Dann handelt es sich um eine Maschine, Junge. Alles übrige, die Wärme, das Vibrieren, kann auch von einer Maschine erzeugt werden.“

„Wir werden es bald feststellen“, bemerkte Geraldi.

„Sie sind ein Hitzkopf, junger Mann!“ wies Cronot ihn zurecht. „Der Zeitzünder kann sowohl auf eine halbe Stunde als auch auf einen ganzen Tag eingestellt sein.“

Perish hieb mit der geballten Rechten in die offene Linke.

„Folglich bleibt es sich gleich, ob ich jetzt zurückgehe oder erst in einer Stunde, Dad!“

Er warf sich seinen Flugapparat über die Schulter und ging zur Tür.

„Halt!“ rief Cronot scharf. „Du bleibst hier! Wenn einer geht, dann bin ich es. Ich bin ein alter Mann; um mich ist es nicht weiter schade, wenn . . .“

Perish grinste seinen Vater offen an.

„Das ist das erstemal, daß du dich für alt hältst. Nein, Dad, du mit deinen achtundsechzig Jahren stehst im besten Mannesalter. Außerdem – wie stellst du dir die Untersuchung der Kugel vor? Willst du sie mit dem Strahler zerschneiden?“

„Irgendwie werde ich sie schon aufbekommen, verlaß dich drauf!“

Perish schüttelte den Kopf und sagte ernsthaft:

„Ich fürchte, wenn es sich tatsächlich um eine Bombe handeln sollte, kommt es vor allem auf das Wie an. Und in der Beziehung ist dir ein ehemaliger Spezialoffizier der USO bestimmt um Längen voraus. – Nein, Dad! Wenn einer geht, bin ich das!“

Cronot Mokart machte ein finsteres Gesicht. Es drängte ihn zu sagen, welche Ängste er ausgestanden hatte, als er vor drei Jahren das Hypergramm erhielt, in dem ihm mitgeteilt wurde, daß sein Sohn Perish bei einem Einsatz schwer verwundet worden war – beide Beine durch eine Explosion zertrümmert, die Hirnschale von einem Strahlschuß abgerissen . . .

Aber er schluckte es hinunter – wie damals.

„Also gut, Junge! Aber sieh dich vor!“

„Das werde ich“, versprach Perish.

„Ich komme mit“, erklärte der Captain. „General Ifros hat mich zu Ihrem Schutz abkommandiert. Folglich dürfen Sie mich nicht abweisen!“

Perish Mokart lächelte.

„Dann helfen Sie mir, die Ausrüstung auszupacken. Wir brauchen einen Gammadetektor, ein Isotopenprüfgerät und einen Ultraschall-Impulsreflektor.“

Sie benutzten den Schweber, um zum Turm zu gelangen. Vor dem Portal herrschte Zwielicht, denn die Strahlen der Kunstsonne wurden von einem halbtransparenten Kuppeldach gefiltert.

Aus diesem Grund entdeckte Perish Mokart die beiden Kampfroboter erst, als er den Schweber anhielt. Mit einer Verwünschung trat er den Beschleunigungshebel durch und fuhr um die Ecke des nächsten Gebäudes.

„Was war los?“ fragte Captain Geraldi.

Perish erzählte es ihm. Dabei wunderte er sich, daß die Kampfroboter ihnen nicht gefolgt waren.

„Ich gehe allein zurück“, sagte er.

„Ich begleite Sie!“

Geraldi wollte aufstehen, doch Perish drückte ihn mühelos auf seinen Sitz zurück.

„Sie Narr! Was wollen Sie gegen zwei Kampfroboter ausrichten? Sie warten hier, und wenn Sie Schüsse hören, fahren Sie schnellstens davon!“

„Und Sie . . .?“

Der Oxtorner lachte rauh.

„Ich kenne mich mit Robotern aus. Mir wird schon nichts passieren.“

Er sprang aus dem Schweber und huschte lautlos an der Glasfaserbetonwand des Gebäudes entlang. Mit drei Sprüngen überquerte er die etwa sechzig Meter bis zum Turm und drückte sich neben den Eingang.

Nichts rührte sich.

Vorsichtig schob Perish sich um die halbtransparente Kuppel vor dem Portal.

Die beiden Kampfroboter standen noch am gleichen Fleck und in der gleichen statuenhaften Haltung. Ihre Waffenarme waren gesenkt – und die Augenzellen . . .

Perish Mokart lächelte.

Er legte die Hände trichterförmig vor den Mund und rief:

„Sie können kommen, Captain! Es ist alles in Ordnung!"

Eine Sekunde lang herrschte unheimliche Stille. Dann heulte ein überlasteter Antigravgenerator auf – und der Schweber senkte sich von oben herab auf die Plastikplatten vor dem Portal. Captain Geraldi hockte mit schußbereiter Waffe hinter dem Steuer.

„Vielen Dank", sagte der Oxtorner trocken. „Stecken Sie die Energiespritze ruhig wieder weg. Die Roboter sind desaktiviert."

„Sicher ist sicher", sagte der Captain lächelnd. „Roboter können manchmal wie Menschen sprechen, habe ich mir sagen lassen."

Perish tippte einem der Roboter gegen die Brust – und mußte ihn im nächsten Augenblick mit beiden Händen festhalten, sonst wäre die tonnenschwere Kampfmaschine umgefallen.

„Die alten Lemurer kannten noch kein Interkosmo, Geraldi. Das dürfte auch für ihre Roboter zugetroffen haben."

Er schnallte sich den schweren Kasten mit der Ausrüstung um und trat zur Tür.

„Auch hier Schotte", murmelte er. „Die Lemurer hatten glänzend für die Sicherheit der Bevölkerung dieser Stadt gesorgt; ich möchte wissen, warum es zu guter Letzt nicht geklappt hat."

Er fuhr mit der Handfläche über die Stellen der Schotte, unter denen üblicherweise die Thermoschlösser zu liegen pflegten. Mit einem kaum vernehmbaren Zischen fuhren die beiden Schotthälften auseinander.

Auch in der riesigen Vorhalle brannte mildes Licht. Der Oxtorner hätte allerdings nicht sagen können, ob es nicht erst durch das Öffnen der Schotten automatisch eingeschaltet worden war.

Er blieb vor dem Doppelrohr des Antigravlifts stehen.

„Ich wollte, wir könnten das Ding in Betrieb setzen . . ."

„Was sind denn zweihundert Meter für einen Oxtorner?" spottete Geraldi.

„Ich denke nicht an den Aufstieg, sondern an den Abstieg", belehrte ihn Perish. „Es könnte sein, daß wir dabei sehr in Eile sind, Captain."

Mit grüblerischem Gesichtsausdruck ging er zu der Öffnung, hinter der die Nottreppe begann.

„Wir werden uns ein wenig im Kellergeschoß umschauen. Die lemurische Technik strebte, soviel mir bekannt ist, das gleiche autarke Prinzip der Energieversorgung an wie die unsere. Demnach sollte das Kraftwerk hier im Gebäude untergebracht sein."

„Es handelt sich nur um eine Fluchtsiedlung“, wandte Geraldi ein; aber das Argument überzeugte ihn selbst nicht. Zu sehr hatte ihn die technisch perfekte Anlage der subtritonschen Stadt beeindruckt.

Er folgte dem Oxtorner, so schnell er konnte. Aber Perish war längst im Kellergeschoß angekommen.

Das Kraftwerk lag etwa fünfzig Meter unter dem Höhlenboden. Es handelte sich, nach den äußeren Details zu urteilen, um ein Kompakt-Katalyse-Fusionskraftwerk, wie es die terranischen Wissenschaftler bisher noch nicht kannten, jedenfalls nicht in diesen minimalen Abmessungen.

„Eine Robotschaltung“, erläuterte Perish. „Anscheinend wird der Generator von Zeit zu Zeit aktiviert, um Speicherzellen aufzuladen. Das erleichtert unser Vorhaben. Wir brauchen den Meiler nicht anzufahren, was nach so langer Zeit riskant gewesen wäre.“

Kurz entschlossen legte er den Aktivierungshebel der Robotschaltung herum.

Danach überprüfte er die Manuellsteuerung, und als er sicher war, daß er das Schaltschema begriffen hatte, erhöhte er zuerst vorsichtig die Betriebstemperatur und die Katalysatoreinspritzung. Danach steigerte er die Zufuhr von Wasserstoff, bis die gelbe Marke für Minimumleistung überschritten wurde.

Hinter den molekülverdichteten Stahlwänden des Fusionsaggregats begann es zu arbeiten. Aber bis jetzt wurde nur ein hauchfeiner Nebel von Wasserstoffatomen in die Reaktionskammer gesprüht; ohne die erhöhte Zufuhr von Katalysatordampf wäre überhaupt keine Kernverschmelzung zustande gekommen.

Erst als eine grüne Leuchttafel anzeigte, daß die Speicherzellen genügend Strom für einen Dauerbetrieb der Einengungsfeldprojektoren aufgenommen hatten, steigerte Perish Mokart die Leistung.

Die Energien einer Miniatursonne drängten zum Ausbruch, gleichzeitig aber lieferten sie den Strom für das Energiefeld, mit dem eben dieser Ausbruch verhindert wurde.

Der Oxtorner legte den Hebel herum, den er als Schaltung für die Verbraucheranschlüsse identifiziert hatte. An einer Anzeigetafel flammten augenblicklich mehr als hundert grüne Leuchtschilder auf.

„Fertig!“ stellte Perish Mokart fest.

Der Captain wischte sich den Schweiß von der Stirn.

„Wenn ich noch lange mit Ihnen zusammen bin, sterbe ich garantiert zehn Jahre früher!“ stieß er hervor.

„Kommen Sie!“ rief er, schon halb auf der Nottreppe. „Überzeugen wir uns von dem Erfolg unserer Arbeit!“

Als sie die Vorhalle erreichten, sahen sie schon, daß der Antigravlift in Betrieb war. Die Schachtröhren waren hell erleuchtet.

Innerhalb einer halben Minute gelangten sie zu dem Saal unter der Turmspitze.

Die Kugel lag noch dort, wo Perish sie hingelegt hatte.

Er nahm sie prüfend in die Hand.

„Unverändert“, flüsterte er.

Er schnallte den Ausrüstungsbehälter ab und packte zuerst den Gammadetektor aus.

„Eigentlich überprüfen wir damit nur die Beschaffenheit von alten Bauwerken und Materialien“, erklärte er. „Aber wenn das Material der Kugelwandung nicht strahlungsundurchlässig ist, werden wir bald wissen, was sich im Innern verbirgt.“

Mit den Handgriffen des Routiniers bereitete er die Durchleuchtung der Kugel vor. Die harten Gammastrahlen würden ihm auf dem Analysator zeigen, aus welchen Schichten welchen Materials die Kugel sich zusammensetzte.

Dann schaltete er den Detektor ein.

Im nächsten Augenblick zuckte eine meterhohe Stichflamme aus dem Energiespeicher. Ein Knall ließ die Bildscheiben der Panoramaanlage klirren.

Perish Mokart starrte verblüfft auf die Kugel. Sie hatte sich nicht im mindesten verändert.

„Was war los?“ fragte Captain Geraldi.

„Ich weiß nicht. Die Tantal-Iridium-Sicherung der Energiezufuhr ist durchgeschlagen. Keine Ahnung, wie das zustande kam.

Da ich keine Ersatzsicherung besitze, müssen wir es mit Ultraschall versuchen.“

Als Perish das Gerät aufgebaut und die Kugel in das Gefäß mit der suspensiven Flüssigkeit gebracht hatte, winkte er dem Captain, sich auf die Nottreppe zurückzuziehen.

Danach schaltete er den Ultraschalldetektor ein und blickte voller Spannung auf die Projektionsscheibe.

In den ersten paar Sekunden geschah überhaupt nichts, außer daß auf der Scheibe ein metallisch schimmernder, kreisrunder Fleck mit einer pulsierenden Masse dunkler Stellen erschien.

Plötzlich zuckte der Oxtorner zusammen.

Im Raum war mit einemmal ein zarter Ton wie vom Anschlagen einer Harfensaite.

Der Ton schwoll an, sank wieder ab – und neue Töne mischten sich in die unwirklich erscheinende Melodie.

Perish Mokart wartete noch eine Weile, dann schaltete er den Ultraschalldetektor aus.

Augenblicklich erstarben die seltsamen Töne.

Der Oxtorner riß die Aufzeichnungsplatten heraus und musterte sie aus zusammengekniffenen Augen.

Erst als ihm warmer Atem ins Genick wehte, gewahrte er den Captain.

Perish federte aus der Hockestellung hoch und wandte sich um.

„Sie sollten doch hinausgehen, Captain!"

Geraldi lächelte verlegen.

„Ihr breiter Rücken bot mir genügend Deckung, Mr. Mokart. Wenigstens ist diesmal keine Sicherung herausgeflogen. Aber was war das für eine komische Musik?"

Der Kosmohistoriker zuckte die Schultern.

„Mich interessieren die Aufnahmen viel mehr. Sehen Sie hier die metallische Kreisfläche; das muß die Hülle der Kugel sein. Dahinter befindet sich etwas, das wie eine kugelige Anhäufung von Weintrauben aussieht. Kennen Sie diese Frucht?"

Der Captain zog ein beleidigtes Gesicht.

„Erlauben Sie mal! In meiner Heimat . . ."

„Verzeihung! Hatte ich vergessen. Schauen Sie sich die Sache trotzdem an!"

Captain Geraldi nahm ihm die Platte aus der Hand und musterte sie stirnrunzelnd.

„Das erinnert mich an meinen Biologieunterricht . . ."

„Sie treiben wohl Scherze, wie?"

„Keineswegs. Das sieht aus wie eine Blastula unter dem Elektronenmikroskop, Mr. Mokart."

Nachdenklich nahm Perish die Kugel in die Hand.

„Wissen Sie, was es bedeutet, wenn Ihre Vermutung den Kern trifft? Dann lebt dieses Ding – und dann konnte es zwar Gammastrahlen nicht leiden, hat aber eine besondere Vorliebe für Ultraschall!"

„Verrückt!" entgegnete Captain Geraldi trocken.

Perish Mokart öffnete den Mund zu einer Erwiderung, aber er kam nicht mehr dazu, sie auszusprechen.

Der Turm schien plötzlich zu schwanken. Einige Schaugläser zersplitterten.

Mit weit aufgerissenen Augen sahen die beiden Männer, wie die Mumie in sich zusammensank und wie ihre verdorrte Rechte den roten Schalter nach vorn schob.

Einen Augenblick später flammten die Bildschirme auf.

Captain Geraldi schrie vor Entsetzen . . .

4.

Das an- und abschwellende Heulen der Alarmanlage riß Ilja Malume unsanft aus dem Schlaf.

Benommen fuhr er hoch, schwang sich von der spartanisch einfachen Liege des Bereitschaftsraums und torkelte zum Interkom. Seine schwarze Faust krachte auf die Aktivierungstaste.

Im nächsten Augenblick war Ilja Malume hellwach.

Das breitflächige Gesicht Staatsmarschall Bulls entstand in dreidimensionaler Abbildung im Bildschirm.

Wenn der Stellvertreter Perry Rhodans sich persönlich einschaltete, mußte wirklich eine Katastrophe bevorstehen!

„Simultanschaltung über Hyperkom Flaggschiff MARSHAL FREYT an Umschaltstationen Funkzentralen Heimatflotte!" schnarrte eine mechanische Roboterstimme. „Rundruf Staatsmarschall Bull an alle Einsatzgeschwader zwischen Mars- und Plutobahn!"

Oberstleutnant Malume schloß seinen Raumanzug, während die Roboterstimme verklang. Nur den Helm ließ er noch geöffnet.

Es war immer noch wie ein Stich in Malumes Herz, statt von der CREST IV von Bulls FREYT angerufen zu werden, wenn es um das Schicksal der Heimat aller Menschen ging.

Aber die CREST war verschollen – und mit ihr Perry Rhodan. Jetzt trug der Staatsmarschall die ganze Last der Verantwortung.

Reginald Bull hob die Hand. Seine Augen schienen direkt auf den Offizier gerichtet zu sein. Das war eine Täuschung, denn jeder Geschwaderführer würde in diesem Augenblick das gleiche Bild sehen und den gleichen Eindruck haben.

„Einsatzbefehl Optimum!“ sagte der Staatsmarschall mit beherrschter Stimme. „OLD MAN setzte sich vor einer Minute in Bewegung. Sein Kurs führt in das Solsystem hinein, Ziel ist offenbar die Erde selbst. Die Raumjagdgeschwader schleusen sofort aus und fliegen das Ziel nach Einsatzplan Optimum-E an; die Kampfverbände der Flotte bilden beweglichen Sperriegel nach gleichem Plan. Ziel der Jagdgeschwader muß es sein, eventuell ausgeschleuste Dolans massiert anzugreifen und zu vernichten. Die Kampfverbände haben sie dabei zu unterstützen, indem sie die gegnerischen Schiffsverbände binden. Ich erwarte von jedem einzelnen Soldaten unserer Flotte den allerhöchsten Einsatz. Es geht um die Erde, um das Schicksal der Menschheit. Eine Kapitulation ist unmöglich. Der Gegner verhandelt nicht. Ende!“

Als der Bildschirm erlosch, stellte Malume eine Verbindung zu den Bereitschaftsräumen seiner Leute her. Er befahl den Start für X minus fünf Minuten.

Danach griff er nach seinem Kombigürtel und stürmte aus der Kabine. Ein Transportband brachte ihn die hundert Meter zum Hangar seiner eigenen Maschine. Von der anderen Seite kam Teddy Jones gerannt, sein Navigator und Beobachter.

Die beiden Männer nickten sich nur flüchtig zu, während sie sich über den Kabinenrand ihres Moskito-Raumjägers schwangen und sich anschnallten. Das Hangarpersonal hatte den Triebwerksreaktor bereits auf Leerlauf geschaltet.

Ilja griff nach dem Mikrophon des Telekoms, während er gleichzeitig die Hand hob, das Zeichen für die Hangarmannschaft, die Moskito-Jet in Marsch zu setzen.

Während das breite Gliederband anruckte und die rote Leuchtmarkierung der Abschlußschleuse immer näher kam, verfolgte Ilja Malume die Bereitschaftsmeldungen seiner Staffelkapitäne. Gleichzeitig gab er mit gedämpfter Stimme seine Meldung an den Kommandanten des Trägerschiffes.

„Hier Geschwaderkommodore der 22. VMGH. Starten in X minus sechzig Sekunden. Zeit läuft. Ende!“

„Verstanden!“ rief die Stimme des Kommandanten zurück. „Wünsche Hals- und Beinbruch, Malume! Ende.“

Ilja lächelte flüchtig.

„Danke! Ende.“

Er ließ das Mikrophon zurückschnellen und umklammerte die Steuerknüppel.

Ein rascher Blick nach links und rechts zeigte ihm, daß überall die Moskito-Jäger des 22. Verstärkten Moskito-Geschwaders Heimatflotte in die tubenförmigen Abschlußschleusen rollten: 130 bissige Raumhornissen, die selbst für einen Giganten vom Rang eines Ultraschlachtschiffes den Untergang bedeuten konnten.

Hoffentlich auch für jene unheimlichen Gebilde, die man Dolans nannte . . .!

Er klappte seinen Druckhelm nach vorn, als das Schleusentor vor seiner Maschine aufglitt. Das Kabinendach hatte sich längst geschlossen. Die Außenmikrophone brachten das Heulen und Donnern der ausströmenden Luft herein; bei einem Blitzstart wie diesem war keine Zeit, die Atmosphäre aus den Schleusentuben ins Schiff zurückzupumpen.

Ein rotes Warnlicht flackerte über dem Außenschott.

„Klar zum Start!“ schrie Ilja Malume ins Rillenmikrophon.

Dort, wo eben noch das schwach beleuchtete Außenschott gewesen war, klaffte plötzlich ein Schlund.

Und Malumes Moskito-Jet stürzte mitten in diesen finsteren Schlund hinein . . .

Schon aus zwei Millionen Kilometern Entfernung konnte Ilja Malume mit bloßem Auge die blendend helle Feuerwalze sehen, die der gegnerische Verband vor sich her schob.

Er wußte inzwischen aus den Meldungen der im Kampf stehenden eigenen Schiffe, daß OLD MAN, dieser halbkugelförmige Riesenroboter von zweihundert Kilometern Grundflächendurchmesser, rund fünfzehntausend Ultraschlachtschiffe ausgeschleust und in den Kampf geworfen hatte.

Ilja Malume griff zum Mikrophon des Hyperkoms.

Er wußte, daß es für die Moskito-Jets unmöglich sein würde, die Feuerwalze der Ultraschlachtschiffe zu durchstoßen.

„Geschwaderkommodore an Piloten 22. VMGH! Fächerförmig ausschwärmen und in maximaler Sicherheitsdistanz feindliche Sperrfeuerzone überfliegen. Sammeln in den Koordinaten Grün Delta, Epsilon dreiunddreißig Grad, vier Minuten, null Sekunden!“

Er zog die Steuerknüppel an den Leib und beobachtete, wie die Feuerwalze scheinbar unter dem Bug seines Raumjägers absackte. Grimmig stieß er den Beschleunigungshebel bis zum Anschlag nach vorn.

Leutnant Jones gab mit ruhiger Stimme die sich ständig verändernden Kurskoordinaten durch.

Links und rechts sah Malume manchmal das Aufblitzen des fernen Feuerscheins der Nachbarmaschinen. Allmählich aber wurde es schwächer, je mehr sich die einzelnen Raumjäger voneinander entfernten.

Plötzlich schrie Teddy Jones auf.

Alarmiert beugte sich Ilja über den Subschirm.

Er sah die künstlichen Sonnen, die unter seinem Raumjäger aufgingen; manchmal wirkten die Energiewirbel explodierender Transformgeschosse wie bunte exotische Blumen, die sich in ihrer ganzen Farbenpracht öffnen. Aber es waren Blumen des Todes. Jeder Moskito-Jäger, der auch nur ihre Randzone berührte, würde im selben Augenblick verdampfen.

Glücklicherweise lagen die Schüsse der feindlichen Schiffe noch zu weit entfernt, als daß sie den Raumjägern hätten gefährlich werden können.

Doch dort, wo die Raumschiffe der Solaren Flotte standen, blähten sich immer wieder blauweiße Glutbälle in die Unendlichkeit des Raumes: terranische Kampfschiffe, die von Transformgeschossen getroffen worden waren.

Ilja Malume biß die Zähne zusammen.

Die Phalanx der Schiffe von OLD MAN schien unerschüttert zu stehen – und hinter ihr schob sich OLD MAN selbst immer tiefer ins Sonnensystem hinein, eingehüllt in einen grünleuchtenden HÜ-Schirm, der wie eine gigantische Seifenblase schillerte.

Der Geschwaderkommodore ließ den Frequenzsucher über die Skala wandern. Kommandos mischten sich mit den Hilferufen aus ziellos dahintaumelnden Wracks; ab und zu brach eine Stimme plötzlich ab, und manchmal schrie sie noch ihr Entsetzen hinaus.

Das Bild, das sich aus diesen Funksprüchen ergab, ließ Malume vor Zorn und Furcht erbeben.

Anscheinend gab es nichts, was dieser Übermacht widerstehen konnte. Die Solare Flotte führte lediglich erbitterte Rückzugsgefechte, die ihr nicht mehr einbrachten als Verluste.

Ilja spürte, wie seine eigene Todesfurcht zugunsten der Angst um das Schicksal der Erde zurückging.

„Noch zwei Minuten bis zum Sammelpunkt!“ meldete Teddy Jones.

Ilja zog den Beschleunigungshebel zurück, zwang den Raumjäger in eine weite Schleife und verzögerte mit dem Bugtriebwerk.

Er schaltete den Hyperkom wieder auf die Frequenz seines Geschwaders um.

„Gleich ist es soweit, Jungs!“ rief er in das Helmmikrophon. „Wir suchen uns ein Ultraschlachtschiff oder einen Dolan heraus. Aber ich möchte nicht erleben, daß jemand von euch sich mutwillig opfert. Nur lebende Männer und intakte Raumjäger können der Menschheit nützen. Das ist ein Befehl. Ende!“

Er fühlte sich erleichtert, als er das gesagt hatte. Es würde vielleicht einigen Männern das Leben retten. Mehr konnte er allerdings nicht tun, wenn er den Kampf nicht bereits aufgeben wollte, bevor er begonnen hatte.

„Noch dreißig Sekunden bis zum . . .“, begann Jones.

Ilja wandte sich erstaunt um, weil der Navigator seine Meldung so abrupt unterbrochen hatte.

Teddy Jones' Gesicht hatte sich in ungläubigem Staunen verzogen.

„Was ist los?“ herrschte Ilja ihn an.

„Sie drehen ab!“ stieß Jones fassungslos hervor.

Ilja Malume blickte auf den Subschirm.

Die Feuerwalze unter ihnen war fast erloschen. Die Impulstaster zeigten an, daß die Ultraschlachtschiffe von OLD MAN im rechten Winkel zu ihrem bisherigen Kurs abgeschwenkt waren und in Keilformation beschleunigten. Der Riesenroboter befand sich im Schutz ihrer Flankendeckung.

Aus dem Hyperkomempfänger erscholl ohrenbetäubendes Gebrüll.

„Sie fliehen! – Wir haben sie vertrieben! – Bully hat es ihnen gegeben!“

„Ruhe!“ schrie Ilja Malume. „Ihr Narren! Der Gegner war einwandfrei im Vorteil. Er hat etwas ganz Bestimmtes vor!“

„Spitze des Feindverbandes geht in den Linearraum!“ meldete Jones mit überschnappender Stimme. „Die Erde ist gerettet!“

„Halts Maul!“ fuhr Ilja ihn gereizt an. Gleich darauf räusperte er sich. „Entschuldige, Teddy!“

Unschlüssig starrte er seine Steuerknüppel an, dann sagte er leise:

„Versuche auszurechnen, wohin der Kurs zielt, Teddy! Ich möchte wissen, was diese Teufel vorhaben!“

Er befahl den Piloten seines Geschwaders, den Kurs ihrer Raumjäger dem des gegnerischen Verbandes anzugleichen und zu beschleunigen.

Nach weniger als einer Minute meldete sich Leutnant Jones wieder.

„OLD MAN fliegt in Richtung Neptun! Rest der Flotte ebenfalls.“

Ilja packte die Steuerknüppel fester und biß die Zähne zusammen. Er überlegte kurz, dann befahl er entschlossen:

„Geschwader geht geschlossen in den Linearraum. Kurs Neptun. Versuchen Sie exakt zwischen dem Planeten und der augenblicklichen Position seines Mondes Triton herauszukommen. Ende!“

Er erwog noch, ob er den Kommandanten des Trägerschiffes über seinen Plan informieren sollte, da meldeten die Piloten des Geschwaders ihre Jäger klar zum Linearmanöver.

Mit lautlosem Lachen hieb Malume auf die Schaltplatte, die den Kalup aktivierte.

Die Sterne verschwanden – und tauchten nach kurzer Zeit wieder auf.

Zuerst vernahm Malume die Stimmen seiner Männer, die ihre Ankunft in den befohlenen Koordinaten meldeten. Danach tauchte ein Raumschiffgigant auf. Der HÜ-Schirm leuchtete wie ein Fanal.

Ilja erkannte aus den Meldungen, daß sein Geschwader zufällig in der günstigsten Angriffsformation aus dem Linearraum gekommen war, die es gegenüber dem Schiffsriesen von OLD MAN geben konnte.

„Klar zum Gefecht!“ schrie er. Die Woge der Erregung spülte alle seine persönlichen Ängste hinweg. „Vorwärts!“

Langsam wanderte der Kugelriese in den Zielstachel des Reflexvisiers. Eine Moskito-Jet besaß lediglich ihre starr im Bug eingebaute Transformkanone, der Pilot mußte mit dem ganzen Raumjäger zielen.

Der rote Leuchtbalken der Distanzanzeige näherte sich der gelben Feuermarkierung. Ilja legte den Daumen auf den Feuerknopf in der Kuppe des Steuerknüppels.

Jetzt!

Er sah noch, wie sich drüben beim Gegner die Feuerblumen der Transformexplosionen entfalteten, dann ging für ihn die Welt in einer blauweißen Gluthölle unter.

Als er wieder zu sich kam, schien das Weltall einen irren Wirbel um ihn herum zu vollführen. Immer wieder tauchte zwischen den kreisenden Sternen die rötlich glimmende Oberfläche eines Himmelskörpers auf, und jedesmal, wenn sie auftauchte, war sie ein Stück größer geworden.

Aus dem Hyperkomempfänger kamen undeutliche Stimmen.

Mühsam drehte Malume den Kopf.

Er erschrak, als er nach hinten blickte. Das Heck seines Raumjägers war verschwunden – und mit ihm die Kabine Teddy Jones’. Das Trennschott hatte sich automatisch geschlossen und die Pilotenkabine vor einem jähen Druckverlust bewahrt. Aber nach Lage der Dinge bedeutete das lediglich einen Aufschub.

Seltsamerweise bewegte den Kommodore nur der Gedanke an Jones' Schicksal. Er versuchte sich einzureden, daß sein Untergebener und Kamerad schließlich noch genauso leben könnte wie er, aber er wußte dabei, daß sich sein Unterbewußtsein lediglich dagegen sträubte, die Wahrheit schon jetzt anzuerkennen.

Erst allmählich vermochte er wieder an sich selbst zu denken.

Sein Verband war offenbar genau in das Abwehrfeuer des Ultraschlachtschiffes hineingeflogen und aufgerieben worden. Die eigene Maschine konnte dabei nur von einem Explosionsausläufer gestreift worden sein. Die ungeheure Glut hatte das Heck weggeschmolzen.

Eigenartig, daß der Hyperkom nicht funktionierte!

Er drehte den Stellknopf auf höchste Intensität.

Der Bildschirm flackerte auf und erlosch. Die Energie des Notaggregats schien bereits nachzulassen.

Ganz schwach nur vernahm Ilja eine Stimme in den Kopfhörern.

„... steht es fest, daß OLD MAN und seine Flotte die beiden Neptunmonde angreifen ..."

Das war Reginald Bull!

„... vernichtet. Alle Verbände der Solaren Flotte ziehen sich auf die Koordinaten von Plan ‚Quo vadis' zurück und sammeln sich. Achtung! Ich rufe Trägerschiff PROMETHEUS! Die Meldung über das 22. VMGH steht noch aus! Ich erbitte dringendst ..."

Die Stimme sank ab und erlosch. Der Empfänger schwieg.

Ilja Malume lachte bitter.

Staatsmarschall Bull würde vergeblich auf eine Meldung über das Schicksal des 22. Verstärkten Moskito-Geschwaders warten. Offenbar war keiner der Raumjäger entkommen.

Mit leerem Blick starrte Malume auf den Frontteil der Kanzel.

Plötzlich zuckte er zusammen.

Der Himmelskörper verschwand nicht mehr aus dem Blickwinkel. Er tanzte nur noch leicht hin und her.

Das Wrack der Moskito-Jet hatte sich stabilisiert.

Das bedeutete, daß es auf den Himmelskörper zustürzte!

Eine jähe Hoffnung keimte in Ilja auf.

Vielleicht gelang es ihm, mit Hilfe der Rückstoßaggregate seines Raumanzuges und des Antigravgenerators auf diesem Himmelskörper zu landen.

Doch dann sah er es auf der rot schimmernden Oberfläche aufblitzen.

Dort unten wurde gekämpft. Die Aussichten, lebend herunterzukommen, sanken dadurch gewaltig ab.

Dennoch tastete Iljas Hand nach dem Auslöser für den Schleudersitz. Der Daumen preßte sich auf den roten Knopf. Mit einem trockenen Knall entwich die Atmosphäre aus der Kanzel, als das Kabinendach wegflog.

Ilja Malume fühlte sich in den Sitz des Kontursessels gepreßt. Das Wrack seines Moskito-Jägers war verschwunden.

Rein mechanisch nahm er die nötigen Handgriffe vor. Die Rettungsautomatik des Schleudersitzes funktionierte einwandfrei und würde ihn sanft auf dem Mond, bei dem es sich nur um Triton handeln konnte, absetzen.

Aber Ilja wußte, daß sein Leben nicht nur vom Funktionieren der Rettungsautomatik abhing. Sehr viel würde auch dem Zufall überlassen sein.

5.

Die Aufnahmen wurden offensichtlich aus einer Raumsonde übertragen. Anders ließ sich die Tatsache nicht erklären, daß Perish Mokart und Captain Arturo Geraldi in der subtritonschen Stadt Zeugen wurden, wie Nereide explodierte.

Nereide, der zweite Mond des Riesenplaneten Neptun . . .

Im Glutodem der Transformexplosionen verging der 395 Kilometer durchmessende Zwergmond – und mit ihm die zweihundertköpfige Besatzung des terranischen Stützpunktes.

Der Oxtorner entsann sich noch genau der Informationen über Nereide, die ihnen Gouverneur van Geldern bei ihrer Ankunft auf Triton gegeben hatte:

Die Besatzung des Mondstützpunktes unter dem Kommando von Major Tscho Lin bestand aus Spezialsoldaten. Sie hatten die Aufgabe, von einer Hauptschaltstation aus einige hundert Transformplattformen des Solaren Verteidigungssystems zu überwachen und im Ernstfall zu bedienen.

Nun würden sie keines von beiden mehr tun können.
OLD MAN hatte erbarmungslos zugeschlagen.
Eine grünlich schillernde Energieblase tauchte auf dem Übertragungsschirm auf: der HÜ-Schirm eines gegnerischen Großkampfschiffes.
Plötzlich wurde der Schirm dunkel.
Die Robotsonde existierte nicht mehr.
Ein neues Beben ging durch Triton.
Captain Geraldi ballte die Fäuste vor der Brust.
„Sie haben Nereide vernichtet, nun sind wir dran!"
Von draußen klang das Donnern und Krachen eines zusammenstürzenden Gebäudes herein.
Perish Mokart schüttelte den Kopf.
„Die Feuereinschläge sind zu gezielt dafür. Ich nehme an, man schaltet lediglich die Verteidigungsforts an der Oberfläche aus."
Geraldi wollte antworten, aber ein fürchterliches Kreischen übertönte seine Worte. Triton schüttelte sich, als wäre er ein lebendes Wesen.
Als der Lärm abebbte, starrte der Captain mit kreidebleichem Gesicht auf die übrigen Bildschirme.
„Das waren Intervallkanonen, Mokart! Gegen diese Waffe gibt es keine Verteidigung."
„Abwarten!" entgegnete Perish ruhig. „Offensichtlich wollen sie Triton für sich erobern. Das gibt uns noch eine Chance."
Er wandte sich ebenfalls den anderen Bildschirmen zu.
Was er sah, ließ ihm fast das Blut in den Adern erstarren.
Der Turmsaal diente anscheinend nur dem einzigen Zweck, die Oberfläche Tritons zu beobachten, ohne selbst gesehen werden zu können. Und natürlich hatte es Raumsonden gegeben, wie aus den acht schwarzen Schirmen geschlossen werden konnte.
Der Oxtorner vermutete, daß diese Fernbildübertragungssonden bis auf eine bereits durch die Gefügeerschütterungen zerstört worden waren, die das Auftauchen von OLD MAN und seinen fünfzehntausend Ultraschlachtschiffen verursacht haben mußte.
Die Bild- und Tonübertragung aus Triton und dem Höhlenlabyrinth unter dem Scrap-Gebirge funktionierte mit makabrer Deutlichkeit.
Die Stadt selbst war verlassen. Ihre Kuppeln bargen nur noch leere Gebäude und Straßen. Weggeworfene Gepäckstücke zeugten von der Hast des Aufbruchs.
Dafür herrschte in den gigantischen Hohlräumen unter dem Scrap-Gebirge ein um so größeres Gedränge. Die Bewohner Tritonas benah-

men sich diszipliniert, aber hin und wieder schrien Frauen hysterisch auf, oder Männer riefen nach ihren Familienmitgliedern. Die rauhen Kommandostimmen von Raumsoldaten krachten immer wieder dazwischen und sorgten für einen kontinuierlichen Fluß des Flüchtlingsstromes.

„Der Alarm muß schon kurz nach unserer Ankunft in der Stadt gekommen sein", sagte Geraldi mit belegter Stimme.

„Wir haben gewiß nichts verpaßt", antwortete der Kosmohistoriker. „Immerhin scheinen die Flüchtlinge unter dem Gebirge relativ sicher zu sein."

„Ich fürchte, Sie sehen die Lage zu optimistisch", sagte Geraldi mit gepreßter Stimme. Er deutete auf einen anderen Bildschirm.

Perish Mokart blickte hin und sah einen Ausschnitt der zerklüfteten Oberfläche Tritons. Ein riesiger Schatten schwebte darüber und verdeckte teilweise das rötliche Licht Neptuns.

„Eine Hangarplattform von OLD MAN", flüsterte der Oxtorner.

„Und was ist das?" schrie der Captain und zerrte an Mokarts Arm.

Perish entdeckte auf dem anderen Schirm eine schwarze, etwa hundert Meter durchmessende Kugel, die unter der Hangarplattform des Riesenroboters hinwegglitt und auf eine abgeflachte Hügelkuppe zuschwebte. Undeutlich war dort das Gewimmel von Kampfrobotern zu erkennen. Impulsschüsse blitzten auf. Roboter kämpften gegen Roboter.

„OLD MAN hat seine Kampfmaschinen ausgeschleust", stellte Arturo Geraldi mit Erbitterung fest. „Er soll Hunderttausende davon an Bord haben."

„Aber unsere Kampfroboter sind besser", entgegnete Perish. „Sie scheinen ihre Gegner zurückzuschlagen."

Der Captain stieß einen Schrei ohnmächtiger Wut aus.

Resignierend schloß Perish Mokart die Augen.

Der Dolan hatte Kurs auf die terranischen Roboter genommen – und nun existierte von ihnen nur noch eine Staubwolke, die abrupt zu Boden sank, von keiner Lufthülle gebremst.

„Diese Bestien!" tobte Geraldi. „Es sollen nur Retortenwesen sein, lebende Raumschiffe mit einem einzigen Mann Besatzung!"

Er lachte hysterisch.

„Was habe ich gesagt? *Mann* . . .? Ungeheuer sind das!"

„Beruhigen Sie sich", sagte der Oxtorner. „Auch Ungeheuer haben ihre schwachen Stellen. Ein Dolan konnte bereits vernichtet werden. Erinnern Sie sich?"

„Sehr gut", gab Captain Geraldi grimmig zurück. „Diesen Schlag haben die Bestien nicht so schnell verdaut. Aber nun sind sie wieder da. Sie müssen einen teuflischen Plan ausgebrütet haben, während sie jenseits der Plutobahn in Sicherheit waren. Diesmal gelingt uns kein Abschuß mehr, Oxtorner. Passen Sie auf!"

Aber Perish hörte ihm gar nicht mehr zu. Er hatte sich in einen der Schalensessel gesetzt und stützte nachdenklich den Kopf in die Hände.

Auf seinen Knien lag die geheimnisvolle Kugel . . .

Perish Mokart glaubte wieder die zarten Harfenklänge zu hören. Im Unterbewußtsein regte sich allerdings gelinder Widerspruch, denn warum reagierte nur er allein auf die schwingenden Töne und der Captain nicht ebenfalls . . .?

Aber die Töne der unsichtbaren Äolsharfe vereinigten sich zu einer Melodie von Sphärenklängen und drängten die aus dem Unterbewußtsein aufsteigenden Warnungen zurück.

Erinnerungen wirbelten aus dem Gedächtnis, webten unklare Vorstellungsinhalte . . .

Perish glaubte, körperlos über dem Boden der gigantischen Höhle zu stehen. Unter ihm vollendeten Desintegratorbatterien ihr Werk, glätteten breitgefächerte Thermostrahlen das Gestein.

Seltsame Maschinen rollten über den Boden. Sie erinnerten an vorsintflutliche Saurier. Hinter ihnen blieben fertige Straßen, Brücken und Fundamente zurück. Andere Maschinen folgten und vollendeten das begonnene Werk.

Nach und nach leerte sich die mächtige Halle.

Eine einzelne Gestalt blieb zurück, die Gestalt eines menschlichen Wesens. Sie schritt zwischen den leeren Gebäuden dahin, trat durch ein Portal und schwebte eine erleuchtete Liftröhre hinauf.

Einaklos, der Baumeister und Herr der lemurischen Stadt!

Hoch oben in der ‚Halle der Sichtung' wartete Einaklos auf die, die niemals kamen.

Während er wartete und dabei zwischen Halle und Labor hin und her ging, wuchs sein zweites Werk: Einaklos, der Herr über die Zeit!

Einaklos, der Baumeister, starb, aber Einaklos, der Herr über die Zeit, lebte – er schlief, fünfzigtausend Jahre lang.

Und als die Hand des Toten ihn freigab, erwachte er zu neuer Aktivität . . .

Brennender Schmerz riß Perish Mokart aus dem Bann seines Traumes. Er öffnete die Augen und hob die Hand, als sein Vater erneut ausholte.

„Gott sei Dank!“ entfuhr es Cronot Mokart. „Ich dachte schon, du hättest den Verstand verloren. Du sahst schrecklich aus mit deinem starren Blick und . . . Was hast du eigentlich ständig von einem Einaklos vor dich hingemurmelt?“

Perish rieb sich die Wange, die von den Ohrfeigen seines Vaters brannten.

„Einaklos . . .?“

Er lächelte dünn und betrachtete die Kugel vor sich mit sonderbarer Scheu.

„Das ist Einaklos, der Herr über die Zeit.“

Cronots Unterkiefer sank zitternd herab.

„Wie . . .? Was meinst du, Perish? Komm zu dir, Junge!“

Er griff nach einem Halt, als ein neues Beben den Mond erschütterte. Der Turm schwankte wie ein Mast im Sturm. Klirrend rollte die Kugel des toten Lemurers über das Schaltpult und stieß gegen ein Mikrophongitter.

Perish nahm sie in die Hand.

„Ich weiß nicht, ob ich unter Halluzinationen leide, Vater. Aber wenn ich normal bin, so enthält diese Kugel den gespeicherten Bewußtseinsinhalt von Einaklos, dem Lemurer, der diese Stadt erbauen ließ.“

Cronot packte seinen Sohn bei den Schultern und drehte ihn so, daß er ihm genau in die Augen sehen konnte.

Nach einer Weile ließ er ihn wieder los und atmete auf.

„Nein, du bist so normal wie ein Mensch nur sein kann, Perish. Ich muß es wissen, denn ich kenne dich besser als jeder andere.“

Behutsam nahm er ihm die Kugel aus der Hand, musterte sie mit seltsamem Gesichtsausdruck und preßte sie gegen sein Ohr.

„Ich nehme an, das ist das Gebilde, das du zuerst für eine Bombe hieltest . . .“

Perish nickte.

Dann deutete er auf die lose umherliegenden Aufzeichnungsplatten.

„Mit dem Ultraschalldetektor aufgenommen.“

Cronot Mokart sah bedächtig die Platten durch.

„Ein organisches, blastulaähnliches Gebilde von der Größe einer Kinderfaust, eingehüllt von einem Mantel aus Metall, wahrscheinlich in der Zusammensetzung und den Eigenschaften unserem Terkonit gleichend . . .“

Er blickte seinen Sohn prüfend an.
„Woher willst du hinter der Erscheinung das Wesen erkennen, mein Junge?"
Perish mußte unwillkürlich lächeln.
„Die Frage war typisch für dich, Vater. Gleich wirst du Beweise verlangen."
„Rede nicht um den heißen Brei herum, Perish!"
„Also gut!"
Perish lehnte sich zurück.
„Das . . . ähem . . . Gebilde vermag hörbare und unhörbare Töne von sich zu geben. Vielleicht habe ich mich falsch ausgedrückt, ich meine selbstverständlich keine Töne im Sinne des Begriffs, sondern die geistige Übermittlung von Tonwahrnehmungen."
„Also eine Art Telepathie?" fragte Cronot spöttisch.
„Ich bin kein ESP-Wissenschaftler, um das konkretisieren zu können. Jedenfalls weiß ich, daß diese Tonwahrnehmungen mein Gehirn zu Vorstellungsbildern anregten. Ich wurde Zeuge des Baus dieser lemurischen Fluchtsiedlung; ich sah, wie der Baumeister sich in die Beobachtungshalle zurückzog und vergeblich auf die Flüchtlinge von der Erde wartete – und ich sah, wie er in seinem Labor diese ‚Blastula' züchtete."
Perish fuhr sich geistesabwesend mit der Hand über die Augen.
„Ich sah zu, wie Einaklos starb – und wie sein Bewußtseinsinhalt vollständig von dem unbeseelten Organismus in der Kugel Besitz ergriff. Ich erfuhr, daß Einaklos – denn die Kugel war zu Einaklos geworden, wenn man von der sterblichen Hülle absieht – fünfzigtausend Erdjahre lang schlief. Er erwachte, als ich die Mumie des ehemaligen Einaklos anstieß und die Kugel zu Boden fiel."
Cronot ließ sich auf einem Schaltpult nieder.
Die Männer in der Halle ignorierten die neuen Erschütterungen und das Krachen zusammenstürzender Gebäude draußen. Sie standen unter dem Bann dessen, was der Oxtorner ihnen berichtet hatte.
Cronot sagte ruhig:
„Ich habe mich entschlossen, dir zu glauben, Perish – auch wenn die Lebenserfahrung eines alten Mannes sich gegen die Erkenntnis sträubt, daß das Bewußtsein eines menschlichen Wesens fünfzigtausend Jahre nach seinem Tod noch aktiv sein soll."
„Denken Sie an OLD MAN!" warf Arturo Geraldi ein. „Das Bewußtsein Captain Rog Fanthers und seiner Gefährten überdauerte die gleiche Zeitspanne."

„Das ist etwas ganz anderes“, wehrte Cronot Mokart ab. „Dort lebten die Gehirne jener Männer in einer Versorgungsflüssigkeit weiter; ihre Körper waren also nur teilweise abgestorben, der eigentliche Träger des Bewußtseins existierte weiter. Hier aber soll das Bewußtsein eines Menschen vom sterbenden Gehirn auf ein blastulaähnliches, biologisches Zuchtgebilde übergegangen sein. Dazu kommt noch, daß diese Kugel offensichtlich keine Möglichkeit besitzt, ihren Inhalt zu ernähren. Wovon lebt die Blastula?“

„Ich weiß es nicht“, gab Perish zu. „Einaklos wird es mir sagen, wenn die Zeit dazu gekommen ist. Er selbst braucht – da er nur Geist ist – keine Nahrung.“

Er zuckte die Schultern.

„So denke ich es mir jedenfalls.“

„Verrückt!“ seufzte Cronot. „Was willst du nun mit dieser Kugel – diesem Einaklos – machen?“

„Aufheben. Aber Vater, verstehst du nicht, daß es der größte Fund unseres bisherigen Lebens als Kosmohistoriker ist?“

Widerwillig nickte Cronot.

„Und wahrscheinlich unser letzter Fund“, fügte er lakonisch hinzu.

Eine neue Erschütterungswelle rüttelte am Turm. Feine Risse entstanden an der Decke der Halle.

Perish und Cronot Mokart sahen auf, als Geraldi durch die Tür des Labors stürmte und mit allen Anzeichen der Erregung vor ihnen stehenblieb.

„Was gibt es?“ fragte Cronot. Behutsam setzte er einen Exsikkator auf den Tisch zurück.

Der Offizier rang nach Atem, dann stieß er hervor:

„Staatsmarschall Bull hat den General aufgefordert, das Feuer einzustellen und Triton dem Gegner zu übergeben!“

„Woher wissen Sie das?“ fragte Perish.

Geraldi lächelte verlegen.

„Einer meiner Spezialisten hat an der Fernbildübertragung herumgeschaltet. Plötzlich hatten wir das Ausweich-Hauptquartier von General Ifros auf einem der Bildschirme. Wir verstanden jedes Wort, das er mit seinen Stabsoffizieren wechselte, und wurden Zeuge, wie er die entschlüsselte Hyperfunknachricht von Bull erhielt.“

„Das müssen wir uns ansehen!“ rief Perish Mokart. Er zog seine

Plastikhandschuhe aus, riß sich den Laborkittel vom Leib und stürmte an Geraldi vorbei zum Lift. Sein Vater folgte ihm etwas langsamer, ebenso der aufgeregte Captain.

Doch als sie in den Turmsaal kamen, war nur ein leeres Zimmer zu sehen.

„Der General ist vor wenigen Sekunden hinausgegangen", berichtete einer der Soldaten.

„Dann werden wir warten", entgegnete Perish.

Er musterte den Soldaten prüfend. Es war ein langaufgeschossener Mann mit einem schmalen Kopf, einer hohen Stirn, wasserblauen Augen und schwarzem, kurzgeschnittenem Haar.

„Haben Sie an der Schaltung . . . ähem . . . herumprobiert?"

Der Soldat nickte gleichmütig, als wäre es das Selbstverständlichste von der Welt gewesen.

„Wie heißen Sie?"

„Ljassew. Reginald Ljassew."

Perish grinste.

„Hat der Reginald-Boom immer noch nicht aufgehört? Jeder zehnte Junge im Imperium heißt Reginald, jeder fünfte Atlan. Nur an Perry wagt man sich anscheinend noch nicht so heran, wie?"

„Das kann man nicht sagen, Sir", erwiderte Ljassew trocken. „Es soll vor einiger Zeit eine Mrs. Rhodan gegeben haben, die ihren Sohn Perry nannte . . ."

Einige der umherstehenden Soldaten lachten schallend.

„Sehr witzig, mein Freund. Was haben Sie studiert?"

„Ultrafunktechnik."

„Ach, so ist das! Dann sei Ihnen Ihr eigenmächtiges Vorgehen verziehen. Sie sind also Fachmann. Herzlichen Glückwunsch zu Ihrer Leistung!"

„Ich hoffe, die Zeitpolizisten haben Verwendung für meine Fähigkeiten", entgegnete Reginald Ljassew.

„Wie kommen Sie darauf?"

„Nun, immerhin hat Staatsmarschall Bull die Übergabe Tritons befohlen . . ."

Das Gespräch wurde unterbrochen, als auf dem Bildschirm General Moshe Ifros auftauchte. Neben dem Militärkommandanten des ersten Neptun-Mondes waren noch drei andere hohe Offiziere zu sehen. Sie trugen sehr ernste Mienen zur Schau, machten aber einen gefaßten Eindruck.

General Ifros nahm vor einem Telekom Platz, einem großen Schrankgerät, das eine ziemliche Leistung abgeben mußte. Ein Offizier schaltete den Telekom ein.

„Offiziere und Soldaten, Bürger von Triton", begann der General. „Angesichts der erdrückenden Übermacht des Gegners hat Staatsmarschall Bull mir die Übergabe Tritons an den Feind befohlen. Nach kurzer Beratung mit meinem Stab bin ich zu dem Ergebnis gekommen, daß uns keine andere Möglichkeit verbleibt, als dem Befehl des stellvertretenden Großadministrators zu folgen. Ich habe daher über Hyperkom dem Gegner die bedingungslose Kapitulation angeboten und die Robotlenkzentrale angewiesen, ihre Kampfroboter zu zerstören. Gleichzeitig damit wurden die militärischen Anlagen, die für den Gegner wichtig sein könnten, ebenfalls zerstört."

Moshe Ifros machte eine Pause und zupfte nervös an den Ärmeln seiner Uniformkombination.

„Bitte, bewahren Sie Ruhe und Disziplin! Lassen Sie sich nicht zu unbedachten Handlungen hinreißen, damit es kein neues Blutvergießen gibt! Unsere Verluste an Menschenleben betragen glücklicherweise nur siebzehn Mann, die bei der Verteidigung des Pfortenbunkers A-3 fielen. Ich . . ."

General Ifros kämpfte offensichtlich mit seiner Rührung.

„Ich bin nunmehr nur noch Ihr Schicksalsgefährte. Das war mein letzter Befehl. Ende!"

Abrupt schaltete Moshe Ifros den Telekom ab.

„Und was geschieht mit uns . . .?" fragte Captain Arturo Geraldi gedehnt.

Perish Mokart wandte sich um und sah dem Offizier in die Augen.

„Das, was wir für richtig halten, denke ich."

Geraldis gebräuntes Gesicht verzog sich zu einem breiten Grinsen.

„Vielen Dank, Mr. Mokart! Sie haben meine Seele von einem Alpdruck befreit."

Perish Mokart lächelte hintergründig.

Er wandte sich abrupt um und betrachtete wieder die Bilder auf den Panoramaschirmen.

Die Oberflächenübertragung zeigte wieder eine Plattform von OLD MAN sowie Tausende von Kampfrobotern, die in einem Antigravfeld herabschwebten. Unten formierten sie sich zu Marschkolonnen und drangen in die mehr oder minder schwer beschädigten Pfortenbunker ein. Überall lagen die Trümmer ihrer ‚Kollegen' und terranischer Kampfroboter, die teils im Kampf gefallen, teils von der Robotlenkzentrale aus zerstört worden waren, damit der Gegner sie nicht für seine Zwecke einsetzen konnte.

Andere Bildschirme zeigten waffenlose terranische Soldaten und Zivilisten, die von feindlichen Kampfrobotern brutal durch die Gänge getrieben und in leere Silos und Bunker gesperrt wurden.

Es fiel kein Schuß mehr.

„Warum hat man nicht wenigstens die Zivilisten rechtzeitig evakuiert?" fragte Cronot mit Bitterkeit in der Stimme. „Es gibt doch genügend Transmitter dort oben. Auf die Empfangsstationen des Mars oder einiger Raumtransporter einjustiert – und fort wären sie gewesen."

„Theoretisch wäre das möglich gewesen", antwortete Perish leise. „Aber soviel ich von den Abwehrschirmen der Dolans gehört habe, hätten sie die exakte Übermittlung gestört. Es wäre zu furchtbaren Unfällen gekommen."

Die beiden Oxtorner hatten einen Entschluß gefaßt. Sie würden einen Vorstoß an die Oberfläche unternehmen, sobald es dort etwas ruhiger geworden war. An die Kapitulationsaufforderungen Moshe Ifros fühlten sie und ihre Begleiter sich nicht gebunden.

„Die werden staunen, wenn wir plötzlich zwischen ihnen auftauchen", freute sich Arturo Geraldi. „Ich schlage vor, wir sprengen ihre Transportfahrzeuge in die Luft."

Perish Mokart lächelte maliziös.

„Ganz davon abgesehen, daß es an der Oberfläche Tritons keine Luft gibt, Captain – haben wir etwas anderes vor, etwas ganz anderes."

Die Soldaten schienen zu fühlen, daß sie gleich eine Eröffnung von großer Tragweite zu hören bekommen würden. Sie blickten gespannt auf den Oxtorner.

„Was meinen Sie dazu", sagte Perish betont langsam, „einen Schwingungswächter zu entführen . . .?"

„Einen Dolan?" fragte einer der Soldaten erschrocken.

„Unsinn!" wies Geraldi ihn zurecht. „Was sollen wir mit einem lebenden Raumschiff anfangen? Mr. Mokart meint einen Zweitkonditionierten."

„So ein Ungeheuer?" fragte Reginald Ljassew.

„Ganz recht", erwiderte Perish.

Die Soldaten zogen betretene Gesichter.

„Wie wollen wir das anstellen?“ fragte der Captain kleinlaut. „Gewiß, ich könnte es noch verstehen, wenn Sie davon gesprochen hätten, einen Zweitkonditionierten zu töten – aber entführen . . . Die Ungeheuer sind doch noch stärker als die Haluter!“

„Sie sind auch stärker als ein einzelner Oxtorner“, gab Perish Mokart ernst zurück. „Aber nicht so stark wie zwei Oxtorner und acht Terraner zusammen.“

„Und vor allem werden sie nichts von unserem Plan ahnen“, warf Cronot ein, „jedenfalls nicht, bevor es zu spät für sie ist.“

Er blickte seinen Sohn aufmunternd an.

„Nun fang schon an, USO-Reservist! Schließlich bist du auf derartige Dinge spezialisiert!“

Perish ging nicht auf den scherzhaften Ton ein. Es stimmte, er hatte eine Menge Erfahrung in diesen Dingen. Aber deshalb wußte er besser als sein Vater, daß der geplante Einsatz ein Himmelfahrtskommando war.

Er ließ daran keinen Zweifel, als er den Plan erläuterte.

Doch die Soldaten waren viel zu sehr davon fasziniert, als daß sie die Kehrseite der Medaille hätten sehen wollen.

Sie warteten, bis in den Hohlräumen unter dem Scrap-Gebirge Ruhe eingetreten war. Einige brachten es sogar fertig zu schlafen. Unter ihnen befand sich auch Perish Mokart.

Während seiner USO-Dienstzeit war es ihm zur Gewohnheit geworden, bei Einsätzen jede Ruhepause zur ‚Aufladung seiner Zellen‘, zu benutzen, wie es im USO-Jargon hieß. Es hatte ihn dabei nie gestört, wo er schlief, ob auf einem Feldbett, einem komfortablen Pneumolager oder auf hartem Fels.

Sein Vater weckte ihn.

Sie nahmen ihr spärliches Gepäck, Perish Mokart steckte die Kugel, die Einaklos' aktives Bewußtsein enthielt, in eine seiner geräumigen Gürteltaschen. Dann ließen sie sich vom Antigravfeld des Lifts zum Erdgeschoß tragen.

Die Soldaten zwängten sich in den Schweber. Die beiden Oxtorner verzichteten. Sie hätten erstens keinen Platz mehr gefunden, und zweitens machten ihnen einige Kilometer Fußmarsch nichts aus.

Zu Perishs Verwunderung schlug sein Vater einen Umweg ein. Als er ihn nach dem Grund fragte, lächelte Cronot Mokart nur geheimnisvoll und sagte:

„Es ist besser, wenn wir beide Bescheid wissen.“

Mehr war aus ihm nicht herauszubekommen.

Als sie ein kuppelförmiges Gebäude erreichten, wandte sich Cronot dem Eingang zu.

Perish folgte ihm, neugierig auf das, was der Vater ihm wohl zeigen wollte.

Er sah es, als sie das Schott durchschritten.

„Ein Transmitter . . .!“ flüsterte Perish ungläubig.

„Warum nicht“, gab Cronot ironisch zurück. „Du weißt doch, daß die alten Lemurer das Geheimnis der Materieübertragung bereits kannten und ausgezeichnet beherrschten.“

„Aber ausgerechnet hier!“

Perish Mokart ging näher und musterte die Energiepole mit wissenschaftlichem Interesse, denn er war, genau wie sein Vater, nicht nur Kosmohistoriker, sondern auch Ultraenergietechniker. Er hütete sich jedoch, den rot leuchtenden Warnkreis zu überschreiten.

„Es sieht aus, als würde er funktionieren“, murmelte er sinnend.

„Und ob er das tut!“ sagte sein Vater lächelnd. „Anscheinend kennst du den Bericht der Forschungsgruppe schlecht, die diese Stadt entdeckte. Sie hat den Transmitter getestet.“

Er ging zu dem kleinen, unscheinbar aussehenden Schaltpult auf der entgegengesetzten Seite der Halle.

„Nicht, Vater!“ warnte Perish.

Cronots Hand fiel schwer auf eine rotglühende Schaltplatte.

Perish sprang zurück, als der Transmitterbogen sich knisternd und summend aufbaute.

Die Energiesäulen flimmerten blauweiß – und zwischen ihnen gähnte der imaginäre Schlund des Hyperraums.

„Kontakt!“ rief Cronot.

Perish ging mißtrauisch hinüber und warf einen Blick auf das Schaltpult.

Die Schaltplatte leuchtete grün, ein eindeutiger Beweis dafür, daß die Gegenstation sich empfangsbereit meldete.

„Aber wohin . . .?“ stammelte Perish. „Wohin mag derjenige kommen, der seinen Fuß zwischen die Transmitterbögen setzt?“

Sein Vater sah ihn ernst an und schaltete den Transmitter ab.

„Das weiß niemand, Junge. Und wir werden es ebenfalls niemals erfahren, wenn wir es nicht ausprobieren.“

6.

Captain Geraldi schluckte hörbar, als der Bug des Unterseebootes sich aufrichtete und es in steilem Winkel über die Oberfläche des unteren Sees hinausschoß.

„Schon wieder mal fünfzig Soli für die Achterbahn gespart", murmelte Reginald Ljassew.

Perish Mokart steigerte die Energiezufuhr für den Antrieb.

„Sind Sie sicher, daß es keinen . . . anderen Weg nach oben gibt?" fragte der Captain zweifelnd.

„Absolut sicher", entgegnete Perish. „Nach oben geht es immer aufwärts."

„Aber meist fällt alles wieder nach unten", bemerkte Ljassew.

Perish wandte sich zu ihm und sagte:

„Wenn Sie so weitermachen, geben Sie noch einmal einen guten Zyniker ab, Bully . . . Verzeihung Ljassew."

Reginald Ljassew errötete, und seine Kameraden brachen in unsicheres Lachen aus, weil sie die Zusammenhänge nicht kannten.

„Endlich!" stöhnte Geraldi, als das U-Boot in den Schlund des Tunnels einfuhr.

„Wir müssen auf jeden Fall versuchen, die feindlichen Kampfroboter abzuhängen", sinnierte Cronot Mokart. „Der Schwingungswächter aber darf unsere Spur nicht verlieren. Hm!"

„Wie bitte?" fragte Arturo Geraldi.

„Die Sache ist doch ganz logisch", fuhr Cronot fort, „er entdeckt uns und versucht uns zu fangen. Zehn kleine Terraner, von denen er jeweils fünf gleichzeitig mit einer Hand zerquetschen kann . . ."

„Ich verstehe nicht!" protestierte Geraldi.

Reginald Ljassew begann die Melodie des Kinderliedes von den zehn kleinen Negerlein zu summen.

„Er kennt keine Angst", führte Cronot sein Selbstgespräch unbeirrt fort, „und kümmert sich nicht darum, was hinter ihm geschieht."

„He!" schrie der Captain empört. „Ich ahne zwar, wovon Sie sprechen, aber ich verstehe kein Wort!"

„Dann mischen Sie sich nicht ein", gab Cronot zurück.

Geraldi wischte sich den Schweiß von der Stirn und wandte sich dem Radarschirm zu.

„Nur Wasser, nichts als Wasser! Ich möchte wissen, wo auf einem luftleeren, sonnenfernen Mond freies Wasser herkommt!"

„Die erste vernünftige Frage", entgegnete Cronot Mokart. „Wasser ist bekanntlich eine chemische Verbindung zwischen den Elementen Wasserstoff und Sauerstoff, wobei ein Sauerstoffatom zwei Wasserstoffatome bindet. Das Ergebnis nennt man H_2O, wenn ich mich nicht irre."

„Aber wieso . . .?" begann Geraldi erneut.

„Eine noch bessere Frage", sagte Cronot. „Die Messungen mit dem Geigerzähler ergaben, daß sich im Zentrum Tritons ein ungewöhnlich stark radioaktiver Kern befindet. Die Wärmeausstrahlung infolge der Umwandlung des radioaktiven Stoffes steht jedoch in einem Mißverhältnis zur ausgesandten Gammastrahlung. Logischer Schluß daraus: Die alten Lemurer formten den natürlichen Kern des Neptunmondes in ein künstliches Element um, das bei der Umwandlung zwar starke Wärmeenergie entwickelt, aber andererseits so langlebig ist, daß die ausgesandte radioaktive Strahlung für organisches Leben unbedenklich ist. Quod erat demonstrandum."

„Was zu beweisen *wäre*!" korrigierte der Captain dann. „Bloße Worte . . ."

„Stopp, mein lieber Captain!" unterbrach ihn Cronot Mokart ironisch. „Ich habe es bewiesen, indem ich die Messungen des ersten Forschungstrupps und meine heutigen Messungen auswertete. Wenn Sie allerdings das Bedürfnis dazu verspüren, dürfen Sie dem radioaktiven Kern demnächst ruhig einen persönlichen Besuch abstatten. Nur kommen Sie danach nicht in die Nähe lebender Wesen!"

Captain Geraldi preßte verärgert die Lippen zusammen und schwieg, bis der Bug des Unterseebootes in den oberen See eintauchte.

Perish schaltete den Antrieb ab, und Cronot fuhr das Periskop aus. Sorgfältig musterte er die Umgebung durch den Infrarotfilter.

„Nichts!" sagte er dann. „Die feindlichen Roboter scheinen sich nicht für den See zu interessieren."

„Vielleicht haben sie Angst zu verrosten", murmelte Ljassew.

„Übernimm du das Ruder, Vater", bat Perish. „Ich steige in die Geschützkuppel. Falls doch noch jemand auftauchen sollte . . ."

Sein Vater nickte ihm bestätigend zu.

Perish Mokart verließ die Zentrale und begab sich in die drehbare

Panzerkuppel im vorderen Drittel des Bootes. Als es auftauchte, fuhr er die Kuppel aus und ließ die hermetisch abschließenden Blenden zurückfahren. Die Raketenlafette schwenkte herum; die rotgestrichenen Spitzen der Sprengköpfe drohten zum Eingang der Höhle hinüber.

Nach einer Weile blies Cronot den Alarm ab.

„Ergebnis Radartaster negativ."

Das U-Boot glitt langsam und fast lautlos zur Anlegestelle. Die Superschildkröte, mit der sie gekommen waren, stand noch am gleichen Ort, ein weiterer Beweis dafür, daß keine feindlichen Roboter dagewesen waren.

„Wahrscheinlich hat die Wache oben die Tarnblende heruntergelassen, bevor sie in die Gefangenschaft ging", meinte Geraldi.

„Tarnblende . . .?" fragte Cronot. „Davon weiß ich nichts."

Geraldi grinste.

„Es wäre schlimm, wenn Sie alles wüßten. Die Tarnblende ist eine Einrichtung der Lemurer. Eine der Tunnelfräsen stieß darauf, als sie einen neuen Stollen vortreiben wollte. Sie stoppte sofort, und es gelang den Technikern, die Blende unversehrt hochzufahren. Ohne diesen Zufall wäre man nie hinter das Geheimnis Tritons gekommen."

„Wozu die alten Lemurer doch gut sind", bemerkte Perish und schickte sich an, die Leiter zum Turm hinaufzusteigen.

Sie gingen an Land, nahmen aber nur das allernötigste Gepäck mit, da sie bald zurückzukommen gedachten. Das U-Boot blieb startbereit liegen.

Eine Viertelstunde später setzte sich das Gleiskettenfahrzeug rumpelnd in Bewegung.

Von nun an schwiegen die Männer.

Angesichts der tödlichen Gefahr, der sie sich näherten, wären alle Gespräche banal erschienen.

„Das ist der Verschluß", sagte Geraldi.

Perish Mokart bremste die Superschildkröte ab und fuhr die transparente Kabinenkuppel zurück.

Verwundert musterte er die leicht gewölbte Felswand, die den Tunnel versperrte.

„Wenn ich nicht wüßte, daß wir uns im richtigen Tunnel befinden, würde ich glauben, in einen blind endenden Gang geraten zu sein."

Arturo Geraldi rieb sich die Hände.

„Toll, was? Eine vorzügliche Tarnung."
„Hm!" machte Perish nachdenklich. „Aber weshalb auch innen? Die Tarnung der Außenwandung würde doch genügen, um eine Entdeckung des Zugangs zu verhindern."
Der Captain blickte ihn verblüfft an.
„Das stimmt. Darüber habe ich nicht nachgedacht."
„Dann sollten Sie es jetzt tun. Ich nehme nicht an, daß die Lemurer ohne triftigen Grund eine doppelte Tarnung anbrachten."
Geraldi strich mit der Hand über die schwarzen Bartstoppeln, die inzwischen aus seinem Kinn gesprossen waren. Dann wandte er den Kopf und sah mißtrauisch zurück.
Perish lächelte.
„Ich sehe, Sie sind zum gleichen Schluß gekommen wie ich."
Der Captain nickte.
„Die Lemurer haben offenbar damit gerechnet, daß der Zugang zu ihrer Fluchtsiedlung auch an anderen Stellen zufällig angebohrt werden könnte als am regulären Eingang. Das bedeutet, daß hinter den Tunnelwänden noch andere Tarnblenden vorhanden sind."
„Die im Bedarfsfall herabgelassen werden", ergänzte der Oxtorner. „Mich wundert nur, daß dies noch nicht geschehen ist . . ."
Captain Geraldi lachte unsicher.
„Mir kommt da ein Gedanke . . ."
„Nun reden Sie schon!"
„Die Techniker, die die Tarnblende am Eingang entdeckten, fanden auch den Öffnungsmechanismus. Sie gingen glücklicherweise sehr klug vor und probierten nicht daran herum, sondern stellten in der Rechenzentrale Kalkulationen an, wie der Mechanismus gefahrlos zu betätigen sei."
Perish stieß einen Pfiff aus.
„Rechenzentrale . . .? Da kommt mir eine Idee . . ."
„Wie bitte?"
Perish winkte ab.
„Später! – Zurück zu Ihrer Überlegung! Die Techniker öffneten den Verschluß also auf die einzig richtige Art und Weise. Dann wird mir alles klar. Die verschiedenen Blenden werden durch eine Positronik überwacht und gesteuert. Wenn eine Tunnelwand aufgebrochen wird oder jemand den Zugang unvorschriftsmäßig öffnet, fallen überall die Tarnblenden herab. Dadurch wird die Wahrscheinlichkeit stark verringert, daß Unbefugte den Weg zum oberen See finden. – Ein Glück, daß

diese Techniker ihre Gehirne zum Denken benutzten, sonst würden möglicherweise auch noch andere Defensiveinrichtungen aktiviert worden sein."

Er starrte die scheinbar echte Felswand an.

„Hoffentlich wissen Sie, wie das Ding geöffnet wird, Captain. Sonst sitzen wir fest."

Arturo Geraldi lächelte triumphierend.

„Sie unterschätzen General Ifros, Mr. Mokart. Er hat mich selbstverständlich genauestens instruiert, bevor er mich zu Ihrem Schutz abkommandierte."

Er kletterte über den Rand der Fahrerkuppel – und wäre an der glatten Wand der Schildkröte abgerutscht, hätte der Oxtorner ihn nicht im letzten Augenblick festgehalten.

„Vorsichtig, mein Lieber!" mahnte Perish Mokart. „Wir brauchen Sie noch. – Ehrlich, ich wüßte jetzt nicht, was wir ohne Sie anfangen sollten."

Er half dem Captain hinab, und Geraldi stolzierte mit geschwellter Brust auf die Tarnblende zu. Perish grinste hinter ihm her.

Arturo Geraldi blieb an der linken Seite der Blende stehen. Er bückte sich und fuhr mit den Fingern über einen Teil der zerklüfteten Felswand.

Perish Mokart atmete heftig. Als Kosmohistoriker hatte er Zugang zu den Unterlagen gehabt, die die Besatzung der CREST zu Anfang dieses Jahrhunderts aus der Vergangenheit mitgebracht hatte. Der Teil der Felswand, über die Geraldis Finger glitten, hatte genau die Form des ehemaligen Kontinents Lemuria, wie er vor rund fünfzigtausend Jahren irdischer Zeitrechnung existierte.

„Verblüffend einfach", murmelte er.

„Wie, bitte?" fragte der Captain, wandte sich um und lehnte sich unabsichtlich gegen die Wand.

Plötzlich taumelte er.

Die Tarnblende verschwand mit einem schwachen Summen in der Decke des Tunnels, und Captain Geraldi stürzte rücklings in den angrenzenden Stollen.

Unterdessen waren auch die anderen Männer aus dem Fahrzeug gestiegen. Sie lachten herzhaft über das Mißgeschick ihres Vorgesetzten, aber eine befehlende Handbewegung Perishs ließ sie verstummen.

„Von nun an müssen wir uns möglichst lautlos bewegen", erklärte der Oxtorner. „Der Gegner darf uns erst dann entdecken, wenn es in unseren Plan paßt."

„Wohin gehen wir überhaupt?“ fragte Geraldi, der sich inzwischen aufgerappelt hatte und den Staub von seiner Uniformkombination klopfte.

„Dorthin!“ sagte Ljassew und deutete mit dem Daumen in die Richtung, die zum Labyrinth unter dem Scrap-Gebirge führte.

Der Oxtorner ging nicht darauf ein.

„Der Captain hat mich vorhin auf einen Gedanken gebracht. Hören Sie zu!“

Er wartete, bis die anderen Männer einen Halbkreis vor ihm gebildet hatten.

„Wir müssen davon ausgehen, daß die Schwingungswächter hochintelligente Lebewesen sind. Sie haben einen feindlichen Stützpunkt erobert und bereiten sich darauf vor, von hier aus die endgültige Strafexpedition gegen die Erde einzuleiten. Was wird sie wohl in erster Linie interessieren?“

„Wie sie durch die Verteidigungsgürtel der Transformplattformen hindurchkommen“, sagte Captain Geraldi.

„Das auch“, erwiderte Perish. „Aber im Grunde genommen ist das Transmiformsystem viel zu sehr im ganzen Sonnensystem verstreut, als daß sie sich darüber ernsthafte Sorgen machen müßten.“

„Die Zweitkonditionierten haben einen aus ihrer Gruppe eingebüßt“, sagte Cronot Mokart bedächtig. „Damit wurden sie mit der Erkenntnis konfrontiert, daß die Menschheit ein ganz besonderer Gegner ist, den man nicht unterschätzen darf. Ich würde an ihrer Stelle versuchen, recht viel über die Denkweise der Menschen herauszubekommen.“

„Sie verhören die Gefangenen!“ sagte Reginald Ljassew schnell.

„Sicher“, gab Cronot zurück. „Aber die Ergebnisse werden sie kaum befriedigen, da alle Aussagen naturgemäß individuell gefärbt sind. Die Zweitkonditionierten benötigen einen sowohl umfassenden als auch von allen Gefühlen freien Überblick über die Denkweise der *gesamten* Menschheit als einheitlich handelndem Konglomerat.“

„Nur die Robotgehirne besitzen keine Gefühle“, entgegnete Arturo Geraldi schroff.

„Sie haben es erfaßt“, erklärte Perish Mokart. „Im Grunde genommen kommen Sie immer auf die richtigen Ideen, Sie erkennen sie bloß nicht. Die Schwingungswächter werden also ein Positronengehirn befragen, wenn sie Ergebnisse erhalten wollen, die unbeeinflußt von emotionellen und individuellen Strömungen sind. Unser Ziel ist also das Rechenzentrum Tritonas!“

„Hoffentlich hat der General es nicht zerstören lassen", wandte Cronot ein.

Captain Geraldi zuckte die Schultern.

„Plan Delta sieht nichts dergleichen vor. Wenn sich General Ifros danach gerichtet hat, sind nur die militärisch bedeutsamen Fakten aus den Speicherbänken gelöscht worden – und natürlich die Unterlagen über die Materieumformung."

„Hoffen wir es", sagte Perish. „Bestimmen Sie bitte zwei Mann, die bei dem Fahrzeug bleiben – hinter der verschlossenen Tarnblende natürlich."

Der Captain suchte zwei Soldaten aus. Dann wandte er sich noch einmal an den Oxtorner.

„Sollen sie uns benachrichtigen, falls sie etwas Verdächtiges bemerken?"

„Sie werden kaum etwas bemerken", wehrte Perish ab. „Sie sollen nur aufpassen, daß niemand von einer anderen Seite in den Tunnel eindringt. Natürlich müssen sie uns dann über Telekom verständigen."

„Hoffentlich dringen die Telekome durch", erwiderte Geraldi mit bedenklicher Miene. „Eigentlich bräuchten wir einen Hyperkom."

„Den haben wir aber nicht", sagte Perish Mokart.

Plötzlich lächelte er.

„Sie haben mich schon wieder auf eine Idee gebracht, Captain . . ."

„Auf welche?" fragte Geraldi.

Perish winkte ab.

„Später. Holen Sie Ihre Waffen aus der Schildkröte und kommen Sie!"

Aser Kin stützte sich auf seine kurzen Laufarme und musterte die Eingabeschaltung der Positronik aus seinen drei rotglühenden Augen.

„Dieses Spielzeug zeigt wieder einmal, wie kraftlos und winzig diese Terraner sind", sagte er laut.

„Sie sind mir ein Rätsel", erwiderte Tro Khon, der aufrecht vor der Positronik stand und mit seinem halbkugeligen Kopf die über vier Meter hohe Decke des Rechenraums berührte. „Nimmt man ein einzelnes Individuum dieses seltsamen Volkes, muß man zu dem Schluß kommen, daß die Kurzlebigen uns so gut wie keinen Widerstand entgegensetzen können. Sie sind nicht nur körperlich schwach, sondern geistig auch zu sehr spezialisiert. – Ich denke dabei an diesen Camaron Olek, den ich als

Ersten Exekutor für Kosmonautik eingesetzt habe. Er ist ein genialer Kosmonautiker, aber auf vielen anderen Gebieten ein Versager."

„Und doch haben Terraner einen von uns vernichtet", sagte Aser Kin nachdenklich. Er entsann sich eines anderen unheimlichen Zwischenfalls in der Großen Magellanschen Wolke.

„Die große Gefahr bei den Terranern ist, daß sie außersinnlich begabte Individuen einsetzen – und außerdem Hilfsvölker. Eines von den beiden Wesen, die damals in meinen Dolan eindrangen, war kein Terraner. Es sah eher wie ein Tier aus, aber es benahm sich taktisch außergewöhnlich klug. Wenn meine Exekutoren nicht versagt hätten, wären mir die beiden Wesen allerdings nicht entkommen."

Tro Khon blickte plötzlich auf seinen Kommunikator, der als hühnereigroßes Gebilde mit dem Handgelenk seines linken Handlungsarms verwachsen war.

„Mein Analytiker ruft mich", erklärte er. „Der Dolan braucht Nahrung. Würden Sie mich bitte für kurze Zeit entschuldigen, Kin?"

„Aber selbstverständlich", erwiderte Aser Kin. „Ich komme schon allein zurecht. So kompliziert sind die terranischen Positroniken nun auch wieder nicht."

Tro Khon lachte brüllend, ließ sich auf seine Laufarme fallen und lief davon.

Aser Kin wandte sich wieder dem Eingabesektor der Positronik zu.

Er wurde nach einiger Zeit von einem Roboter aus seinen Gedanken gerissen.

Zornig starrte er die Maschine an, die ihn wieder an die Terraner erinnerte, da sie von OLD MAN stammte.

„Was willst du?"

Der Roboter sagte:

„Wir haben einige Terraner eingepeilt, die sich mit einem Funkspruch mit dem ehemaligen Militärkommandanten dieses Stützpunktes in Verbindung setzen wollten."

„Mit einem Funkspruch?" schrie Aser Kin erregt. „Habt ihr den Terranern nicht die Funkgeräte abgenommen?"

Der Roboter störte sich nicht an der Erregung seines jetzigen Herrn.

„Doch, aber diese Terraner scheinen sich bisher versteckt gehalten zu haben. Sie gehören nicht zu den Gefangenen."

„Dann fangt sie ein!" befahl Aser Kin sarkastisch.

Der Roboter bestätigte den Befehl und marschierte mit knallenden Schritten aus der Rechenzentrale.

Aser Kin hatte den Zwischenfall im nächsten Augenblick vergessen. Ihn interessierten nicht einige versprengte terranische Soldaten, sondern er wollte mehr über die Denkweise der Terraner erfahren.

Aber eine halbe Stunde später erhielt er einen Funkspruch, der ihn diesen Vorsatz vergessen ließ.

Er warf sich herum und stürmte brüllend in das Gangsystem hinein . . .

„Der General meldet sich nicht", sagte Captain Geraldi.

Perish Mokart lachte leise.

„Haben Sie wirklich geglaubt, er würde sich melden, Captain? Er ist ein Gefangener, und Gefangenen pflegt man sämtliche Kommunikationsgeräte abzunehmen. Viel wichtiger erscheint mir, daß die Roboter oder die Schwingungswächter unseren Anruf empfangen."

Arturo Geraldi zuckte die Schultern und beugte sich erneut über den tragbaren Telekom.

„Hier Captain Geraldi! Ich rufe General Ifros. General Ifros, bitte melden! Wir sind vergessen worden. Ich wiederhole: Wir sind vergessen worden!"

Reginald Ljassew grinste.

„Die Vergessenen von Tritona! Wäre ein guter Filmtitel, nicht wahr?"

„Halten Sie den Mund!" fuhr Geraldi ihn an. „Für uns ist es nur wichtig, daß der Funkspruch die Zweitkonditionierten vermuten läßt, daß eine versprengte Kampfgruppe sich heimlich mit dem ehemaligen Oberbefehlshaber in Verbindung setzen will."

Er fuhr herum und richtete die Waffe auf die Gestalt, die durch einen Nebengang hergelaufen kam.

Dann ließ er den Strahler wieder sinken.

Cronot Mokart kam heran und setzte ein koffergroßes Gerät ab. Die Art der Antennen bewies, daß es sich um ein tragbares Hyperfunkgerät handelte.

„Was sagst du dazu, Perish?" wandte er sich an seinen Sohn. „Reichweite vierhundert Lichtjahre. Das dürfte für unsere Zwecke genügen."

Perish Mokart nickte.

„Ausgezeichnet, Vater! Hast du irgendwo Roboter gesehen?"

„Nein, sonst wäre ich kaum hier."

Er öffnete die Rückwand des Geräts, nahm die breiten Plastikgurte aus dem schmalen Fach und befestigte sie an den vorhandenen Halterungen an der Außenwand. Danach schnallte er sich den Hyperkom auf den Rücken.

„So, das wäre erledigt. Jetzt dürfen unsere Freunde kommen."

„Bis jetzt rührt sich noch nichts", sagte Perish. „Captain, versuchen Sie es noch einmal!"

Captain Geraldi schaltete den Telekom erneut ein und sagte seinen Spruch auf.

Plötzlich legte Perish ihm die Hand auf die Schulter.

„Abschalten! Ich habe etwas gehört!"

Hastig drückte Geraldi auf die AUS-Taste und richtete sich auf.

Die Männer hielten den Atem an.

Von irgendwoher aus dem unübersichtlichen Ganglabyrinth erscholl rhythmisches Stampfen.

Reginald Ljassew grinste breit.

„Kampfroboter! Sie scheinen zu glauben, wir hätten keine Ohren."

„Bald haben Sie auch keine mehr!" drohte der Captain und griff an sein Jagdmesser, das er stets in einer echten Lederscheide am Gürtel trug.

Perish Mokart überprüfte die beiden Waffen, die er auf dem Weg zum Höhlenlabyrinth unter Tritona gefunden hatte. Ein Soldat mußte sie weggeworfen haben. Es handelte sich um einen bazookaähnlichen Raketenwerfer, dessen Munition speziell für die Bekämpfung von Kampfrobotern gedacht war. Die zweite Waffe war ein schwerer Kombistrahler, für einen Oxtorner gewichtsmäßig nur ein Spielzeug.

Cronot Mokart legte einen Pfeil auf die Sehne seines Bogens. Die Pfeilspitzen enthielten noch immer Thermoladungen.

„Verteilen Sie sich auf die Gangmündungen!" befahl Perish. Er übernahm wie selbstverständlich das Kommando, und Captain Geraldi respektierte die größere Kampferfahrung des Oxtorners. „Wir müssen wissen, aus welcher Richtung die Roboter kommen. Sperren Sie also Ihre Ohren auf!"

Die Soldaten rannten los.

Nach kurzer Zeit hob Reginald Ljassew die Hand.

„Sie kommen von hier!"

„Gut!" erwiderte Perish. „Sie ziehen sich jetzt bis an die Kreuzung zurück, von der ein Tunnel zur Hauptverkehrsader abzweigt. Dort sichern Sie nach allen Seiten, damit uns hier niemand in den Rücken fällt."

„Und Sie?" fragte Captain Geraldi besorgt.

Der Oxtorner lachte gutmütig.

„Wir kommen ganz gut allein zurecht. – Außerdem können Sie nicht so schnell laufen wie wir, und es ist wichtig, daß wir die Roboter von ihren anderen ‚Kollegen' weglocken."

Der Captain schien nicht ganz zu verstehen, worauf Perish Mokart hinauswollte. Aber er nickte und zog mit seinen Soldaten davon.

Perish und Cronot Mokart bezogen zu beiden Seiten des Tunnels Stellung, aus dem sie die Roboter erwarteten.

„Warum stößt du unseren Plan um?" flüsterte Cronot. „Ich denke, wir wollen die Roboter hier zurückschlagen."

„Das werden wir auch", gab Perish grimmig zurück. „Aber wenn sich dadurch einer der Schwingungswächter verleiten läßt, selbst in den Kampf einzugreifen, wären die anderen verloren. Bedenke, daß wir hier unten keine Detonationswaffen verwenden dürfen. Die Druckwelle würde die Gänge im Umkreis von einigen hundert Metern zum Einsturz bringen. Wir müssen vor einem etwa auftauchenden Wächter fliehen – aber Geraldi und seine Männer könnten das nicht."

„Sie werden beleidigt sein, wenn sie erfahren, daß du sie absichtlich getäuscht hast, Perish."

„Die Hauptsache, sie leben dann noch. – Achtung, die Schritte nähern sich!"

Die Oxtorner preßten sich mit den Rücken gegen die Wand, so daß die Roboter sie mit ihren empfindlichen Ortungsorganen nicht anmessen konnten.

Mit angehaltenem Atem warteten sie, bis sie annahmen, daß die Spitze der Roboterkolonne sich ungefähr in der Mitte des Nebenganges befand. Der laute Marschtritt der Kampfmaschinen erleichterte diese Aufgabe.

Zur gleichen Zeit stießen sie sich von der Wand ab, wirbelten herum und eröffneten das Feuer. Sie verzichteten auf jede Deckung und standen breitbeinig in der Tunnelmündung.

Die Minirakgeschosse fauchten schnell hintereinander aus der Bazooka, und Cronot Mokart verschoß die Hälfte seiner Pfeile.

Knapp fünfzig Meter vor ihnen brach die Hölle los. Roboter explodierten, ein Teil der Decke brach ein und verschüttete die nachdrängenden Kampfmaschinen. Die Minirakgeschosse fuhren immer wieder in dieses Inferno hinein und zerpulverten die Trümmer.

Kein einziger Schuß kam bis zu den Oxtornern durch. Die Überraschung war vollauf gelungen.

Perish legte die Hand auf den Unterarm seines Vaters, als dieser einen Pfeil auf das zuckende Wrack eines Kampfroboters anlegte, der vor dem brennenden Trümmerhaufen lag.

„Warte!“

Er legte die Bazooka hin und lief zu dem Roboterwrack. Triumphierend schwenkte er die überschwere Impulswaffe der Maschine und überreichte sie seinem Vater.

„Bitte sehr! Deine Pfeile hätten nicht ewig gereicht.“

Dankbar lächelnd schob Cronot die schwere Waffe unter den Gürtel seiner Kombination.

Im nächsten Augenblick wirbelten die beiden Männer herum.

Aus einem anderen Nebengang erscholl wieder das rhythmische Dröhnen von metallenen Roboterfüßen.

Die Oxtorner wollten ihre soeben erprobte Taktik noch einmal anwenden. Aber die Kampfroboter hatten aus der Niederlage gelernt. Sie stürmten einzeln durch den Tunnel heran, wobei sie aus beiden Handwaffen feuerten.

Cronot und Perish blieb nichts anderes übrig, als blind in den Gang hineinzuschießen.

Doch anscheinend hatte es sich nur um eine zahlenmäßig schwache Nachhut des ersten Trupps gehandelt. Als das Feuer abbrach, blieben nur acht Kampfmaschinen zerstört liegen.

Dafür ertönte plötzlich schauerliches Gebrüll aus den Tiefen des Labyrinths.

Unwillkürlich biß sich Perish Mokart auf die Unterlippe.

„Ein Zweitkonditionierter . . .!“ stieß Cronot hervor.

Perish hob sein Armbandgerät an die Lippen.

„Adler an Falken!“ sagte er den vereinbarten Identifizierungsspruch auf. „Zurück zum Nest! Der Drache greift an!“

„Falken an Adler!“ klang es zurück. „Wir fliegen zum Nest. – Was ist mit den Robotern?“

„Schrott!“ gab Perish lakonisch zurück.

Im Hintergrund des Tunnels, in dem die acht Roboterwracks lagen, tauchte im Schein der halbzerstörten Beleuchtung ein Gigant auf.

Ein tiefschwarzer, halbkugeliger Kopf und vier ebenfalls schwarze Pranken schauten aus der grellroten Kombination heraus. Drei rubinrote riesige Augen funkelten dämonisch.

Das Ungeheuer riß sein ungeheuerlich breites Maul auf und ließ die furchtbaren Zahnreihen sehen. Dann brüllte es zornig, ließ sich auf die Laufarme fallen und stürmte heran.

Perish und Cronot feuerten ihre Waffen auf den Schwingungswächter ab. Doch weder die Minirakgeschosse noch Cronots schwerer Impulsstrahler zeigten die geringste Wirkung. Gleich einem lebenden Geschoß raste der Gigant heran.

„Zurück!“ brüllte Perish.

Er riß seinen Vater an der Schulter herum und stieß ihn auf den Fluchttunnel zu.

Ein Schwingungswächter konnte hundertzwanzig Stundenkilometer Geschwindigkeit erreichen. Aber das konnten die Oxtorner ebenfalls, denn sie waren eine noch höhere Schwerkraft gewöhnt, und ihre Körper besaßen die entsprechende Konstitution. Außerdem schoß Perish Mokart während der Flucht immer wieder auf die Decke des Tunnels. Tonnen von Gesteinstrümmern prasselten in den Gang und bremsten die Geschwindigkeit des Verfolgers ab.

Es war ein phantastischer Anblick, den Zweitkonditionierten raketengleich durch die Trümmermassen hindurchschießen zu sehen; aber weder Perish noch Cronot konnten diese Leistung bewundern.

„Hoffentlich haben die anderen genügend Vorsprung!“ stieß Perish keuchend hervor.

Er wandte sich im Laufen um und gab zwei Schüsse auf die Gangdecke ab.

Wieder erscholl das grauenhafte Gebrüll. Die herabgestürzten Trümmer flogen nach allen Seiten auseinander. Der schwarze Kopf des Schwingungswächters tauchte auf, dann der ganze Körper.

Die Oxtorner atmeten auf, als der Eingang zum lemurischen Teil des Labyrinths auftauchte. Von Captain Geraldi und seinen Leuten war nichts zu sehen, folglich befanden sie sich bereits planmäßig im Innern der Superschildkröte.

Cronot schoß einen Pfeil gegen die Decke. Die Thermoladung zerschmolz das Gestein. Ein Schwall glutflüssigen Magmas hüllte den Zweitkonditionierten ein.

Doch der Gigant schützte lediglich seine Augen mit einer Hand und stürmte weiter, während der erkaltende Schmelz sich fladenweise von seinem Körper löste und ganze Stücke der Kombination mitnahm.

Immerhin hemmte ihn die zusätzliche Last stark genug, um den Oxtornern einen ausreichenden Vorsprung zu geben.

Captain Geraldi, der ihnen aus der Kuppel des Fahrzeuges zuwinkte, ließ sich einfach durch die Schachtluke fallen, als die Oxtorner auf die Fahrerkabine zuschnellten.

Perish Mokart ergriff die Steuerknüppel und trat den Beschleunigungshebel mit aller Kraft durch.

Die Superschildkröte startete mit schrillem Aufheulen und einem heftigen Ruck. Aus dem Laderaum kamen die erschrockenen Schreie der Soldaten.

Zugleich aber krachte die Tarnblende herab.

Perish stieß eine Verwünschung aus.

„Das hat uns noch gefehlt! Wenn er das Hindernis nicht allein beseitigen kann, holt er Verstärkung. Dann sind wir erledigt."

Er hatte unwillkürlich gebremst, aber sein Vater stieß ihn zornig an.

„Fahr weiter, Junge! Merkst du nicht, was passiert ist? Die Steuerzentrale der Zugangssicherung hat reagiert!"

Arturo Geraldis Kopf tauchte aus der Schachtluke auf.

„Was ist passiert?"

Cronot Mokart erklärte es ihm und fügte hinzu:

„Ich hoffe nur, daß nicht noch andere Tarnblenden herunter . . ."

Er brach ab und starrte wütend nach vorn.

„Da haben wir schon die Bescherung!"

Die Superschildkröte war soeben um eine Gangbiegung gefahren. Nun bremste Perish mit aller Kraft ab. Der Bug des Fahrzeugs prallte dröhnend gegen eine herabgelassene Tarnblende.

Eine Sekunde später ertönte von dort, wo sie hergekommen waren, lautes Krachen und Knirschen.

„Der Bursche bricht durch!" rief Perish.

Er zog den Captain unsanft aus der Luke und stellte ihn auf den Rand der Turmkuppel.

„Los, öffnen Sie die Blende!"

Captain Geraldi begriff, wie nahe das Verhängnis war. Nach einem weiteren Krachen erscholl wieder das grauenhafte Gebrüll des Schwingungswächters. Danach ertönte das dumpfe Trommeln seiner Füße.

Arturo Geraldi hantierte fieberhaft an dem Öffnungsmechanismus der Tarnblende.

„Er muß vor Wut das Denken vergessen haben", flüsterte Cronot, „sonst würde er uns niemals allein verfolgen."

„Um so besser", erwiderte Perish und blickte nervös nach hinten. „Hoffentlich schafft . . ."

Er verstummte, als die Blende in der Gangdecke verschwand. Captain Geraldi ließ sich von den Oxtornern in die Schildkröte helfen.

Perish Mokart fuhr gerade an, als der Schwingungswächter um die Biegung stürmte.

Cronot schickte ihm einen Pfeil entgegen. Doch der Schaft zersplitterte wirkungslos an dem widerstandsfähigen Körper des Giganten. Der Glutball der Thermoladung hüllte ihn einen Augenblick ein und blieb dann zurück.

Dicht vor ihm senkte sich die zweite Tarnblende wieder herab. Der Schwingungswächter konnte noch den einen Handlungsarm durch den Spalt stecken; er selbst blieb jenseits des Hindernisses.

„Schneller geht es nicht“, entgegnete Perish trocken. „Halten Sie sich bereit, Captain!“

Nach ungefähr zwei Kilometern rasender Fahrt tauchte die nächste Tarnblende auf. Cronot Mokart griff den Captain und sprang aus der Fahrerkuppel, bevor die Superschildkröte richtig stand.

Von hinten erscholl bereits erneut das zornige Brüllen des Giganten.

Doch auch diesmal schafften sie es gerade noch.

Der mächtige Körper des Zweitkonditionierten prallte dröhnend gegen die jenseitige Wand, als die Tarnblende herabfiel.

„Diesmal müssen wir ihn etwas länger aufhalten“, murmelte Cronot.

Er wandte sich um und schwenkte den Lauf des Impulsstrahlers hin und her, während er den Feuerknopf eindrückte.

Der so harmlos aussehende Strahl riß mit seiner gewaltigen Hitzeenergie tiefe Furchen in die Gangdecke. Große Steinblöcke lösten sich und stürzten herab. In eine der entstandenen Lücken schoß der Oxtorner eine Thermoladung. Krachend und donnernd stürzte die Strecke auf mehr als zehn Metern Länge ein.

Befriedigt grinsend wandte Cronot sich wieder um.

„Das dürfte uns so viel Vorsprung geben, daß wir ins Boot kommen.“

Die letzten acht Kilometer der Tunnelstrecke legten sie ungehindert zurück. Als die abschließende Tarnblende vor ihnen auftauchte, erscholl das Brüllen des Schwingungswächters noch aus weiter Ferne.

„So gut wie geschafft!“ verkündete Perish Mokart.

Captain Arturo Geraldi glitt über die Außenhülle des Fahrzeugs und lief zur Wand, um den Öffnungsmechanismus zu betätigen.

Doch nach einer Minute war die Tarnblende immer noch unten.

„Was ist los?“ schrie Perish. „Hoch mit dem Ding!“

Captain Geraldi drehte sich mit hängenden Schultern um.

„Es geht nicht. Der Mechanismus scheint defekt zu sein."

„Zurück!" befahl Cronot. „Wir müssen versuchen, die Blende zu rammen!"

„Sinnlos", entgegnete Perish. „Dort kommt er schon."

Die letzte Biegung war ungefähr fünfhundert Meter entfernt. Die Riesengestalt des Zweitkonditionierten näherte sich wie ein tödliches Geschoß. Die drei großen Augen glühten.

Perish Mokart sprang aus der Fahrerkuppel und stellte sich neben die Superschildkröte. Völlig gelassen überprüfte er seine Bazooka und schob das vorletzte Magazin in die Raketenkammer.

Cronot stellte sich neben ihn, und auch der Captain eilte mit schußbereiter Waffe herbei.

Der Schwingungswächter war noch etwa hundert Meter entfernt, als drei hallende Töne erschollen. Im selben Augenblick begann die Luft vor den Terranern zu flimmern.

Der Gigant stemmte Füße und Laufarme in den Boden und bremste so seinen Lauf ab.

Mit weit aufgerissenem Maul richtete er sich auf.

Perish Mokart wußte, daß der Zweitkonditionierte brüllte. Dennoch war kein Laut zu vernehmen.

„Ein Schutzschirm", sagte er fassunglos.

Der Schwingungswächter kam mit wiegendem Oberkörper näher. Er glich in dieser Haltung einem riesigen Bären.

„Ich verstehe das nicht", murmelte Arturo Geraldi. „Niemand hat bisher eine Spur von Schirmprojektoren entdeckt."

„Von den Tarnblenden hat man ebenfalls nichts gewußt – bis auf die am Zugang", gab Perish zurück. „Ich möchte wetten, daß die alte lemurische Anlage noch mehr Geheimnisse birgt. Allerdings – die Tatsache, daß die geheimnisvolle Steuerung uns vor dem Zweitkonditionierten schützt, das begreife ich ebenfalls nicht."

„Aber ich beginne es zu verstehen", warf Cronot Mokart bedächtig ein.

Sein Sohn blickte ihn fragend an.

Doch der gellende Schrei des Captains ließ ihn wieder herumfahren.

Jenseits des Energieschirms schoben sich an jeder Stelle des Tunnels zwei seltsame Gebilde aus der Wandung. Sie glichen in der Form den Objektiven von riesigen Projektoren.

Der Schwingungswächter entdeckte die Gebilde im selben Augenblick. Er warf sich herum und ließ sich auf die Laufarme fallen.

Aber es war zu spät.

Eine unsichtbare Kraft packte ihn und wirbelte ihn im Kreis herum. Eine zweite Kraft schüttelte seinen Körper mit furchtbarer Gewalt durch. Er versuchte, mit einer letzten verzweifelten Anstrengung der Gefahr zu entkommen, der er nicht gewachsen war.

Doch da verschwammen seine Konturen bereits.

Er drehte sich mit der Geschwindigkeit einer auf höchsten Touren laufenden Luftschraube. Der Boden unter seinen Füßen wurde förmlich zermahlen. Staub wirbelte auf, geriet ebenfalls in den Bereich des Rotationsfeldes. Risse liefen über die Wände. Von der Decke bröckelte Gestein.

Und noch immer nahm die Rotationsgeschwindigkeit zu. Der Zweitkonditionierte war nur noch als halbtransparenter Wirbel zu sehen.

Reginald Ljassew schob seine langen Beine über den Kuppelrand des Fahrzeugs.

„Was ist mit dem Jungen?“ fragte er harmlos. „Führt er einen Freudentanz auf?“

Perish Mokart ließ seine Waffe sinken.

„Er wird alles andere als Freude dabei empfinden. Ich nehme an . . .“, er deutete mit dem Lauf der Bazooka auf die Deckenprojektoren, „ . . . es handelt sich hierbei um Vibrations- und Rotationsgeschütze. Ich möchte nicht in diesem Feld stehen. Sehen Sie, wie die hineingeratenen Felsbrocken zu Staub zermahlen werden. Ihr Körper hätte sich dabei längst in seine chemischen Verbindungen aufgelöst.“

Die anderen Soldaten kletterten ebenfalls aus dem Laderaum der Superschildkröte.

„Zweitkonditionierte sind mindestens so widerstandsfähig wie Haluter“, sagte Captain Geraldi. „Ich fürchte, er läßt die kristalline Struktur seines Körpers einfach zur Festigkeit von Terkonitstahl erstarren, und wenn die Felder abgeschaltet werden, kommt er unversehrt davon.“

Perish räusperte sich und wandte sich an seinen Vater.

„Du sagtest vorhin, daß du verstündest, warum die Steueranlage dieser lemurischen Verteidigungszone uns eindeutig bevorzugt . . .“

Cronot lächelte und tippte Geraldi mit dem Zeigefinger an die Brust. Der Captain strauchelte und wäre beinahe gestürzt.

„Unser Freund hat die Lösung wieder einmal vorweggenommen – und wie üblich wieder nichts davon bemerkt.“

„Wie – ich . . .?“ fragte Arturo Geraldi verblüfft.

Cronot nickte.

„Sie sagten, Zweitkonditionierte wären mindestens so widerstandsfähig wie Haluter. Nun, sie sehen auch so aus – und wir gleichen den alten Lemurern aufs Haar.“

Unwillkürlich strich er sich über seinen kahlen Schädel.

„Nehmen Sie es nicht wörtlich, Ljassew“, sagte er, als der Soldat den Mund zu einer Bemerkung öffnete.

„Jetzt begreife ich“, erklärte Perish. „Die verborgenen Ortungstaster der Verteidigungszone haben uns mit Lemurern verwechselt . . .“

„. . . und halten den Zweitkonditionierten für einen riesigen Haluter, der uns verfolgt“, ergänzte Cronot Mokart.

„Nun, uns soll es recht sein“, sagte Captain Geraldi strahlend. „Wir brauchen nur zu warten . . .“

Er stockte und blickte hilflos auf Cronot.

Der Oxtorner lächelte.

„Warten nützt uns nichts, mein lieber Captain. Wir müssen etwas unternehmen, sobald die Rotations- und Vibrationsfelder abgeschaltet werden. Ich hoffe nur, daß der Energieschirm dann ebenfalls erlischt.“

Er verständigte sich durch Blicke mit seinem Sohn.

Perish legte die Bazooka aus der Hand und räusperte sich.

„Mein Vater und ich werden versuchen, den Schwingungswächter zu überwältigen. Schalten Sie bitte Ihre Strahler auf Paralysieren und halten Sie sich bereit. Es dürfte nachher um Sekunden gehen.“

Captain Geraldi sah die beiden Oxtorner skeptisch an.

„Ich weiß nicht – aber wenn ich Sie mit dem Schwingungswächter vergleiche . . .“

Doch Perish und Cronot grinsten nur.

Es dauerte nur etwa zehn Minuten, dann ließ die Rotation des Zweitkonditionierten abrupt nach. Staub und kleinere Gesteinsbrocken wurden davongeschleudert. Ein Teil verglühte im Energieschirm.

Der Boden erzitterte, als der über zwei Tonnen schwere Körper des Schwingungswächters stocksteif umfiel.

„Du rechts, ich links!“ rief Perish seinem Vater zu.

Cronot Mokart nickte. Seine Blicke hefteten sich auf den reglosen Körper des Giganten. Er wußte, daß der Schwingungswächter einige Zeit brauchen würde, um seine Bewegungsfähigkeit wiederzuerlangen.

Doch wenn der Energieschirm nicht bald erlosch, würde es zu spät sein.

Aber da brach der Schutzschirm auch schon zusammen, genau in dem Augenblick, als der Zweitkonditionierte sich regte.

Cronot und Perish erreichten ihn mit einem Sprung. Jeder packte einen Handlungs- und einen Laufarm des Giganten.

Erst da schien der Schwingungswächter zu begreifen, daß die Gefahr für ihn keineswegs vorbei war. Er bäumte sich auf. Aber sie hielten ihn mit eisernem Griff fest, rissen die beiden Armpaare noch oben und versuchten, das Ungeheuer zu Boden zu zwingen.

„Paralysieren – schnell!" schrie Perish.

Die Soldaten erwachten aus ihrer Erstarrung. Alle zusammen stürzten sie sich auf den Zweitkonditionierten und richteten die Mündungen ihrer Strahler auf den halbkugelförmigen Schädel des Wesens. Das Peitschen der Lähmschüsse mischte sich mit dem zornigen Gebrüll des Schwingungswächters.

Cronot und Perish rissen noch einmal mit aller Kraft an den zurückgedrehten Armen. Ächzend fiel der Zweitkonditionierte aufs Gesicht.

Die Oxtorner stemmten ihre Knie in seinen mächtigen Rücken und drückten den Gigantenkörper fester gegen den Boden.

Unablässig feuerten die Soldaten ihre Waffen gegen den Schädel des Schwingungswächters ab. Sie handelten wie in einem Rausch.

Als der Gefangene sich nicht mehr rührte, befahl Perish, das Feuer einzustellen.

Der Schwingungswächter blieb reglos liegen.

„Hoffentlich ist er nicht tot", sagte Geraldi. „Was wir an Paralysestrahlen in seine beiden Gehirne gejagt haben, hätte eine ganze Kompanie Terraner ausgeschaltet."

„Erdgeborene, meinen Sie", entgegnete Cronot ironisch. „Keine Bange, er schläft höchstens einige Stunden. Bis dahin müssen wir ihn sicher verwahrt haben."

Perish hatte unterdessen die starke Schleppvorrichtung der Superschildkröte gelöst und zwängte nun den riesigen Haken unter den Kombigürtel des Giganten. Von der dunkelrot leuchtenden Kombination selbst waren nur noch einige halbzerfaserte Fetzen übrig.

Wenige Minuten danach brachen sie auf. Die letzte Tarnblende reagierte diesmal sofort auf Geraldis Handgriff. Der Schwingungswächter wurde bis zur Anlegestelle des U-Bootes geschleppt und in das ehemalige Raketensilo geworfen.

Leicht hecklastig setzte sich das Boot in Bewegung, tauchte und glitt mit geringer Fahrt in die gewaltige Röhre, die zum unteren See führte.

7.

Da es im Hafen der lemurischen Stadt weder einen Ladekran noch einen Antigravheber gab, mußten die beiden Oxtorner den bewußtlosen Schwingungswächter allein aus dem Laderaum des U-Bootes hieven.

Den Schweber hatten sie am oberen See zurückgelassen, um Platz für ihren Gefangenen zu bekommen. Deshalb knüpften sie aus Terkonitseilen ein weitmaschiges Netz um den Giganten, legten sich die beiden Enden des Drahtseiles über die Schultern und zogen den schweren Körper durch das zerstörte Schott in die Stadt hinein.

Captain Geraldi bildete mit seinen Soldaten die Nachhut. Allerdings war von etwaigen Verfolgern nichts zu bemerken. Offenbar hatte der Schwingungswächter niemanden von seinem Alleingang unterrichtet.

Die Oxtorner steuerten auf die langgestreckte Halle einer Robotfabrik zu, die sie bei ihrem ersten Besuch entdeckt hatten. Sie kannten beide die Funktionsweise derartiger Anlagen, und darauf gründete sich ihre Hoffnung, den Gefangenen sicherer als augenblicklich zu verwahren.

In der Produktionshalle legten sie ihn ab.

Danach suchten sie nach dem Fusionskraftwerk und setzten es in Betrieb.

Sofort summten die schweren Maschinen in der Halle, die Förderbänder liefen an und beschickten die Produktionsautomaten mit quaderförmigen Metallblöcken.

Cronot Mokart legte den Haupthebel um. Das Summen der Maschinen und das schleifende Geräusch der Förderbänder erstarb.

Der Oxtorner trat an einen der mattsilbrig schimmernden Blöcke heran und kratzte mit dem Lauf seines Impulsstrahlers über die Oberfläche. Danach zog er sein breites Messer aus der Gürtelscheide und fuhr über das Metall. Ein heller Kratzer erschien.

„Terkonit – oder vielmehr eine gleichwertige Legierung“, stellte Cronot fest. „Es läßt sich nur mit der MV-Stahlklinge des Messers ritzen.“

„Das ist das richtige“, erklärte Perish. „Nun benötigen wir nur noch eine passende Fabrikationsschablone.“

„Was soll das Ganze überhaupt?“ fragte Arturo Geraldi verwundert. „Ich bin der Meinung, wir sollten uns überlegen, wie wir den Zweitkonditionierten davon abhalten, uns umzubringen, sobald er zu sich kommt.“

„Das tun wir die ganze Zeit“, entgegnete Perish. „Wir müssen ihn fesseln, damit er sich nicht mehr rühren kann. Dazu aber benötigen wir Bänder aus Terkonitstahl oder etwas Ähnliches.“

Er wandte sich einem Regal in der Nähe des Hauptschaltautomaten zu und kramte in den dort gestapelten Schablonen.

„Kannst du bitte einmal herkommen, Vater?“ bat er. „Du kennst dich mit solchen Dingen besser aus.“

„Meinen Sie, daß wir ausgerechnet die Schablone finden, die wir brauchen?“ fragte Geraldi.

„Wenn nicht, ändern wir eine ähnliche Schablone um“, erwiderte Perish.

„Das dürfte zu lange dauern“, warf Cronot ein. Er stellte sich neben seinen Sohn und blätterte die dünnen Metallscheiben durch, auf denen die Impulse für die verschiedensten Produktionsphasen in Form hauchdünner, silberner Linien und Punkte aufgedruckt waren. „Bedenken Sie, daß jeder Automat eine andere Schablone benötigt und daß alle Schablonen zusammen das fertige Endprodukt garantieren müssen.“

Er stutzte, blätterte zurück und zog dann einen Stapel Folien heraus.

„Das dürfte das Gewünschte sein, meine Herren. Ich habe doch gewußt, daß die Lemurer solche Stahlbänder für die Stabilisierung von Schachtwänden benutzten. Folglich mußten die entsprechenden Folien hier lagern.“

„Hoffen wir, daß es stimmt“, sagte Reginald Ljassew beunruhigt, „sonst kommen womöglich Stecknadeln aus der Endfertigung.“

„Hören Sie bloß auf mit Ihrer Unkerei!“ fuhr Geraldi ihn an. „Wenn wir tatsächlich Stecknadeln ernten sollten, werde ich sie Ihnen persönlich in Ihr natürliches Sitzkissen stecken.“

Cronot Mokart sortierte die Fabrikationsschablonen, indem er sie vor sich ausbreitete. Er mußte sich stark konzentrieren, denn es kam auf die genaue Reihenfolge an. Und er verfügte über keine speziellen Kenntnisse der Automat-Programmierung. Nur die Tatsache, daß Stahlbänder einen relativ unkomplizierten Produktionsgang erforderten, ermöglichte ihm die Zusammenstellung.

Währenddessen sah sich sein Sohn nach einem Impulsschweißgerät um. Er entdeckte es schließlich in einem Nebenraum.

Als er in die Halle zurückkehrte, hatte sein Vater die Automaten programmiert.

Cronot ging zum Hauptaggregat, holte tief Luft und legte den Aktivierungshebel um. Sofort begannen die Automaten wieder mit ihrem eintönigen Summen.

Die Förderbänder brachten Rohlinge herbei, und die Vielzweckautomaten erhitzten, formten und schmiedeten das Material. Es wurde heiß in der Produktionshalle, denn zum Erhitzen von Terkonit gehörte die Energie atomarer Aggregate.

Die letzte Station, der Prüfautomat, spie in kurzen Intervallen gleichmäßig lange Terkonitstahlbänder aus. Jedes Band war sechs Meter lang, vier Zentimeter stark und zwanzig Zentimeter breit.

Nach fünf Minuten schaltete Cronot die Maschinen wieder aus. Hinter der Endfertigung häufte sich ein zehn Meter hoher Stapel schwerer Terkonitbänder.

Die beiden Oxtorner befreiten den noch immer bewußtlosen Schwingungswächter aus dem Netz, legten zehn Bänder bereit und wuchteten den gigantischen Körper darauf.

Den acht terranischen Soldaten quollen fast die Augen aus dem Kopf, als sie sahen, wie die Oxtorner die stählernen Bänder nahezu mühelos zurechtbogen.

Cronot und Perish arbeiteten schnell und konzentriert. Sie legten die Bänder einzeln um die Hand- und Fußgelenke des Gefangenen, bogen sie an den Enden zusammen und legten die jeweils freien Enden um den Körper des Giganten.

Danach rollte Perish Mokart das atomare Schweißgerät heran und schaltete den Thermobrenner ein.

Die anderen Männer mußten sich abwenden. Die Atomflamme des Brenners blendete schlimmer, als wenn man direkt in die Sonne blickte.

Perish klappte den Kapuzenhelm seiner Kombination über den Kopf. Der Blendschutz wurde automatisch reguliert.

Anschließend verschweißte er sorgfältig die Berührungspunkte der Terkonitstahlbänder.

Dem Schwingungswächter machte die atomare Hitze nichts aus. Selbst während der Bewußtlosigkeit reagierte sein Metabolismus auf die Gefahr, und der Körper verwandelte sich wieder in eine Art kristallinen Stahlblock.

Als der Oxtorner seine Arbeit beendet hatte, klappte er den Helm zurück und schaltete den Brenner aus.

„So, der läuft uns nicht mehr fort!“ stieß er erleichtert hervor. „Nun kommt es nur noch darauf an, ihn endgültig in Sicherheit zu bringen.“

„Und wo wäre er Ihrer Ansicht nach in Sicherheit?“ fragte der Captain.

Perish Mokart lächelte undurchsichtig.

„Überall – nur nicht auf Triton . . .!“

„Unmöglich!“ protestierte Geraldi. „Sie können ihn doch nicht an die Oberfläche schaffen, solange die Roboter von OLD MAN und die anderen Zweitkonditionierten Triton besetzt halten!“

„Selbstverständlich nicht!“ erklärte Cronot. „Aber zuerst brauchen wir ein Transportmittel. Mein Sohn und ich können das Ungeheuer nicht den ganzen Weg ziehen oder tragen.“

Captain Geraldi schüttelte verständnislos den Kopf. Dennoch befahl er seinen Leuten, nach einem geeigneten Transportmittel zu suchen.

Es war Ljassew, der nach wenigen Minuten mit einem schweren Schlepper zurückkehrte.

Sie befestigten den Schleppkahn an einem der Stahlbänder. Cronot Mokart setzte sich auf den Fahrersitz des Schleppers und fuhr an. Der Körper des Schwingungswächters schleifte rumpelnd und kreischend über den Boden.

Die anderen Männer folgten zu Fuß.

Cronot fuhr den Schlepper bis vor den Eingang der Transmitterstation. Gemeinsam mit Perish schleppte er den Giganten über die schwach geneigte Rampe in die Transmitterhalle.

„Was ist das?“ fragte Geraldi mißtrauisch.

Cronot ging hinüber zum Schaltpult und drückte auf die Aktivierungsplatte.

Unwillkürlich wichen die Soldaten bis zum Ausgang zurück, als der energetische Torbogen sich aufbaute.

„Ich schätze, das ist ein Transmitter!“ sagte Cronot grinsend.

Arturo Geraldi blickte noch immer verständnislos drein.

„Na schön, das sehe ich. Aber wo befindet sich die Gegenstation?“

Der Oxtorner zuckte die Schultern.

„Aber Sie können ihn doch nicht ins Blaue hineinschicken!“ rief der Captain empört.

„Die anderen Zweitkonditionierten werden das Verschwinden ihres Kollegen bestimmt nicht einfach hinnehmen. Wir müssen damit rechnen, daß sie nach ihm suchen – und ihn finden. Aber wir werden nicht zulassen, daß sie ihn wieder befreien können. Im Notfall schicken wir ihn durch den Transmitter, ganz gleich, an welcher Stelle des Universums er wieder herauskommt."

Der Schwingungswächter stieß plötzlich ein Röcheln aus. Es klang wie das Röhren eines antiquierten Nebelhorns.

Perish tätschelte das Gesicht des Monstrums und zuckte zurück, als der Gigant nach seiner Hand schnappte.

„Nicht bösartig werden", sagte er zynisch. „Wir haben dir lediglich ein Stützkorsett verpaßt."

Der Zweitkonditionierte brüllte zornig und versuchte, seine Fesseln zu sprengen. Aber die Fesseln aus Terkonitstahl hielten.

„Selbst gefesselt ist er noch eine furchterregende Erscheinung", bemerkte ein Soldat.

„Du solltest ihn deiner Schwiegermutter als Souvenir mitbringen!" spottete Reginald Ljassew.

„Moment", flüsterte Perish. „Ruhe! Ich habe etwas gehört!"

Er zog seinen Strahler und lief geduckt zum Ausgang. Dort blieb er stehen und lauschte. Doch das nächste Geräusch war so laut, daß es keiner in der Halle überhören konnte.

Ein Gebrüll, als wenn tausend hungrige Löwen durch die Stadt streiften, hallte durch den gigantischen Hohlraum der Fluchtsiedlung.

Cronot erbleichte.

„Da sind sie schon! Verschwinden Sie mit Ihren Leuten! Suchen Sie sich einen Schlupfwinkel auf der anderen Seite der Stadt, wo die Schwingungswächter Sie nicht finden. Wir erledigen das hier schon allein."

Er nahm den Hyperkom vom Rücken und schaltete ihn ein. Seine Finger hantierten fieberhaft am Frequenzwähler.

„Nun verschwinden Sie endlich!" fuhr er den Captain an, der unschlüssig dastand.

„Aber . . .", begann Geraldi.

„Machen Sie sich um uns keine Sorgen!" schrie Cronot. „Wir sind genauso schnell wie die Ungeheuer. Sobald wir hier fertig sind, locken wir sie aus der Stadt und verbergen uns ebenfalls."

Captain Arturo Geraldi schien einzusehen, daß der Oxtorner recht hatte. Er rief seinen Leuten einige Befehle zu und verließ an der Spitze der Soldaten die Transmitterhalle.

Von draußen klang das Gebrüll der bis zum Äußersten gereizten Zweitkonditionierten herein.

„Endlich!“ stieß Cronot hervor. „Die Flottenfrequenz!“

Er schaltete den Hyperkom auf größte Sendeleistung.

„Triton ruft Staatsmarschall Bull! Triton ruft Staatsmarschall Bull. Bitte kommen!“

Das Brüllen der Schwingungswächter kam näher.

„Hier Funkzentrale MARSHAL FREYT!“ krachte es nach einigen Sekunden aus dem Empfänger. „Wer ruft dort?“

„Schließ die Tür!“ flüsterte Cronot seinem Sohn zu.

„Hier spricht Cronot Mokart von der subtritonschen Stadt aus. Veranlassen Sie sofort, daß die Transmitterpeiler der FREYT eingeschaltet werden! Wir haben einen Passagier, den wir in den nächsten Sekunden mit unbekanntem Ziel in einen lemurischen Transmitter stecken wollen. Hören Sie mich?“

„Ausgezeichnet“, kam die Stimme zurück. „Transmitterpeilung veranlaßt. Staatsmarschall Bull benachrichtigt. Begründen Sie die Durchbrechung der angeordneten Funksperre!“

„Bürokrat!“ schimpfte Perish, während das Gebrüll der Zweitkonditionierten nun sogar durch die geschlossene Panzertür drang.

Cronot winkte heftig ab.

„Es ist uns gelungen, einen Zweitkonditionierten zu fangen. Er liegt gefesselt in der Transmitterhalle. Aber draußen in der Stadt treiben sich seine Kollegen herum. Es dürfte nur noch eine Frage der Zeit sein, wann sie uns finden. Bis dahin muß das Monstrum verschwunden sein. Der Transmitter funktioniert, die Gegenstation hat auf Tastimpuls Freizeichen gegeben. Aber wir wissen nicht, wo sie steht. Sagen Sie dem Staatsmarschall, wenn er einen Zweitkonditionierten haben will, soll er die Empfangsstation anpeilen und hinfliegen. Ende!“

„Einen Augenblick!“ rief die andere Stimme. „Der Staatsmarschall . . .“

Der Rest des Satzes ging in dumpfem Dröhnen unter. Die Schwingungswächter versuchten anscheinend, die Panzertür aufzubrechen.

Cronot schaltete den Hyperkom aus und schnallte ihn sich auf den Rücken. Inzwischen schleifte Perish den gefesselten Schwingungswächter in die Transportzone des Transmitters.

Die Tür der Halle begann zu glühen.

Cronot sprang zum Schaltpult und hieb auf die Aktivierungsplatte. Erneut bauten die Energieschenkel sich auf. Die Umrisse der monströsen Gestalt verwischten sich – dann war der Zweitkonditionierte verschwunden.

Irgendwo würden seine Atome sich aus fünfdimensionaler Energie wieder verstofflichen, würden sich nach dem mitgesandten Strukturmuster zu einem Wesen zusammensetzen, das identisch war mit dem, das aus dem Transmitter auf Triton verschwunden war.

Aber noch wußte niemand, wo das sein würde . . .

Mit einem Sprühregen verflüssigten Metalls barst die Panzertür.

Cronot und Perish drückten sich eng an die Wand der Halle. Den Transmitter hatten sie ausgeschaltet.

Vier Giganten stürmten durch die zerstörte Tür in die Halle. Sie sahen sich nicht um. Das gab den Oxtornern Gelegenheit, ungesehen nach draußen zu entkommen.

„Vielleicht merken sie überhaupt nicht, daß der Transmitter benutzt wurde!" stieß Cronot hervor, während sie durch die Straßen hetzten.

„Sie müssen unsere Hyperkomsendung angepeilt haben", entgegnete Perish. „Den Rest dürften sie sich mit ihren organischen Rechengehirnen schnell zusammenreimen."

„Hoffentlich benutzen sie den Transmitter nicht."

„Nein, solange sie keine Ahnung haben, wo die Gegenstation steht, Vater. Diese Ungeheuer lieben ihr Leben."

Er stieß seinen Vater mit der Schulter beiseite, als eine glühende Schmelzspur vor ihnen quer über die Straße wanderte.

Die Oxtorner stürzten, rafften sich wieder auf und liefen in das nächste Haus. Durch den Hintereingang verließen sie es wieder. Im selben Augenblick konzentrierten sich vier Strahlenbündel auf das Gebäude. Donnernd und krachend brach es zusammen. Ein scharfkantiges Trümmerstück prallte gegen Perishs künstliche Schädeldecke.

Er biß die Zähne zusammen, um nicht vor Schmerz aufstöhnen zu müssen. Die Bioplasmaverbindung zwischen Prothese und natürlichem Schädelknochen begann zu bluten.

Sein Vater riß ihn am Arm mit und führte ihn eine stillstehende Gleitrampe hinab.

Es war dunkel hier unten, aber die Einschläge der Thermowaffen konnten ihnen wenigstens vorläufig nichts mehr anhaben.

„Das scheint ein Bahnhof für eine Röhrenbahn zu sein", flüsterte Cronot. „Komm, wir laufen nach rechts! Der Tunnel führt in den Hintergrund der Stadt."

Perish wischte sich das Blut vom Gesicht. Er nickte mechanisch. Es war das erstemal, daß er die Nachteile einer nichtorganischen Prothese zu spüren bekam. Die Verbundstellen waren am anfälligsten gegenüber mechanischen Einwirkungen.

Doch er riß sich zusammen und hielt das Tempo, das sein Vater einschlug. Bald spürte er nur noch ein dumpfes Gefühl der Benommenheit und ab und zu ein schmerzhaftes Stechen. Seine gewohnte Energie kehrte zurück.

„Hoffentlich haben die anderen ein gutes Versteck gefunden!“ rief er seinem Vater zu.

Über ihnen dröhnten jählings die krachenden Entladungen von Strahlwaffen.

Abrupt blieb Cronot Mokart stehen.

„Auf wen schießen die denn? Wollen sie ein Loch in die Schachtdecke brennen?“

„Dort vorn fällt Licht herein!“ rief Perish und rannte weiter. „Wir müssen sehen, was da oben los ist!“

Auch Cronot wurde plötzlich von einer unerklärlichen Unruhe gepackt. Er sagte sich, daß die Soldaten längst in Sicherheit sein müßten, aber er wußte, daß die Schwingungswächter nicht aufs Geratewohl draußen herumschießen würden.

Als die Oxtorner den nächsten Bahnhof erreichten, war es wieder still geworden. Sie stürmten das Gleitband hinauf und warfen sich oben sofort flach auf den Boden.

In etwa hundert Metern Entfernung brach einer der Zweitkonditionierten durch eine Hauswand. Das Brüllen der anderen klang aus größerer Entfernung herüber.

Geduckt rannten die beiden Männer zu der Stelle, an der vor weniger als einer Minute die Schüsse gefallen sein mußten.

Dann standen sie reglos vor den sterblichen Überresten von acht Menschen.

Cronot wischte sich mit dem Handrücken über die Augen.

„Captain Geraldi und seine Mannschaft sind wie Helden gefallen“, sagte er mit tränenerstickter Stimme.

Perish räusperte sich. Er hatte ähnliche Anblicke während seiner Einsatzzeit bei der USO schon sehr oft erlebt. Dennoch wirkte sein Gesicht wie versteinert, als er flüsterte:

„Sie müssen sich in unmittelbarer Nähe der Transmitterhalle versteckt haben, um notfalls eingreifen zu können. Ich . . .“ Er brach ab.

„Wir werden dafür sorgen, daß sie ein anständiges Begräbnis erhalten – wenn alles vorüber ist!“ schwor Cronot Mokart.

„Davon werden sie auch nicht wieder lebendig!“ fuhr Perish auf.

Er schüttelte den Kopf.

„Entschuldige, Vater!“

„Schon gut, mein Junge“, sagte Cronot und legte den Arm um die Schultern seines Sohnes. „Ich verstehe dich. Aber es nützt den armen Kerlen auch nichts, wenn wir hier stehen bleiben und warten, bis uns die Ungeheuer zum zweitenmal finden.“

„Wir sollten sie jagen und töten!“ erwiderte Perish. Er zuckte resignierend die Schultern. „Ich weiß natürlich, daß wir das nicht schaffen würden. Gehen wir also!“

8.

Während der hochgewachsene Mann eindringlich auf den Bildschirm sah und die beschwichtigenden Gesten seines Gesprächspartners beobachtete, drang ihm mit schmerzhafter Deutlichkeit ins Bewußtsein, daß er soeben den Befehl erhalten hatte, Selbstmord zu begehen.

Oder wenigstens so ähnlich.

Don Redhorse, Oberst der Flotte des Solaren Imperiums, schloß eine Sekunde lang die Augen und strich sich mit der Hand über sein blauschwarzes, dichtes Haar. Die Stimme des Mannes auf dem Bildschirm erkundigte sich drängend:

„Redhorse – hören Sie noch?“

Der Oberst öffnete die Augen und nickte. Mit völlig ruhiger Stimme antwortete er:

„Natürlich, Sir. Ich höre.“

Sein Gesprächspartner war ein Mann von wenig eindrucksvollem Äußeren. Blasse Augen, schütteres Haar, ein blasses, leicht gedunsenes Gesicht vermittelten den Eindruck eines Durchschnittsmenschen, der wenig Anspruch darauf hatte, von einem aktiven Obersten mit so viel Respekt angeredet zu werden.

Der Mann war Allan D. Mercant, Solarmarschall und Chef der solaren Abwehr. Seiner Unscheinbarkeit hatte er einige sensationelle Erfolge auf dem Gebiet der Spionageabwehr zu verdanken.

„Ich weiß, was ich von Ihnen verlange, Redhorse“, versicherte er ernst. „Es fällt mir nicht leicht, Ihnen diesen Auftrag zu geben – aber von allen Offizieren, die ich kenne, sind Sie der einzige, der eine solche Sache durchziehen kann."

Redhorse nickte gelassen.

„Es dreht sich nicht darum, Sir", gab er zu verstehen. „Man wird mit einem Aufwand von Zehntausenden von Raumschiffen versuchen, die feindliche Blockade um Neptun aufzureißen, so daß ich mit einem einzelnen Fahrzeug durchbrechen kann. Dabei werden Hunderte von kostbaren Schiffen und Tausende von Menschen geopfert. Was mich bedrückt, Sir, ist die Frage: Lohnt sich das alles?"

Allan D. Mercant schwieg eine Zeitlang. Redhorse musterte ihn aufmerksam, aber Mercants Miene war undurchdringlich wie immer.

„Es lohnt sich, Redhorse", antwortete er schließlich. „Wir haben guten Grund zu der Annahme, daß wir den Aufenthaltsort des entführten Schwingungswächters kennen."

Die Eröffnung kam selbst für Don Redhorse mit der sprichwörtlichen Selbstbeherrschung seiner indianischen Ahnen zu überraschend. Er brauchte Sekunden, um sich von dem Schock zu erholen.

„Neptun . . .?" fragte er trocken.

„Neptun", antwortete Mercant. „Meer der Träume."

Aser Kin war bei Bewußtsein. Seine mächtige Gestalt lag unmittelbar vor dem scharf gebündelten Strahl lumineszenten roten Lichts, der auf dem Boden zu haften schien und die Grenze des Transmitterfeldes bezeichnete, das den Riesen hierhergebracht hatte.

Zum erstenmal in seinem Leben war es Aser Kin unmöglich, sein Planhirn zu aktivieren und den organischen Rechenkomplex zu sinnvoller Arbeit zu veranlassen, die dazu beitragen konnte, seine Lage zu erleichtern oder ihm gar die Flucht zu ermöglichen.

Aser Kin war außer sich vor Zorn. In den Zorn mischte sich eine unbestimmte Furcht, wie er sie noch nie zuvor empfunden hatte.

Er war hilflos. Auch das war ihm noch nie widerfahren. Dicke, breite Bänder aus verdichtetem Stahl umschlossen den Körper und preßten ihm die beiden Armpaare dicht an den Leib. Weitere Bänder schlangen sich um die mächtigen Säulenbeine und erlaubten ihnen nicht einen Millimeter Bewegungsfreiheit.

Der Symboflexpartner schien tot zu sein, denn Aser Kin vernahm keine Impulse mehr von ihm.

Aser Kin hatte immer noch keine genaue Vorstellung davon, was ihm geschehen war. Zwei lächerlich kleine Gestalten im Labyrinth der Gänge unter der Oberfläche des Himmelskörpers, den die Terraner Triton nannten, hatten ihn überwältigt. Sie hatten ihn immer tiefer in die Unterwelt des Mondes geschleppt und schließlich in die Öffnung eines Transmitterfeldes geschoben.

An dieser Stelle war er wieder zum Vorschein gekommen. Der Raum, in dem er sich befand, schien aus natürlichem Felsen gehauen. Die Decke wölbte sich kuppelförmig und trug eine Reihe unregelmäßig angeordneter Leuchtkörper, die ein sanftes, gelbes Licht verstrahlten. Der Kuppelraum schien nirgendwo einen Ausgang zu haben – bis auf den, der durch das Transmitterfeld führte. Aber selbst in seinem mörderischen Zorn war Aser Kin klug genug, um zu verstehen, daß er sich dadurch nicht täuschen lassen durfte. Der glatte Fels mochte Dutzende von Ein- und Ausgängen enthalten, ohne daß er sie sehen konnte.

Die Kuppel hatte einen Durchmesser von fünf Mannslängen. Sie war völlig leer bis auf den rot leuchtenden Strich, der das Transmitterfeld kennzeichnete.

Soweit Aser Kin feststellen konnte, hatten ihm die beiden Zwerge, denen er zum Opfer gefallen war, seine Ausrüstung belassen. Er wußte nur nicht, in welchem Ausmaß seine Geräte noch funktionierten. Möglicherweise hatten sie unter dem Feuer der Gegner genauso gelitten wie seine Kampfkombination. Er hatte geglaubt, auf die Aktivierung seines Schutzschirmes verzichten zu können. Diese Entscheidung hatte sich als unklug erwiesen. Da sein im linken Handgelenk befindliches Kommunikationsgerät nicht reagierte, konnte dies nur bedeuten, daß es entweder nicht mehr funktionierte, oder daß er sich zu weit von seinem Dolan entfernt befand, so daß die Funkwellen die Entfernung nicht überbrükken konnten.

Aser Kin registrierte lediglich, daß der Antigravprojektor noch einwandfrei arbeitete und ihn mit einem Schwerkraftfeld jener Intensität umhüllte, die er von Natur aus gewöhnt war. Aser Kin besaß nicht die Möglichkeit, die Eigengravitation des Himmelskörpers, auf dem er sich befand, annähernd zu ermitteln und auf diese Weise festzustellen, wohin er verschlagen worden war.

Er hatte versucht, seine Fesseln zu sprengen. Er hatte seinen mächtigen Körper in feste, stahlharte Materie verwandelt und sich mit aller Kraft gegen die teuflischen Bänder gestemmt.

Der Erfolg war gleich Null. Die Erkenntnis der eigenen Hilflosigkeit stachelte seine Wut von neuem an und verhinderte, daß er sein Planhirn nutzbringend in Tätigkeit setzen konnte. Das Ordinärgehirn mit seinen sprudelnden, sich überschlagenden Ausbrüchen unkontrollierten Zorns beherrschte die Szene.

Und dennoch zeichnete sich weit im Hintergrund von Aser Kins Bewußtsein der Umriß einer Idee ab, die ihm vielleicht helfen konnte.

Die vier Schwingungswächter berieten in einem Saal, der früher den Offizieren des Triton-Stützpunktes als Messe gedient hatte. Tro Khon, der Gigant, der im Umgang mit Terranern die längste Erfahrung besaß, führte den Vorsitz.

Er spürte die Unruhe, die von seinen drei Rassegenossen ausging, und wurde sich darüber klar, daß es schwierig sein würde, die ursprüngliche Zuversicht wiederherzustellen. Er selbst empfand ein unangenehmes Gefühl von Ungewißheit und Furcht. Das Strafunternehmen gegen Terra, das von niemandem zunächst als über den Rahmen einer Routineoperation hinausgehend angesehen worden war, hatte bereits zwei Opfer gefordert.

Einer der Schwingungswächter war im Feuerball von Tausenden terranischer Geschütze vergangen. Ein zweiter war verschleppt worden. Die Zahl der Wächter war von sechs auf vier gesunken.

Die Tatsache, daß es den Exekutoren von Aser Kins Dolan nicht gelang, mit dem Schwingungswächter Kontakt aufzunehmen, ließ mehrere Interpretationen zu. Die eine deutete darauf hin, daß Aser Kins Kommunikationsgerät ausgefallen war, die andere, daß sich der Schwingungswächter an einem Ort aufhielt, der zu weit entfernt war. An eine dritte, nämlich, daß Aser Kin tot sein könnte, wollte vorerst noch niemand glauben. Die Lage der Schwingungswächter war verfahren.

Grund genug, empfand Tro Khon, um sich unbehaglich zu fühlen.

„Trotz allem“, erklärte er und nahm die Diskussion, die die allgemeine Nachdenklichkeit eine Zeitlang unterbrochen hatte mit Nachdruck wieder auf, „wird das Unternehmen forgesetzt. Das Zeitverbrechen, das von diesem Volk begangen wurde, muß geahndet werden. Es ist unsere Aufgabe, dafür zu sorgen, daß dies geschieht.

Wir haben Rückschläge erlitten, mit denen keiner von uns rechnete. Dieses Volk hat sich als zäher und beweglicher herausgestellt, als wir vermuteten. Wir dürfen uns davon nicht einschüchtern lassen. Wir kennen den Gegner jetzt. Wir wissen, daß die Mittel, die uns zur Verfügung stehen, den seinen hoch überlegen sind. Wir brauchen nur zuzuschlagen, und das Verbrechen, das von den Terranern vor kurzem begangen wurde, ist geahndet. Auf eine Weise, die jede Wiederholung unmöglich macht."

Während er sprach, wuchs seine Zuversicht immer mehr, als bedürfe es nur der Artikulierung seiner Ideen, um sein Selbstvertrauen wiederherzustellen.

Einer seiner Gefährten hielt ihm entgegen, daß die Exekutoren ihrer Schiffe schwere Bedenken gegen weitere Vorstöße in Richtung Terra geäußert hatten. Die Exekutoren hatten durch die Vernichtung eines Dolans einen Schock erlitten, von dem sie sich nur mühsam wieder erholten.

Tro Khon wischte den Einwand beiseite.

„Die Exekutoren", dröhnte er, „sind nervöse, überempfindliche Wesen. Wir dürfen nicht auf sie hören, sondern müssen das tun, was wir für richtig halten. Die Exekutoren werden sich unseren Anweisungen nicht widersetzen."

Je länger er sprach, desto stärker fühlte er sich. Aser Kin war nicht verloren. Man hatte ihn entführt. Sie würden ihn wiederfinden. Das war ihre erste Aufgabe.

Die ARONTO war ein plophosisches Kurierschiff und gerade im Begriff, auf einem absolut lebensfeindlichen Planeten zu landen. In einer der Passagierkabinen saß Reginald Bull und beobachtete auf dem Bildschirm die zerklüftete, von schroffen Gebirgszügen und schluchtartigen Tälern zerrissene Oberfläche.

Seine Gedanken kreisten um das, was ihn auf dieser Welt erwarten würde.

Vor 28 Stunden hatte er eine dringende Botschaft von Mory Rhodan-Abro, der Regierungschefin von Plophos, erhalten.

Bull hatte Mory vor einigen Wochen zum letzten Mal gesehen. Mitte Januar, als die terranische Flotte aus Magellan zurückkehrte und die Nachricht vom Verschwinden der CREST mitbrachte.

Mory war natürlich bestürzt, denn schließlich war nicht nur ihr Mann, sondern auch ihr Sohn, Michael Rhodan alias Roi Danton, an Bord der CREST gewesen. Aber sie hatte sich tapfer verhalten und den Schock relativ rasch überwunden. Kurz darauf war sie wieder nach Plophos zurückgekehrt.

Nun war Bully wieder mit Rhodans Frau zusammengetroffen. Mory hatte ihn darum gebeten, unverzüglich weiter nach Last Hope zu fliegen, und ihm dafür die ARONTO zur Verfügung gestellt. Über die Gründe, warum er Last Hope aufsuchen sollte, hatte sie jedoch geschwiegen.

Jetzt lag Last Hope unter ihm, der Höllenplanet, der vor einhundertundsieben Jahren eine so hervorragende Rolle im Zusammenhang mit der Niederwerfung des Obmanns Iratio Hondro und seines Aufstands gegen das Imperium gespielt hatte.

Der Blickwinkel der Kamera, die Reginald Bulls Fernsehschirm versorgte, reichte nicht aus, um den abgrundtiefen, kreisförmigen Schlund zu zeigen, der sich unter dem sinkenden Schiff plötzlich auftat. Erst als der Schirm sich verdunkelte und für Bruchteile von Sekunden die Ränder des riesigen Loches sichtbar wurden, in dem die ARONTO versank, erinnerte er sich, daß es auf Last Hope keine oberirdischen Anlagen gab. Iratio Hondro hatte seinerzeit auf dieser Welt einen Stützpunkt eingerichtet, der hauptsächlich der technisch-wissenschaftlichen Forschung diente. Die Notwendigkeit, einen solchen Komplex geheimzuhalten, war in demselben Maße wie die widrigen Verhältnisse an der Oberfläche des Planeten dafür verantwortlich, daß der Stützpunkt unterirdisch angelegt wurde. Last Hope stand in so geringer Entfernung von seiner Sonne, daß sich auf der Tagesseite Temperaturen von fünf- bis sechshundert Grad Celsius entwickelten. Oberflächengestaltung und eine äußerst langsame Eigenrotationsperiode sorgten inzwischen auf der Nachtseite dafür, daß die tagsüber gespeicherte Hitze innerhalb weniger Stunden abgestrahlt wurde.

Lediglich die Polarzonen des Planeten blieben von extremen Temperaturschwankungen verschont. Last Hopes Präzisionsbewegung, von wesentlich höherer Frequenz als die Achsenrotation, erzeugte in der Umgebung der beiden Pole einen wesentlich rascheren Wechsel von Tag und Nacht als auf dem Rest der Planetenoberfläche und hielt die Temperaturen in Grenzen.

Iratio Hondros Forschungskomplex war nahe dem planetaren Nordpol angelegt worden, und Reginald Bull wußte, daß die ARONTO sich soeben in derselben Gegend zu landen anschickte.

Mehrere Minuten vergingen, bis der Bildschirm von neuem aufleuchtete. Das Schiff glitt in eine gigantische Halle, die von großen, gelblich weißen Beleuchtungskörpern bis in den hintersten Winkel erhellt wurde. Die Ausmaße des Raumes waren atemberaubend.

Reginald Bull spürte nicht, wie die ARONTO aufsetzte, bemerkte jedoch, daß das Schiff sofort in horizontale Bewegung versetzt wurde. Der Antriebsmechanismus blieb ihm verborgen, aber der Zweck des Vorgangs lag auf der Hand: Die Landefläche unter dem Einflugschacht sollte unverzüglich geräumt werden.

Die ARONTO kam schließlich innerhalb eines rot markierten Feldes zum Stillstand. Reginald Bull wurde von einer Eskorte von Schiffsoffizieren abgeholt und von Bord geleitet. Chef des Empfangskommandos war ein großer, fettleibiger und mit einem roten Schnauzbart ausgestatteter Mann namens Koster Heks, der die Uniform eines Generals der plophosischen Raumgarde trug. Er war Reginald Bull infolge seiner Uniform sympathisch, die nicht die geringste Spur jenes farbenprächtigen Aufwands besaß, mit der Offiziersgewänder innerhalb des Imperiums autarker Regionaltruppen gewöhnlich beladen waren. Der hohe Gast wurde in eines von fünfzehn Fahrzeugen komplimentiert, die zum Anlaß seiner Ankunft aufgefahren waren, und ohne weiteren Zeitverlust zu einer Art Empfangsraum gebracht, der in die aus dem Felsen geschnittene Kuppelwand des unterirdischen Raumhafens eingelassen war.

Im Vergleich mit der gigantischen Landehalle wirkte der Empfangsraum klein und mit seiner bescheidenen Ausstattung anspruchslos. Es gab eine alte, halbwegs verwitterte Theke mit den üblichen Robotgeräten, die die Einreiseformalitäten erledigten. Die Theke war nicht besetzt. Unter der glatten, weißgetünchten Decke hing ein Luminiszenzleuchter, der mattes, gelbes Licht verbreitete. Es gab ein paar Sessel und niedrige Tische, die samt und sonders den Eindruck erweckten, als hätten sie die beste Zeit ihres Daseins längst hinter sich gelassen.

Im Hintergrund gab es eine Tür, die mit einem altmodischen Druckschloß ausgestattet war. Der Eingang, durch den Reginald Bull gekommen war, besaß dagegen ein hydraulisches Portal modernster Fertigung.

Er nahm kaum wahr, daß seine illustre Begleitung hinter ihm zurückblieb, als er den eigenartigen Raum betrat. Seine Aufmerksamkeit wurde von einem Mann gefangengenommen, der nahezu zur gleichen Zeit durch die altmodische Tür am anderen Ende der kleinen Halle stolperte.

Er stolperte tatsächlich. In seiner Hast schien er die Schwelle übersehen zu haben und hatte Mühe, sein Gleichgewicht wiederzufinden.

Der Mann fand sich schließlich zurecht. Mit verlegenem Lächeln, kam er auf Reginald Bull zu. Er streckte die rechte Hand aus.

Reginald Bull ergriff die Hand und drückte sie. Er kannte diesen Mann. Es war lange her, seit er ihn zum letztenmal gesehen hatte; aber er erinnerte sich noch an den Tag, an dem dieser Mann, anstatt den geplanten Gastvortrag an der Raumakademie Terrania zu halten, vor dem dröhnenden Gelächter seiner Wissenschaftler-Kollegen geflohen war und die Erde mit dem nächstbesten Raumschiff verlassen hatte.

Dr. Abel Waringer – der Mann, um den sich mehr Anekdoten rankten als um irgendeinen anderen Menschen. Der Wissenschaftler, den seine Kollegen für übergeschnappt hielten.

Aber auch der Mann, dem die Tochter des Großadministrators ihre Zuneigung geschenkt und den sie schließlich geheiratet hatte.

Lange hatten die Verantwortlichen des Solaren Imperiums darüber gerätselt, woher Roi Danton die Geräte bezog, die so verblüffende Eigenschaften besaßen.

Bis vor kurzem Dantons Maske fiel und seine wahre Identität einem kleinen Kreis von Personen bekannt wurde.

Danton hatte zugegeben, daß kein anderer als Waringer für ihn arbeitete. Jener Waringer, der aus Enttäuschung über die Behandlung durch seine Kollegen der Erde den Rücken gekehrt hatte, danach allerdings von Rhodans Frau und von Suzan Rhodan weiterhin großzügig gefördert worden war – ohne daß Rhodan selbst etwas davon geahnt hatte.

Mory hatte dafür gesorgt, daß dem Wissenschaftler Last Hope zur Verfügung gestellt wurde. Gemeinsam mit ihrer Tochter Suzan hatte sie den ehemaligen Geheimstützpunkt Iratio Hondros ausbauen lassen und Waringer all jene Geräte zur Verfügung gestellt, die er für seine Forschungsarbeiten benötigte.

Natürlich hatte Reginald Bull von Anfang an gewußt, daß er hier auf Last Hope mit Waringer zusammentreffen würde. Und er wußte auch, daß Mory ihn nicht zum Spaß hierher schickte, sondern wichtige Gründe haben mußte.

Dennoch war er überrascht, als Waringer nach der Begrüßung nicht gleich zur Sache kam. Stattdessen bot er ihm an, zuerst die subplanetaren Anlagen zu besichtigen.

Bull nahm Waringers Einladung notgedrungen an.

„Kommen Sie“, bat Waringer und machte eine einladende Geste durch die offene Tür, hinter der sich ein hell erleuchteter Gang erstreckte. „Die wahren Geheimnisse finden sich nur in der Tiefe.“

Ein Pneumolift, dessen Kontrolltafel Fahrtschalter für wenigstens fünfzig Stockwerke enthielt, brachte sie hinab. Reginald Bull, die Antigrav-Aufzüge der irdischen Städte und Raumschiffe gewöhnt, erkundigte sich nach dem Grund, der Waringer veranlaßt hatte, die Lifts nach einem anderen, scheinbar altmodischen Prinzip zu konstruieren. Waringers Erklärung war aufschlußreich:

„Der einzige Vorzug, den die Antigrav gegenüber dem Pneumo hat, sind die geringeren Wartungskosten. Ansonsten ist er teuer zu installieren, teuer in der Unterhaltung und entsetzlich kompliziert in der Reparatur. Das Konzept des Pneumolifts wurde zu rasch beiseitegelegt. Um ihn wirtschaftlich zu machen, brauchte man nur eine Reihe von Servomechanismen zu entwickeln, die automatisch dafür sorgten, daß nirgendwo Lecks entstanden und daß der Druck innerhalb des Schachtes in der gewünschten Weise reguliert wurde. Von da an funktionierte der Pneumo einwandfrei, war billig zu unterhalten und verursachte niemals Schwierigkeiten."

Es klang einfach, aber Bull war Techniker genug, um zu wissen, welche komplizierte Anlage notwendig war, um die Dichte eines Pneumoschachts ständig zu kontrollieren und das Druckgefälle zu regulieren, das die Aufzugkabine innerhalb des Schachts auf und ab bewegte. Seine Achtung vor der Leistung, die hier vollbracht worden war, wuchs.

Die vertikale Fahrt endete am Rande eines Parkplatzes, auf dem Hunderte von ein-, zwei- und mehrsitzigen Fahrzeugen abgestellt waren. Es handelte sich um Gleiter, bei denen das Prinzip der künstlichen Schwerkraft zur Anwendung gebracht wurde, nachdem es gerade bei den Aufzügen zu kurz gekommen war. Waringer komplimentierte seinen Gast in einen der offenen zweisitzigen Wagen hinein und sagte laut und mit sorgfältiger Artikulierung:

„Eins-zwei-drei."

Das Fahrzeug setzte sich in Bewegung und glitt vom Parkplatz aus in einen breiten Gang. Innerhalb des Ganges, der von mehreren Quergängen geschnitten wurde, herrschte lebhafter Verkehr. Fahrzeuge aller Größen waren in allen denkbaren Richtungen unterwegs. Die Durchschnittsgeschwindigkeit hielt sich bei etwa dreißig Kilometern pro Stunde. Der Fahrtwind wurde durch eine geschickt geformte Schutzscheibe nach oben über den Fahrzeugkörper hinweggelenkt, so daß es im Innern des Wagens völlig ruhig war. Die Insassen entgegenkommender Fahrzeuge grüßten Waringer mit freundlichem Winken, für das Waringer mit der gleichen Freundlichkeit dankte. Auf Last Hope schien man mehr Sympathie füreinander zu empfinden, als in großen Forschungszentren mit einer Bevölkerung von Wissenschaftlern und Technikern allgemein üblich war.

Das Fahrzeug bewegte sich, ohne daß Abel Waringer das geringste mit der Steuerung zu tun hatte. Die Ziffernkombination, die Waringer ausgesprochen hatte, schien ein Kode zu sein, den akustische Servomechanismen verarbeiteten, um den Wagen auf dem richtigen Kurs und ans Ziel zu lenken. Er wich dabei automatisch anderen Fahrzeugen aus, wobei er sich nicht nach Verkehrsvorschriften richtete, sondern danach zu trachten schien, daß er so rasch wie möglich vorwärtskam.

Reginald Bulls Aufmerksamkeit wurde abgelenkt, als der Gang sich zu weiten begann und schließlich in eine unterirdische Halle mündete, deren Ausmaße so gewaltig waren, daß Bull eine Sekunde lang glaubte, er sei auf irgendeine Weise wieder an die Oberfläche des Planeten zurückgelangt. Waringer bemerkte sein Erstaunen und erklärte:

„Komplex eins – einer unserer größten Räume. Hier wird wenig Forschung betrieben, dafür schreibt man Entwicklung um so größer. Neunzig Prozent aller Produkte, die wir absetzen, werden hier bis zur Produktionsreife gebracht."

Bull hörte kaum zu. Die riesige Halle war voll von Maschinen, Geräten und Menschen. Verwirrende Aktivität herrschte überall – an den Meßständen, an den Kontrolltafeln monströser Maschinen und in den breiten Gängen, die sorgfältig geordnete Gerätereihen voneinander trennten und den Boden des Raumes mit einem netzartigen Verkehrsmuster überzogen. Weit in der Höhe glänzten mächtige Leuchtkörper, hell und doch sanft, und verbreiteten schattenfreies, gleichmäßiges Licht.

Noch verwirrender als das jedoch empfand Reginald Bull die fast vollständige Stille, die die Halle erfüllte. Ein leises Summen war zu hören, untermengt mit Stimmen – das war alles.

Waringer erklärte, während der Wagen mit beachtlicher Geschwindigkeit an der Wand der Halle entlangglitt:

„Das wichtigste war, Motoren zu entwickeln, die möglichst geräuschlos arbeiteten. An zweiter Stelle stand das Problem, die Maschinen so zu verkleiden, daß ihre Arbeitsgeräusche nicht nach außen drangen. Wir schafften beides. Es hilft natürlich auch, daß die Kuppeldecke nach dem Prinzip optimaler Akustik geformt und verkleidet wurde. Wir sind ganz zufrieden mit unserem Erfolg. Ich glaube, wir haben hier eine der geräuschärmsten Maschinenhallen im ganzen Imperium."

„Aber wozu das alles?“ fragte Bull schließlich, nachdem er sich von der ersten Überraschung erholt hatte. „Wozu all der Aufwand?“

Waringer schüttelte den Kopf.

„Kein Aufwand“, wehrte er ab. „Die ursprünglichen Ausgaben sind zwar hoch, aber es ist erstaunlich, wie schnell sie sich amortisieren.“ Er sah Bull von der Seite her an und blinzelte. „Glauben Sie nicht, daß ich von Kostenrechnung auch nur einen Funken verstehe. Suzan hat das ausgerechnet.“

Reginald Bull glaubte ihm aufs Wort. Suzan Rhodan-Waringer war die Frau, die darauf achtete, daß Ausgaben stets nach dem Prinzip des ‚höchstmöglichen Rückflusses‘ gemacht wurden.

„Wir arbeiten hier“, fuhr Waringer fort, „mit hochbezahltem Elitepersonal. Ein Mann verdient hier zweieinhalbmal mehr, als er in einer vergleichbaren Stellung irgendwo sonst im Imperium einnehmen würde. Ein hoher Geräuschpegel erzeugt Krankheiten und damit Arbeitsausfall. In Wirklichkeit sparen wir eine Menge Geld, indem wir die Leute gesund erhalten.

Und noch etwas.

Alle unsere Anlagen sind energetisch abgeschirmt. Kein Quant an Streustrahlung dringt bis zur Oberfläche durch. Die Oberfläche des Planeten selbst blieb unberührt – dafür hat schon Iratio Hondro gesorgt. Wir sind praktisch unentdeckbar. Wie lächerlich wäre es dann, wenn wir akustische Schwingungen, die das Gestein zum Schwingen bringen, unser Versteck verraten ließen.“

Reginald Bull schwieg. Er begriff endgültig, daß man Geoffry Abel Waringer auf Terra weit unterschätzt hatte. Der scheinbar so unbeholfene Wissenschaftler hatte aus Iratio Hondros Hinterlassenschaft (und mit Hilfe von Rhodans Frau und deren Tochter) ein Forschungszentrum aufgebaut, das im Imperium seinesgleichen suchte. Hier in dieser riesigen Anlage waren Geräte wie der Halbraumspürer oder die Howalflektorhelme entstanden.

Bull ahnte nicht, daß ihn noch eine Überraschung erwartete, die seine kühnsten Träume übertreffen sollte.

Aser Kins emotioneller Aufruhr hatte sich gelegt. Er war immer noch zornig und zugleich verblüfft und ein wenig ängstlich ob des völlig unerwarteten Schicksals, das ihm zuteil geworden war; aber sein Planhirn arbeitete wieder einwandfrei und entwickelte einen Plan, der dem Schwingungswächter ermöglichen würde, sich von seinen Fesseln zu befreien. Wieviel damit gewonnen wäre, sollte dieser Plan Erfolg haben, wußte auch Aser Kins Planhirn im Augenblick nicht zu sagen. Viel hing davon ab, wo er sich befand. Wenn er erst einmal die Hände frei hatte, konnte er den Antigrav desaktivieren und anhand der natürlichen Schwerkraft seiner Umgebung zu ermitteln versuchen, wohin man ihn verschleppt hatte.

Außer dem Plan zur Lösung der Fesseln wartete das Planhirn mit einem zweiten Resultat komplizierter mathematisch-logischer Denkprozesse auf, das von weniger unmittelbarem Nutzen, aber dennoch höchst bemerkenswert war.

Dem Feind konnte in der gegenwärtigen Lage nichts Angenehmeres zustoßen, als daß ihm einer der Schwingungswächter in die Hände fiel. Es war logisch, anzunehmen, daß die Terraner den Gefangenen allen denkbaren psychophysischen Prozeduren unterwerfen würden, um von ihm Dinge zu erfahren, die der Verteidigung des Solaren Imperiums gegen den übermächtigen Gegner zustatten kommen könnten.

Warum dann lag er seit mehr als vierzig Stunden terranischer Zeitrechnung an dieser Stelle, ohne daß sich jemand um ihn gekümmert hatte? Es gab nur eine Erklärung, und sie bildete mit den Ereignissen kurz vor seiner Entführung logische Kette.

Die Terraner wußten nicht, wo er sich befand.

Er erinnerte sich, daß seine Entführung in aller Hast vor sich gegangen war. Es schien sich nicht um ein sorgfältig geplantes Unternehmen, sondern vielmehr um eine Art Husarenstück gehandelt zu haben, von wagemutigen, todesverachtenden Terranern unternommen, die womöglich über den eigenen Erfolg verblüfft waren und sich plötzlich in einer Lage befanden, für die sie keine Pläne gemacht hatten. Die Anlagen, die Aser Kin gesehen hatte, bevor er in den Transmitter geschoben wurde, waren nicht terranischer Herkunft. Sie waren älter und entstammten einer Technologie, die sich von der gegenwärtigen terranischen unterschied. Es war durchaus vorstellbar, daß die Terraner den Stützpunkt erst vor kurzem entdeckt und noch keine Ahnung hatten, wo sich der Gegenpol des Transmitters befand, in den man ihn hineingestoßen hatte.

Aser Kin hatte keinen Grund, an der Richtigkeit dieser Hypothese zu zweifeln. Es beruhigte ihn zu wissen, daß er bei dem langwierigen Experiment, das er durchzuführen beabsichtigte, eine Störung von seiten der Terraner nicht zu befürchten hatte.

Die Methode, die sein Plangehirn zur Entfernung der Terkonit- Stahlfesseln entwickelt hatte, hing eng mit der Physik seines Körpers zusammen.

Die Verwandlung der Körpersubstanz von weicher, organischer in diamantharte, anorganische Materie war ein Prozeß, in dessen Verlauf die Entropie des Systems um einen ansehnlichen Betrag verringert wurde und der daher einen gewissen Energieaufwand erforderte. Diese Energie wurde von einem Transformationszentrum im Innern des mächtigen Körpers geliefert und aus dem normalen Stoffwechselprozeß des Zweitkonditionierten bezogen. In umgekehrtem Sinne wurde bei der Rückverwandlung der Körpersubstanz in organische Materie die Entropie vergrößert und ein beachtlicher Energiebetrag freigesetzt. Die freigesetzte Energie äußerte sich als Wärme, und darauf baute Aser Kins Plan.

Die Terkonitbänder, so eng an den Körper geschmiedet, daß sie vorzüglichen Kontakt hatten, würden infolge ihrer vorzüglichen Leitfähigkeit den größten Teil der freigesetzten Wärme aufnehmen und sich um einige Millimeter ausdehnen. In einem Zeitraum von mehreren Sekunden nach der Transformation der Körpersubstanz von kristallinharter zu akristallinweicher Materie, bevor die Stahlbänder die plötzlich absorbierte Wärme an die Atmosphäre des Kuppelraumes weitergeben oder sie in Aser Kins Körper zurückleiten konnten, würden die Fesseln also weiter sein als im Normalzustand.

Das war alles, was Aser Kin brauchte. Die paar Sekunden genügten ihm, um wenigstens einen Arm oder gar ein Armpaar um einige Zentimeter zu bewegen. Er konnte den Versuch beliebig oft wiederholen, bis er eine Hand frei hatte. Er zweifelte nicht daran, daß es ihm, sobald er Hand an die Stahlbänder legen konnte, gelingen würde, die Fesseln entweder zu zerreißen oder so lange zu drehen, bis sie brachen.

Er begann sofort.

In Bruchteilen von Sekunden verwandelte sich der riesige Körper in einen starren, harten Klotz. Ein paar Augenblicke später erfolgte die Rückverwandlung. Aser Kin spürte, wie Wärme ihn durchflutete und fast augenblicklich verebbte, als die Stahlbänder sie absorbierten.

Er spürte, wie der Druck der Fesseln sich verringerte.

Sein rechter Greifarm bewegte sich unter der krampfhaften Anstrengung der Muskeln. Der Versuch gelang! Als der Wärmeausgleich hergestellt war, befand sich das Handgelenk um mindestens vier Millimeter weniger weit vom Rand der Terkonit-Fessel entfernt als zuvor.

Aser Kin schöpfte neue Hoffnung.

Auf Triton kam die Beratung, wie man dem verschollenen Aser Kin am wirkungsvollsten helfen konnte, zu einem Ende ohne Ergebnis.

Man glaubte eines zu wissen: Die Terraner entführten einen Schwingungswächter nicht, um ihn zu töten. Dafür war er zu wertvoll. Er lebte also noch, befand sich aber in einem gut gehüteten Versteck.

Für das weitere Vorgehen gegen Terra gab es daher nur die Direktive: Eine angemessene Zeitspanne zu warten, ob sich nicht doch noch eine Spur von Aser Kin zeigte, der man folgen konnte. Und dann – nachdem entweder die angesetzte Spanne ereignislos verronnen oder aber Aser Kin befreit worden war – Terra anzugreifen.

Unmittelbar, ohne weitere Umschweife.

Die Rückschläge der jüngsten Vergangenheit hatten Tro Khon von dieser Notwendigkeit überzeugt.

Die Terraner waren ein besonderes Volk. Nur ein mit aller Gewalt geführter Schlag konnte das terranische Zeitverbrechen bestrafen.

9.

Nach zweistündiger Rundfahrt, die ihn von einem Staunen ins andere gestürzt hatte, landete Reginald Bull endlich in Abel Waringers Privatlabor, einem mäßig großen, spärlich eingerichteten Raum, der keineswegs der Rolle entsprach, die Waringer auf Last Hope spielte. Waringers Schreibtisch war eine alte Kommode aus Lignit, in deren Rückwand jemand ein Loch geschnitten hatte, so daß der Benutzer des Möbelstücks seine langen Beine ausstrecken konnte. An Sitzgelegenheiten gab es einen altersschwachen, noch aus echtem Holz gefertigten Stuhl und einen auf Rollen laufenden Hocker, den Waringer vermutlich während seiner Versuche entlang der Meßtische benutzte.

Waringer war höflich genug, um den wackligen Stuhl hinter seinem Schreibtisch hervorzubalancieren und ihn Bull anzubieten. Er selbst begnügte sich mit dem Hocker.

Bull kam abermals auf den Grund seines Hierseins zu sprechen.

„Ich muß zugeben, daß das, was Sie mir gezeigt haben, einmalig im Solaren Imperium ist", sagte er. „Dennoch muß ich Sie dringend bitten, mir nun endlich mitzuteilen, warum man mich hierhergerufen hat."

Waringer nickte und stand auf.

In den großen braunen Augen leuchtete es wie in denen eines Jungen, der im Begriff ist, seinem Freund das neueste Spielzeug zu zeigen.

„Kommen Sie bitte!" forderte er seinen Gast auf.

Bull stand auf. Sie schritten eine Reihe von Meßtischen mit Dutzenden von Meß- und Registriergeräten entlang. Waringer blieb vor einem kleinen Tisch stehen, der – niedriger als alle anderen – in sauberer Anordnung das Miniaturmodell einer Anlage trug.

„Das", sagte Waringer mit einem Unterton von Triumph, „ist, was wir Ihnen zeigen wollten."

„Das", antwortete Bull und imitierte bewußt Waringers Sprechweise, „ist eine Transformkanone, wie es an Bord jedes größeren terranischen Kampfschiffes wenigstens eine gibt."

Waringer beugte sich lächelnd vornüber. „Und das?" fragte er.

Er deutete auf einen Kubus von etwa einem Zentimeter Kantenlänge, der an das Modell eines größeren Gerätes seitlich angeklebt war. Reginald Bull machte blitzschnell Bestandsaufnahme. Das Modell, an dem der Kubus klebte, stellte den Zielmaterialisator dar. Ein zweites Kästchen, seitwärts aufgestellt, repräsentierte den Zustandswandler. Das dritte, einer altmodischen Radarantenne nicht unähnlich, war der Projektor. Der Zustandswandler transformierte das abzuschießende Geschoß in Energie. Der Projektor strahlte die Geschoßenergie ab. Der Zielmaterialisator verwandelte das Geschoß in unmittelbarer Nähe des Ziels zurück in feste Materie und sorgte dafür, daß sie wunschgemäß detonierte.

Waringer hatte recht. Für den kleinen Kubus war im Gefüge der konventionellen Transformkanone kein Platz.

„Was ist es?" fragte Bull.

Waringer trat einen Schritt zurück. Es war ihm anzusehen, daß er die Situation genoß.

„Welches ist das vordringlichste Handikap, das die Solare Flotte im Kampf gegen die Zweitkonditionierten auf sich zu nehmen hat?"

Reginald Bull zögerte eine Sekunde. Für ihn als Strategen gab es zwei Handikaps, die in Betracht gezogen werden mußten. Eines davon war OLD MANS mörderische Feuerkraft.

Er entschied sich für das andere. OLD MAN war nur noch halb so gefährlich, wenn die Schwingungswächter ihn nicht mehr kontrollierten.

„Paratronfelder!“ stieß er hervor. „Die Zweitkonditionierten umgeben ihre merkwürdigen Raumschiffe damit, und unsere Waffen können sie nicht durchdringen.“

Waringer strahlte.

„Genau“, bestätigte er. „Und das hier“, er tippte mit dem Zeigefinger mehrmals auf den kleinen Kubus, „wird Ihre Probleme in alle Winde zerstreuen.“

Bull musterte ihn.

„Und warum?“

„Weil es“, rief Waringer, nun auf dem Höhepunkt seines Triumphs, „das Energiebündel dazu befähigt, den Paratronschirm zu durchdringen!“

Ein paar Sekunden lang stand Reginald Bull starr, kaum bereit zu glauben, was er gehört hatte, und dennoch in Gedanken sich ausmalend, wie rasch die Macht der Zweitkonditionierten zusammenbrechen würde, wenn Waringer die Wahrheit gesagt hatte.

Er musterte den hageren Wissenschaftler.

„Sie machen mir was vor!“

Waringer war strahlender Laune.

„Aber nein“, protestierte er lachend. „Ganz und gar nicht. Wir haben ein Gerät, von dem wir . . .“

„Haben Sie es ausprobiert?“ unterbrach Bull ihn.

Waringer wirkte einen Augenblick verblüfft, dann schüttelte er den Kopf.

„Nein. Wir hatten keine Gelegenheit.“

„Woher wissen Sie dann, daß es wirkt?“

Waringer sah plötzlich sehr überlegen aus.

„Manche Theorien sind so solide fundiert und so unanfechtbar, daß sie auf den experimentellen Beweis verzichten können. Zumal wenn der Gegenstand, an dem der Versuch durchgeführt werden soll, nicht beschaffbar ist.“

Reginald Bull runzelte die Stirn.

„Sie können kein Paratronfeld herstellen, aber Sie wissen, daß dieses Zusatzgerät energetische Strahlung befähigt, ein Paratronfeld zu durchdringen. Ist es das, was Sie mir klarmachen wollen?"

Abel Waringer hob abwehrend die Hand.

„Bitte, ziehen Sie keine voreiligen Schlüsse! Die Wissenschaft lernte, ein Atom zu zertrümmern, bevor sie ein Atom herstellen konnte, nicht wahr?"

Reginald Bull verzog das Gesicht, als empfände er Schmerz.

„Ich und die anschaulichen Vergleiche", antwortete er nicht übermäßig freundlich, „haben uns noch nie miteinander angefreundet."

Waringer bemerkte, daß er auf diese Weise nicht vorwärtskam. Hastig, fast überstürzt begann er zu erklären:

„Paratronfelder und ihre Reaktion auf energetische Einstrahlung sind in der jüngsten Vergangenheit mehrere Male beobachtet worden. Die Unterlagen liegen uns vor. Eine intensive Studie der Phänomenologie von Paratronfeldern begann auf Last Hope vor wenigen Wochen. Daß der Erfolg sich so schnell einstellte, hängt hauptsächlich damit zusammen, daß die Energiestruktur des Paratronfeldes in Wirklichkeit nichts vollständig Neues ist. Das Paratronfeld fällt in die Klasse der Hyperfelder. Es unterscheidet sich also von den Hochüberladungsschirmen, die die Schiffe des Imperiums im Augenblick benützen, nicht im Wesen, sondern nur in seiner Intensität – oder in seinem Energiegehalt.

Das Paratronfeld unterscheidet sich von unseren Hochenergieüberladungsfeldern nur durch die Frequenz der verwendeten Hyperstrahlung. Wie Sie wissen, besitzt die FRANCIS DRAKE einen Anti-Ortungsschirm, der den herkömmlichen, von der Solaren Flotte verwendeten, überlegen ist. Dieser Anti-Ortungsschirm arbeitet auf der Basis, daß er, infolge seiner vollautomatischen Frequenzanpassung, auftreffende Ortungsimpulse sofort erkennt, energetisch zuordnet und sich darauf einstellt. Diese automatische Frequenzanpassung an jede Art von Ortungsimpulsen war der Schlüssel zur Lösung. Sie half uns, das Problem der Paratronfelder innerhalb kurzer Zeit zu erkennen und uns darauf einzustellen. Das Gerät, das wir entwickelt haben, ist eine Abart des Anti-Ortungsschirmes. Es mißt die Frequenzmodulation der Paratronfelder an und stellt die jeweilige Frequenz und den Energiegehalt fest.

Wie wir wissen, sind die wichtigsten Teile der Transformkanone der Zustandswandler und der Zielmaterialisator. Der Zustandswandler hat die Aufgabe, die stofflich stabile Bombe in einen übergeordneten

Impuls zu verwandeln und sie mit Hilfe der transmitterähnlichen Abstrahlfelder des Geschützes auf den Weg zu bringen. Der Zielmaterialisator erfüllt den Zweck eines Empfangstransmitters. Er errichtet am Zielort ein Empfangsfeld, in dem die abgestrahlte Bombe materialisiert.

Das Gerät, das wir entwickelt haben, sorgt dafür, daß die Frequenz des Paratronschirmes erkannt und der synchron geschaltete Zusatzwandler auf diese Frequenz justiert wird. Diese Frequenzabstimmung neutralisiert das Paratronfeld und macht es durchlässig. Die Transformbombe materialisiert ungehindert im Ziel und detoniert.

Leider sind wir noch nicht in der Lage, aufgrund der derzeitigen Forschungsergebnisse selbst Paratronfelder herzustellen. Wir können nur die Sekundärfrequenz erzeugen, und darauf basiert die Wirkungsweise des Kubus, den Sie dort sehen."

Reginald Bull starrte nachdenklich auf das Modell des Transformgeschützes. Erst nach einer ganzen Weile ging er auf Waringers Ausführungen ein.

„Wieviel an Ihren hypothetischen Darlegungen, würden Sie sagen, wird sich in der Feuerprobe bewähren?"

Waringer hatte die Arme auf dem Rücken verschränkt und sah schräg über Reginald Bull hinweg in die Höhe.

„Streng wissenschaftlich gesprochen, ist *alles* Hypothese", antwortete er nachdenklich. „Wir hatten keine Möglichkeit, mit einem wirklichen Paratronfeld zu experimentieren. Unsere Beweisführung baut auf Indizien. Ja, ganz richtig – Sie können unsere Hypothese als ebenso richtig betrachten wie einen aufgrund von Indizien gefällten Urteilsspruch. Sie sehen die Parallele. Ich meine, wir sind auch . . ."

Er unterbrach sich augenblicklich, als Reginald Bull die Hand hob.

„Das ist schön und gut", sagte der Staatsmarschall. „Was mich interessiert, ist folgendes: Wie sicher würden Sie sich fühlen, wenn Sie sich an Bord eines Raumschiffes befänden, das mit Ihrem Zusatzgerät ausgerüstet und auf dem Wege ist, ein Fahrzeug der Zweitkonditionierten anzugreifen?"

Abel Waringer sah ihn lange an, und je mehr Zeit verging, desto durchdringender wurde sein Blick.

„Hätte ich veranlaßt, daß man Sie hierher bittet, wenn ich meiner Sache nicht sicher wäre?" fragte er ernst. „Dieses Gerät wird funktionieren, daran habe ich nicht den geringsten Zweifel. Bislang gibt es nur wenige Leute, die es bedienen können. Ich bin einer von ihnen. Ich hatte die Absicht, Sie darum zu bitten, daß Sie mich mitnehmen. Ich möchte dabeisein, wenn das Gerät zum erstenmal eingesetzt wird. Überzeugt Sie das?“

Reginald Bull trat auf den Wissenschaftler zu und reichte ihm die Hand.

„Ich bitte vielmals um Entschuldigung“, sagte er ernst. „Ich versichere, daß ich weder an Ihrer Aufrichtigkeit noch an Ihrem Verantwortungsbewußtsein zweifle. Ich werde Sie mit mir zurücknehmen, und wir beide werden zusammen erleben, wie das neue Gerät funktioniert. Klar?“

Waringers Augen leuchteten. Er ergriff die Hand und schüttelte sie kräftig.

„Klar?“ rief er. „Und ob das klar ist!“

2. März 2436; 1 Uhr 30 Minuten Terra-Normalzeit.

Die TOBRUK stand dreißig Astronomische Einheiten hinter der Sonne, insgesamt achtundfünfzig Einheiten von Neptun, um den sich die geballte Macht der Zweitkonditionierten konzentrierte. An Bord befanden sich zwei alte Freunde Don Redhorses: Major Frizz Eisner vom Kreuzer BEIRUT und Oberstleutnant Holl Vincent, Kommandant des Kreuzers SANAA, sowie achtzehn aus den Besatzungen mehrerer Schiffe sorgfältig ausgewählte Unteroffiziere und Mannschaften und zudem einige Tonnen Waffen und Geräte. Don Redhorse hatte das Kommando der TOBRUK an seinen Ersten Offizier abgegeben und gesellte sich dann kurz nach halb zwei Uhr zu den Männern des Stoßtrupps, die in der großen Äquatorialschleuse einstweilen Lager bezogen hatten.

Die Leute wußten, was ihnen bevorstand. Sie gehörten zur Elitetruppe der einundvierzigsten Flotte, die selbst wiederum im Bereich des Flottenkommandos Heimat eine Sonderstellung einnahm. Sie waren durch Dutzende von Einsätzen gegangen, in denen vom ersten bis zum letzten Augenblick nichts weniger als ihr Hals auf dem Spiel stand. Es war ruhig in der großen Schleusenkammer. Es wurde kaum gesprochen. Die Männer sahen starr vor sich hin oder hatten die Augen geschlossen und sich bequem gegen eine Wand oder ein Stück Ausrüstung gelehnt. Ein Hauch wachsamer Gelassenheit schien von der Szene auszugehen, als Don Redhorse die Schleuse betrat.

Um 1 Uhr 48 meldete der Kommandostand, daß der Reflex eines größeren Raumflugkörpers in achthunderttausend Kilometern Entfernung ausgemacht worden war. Um 2 Uhr 11 hatte sich das Schiff bis auf die optische Sichtweite an die TOBRUK heranmanövriert. Um 2 Uhr 20 begann der Ausschleusungsvorgang.

Don Redhorse war an der Spitze. Das künstliche Schwerefeld im Innern der Schleuse war gelöscht worden. Redhorse stieß sich ab und glitt durch das langsam auffahrende Außenschott hinaus in die Finsternis. Dicht vor ihm wuchtete eine riesige, sanft schimmernde Wand, die nach oben und unten bis in alle Ewigkeit zu reichen schien. Winzig klein leuchtete ein gelber Lichtfleck verloren irgendwo auf der riesigen Fläche. Redhorse aktivierte das in den Schutzanzug eingebaute Antriebsgerät und hielt auf den Lichtfleck zu. Im Flug drehte er sich um und sah hinter sich die Männer des Stoßtrupps einen nach dem anderen wie winzige Funken aus der Schleuse hervorschießen und auf Kurs gehen.

Der Abstand zwischen den Wandungen der beiden Schiffe betrug rund fünfhundert Meter. Die Einschiffung war um 2 Uhr 32 abgeschlossen. Das Fahrzeug, in dem Redhorse und seine Männer sich nun befanden, war die ROBAN, ein kugelförmiges, achthundert Meter durchmessendes Ungetüm aus der Ära des arkonidischen Robotregenten. Das Schiff hatte einen wesentlich dickeren Triebwerksringwulst als die terranischen Einheiten jüngerer Bauart und war selbst für einen Uneingeweihten auf den ersten Blick als Nicht-Terraner erkennbar. Wie es seiner Herkunft entsprach, war es robotgesteuert und benutzte zur Fortbewegung durch übergeordnete Kontinua die alte Transitionssprungweise.

Die ROBAN war auf der Erde für diesen Einsatz zurechtgemacht und programmiert worden. In insgesamt achtzehn Hangarschleusen standen die achtzig Space-Jets, die Redhorse für das Unternehmen angefordert hatte.

Das arkonidische Robotschiff ging planmäßig um genau 3 Uhr auf die Reise, die, wenn nicht ein Wunder geschah, seine letzte sein würde. Redhorse hatte seine Männer an einer Stelle des Hauptdecks untergebracht, von der aus jede der achtzehn Hangarschleusen mit minimalem Zeitaufwand erreicht werden konnte. Es handelte sich um eine Art Meßraum, der mit rund um die Wände laufenden Panorama-Bildschirmen ausgestattet war. Auf dem Steuerbordsektor des Schirms war ein paar Sekunden lang der kugelförmige Rumpf der TOBRUK zu erkennen, während sich die ROBAN von ihr entfernte.

Zwischen 3 Uhr 10 und 3 Uhr 30 führte das arkonidische Schiff in rascher Folge zwei Transitionen durch, die einigen Männern stark zusetzten. Zur gleichen Zeit, das wußte Redhorse, wurde von der auf der Höhe der Saturnbahn stationierten 110. Flotte eine Art energetisches Feuerwerk veranstaltet, das dem Gegner die Anmessung der beiden Transitionen unmöglich machen sollte. Die ROBAN mußte für OLD MAN und seine Superschlachtschiffe eine Überraschung sein, wenn sie aus dem Hyperraum auftauchte, sonst war das Unternehmen von vornherein zum Fehlschlag verurteilt.

Spannung schien in der Luft des kahlen Meßraums zu vibrieren, als die zweite Transition vorüber war. Das Bild auf dem Panoramaschirm hatte sich kaum geändert. Bugwärts stand ein matt leuchtender Lichtfleck, der die übrigen Sterne an Größe weit übertraf. Neptun. Seitwärts von Neptun befand sich die Sonne, eine winzige Scheibe von erstaunlicher Leuchtdichte. Wenn alles planmäßig verlaufen war, stand die ROBAN in diesem Augenblick noch vierzig Millionen Kilometer von Neptun entfernt und bewegte sich mit einer Geschwindigkeit von dreißigtausend Kilometern pro Sekunde auf den Planeten zu. Sie hatte innerhalb der Front der gegnerischen Raumschiffe rematerialisiert, aber noch war von OLD MANS Giganten keiner zu sehen.

Der erste Kontakt erfolgte um 3 Uhr 34. Auf einer der Meßtafeln, die unterhalb des Bildschirms in die Wand eingelassen waren, fingen Kontrollampen an zu blinken. Die ROBAN empfing einen Funkspruch. Woher er kam, war klar. OLD MANS Superschiffe befahlen dem Eindringling, anzuhalten oder den Kurs zu wechseln. Die ROBAN würde auf den Spruch antworten, wie das für dieses Unternehmen entworfene Programm ihr vorschrieb. Mit einem verstümmelten, unverständlichen Spruch, der darauf hinwies, daß an Bord nicht alles in Ordnung war.

Die Robotspezialisten auf der Erde hatten es nicht gewagt, die Reaktion des Roboters eindeutig vorherzusagen. Nach ihrer Ansicht gab es zwei Möglichkeiten: Entweder eröffnete OLD MAN das Feuer unverzüglich, um den lästigen Fremdkörper aus seinem Kontrollbereich zu entfernen – oder aber er stellte eines seiner Schiffe ab, um den Fremden aufzubringen und ihn zu untersuchen. Die Alternative erschien Don Redhorse trivial.

Die Taktik der Flotte war aus verständlichen Gründen auf die gefährlichere Möglichkeit abgestimmt. OLD MANS Giganten mußten auf jeden Fall daran gehindert werden, die ROBAN zu vernichten. Um sicherzugehen, mußte die terranische Flotte in einem Ablenkungsangriff das Feuer eröffnen, sobald der erste Austausch von Funksendungen stattgefunden hatte.

Der Feuerzauber begann um 3 Uhr 35.

Auf dem Bildschirm erschienen plötzlich Hunderte von blauweißen Funken, die sich blitzschnell aufblähten und für Sekunden zu grellen, strahlenden Sonnen wurden, ehe sie sich auflösten und verblaßten. Die bunten Lichter auf der Meßtafel erloschen. OLD MANS Superschiffe hatten jetzt anderes zu tun, als ein dahergelaufenes, fremdes Fahrzeug anzufunken.

Die Schlacht entwickelte sich mit der heimtückischen, totenstillen Konturlosigkeit, die allen Raumschlachten eigen ist. Obwohl in Reichweite ihrer Geschütze, kam die ROBAN keiner der gegnerischen Einheiten jemals nahe genug, als daß sie auf dem Bildschirm sichtbar geworden wäre. Dasselbe galt für die terranischen Schiffe. Alles, was zu sehen war, waren die Feuerbälle der Transformgeschosse, wenn sie explodierten.

Die ROBAN stürmte weiter, ohne ihre Geschwindigkeit zu verringern. Draußen, manchmal ungemütlich nahe, verpufften gewaltige Energien im Nichts.

Um 3 Uhr 41 erhielt das arkonidische Schiff den ersten Treffer. Ein Transformgeschoß, wahrscheinlich für ein anderes Ziel bestimmt, explodierte in wenigen Kilometern Entfernung. Die Schutzschirme der ROBAN brachen augenblicklich zusammen. Das Schiff fing an zu schlingern und zu stampfen. Der Antigrav fiel zum Teil aus und erfüllte das Schiffsinnere mit einem Restfeld, unter dessen Einfluß der Boden des Meßraums eine steile, schiefe Ebene zu sein schien.

Aber noch schoß das Schiff mit dreißigtausend Kilometern pro Sekunde auf Neptun zu. Der Planet war inzwischen zu einer gewaltigen, milchigweißen Scheibe geworden, die aus sich heraus zu leuchten schien. Der grelle Lichtfleck der Sonne war weiter nach rechts ausgewandert.

Zwei Minuten verstrichen, ohne daß sich etwas ereignete, während draußen das Schwarz des Weltalls unter den unaufhörlichen Lichtblitzen der Transformgeschosse fast verschwand und der riesige Bildschirm zeitweise so hell glänzte, als schwebte die ROBAN ein paar hundert Meter über einem von greller Sonne beleuchteten Gelände.

Dann erfolgte der zweite Treffer.

Don Redhorse fühlte sich von einer riesigen, unsichtbaren Hand gepackt und in die Höhe gewirbelt. Im Flug hörte er das Kreischen von gepeinigtem Metall und das wütende Gepolter von Aggregaten, die sich aus ihren Verankerungen gelöst hatten und mit mörderischem Donner gegen dicke Stahlwände schlugen. Er prallte irgendwo auf und verlor für eine Sekunde das Bewußtsein. In einem wirren Haufen von durcheinandergewirbelten Ausrüstungsgegenständen kam er wieder zu sich. Er hatte Schmerzen in der Brust, und es fiel ihm schwer zu atmen. Er arbeitete sich aus dem Durcheinander hervor und kam mühselig wieder auf die Beine. Die Schwerkraft hatte nachgelassen. Verblüfft stellte er fest, daß das, worauf er stand, vor Sekunden noch eine Seitenwand des Meßraums gewesen war.

Die Bildübertragung war bis auf einen einzigen Sektor ausgefallen. Im grellen Schein der unaufhörlich explodierenden Geschosse sah Redhorse einen scharf gezackten, von rötlichem Leuchten umhüllten Rand, der von rechts her ins Bild hereinragte. Die ROBAN hatte einen unmittelbaren Treffer erhalten. Die Schiffswand war aufgerissen.

Es war Zeit, das Schiff zu evakuieren. Der Schock der Explosion hatte die übrigen Männer des Stoßtrupps ebenso hart getroffen wie ihn. Sie wühlten sich aus dem Durcheinander hervor, das die Erschütterung ringsum aufgehäuft hatte. Redhorse warf einen raschen Blick auf den Bildschirm. Das Schiff hatte zu rotieren begonnen. Neptuns riesige Scheibe erschien im Blickfeld, halbverdeckt von den Feuerbällen der Transformgranaten. Die Geschwindigkeit der ROBAN schien nachgelassen zu haben.

„In die Jets!" hörten die Männer seine harte, kühle Stimme über Helmfunk. „Das Schiff ist schwer angeschlagen. Alle Schäden liegen backbords. Wir besetzen fünf Jets in den Steuerbordhangars. Weiteres läuft wie geplant."

Einer nach dem anderen schoben sich die Männer durch das Schott in die angrenzenden Beiboothangars.

Drei Mann blieben im Meßraum zurück. Don Redhorse und seine beiden Offiziere, Eisner und Vincent.

„Der Befehl gilt auch für euch", knurrte Redhorse, und es war ihm ziemlich gleichgültig, ob der übrige Stoßtrupp ihn über Helmfunk hören konnte oder nicht.

„Wir warten auf dich", antwortete Frizz. „Wir können den Standhaften genausogut spielen wie du."

„Raus!" schrie Redhorse. „Wir können in jedem Augenblick einen neuen Treffer bekommen, und wenn ihr bis dahin nicht an Bord der Jets seid, ist alles vergeblich."

Vincent wandte sich zum Gehen.

„Er meint es ernst, Frizz. Ich verschwinde."

Eisner verharrte einen Augenblick lang zögernd, dann drehte er sich ebenfalls um und stapfte auf das Schott zu.

Das war vorläufig das letzte, was Redhorse von ihm zu sehen bekam.

Ein Blitz von ungeheurer Intensität zuckte auf und erfüllte Redhorses Blickfeld für den Bruchteil einer Sekunde mit unerträglicher Helligkeit. Die überlasteten Augen versagten den Dienst. Finsternis breitete sich aus. Redhorse prallte mit mörderischer Wucht gegen etwas Hartes, Kantiges. Er hörte ferne Stimmen in seinem Empfänger, aber er konnte sie nicht verstehen.

Minutenlang schien er in konturlosem Halbbewußtsein dahinzutreiben. Ein einziger Gedanke beherrschte ihn und erfüllte ihn mit Verzweiflung. Die ROBAN hatte einen weiteren Treffer erhalten. Viel zu bald nach seinem Befehl, als daß die Männer ihre Jets hätten schon erreicht haben können. Vielleicht waren sie mitten in die Explosion gelaufen. Vielleicht hatte der Treffer das ganze Schiff auseinandergerissen. Und er schwebte hier mit halbem Bewußtsein durch Nichts und Nirgendwo und konnte sich nicht rühren.

Der Zorn über die eigene Hilflosigkeit brachte ihn wieder zu sich. Er schwebte tatsächlich – in einer grausig schönen Umgebung aus zerrissenen Wänden und Streben, die in sanften grünen, roten und blauen Farben leuchteten. Der Schreck durchfuhr ihn wie ein elektrischer Schock. Die bunte Luminiszenz konnte nur eine Bedeutung haben: Der letzte Treffer hatte das Material der ROBAN in den Zustand des Kernbrands versetzt. Das luminiszente Leuchten kennzeichnete die Ausgangsphase des Brandes. Wenn erst einmal eine ausreichende Zahl von Atomkernen in den Zerfallprozeß eingetreten war, würde die Helligkeit einfarbig weißblau werden und an Intensität gewinnen. Von da an waren es nur noch ein paar Sekunden, bis das ganze Schiff sich in eine grell leuchtende Wolke aus Plasma verwandelte.

Redhorse aktivierte das kleine Hilfstriebwerk seines Anzugs. Im Leuchten seiner Umgebung entdeckte er das Schott, durch das die Männer den Meßraum verlassen hatten. Er glitt darauf zu. Der Gang, der dahinterlag, schien unbeschädigt; aber die Beleuchtung war ausgefallen, und an einigen Stellen glühten die Wände in lichtem Grün. Zwei schattenhafte Gestalten bewegten sich taumelnd und unsicher zwanzig Meter weiter gangabwärts.

Redhorse rief sie an.

„Frizz hier!“ klang die heisere Antwort. „Hilf mir, wenn du kannst. Holl ist mit dem Schädel irgendwo angeschlagen.“

Redhorse glitt auf ihn zu. Gemeinsam schoben sie Holl Vincent vor sich her. Die Tatsache, daß der Antigrav ausgefallen war, half ihnen. Während sie den Gang entlangglitten, versuchte Redhorse, die Männer des Stoßtrupps über Helmfunk zu erreichen. Der Versuch mißlang. Er bekam keine Antwort. Er fing an, sich mit dem Gedanken abzufinden, daß das Unternehmen vorüber war, bevor es überhaupt angefangen hatte. Für ihn und Holl und Frizz und wer immer sonst noch am Leben sein mochte, gab es nur noch eine einzige Hoffnung: daß wenigstens eine oder zwei der Jets die Katastrophe unbeschädigt überstanden hatten. Die ROBAN würde in acht bis zehn Minuten explodieren. Wenn sie es bis dahin nicht geschafft hatten, das Schiff zu verlassen, brauchten sie sich um nichts mehr Sorgen zu machen.

Der Gang mündete auf einen Aufzugsschacht. Der kürzeste Weg zu den Steuerbordhangars begann drei Decks tiefer. Redhorse schob den bewußtlosen Holl Vincent in den Schacht und gab ihm einen kräftigen Stoß nach unten. Dann sprang er hinterdrein. Kurz vor dem Ausstieg holte er den langsam fallenden Körper ein und zog ihn zu sich heran. Er schaffte es gerade noch, sich durch die Ausstiegsöffnung zu schwingen, bevor Vincent mit seinem Schwung ihn weiter in die Tiefe riß. Frizz Eisner war dicht hinter ihm.

Der Teil des Schiffes, in dem sie sich jetzt befanden, war ebenfalls vom letzten Treffer in Mitleidenschaft gezogen worden. An einigen Stellen der Wände zeigten sich verästelte Risse, und es gab weite Flächen, die intensive Luminiszenz ausstrahlten. Frizz schien zu verstehen, worum es ging. Sie bewegten Holl Vincents Körper jetzt rascher und mit weniger Rücksichtnahme. Verschiedene Male stieß er mit dem Kopf voran gegen eine der leuchtenden Stellen. Schaden würde ihm daraus keiner entstehen. Gegen die Radioaktivität schützte ihn sein Anzug, und die glühenden Stellen waren vorläufig noch so kühl wie der Rest der Wand.

Sie näherten sich jetzt den Hangarschleusen. Die Wände zu beiden Seiten wichen zurück und öffneten sich auf eine Art Platz, in dessen jenseitiger Wand die Zugänge zu den Schleusen lagen. Redhorse war beruhigt, daß er bis jetzt noch keinen seiner Leute gefunden hatte, der bei dem Rückzug aus dem Meßraum auf der Strecke geblieben war. In gleichem Maße erschreckte ihn jedoch der Anblick der Wand, hinter der die Hangars lagen.

Die ganze Wand erstrahlte in bunten Farben, und stellenweise war die Intensität des Leuchtens schon so stark geworden, daß die Farbtöne sich zu bläulichem Weiß vermischten. Die Wand war im Begriff, ins Endstadium des Kernbrands einzutreten. Noch eine oder zwei Minuten, und sie würde in höllischer Glut aufleuchten und verdampfen.

Redhorse ließ den bewußtlosen Vincent los.

„Achte auf ihn!“ schrie er Frizz Eisner an.

Er riß den Strahler aus dem Gürtel, schaltete ihn auf Desintegration und schoß auf das Schott, das ihnen am nächsten lag. Die Salve entlud sich geräuschlos im Vakuum des todwunden Schiffes. Auf dem Schott bildete sich ein gelber, blasiger Fleck, der sich rasch verbreiterte. Eisner balancierte Holl Vincent auf die langsam wachsende Öffnung zu. Die Wand strahlte jetzt fast so hell wie der gebündelte Energiestrahl, der das Schott bearbeitete. Die Farben verblichen. Kaltes, bläuliches Weiß breitete sich aus.

„Du schiebst Holl durch die Öffnung, sobald ich es dir sage“, keuchte Redhorse. „Sieh zu, daß du ihn so schnell wie möglich in eines der Fahrzeuge bringst. Laß ablegen, sobald du an Bord bist.“

„Und was wird aus dir?“ schrie Eisner zurück.

„Kümmere dich nicht um mich. Sieh zu, daß du Holl aus der Gefahrenzone bringst!“ Ein kreisrundes Loch von etwa anderthalb Metern Durchmesser gähnte jetzt inmitten des Schotts. Dahinter schien es dunkel zu sein – ein Zeichen, daß der Hangar vom Kernbrand noch nicht sehr stark befallen war. „Los jetzt!“ schrie Redhorse.

Mit einem wilden Schwung schob Eisner den schlaffen Körper des Bewußtlosen auf die Öffnung zu. Mit geschickten Bewegungen dirigierte er ihn durch das Loch. Dann schwang er sich selbst in den Schleusenraum und verschwand aus Don Redhorses Blickfeld.

In diesem Augenblick erreichte der Energiegehalt der glühenden Wand den kritischen Punkt. Ruckartig nahm die Intensität des Leuchtens zu. Redhorse mußte die Augen zeitweise schließen, um nicht geblendet zu werden. Leuchtende Schwaden lösten sich von der Wand und trieben ziellos davon, als die Materie zu verdampfen begann. Die Temperatur der Wand stieg sprunghaft. Redhorse konnte die mörderische Hitze durch die isolierenden Schichten seines Anzugs hindurch fühlen. Er wußte, daß er jetzt handeln mußte, wenn er den Wettlauf mit der Zeit noch gewinnen wollte. Noch zwanzig oder dreißig Sekunden, und das ganze Schiff war eine brodelnde Hölle aus Millionen Grad heißem Plasma.

Er stürzte vorwärts. In der ungeheuren Lichtflut war die Öffnung, die er geschossen hatte, nur noch ein winziger, dunkler Fleck, fast verhüllt von glühenden Gasmassen. Redhorse berührte ein letztes Mal den Boden und stieß sich mit aller Kraft ab. Eine Wand aus Licht kam mit rasender Schnelligkeit auf ihn zu. Er hatte die Arme fest an den Leib gepreßt, um der mörderischen Hitze so wenig Angriffsfläche wie möglich zu bieten. Wenn er seinen Schwung nicht richtig berechnet hatte, war er verloren.

Seinen Schutzschirm wagte er in dieser Situation nicht zu aktivieren. Die hier herrschenden Bedingungen konnten zu einem Rückkopplungseffekt führen, der ihm zusätzlich gefährlich werden konnte.

Er schoß in die Glut hinein. Peinigender Schmerz wühlte ihn auf, als die Hitze ihm durch den Anzug auf die Haut drang und die Klimaanlage unter der plötzlichen Belastung zeitweise zusammenbrach.

Er sah nichts mehr. Er hatte die Augen geschlossen, um nicht zu erblinden. Unwillkürlich verkrampfte er die Muskeln, auf den Aufprall wartend, der unweigerlich kommen mußte, weil es unmöglich war, ein so winziges Ziel wie das Loch einwandfrei zu treffen. Er empfand nichts mehr als den ungeduldigen Wunsch, daß alles so rasch wie möglich vorüber sein möge. Wenn er sich später an diese Sekunden zurückerinnerte, stellte er mit Überraschung fest, daß es ihm verhältnismäßig leichtgefallen war, mit dem Leben abzuschließen.

Aber der Aufprall kam nicht. Die Hitze ließ plötzlich nach. Er hörte das zornige Summen, mit dem die Klimaanlage das Innere des Anzugs auf ein normales Temperaturniveau zurückführen wollte. Er öffnete die Augen und sah, daß es vor ihm finster war. Der schlanke Rumpf einer Space-Jet ragte vor ihm auf, glitzernd im Widerschein des atomaren Feuers, das von der Wand hinter ihm kam. Er streckte die Arme aus und fing seinen Schwung am Boden ab. Vor ihm öffnete sich ein Luk. Er hörte Stimmen, undeutlich und wie aus weiter Ferne, vermischt mit dem Geprassel der Störgeräusche, die der Kernbrand verursachte. Hände streckten sich nach ihm aus und packten ihn bei den Schultern.

Er stemmte sich ab und glitt durch die Luköffnung. Eine gellende Stimme, plötzlich ganz nah, schrie:

„Wir haben ihn! Start . . .!“

Dann wurde ihm eine Zeitlang schwarz vor den Augen. Als er wieder zu sich kam, lehnte er angeschnallt in einem bequemen Polstersessel. Es war wohltuend dämmrig um ihn herum, und das einzige Geräusch, das über die Außenmikrophone zu ihm kam, war das Summen von Geräten. Er sah auf, um die Quelle zu finden, aus der das dämmrige, matte Licht kam.

Es war ein riesiger Bildschirm. Auf dem Schirm schwebte eine gigantische, milchigweiße Scheibe, von parallelen Streifen verschiedener Tönung überzogen. Gegen das Licht, das von dem Bild drang, hoben sich die Umrisse zweier Gestalten ab. Undeutlich erkannte Redhorse die Konturen von Raumhelmen.

Jemand sagte:

„Eine Space-Jet ist verloren. Der Rest hält den vereinbarten Kurs."

Und dann, nach einer kurzen Pause:

„Kaum zu glauben – aber es sieht so aus, als hätten wir's geschafft."

Die Lage hatte sich geändert.

Die Hälfte der Frist, die Tro Khon auf eine Spur von Aser Kin zu warten bereit gewesen war, war noch nicht verstrichen, als ihm über die Kanäle, durch die er mit OLD MAN und seinen rund fünfzehntausend Schiffen in Verbindung stand, von der feindlichen Flottenmassierung in unmittelbarer Nähe des Neptun-Triton-Systems berichtet wurde.

Tro Khon alarmierte seine Artgenossen. In ständiger Verbindung mit OLD MAN warteten sie, was weiter geschehen würde. Der Gegner schien sich vorläufig mit dem Aufmarsch von insgesamt fünfzigtausend Einheiten aller Größen und Stärken zu begnügen. Er griff nicht an, und OLD MAN erhielt den Befehl, seine Schiffe ebenfalls zurückzuhalten.

Zwei Stunden vergingen ereignislos, und Tro Khon schöpfte den Verdacht, daß es sich bei dem Schiffsaufmarsch am Ende nur um ein völlig bedeutungsloses Manöver handelte, von den Terranern ausgeführt, um den Nervenkrieg in Gang zu halten. Da traf eine neue Meldung ein.

Ein fremdes Schiff, wahrscheinlich arkonidischer Herkunft und einige Jahrhunderte alt, war plötzlich wenige Millionen Kilometer vor der Neptunbahn materialisiert. Die Strukturerschütterung, die den Materialisationsprozeß begleitete, konnte nicht angemessen werden, weil der Gegner gerade zu dieser Zeit ein heftiges energetisches Störfeuer unterhielt.

Von da an entwickelten sich die Dinge mit atemberaubender Schnelligkeit. OLD MANS Schiffe funkten den Fremden an. Der Fremde antwortete unverständlich, als sei seine Hyperfunkanlage defekt. Inzwischen war festgestellt worden, daß es sich um ein arkonidisches Robotschiff handelte, von dem man nicht sagen konnte, ob es eine organische Besatzung an Bord hatte oder nicht. Was es an diesem Ort wollte, war völlig unerklärlich – es sei denn, es hätte sich infolge einer Fehlfunktion seines Astrogationssystems hierher verirrt.

Nach kurzem Zögern erteilte Tro Khon den Befehl, das fremde Schiff zu vernichten. Er war nicht bereit, in einer Lage wie dieser auch nur das geringste Risiko einzugehen.

Sein Befehl kam zu spät. Von einer Sekunde zur anderen wurde die Bedeutung des gegnerischen Flottenaufmarsches klar. Der Gegner eröffnete das Feuer auf OLD MANS Einheiten. Es war ein Feuerschlag, wie ihn dieser Raumsektor noch niemals erlebt hatte. Im ersten Ansturm explodierten achtzig von OLD MANS Raumriesen. Aber der Robot schlug sofort zurück.

Die Raumschlacht tobte etwa vierzig Minuten mit beispielloser Verbissenheit. Dann löste der Feind sich plötzlich aus dem Getümmel und zog sich zurück. Tro Khon befahl dem Robot, seine Einheiten auf Posten zu halten und die Terraner unter keinen Umständen zu verfolgen.

Es war nicht schwer, das Manöver zu durchschauen. Die mörderische Schlacht hatte nur einem einzigen Zweck gedient: Ein einzelnes Fahrzeug, das wie ein altes arkonidisches Robotschiff aussah, durch den Kordon von OLD MANS Giganten nach Neptun zu schleusen. Ob der Versuch gelungen war, konnte nicht ermittelt werden. Im Durcheinander der Schlacht hatte man die Spur des mysteriösen Schiffes verloren.

Eins jedoch stand fest: Wenn die Terraner bereit waren, einen solchen Aufwand zu veranstalten, um ein einziges Fahrzeug nach Neptun zu bringen, dann mußte es auf Neptun etwas äußerst Wichtiges geben.

Aser Kin zum Beispiel?

Es war weiter nichts als eine Vermutung. Aber Tro Khon war bereit, Zeit und Aufwand daranzuhängen, um herauszufinden, ob er recht hatte oder nicht. Viel war in Wirklichkeit nicht zu tun. Er brauchte nur zu warten, bis die Terraner versuchten, ihren Stoßtrupp wieder aus dem Neptunsektor herauszuschleusen. Aser Kin, wenn er wirklich auf Neptun gelandet war, würde sich an Bord des Fahrzeuges befinden, das den Durchbruch versuchte.

Er brauchte es nur aufzubringen.

10.

2. März 2436; 4 Uhr Terra-Normalzeit.

Die ARONTO war bereit, Reginald Bull und seine Begleitung zurück nach Plophos zu bringen. Auf Plophos wartete Bulls Kurierschiff, mit dem er hierhergekommen war.

Reginald Bull war nicht allein, als er Last Hope verließ. In seiner Begleitung befanden sich Dr. Abel Waringer, vier seiner Spezialisten und einige große Kisten, in denen sich das Gerät befand, das notwendig war, um die Transformgeschütze eines terranischen Schlachtschiffes in die Lage zu versetzen, Fremdenergiepeilung und Frequenzmodifikation mit der Genauigkeit durchzuführen, die erforderlich war, um ein Paratron-Schirmfeld zu durchdringen. Die Leute auf Last Hope nannten das Instrument ein FpF-Gerät, und unter diesem Namen sollte es auch in die Annalen der Solaren Flotte eingehen.

Der Flug nach Plophos dauerte nur wenige Stunden. An Bord seines Schiffes hatte Reginald Bull Gelegenheit, über Relaisstationen mit Julian Tifflor als dem Kommandeur der Heimatflotte Verbindung aufzunehmen. Er nahm die Gelegenheit wahr, weil er Gewißheit über die Lage haben mußte – selbst auf das Risiko hin, daß die Zweitkonditionierten das Gespräch abhörten.

Sie würden nicht viel dabei gewinnen. Bull erfuhr nur, was sie ohnehin wußten – nämlich, daß es einigen Männern in tollkühnem Vorstoß gelungen war, die Oberfläche von Neptun zu erreichen. Mehr wurde nicht gesagt. Bull wußte selbst, welches Objekt es war, das allein den Aufwand rechtfertigte, der notwendig war, um ein Fahrzeug durch OLD MANS Belagerungsflotte nach Neptun zu bringen. Man mußte guten Grund für die Annahme haben, daß der entführte Zweitkonditionierte sich auf Neptun befand.

Falls sich die Vermutung bewahrheitete und falls es der Besatzung des eingeschleusten Fahrzeugs gelang, mit ihrem Fund an Bord die Erde zu erreichen, war es denkbar, daß das Geschick des Imperiums sich in Kürze wenden würde.

Reginald Bull beantwortete den Funkspruch mit der knappen Ankündigung, daß er auf dem schnellsten Weg nach Hause eile. Für jeden Unvorbelasteten mußte es sich anhören, als sei der Vorstoß nach Neptun und seine möglichen Resultate der einzige Grund, der ihn zu solcher Eile veranlaßte. Über die Informationen, die er auf Last Hope erhalten hatte, verlor Bull kein Wort.

Sein Schiff, die COLOMBO, ein Städtekreuzer-Neubau, legte kurze Zeit nach Beendigung des Nachrichtenaustauschs von Plophos ab und ging auf Heimatkurs. Die ARONTO unter dem Kommando von Oberstleutnant Haiker Lastron folgte ihr unmittelbar. An Bord der ARONTO befand sich eine weitere Handvoll von Wissenschaftlern aus Dr. Waringers engstem Mitarbeiterstab. Reginald Bull hatte sich der Logik nicht verschließen können, daß es ratsam sei, eine zweite Gruppe von Sachverständigen gleichzeitig mit der ersten nach Terra zu bringen – und sei es nur um der vagen Möglichkeit willen, daß der ersten etwas zustieß.

Am 2. März 2436, um 9 Uhr 35, ging die COLOMBO in den Linearraum. Die ARONTO folgte ihr im Abstand von drei Minuten.

Der Wettlauf mit der Zeit hatte begonnen.

In lockerer Formation rasten vier Space-Jets in achtzig Kilometern Höhe über Neptuns unwirtliche Oberfläche. Vor mehr als fünf Stunden war das Wrack der ROBAN wie eine weißglühende Sonne durch die dichte Wolkendecke des Planeten gedrungen und hatte mit nuklearer Gewalt Orkane von unbeschreiblicher Wucht entfacht, die stundenlang durch die dichte Atmosphäre tobten und die Navigation der Jets beeinträchtigten.

An Bord der CAESAR-1 befand sich außer Redhorse, Eisner und Vincent, der inzwischen wieder zu sich gekommen war, ein Korporal, dem die Aufgabe zufiel, das Fahrzeug nach Redhorses Anweisungen zu steuern. Eisner und Vincent studierten die beiden Radarschirme, auf denen sich die Konturen der rasch unter dem Jet dahingleitenden Neptunoberfläche abzeichneten.

Frizz Eisner streckte den Arm in die Höhe.

„Wasserfläche . . .!“ rief er aufgeregt.

„Hat sich was mit Wasser“, knurrte Vincent abfällig.

„Wie groß?“ wollte Redhorse wissen.

„Nicht abzusehen“, antwortete Frizz. „Geht über den Radarhorizont hinaus.“

Redhorse zog das Mikrophon an sich.
„CAESAR-1 an alle CAESARS. Sieht so aus, als hätten wir gefunden, was wir suchen. Drosseln Sie Geschwindigkeit auf vierhundert, und beobachten Sie meine Manöver!“
Er schob das Mikrophon zurück und erklärte:
„Das gilt auch für Sie, Korporal.“
„Ja, Sir“, kam die Antwort des Piloten.
Redhorse tippte eine Reihe von Daten in die Tastatur des Rechengeräts und las die Antwort von der optischen Anzeige. Die Differenz zwischen den Koordinaten des ‚Meeres der Träume‘ und denen des Ortes, an dem sich die vier Jets augenblicklich befanden, war nahe null.
„Wir sind an der richtigen Stelle“, sagte Redhorse. „Nase nach unten!“
Der Pilot gehorchte prompt.
„Ich will wissen, ob die anderen uns folgen“, sagte Redhorse.
Ein paar Sekunden vergingen.
„Positiv“, war Holl Vincents Auskunft.
Sie flogen die Küstenlinie des Meeres ab. Es hatte etwa denselben Umfang wie das Mittelmeer und schien von beachtlicher Tiefe zu sein. Auffällig war die Anwesenheit von Inseln. Die einzige Unregelmäßigkeit, die die scheinbar endlose Oberfläche durchbrach, war ein schmaler, scharfgratiger Felsen, der ein paar hundert Meter weit in die Höhe ragte. Er befand sich rund einhundert Kilometer von der Nordküste und achthundert Kilometer vom östlichen Rand des Meeres entfernt.
Auf der Höhe des Flüssigkeitsspiegels herrschte eine Temperatur von – 173 Grad Celsius. Die Substanz, die das gewaltige Meeresbecken ausfüllte, war Methan. Eisschollen, die vor dem Wind hertrieben, bewiesen, daß Temperaturschwankungen nicht selten waren. Die Temperaturspanne, in der Methan im flüssigen Aggregatzustand existierte, war nicht besonders breit – knapp dreißig Grad Celsius, bei den herrschenden Bedingungen.
Don Redhorse war sich darüber im klaren, daß er, obwohl der schwierigste Teil des Vorstoßes überstanden war, sein Ziel noch lange nicht erreicht hatte. Die Ortung, die die von dem auf Neptun stationierten Transmitterempfänger ausgesandte Streustrahlung angemessen hatte, war lediglich auf plus-minus eintausend Kilometer genau. Ein Gebiet von einer Million Quadratkilometern aufs Geratewohl hin abzusuchen wäre absurd gewesen, zumal er keine Ahnung hatte, wie weit sich der zu durchsuchende Bereich in die dritte Dimension erstreckte, da als sicher

angenommen werden durfte, daß die Lemurer ihren Stützpunkt nicht auf der Oberfläche des Planeten angelegt hatten.

Er brauchte einen weiteren Hinweis, wenn er Erfolg haben wollte. Die Frage war, woher er ihn sich beschaffen sollte.

„Fliegen Sie den Steilfelsen an!" befahl er dem Piloten.

Holl Vincent erhielt den Auftrag, die Ortungsgeräte zu überwachen. Auf den Radarschirmen war nicht mehr viel Neues zu sehen. Wenn es überhaupt einen Hinweis gab, würde die Energietastung ihn als erste bemerken.

Holl überflog den Reflexschirm. Dann richtete er sich auf und schüttelte den Kopf.

„Ich weiß, was du erwartest, Red", sagte er traurig, „aber da ist nichts."

Redhorse nickte grimmig.

„Schau nur weiter hin, Holl!"

Die vier Maschinen flogen jetzt in engerer Formation. In Neptuns düsterer, trüber Atmosphäre waren die übrigen drei Jets nicht zu sehen, aber auf dem Radarschirm der CAESAR-1 standen sie dicht um den Koordinatenursprung. Mit einer Geschwindigkeit von vierhundert Kilometern pro Stunde glitt die Staffel in einem Kilometer Flughöhe auf die milchige Oberfläche des Methanmeeres hinaus. Eine halbe Stunde verstrich völlig ereignislos. Don Redhorse begann sich Gedanken darüber zu machen, was unternommen werden könne, falls es wirklich keine an der Oberfläche wahrnehmbare Spur des alten lemurischen Forts mehr gab.

Da geschah das, was er im stillen erhofft hatte:

Ein helles Pfeifsignal drang aus der Tasteranlage. Fast im gleichen Augenblick stieß Holl Vincent im Ton höchster Aufregung hervor:

„Starke Streufelder vorab!"

Auf dem Reflexschirm leuchtete eine Anzahl von klaren, deutlich definierten Punkten. Sie befanden sich ohne Ausnahme in der Nähe des Bildzentrums. Ihre Schärfe ließ darauf schließen, daß sie von kräftigen Feldern herrührten, die – nahe, wie sie waren – schon vor geraumer Zeit hätten erfaßt werden müssen, wenn sie dagewesen wären.

Don Redhorse war der erste, der den Sachverhalt begriff. Die Streufelder rührten von Aggregaten her, die vor wenigen Sekunden erst angelaufen waren. Es sah so aus, als gäbe es in dem alten lemurischen Stützpunkt, der vor zweiundfünfzigtausend Standardjahren die letzte Aktivität gesehen hatte, noch einige vorzüglich funktionierende Ortergeräte, die die Annäherung der vier Jets wahrgenommen und in der üblichen Weise reagiert hatten.

Nämlich indem sie die Verteidigungsmaschinerie des Forts aktivierten.

Ein Teil der Streustrahlung rührte unmißverständlich von Fusionsmeilern her, und der gewaltige Energieausstoß der Meiler floß unzweifelhaft zur Hauptsache in die Energiemagazine schwerer Geschütze. Die Spur des Stützpunkts war damit gefunden, aber sie schien Redhorse ein Problem aufzugeben, das womöglich noch härter zu lösen war als dasjenige, über das er sich bislang den Kopf zerbrochen hatte.

Die drei übrigen Jets wurden aufgefordert, Energietastungen anzustellen, die Quelle der Streustrahlung zu bestimmen und die Resultate an CAESAR-1 zu übermitteln. Die Ausführung des Befehls nahm zwölf Minuten in Anspruch. Redhorse verglich die übermittelten Resultate mit denen, die Holl Vincent inzwischen erzielt hatte, und stellte fest, daß ihm nunmehr die Lage des Punktes, von dem die angemessene Strahlung herrührte, bis auf plus-minus zweihundert Meter genau bekannt war.

Der Punkt lag nahezu senkrecht unter dem Felsen, auf den die vier Jets zuflogen, in rund sechshundert Metern Meerestiefe.

Er nahm das Mikrophon zur Hand.

„CAESAR-1 an alle CAESARS. Wir haben gefunden, was wir suchen. Irgendwo dort unten gibt es eine alte lemurische Anlage, deren Maschinen noch gut funktionieren. Wir gehen jetzt hinunter. Bereiten Sie sich auf Tauchfahrt vor und folgen Sie meinem Manöver." Er zögerte einen Augenblick, während er darüber nachdachte, ob er den Männern sagen sollte, was ihm auf der Zunge lag. Dann fuhr er fort: „Und halten Sie die Augen offen. Ich befürchte, das alte Fort wird uns nicht so ohne weiteres an sich heranlassen wollen."

Sie bewegten sich in fünfhundert Metern Meerestiefe. Um sie herum war schwarze Finsternis. Das bißchen Sonnenlicht, das Neptuns Oberfläche durch die dichte Wolkendecke erreichte, hatte gegen fünfhundert Meter flüssiges Methan nicht die geringste Chance.

Sie hatten anfangs eingebaute Scheinwerfer benutzt, um den Monitorschirmen wenigstens den Abglanz eines Bildes zu entlocken. Aber kurz darauf war CAESAR-2 von einem Ding angegriffen worden, von dem der Pilot behauptete, es sei so groß wie eine ganze Stadt. Die Meldung des Piloten wurde durch die Beobachtung, die Frizz Eisner auf seinem Orterschirm machte, unterstrichen und bestätigt. Ein Objekt von beeindruckender Größe, offensichtlich organisch und belebt, hatte sich, wahrscheinlich vom Licht des Scheinwerfers angelockt, einer Jet angenommen. Seine Absichten waren nicht klar erkennbar. Es mochte die Helligkeit als einen seltenen Genuß empfinden oder als eine häßliche Störung in diesem Bereich ewiger Finsternis. Don Redhorse war nicht willens, auch nur das geringste Risiko einzugehen. Er gab dem Kopiloten von CAESAR-1 Feuererlaubnis. Ein Glutball leuchtete auf und überstrahlte für Bruchteile von Sekunden die lichtstarken Scheinwerfer. Der große Reflex des Ungeheuers auf Frizz Eisners Orterschirm löste sich in Tausende von kleinen Bruchstücken auf, und CAESAR-1 meldete Sekunden später freie Fahrt.

Die Scheinwerfer wurden aus Anlaß dieses Vorfalls gelöscht.

Daraufhin begann die Zahl der Reflexpunkte auf Eisners Schirm lawinenartig zu wachsen. Es schien, als hätte das Licht der Scheinwerfer bislang die meisten Lebewesen dieses Meeres abgeschreckt. Zu einem bestimmten Zeitpunkt zählte der Rechner, der die Orteranzeige automatisch auswertete, insgesamt zweitausendeinhundert großflächige Reflexe im Umkreis von einem Kilometer um CAESAR-1, weiterhin rund achtzigtausend schwächere Anzeigen. Der kleinste Gegenstand, den der Orter erfaßte, war immer noch mindestens so groß wie ein ausgewachsener Hummer. Von den großflächigen Anzeigen rührten einige von Geschöpfen her, die mehr Volumen einnahmen als ein fünfstöckiges Appartementhaus.

Für Don Redhorse, und in noch größerem Maße für seine Männer, war diese Entfaltung mysteriösen Lebens in den Tiefen eines mörderisch kalten Meeres auf einem lebensfeindlichen Planeten faszinierend. Neptun hatte mit den übrigen Methanwelten des Sonnensystems – Jupiter, Saturn und Uranus – gemeinsam, daß er die Menschen der Erde auf Grund seiner mörderischen, absolut unirdischen Oberflächenbedingung niemals zu jener Art Neugierde anzuregen vermocht hatte, die neuentdeckten, fremden Welten im allgemeinen entgegengebracht wird. Die Methanwelten waren nur interessant wegen ihrer Monde, von denen einige bedeutend größer waren als der irdische Satellit und auf denen Stützpunkte errichtet werden konnten.

Um Neptun hatte sich kaum jemand gekümmert. Es hatte ein paar Expeditionen gegeben – wie etwa die, in deren Verlauf dem mittelmeergroßen Methansee auf der Nordhalbkugel des Planeten der Name ‚Meer der Träume‘ verliehen worden war. Man hatte Messungen angestellt und war wieder abgeflogen. Die teuflischen Stürme in der dichten Atmosphäre machten selbst modernen Stabilisatoren zu schaffen.

Xenobiologen hatten ein Schema errechnet, wonach sich auf Neptun organisches Leben entwickeln könnte – Leben in einer Form, wie es die Erde nicht kannte, Wasserstoff atmend und mit NH-Radikalen zu Ammoniak verarbeitend. Hypothesen entstanden, wie diese Geschöpfe gebaut sein müßten, welchen Grad von Intelligenz sie im günstigsten Falle erreichen könnten und unter welchen Bedingungen sie am besten gediehen. Aber keiner von den wenigen, die je auf Neptun gewesen waren, hatte ein eingeborenes Lebewesen zu Gesicht bekommen.

Don Redhorse und seine Männer waren die ersten – obwohl selbst ihnen die unmittelbare Wahrnehmung verschlossen war und sie von den fremden Kreaturen nichts weiter zu sehen bekamen als grünlichblau leuchtende Reflexe auf dem Orterschirm. Aber das Leben war da – unzweifelhaft.

Es war eine märchenhafte Welt, durch die die Space-Jets glitten, und minutenlang war die Aufmerksamkeit der Männer abgelenkt, auf die phantastische Umgebung anstatt auf die Aufgabe gerichtet, die sie zu erfüllen hatten.

Eine Lotung des vorab liegenden Geländes ergab, daß der über die Meeresoberfläche hinausragende Schmalfelsen der Auswuchs einer gewaltigen Gesteinsmasse war, die schon einhundert Meter unterhalb des Meeresspiegels einen Umfang von mehreren hundert Kilometern besaß. Der Gesteinsblock nahm zu größeren Tiefen hin an Umfang zu. Sein Querschnitt war annähernd kreisförmig. In sechshundert Metern Tiefe gürtete er sich mit einer Art Felsvorsprung, der rund um den Block herumlief und im Durchschnitt zweihundert Meter breit war. Über die Kante des Vorsprungs fiel er sodann nahezu senkrecht bis zur Meeressohle in etwa elfhundert Metern Tiefe ab.

Die vier Space-Jets näherten sich dem Felsvorsprung aus nordöstlicher Richtung. Tastermessungen, die mit abnehmender Entfernung immer genauer wurden, ergaben, daß die Quelle der Streustrahlung auf dem Niveau des Vorsprungs und annähernd vier Kilometer innerhalb der Felsmasse lag.

Aus fünfzig Kilometern Entfernung war die Ortung immer noch nicht in der Lage zu ermitteln, ob es ober- oder unterhalb des Vorsprungs Oberflächendetails gab, die auf das Vorhandensein von Schleusenschotten hinwiesen. Der Fels erschien völlig tot und absolut frei von Spuren, die darauf hindeuteten, daß hier einst intelligente Wesen ein und aus gegangen waren. Don Redhorse zog die Möglichkeit in Erwägung, daß er Desintegratoren werde benützen müssen, um sich einen Weg durch den Felsen ins Innere des lemurischen Stützpunktes zu bahnen.

Die Streustrahlung, die die Taster nach wie vor registrierten, änderte sich im Verlauf der vorsichtigen Annäherung nicht. Dominierend waren unverändert die charakteristischen Impulse schwerer Fusionsmeiler. Wenn wirklich das gesamte Verteidigungssystem des Forts aktiviert worden wäre, hätten sich mittlerweile andere Ausstrahlungen zeigen müssen. War es möglich, daß nur noch ein Teil der Maschinerie des Stützpunkts funktionierte? Daß zwar die Meiler angelaufen waren, aber nicht die automatischen Ziel- und Abschußvorrichtungen der großen Geschütze? Konnte es sein, daß zweiundfünfzig Jahrtausende die Gefahr, die jedem Unbefugten aus dem Innern des Forts drohte, beseitigt hatten?

Es war eine vage Hoffnung, der Don Redhorse nicht mehr Spielraum ließ, als die Lage erlaubte. Er war nach wie vor auf der Hut und, als plötzlich ein fahles, grünes Leuchten über den Bildschirm zuckte, bereit zu reagieren.

Vincent schrie auf:

„Tastung! Unmittelbar voraus!“

Ein roter, leuchtender Ball blähte sich in der abgrundtiefen Finsternis auf. In Sekundenschnelle wuchs er über die Ränder des Bildschirms, verblaßte und verschwand. Aus dem Interkom klang eine müde Stimme:

„CAESAR-3 an CAESAR-1. CAESAR-2 wurde durch Beschuß aus einer unbekannten Waffe vernichtet.“

In Don Redhorse verkrampfte sich alles. Ein Fahrzeug verloren. Vier Menschenleben im Bruchteil einer Sekunde ausgelöscht!

„Ruder aufwärts!“ bellte seine Stimme. „Höchste Fahrt voraus!“

Im selben Augenblick erreichte die Druckwelle der Explosion die CAESAR-1 und wirbelte das kleine Fahrzeug vor sich her.

Aser Kin war gezwungen, eine Ruhepause einzulegen. Nach knapp eintausend Transformationen und Rückverwandlungen seiner Körpersubstanz waren seine Kräftereserven vorläufig erschöpft. Er hatte es fertiggebracht, die Hand des rechten Greifarms bis auf etwa eine Handbreit an den unteren Rand der Terkonitfessel heranzuziehen. Aber jetzt mußte er ausruhen.

Das Schema, nach dem er arbeitete, hatte einen ungemein niedrigen Wirkungsgrad. Nicht mehr als ein halbes Prozent der Energie, die der Transformator aufzuwenden hatte, um die Körpermaterie in die feste Phase zu überführen, gelangte jeweils in die Terkonitbänder, um dort zu deren Ausdehnung beizutragen. Der Rest verlor sich im Körper selbst oder wurde unmittelbar an die umgebende Atmosphäre abgegeben.

Trotzdem war Aser Kin mit seinem bisherigen Erfolg zufrieden. Beruhigt fiel er in einen tiefen, ohnmächtigen Schlaf.

Tro Khon und seine drei Artgenossen hatten sich an Bord ihrer Dolans begeben und Triton mit Kurs auf Neptun verlassen. Aser Kins Retortenschiff, gesteuert von seinen Exekutoren, befand sich in ihrer Mitte und paßte seine Manöver an die der anderen vier Dolans an. OLD MAN hatte inzwischen nichts Neues in Erfahrung gebracht. Wenn es dem Feind wirklich gelungen war, einen Stoßtrupp nach Neptun durchzuschleusen, dann mußte gefolgert werden, daß der Trupp äußerst vorsichtig zu Werke ging. OLD MANS empfindliche Tastergeräte waren auf die Oberfläche des Methanplaneten gerichtet, aber bislang waren nur Störgeräusche aus Neptuns turbulenter Atmosphäre empfangen worden.

Tro Khon nahm die Information mit Gelassenheit auf. Er hatte nicht vorgehabt, auf Neptun zu landen. Es gab keinen Anlaß dazu. Wenn Aser Kin sich wirklich dort befand, würden die Terraner ihn finden und ihn in Sicherheit zu bringen versuchen. Das war der Zeitpunkt zum Zuschlagen – wenn das feindliche Fahrzeug versuchte, Neptun zu verlassen.

Don Redhorse war mit dem Rücken flach gegen die Wand geschleudert worden, als der Druck der Explosion die CAESAR-1 packte und das Fahrzeug wie wild um seine Querachse wirbelte. Eine oder zwei Sekunden lang war er vor Schmerz wie betäubt. Der Aufprall hatte ihm die Luft aus den Lungen gepreßt und die Atemmuskulatur gelähmt. Feurige Ringe tanzten ihm vor den Augen.

Als der Krampf schließlich nachließ, war er mit einem Satz auf den Beinen. Der Pilot hing reglos in den Haltegurten seines Sessels. Holl Vincent lag bewußtlos am Boden, und von Frizz Eisner war im Augenblick keine Spur zu finden.

Redhorse beugte sich über den Piloten und löste die Halterung der Gurte. Der schlaffe Körper kippte zur Seite und glitt zu Boden. Redhorse brachte das Triebwerk auf Hochtouren und aktivierte die Stabilisatoren. Innerhalb von Sekunden fuhr CAESAR-1 wieder geraden Kurs. Über den Bildschirm huschte grüner Lichtschein, so unwirklich und gestaltlos wie vorhin, als CAESAR-2 vernichtet wurde. Redhorse hielt den Atem an. Aber diesmal erschien kein leuchtend roter Feuerball. Der Gegner hatte sein Ziel verfehlt.

Redhorse zwängte sich in den Pilotensitz. Er war allein. Die Lage erlaubte kein Zögern. Er brauchte Hilfe. Er riß das Telekom-Mikrophon zu sich heran und schrie:

„CAESAR-1 an alle! Meldet euch! Ich will wissen, wie viele Ausfälle wir gehabt haben und wo, zum Teufel, wir sind. Bei mir hier sind drei Mann bewußtlos."

Die Antworten kamen fast augenblicklich.

„CAESAR-3. Zwei Mann verletzt, aber einsatzfähig. Wir haben soeben unseren Kurs stabilisiert. Keine Ahnung, wo wir stecken. Das dauert noch zwei oder drei Minuten."

„CAESAR-4. Keine Verletzungen. Kurs stabilisiert. Der Explosionsdruck hat uns in nordöstlicher Richtung abgetrieben. Wir stehen rund sechzig Kilometer Ostnordost des Felsens. Haben CAESAR-1 und drei auf unseren Orterschirmen. CAESAR-1, Sie sind drei Kilometer Ostsüdost von uns entfernt und halten gerade Ostkurs. Wir bitten um Anweisungen, Sir."

Der Bildschirm flackerte von neuem auf. Redhorse hatte den Eindruck, es sei schwächer als vorhin. Es war möglich, daß die Geschütze des lemurischen Forts eine beschränkte Reichweite hatten. Wenigstens hoffte er inbrünstig, daß es so sei. Er konnte ein paar Minuten brauchen, um seine Gedanken zu sammeln und die Bewußtlosen wieder auf die Beine zu bringen.

„Die feindlichen Geschütze müssen ausgeschaltet werden", antwortete er. „CAESAR-4. Haben Sie ein Ziel?"

„Kein genaues, Sir. Wir arbeiten daran."

„Arbeiten Sie! Ich will wissen, was das für eine Art Waffe ist, die gegen uns eingesetzt wird, wie viele es davon gibt und wo sie stehen. Gehen Sie nicht weiter als bis auf fünfundfünfzig Kilometer an den Felsen heran. CAESAR-3, das gilt auch für Sie. Ende."

Er kletterte aus dem Sitz. Der erste, den er zu beleben versuchte, war der Pilot. Er hatte vorhin keine Zeit gehabt, sich den Mann anzusehen.

Jetzt erkannte er, daß der Kopf in merkwürdig verrenkter Haltung zwischen den Schultern hing und der Mann die Augen geschlossen hatte. Leblos und starr fühlte sich der Körper an. Redhorse schob die Hand unter den Nacken und fand fast augenblicklich die Stelle, an der die Wirbelsäule unter der Haut einen Knoten zu bilden schien. Der Pilot hatte sich das Genick gebrochen.

Holl Vincent war verhältnismäßig leicht wieder zum Leben zu erwekken. Er war mit dem Schädel angeschlagen und beschwerte sich über mörderische Kopfschmerzen, kehrte jedoch willig an seinen Platz hinter der Tasteranlage zurück.

Frizz Eisner steckte hinter dem großen Verteilerkasten des Ortergeräts. Im Verlauf des Tumults unmittelbar nach der Explosion war er dorthin geschleudert worden. Er hatte sich den Brustkasten eingeklemmt und litt an Atemnot. Als Redhorse ihn befreit hatte, kam er rasch wieder zu sich. Er starrte seinen Retter fragend und mit schmerzlich verzogenem Gesicht an.

„Was – was gibt's? Wir sind noch am Leben, wie?"

„Holl, du und ich. Der Pilot ist tot. CAESAR-2 ist vernichtet. Wir sind im Augenblick sicher."

Frizz stemmte sich in die Höhe.

„Wie geht's dir?"

Frizz strich sich mit der Hand über die Stirn und wischte den Schweiß fort.

„Hundserbärmlich", knurrte er. „Irgendwo in meiner Heldenbrust piekt es, als wären ein paar Rippen entzwei. Aber sonst geht's noch."

„Wir brauchen Ortermessungen", sagte Redhorse sachlich. „Sieh zu, was du für uns tun kannst!"

Frizz wankte zu seinem Platz. CAESAR-4 meldete sich. Inzwischen waren weitere drei fahlgrüne Blitze über den Bildschirm gezuckt, ohne Schaden anzurichten.

„Wir kennen die Position von zwei Geschützen", sagte die Stimme von CAESAR-4. „Es gibt keine Anzeichen, die darauf hinweisen, daß es in diesem Sektor noch andere Geschützstellungen gibt. Die Wirkung des Geschützfeuers beruht auf einer Art Kombination von Impuls- und Desintegrator-Effekt. Der Impuls wirkt dabei als ein Vorzünder, der das beschossene Material in einen Zustand versetzt, in dem der Desintegrator es leichter auflösen kann."

Redhorse rief CAESAR-3. CAESAR-3 hatte im großen und ganzen dieselben Beobachtungen gemacht, nur waren sie dort infolge der beiden Ausfälle nicht so sorgfältig ausgewertet worden wie auf CAESAR-4.

Redhorse sah auf die Uhr.

Es war kurz nach halb eins.

Nach kurzem Zögern griff er wieder zum Mikrophon.

„Wir gehen mit Höchstfahrt gegen den Felsen vor. Ich habe guten Grund zu glauben, daß die lemurischen Geschütze eine Reichweite von nicht mehr als fünfzig Kilometern haben. Aus zweiundfünfzig Kilometern Entfernung feuert jedes Fahrzeug zwei Salven gegen die Geschützstellungen.

Die Wirkung des Feuers ist mit Sorgfalt zu beobachten. Wir müssen sicher sein, daß die Geschütze ausgeschaltet sind, bevor wir uns dem Felsen weiter nähern. Ich gebe weitere Anweisungen, wenn sie sich im Laufe des Vorstoßes als notwendig erweisen. Ende."

Die drei Jets gingen auf Fahrt. Frizz Eisners Positronik hatte von CAESAR-4 die Koordinaten der beiden Geschützstellungen übernommen. Frizz fungierte im Augenblick als Feuerleitoffizier. Don Redhorse hatte die Aufgabe des Piloten übernommen. Holl Vincent war der Beobachter.

„Vierundfünfzig", sagte Frizz mit belegter Stimme. „Beide Begleitfahrzeuge auf korrektem Kurs."

Die Jets schossen jetzt mit einer Geschwindigkeit von nahezu einhundert Kilometern pro Stunde durch die dunklen Fluten des Methanmeeres. Das war die höchste Leistung, die den hydraulischen Triebwerken abverlangt werden konnte.

„Dreiundfünfzig", sagte Frizz. „Alles in Ordnung. Ziel erfaßt und fertig zum Feuern!"

Ein grünlicher Schimmer huschte über den Bildschirm – kräftiger als zuvor, fast schon gefährlich nahe.

„Zweiundfünfzig!" schrie Frizz. „Und weg damit!"

Von irgendwoher kam ein kurzes, trockenes Geräusch, zweimal dicht hintereinander, wie das Knallen von Sektpfropfen. Auf dem Bildschirm erschienen zwei gelblichweiße Leuchtbahnen, dann noch zwei und noch zwei, weiter entfernt und weniger deutlich, als CAESAR-4 und CAESAR-3 ebenfalls ihre Torpedorohre leerten.

Jedes der Geschosse trug einen chemischen Raketentreibsatz. Die Zieleinstellung erfolgte mit Hilfe eines Mikrorechners und eines Inertial-Lenksystems unmittelbar unterhalb des nuklearen Sprengkopfes. Torpedos dieser Art waren von einer tödlichen Zielsicherheit.

Sekunden vergingen. Die Leuchtbahnen der Geschosse waren in der tintigen Flüssigkeit verschwunden. Don Redhorse hielt unwillkürlich den Atem an. Es kam ihm auf einmal lächerlich vor, die Geschützanlagen eines zwar längst vergangenen, aber technologisch doch überaus hoch entwickelten Volkes mit selbstgelenkten Torpedos anzugreifen. Die lemurischen Ortergeräte würden die Geschosse ausmachen, die Geschütze sich auf sie einpeilen und sie mit einer einzigen Salve vernichten. Oder, wenn das nicht geschah, würde eines der Methan-Meer-Ungeheuer einem der Torpedos in den Weg kommen und den Zünder vorzeitig aktivieren – und es bedurfte nur einer einzigen Explosion, um den Rest der in dichtem Verband dahingleitenden Geschosse ebenfalls detonieren zu lassen.

„Verdammt!" knurrte Frizz Eisner unbeherrscht. „Sie müßten schon längst am Ziel sein."

Holl Vincent sog die Luft scharf zwischen den Zähnen ein.

„Geduld", sagte er, „war noch niemals deine Stärke, Frizz."

„Der Teufel soll's holen!" grollte Frizz. „Wer braucht schon Geduld, wenn er . . ."

Der Bildschirm flammte auf. Von einer Sekunde zur anderen wurde aus der schwarzen Finsternis der Methansee blendend grelle Helligkeit, in der die Konturen der grotesken Meeresgeschöpfe sich wie schwarze Schatten gegen eine weiße Wand abzeichneten.

Das Feuerwerk dauerte nur Sekunden. Dann kehrte die Schwärze zurück, um so vollkommener jetzt, da sie auf geblendete Augen traf. In der Finsternis gellte Don Redhorses entschlossene Stimme:

„Höchstfahrt voraus! Achtet auf die Stabilisatoren!"

Wie von Furien gehetzt, schossen die drei Fahrzeuge durch die dunkle Flüssigkeit. Die Schockwelle der Explosion kam ihnen entgegen und erreichte sie nach wenigen Sekunden. CAESAR-1 bäumte sich auf und machte Anstalten, sich vor dem reißenden Strom querzulegen und fortreißen zu lassen. Die Stabilisatoren heulten auf und zwangen das Schiff in die ursprüngliche Lage zurück. Minutenlang hatten die Triebwerke mit aller Kraft gegen den Strudel anzukämpfen, um sich wenigstens an Ort und Stelle zu halten. Dann ließ die Strömung nach. Die Jets machten wieder Vorwärtsfahrt, und von CAESAR-4 kam die triumphierende Meldung:

„Die Geschützstellungen sind vernichtet, Sir! Unser Feuer hat in die Felswand ein riesiges Loch gerissen, durch das Methan in großen Mengen eindringt."

Frizz Eisner lachte bitter auf.

„Manche schaffen's nie! Die Geschütze sind ausgeschaltet, dafür läuft uns der Laden voll Methan, und unser Zweitkonditionierter nimmt ein Bad."

Redhorse antwortete nicht. Seine Nerven waren bis zum Zerreißen gespannt. Er glaubte nicht daran, daß die Lemurer nachlässig genug gewesen seien, um sich nicht gegen einen Methaneinbruch abzusichern.

„Holl", wies er Vincent an, „sieh nach, ob sich etwas Ungewöhnliches tut!"

„Positiv, Red", kam Holls Antwort fast noch im selben Augenblick. „Die Intensität der Streufelder hat ruckartig zugenommen. Es sind nicht alles Fusionsmeiler, die da anlaufen."

Redhorse hatte nichts anderes erwartet. Eine Technik wie die der Lemurer baute kein unterseeisches Fort, ohne es gegen Flutung zu schützen. Was Holl Vincent auf seinem Tasterschirm sah, waren die Streufelder der Aggregate, die das von den Torpedos gerissene Leck abdichteten. Und wenn sie es einmal abgedichtet hatten, würde es keinen Zugang zum Innern des Stützpunkts mehr geben. Der Robotwächter war alarmiert. Mit allen Mitteln, die ihm zur Verfügung standen, würde er das Fort gegen die Umwelt abriegeln und versuchen, den Gegner zu vernichten.

Don Redhorses Hand ruhte schwer auf dem Fahrthebel. Er war bis zum Anschlag durchgedrückt. Die Leistungsanzeige des Triebwerks stand einen halben Fingerbreit jenseits der roten Leuchtmarke, die die Gefahrengrenze andeutete.

Und trotzdem würden die Jets zu spät kommen. Bei der Fahrt, die sie im Augenblick machten, brauchten sie fast noch eine halbe Stunde, um den Felsen zu erreichen.

Eine tollkühne Idee, die schon eine Zeitlang sprungbereit in Redhorses Unterbewußtsein gelauert zu haben schien, nahm von einer Sekunde zur anderen bewußte Form an.

Wie groß auch immer das Risiko war, das sein neuer Plan in sich trug – er war eher bereit, die Gefahr auf sich zu nehmen, als sich geschlagen zu geben.

Als er diesmal das Mikrophon zur Hand nahm und zu sprechen begann, klang seine Stimme trocken und spröde.

„Die Robotmechanik des Forts ist dabei, das Leck zu schließen und den Stützpunkt in den Belagerungszustand zu versetzen", erklärte er. „Wir haben ausgespielt, wenn es uns nicht gelingt, in den Stützpunkt einzudringen, bevor das Leck geschlossen ist. Die hydraulischen Triebwerke leisten nicht mehr, als sie im Augenblick hergeben. Wenn wir gewinnen wollen, müssen wir eine andere Methode benutzen." Er warf einen schnellen Blick auf die Uhr. „Genau um zwölf Uhr einundvierzig aktivieren Sie Ihre Korpuskulartriebwerke und bringen Ihre Fahrzeuge auf dem schnellsten Weg durch das Leck ins Innere des Stützpunkts. Das ist ein Befehl. Ich erbitte Bestätigung!"

Aus den Augenwinkeln sah er, daß Frizz und Holl ihn mit schreckgeweiteten Augen anstarrten. Aus dem Empfänger drang im Ton der höchsten Aufregung eine halbheisere Stimme:

„Aber Sir, das ist . . ."

„Ich erwarte eine Bestätigung meines Befehls!" schrie Redhorse. „Ihre Bedenken können Sie später anmelden."

Ein paar Sekunden lang kam nichts als Rauschen aus dem Empfänger, dann eine eingeschüchterte Stimme:

„CAESAR-3 an CAESAR-1, Sir. Ich bestätigte den Empfang Ihres Befehls. Aktivierung des Raumtriebwerks um zwölf-einundvierzig. CAESAR-3 aus."

CAESAR-4 bestätigte sofort danach. Redhorse schaltete ab und schob das Mikrophon zurück. Das war das Zeichen, auf das Frizz Eisner gewartet hatte.

„Du bist verrückt", polterte er los. „Du hättest den Leuten ebensogut befehlen können, sich einen Strahler vor die Stirn zu halten und abzudrücken."

Redhorse sah auf die Uhr. Noch neunzig Sekunden bis zur Aktivierung des Triebwerks.

Holl Vincent hatte nichts zu sagen. Das bedeutete, daß er mit Frizz einer Meinung war. Das geschah selten, aber wenn es geschah, war die Lage ernst.

„Du übertreibst", antwortete Redhorse, ohne den Blick vom Bildschirm zu wenden. „Es ist gefährlich, aber wir werden es überleben."

„O ja?" spottete Frizz. „Du öffnest die Triebwerkschächte, und das Methan flutet dir den ganzen Laden. Du aktivierst die Triebwerke, und der hochenergetische Korpuskelstrahl verdampft das Methan, spaltet es auf und ionisiert die Bestandteile. In ein paar Zehntelsekunden ist die Hälfte der Maschine voll Kohlen- und Wasserstoffplasma. Dasselbe passiert außerhalb der Schächte, wo auch immer der Strahl hintrifft. Wir werden uns in einer Wolke aus überkritischem Plasma bewegen, und sobald du das Triebwerk abschaltest, setzt die Rekombination ein. Was, glaubst du, wird von uns noch übrigbleiben, wenn sich ein paar tausend

Tonnen Plasma zu Wasserstoffmolekülen und Methan zurückverwandeln? Es wird einen großen Knall geben, und von Don Redhorses verrückter Expedition ist nichts mehr übrig."

Don Redhorse sah starr auf das Chronometer, die rechte Hand am Hauptschalter des Korpuskulartriebwerks. Frizz' Bedenken waren dieselben, derentwegen er, Don, seine Idee zuerst hatte aufgeben wollen. Die Benutzung von Korpuskularstrahltriebwerken innerhalb eines Mediums aus ionisierbarer Materie und von einer Dichte größer als 0,3 g/cm, so lernte jeder Kadett auf der Raumakademie, war unbedingt zu unterlassen, denn die Wechselwirkung zwischen Korpuskularstrahl und Materie führte unweigerlich zu einem unstabilen, überkritischen Zustand, der sich nach Abschaltung des Triebwerks in einer energiereichen Explosion entlud.

Der Grundsatz war gut für die Akademie und diente dazu, die Kadetten vor Gefahren zu schützen, denen sie nicht begegnen konnten. Aber er übersah eine wichtige Tatsache. Nämlich die, daß das Fahrzeug sich bewegte, während der Korpuskularstrahl das Plasmafeld erzeugte.

Zwölf Uhr vierzig zeigte das Chronometer. Die Leuchtziffern der Sekunden rollten in zäher Folge voreinander hin. 52, 53, 54, 55 . . .

Jetzt . . .!

Zeige- und Mittelfinger, seit Minuten schon auf diesen Augenblick vorbereitet, kippten den Schalter, als wäre er ein Stück Stahl, dessen Widerstand mit nackter Gewalt gebrochen werden müsse. Eine halbe Ewigkeit lang geschah überhaupt nichts. Dann fuhr ein Ruck durch den schlanken Körper der Jet. Von irgendwoher kam buntes Leuchten und erfüllte die enge Kabine mit unwirklichem Licht. Don Redhorse fühlte sich von einer unwiderstehlichen Gewalt gegen die Rücklehne des Sessels gepreßt. Er starrte auf den Bildschirm.

Eine Wolke aus buntem Licht hatte die Finsternis der Tiefsee verdrängt. Grüne, rote, blaue, gelbe Leuchtbahnen schossen quirlend und sprudelnd durcheinander wie leuchtende Nebelfetzen in einem Wirbelwind. Wo sie sich verdichteten, entstanden kugelförmige Gebilde von blendender Helligkeit, die Lichtfontänen wie Springbrunnen in alle Richtungen ausstießen.

Es war ein Anblick von atemberaubender Schönheit, der mühelos vergessen machte, welche Gefahr sich in ihm verbarg.

Redhorse schrak auf, als ihm Holl Vincents Stimme ins Ohr gellte:

„Felswand zwei Kilometer voraus! Wir stecken mitten in einem teuflischen Sog. Vier und drei dicht hinter uns!"

Redhorse nickte. Sie würden es schaffen. Der Sog bedeutete, daß das Leck noch offen war. Die Jet bewegte sich jetzt mit einer Geschwindigkeit von wenigstens vierhundert Kilometern pro Stunde durch ein Medium, das zur Hälfte aus hochgradig ionisiertem Plasma bestand. Die Struktur des Fahrzeugs war kräftig genug, auszuhalten. Die Gefahr, die ihm drohte, rührte von der Hitze her, die sich entwickeln würde, wenn das Plasma zu rekombinieren begann.

Der Einsatz von Schutzschirmen verbot sich in dieser Situation von selbst.

Aus der kreiselnden Lichtwolke tauchte die steile, glatte Wand des unterseeischen Felsens auf. Ein riesiges Loch mit gezackten, teilweise glühenden Rändern gähnte unmittelbar vor CAESAR-1. Die Lichtfontänen mischten sich mit riesigen Blasen aus überspanntem Methan-Dampf, die mit unglaublicher Geschwindigkeit von den heißen Rändern des Loches aufstiegen und in die Höhe schossen.

Redhorse hatte das Mikrophon wieder vor dem Mund.

„CAESAR-4 und CAESAR-3 – aufschließen! Wir dringen ein!“

Für Bruchteile von Sekunden sah er die Umrisse der beiden Maschinen auf dem Bildschirm auftauchen. Die Ränder des Loches glitten rechts und links vorbei. Das Quirlen und Sprudeln der Lichtfontänen schien nachzulassen.

„Drei Kilometer voraus – eine solide Felswand!“ schrie Frizz.

Nebelhaft sah Redhorse die vagen Umrisse einer riesigen Halle. Es kam ihm zu Bewußtsein, daß die Jet sich nicht mehr durch Flüssigkeit bewegte, sondern durch Methandampf, der unter dem ungeheuren Meeresdruck zu unvorstellbarer Dichte zusammengepreßt wurde.

„Triebwerke – aus!“ gellte sein Befehl.

Die Pumpen arbeiteten noch. In der gasförmigen Materie waren sie weniger wirksam, aber in seiner unglaublichen Dichte, unter dem gigantischen Außendruck, war selbst gasförmiges Methan so viskos, daß es ein halbwegs sicheres Gleiten ermöglichte.

Ein mörderischer Ruck fuhr durch das Fahrzeug, als es den Boden berührte. Geplagtes Metall kreischte auf. Das verworrene Bild auf dem Bildschirm fuhr auf einem verrückt gewordenen Karussell. Redhorse stieg das Blut zu Kopf und hämmerte dröhnend gegen die Schläfen. Er spürte, wie die Gurte, die ihn hielten, nachzugeben begannen. Er wollte die Hände ausstrecken, um sich irgendwo festzuklammern, aber der Druck riß sie ihm beiseite.

Er war kaum mehr bei Bewußtsein, als der kreischende Lärm schließlich nachließ und der Andruck schwächer wurde. Er stemmte sich in die Höhe. Holl und Frizz kamen zur gleichen Zeit zu sich. Ein gleichbleibend ruhiges, gelbliches Licht erfüllte die kleine Kabine. Redhorse starrte zum Bildschirm.

Taumelnd, noch halbbenommen, kehrte er zum Pilotensitz zurück.

„CAESAR-1 an vier und drei! Wir sind gut angekommen. Ein bißchen durchgerüttelt, aber sonst in Ordnung. Wie steht es bei Ihnen?"

Ein paar quälend lange Sekunden verstrichen, bis eine müde, kaum verständliche Stimme antwortete:

„CAESAR-4. Alles in Ordnung, Sir. Wir haben uns die Schädel angeschlagen, aber das Fahrzeug ist im großen und ganzen unbeschädigt."

„Gut", sagte Redhorse und spürte, wie sein Selbstvertrauen langsam zurückkehrte. „CAESAR-3 – melden Sie sich!"

Stille.

Redhorse hatte glitzernde Schweißtropfen auf der Stirn.

„CAESAR-3 . . .!"

Plötzlich wieder die müde Stimme von CAESAR-4:

„Wir können von unserem Standort aus Gegenstände erkennen, die wie eine halbe Tragfläche und der Hecksektor einer Jet aussehen. Es muß angenommen werden, daß CAESAR-3 beim Aufprall explodiert ist."

Aser Kin schrak auf, als der rollende Donner einer fernen Explosion in die Transmitterkammer drang. Er hatte schon vor einiger Zeit seine Bemühungen, die Fesseln abzustreifen, wieder aufgenommen. Diesmal verfuhr er nach einem anderen Rezept. Jedesmal, wenn der Körper in die Normalphase zurückgekehrt war und er den rechten Greifarm um ein paar Millimeter weiter aus der sich ausdehnenden Fessel gezogen hatte, ruhte er ein paar Minuten lang aus. Auf diese Weise sparte er auf lange Sicht Zeit, weil er nicht so rasch müde wurde wie zuvor und keine zeitraubende Schlafperiode einzulegen brauchte.

Der Donner der Explosion warf seine Pläne über den Haufen. Mit Schrecken erkannte er, daß seine wichtigste Annahme falsch war. Der Gegner wußte, wo er sich befand. Die Explosion bewies, daß er auf dem Wege war, sich Zutritt zu der Anlage zu verschaffen, in deren Inneren er, Aser Kin, sich befand.

Mit der Kraft der Verzweiflung ging der Zweitkonditionierte an die

Arbeit. Erschrocken wie er war, blieb ihm doch noch genug sachliches Urteilsvermögen, um zu erkennen, daß er immer noch eine Chance hatte, wenn sie auch auf ein Minimum zusammengeschrumpft war. Die Explosion schien darauf hinzuweisen, daß die Terraner auf Schwierigkeiten gestoßen waren. Was auch immer für eine Anlage dies sein mochte, sie schien nicht unverteidigt zu sein.

Tro Khon horchte auf.

OLD MANS Meßgeräte und einer der sieben Koordinatoren seines Dolans hatten gleichzeitig einen kräftigen Streuimpuls von Neptuns Oberfläche registriert. Nähere Untersuchung ergab, daß es sich vielmehr um sechs Einzelimpulse handelte, die nahezu zur gleichen Zeit ausgesandt worden waren. Eine Strukturuntersuchung der Impulse bewies eindeutig, daß sie von nuklearen Explosionen herrührten.

Damit war eine wichtige Frage beantwortet. Der Gegner war nicht von OLD MANS Feuer vernichtet worden. Er hatte es fertiggebracht, die Oberfläche des Methanplaneten zu erreichen.

Die Streuimpulse deuteten darauf hin, daß er auf Schwierigkeiten gestoßen war. Tro Khons Planhirn hatte keine Mühe, sich die Situation auf Neptun in groben Zügen auszumalen.

Aser Kin war durch einen Transmitter von Triton fortgeschafft worden, soviel war als sicher anzunehmen. Das Gegengerät, durch dessen Feld Aser Kin rematerialisierte, würde nicht irgendwo auf Neptuns lebensfeindlicher Oberfläche herumstehen, sondern den Teil eines Stützpunkts bilden. Das Planhirn verwarf die Möglichkeit, daß es sich um einen terranischen Stützpunkt handelte. Die Terraner hatten sich zwar um die Monde der äußeren Planeten, aber nicht um die Planeten selbst gekümmert.

Stützpunkte dieser Art besaßen eine Besatzung – halborganisch, halbrobotisch, solange sie noch von ihren Konstrukteuren benutzt wurden. Und vollrobotisch, wenn diese Zeit vorüber war. Die Roboter würden sich bemühen, sich die Eindringlinge vom Leibe zu halten. Die sechs Kernexplosionen rührten entweder von Geschossen her, die die Roboter gegen die Terraner oder die Terraner gegen die Roboter abgefeuert hatten.

An diesem Punkt der Überlegung war Tro Khon gezwungen, eine Entscheidung zu treffen. Es war möglich, daß die Schlacht, die sich zwischen Terranern und Robotern irgendwo auf Neptun entspann, Aser

Kins Sicherheit beeinträchtigte. Die Zweitkonditionierten besaßen aber eine Körperstruktur, die sie zu den absolut zähesten Lebewesen machte, die der Kosmos kannte. In der kristallinen Körperphase überstand ein Zweitkonditionierter Temperaturen nahe dem absoluten Nullpunkt ebenso wie solche von zweitausend Grad. Er konnte ohne Atmosphäre auskommen. Er konnte im absoluten Vakuum des Raums existieren. Er war so gut wie unverwundbar.

Allein die mörderische Energieentfaltung einer Kernbombe konnte ihn ernsthaft gefährden, unter Umständen sogar umbringen. Wenn eine der Bomben in Aser Kins unmittelbarer Nähe explodierte, war er verloren, hilflos, unzweifelhaft ohne die Unterstützung seines persönlichen Schutzschirms, vielleicht sogar ohne Bewußtsein.

Die Frage, die Tro Khon zu beantworten hatte, war, ob er Aser Kin zu Hilfe kommen sollte. Seit der Auswertung der Streuimpulse kannte er die Lage des Ortes, an dem der Kampf stattfand, mit ausreichender Genauigkeit, um mit der Suche keine Zeit verschwenden zu müssen. Es lag in seiner Macht, in die Auseinandersetzung einzugreifen und Aser Kin zu retten.

Tro Khons Antwort war negativ.

Ein Vorstoß nach Neptun brachte unnötige Komplikationen mit sich. Nicht zuletzt würde er, indem er aufzeigte, wie die Zweitkonditionierten durch den Verlust eines der ihren aus der Reserve gelockt werden konnten, dem Feind einen wichtigen Fingerzeig geben und ihm zu einem psychologischen Sieg verhelfen.

Die Gruppe der Zweitkonditionierten war klein, und in Tro Khons Denken spielte ein einziger seiner Artgenossen die gleiche Rolle wie eine Armee in den Überlegungen eines irdischen Strategen. Aber er war nicht absolut unersetzlich.

In Wirklichkeit, kam Tro Khon zu Bewußtsein, spielten Aser Kin und seine Sicherheit eine völlig nebensächliche Rolle. Wichtig war einzig und allein, daß er den Terranern nicht in die Hände fiel.

Und das, fand Tro Khon, ließ sich aus der gegenwärtigen Position heraus viel leichter verhindern, als durch einen direkten Einsatz auf Neptun.

11.

Sie hatten die Jet mit geschlossenen Raumanzügen verlassen. Mit schwerfälligen Schritten wateten sie durch die dichte Methanatmosphäre im Innern der Riesenhalle. Sie kamen nur langsam vorwärts, und die Zähigkeit des Gases trug daran mehr Schuld als Neptuns Gravitation, die nur geringfügig stärker war als die der Erde. Sie waren schwer bewaffnet – sieben Mann, die sich fest vorgenommen hatten, einen Zweitkonditionierten zu bergen und ihn lebendig zur Erde zurückzubringen.

Hinter ihnen, kaum sichtbar im milchigen Dunst, gähnte die riesige Öffnung, die die Torpedos gerissen hatten. Jenseits der Öffnung glühte das Methanmeer in grellen, bunten Farben. Dröhnendes Tosen erfüllte die Halle, aber was auch immer sich dort draußen abspielte, berührte die sieben Männer nicht, die sich schwerfällig auf die rückwärtige Hallenwand zubewegten.

Don Redhorses Hypothese hatte sich als richtig erwiesen. Solange die Jets sich bewegten, konnte ihnen die hochenergetische Rekombination des Plasmas nichts anhaben, da sie notwendigerweise sich stets weit hinter den Fahrzeugen abspielte. Der kritische Augenblick mußte dann kommen, wenn die Triebwerke abgeschaltet wurden und der Rekombinationsprozeß die Jets einholte. Er hätte sie mühelos vernichtet, wenn sie in flüssigem Methan zum Halten gekommen wären. Hier, in der zwar dichten, aber gasförmigen Atmosphäre, vollzog er sich langsamer und ohne die explosionsartige Energieentwicklung, die nötig war, um den Fahrzeugen ernsthaften Schaden zuzufügen. Er war selbst jetzt noch, in unmittelbarer Umgebung der Männer, in vollem Gange. Aber er war so schwach, daß die Strahlung, die von den rekombinierenden Atomen und Molekülen ausgesandt wurde, in der gelben Lichtflut der Lampen ertrank.

Es lief Redhorse trotzdem kalt über den Rücken, wenn er sich daran erinnerte, welches Risiko er eingegangen war. Seine Theorie fußte auf der Annahme, daß er im Innern des Stützpunkts, wie auch immer, eine gasförmige Atmosphäre vorfinden werde. Er hatte ohne weiteres als sicher angenommen, daß die alten Lemurer den Mechanismus, der das Leck abdichtete, so entworfen hatten, daß er nach dem einfachsten und gleichzeitig sichersten Prinzip funktionierte. Jede Waffe, die die äußere Felswand zu durchdringen vermochte, entwickelte genügend Hitze, um eine große Menge Methan zu verdampfen. Das gasförmige Methan füllte die Kammer hinter dem Leck. Sein Druck wuchs, während flüssige Methanmassen durch das Leck eindrangen, und erreichte schließlich dasselbe Niveau wie der Meeresdruck, wodurch der Vorgang zum Stillstand kam. Flüssiges Methan bedeckte den Boden der Halle unmittelbar hinter dem Leck bis zu mehreren Metern Tiefe. Der Boden der Halle stieg zur rückwärtigen Wand hin zunächst steil, dann flacher an. Als der Druckausgleich hergestellt war, hörte das flüssige Methan auf einzudringen. Der Rest der Halle blieb trocken.

Es war ihr Glück gewesen, daß er recht gehabt hatte. Hätten die Lemurer ein anderes Prinzip der Leckabdichtung verwandt, wären die Jets in flüssigem Methan zum Stillstand gekommen – keiner von ihnen wäre jetzt mehr am Leben.

Die Frage erhob sich, was weiter die Erbauer des Stützpunkts vorgesehen hatten, um den ursprünglichen Zustand des Forts endgültig wiederherzustellen. Das Methangas im Innern der Halle würde sich im Wärmeausgleich mit der Flüssigkeit abkühlen und selbst wieder flüssig werden. Wenn nichts weiter unternommen wurde, würde die Halle in fünf oder sechs Stunden bis zur Decke mit flüssigem Methan gefüllt sein. Das konnte nicht im Interesse des Stützpunkts liegen. Auf irgendeine Weise mußte die Öffnung auch physisch wieder verschlossen werden, um die Halle den Verteidigern von neuem nutzbar zu machen. Redhorse hatte keine Ahnung, auf welche Weise die Lemurer – oder die Roboter, die die Anlage von ihnen übernommen hatten – sich dieser Aufgabe entledigen würden; aber er zweifelte nicht daran, daß sie die Mittel dazu besaßen.

Frizz Eisner, der dicht neben ihm ging, sagte plötzlich:

„Seht euch das an – der Druck ist in den letzten zwei Minuten um zwanzig Atmosphären gestiegen.“

Das war’s, überlegte Redhorse. Pumpen erhöhten den Druck innerhalb der Halle, bis auch der letzte Tropfen flüssigen Methans durch das Leck zurückgewichen war. Wahrscheinlich gab es außerdem Heizgeräte in Wänden, Decke und Fußboden, die die Hallentemperatur beliebig lang ausreichend hoch halten konnten, um die Kondensierung des gasförmigen Methans zu verhindern. In Kürze würde irgendwo ein Trupp von beweglichen Robotern erscheinen und sich daranmachen, das zerschossene Stück der Felswand neu zu fertigen und die Öffnung zu verschließen.

Sie erreichten schließlich die rückwärtige Wand. Sie hatten seit Beginn des Unternehmens knapp dreizehn Stunden gebraucht, um bis hierher zu kommen. Vierzehn Mann hatten dabei das Leben verloren.

Don Redhorse sah sich gezwungen, eine neue Entscheidung zu treffen. Die Wand war fugenlos. Nirgendwo zeigte sie auch nur die leiseste Spur eines Schotts, dessen Verriegelung man vielleicht hätte enträtseln können, um Zugang zum Innern des Forts zu gewinnen.

Was lag hinter der Wand? hieß die Frage. Was würde geschehen, wenn die Strahler sich ein Loch durch den Fels fraßen? Welcher Druck herrschte im Innern des Stützpunkts?

Redhorse entschied, er werde sich auf die Genialität der lemurischen Ingenieure verlassen. Was auch immer sie sich ausgedacht hatten – es blieb ihm keine andere Wahl, als sich mit Gewalt einen Weg durch die Wand zu bahnen.

„Fünf Schritte zurück!“ befahl er tonlos. „Ich feuere zuerst. Richten Sie Ihre Waffen auf die Stelle der Wand, die ich bestreiche.“

Sie traten zurück. Redhorse hob seinen Kombistrahler, wählte den Desintegrationsmodus und schoß. Dort, wo der blaßgrüne Strahl auftraf, begann sich die Wand aufzulösen. Die Waffen seiner Gefährten fielen ein. Binnen kurzer Zeit entstand in der Wand eine Öffnung. Der Vorgang spielte sich mit atemberaubender Schnelligkeit ab. Die Männer hörten von selbst auf zu feuern. Der Druckunterschied zwischen Innen- und Außenseite der Wand erledigte den Rest ihrer Arbeit. Als hätte sie der Schlag eines riesigen Hammers getroffen, flog die Fläche in tausend Fetzen, die von fauchendem Sog durch das plötzlich entstandene Loch gerissen wurden.

Redhorse trat vor die Öffnung. Der Raum, in den das Loch führte, war klein. Eine Art Schleuse, vermutete er. In der nächsten Wand sah er die Umrisse eines schweren Metallschotts. In den Wänden zu beiden Seiten gab es Nischen, in die er von seinem Standpunkt aus nicht hineinsehen konnte und deren Zweck ihm vorläufig verborgen blieb.

Er hob den Arm.

„Die Luft ist rein“, sagte er zuversichtlich. „Wir steigen ein!“

Er war der erste, der durch das Loch kletterte. Die Leute folgten ihm dichtauf, als hätten sie Angst, den Anschluß zu verlieren. Holl Vincent deutete auf das rückwärtige Schott und bemerkte sachlich:

„Wir haben das Hauptproblem immer noch nicht gelöst. Dieser Raum steht jetzt unter demselben Druck wie die Halle. Sobald wir das Schott öffnen, läuft der nächste Raum ebenfalls voll. Ich bin gespannt, wie das jemals aufhören soll."

Don Redhorse trat auf das Schott zu. Es besaß einen unkomplizierten Öffnungsmechanismus, den er sich ohne weiteres zu bedienen getraute.

„Irgendwann", meinte er sorglos, „werden wir auf eine richtige Schleusenkammer mit ein paar kräftigen Pumpen treffen. Dann . . ."

Er kam nicht weiter. Ein Geräusch im Hintergrund ließ ihn herumfahren. Er befand sich mit seinen Leuten am rückwärtigen Ende des Raums. Auf ihrem Weg vom Einstieg her waren sie an den Nischen vorbeigegangen und hatten sie leer gefunden.

Jetzt waren sie es nicht mehr.

Redhorse stockte das Blut in den Adern, als er sah, wie die Lage sich verändert hatte. Unter jeder von sechs Nischenöffnungen stand ein schimmerndes Gebilde, das auf einem komplizierten Rollensystem ruhte und gerade noch genug Ähnlichkeit mit der menschlichen Körperform besaß, um den Roboter erkennen zu lassen.

Es waren Kampfroboter. Ihre Waffenarme waren die Läufe von schweren Strahlern.

Die Arme glitten langsam in die Höhe. Don Redhorse sah in eine der trichterförmigen Mündungen und starrte wie hypnotisiert auf das rötliche Flimmern tief hinten im Lauf.

Ein einziger Gedanke beherrschte den paralysierten Verstand:

Das ist das Ende!

Nach den Streuimpulsen der sechs Kernexplosionen blieb alles still. Die zwei Schlüsse, die sich aus dieser Entwicklung ziehen ließen, lagen auf der Hand.

Entweder waren die Terraner vernichtet worden, oder sie hatten den Widerstand des Robotforts niedergekämpft.

Tro Khon berief eine Versammlung ein. Obwohl seine Artgenossen, jeder in seinem eigenen Dolan, Tausende von Kilometern von ihm entfernt waren, war der paraphysische Kontakt, den die Exekutoren herstellten, so eng, als befänden sich die übrigen Zweitkonditionierten unmittelbar in Tro Khons Kommandozelle. Um den Effekt so überzeugend wie möglich zu gestalten, erzeugten die Exekutoren ein dreidimensionales, scharf fokussiertes Bild der Anwesenden, so daß es Tro Khon leichtfiel, sich vorzustellen, er säße mit seinen Partnern um ein und denselben Tisch.

„Wir erhalten keine weiteren Signale von der Oberfläche des Methanplaneten“, eröffnete er die Besprechung. „Der feindliche Stoßtrupp wurde entweder vernichtet, oder er kommt ohne nennenswerten Widerstand voran. Ist dieser letztere Fall gegeben, dann muß mit dem Rückstart des Stoßtrupps bald gerechnet werden. In diesem Fall werden wir die feindlichen Fahrzeuge, falls es sich um mehrere handelt, spätestens nach Ablauf von zehn Stunden ihrer Zeitrechnung zu sehen bekommen. Geschieht das nicht, dann haben wir guten Grund anzunehmen, daß der Trupp auf Neptun vernichtet wurde.“

Er hatte einen Einwand erwartet, und er kam auch.

„Besteht nicht die Möglichkeit“, erkundigte sich einer der anderen, „daß der Feind zwar erfolgreich ist, mit dem Rückflug jedoch wartet, um uns in die Irre zu führen?“

„Ich bin sicher“, antwortete Tro Khon, „daß dem Gegner nichts lieber wäre, als über diese Möglichkeit zu verfügen. Aber er befindet sich in einer Lage, in der er sich keinen Zeitverlust erlauben kann. OLD MAN bedroht die Erde. Die Terraner müssen in jedem Augenblick damit rechnen, daß ihre Heimatwelt angegriffen wird. Die einzige Chance, den Angriff abzuwehren, besteht darin, daß sie Aser Kin alles Wissen entlocken, das er besitzt. Ich bin überzeugt, daß sie nicht die Mittel besitzen, ihn zur Hergabe seines Wissens zu veranlassen – aber der Feind selbst weiß das nicht und würde, selbst wenn er etwas Derartiges befürchtete, es auf einen Versuch ankommen lassen. Der Stoßtrupp ist also gezwungen, Neptun auf dem schnellsten Wege zu verlassen. Zehn Terra-Stunden sind, nach meiner Ansicht, die längste Frist bis zu seinem Auftauchen.“

Er wartete, um sich zu vergewissern, daß keine Einwände mehr bestanden.

„Es ist an dieser Stelle unerläßlich“, fuhr er fort, „eine wichtige Entscheidung zu treffen. Aser Kin wird sich, wenn der Stoßtrupp von Neptun startet, an Bord eines gegnerischen Fahrzeugs befinden. Um ihn lebend zu retten, müßten wir das Fahrzeug unbeschädigt in unsere Hände bringen.

Ich brauche die Komplikationen nicht aufzuzählen, zu denen ein solcher Versuch notgedrungen führen müßte. Es ist den Terranern zuzutrauen, daß sie das Fahrzeug in eine lebende Bombe verwandeln, sobald sie unsere Absicht bemerken. Oder noch einfacher, sie töten Aser Kin, bevor wir ihn erreichen können. Der Plan, ihn zu retten, wird sich also auf keinen Fall ausführen lassen.

Ich weiß, daß jeder von uns sich Aser Kin verbunden fühlt und keine Mühe scheuen würde, ihn vor dem Tode zu bewahren. Aber persönliche Beweggründe müssen in diesem Fall hinter der Aufgabe, die uns gestellt ist, zurückstehen.

Es bleibt uns keine andere Wahl, als die Fahrzeuge des Stoßtrupps zu vernichten, sobald sie sich in unserer Reichweite befinden, und auf diese Weise dafür zu sorgen, daß Aser Kin nicht an unserer Sache zum Verräter werden kann – falls es dem Feind irgendwann in der Zukunft doch einmal gelingen sollte, die psychophysische Technik zu entwickeln, die zur wirkungsvollen Befragung eines der Unseren erforderlich ist.

Wir werden den Stoßtrupp also vernichten. Danach werden wir uns unverzüglich an die Ausführung der Aufgabe machen, die uns hierhergebracht hat: Die Terraner für das Zeitverbrechen zu bestrafen und sie vermittels unserer überlegenen Macht auf eine Stufe zurückzuführen, auf der ihnen das Begehen ähnlicher Verbrechen für Jahrhunderttausende unmöglich sein wird."

„Wir machen ausgezeichnet Fahrt", erklärte Reginald Bull.

Er war besonders gutgelaunt und warf dem großen Bildschirm mit dem verwaschenen Grau des Linearraums einen halb verächtlichen Blick zu.

„Wenn wir das Tempo durchhalten, sind wir in rund acht Stunden an Ort und Stelle."

Abel Waringer saß weit zurückgelehnt in einem bequemen Sessel und hatte die Beine übereinandergeschlagen.

„Ich habe ebenfalls eine gute Nachricht", quetschte er aus dem rechten Mundwinkel hervor. „Unser Fremdenergiepeiler und Frequenzmodifikator, auch FpF genannt, ist mit Ihrem kräftigsten Transformgeschütz gekoppelt und hat die ersten Kontrolltests erfolgreich hinter sich. Zwei meiner Leute sind dabei, ein zweites Geschütz mit dem FpF auszurüsten, aber bei dem Tempo, das Sie vorlegen, kommen sie wahrscheinlich nicht mehr zu Rande."

Reginald Bull winkte ab.

„Ein Geschütz genügt uns", behauptete er. „Später werden wir mehr brauchen, aber solange die Zweitkonditionierten noch nicht wissen, was ihnen bevorsteht, kommen wir mit einem zurecht."

Er warf einen zweiten Blick auf den Bildschirm, diesmal ernst und ein wenig besorgt.

„Tatsache ist", bemerkte er nachdenklich, „daß ich mir ein geringeres Tempo nicht leisten kann. Jetzt, in diesem Augenblick, ist auf der Erde womöglich schon die Hölle los. Jede Sekunde, die wir früher ankommen, kann über Leben und Tod entscheiden."

Zuerst schien es eine närrische Idee, die grell wie ein Blitz vor ihm aufzuckte. Aber er hatte keine Zeit, sie zu analysieren. Er sah das rote Flimmern in der Tiefe des Waffenlaufs und wußte, daß er verloren war, wenn er nicht handelte. Instinktiv folgte er dem halbbewußten Befehl.

„Fo-lar!" hörte er sich sagen, die tefrodische Wortkombination, die ‚Halt!' bedeutete. „Maranoth vi-ler! – Wir sind befugt!"

Eine endlos lange Zeit schien zu vergehen, und die Augen begannen ihm zu tränen, während er starr die sechs Roboter fixierte und auf ihre Reaktion wartete – bis sie endlich die Läufe ihrer Waffen senkten.

Das Gefühl der Erleichterung war so intensiv, daß ihm das Blut in den Ohren rauschte und bunte Ringe vor den Augen tanzten.

Die Idee, durchsichtig wie sie war, hatte funktioniert. Die Nation der Lemurer war vor 52 000 Jahren untergegangen; aber die Maschinen, die das Fort auf Neptun beherrschten, hatten kein Zeitbewußtsein. Für sie war eine Stunde wie die andere, der heutige Tag wie der gestrige, und das einzige Zeichen, das einen Eindringling als freundlich oder feindlich auswies, war die Sprache, die er sprach.

Don Redhorse und jeder seiner Männer beherrschte Tefroda, die Sprache der Lemurer, die zur Andromeda-Galaxis ausgewandert waren, und die sich im Laufe der Jahrtausende rein erhalten hatte, so daß sie selbst heute noch wie ein kaum abgewandelter Dialekt des alten Lemurischen klang.

Don Redhorse war, als er seiner Eingebung folgte, nicht sicher gewesen, ob die Roboter ihn überhaupt hören konnten. Der Raumanzug, den er trug, verfügte über ein akustisches System, das Geräusche von außen nach innen übertrug. Für die Übertragung in umgekehrter Richtung mußte er sich auf die Schalleitfähigkeit der Membranstruktur verlassen, die ihn vor dem mörderischen Druck seiner Umgebung schützte.

Er hatte Erfolg gehabt. Die Laute seiner Stimme hatten sich übertragen und waren von den Robotern wahrgenommen worden. Eines der Maschinenwesen rollte auf ihn zu. Eine mechanische Stimme sagte:

„Errenek va-lar – Wir gehorchen!“

Im Tonfall dessen, der nichts anderes erwartet hatte, erklärte Redhorse auf Tefroda:

„Wir suchen einen Gefangenen, der durch den Transmitter hierhergebracht wurde. Er ist wichtig. Wir wollen ihn abholen.“

„Wir haben keinen Zutritt zu der Transmitterhalle“, erwiderte der Robot. „Aber wir sind gewiß, daß der Transmitter vor kurzer Zeit in Betrieb war und ein Objekt materialisierte.“

„Gut. Führe uns zur Transmitterhalle – so weit es dir erlaubt ist vorzudringen. Wir besorgen den Rest.“

„Ich gehorche. Treten Sie beiseite!“

Don Redhorse und seine Männer postierten sich zu beiden Seiten des Schotts. Der Roboter öffnete es. Dahinter lag eine Schleusenkammer. Sie betraten die Kammer. Redhorse warf einen letzten Blick über die Schulter und stellte fest, daß nur zwei Roboter sie begleiteten. Die übrigen waren verschwunden. Die Nischen schienen geheime Zu- und Ausgänge zu enthalten.

Die dichte Methanatmosphäre wurde aus der Kammer gepumpt und durch atembare Luft unter normalem Druck ersetzt. Don Redhorse war der erste, der es wagte, seinen Helm zu öffnen. Die Luft, die er einsog, war kühl und von erfrischendem Duft. Die lemurischen Klimaanlagen hatten die vielen Jahrtausende ohne Defekt überstanden.

Jenseits der Schleusenkammer führte ein breiter, hell erleuchteter Gang weiter ins Innere des Stützpunkts. Der Boden des Ganges war mit Rollbändern ausgelegt, die ein rasches Vorwärtskommen ermöglichten. Einige Roboter waren zu sehen, die sich an in Wänden oder Decken untergebrachten Aggregaten zu schaffen machten. Der Gedanke, daß sie dieselbe Arbeit seit 52 000 Jahren stumm und widerspruchslos verrichteten, nur um Geräte in Betrieb zu halten, die nach bester Voraussicht niemals mehr benützt werden würden, hatte etwas Verwirrendes, Beunruhigendes an sich.

Schmalere Gänge kreuzten den Hauptgang, durch den sie sich bewegten, rechtwinklig und in kurzen Abständen. Sie waren nicht mit Laufbändern ausgestattet und führten, wie Redhorse sich durch gelegentliche Blicke überzeugte, nicht besonders weit. Er gewann den Eindruck, daß die Lemurer bei der Anlage des Stützpunkts von dem Felsvolumen, das ihnen zur Verfügung stand, nur einen kleinen Bruchteil genutzt hatten. Das Fort zog sich kilometerweit durch das Gestein, ohne daß seine Breite jemals ein paar hundert Meter überstieg.

Zwanzig Minuten vergingen, bis der Hauptgang auf einen breiten Korridor mündete und die Laufbänder durch schmale Schlitze im Boden verschwanden. Sie stiegen ab und traten auf den Korridor hinaus. Er verlief leicht gekrümmt nach recht und links, so weit das Auge sah, und schien Bestandteil einer Verkehrsader zu sein, die den eigentlichen Kern des Stützpunkts kreisförmig umschloß.

Die beiden Roboter folgten ihnen nicht.

„Hier endet der Bereich, zu dem wir Zutritt haben", erklärte einer von ihnen. „Die Transmitterhalle liegt hinter jener Wand, unmittelbar neben dem Hauptkraftwerk. Sie werden dort Spezialroboter finden. Benutzen Sie ihnen gegenüber das Kodewort ‚Karahol', um Komplikationen zu vermeiden."

Redhorse bestätigte den Empfang der Information, dann überquerte er mit seinen Männern den Korridor. Schräg gegenüber der Gangmündung, aus der sie gekommen waren, lag ein Schott von der Größe eines Portals, offenbar für den Durchlaß von umfangreichen Gütern angelegt. Der Öffnungsmechanismus war einfach. Durch das Schott traten sie in eine Halle, die die fest im Boden verankerten Verteilerroboter des Hauptkraftwerks beherbergte. Ein Pförtnerrobot befand sich in unmittelbarer Nähe des Eingangs. Er schien unbewaffnet zu sein; aber Don Redhorse war bei diesem Stand der Dinge nicht gewillt, auch nur das kleinste Risiko einzugehen, und nannte das Kodewort.

„Erkannt und zur Entgegennahme von Anweisungen bereit", antwortete der Pförtner.

„Ich suche die Transmitterkammer", antwortete Redhorse. „Ein Gefangener befindet sich dort."

„Das ist richtig", bestätigte der Robot. „Ein Führer wird Ihnen zur Verfügung gestellt."

Aus einer Ecke des weitläufigen Raums rollte ein kleines, würfelförmiges Gebilde heran.

„Folgen Sie mir", forderte es sie auf.

Sie durchquerten mehrere Hallen, in denen turmförmige Fusionsmeiler untergebracht waren. Einige der Meiler waren noch in Betrieb. Der Wärme nach zu urteilen, die die Hallen erfüllte, mußten sie noch vor kurzer Zeit alle aktiv gewesen sein. Die Nachricht, daß es sich bei den Eindringlingen um freundliche Personen handelte, hatte sich rasch verbreitet. Die vorsorglich für die Abwehrgeschütze bereitgestellten Energiemengen wurden nicht mehr benötigt.

Der Robotführer hielt vor einem großflächigen Schott, das außer seiner Größe kein weiteres Merkmal besaß, aus dem jemand hätte entnehmen können, welch wichtiger Raum sich dahinter verbarg.

„Der Eingang zur Transmitterhalle“, verkündete der Robot.

Don Redhorse wandte sich zur Seite und musterte seine Männer. Befriedigung lag in seinem Blick. Befriedigung über die Tatsache, daß sie ihren Auftrag ausgeführt hatten, soweit menschliche Initiative ihn ausführen konnte, während jetzt nur noch das Stück vor ihnen lag, für dessen Ausgang Glück und Zufall allein entscheidend sein würde.

Wir sind hier, brachte sein Blick zum Ausdruck. Hierher zu gelangen, konnte man mit Recht von uns erwarten, denn es waren die anderen, die Männer in den Schiffen der Flotte, die das wahre Opfer auf sich nahmen, um uns den Weg zu öffnen. Wir sind hier. In wenigen Minuten wird der Gefangene in unserer Hand sein. Wir werden ihn an Bord bringen und Neptun verlassen. Was dann kommt, liegt außerhalb unserer Kontrolle. Er wandte sich dem Schott wieder zu.

„Öffne!“ befahl er dem Robot.

12.

Aser Kin kämpfte den Kampf seines Lebens – und verlor.

Mit einem Daumen seiner rechten Greifhand konnte er den unteren Rand der Terkonitfessel gerade erreichen, als er die Anwesenheit denkender Wesen in seiner unmittelbaren Nähe spürte.

Der Daumen allein besaß nicht die Kraft, die nötig war, um die Fessel zu drehen und ihren Halt zu lockern. Um einen zweiten Finger in die richtige Position zu bringen, hätte Aser Kin wenigstens noch fünf Transformationen und Rückverwandlungen gebraucht.

Aber es blieb ihm keine Zeit mehr.

Er hatte den Wettlauf mit der Zeit verloren.

Ein Gefühl von Wut und Scham überkam ihn und schwemmte wie eine haushohe Woge über die hektische Aktivität seines Planhirns hinweg. Bebend vor Zorn lag er hilflos am Boden, als an einer Stelle, die innerhalb seines Blickfelds lag, die kuppelförmige Wand sich zu teilen begann und die Umrisse menschlicher Gestalten in der Öffnung erschienen.

Sie traten ein, insgesamt sieben Mann, der vorderste nach irdischen Maßstäben ein Riese, der ihn kühl und ruhig musterte.

Der Große begann zu sprechen. Aser Kin beherrschte das Terranische gut genug, um ihn einwandfrei zu verstehen.

„Das ist er", hörte er den Großen sagen, während er sich halb umwandte und auf den Gefesselten deutete. „Er wird ziemlich schwer von hier wegzuschaffen sein."

Dann wechselte er zu Aser Kins größtem Erstaunen die Sprache und befahl einem kleinen Robot, den Aser Kin eben erst gewahrte, auf Tefroda:

„Wir brauchen Hilfe, um den Gefangenen fortzuschaffen."

Der Roboter erwiderte diensteifrig:

„Ich gehorche. Hilfe wird in kurzer Zeit zur Verfügung stehen."

Aser Kin begann das Spiel zu durchschauen. Er kannte die Geschichte dieses Sektors der Galaxis gut genug, um zu wissen, daß seine Geschichte mehr als fünfzigtausend Jahre weit in die Vergangenheit zurückreichte. Die Lemurer beherrschten damals von Terra aus ein Sternenreich von beeindruckender Größe. Der Transmitter, durch den er befördert worden war, mußte ein altes lemurisches Gerät sein – der Raum, in dem er sich befand, ein Teil eines lemurischen Stützpunkts auf einem der Planeten des Solsystems. Es wurde ihm plötzlich klar, warum die Terraner auf ihrem Weg hierher nicht auf mehr Widerstand gestoßen waren. Sie sahen wie Lemurer aus, und sie beherrschten die lemurische Sprache. Die Roboter hatten keinen Grund, sie für Feinde zu halten.

Einer der sieben, ein kleiner Mann, der seinen Raumhelm achtlos auf die Schulter geschoben hatte, kam auf Aser Kin zu und beugte sich über ihn.

„Mein Gott, ist der Kerl groß!" stieß er hervor, ohne sein Staunen verbergen zu wollen.

Aser Kin maß von der Sohle bis zur Kuppe des mächtigen, halbkugelförmigen Schädels schließlich viereinhalb Meter, zweieinhalbmal soviel wie ein normal gewachsener Terraner. Und die Breite seiner Schultern war größer als die Körperlänge selbst des höchstgewachsenen Menschen.

Der Mann, der sich über Aser Kin gebeugt hatte, richtete sich mit einer raschen Bewegung wieder auf, als wäre ihm plötzlich eine Idee gekommen.

„Ich wette, wir bringen ihn nicht an Bord", platzte er heraus.

Der Große trat näher.

„Das ist eine Möglichkeit, die wir in Rechnung ziehen müssen“, gab er zu. Er faßte Aser Kins rechten Greifarm näher in Augenschein und fing an zu grinsen. „Sieht aus, als hätte unser Freund sich die Zeit nicht lang werden lassen. Er hatte die rechte Greifhand dicht unterhalb der Terkonitfessel. Noch ein, zwei Stunden, und er wäre frei gewesen.“

Ein Roboter rollte in die Kuppelhalle. Es handelte sich um eine Arbeitsmaschine mit einem beeindruckenden Arsenal an Werkzeugen und Hilfsgeräten. Der Große erteilte ihr einen knappen Befehl. Vier Greifarme fuhren aus, und Aser Kin fühlte sich gepackt und in die Höhe gehoben. Er kam auf eine Plattform zu liegen, die einen Teil der Robotkarosserie bildete. Die Maschine setzte sich unverzüglich in Bewegung, und Aser Kin bemerkte dank der einzigartigen Rundsichtfähigkeit seiner drei großen Augen, daß die Terraner ihr dichtauf folgten.

Es war 21 Uhr zehn, als der kleine Trupp, geführt von dem Werkroboter, die große Halle wieder erreichte, in der die beiden Jets gelandet waren. Wie Don Redhorse vermutet hatte, waren inzwischen Arbeiten im Gang, die große Öffnung in der Außenwand der Halle zu verschließen. Alles flüssige Methan war aus dem riesigen Raum hinausgepumpt worden. Spezialroboter glitten an den Rändern des Loches entlang und besprühten sie aus mächtigen Geräten, die wie altmodische Kanonen aussahen. Aus den Mündungen der Kanonenrohre drang jedoch eine Masse, die wie plastisches Felsgestein wirkte und sofort nach dem Auftragen erstarrte. Die Roboter bewegten sich im Uhrzeigersinn um die Öffnung herum, und jedesmal, wenn sie eine Umdrehung vollendet hatten, war der Durchmesser des Lochs kleiner geworden.

Frizz Eisner behielt recht. Der Zweitkonditionierte war zu groß, als daß er in einer Kabine hätte untergebracht werden können. Don Redhorse hatte mit dieser Möglichkeit gerechnet, seitdem Frizz sie zum erstenmal zur Sprache gebracht hatte, und seine Entscheidungen getroffen. Er trat auf den Werkroboter zu, auf dessen flachem Rücken der Gefangene lag, der bislang noch keinen Laut von sich gegeben hatte. Er hatte, als der Trupp den Stützpunkt verließ und in die nach wie vor von einer dichten Methanatmosphäre erfüllte Halle gelangte, seinen Körper in die feste Phase überführt. Aber Redhorse wußte, daß er die Kontrolle über seine Muskeln behielt und hören und sprechen konnte.

„Ich weiß, daß Sie mich verstehen können“, sagte er so laut, daß der Klang seiner Stimme mühelos durch das Material des Helms drang. „Ich habe Ihnen etwas zu erklären. Sie brauchen nicht zu antworten, aber es ist zu Ihrem eigenen Vorteil, wenn Sie sich an meine Ratschläge halten.

Ganz gleich, was OLD MAN und Ihre Freunde mit uns vorhaben – wir werden versuchen, Sie zur Erde zu bringen. Sie sind zu groß, als daß wir Sie in einem unserer Fahrzeuge unterbringen könnten. Wir haben keine andere Wahl, als Sie auf der Außenhaut der Jet zu transportieren. Ihre Terkonitfesseln werden mit der Hülle des Fahrzeugs verschweißt, das gibt Ihnen sicheren Halt. Wir wissen, daß Sie in der Lage sind, Tiefsttemperaturen und absolutes Vakuum schadlos zu überstehen. Beharrungskräfte werden nicht auf Sie einwirken, da das Fahrzeug sich in sein eigenes, konstantes Gravitationsfeld hüllt. Behalten Sie also Ihre jetzige Körperform bei, und halten Sie uns die Daumen, in Ihrem eigenen Interesse, daß keiner von Ihren Freunden auf die verrückte Idee kommt, uns unter Feuer zu nehmen."

Er erwartete keine Antwort und wandte sich ab, sobald er das letzte Wort ausgesprochen hatte. Der Werkrobot war behilflich, den mächtigen Körper des Zweitkonditionierten auf den Rumpf von CAESAR-1 hinaufzuheben. Elektronische Schweißgeräte verbanden Aser Kins Fesseln mit dem Metall der Fahrzeughülle. Er ruhte genau senkrecht über der Längsachse der Jet in einer Position, von der aus er die Flugeigenschaften des Fahrzeugs, mit Ausnahme der zusätzlichen Last, die das Triebwerk zu bewältigen hatte, nicht beeinflussen konnte.

Die Männer begaben sich an Bord. Holl Vincent übernahm das Kommando über CAESAR-4. Don Redhorse, Frizz Eisner und ein Sergeant aus der anderen Jet bildeten die Besatzung der CAESAR-1, die außerdem den Zweitkonditionierten zu tragen hatte.

Mit langsam arbeitenden Triebwerken und der Unterstützung von Stabilisierungsfeldern hoben die beiden Maschinen nahezu gleichzeitig vom Boden der Halle ab und trieben mit geringer Fahrt auf das Loch in der Hallenwand zu, hinter dem das kalte, dunkle Methan des Neptunmeeres wie eine Wand aus solidem Metall auf sie wartete. Redhorse lotste die Maschine vorsichtig durch die Öffnung hindurch und tauchte langsam in die Flüssigkeit ein. Stabilisierungsfelder und Korpuskulartriebwerke wurden gelöscht, noch bevor die Triebwerksschächte mit dem flüssigen Methan Kontakt bekamen. Die Pumpen übernahmen die Arbeit.

Ein paar Minuten später war der Lichtschein der großen Lampen, der durch das kleiner werdende Loch in der Wand der unterseeischen Halle drang, in der Finsternis verschwunden. Don Redhorse ging ohne Zögern zur Aufwärtsfahrt über. Um 22 Uhr 32 durchbrachen die Jets die Oberfläche des Meeres der Träume, nahmen die Korpuskulartriebwerke von neuem in Betrieb und schossen mit hoher Beschleunigung in Neptuns dichte, neblige Atmosphäre hinauf.

Von jetzt an hing der Verlauf des Unternehmens von wenig mehr als der Laune des Schicksals ab. Ob OLD MANS Robotschiffe sich auf die beiden Jets stürzten und sie vernichteten, ob die übrigen Zweitkonditionierten in ihren halb lebendigen, halb mechanischen Fahrzeugen sich ihnen entgegenwarfen oder ob sie, zwei winzige Einheiten, die unter den Tausenden von Riesenschiffen kaum einen Reflex auf einem Orterschirm erzeugten, den feindlichen Blockadering unbehindert würden durchdringen können – nichts von alldem hing davon ab, wie tapfer, geschickt und ausdauernd die sieben Männer in CAESAR-1 und CAESAR-4 waren. Menschliche Initiative räumte das Feld und überließ es dem Zufall.

Nur noch eins war zu tun – dem Schicksal ein Schnippchen zu schlagen.

Don Redhorse aktivierte den Hyperkom. Er schaltete die Bildübertragung ein und nahm das Mikrophon zur Hand. Mit soviel Gelassenheit, wie er in dieser Lage aufzubringen vermochte, sagte er:

„Sonderkommando Neptun an Oberstkommandierende Flotte. CAESAR-1, Oberst Redhorse. Der Auftrag ist ausgeführt. Wir haben den Zweitkonditionierten gefunden und bringen ihn zurück. CAESAR-1 aus!"

Er schob das Mikrophon zurück. Was er soeben getan hatte, kam ihm plötzlich lächerlich vor. Obwohl die Idee einem so illustren Gehirn wie dem des Geheimdienstchefs Allan D. Mercant entsprungen war.

Geben Sie den Zweitkonditionierten bekannt, daß Sie einen der ihren an Bord führen, und sie werden Sie in Ruhe lassen.

Das hörte sich gut an. Wenn man in Terrania hinter einem großen Schreibtisch saß und in klimakonditionierter Luft einen Schlachtplan entwickelte. Vom Pilotenpult einer Space-Jet aus, die drauf und dran war, sich ins Ungewisse zu stürzen, hatte die Sache ein anderes Gesicht.

Don Redhorse war auf einmal nicht mehr so ganz sicher, daß die Zweitkonditionierten auf den Funkspruch so reagieren würden, wie es in Allan D. Mercants Fahrplan stand.

Der Bildschirm hellte sich auf.

Und dann stießen die beiden Jets aus Neptuns dichter Lufthülle in den freien Weltraum hinaus.

Tro Khons Dolan fing den Funkspruch auf und entzifferte ihn mühelos.

Der Augenblick der Entscheidung war gekommen. Der Feind kehrte von Neptun zurück, und in seiner Gewalt befand sich Aser Kin.

Tro Khon zweifelte keinen Augenblick an der Aufrichtigkeit des Spruchs. Es entsprach den Regeln konventioneller Taktik, daß der Gegner, wenn er Aser Kin gefunden und an sich gebracht hatte, diesen Tatbestand aller Welt zu verstehen gab.

Denn nur indem er Aser Kins Verbündete auf die kostbare Fracht aufmerksam machte, die er an Bord eines seiner Fahrzeuge trug, konnte er hoffen, daß die Verbündeten ihn aus Rücksicht auf eben diese Fracht unbehelligt ließen.

Die Terraner konnten nicht wissen, daß an höherer Stelle inzwischen anders entschieden worden war. Sie vertrauten blindlings den Gesetzen der herkömmlichen Taktik. Tro Khon bezweifelte, daß der Verstand eines Terraners, selbst wenn ihm Zweifel kämen, die Möglichkeit besäße, mit seiner begrenzten Kapazität die Alternativlösung zu erkennen.

Tro Khons Geringschätzung des menschlichen Verstandes beruhte nicht auf eigener Erfahrung im Umgang mit Menschen, sondern auf Schlüssen, die er aus seinen im Umgang mit anderen humanoiden Völkern gemachten Erfahrungen zog.

Er hatte keinen Grund zu vermuten, daß die Terraner anders seien als andere Wesen, mit denen er im Laufe seines langen Lebens als Schwingungswächter zusammengeraten war. Er beging den katastrophalen Fehler, sie alle über einen Kamm zu scheren. Die Möglichkeit, daß eines der Völker sich in Auffassungsvermögen, Initiative und Hartnäckigkeit wesentlich von irgendeinem anderen unterschied, kam ihm nicht in den Sinn.

Er setzte sich mit den drei anderen Schwingungswächtern in Verbindung. Was er zu sagen hatte, war kurz und bündig.

„Der Feind wird sich innerhalb kurzer Zeit im Feuerbereich unserer Waffen befinden. Wir bringen uns, wie es die Lage erfordert, in günstige Position und schlagen zu. Unser Plan für weiteres Vorgehen steht fest. Unser nächstes Ziel ist Terra. Es geht darum, einem barbarischen Volk Strafe für die Verbrechen angedeihen zu lassen, die es in seiner Überheblichkeit beging."

Die Chronometer der COLOMBO zeigten 23 Uhr vier Minuten an, als sie aus dem Linearraum hervorstieß und mit einer Geschwindigkeit von rund 260 000 Kilometern pro Sekunde knapp innerhalb der Plutobahn im Normalraum auftauchte.

Reginald Bull bediente in der unmittelbar neben dem Kommandostand gelegenen Kabine sein eigenes Hyperkompult. Fast im selben Augenblick, in dem das Schiff den Linearraum verließ, stand er mit dem Hauptquartier der Heimatflotte in Verbindung. Sein Ruf wurde sofort beantwortet, und kurz darauf wußte der Staatsmarschall in groben Zügen, was sich während der vergangenen Stunden getan hatte und daß vor kurzem ein Funkspruch des Sonderkommandos Neptun empfangen worden war, wonach Oberst Redhorse und seine Männer sich mit dem gefangenen Zweitkonditionierten auf dem Flug zur Erde befanden. Der Spruch war ohne Zweifel auch von OLD MANS Schiffen aufgefangen und entziffert worden, jedoch war eine Reaktion der Roboteinheiten vorerst noch nicht zu bemerken.

Die Übertragung wichtiger Positionsdaten an die Positronik der COLOMBO nahm nur wenige Sekunden in Anspruch. Danach war Reginald Bull bereit, wieder in die Geschehnisse einzugreifen, denen er mehr als zwei Tage fern gewesen war.

Die ARONTO, die der COLOMBO dicht auf den Fersen geblieben war, erhielt den Befehl, unverzüglich die Erde anzusteuern und in Terrania zu landen. Das Schiff verschwand von neuem im Linearraum, wo es vor Zugriffen des übermächtigen Gegners am sichersten war.

Die COLOMBO nahm Kurs auf Neptun. Reginald Bull hatte keine klare Vorstellung, wie sich die Dinge dort entwickeln würden, aber er hielt es für durchaus möglich, daß Don Redhorse in naher Zukunft kräftige Unterstützung benötigte.

Um 23 Uhr 43 tauchten auf dem Orterschirm von CAESAR-1 winzige Reflexe auf, die von vergleichsweise nahen Objekten herrührten. Don Redhorse war zuerst verwirrt. Die Reflexe sahen so aus, als würden sie von Gegenständen erzeugt, deren Oberfläche einen Großteil der ortenden Strahlung absorbierte, also keinerlei metallische Beimengungen enthielt. Die Erklärung fiel ihm wenige Sekunden später ein, als Frizz Eisner den Taster ablas und feststellte, daß die unbekannten Objekte gleichzeitig die Ausgangspunkte eigenartiger Streufelder waren, die, obwohl von geringer Intensität, aus überaus harten Impulsen bestanden.

Es mußte sich um die Fahrzeuge der Zweitkonditionierten handeln, es gab keine andere Möglichkeit. Die eigenartige, halb organische, halb technische Substanz der eigenartigen Gebilde reagierte auf Orterstrahlung anders als jede bekannte Version von Materie.

Der mittlere Abstand zu den fünf Fahrzeugen betrug zweieinhalb Millionen Kilometer. Don Redhorse änderte den Kurs seiner Jet, um dem Gegner nicht allzu nahe zu kommen; aber die Reflexpunkte begannen ebenfalls zu wandern, und eine Minute später standen sie wieder genau voraus in Fahrtrichtung.

Die Bedeutung des Manövers war leicht zu durchschauen. Die Zweitkonditionierten hatten nicht die Absicht, Redhorse mit seiner Beute unbehelligt entkommen zu lassen. Er nahm schweren Herzens zur Kenntnis, daß der letzte Trumpf, den er auf Allan D. Mercants Geheiß hin ausgespielt hatte, vom Gegner gestochen worden war. Es sah so aus, als hätten die Schwingungswächter vor, sich den Teufel darum zu kümmern, ob bei dem, was jetzt kam, einer der ihren in Schwierigkeiten geriet oder nicht. Redhorse glaubte sogar, den Gang ihrer Überlegungen zu verstehen. Wie es auch immer um ihre Freundschaft mit dem Gefangenen bestellt sein mochte, ihre Hauptaufgabe war, zu verhindern, daß er endgültig in die Hände der Terraner fiel und dazu gezwungen wurde, sein Wissen preiszugeben.

Das Schicksal hatte entschieden. Das Sonderkommando Neptun würde den Heimathafen wahrscheinlich nicht mehr erreichen.

Don Redhorse wunderte sich im stillen über die Sachlichkeit und Ruhe, mit denen seine Männer aufnahmen, was nach kurzem Nachdenken offen auf der Hand lag. Er wandte sich an Frizz Eisner.

„Wir sind soweit“, sagte er ernst.

Frizz nickte ihm zu.

„Als hätte ich es nicht die ganze Zeit über gewußt“, knurrte er bissig. „So schöne Dinge wie Erfolg für die Tapferen gibt es heutzutage einfach nicht mehr.“

Redhorse setzte sich mit Holl Vincent auf CAESAR-4 in Verbindung.

„Holl, du siehst, was da auf uns zukommt.“

Und Holl antwortete trocken:

„Ich kneife schon die ganze Zeit die Augen zu, aber es ist einfach nicht zu übersehen.“

„Gut“, grinste Redhorse. „Wir sparen unser Feuer. Es hätte bestimmt keinen Zweck. Ihre Schirmfelder sind undurchdringlich. Uns bleibt nur eine winzige Hoffnung – daß wir ihre Zielmechaniken ausmanövrieren können. Du hast von mir keine Anweisungen zu erwarten. Tu, was dir am vernünftigsten erscheint. Wir hören wieder voneinander, wenn wir durch sind. Hals- und Beinbruch! Redhorse."

Frizz sah ihn von der Seite her an, als er das Mikrophon auf die Gabel hängte.

„Kalte Sprüche", brummte er verächtlich. „Du weißt so gut wie ich, daß wir nicht durchkommen."

Redhorse schüttelte den Kopf.

„Unsere Aussichten stehen ungefähr eins zu einer Million", gab er zu. „Das ist immer noch ein bißchen besser als gar nichts."

Zwei Minuten später war der Abstand zwischen den beiden Jets und den Fahrzeugen der Zweitkonditionierten auf eine Million Kilometer geschrumpft.

Die nächsten Sekunden würden die Entscheidung bringen. Die grell leuchtenden Schutzschirme des Gegners tauchten als schwache Lichtpunkte auf dem optischen Bildschirm auf. Don Redhorse umklammerte die Steuerkontrollen, als brauchte er einen Halt, um das Gleichgewicht nicht zu verlieren.

Dann plötzlich eröffneten die Schwingungswächter das Feuer. Frizz Eisner beobachtete auf seinem Taster einen Ausschlag, der nur von einer hochenergetischen Salve herrühren konnte. Der Schuß ging daneben.

Don Redhorse zog die Jet steil nach rechts, um dem Gegner das Zielen zu erschweren.

Eine weitere Salve erfaßte die Jet streifend und stellte sie auf den Kopf. Es gab einen mörderischen Ruck, den der Antigrav nicht völlig zu absorbieren vermochte, aber binnen weniger Sekunden hatte Redhorse das Fahrzeug wieder in stabile Fluglage gebracht und dirigierte es in halsbrecherischem Manöver nach links unten, um dem Feuer des Gegners zu entgehen.

Frizz hatte recht! schoß es ihm durch den Sinn. Wir sind noch siebenhunderttausend Kilometer entfernt und stecken schon mitten im dicksten Schlamassel.

Der nächste Streifschuß wirbelte das Fahrzeug mehrere Male um die eigene Achse. Don Redhorse wurde aus seinem Sessel gerissen und zu Boden geschleudert. Halbbewußtlos, eine Platzwunde auf der Stirn und Blut in den Augen, kroch er wieder an seinen Platz zurück. Auf dem Bildschirm tanzten die Sterne einen wirren Reigen. Er wußte nicht, ob die Bewegung echt war oder ob das malträtierte Gehirn sie ihm vorspiegelte. Er erreichte seinen Sitz und zog sich an ihm in die Höhe. Er klammerte die Finger an die Kante des Schaltpults und versuchte mit aller Kraft, wieder auf die Beine zu kommen. Es gelang ihm fast, da traf ein dritter Schlag das kleine Fahrzeug und machte seine Bemühungen zunichte. Er schoß quer über den Boden und schlug mit dem Schädel irgendwo auf.

Von irgendwoher hörte er plötzlich einen wilden, triumphierenden Schrei. In der aufsteigenden Bewußtlosigkeit strengte er sein träges Gehirn an, um zu erfassen, was der Schrei zu bedeuten hatte.

Tro Khon befand sich in direktem Kontakt mit den sieben Exekutoren des Dolans. Leidenschaftslos erteilte er den Feuerbefehl und überließ es den sieben Lenkern des Schiffes, die Ausweichmanöver des Gegners zu verfolgen und die Salven so zu richten, daß sie ins Ziel trafen.

Auf seinem riesigen Bildschirm beobachtete er die Vorgänge draußen im Raum.

Er sah die grellen Lichtpunkte der anderen Dolans und die zwei schwachen Reflexe, die die Fahrzeuge des Gegners erzeugten.

Der Verlauf der Ereignisse faszinierte ihn. Den Terranern war nicht leicht beizukommen. Sie waren ausgezeichnete Astrogatoren. Die Manöver, die sie flogen, waren wild verwegen, gerade noch an der Grenze des Möglichen und so unberechenbar, daß die Exekutoren Mühe hatten, ihr Feuer wirkungsvoll zu lenken.

Es war ein spannungsgeladenes Spiel, wie Tro Khon es selten erlebt hatte.

Plötzlich flammte der Bildschirm auf. Ein weißer Glutball blähte sich auf, grell wie eine junge Sonne. Tro Khon empfand so etwas wie Bedauern. Der erste Volltreffer war erzielt, das Spiel halb vorüber.

Erst als der Glutball erlosch, erkannte er, was wirklich geschehen war. Fast im selben Augenblick erreichten ihn die Impulse der Exekutoren mit solcher Intensität, daß es ihm fast den Verstand raubte.

Ungläubig richtete er sich auf und starrte auf den Bildschirm. Furcht packte ihn und ließ sich nicht abschütteln.

Einer der Dolans war vernichtet worden!

Und zwar jener von Aser Kin!

Die COLOMBO durchstieß den Blockadering der Robotschiffe im Linearflug. Weit innerhalb des Rings kam sie wieder zum Vorschein und begann sich zu orientieren. Die fünf Dolans der Zweitkonditionierten wurden geortet, fast zur selben Zeit wie die beiden Jets des Sonderkommandos Neptun. Die COLOMBO ging auf Fahrt. Um 23 Uhr 47 war sie noch zwei Millionen Kilometer vom Zentrum des Geschehens entfernt. Die Zweitkonditionierten feuerten die erste Salve ab.

Reginald Bull wußte, daß er keine Sekunde mehr verlieren durfte. Abel Waringer saß seit einer halben Stunde am Waffenleitstand und hielt das mit dem Zusatzgerät ausgerüstete Transformgeschütz feuerbereit.

„Fangen Sie an!“ sagte Bull. „Redhorse braucht alle Hilfe, die er kriegen kann.“

Waringer stieß in einer überschwenglichen Geste den Arm in die Luft. Zwei Sekunden später feuerte er. Zwei weitere Sekunden vergingen, dann begann sich der Dolan aufzublähen. Im Raum-Zeit-Gefüge entstand ein greller Riß, der die explodierenden Fragmente des Dolans verschlang.

Waringer und Bull, die gesamte Mannschaft des Kommandostands, schrien gleichzeitig auf. Es war ein wilder, unbeherrschter Schrei, eine Reaktion auf die Stunden sich türmender Ungewißheit, die sie hinter sich hatten.

Um 23 Uhr 48, am 2. März 2436, hatte ein terranisches Transformgeschütz zum erstenmal das Paratron-Schutzfeld eines Dolans durchdrungen und das Fahrzeug vernichtet.

Tro Khon saß starr, während die Panik ihn in Bann schlug.

Innerhalb weniger Sekunden, nachdem der erste Dolan explodiert und im Hyperraum verschwunden war, erfolgte die zweite Explosion. Tro Khon zuckte zusammen. Sein mächtiger Körper zitterte jetzt unter dem würgenden Griff der Todesfurcht. Die Reaktion der Exekutoren schien wie ein Aufschrei, bis an den Rand erfüllt von Angst und Schmerz.

Tro Khon wußte nicht mehr, was er tat. Er sprudelte Befehle hervor, einen nach dem anderen, in wahnsinniger Schnelle und die Exekutoren verwirrend, bis sie die Initiative selbst übernahmen und das Fahrzeug nach ihrem eigenen Gutdünken zu lenken begannen.

Fort, weg aus der Zone tödlicher Gefahr, in der schon zwei der ihren zugrunde gegangen waren. Weg von hier! Fort von der Stelle, an der ein unheimlicher Gegner eine Macht zur Schau stellte, die alles übertraf, was die Schwingungswächter selbst in ihren pessimistischsten Vorstellungen zu sehen erwartet hatten.

Tro Khon saß bebend in dem mächtigen Sessel, der seinen Aufenthaltsraum zentral beherrschte. Unfähig, den Blick von dem großen Bildschirm zu wenden, sah er den dritten und vierten Dolan explodieren.

Er wußte nicht mehr, was um ihn herum vorging. Die Panik in ihm war stärker als jedes andere Gefühl. Er wußte nicht, ob er jemals vor dem Unglaublichen, das sich dort draußen abspielte, sicher sein würde, selbst wenn er sich noch so schnell vom Ort der Katastrophe entfernte.

„Einer macht sich davon!“ rief Abel Waringer. „Lassen Sie die Verfolgung aufnehmen!“

Reginald Bull wehrte ab.

„Redhorse braucht unsere Hilfe nötiger. Lassen Sie den einen entkommen. Vielleicht ist es gut so. Wir brauchen jemanden, der unter den Zweitkonditionierten die Nachricht verbreitet, daß wir nicht mehr wehrlos sind.“

Eine unbeschreibliche Hochstimmung erfüllte ihn. Es war fast, als hätte er eine euphorische Droge genommen. Er erinnerte sich nicht, jemals in seinem Leben soviel Freude und Triumph empfunden zu haben wie in diesem Augenblick.

Vier der gegnerischen Schiffe waren vernichtet. Von den sechs Zweitkonditionierten, die zu Anfang den Angriff der Erde geleitet hatten, waren nur noch zwei übrig, einer davon ein Gefangener des Imperiums.

Um null Uhr acht am 3. März 2436 gingen die beiden Space-Jet neben der COLOMBO längsseits. Eines der beiden Fahrzeuge enthüllte am Bildschirm einen eigenartigen Umriß, als wäre ihm auf dem Oberteil des Rumpfs eine Beule gewachsen. Reginald Bull sprach über Hyperkom mit einem Major Eisner, der das merkwürdig verformte Fahrzeug anstelle des bewußtlosen Don Redhorse leitete, und konnte sich vor Erstaunen kaum fassen, als er erfuhr, was der Auswuchs bedeutete.

Beide Jets waren vom Feuer der Zweitkonditionierten durchgerüttelt worden, hatten jedoch keine ernsthaften Schäden erlitten. Die COLOMBO nahm sie an Bord und verschwand sofort nach Beendigung des Einschleusungsmanövers im Linearraum – mit Kurs auf die Erde.

Tro Khons Dolan landete auf einer der Riesenplattformen, die unter dem Mammutgebilde des Roboters OLD MAN in den Raum hinausragten. Eine vollautomatische Abfertigungsanlage übernahm das Fahrzeug, transportierte es ins Innere der Plattform.

Von alledem nahm Tro Khon kaum etwas wahr. Sein Bewußtsein war gelähmt. Nach langen Jahrhunderten, in denen sich in ihm die grenzenlose Überlegenheit seiner Art über alle anderen Arten des Kosmos immer wieder in überzeugender Weise manifestiert hatte, war ihm an diesem Tag zum erstenmal vor Augen geführt worden, daß es Wesen gab, an denen die märchenhafte Technik, deren Herr er war, zunichte wurde.

Die Erkenntnis überstieg sein Fassungsvermögen. Er würde ganz bestimmt Tage dazu brauchen, um zu begreifen, was ihm geschehen war.

Einstweilen war es ein einziges Gefühl, das sein Bewußtsein souverän beherrschte.

Panik!

In der Hangarschleuse der COLOMBO schwiegen die elektronischen Schneidbrenner. Auf dem Boden der Schleusenkammer lag der gigantische Körper des Zweitkonditionierten, noch immer in der kristallinen Phase, die er angenommen hatte, um die Unbilden des Transports sicher zu überstehen. Um ihn herum standen Reginald Bull und Abel Waringer – und drei von den Männern, deren todesverachtender Tapferkeit es zu verdanken war, daß der Gefangene sich in Sicherheit befand: Redhorse, Eisner und Vincent.

Der Zweitkonditionierte war bei Bewußtsein. Seine drei großen Augen glühten in tückischem Rot.

„Fünf Solar für das, was er sich im Augenblick denkt!" amüsierte sich Waringer.

Reginald Bull streckte die Hand aus.

„Reichen Sie das Geld 'rüber", lachte er. „Ich kann's Ihnen sagen. Er ist so wütend, daß er an seiner eigenen Wut fast erstickt."

Don Redhorse starrte den Gefangenen finster an.

„Er hätte guten Grund, Ihnen dankbar zu sein", meinte er. „Schließlich retteten Sie ihn vor dem Tod, den seine eigenen Kollegen ihm zugedacht hatten."

Waringer lächelte freundlich.

„Von unserem Standpunkt aus haben Sie natürlich recht, Mr. Redhorse. Aber manchmal gewinne ich den Eindruck, daß die Mentalität fremder Wesen von der unseren auf merkwürdige Weise verschieden ist."

Redhorse wandte sich an Reginald Bull.

„Was wird mit ihm geschehen, Sir?"

„Wir haben die ursprüngliche Absicht, den Schwingungswächter nach Terra zu bringen, kurzfristig geändert, da es uns zu riskant war, einen derart gefährlichen Gegner auf der dichtbesiedelten Erde selbst unterzubringen. Wir werden ihn nach Luna bringen und im dortigen Hauptquartier der Solaren Abwehr sicher verwahren, wo sich die Fachleute um ihn kümmern werden."

Er sah Redhorse durchdringend an, und Redhorse begriff, daß er zumindest im Augenblick nicht mehr über die Angelegenheit erfahren würde.

13.

Es gibt eine sichere Methode, die Gefährlichkeit eines Gefangenen richtig einzuschätzen: Man betrachtet sich die Konstruktion des Gefängnisses.

Gemessen an seinem Gefängnis, war Schwingungswächter Aser Kin der gefährlichste Gefangene, den die Menschheit jemals gemacht hatte.

Aser Kin war in einer Spezialzelle der Solaren Abwehr auf dem Mond eingesperrt. Der rechteckige Raum besaß drei Meter dicke Terkonitstahlwände. Er war acht Meter lang, vier Meter breit und fünf Meter hoch.

Nachdem man Aser Kin durch die runde Panzerschleuse in diesen Raum geschoben hatte, war er von den schweren Terkonitstahlbändern befreit worden, die ihm seine oxtornischen Bezwinger angelegt hatten. Um jedes Risiko zu vermeiden, hatten die Spezialisten der Abwehr dem Zeitpolizisten auch die Reste des Kampfanzugs und sämtliche Geräte abgenommen. Eine zusätzliche Sicherheit bildeten starke Fesselfelder, die die Zelle abschirmten. Alle Versuche Aser Kins, durch eine Strukturverwandlung seines Zellgewebes aus der Zelle auszubrechen, waren gescheitert. Der Gigant wurde ununterbrochen über Fernsehlinsen mit Weitwinkelobjektiven beobachtet, die tief in den unzerstörbaren Stahl eingebettet lagen.

Der Zweitkonditionierte reagierte auf keine Verständigungsversuche. Das einzige, was man von ihm bisher erfahren konnte, war sein Name: Aser Kin. Es handelte sich demnach um denselben Schwingungswächter, mit dem Gucky und Ras Tschubai in der Großen Magellanschen Wolke Kontakt hatten, als es ihnen gelang, in seinen Dolan einzudringen, während sich dieser im Anflug auf OLD MAN befand.

Inzwischen waren fast zwei Wochen vergangen, ohne daß sich Aser Kins Verhalten irgendwie geändert hätte.

Der entkommene Schwingungswächter und die Robotschiffe OLD MANS waren bisher ruhig geblieben, aber man wußte, daß auch diese Ruhe trügerisch war.

„Er scheint jetzt völlig apathisch zu sein", bemerkte Reginald Bull, als er zum drittenmal innerhalb einer Stunde die Bildschirme einschaltete, die die Vorgänge in der kleinen Zelle übertrugen.

Zusammen mit Allan D. Mercant, Geoffry Abel Waringer und einigen hohen Offizieren der Solaren Abwehr hielt sich Bully in einem Kontrollraum von Station Luna I auf, die zur lunaren Zentrale der von Allan D. Mercant geleiteten Organisation gehörte.

Bully wandte sich von den Geräten ab. Seine untersetzte Gestalt schien viel von ihrer gewohnten Straffheit verloren zu haben.

„Ob es überhaupt noch einen Sinn hat, wenn wir weiterhin versuchen, mit dem Gefangenen Kontakt aufzunehmen?" bezweifelte er. „Wir haben ihm schon oft genug unseren Friedenswillen beteuert, und er sollte inzwischen auch begriffen haben, daß wir keine Zeitverbrecher sind."

„Ich habe mich bereits mit Major Santanjon über dieses Problem unterhalten", erklärte Mercant. Alle Blicke richteten sich auf den Galakto-Psychologen, von dem behauptet wurde, daß er die Mentalität der Fremden besser als jeder andere kenne. Santanjon war ein großer, unruhig wirkender Mann mit blonden Haaren und einem Gesicht, das sich nur schwer charakterisieren ließ.

Nun hielt sich der Major auf dem Mond auf, um an einer eventuellen Aussprache mit dem Schwingungswächter teilzunehmen.

„Wir müssen versuchen, uns in die Lage dieses Wesens zu versetzen", sagte Santanjon und strich mit raschen Bewegungen über seine Haare. „Wir haben mehrere Dolans abgeschossen und dabei die Besatzungen der Retortenwesen getötet. Aser Kin wird von uns wie ein Todfeind behandelt. Das alles sind für ihn genügend Gründe, unseren Worten nicht zu glauben. Außerdem dürfen wir nicht vergessen, daß er seinen Auftraggebern, wer immer sie sind, blind vertraut. Sein fanatischer Eifer ist ungebrochen. Um diesen modernen Kreuzritter zu überzeugen, müßten wir ihn vor allem zum Sprechen bringen."

Dr. Waringer hüstelte verlegen.

„Ich bin kein Freund der Gewalt, aber unter den gegebenen Umständen möchte ich daran erinnern, daß wir die Möglichkeit haben, auch ein Wesen wie Aser Kin zu . . . äh . . . beeinflussen."

„Ja", stimmte Reginald Bull zu. „Wir müssen diesen verstockten Burschen zum Reden bringen. Die Niederlage wird die Zeitpolizisten zu neuen Schritten veranlassen. Ich rechne damit, daß sie in absehbarer Zeit mit einer starken Streitmacht im Solsystem auftauchen. Dr. Waringer hat deshalb bereits veranlaßt, daß das von ihm entwickelte FpF-Gerät in das Transformpolgeschütz des Schlachtkreuzers WYOMING eingebaut wurde. Die WYOMING gehört zum Typenbauprogramm Vierundzwanzig-Sechsunddreißig D-ITA der Solarklasse und ist stärker einzuschätzen als der Leichte Kreuzer COLOMBO, an dessen Bord der Frequenzmodifikator bisher war."

Santanjon erinnerte sich, daß man Oberst Don Redhorse inzwischen zum Kommandanten der WYOMING ernannt hatte.

„Inzwischen ist die ARONTO längst nach Last Hope unterwegs, um wichtige Nachrichten zu überbringen", sagte Waringer, dem es unangenehm war, Mittelpunkt des allgemeinen Interesses zu sein. „In dem von mir geleiteten . . . äh . . . eingerichteten Stützpunkt wird pausenlos gearbeitet, so daß ich hoffe, Ihnen bald andere Waffen zur . . ." Der Rest des Satzes verlor sich in einem undeutlichen Gemurmel.

Santanjon stand auf und wanderte vor den Bildschirmen auf und ab. Aser Kins rot leuchtende Augen schienen auf die Versammelten herabzublicken.

„Ich bin gegen Anwendung von Gewalt", sagte Santanjon. „Jedenfalls vorläufig. Jede harte Maßnahme würde in krassem Gegensatz zu unseren Unschuldsbeteuerungen stehen. Trotz aller Verblendung ist der Schwingungswächter vernünftig genug, um sich eines Tages zu fragen, warum wir ihm pausenlos Informationen zugehen lassen, die seiner Ansicht nach Lügen sind. Wenn wir erreichen, daß unser Gefangener darüber nachdenkt, haben wir schon viel gewonnen."

„Sie vergessen, daß es dann bereits zu spät sein kann", sagte General

Otirian. „Was nützt uns ein gesprächiger Schwingungswächter, wenn eine Flotte von Dolans die Planeten des Solaren Imperiums verwüstet?"

Santanjons Mundwinkel zuckten.

„Gewalt ist stets eine Sache des Augenblicks", sagte er. „Wer das Risiko eingeht, gewaltlos einen Sieg erringen zu wollen, begibt sich auf einen unsicheren Weg. Wenn er jedoch sein Ziel erreicht, wird der Erfolg ein vollkommener sein."

„Sind Sie ein überzeugter Pazifist, oder haben Sie Angst?" rief einer der Offiziere spöttisch.

„Wir wollen uns nicht streiten", mischte sich Reginald Bull hastig ein. „Aser Kin ist nicht unser einziges Problem. Wir wissen, daß ein Dolan sich auf OLD MAN zurückgezogen hat. Ich rechne mit einem baldigen Angriff der Ultraschlachtschiffe, die jetzt in der Nähe Neptuns stehen. OLD MAN kreist mittlerweile in nur zweitausend Meter Entfernung um Triton. Das beweist mir, daß der Schwingungswächter etwas vorhat. Er ist intelligent genug, um zu wissen, daß er mit seinem Dolan keine Chance mehr hat. Wir nehmen an – und die Berechnungen NATHANS geben uns recht –, daß der Zeitpolizist die Einheiten OLD MANS in den Kampf schicken wird."

Santanjon erinnerte sich, daß den fünfzehntausend Ultraschlachtschiffen des Robotgiganten fünfzigtausend verschiedene Einheiten der Solaren Flotte entgegenstanden. Eine nicht zu unterschätzende Verstärkung der terranischen Streitmacht bildeten sechzigtausend Moskito-Jäger und die gleiche Anzahl fliegender Transformfestungen.

Ein Zusammenprall beider Mächte hätte zu einer Raumschlacht unvorstellbaren Ausmaßes geführt, deren Ausgang man nicht voraussagen konnte.

Wahrscheinlich, überlegte der Galakto-Psychologe nüchtern, würde es nach einer solchen Auseinandersetzung nur Besiegte geben, wobei die Verluste auf terranischer Seite ungleich schwerer wiegen würden als die des Gegners, der nur seelenlose Maschinen in den Kampf zu schikken brauchte.

Leider gab es immer noch Offiziere, die den Verlust an Menschen mit der gleichen Selbstverständlichkeit in ihre strategischen Überlegungen einbezogen, wie sie etwa die Zerstörung einiger Raumschiffe in ihren Plänen berücksichtigten. Santanjon gab zu, daß die Militärs manchmal zu einer solchen Denkweise gezwungen waren. Deshalb mußte man ihnen immer wieder ins Gedächtnis rufen, daß sie dazu da waren, Menschenleben zu schützen, und nicht, um Menschenleben zu opfern.

„Ich schlage vor, daß Major Santanjon in Station Luna I bleibt“, unterbrach Allan D. Mercants Stimme die Gedanken des Galakto-Psychologen. „Er soll sich weiterhin mit Aser Kin beschäftigen, während die WYOMING Kurs auf Neptun nimmt.“

Santanjon nickte beifällig. Nur wenn man ihm Gelegenheit gab, ununterbrochen in der Nähe des Gefangenen zu sein, konnte er mit Aser Kin Verbindung aufnehmen. Er war sicher, daß Allan D. Mercant ebenfalls in der hiesigen Zentrale der Solaren Abwehr blieb. Das bedeutete, daß Santanjon der vollen Unterstützung des Abwehrchefs sicher sein konnte. Wie alle Zellaktivatorträger besaß Mercant die Voraussicht und Weisheit hohen Alters. In Situationen, in denen andere die Nerven verloren, blieb Mercant gelassen und sachlich.

Dr. Waringer und Reginald Bull würden sich an Bord der WYOMING begeben, um die Ereignisse in der Nähe OLD MANS zu beobachten. Bully stand in regelmäßiger Verbindung mit Julian Tifflor.

Santanjon starrte auf die Bildschirme. Der über vier Meter große Schwingungswächter hockte noch immer reglos in seiner Zelle. Über einen Lautsprecher wurde eine Tonbandaufnahme in das Gefängnis Aser Kins übertragen. Der Zeitpolizist mußte sich immer wieder die Erklärungen der Terraner anhören. Santanjon befürchtete, daß Aser Kin eine solche Behandlung mit einer Gehirnwäsche vergleichen könnte.

Ich wünschte, ich wäre mutig genug, um durch die Panzerschleuse zu ihm hineinzukriechen, dachte Santanjon. Der Gedanke ließ ihn erschauern. Aber auch dann, wenn er sich entschlossen hätte, ihn in die Tat umzusetzen, hätten ihn die Offiziere daran gehindert. Sie hätten nicht geduldet, daß der Galakto-Psychologe einen Selbstmordversuch unternahm.

Mit einer Bewegung, die viel zu schnell war, als daß ihr ein menschliches Auge hätte folgen können, ließ Spinoza ein As in seinem Ärmel verschwinden und legte dafür eine Pik-Acht auf den Kartenstapel inmitten des Tisches. Seine Lippen bewegten sich, als müßte er in Gedanken addieren.

Captain Zachary Parral, der dem Roboter gegenübersaß, kratzte nachdenklich sein verkrüppeltes linkes Ohr.

„Wenn mein Ohr juckt, gibt es Geld“, konstatierte er mit einem zufriedenen Blick auf seine Karten. „Ich erhöhe um dreißig Solar.“

Spinoza streckte eine Hand aus, als wollte er eine Karte ziehen, und ließ dabei das As aus dem Ärmel in seine Hand gleiten. Wiederum ging es so schnell, daß Parral den Betrug nicht bemerken konnte.

„Ihr Ohr trügt Sie, Captain Tick-Tack", erklärte Spinoza. „Ich will nicht abstreiten, daß es im Zusammenhang mit Geldangelegenheiten zu jucken beginnt, aber diesmal handelt es sich um einen *Verlust*. Ich erhöhe ebenfalls."

Er schob dreißig Solar über den Tisch und zupfte ein imaginäres Stäubchen von seinem rechten Ärmel.

Zachary grinste und blätterte vier Könige auf den Tisch.

„Nun, mein Junge?" fragte er spöttisch. „Ich will nicht bestreiten, daß du ein ausgezeichneter Roboter mit besonderen Fähigkeiten bist, aber es wird dir nicht gelingen, mich beim Spiel zu schlagen."

„Das sind vier Könige, Sir?"

„Allerdings, mein Freund, und ich fürchte, daß du ihnen nicht viel entgegenzusetzen hast."

Spinoza lehnte sich im Sessel zurück und blickte auf seine Karten. Er sah wie ein untadelig angezogener junger Mann aus, aber seine Augen waren ohne Leben, und die Lider bewegten sich auch dann nicht, wenn man mit der Hand vor Spinozas Gesicht herumwedelte.

Der Roboter warf eine Karte auf den Tisch.

„Ein Bube!" triumphierte Parral. „Du hast vier Buben."

Er beugte sich über den Tisch und wollte das Geld zu sich herüberziehen. Da lagen plötzlich eine Dame, ein König und ein As neben den Scheinen. Parrals Hand zuckte zurück, als hätte er einen elektrischen Schlag erhalten.

„Ich bin ein ausgezeichneter Spieler", sagte Spinoza bescheiden und griff nun seinerseits nach dem Geld. „Wenn Sie nichts dagegen einzuwenden haben, werde ich den Gewinn dem Fond für verletzte Raumfahrer zur Verfügung stellen."

Zachary mußte zusehen, wie der *Whistler-Robot* ungerührt die Geldscheine in der Seitentasche seiner Jacke verstaute.

Da summte der Interkomanschluß. Die Stimme von Oberst Don Redhorse wurde hörbar.

„Alle Offiziere in die Zentrale!" befahl der Cheyenne. „Wir nähern uns dem Einsatzgebiet."

Spinoza sprang auf.

„Einen Augenblick!" knurrte Zachary. „Redhorse sprach von Offizieren. Du zählst nicht dazu."

Spinoza legte die Stirn in Falten.

„Ich bin wertvoller als jeder Offizier", behauptete er. „In zahllosen Tests habe ich meine Qualitäten bewiesen."

„Trotzdem geht dein Modell bei der *Whistler-Company* nicht in Serie", sagte Zachary verächtlich. „Als sich herausstellte, daß du in entscheidenden Augenblicken versagst, hat man dich dem Oberst zum Geschenk gemacht. Nur weil Don Redhorse die Zeit fehlt, sich mit dir zu beschäftigen, habe ich dich am Hals hängen und muß ständig Berichte über dich schreiben."

„Es kann sein, daß mir ab und zu die Entscheidung schwerfällt, ob ich ein Problem auf geistige oder körperlicher Art lösen soll", schränkte Spinoza ein. „Deshalb haben Sie nicht das Recht, mich von der Zentrale fernzuhalten, Captain Tick-Tack."

„Wenn du mich noch einmal Tick-Tack nennst, dann . . ." Er unterbrach sich mit einem Seufzer, weil er genau wußte, wie wenig solche Drohungen bei Spinoza fruchteten.

„In Ihrem letzten Bericht kam ich nicht besonders gut weg", beschwerte sich Spinoza beleidigt, als er an der Seite des jungen Offiziers auf den Gang hinaustrat. „Sie schrieben, daß ich während eines Schachspiels mit einem Bauern drei Felder vorgerückt bin."

„Stimmt das vielleicht nicht?" fragte Zachary gereizt. „Die Partie stand günstig für mich. Ausgerechnet zu diesem Zeitpunkt mußtest du mit deinen blödsinnigen Meditationen beginnen."

Spinoza machte eine vage Geste.

„Ich weiß nie, wann es mich packt", sagte er gekränkt. „Ich bin ein Opfer meiner Positronik, bei deren Konstruktion die *Whistler*-Ingenieure einen Fehler begangen haben. Sie sollten bei Ihren Berichten jedoch niemals vergessen, daß Sie Ihre Beförderung zum Captain ausschließlich mir verdanken. Ohne meine Mithilfe hätten Sie die Öd-Sektionen von OLD MAN niemals lebend verlassen."

Zachary gab es auf. Er wußte, daß Spinoza immer das letzte Wort haben würde. Im stillen verdächtigte Zachary die *Whistler-Company*, daß sie den ehemaligen Testroboter nur freigegeben hatte, um ihn endlich los zu sein.

„Ich verlange, daß du dich ruhig verhältst, sobald wir die Zentrale betreten", sagte Zachary streng. „Wenn du auch nur einen Ton von dir gibst, sorge ich dafür, daß du das nächste halbe Jahr kurzgeschlossen wirst."

„Was?" schrie Spinoza empört. „Sie wollen einen Mord begehen?"

Zachary glaubte, er hätte nicht richtig verstanden.

„Es ist kein Mord, einen Roboter auf Zeit kurzzuschließen“, sagte er schroff.

„Konfuzius sagt, daß es einem Mord gleichkommt, wenn man den Denkprozeß eines Wesens gewaltsam unterbricht“, erklärte Spinoza würdevoll.

„Wer, zum Teufel, ist oder war Konfuzius?“ schrie Zachary aufgebracht.

„Tja!“ machte Spinoza mit der Miene des Wissenden. „Es wird Ihnen schwerfallen, mit Ihrem Spatzenhirn auch nur einen Teil von dem zu verstehen, was mein großes Vorbild der Menschheit an Wissen hinterließ.“

Sie waren vor dem Antigravschacht angelangt. Zachary schaltete den Antigravprojektor aus und zog seinen Strahler. Er zielte damit auf Spinoza.

„Los!“ kommandierte er. „Auf in den Schacht!“

„Aber . . . aber Captain!“ stammelte der Roboter. „Sie haben den Projektor ausgeschaltet. Ich werde dort unten zerschellen.“

„Na, wennschon!“ meinte Zachary ungerührt und hob drohend die Waffe.

Spinoza steckte beide Zeigefinger in die Ohren und näherte sich dem Schacht.

„Halt!“ rief Zachary.

„Ja?“ fragte Spinoza erwartungsvoll.

„Warum hältst du dir die Ohren zu?“ wollte Zachary wissen.

„Damit ich den Aufprall nicht höre“, erklärte Spinoza. „Das würde ich nicht überstehen.“

Mit diesen Worten sprang er in den Schacht.

Erschrocken trat Zachary an den Schachteingang. Er hätte wissen sollen, daß Spinoza verrückt genug war, um aus einem Spaß eine Tragödie zu machen. Der erwartete Aufprall blieb jedoch aus. Zachary trat argwöhnisch an den Rand und spähte in die Tiefe. Spinoza schwebte zwei Meter unter ihm im Schacht und winkte fröhlich.

„Passen Sie auf, Sir, daß Sie nicht fallen!“ rief er Parral zu. „Schließlich sind Sie kein *Whistler*-Roboter, der über einen eingebauten Antigrav-Projektor verfügt.“

Zachary stieß eine lautlose Verwünschung aus. Er schaltete den Schachtprojektor wieder ein. Gleich darauf schwebte er neben Spinoza dem Mittelpunkt des 500 Meter durchmessenden Schiffes entgegen.

„Angesichts der Todesgefahr, in der ich schwebte, muß ich Ihnen ein Geständnis machen", erklärte Spinoza.

„Heraus mit der Sprache!" forderte Zachary. „Was hast du angestellt?"

„Ich habe gemogelt, Captain Tick-Tack", berichtete der Roboter voller Reue.

„Beim Kartenspiel", erriet Zachary.

„Hm!" machte Spinoza. „Ich hatte ein As im Ärmel."

„Das erste Gesetz, nach dem du dich zu richten hast, sagt aus, daß du keinem Menschen Schaden zufügen darfst", erklärte Zachary dozierend. „Warum hast du dich nicht danach gerichtet?"

„Aber das habe ich getan, Sir", verteidigte Spinoza sich. „Wenn ich nicht gewonnen hätte, könnte ich das Geld nicht an den Fond für verletzte Raumfahrer überweisen. Bei einer Niederlage im Kartenspiel hätte ich also einer größeren Anzahl Menschen geschadet als bei meinem Sieg, der nur *einen* Menschen traf. Das erscheint mir logisch, Sir."

Zachary ballte die Faust.

„Zum Teufel mit dir!" knirschte er. „Ich schwöre, daß ich bei dem Oberst eine Eingabe mache. Er soll dich einem anderen Offizier übergeben. Ich habe es endgültig satt, mich mit dir herumzuärgern."

„Ja, Sir", sagte Spinoza ergeben.

Sie betraten zusammen die Zentrale, und Zachary Parral sah, daß fast alle Offiziere anwesend waren. Im Kommandostand saßen Reginald Bull und Dr. Abel Waringer.

Zachary warf Spinoza einen warnenden Blick zu. Er wollte unter allen Umständen verhindern, daß sein Schützling unangenehm auffiel.

Die Bildschirme der Raumortung waren von Peilimpulsen übersät. Zachary wußte, daß sie von den Ultraschlachtschiffen OLD MANS ausgelöst wurden, die den Robotgiganten abschirmten. Jedes einzelne dieser Schiffe besaß die Kampfkraft der alten CREST III. Die HÜ-Schirme der OLD-MAN-Einheiten leisteten nicht so viel wie die der neuen Schiffe in der terranischen Flotte, aber die Fusionsgeschosse von tausend Gigatonnen, die diese Schiffe abfeuern konnten, machten sie zu gefährlichen Gegnern.

Captain Zachary Parral konnte auch OLD MAN deutlich auf dem Bildschirm ausmachen. Auf den Ortungsgeräten sah es so aus, als würden sich der Neptunmond Triton und OLD MAN an den Außenrändern berühren, so dicht umkreiste der halbkugelförmige Roboter den Satelliten. Tatsächlich betrug die Entfernung von der Mondoberfläche zu OLD MAN zweitausend Meter.

Auf einer der zwölf Plattformen OLD MANS war der letzte Dolan gelandet. Parral konnte sich vorstellen, daß der Schwingungswächter, der OLD MAN völlig beherrschte, auf Rache sann. Das bio-positronische Rechengehirn NATHANS hatte angegeben, daß der überlebende Zeitpolizist versuchen würde, Verstärkung herbeizuholen, da er mit seinem Dolan allein nicht mehr viel ausrichten konnte.

„Vor ein paar Minuten haben wir einen seltsamen Funkimpuls auf Hyperwelle aufgefangen", berichtete Don Redhorse den versammelten Offizieren. Der dreiundsechzig Jahre alte Cheyenne bot noch immer einen beeindruckenden Anblick. Tiefe Falten hatten sich zu beiden Seiten der Nase in sein Gesicht gegraben und verliehen ihm ein hartes Aussehen. Die scharfrückige Hakennase gab dem bronzefarbenen Indianergesicht den Ausdruck energischer Entschlossenheit. Der Körper des Obersten war schlank, beinahe hager. In diesem Körper schienen jugendliche Vitalität und die Gelassenheit des Alters eine harmonische Einheit zu bilden.

Für Zachary Parral war der Kommandant der WYOMING ein Vorbild.

„Dieses Funksignal", fuhr Redhorse fort, „kam aus der Richtung der Großen Magellanschen Wolke. Wir nehmen an, daß es sich um einen Befehlsimpuls für den Zweitkonditionierten handelte. Wir müssen damit rechnen, daß der Zeitpolizist in absehbarer Zeit aktiv wird."

Parrals Blicke wanderten durch die Zentrale, und er sah Shankar ‚Sparkling' Thigpen, den Ersten Offizier der WYOMING, erwartungsvoll im Kommandosessel sitzen. Thigpen war ein fülliger Mann mit spärlichem Haarwuchs und schmalen Lippen. Er war schweigsam und machte stets einen lustlosen Eindruck. Parral war jedoch sicher, daß Redhorse für sein neues Schiff einen fähigen Ersten Offizier ausgewählt hatte.

„Wir sind bemüht, den Funkspruch zu entschlüsseln", sagte Don Redhorse. „Natürlich wird es uns schwerfallen, dabei Erfolg zu haben. Ich befürchte, daß der Zeitpolizist handelt, bevor wir den Sinn der Funkbotschaft herausgefunden haben."

Parral fragte sich, was der Zweitkonditionierte mit seinem Dolan unternehmen konnte. Die einzige Möglichkeit, die ihm blieb, war eine Flucht aus dem Sonnensystem. Dazu mußte er jedoch eine Raumschlacht zwischen den terranischen Einheiten und den Schiffen OLD MANS auslösen, wenn er eine Chance haben wollte, seinen Gegnern zu entkommen.

Captain Parral wußte, daß sich zwei Mutanten an Bord der WYOMING aufhielten. Die Anwesenheit des Teleporters Tako Kakuta und des Telepathen Fellmer Lloyd bewies, daß Reginald Bull den letzten im Sonnensystem stationierten Dolan außer Gefecht setzen wollte.

Dr. Abel Waringer deutete auf den Panoramabildschirm.

„Ich würde empfehlen, OLD MAN auf jeden Fall zu zerstören, bevor der riesige Roboter größeres Unheil anrichten kann", sagte er. Er errötete, als er merkte, wie sich die allgemeine Aufmerksamkeit auf ihn konzentrierte. „Ich meine", fügte er hastig hinzu, „wir sollten dem Zeitpolizisten jede Möglichkeit eines gelenkten Angriffs verderben, indem wir ihm zuvorkommen."

„Der Zweitkonditionierte kann die Ultraschlachtschiffe OLD MANS für seine Zwecke programmieren", stimmte Reginald Bull zu. „Bevor er sie in den Kampf schickt, sollten wir angreifen."

„Wir brauchen nicht mehr zu diskutieren", sagte Don Redhorse betont. „OLD MAN und sein Beherrscher haben uns die Entscheidung abgenommen."

Zachary fuhr herum. Die Bildschirme waren heller geworden. Fünfzehntausend Ultraschlachtschiffe griffen die Einheiten der Solaren Flotte auf breiter Front an. Die Schiffsgiganten schoben eine alles vernichtende Atomwalze detonierender Fusionsgeschosse vor sich her.

Für ein paar Sekunden war es in der Zentrale der WYOMING still. Die Männer starrten auf das Bild vordringender Gegner. Einzelne Wachkreuzer der terranischen Heimatflotte, die in unmittelbarer Nähe OLD MANS operiert hatten, ergriffen die Flucht. Zwei Schiffe explodierten, bevor sie den rettenden Linearraum erreichten. Die atomaren Glutbälle wurden von der Feuerfront der Robotschiffe in Sekundenschnelle verschluckt. Der Vorgang war gespenstisch, aber er rief die Männer in der Zentrale des Schlachtkreuzers in die Wirklichkeit zurück.

Reginald Bull gab über Funk Befehle an die einzelnen Einheiten.

„Es gibt Krieg!" sagte Spinoza düster.

„Leider hast du recht", stimmte Zachary zu.

Er ließ die Bildschirme nicht aus den Augen. Die ersten terranischen Verbände stellten sich zum Kampf und stießen von den Flanken gegen die Hauptmacht der Ultrariesen vor. Parral, der das Vorgehen der Robotschiffe zunächst für falsch gehalten hatte, glaubte nun einen Sinn in dem Manöver zu erkennen. Die terranischen Schiffe sollten möglichst weit von OLD MAN zurückgetrieben werden.

Das konnte nur bedeuten, daß der Schwingungswächter, der mit seinem Dolan auf einer der zwölf Plattformen gelandet war, seinen augenblicklichen Standort verlassen wollte.

„Wir bleiben mit der WYOMING zurück, um gegebenenfalls das FpF-Gerät gegen den Dolan einzusetzen", entschied Don Redhorse.

Diese Worte bewiesen Parral, daß der Oberst bei seinen Überlegungen zum gleichen Ergebnis wie er, Parral, gekommen war. Die WYOMING war der Trumpf in der Hinterhand.

Immer mehr Schiffe der Solaren Flotte wurden in den Kampf mit den Einheiten OLD MANS verwickelt. Da die terranischen Kommandanten immer wieder vorstießen, um sich dann zurückzuziehen, blieb es bei geringen Verlusten. Auf der anderen Seite detonierten immer wieder Schiffe unter den Volltreffern der Transformkanonen und Impulsgeschütze. Der Raumsektor im Neptun-Gebiet verwandelte sich in eine Atomhölle.

Zachary fühlte, wie sein linkes Ohr zu kribbeln begann. Er bedauerte, daß ausgerechnet die WYOMING am Rand der Gefechtszone operierte. Der neue Schlachtkreuzer war mit seinen zehn Transformkanonen, von denen jede ein Kaliber von tausend Gigatonnen besaß, dafür bestimmt, Breschen in die gegnerischen Linien zu schlagen. Hinzu kam die für ein Schiff von solcher Größe enorme Beschleunigung. Die WYOMING erreichte Werte von 800 km/sec. Darüber hinaus betrug die Reichweite des Schiffes 1,2 Millionen Lichtjahre, eine Entfernung, die normalerweise nur von der Galaxisklasse überbrückt werden konnte. Drei Kalupsche Kompensationskonverter in Kompaktbauweise, die im Maschinenraum unterhalb der Kommandozentrale eingebaut waren, versorgten das Schiff bei solchen Flügen mit der nötigen Energie. Sieben unabhängige Kraftwerke erzeugten die Energie für die Defensivbewaffnung des Schlachtkreuzers. Ihre Kapazität reichte aus, um einen doppelwandigen Hochenergie-Überladungsschirm um das Schiff zu errichten.

An Bord der WYOMING befand sich eine ausgewählte Elitebesatzung unter der Führung eines Mannes, der zu den erfahrensten Offizieren der Solaren Flotte gehörte.

Trotzdem griff die WYOMING nicht in den Kampf ein. Zachary Parral akzeptierte den von Redhorse angeführten Grund. Ein Schiff mußte auf den Dolan achten, und die WYOMING war dafür besser als alle anderen Einheiten geeignet, zumal die Transformkanone im oberen Pol mit Waringers Frequenzmodifikator ausgerüstet war.

„Bleiben Sie auf Kurs, Oberstleutnant Thigpen!" befahl Redhorse dem Ersten Offizier.

Zachary fühlte, wie ihn jemand am Arm berührte, und er wandte sich um.

„Sie machen einen ungeduldigen Eindruck, Captain“, sagte Spinoza.

Zachary funkelte ihn an. Er wußte, daß er sich mit dem Roboter nicht in ein Gespräch einlassen durfte, weil das in neun von zehn Fällen zu Verwicklungen führte.

„Ich habe keine Lust, noch länger hier herumzustehen“, verkündete Spinoza selbstgefällig. „Ich werde das Schiff ein bißchen auskundschaften.“

„Hiergeblieben!“ raunte Parral wütend. „Wenn du dich bewegst, wirst du kurzgeschlossen, so wahr ich Chef des Landungskommandos bin.“

„Ein schöner Chef“, murmelte Spinoza empört. „Sie unterdrücken mich, Sir. Das macht sich bei meinen Meditationen nachteilig bemerkbar.“

„Niemand verlangt von dir, daß du meditierst“, gab Zachary zurück. Er verwünschte den Tag, an dem er zum erstenmal mit dem *Whistler*-Roboter zusammengetroffen war.

„Da!“ schrie Ortungsoffizier Major Kenyatta Terrantine plötzlich. „Der Dolan startet.“

Zacharys Augen richteten sich auf die Bildschirme. Er sah, wie der hundert Meter durchmessende Dolan des Schwingungswächters im Winkel von neunzig Grad von einer Plattform OLD MANS abhob und in den Raum raste.

„Jetzt ist der Zeitpunkt für unser Eingreifen gekommen“, sagte Redhorse grimmig. „*Hopo*! Fliegen wir los.“

Major Shankar ‚Sparkling‘ Thigpen saß an den Kontrollen. Unter seinen Händen erwachte die WYOMING zu dröhnendem Leben und schoß an den kämpfenden Einheiten vorbei hinter dem Dolan her.

Irgendwann in diesen Stunden der Angst und der Verzweiflung gelang es dem Bewußtsein des terranischen Captains Camaron Olek, sich von seinen schizophrenen Vorstellungen zu befreien und sich ein klares Bild von den Geschehnissen zu machen, die sich seit dem 22. Dezember 2435 ereignet hatten. Seit jenem Tag lag Oleks Körper erstarrt in einem Ruheraum des Dolans, während sein Bewußtseinsinhalt zusammen mit denen sechs anderer Wesen eine synthetische Kreatur durch den Weltraum oder über die Oberfläche von Planeten bewegte.

Der Schock, daß er an Angriffen gegen terranische Schiffe teilgenommen und sich an der Einleitung einer Invasion des Solaren Systems maßgeblich beteiligt hatte, traf Camaron Oleks Bewußtsein so schwer, daß er sich sofort gegen die Gedankenströmungen der anderen Exekutoren abkapselte.

Olek, der schon als Offizier an Bord terranischer Schiffe als kosmonautisches Genie gegolten hatte, war in Navigation und Astronautik zu einem Phänomen geworden, das selbst Tro Khon verblüffte. Es schien, als hätte sich in Camaron Oleks Bewußtsein ein Gefühl für die Konstellation von Sonnen und Planeten herangebildet, als sei er selbst ein Teil universeller Bewegungen. Nutznießer dieser Entwicklung war vor allem Tro Khons Dolan, der niemals zuvor mit einer solchen Sicherheit durch den Weltraum geflogen war.

Die sieben Exekutoren und der aus einem Synthobi-Gewebe bestehende Dolan bildeten ein sogenanntes Symposium, das dem Schwingungswächter unterstand.

Bisher war Camaron Olek in seiner neuen Aufgabe aufgegangen. Mit einer Begeisterung ohnegleichen hatte er an allen Unternehmungen des Zweitkonditionierten teilgenommen, ohne sich der Tatsache bewußt zu werden, daß er den Untergang seines eigenen Volkes vorzubereiten half.

Erst, als Tro Khon in die Flucht geschlagen worden und die Panik unter den Exekutoren angewachsen war, hatte Olek allmählich die wirklichen Zusammenhänge erkannt.

Er war ein Sklave!

Ein Sklave, dem man den Körper geraubt hatte und den man benutzte, um sein eigenes Volk für ein angeblich begangenes Verbrechen zu bestrafen.

Es war ein Wunder, daß Camaron Oleks Bewußtsein unter dem Ansturm der enttäuschten Gefühle nicht endgültig wahnsinnig wurde. Von jenem Augenblick an, da der ehemalige Captain die Wahrheit über seine Stellung innerhalb des Dolans erfuhr, wurde er zum erbittertsten Gegner seines Beherrschers. Er schwor sich, an Tro Khon Rache zu nehmen, auch wenn er dabei den gesamten Dolan zerstören mußte.

Zum Glück für Camaron Olek war Tro Khon zu sehr mit anderen Dingen beschäftigt, um den Stimmungsumschwung des Exekutors Nr. 1 zu bemerken. Als der Zeitpolizist seine Aufmerksamkeit dem Symposium zuwandte, hatte sich Olek bereits so unter Kontrolle, daß er sich nicht mehr verraten konnte.

Er hatte keine Zeit gehabt, irgendwelche Pläne zu schmieden oder die Zerstörung des Dolans vorzubereiten. Er besaß nur seine Entschlossenheit. Sein Triumph wuchs, als er erfuhr, daß die Zweitkonditionierten im Sonnensystem eine schwere Niederlage erlitten hatten. Tro Khon war der einzige überlebende Schwingungswächter, wenn man von dem in terranische Gefangenschaft geratenen Aser Kin einmal absah.

Olek wußte jedoch, daß er nur den Beginn des Kampfes miterlebt hatte. In allen Äußerungen Tro Khons kam der Wille zum Ausdruck, mit einer stärkeren Streitmacht hierher zurückzukommen und die Zeitverbrecher endgültig zu vernichten.

Vor kurzer Zeit hatte Tro Khon eine Nachricht aus der Großen Magellanschen Wolke erhalten. Exekutor Nr. 4, verantwortlich für Funk, Ortung und Empfang, hatte Olek nichtsahnend über den Inhalt dieser Botschaft informiert. Olek wußte deshalb, daß Tro Khon innerhalb der nächsten Stunde aufbrechen würde, um Verstärkung herbeizuholen. Der ehemalige Captain der von Tro Khon vernichteten GOLDEN STAR gab sich keinen Illusionen hin. Wenn es Tro Khon gelingen sollte, mit einer stärkeren Streitmacht ins Solarsystem zurückzukommen, war das Imperium verloren. Auch die gut organisierte Flotte der Menschheit konnte auf die Dauer der überlegenen Waffentechnik der Zeitpolizei nicht widerstehen.

Olek fragte sich, wer die Erste Schwingungsmacht war, von der Tro Khon offenbar Einsatzbefehle empfing. Bisher hatte dieser unbekannte Faktor noch nicht in den Kampf eingegriffen. Olek war nicht sicher, ob sich das nach der Niederlage einer Gruppe von Zweitkonditionierten ändern würde. Er wußte noch nicht einmal, wie viele Schwingungswächter es gab. Einige Dutzend hätten genügt, um das Ende der Menschheit zu besiegeln.

Für Camaron Olek stand fest, daß die Menschheit den ersten Kampf nur gewonnen hatte, weil sie von den Zeitpolizisten unterschätzt wurde. Wesen wie Tro Khon waren nicht gewöhnt, daß man ihnen nennenswerten Widerstand entgegensetze. Auch jetzt war Tro Khon trotz seiner anfänglichen Bestürzung und nachdem sich seine Panik gelegt hatte bereit, die Niederlage eher eigenen Fehlern als der Gleichwertigkeit des Gegners zuzuschreiben. Eine solche Einstellung konnte nur auf einer seit Jahrtausenden bestehenden Machtposition beruhen.

Oleks Bewußtsein vibrierte aufgeregt. Woran hatten die Terraner gerührt, als sie in das Gebiet der Großen Magellanschen Wolke vorgestoßen waren? Welche unheimlichen Mächte waren aufgestanden, um Perry Rhodan zurückzuschlagen?

Exekutor Nr. 1 erschauerte. Er sah sich in ein Geschehen verstrickt, das über menschliches Begriffsvermögen hinausging. Trotzdem mußte er versuchen, alles zu tun, um die Menschheit zu retten.

Längst hatte Olek den tiefwurzelnden Groll vergessen, den er wegen seiner Degradierung zum Captain gegen die führenden Männer der Solaren Flotte gehegt hatte. Hier ging es schon lange nicht mehr um persönliche Streitigkeiten, sondern um das Schicksal eines ganzen Volkes.

Vielleicht, dachte Olek mit einer gewissen Zufriedenheit, würde es sich noch als glücklicher Zufall erweisen, daß er sich ausgerechnet zu einem Zeitpunkt an Bord der GOLDEN STAR aufgehalten hatte, als Tro Khon Jagd nach einem neuen Kosmonauten machte.

Olek war froh, daß er gelernt hatte, seine Überlegungen vor den sechs anderen Mitgliedern des Symposiums zu verbergen. Die übrigen Bewußtseinsinhalte waren Helfer des Schwingungswächters. Allerdings, so ahnte Olek, wußten sie nicht in vollem Umfang, was Tro Khon aus ihnen gemacht hatte.

Ein phantastischer Gedanke begann sich in Olek zu regen.

Wenn es ihm gelang, eine Revolte der Exekutoren anzuzetteln, konnte er Tro Khons Pläne durchkreuzen.

Das allein würde jedoch kaum genügen. Er mußte auch versuchen, auf irgendeinem Weg mit der Besatzung eines terranischen Schiffes in Verbindung zu treten. Er wußte zwar noch nicht, wie ihm das gelingen sollte, aber allein der Gedanke an eine solche Möglichkeit machte ihm neuen Mut.

Olek bedauerte, daß er jedes Zeitgefühl verloren hatte. Er wußte nicht, wie viele Tage verstrichen waren, seit er als Exekutor in das Symposium eingetreten war. Seiner Schätzung nach waren seither jedoch einige Monate vergangen.

Sicher glaubte niemand in der Solaren Flotte daran, daß Captain Camaron Olek noch lebte, wenn auch in einer Zustandsform, die sich vollständig und grundsätzlich von der menschlichen Vorstellung des Lebens unterschied.

„Achtung! An alle Exekutoren! Wir starten in wenigen Augenblicken!“

Oleks Bewußtsein wand sich wie unter Schmerzen, als Tro Khon Verbindung mit dem Symposium aufnahm.

„Exekutor Nummer sieben wird Exekutor Nummer eins über unser Ziel unterrichten“, fuhr Tro Khon fort. „Es muß ein Kurs gewählt werden, der uns nicht in Berührung mit feindlichen Schiffen bringt. Deshalb lautet mein Befehl an Exekutor Nummer zwei, daß wir mit höchster Beschleunigung von dieser Plattform abheben und uns in kein Gefecht mit gegnerischen Schiffen einlassen."

Das Symposium bestätigte.

Olek blieb keine andere Wahl, als sein Bewußtsein zu einer Antwort an Tro Khon zu öffnen. Außerdem mußte er die Daten von Exekutor Nr. 7 entgegennehmen, der für Registratur und Analyse verantwortlich war.

Als Olek die Koordinaten erhielt, schreckte er zusammen. Tro Khons Ziel erschien ihm ungewöhnlich.

„Was ist passiert, Exekutor Nummer eins?" drang Tro Khons Frage in Oleks Bewußtsein.

„Nichts", antwortete Olek hastig.

„Ich habe den Eindruck, daß Sie unaufmerksam sind. Wir können uns jetzt keinen Fehler erlauben."

„Natürlich nicht", stimmte Olek zu. „Es ist gleich vorüber. Wahrscheinlich rührt meine Erregung von den letzten Ereignissen her."

Der Zweitkonditionierte antwortete nicht, aber Olek konnte spüren, daß sich eine Wand des Mißtrauens zwischen ihnen aufrichtete. Trotz seiner verzweifelten Lage war Tro Khon scharfsinnig genug, um jede Veränderung innerhalb des Symposiums zu registrieren. Diese Sensibilität des Schwingungswächters konnte dem Kosmonauten zum Verhängnis werden.

Olek konzentrierte sich auf seine Aufgabe. Er durfte jetzt keinen Fehler begehen.

Wenn Tro Khon zu früh bemerkte, daß sein wichtigster Exekutor rebellierte, war alles verloren.

Zwanzig Sekunden später hob der Dolan von der Plattform OLD MANS ab. Exekutor Nr. 2 hatte die Steuerung übernommen, während die überscharfen Sinne von Exekutor Nr. 4 zusammen mit den empfindlichen Maschinen im Innern des Dolans die Bewegungen der terranischen Schiffe beobachteten.

„Wir werden verfolgt!"

Diese Meldung kam von Exekutor Nr. 4, der die herankommende WYOMING sofort geortet hatte.

Olek glaubte zu sehen, wie Tro Khon sich in der winzigen Zentrale des Dolans unruhig bewegte.

Dann kam der Befehl des Zeitpolizisten.

„Achtung! Exekutor Nummer Sechs! Waffen- und Abwehrsystem bereithalten!“

Olek zerbrach fast unter der Belastung, seine Gedanken geheimzuhalten. Ängstlich ‚lauschten‘ seine überreizten Sinne, ob ein Mitglied des Symposiums Verdacht geschöpft hatte.

Noch durfte er sich nicht verraten.

Die charakteristischen Ausstrahlungen des Dolans ließen die Bildschirme der Raumortung dunkelrot glühen. Die WYOMING hatte sich dem Retortenwesen bis auf 250 000 Kilometer genähert.

Zachary Parral, der sich nach wie vor in der Zentrale des Schlachtkreuzers aufhielt, fragte sich nun, ob der Zweitkonditionierte ihr Schiff bereits geortet hatte. Noch behielt der Dolan seinen Kurs bei.

„Major Fracony!“ Redhorses Stimme klang hart. Auf den Bildschirmen des Interkoms erschien das Gesicht des Feuerleitoffiziers der WYOMING. Major Roan Fracony war ein mittelgroßer, vierschrötig wirkender Mann mit kurzgeschorenen roten Haaren. Seine Augen verschwanden fast hinter den dichten Brauen. Er wirkte älter, als er in Wirklichkeit war. Zachary Parral hatte selten einen Mann kennengelernt, der so ruhig wie Fracony war. Seine Gelassenheit machte den Major zum idealen Feuerleitoffizier.

„Ist das Polgeschütz mit dem FpF-Gerät einsatzbereit?“ fragte Redhorse.

„Ja, Sir“, gab Fracony zurück.

„Warten Sie auf den günstigsten Zeitpunkt!“ befahl der Kommandant der WYOMING. „Sie wissen, daß Sie das Polgeschütz auf die gleiche Weise einsetzen können, wie Sie es von anderen Schiffen gewöhnt sind. Das FpF-Gerät beeinträchtigt die Zielerfassung nicht.“

„Ich weiß, Sir“, sagte Fracony.

Redhorse unterbrach die Verbindung. Er trat hinter den Kommandosessel, in dem Oberstleutnant Thigpen saß.

„Der Zweitkonditionierte unternimmt keine Anstrengungen, vor uns zu fliehen“, stellte Reginald Bull erstaunt fest.

„Vielleicht hat er die WYOMING noch nicht geortet“, vermutete der Zweite Offizier des Schlachtkreuzers, Major Saran Kosznic.

„Darauf sollten wir uns nicht verlassen“, warnte Waringer die Raumfahrer. „Unsere bisherigen Erfahrungen haben bewiesen, daß die Dolans über eine technische Ausrüstung verfügen, die der unserer

Schiffe weit überlegen ist. Wahrscheinlich reagiert der Zweitkonditionierte nur deshalb nicht auf unsere Anwesenheit, weil er sich einem einzelnen Schiff gegenüber im Vorteil fühlt."

Zachary glaubte, daß der Wissenschaftler recht hatte.

Inzwischen hatte sich die Entfernung zwischen dem Dolan und der WYOMING um weitere 50 000 Kilometer verringert.

„Der Zweitkonditionierte hat den Paratronschutzschirm des Dolans nicht eingeschaltet", sagte Redhorse. „Gehen Sie noch näher heran, Oberstleutnant Thigpen!"

Redhorse wußte, daß er ein Wagnis einging. Wenn der Schwingungswächter sich seiner überlegenen Angriffswaffen bediente, konnte er den Schlachtkreuzer in schwere Bedrängnis bringen. Der Oberst nahm an, daß der Zeitpolizist Schwierigkeiten mit den Bewußtseinsinhalten hatte, die den Dolan steuerten.

„Das feindliche Objekt ändert seinen Kurs, Sir!" rief Kenyatta Terrantine.

Zachary Parral blickte verständnislos auf die Bildschirme. Der Dolan hatte einen sinnlos erscheinenden Zickzack-Kurs eingeschlagen. Die Geschwindigkeit der hundert Meter durchmessenden Kugel ließ nach.

„Vorsicht!" preßte Bully zwischen den Zähnen hervor. „Ich glaube, der Zeitpolizist will uns in eine Falle locken."

Shankar ‚Sparkling' Thigpen zog die WYOMING nach ‚oben'. Nahm man den Planeten Neptun als Bezugspunkt, so flog der Schlachtkreuzer jetzt schräg über dem Dolan. Plötzlich sackte das Retortenwesen ab und kehrte in einer weiten Schleife in Richtung des Mondes Triton zurück.

„Was hat das zu bedeuten?" murmelte Major Kosznic verblüfft.

Der Dolan schwankte. Seine normalen Schutzschirme leuchteten in tiefem Grün, erloschen aber wenige Augenblicke später vollständig.

„Wir müssen näher heran, wenn wir ihn erwischen wollen!" meldete sich Major Fracony aus der Feuerleitzentrale.

„Ich weiß, ich weiß", antwortete Redhorse besänftigend. „Zunächst müssen wir uns jedoch darüber klarwerden, ob diese verrückten Manöver des Zweitkonditionierten ein Trick oder die Anzeichen beginnender Schwäche sind. Vergessen Sie nicht, daß uns der Feind mit einem Schlag in den Hyperraum schleudern kann."

„Ich denke ununterbrochen daran", versicherte Fracony.

Redhorses Indianergesicht blieb ausdruckslos. Er rief Thigpen einen halblauten Befehl zu. Zachary Parral stand nicht nahe genug an den Kontrollen, um die Worte Redhorses zu verstehen.

„Ich empfange telepathische Impulse!“ rief Fellmer Lloyd plötzlich. „Ich glaube, sie kommen vom Dolan.“

„Der Zweitkonditionierte will mit uns verhandeln“, vermutete Bully.

Lloyd schüttelte nachdrücklich den Kopf. Er konzentrierte sich angestrengt.

„Die Gedankenimpulse können nur von einem menschlichen Bewußtsein stammen“, erklärte er. Auf seiner Stirn bildete sich Schweiß, und seine Hände begannen zu zittern.

„Jemand ruft uns um Hilfe“, stammelte er.

„Das ist ein Trick!“ stieß Major Kosznic hervor.

„Ruhe!“ befahl Redhorse. „Stören Sie den Mutanten nicht.“

„Das ist doch unmöglich“, brachte Lloyd hervor. Er machte ein paar Schritte nach vorn und mußte sich an der Rückenlehne eines Sessels stützen. Sein Gesicht war weiß.

„Können Sie Kontakt mit dem Unbekannten aufnehmen?“ fragte Redhorse gespannt.

„Ich . . . ich glaube, daß Captain Camaron Olek uns ruft“, sagte Lloyd mit brüchiger Stimme. „Aber das ist unmöglich. Olek befand sich an Bord der GOLDEN STAR, die unter dem Kommando von Major Daveen Reis stand.“

„Dieses Schiff ist verschollen“, erinnerte Bully sich. „Wie sollte Olek an Bord des Dolans kommen?“

„Ich kannte diesen Mann persönlich“, sagte Lloyd. Allmählich gewann er seine Fassung zurück. „Olek war ein kosmonautisches Genie. Wegen eines schweren disziplinarischen Vergehens wurde er vom Oberstleutnant zum Captain degradiert und mußte an Bord eines Kurierschiffs Dienst tun.“

„Sie meinen . . .“, setzte Waringer ungläubig an.

Lloyd nickte verbissen.

„Olek verrichtet an Bord des Dolans die Dienste eines Kosmonauten. Er ist einer der Exekutoren, die den Flugkörper steuern. Der Zweitkonditionierte heißt übrigens Tro Khon und ist somit identisch mit jenem Zeitpolizisten, der uns im Modula-System Schwierigkeiten machte.“

Zachary Parral schloß für ein paar Sekunden die Augen. Was er gehört hatte, klang zu phantastisch, um die Wahrheit zu sein. Aber der Telepath hatte voller Überzeugung gesprochen.

„Vielleicht versucht Olek uns zu helfen“, meinte er nach einigen Sekunden. „Das würde den unsicheren Flug des Retortenwesens erklären.“

„Sie haben recht“, stimmte Reginald Bull zu. „Wir müssen jetzt eine schwerwiegende Entscheidung treffen.“

Über die Ortungsgeräte, die mit dem Bewußtsein des vierten Kontrolleurs gekoppelt waren, konnte Tro Khon die Bewegungen des gegnerischen Schiffes beobachten. Die Gewebelappen waren von den Bildschirmen zurückgezogen worden, so daß der Zweitkonditionierte sowohl die WYOMING als auch die gewaltigen Schiffsverbände sehen konnte, die in der Nähe Neptuns in ein erbittertes Gefecht verwickelt waren. Tro Khon hatte die Ultraschlachtschiffe OLD MANS so programmiert, daß sie sich sofort zurückziehen würden, wenn der Dolan verschwunden war.

Tro Khons Symboflex-Partner, der im Genick seines Herrn saß, schickte angstvolle Impulse aus. Der Zeitpolizist hatte jetzt keine Gelegenheit, sich um die Sorgen des Symbionten zu kümmern. Er war vollauf damit beschäftigt, die verwirrten Exekutoren wieder unter Kontrolle zu bringen.

Tro Khon hatte festgestellt, daß Exekutor Nr. 1 für die chaotischen Zustände an Bord verantwortlich war. Nur die Bewußtseinsinhalte Nummer 4 und 7 reagierten im Augenblick auf die Befehle, die Tro Khon über das hühnereigroße Gerät erteilte, das er am linken Handgelenk trug, und das mit seinem Körpergewebe verwachsen war. Tro Khons Gedankenimpulse wurden von diesem Gerät aufgezeichnet und als Funkwellen an die Exekutoren weitergeleitet.

Für den Zweitkonditionierten gab es keine Zweifel, daß Exekutor Nr. 1 seine Bewußtseinsspaltung überwunden hatte und nun versuchte, aus dem Symposium auszubrechen. Das Wesen, das sich Camaron Olek nannte, würde alles riskieren, um den Schaden wiedergutzumachen, den es seinem Volk zugefügt hatte. Ohne seine Exekutoren war der Dolan nahezu hilflos. Tro Khon konnte das synthetische Wesen zwar von der Zentrale aus zu steuern versuchen, aber er wußte, daß er dabei kläglich scheitern würde.

Zum Glück schien die Besatzung des gegnerischen Schiffes von den Manövern des Dolans so verwirrt zu sein, daß sie bisher von Angriffen abgesehen hatte.

Der Schwingungswächter gab sich Mühe, seine Lage nüchtern zu beurteilen. Er mußte vor allem die Exekutoren zwei bis sieben dazu bringen, daß sie sich nicht von Oleks Bewußtsein beeinflussen ließen. Tro Khon glaubte, daß Olek keinen festen Plan verfolgte, sondern blindlings um seine Freiheit kämpfte.

„Achtung! Exekutor Nummer eins! Ich weiß, daß Sie mich verstehen.

Befolgen Sie sofort meine Befehle, sonst muß ich zu Maßnahmen greifen, die Ihr Ende bedeuten würden."

Ohne Zweifel beunruhigte er mit solchen Drohungen auch die anderen Kontrolleure, aber jetzt mußte er ein Risiko eingehen.

„Nummer eins hat sich gegen uns abgekapselt!" meldete der Analytiker.

Tro Khon grollte dumpf und rutschte auf dem breiten Sitz hin und her.

„Ich brauche eine Wahrscheinlichkeitsberechnung, ob es Nummer eins gelingen wird, die anderen Bewußtseinshüter zu beeinflussen", ordnete der Zeitpolizist an.

Nummer sieben machte sich sofort an die Arbeit. Tro Khon hob einen Arm und klopfte beruhigend gegen seinen Symboflex-Partner. Die von Angst erfüllten Impulsströme bedeuteten eine zusätzliche Belastung für den Zweitkonditionierten.

„Es wird alles gutgehen", sagte Tro Khon besänftigend. Das Primitivlebewesen wurde ruhiger.

Nach einer Weile meldete sich der Analytiker.

„Es wird nicht zu einer gemeinsamen Revolte der Exekutoren kommen", teilte er Tro Khon mit. „Lediglich Nummer zwei ist etwas schwankend, aber das rührt eher von der inneren Verbundenheit mit Nummer eins als von einer festen Überzeugung her."

Tro Khon gab einen unterdrückten Laut der Erleichterung von sich. Er brauchte also nur Oleks Bewußtsein abzuschalten, um die erregten Exekutoren wieder unter Kontrolle zu bringen. Zur Not konnte er sein Ziel auch ohne einen Kosmonauten erreichen.

„Achtung! An alle Exekutoren! Wer nicht sofort auf meine Befehle reagiert, verliert seinen Körper." Tro Khon machte eine Pause, um seine Worte auf die Bewußtseinsinhalte einwirken zu lassen. Dann fuhr er fort: „Ich werde mich in den Ruheraum begeben und jeden Körper vernichten, dessen Bewußtsein nicht loyal bleibt."

Tro Khon glaubte, das namenlose Entsetzen zu spüren, das sich innerhalb des Symposiums ausbreitete.

„Meinem Körper darf nichts geschehen", sendete Nummer vier sofort.

„Das stimmt!" gab Tro Khon zu. „Sie und Nummer sieben haben nichts zu befürchten. Allen anderen rate ich, sofort ihre Arbeit wieder aufzunehmen."

„Gilt das auch für mich?"

Unerwartet für Tro Khon hatte sich das Bewußtsein des terranischen Kosmonauten gemeldet.

„Nicht unbedingt", antwortete Tro Khon. „Ich bin überzeugt, daß Sie Sabotage verüben würden, wenn ich Ihnen die Erlaubnis gäbe, mit dem Symposium zusammenzuarbeiten."

„Ergeben Sie sich den terranischen Schiffen!" forderte Camaron Olek.

Tro Khon knurrte verächtlich. Voller Genugtuung registrierte er, wie sich nacheinander die Exekutoren drei und fünf meldeten und ihren Willen zur Zusammenarbeit bekundeten. Der Dolan wurde ruhiger. Seine Flugbahn stabilisierte sich.

„Wie werden Sie sich entscheiden, Nummer zwei?" fragte Tro Khon.

Die Antwort war voller Trauer.

„Ich werde unseren Kosmonauten vermissen."

„Ich verspreche Ihnen, das Symposium mit einem Kosmonauten zu ergänzen, der dem Terraner in nichts nachsteht", versicherte Tro Khon. „Zunächst müssen wir uns jedoch aus diesem Gebiet zurückziehen und Verstärkung herbeiholen. Sobald wir unser Ziel erreicht haben, wird Camaron Olek seine Strafe erhalten."

Der Dolan begann wieder zu beschleunigen. Sechs von insgesamt sieben Kontrolleuren genügten, um das Retortenwesen auf den vorgesehenen Kurs zu bringen.

14.

Je weiter der Dolan sich vom Planeten Neptun entfernte, desto mehr Ultraschlachtschiffe OLD MANS zogen sich zu ihrer Ausgangsposition zurück. Captain Zachary Parral zog daraus die Bestätigung, daß der Angriff der Robotschiffe nur dazu gedient hatte, dem Dolan den Weg freizuschießen und ihn vor einem geballten Angriff terranischer Schiffe zu bewahren.

„Ich kann beschwören, daß die Gedankenimpulse aus dem Innern des Dolans kommen", sagte Fellmer Lloyd. „Sie werden von Captain Camaron Olek ausgestrahlt. Es handelt sich nicht um eine Falle."

„Was sollen wir jetzt tun, Sir?" erkundigte sich Thigpen ratlos bei seinem Kommandanten. „Wenn wir die Verfolgung des Dolans fortsetzen und ihn unter Beschuß nehmen, besteht die Gefahr, daß wir ein Mitglied der Solaren Flotte töten, das uns wichtige Informationen übermitteln könnte."

„Sie haben recht", stimmte Redhorse zu. Er stellte eine Verbindung zur Feuerleitzentrale her und befahl Major Fracony, den Dolan vorläufig nicht anzugreifen.

„Wir haben ihn im Visier sämtlicher Polgeschütze", protestierte der Feuerleitoffizier. „Eine solche Chance kommt nicht wieder."

„Ich weiß", sagte Redhorse. „Wir werden uns trotzdem zurückhalten."

„Wir müssen unter allen Umständen herausfinden, was innerhalb des Dolans geschieht", sagte Reginald Bull. „Kakuta, würden Sie es wagen, an Bord des Retortenwesens zu teleportieren? Im Augenblick hat unser Gegner alle Schutzschirme abgeschaltet, so daß Sie es riskieren könnten."

Der kleine Japaner gab sein Einverständnis mit einem Handzeichen zu erkennen.

„Jemand müßte Sie begleiten", sagte Bull nachdenklich. „Am besten Lloyd, weil er in der Lage ist, Verbindung mit Olek aufzunehmen."

„Ich werde ebenfalls mitkommen", erklärte Don Redhorse. „Oberstleutnant Thigpen wird während meiner Abwesenheit das Kommando über die WYOMING übernehmen."

„Ich melde mich freiwillig", sagte Zachary Parral. „Je mehr Männer zu dem Dolan hinüberspringen, desto größer ist unsere Chance, etwas zu erreichen."

„Unsinn!" widersprach Bully. „Es genügt, wenn Lloyd und Redhorse den Teleporter begleiten."

Redhorse blickte Parral aus seinen dunklen Augen an.

„Captain Parral hat wiederholt seine Fähigkeiten bewiesen", sagte der Cheyenne. „Vielleicht können wir ihn doch mitnehmen."

„Ich kann nur mit zwei Männern springen", erklärte Kakuta. „Ich mache mit Fellmer Lloyd und Oberst Redhorse den Anfang. Wenn die Zeit reicht, komme ich zurück und hole Captain Parral."

„*Hopo! Hookahey*!" stieß Redhorse hervor und packte den Mutanten am Arm. „Worauf warten wir noch?"

Die drei Männer verschlossen die Helme ihrer Kampfanzüge. Gleich darauf sah Parral, wie sie entmaterialisierten. Er spürte, wie ihm jemand auf den Rücken klopfte.

„Sie können mich nicht zurücklassen, Captain“, sagte Spinoza. „Sie sind für mich verantwortlich.“

„Ich habe jetzt keine Zeit für dich“, flüsterte Zachary. „Wahrscheinlich werde ich in wenigen Augenblicken abgeholt.“ Er machte sich am Verschluß seines Helmes zu schaffen.

„Was ist mit dem Roboter?“ fragte Dr. Waringer, der Parrals Unsicherheit bemerkte.

„Nichts“, versicherte Zachary hastig. „Er will, daß ich ihn mitnehme, wenn Tako Kakuta zurückkommt.“

„Wenn der Teleporter noch stark genug ist, kann er den Roboter ebenfalls mitnehmen“, entschied Bully. „Spinoza würde eine große Unterstützung für die Männer bedeuten.“

Zachary Parral lächelte schief. Er hatte schon oft genug erlebt, wie die Unterstützung aussah, die man von dem ehemaligen Testroboter erwarten konnte. Er beschloß jedoch, nicht über Spinozas Schwächen zu diskutieren, weil das nur dazu führen konnte, daß man ihm nicht gestatten würde, mit Kakuta an Bord des Dolans zu springen.

Zachary unterdrückte seine Erregung und wartete geduldig auf die Rückkehr des Japaners. Noch war der Dolan auf den Bildschirmen zu sehen, aber er vergrößerte ständig seine Geschwindigkeit, so daß die WYOMING mit höchsten Werten beschleunigen mußte, um den gleichen Abstand zu halten. In wenigen Augenblicken mußte der Flugkörper des Zeitpolizisten im Hyperraum verschwinden.

Da begann es in der Nähe des Kontrollstands zu flimmern. Tako Kakuta wurde sichtbar. Er winkte Parral zu.

„Schnell!“ rief er. „Es geht um Sekunden.“

Die beiden Männer gingen aufeinander zu. Aus den Augenwinkeln beobachtete Parral, daß Spinoza dicht hinter ihm blieb.

„Der Roboter begleitet Sie ebenfalls, Tako!“ rief Reginald Bull.

Der Teleporter ergriff Zachary Parral am Arm.

„Entspannen Sie sich“, empfahl Kakuta dem Captain. „Wenn Sie so verkrampft sind, ist Ihr Beharrungsvermögen zu groß.“

Zachary schluckte ein paarmal. Er hörte sein Herz klopfen. Es war nicht einfach, in einem solchen Augenblick die Ruhe zu bewahren. Er fragte sich, wie es an Bord eines Dolans aussehen mochte, aber bevor er eine Antwort darauf fand, ging ein Ruck durch seinen Körper, und er wurde zu einem chaotischen Wirbel unzähliger Atome, die über den Abgrund der Dimensionen hinwegsprangen, um sich am Ziel wieder zusammenzufinden.

Oberstleutnant Thigpen warf einen kurzen Blick auf die Borduhr, als der Dolan aus dem Einsteinuniversum verschwand. Vor genau eineinhalb Minuten waren Kakuta, Parral und der Roboter aus dem Schiff teleportiert. Wenn es zu keinem unvorhergesehenen Zwischenfall gekommen war, mußten sie den Dolan noch erreicht haben.

„Damit habe ich gerechnet“, sagte Reginald Bull. „Jetzt nutzt uns Ihr großartiges Gerät nichts mehr, Dr. Waringer. Die WYOMING kann dem Dolan nicht mehr gefährlich werden.“

Waringer klopfte mit den Fingerspitzen nervös gegen die Verkleidung der großen Bordpositronik.

„Es war . . . unvorsichtig, die Männer an Bord des Dolans zu schikken“, sagte er vorwurfsvoll. „Wir hätten den Dolan angreifen sollen. Dabei hätten wir ihn nicht zu vernichten brauchen. Es hätte genügt, wenn wir ihn kampfunfähig gemacht hätten.“

Reginald Bull wußte, daß er die Verantwortung für das Leben von vier Männern übernommen hatte. Er hatte sie an Bord des Dolans gehen lassen, weil er sich von einem solchen Vorstoß mehr versprach als von einem Augenblickserfolg. Wenn Camaron Olek sich tatsächlich innerhalb des Dolans aufhielt, dann wußte er mehr als jeder andere Mensch über die Zeitpolizei. Kakuta und seine Begleiter konnten mit wichtigen Informationen zurückkommen.

Unbewußt runzelte Bully die Stirn.

Die Wahrscheinlichkeit einer Rückkehr der vier Männer und des Roboters waren gering. Es konnte sein, daß sie ebenso wie Perry Rhodan verschollen blieben. Der Gedanke an Rhodan gab dem Staatsmarschall das Selbstvertrauen zurück. Sein Freund hätte an seiner Stelle nicht anders gehandelt.

„Haben Sie Befehle, Sir?“ fragte Oberstleutnant Thigpen.

Bully nickte. „Wir bleiben vorläufig in diesem Raumsektor“, entschied er. „Es ist unnötig, daß wir mit der WYOMING in die Raumschlacht eingreifen, denn die OLD-MAN-Einheiten ziehen sich wieder zurück.“

Jetzt, da der Dolan verschwunden war, hatten die Ultraschlachtschiffe des Robotgiganten ihre Aufgabe erfüllt. Die von Julian Tifflor kommandierten terranischen Verbände lösten sich von ihren Gegnern. Überall trieben ausgeglühte Schiffstrümmer durch den Weltraum. Auf beiden Seiten hatte es erhebliche Verluste gegeben. Zu Bulls Erleichterung hatte das Gefecht jedoch nicht die Ausmaße einer Vernichtungsschlacht angenommen.

Bullys Blicke fielen auf Waringer. Der Wissenschaftler bewegte sich mit unsicheren Schritten vor den Kontrollen auf und ab. Manchmal fragte sich Bull, warum Rhodans Tochter ausgerechnet dieses verschrobene Genie geheiratet hatte. Auf Bulls Gesicht erschien ein schwaches Lächeln. Bei Rhodans Kindern konnte man nie vorhersagen, was sie im nächsten Augenblick tun würden. Das galt für Suzan ebenso wie für Michael, der sich Roi Danton nannte.

Für einen nicht meßbaren Zeitraum hatte Captain Zachary Parral das Gefühl, am Rande eines unermeßlichen Abgrunds zu stehen, und die Gewißheit, daß er hinabstürzen würde, ließ ihn vor Todesangst erbeben. Er war eingehüllt in seltsames Licht, das seinen Körper durchsichtig machte und ihn schwerelos erscheinen ließ.

Dann, schneller als ein Gedanke, glitt Zachary in die normale Zustandsform hinüber, und er fand sich in einem stark gekrümmten Gang wieder, dessen Wände aus hellem Gummi zu bestehen schienen und dessen Boden weich war wie ein Schwamm. Die gesamte Umgebung war einer leichten Vibration unterworfen; es war eine Schwingung, die ein Prickeln auf Zacharys Kopfhaut verursachte und ein Gefühl der Übelkeit in ihm hervorrief. Seine Hände verkrampften sich, und er preßte die Lippen aufeinander, um ein angstvolles Krächzen zu unterdrücken. Er machte ein paar Schritte, breitbeinig, als bewegte er sich über das Deck eines vom starken Seegang schlingernden Schiffes.

„Warten Sie, Captain!“

Die Stimme explodierte in seinen Ohren.

Er drehte sich um. Hinter ihm standen Tako Kakuta und Spinoza. Der Teleporter hielt einen Strahler in der rechten Hand, was Zachary rechtzeitig daran erinnerte, daß er sich auf feindlichem Gebiet aufhielt.

Spinoza, der mit seinem rosigen Gesicht und dem zufriedenen Lächeln wie ein gerade vom Urlaub heimgekehrter junger Mann aussah, hatte beide Hände in die Hüften gestützt und beobachtete die Umgebung.

„Wo sind die anderen?“ rief Zachary.

Sie hatten ihre Raumanzüge nach wie vor geschlossen und unterhielten sich auf Normalfrequenz über Helmfunk, den sie auf minimale Reichweite gestellt hatten.

Kakuta deutete in den Gang hinein. Hinter der Krümmung schien eine unbekannte Drohung zu lauern. Zachary erschauerte unter dem

Eindruck der Fremdartigkeit dieses Flugkörpers. Das eigenartige Licht, das von den transparent erscheinenden Wänden kam, zeichnete den Schatten von Zacharys Körper als Zerrbild auf den Boden.

Die rechte Hand des Captains tastete nach dem Waffengürtel, und er atmete unwillkürlich auf, als er den Strahler spüren konnte.

„Wo sind wir?“ fragte Zachary.

„Innerhalb des Dolans“, antwortete Kakuta ruhig. „Aber fragen Sie mich nicht, wo der *Dolan* im Augenblick ist.“

Zacharys Blicke folgten der ausgestreckten Hand des Teleporters. Ein paar Meter hinter ihm war ein ovaler Bildschirm in die Wand eingelassen. Oberhalb des Bildschirms befand sich eine wulstartige Verdickung, die Zachary an ein hochgezogenes Lid erinnerte. Gleich darauf erkannte er, daß es sich um einen Gewebelappen handelte, der sich herabsenken würde, sobald der Bildschirm erlosch.

Der junge Offizier holte tief Atem. Er mußte sich erst an diese ungewöhnliche Umgebung gewöhnen. Der Bildschirm zeigte eine wallende rote Masse, in der leuchtende Blasen herumschwammen.

„Was ist das?“ fragte Zachary entsetzt. „Das kann doch unmöglich der Weltraum sein.“

„Lassen Sie mir ein paar Stunden Zeit, um darüber nachzudenken“, schlug Spinoza vor. „Dann werde ich Ihnen eine Erklärung geben können.“

Kakuta warf Zachary einen fragenden Blick zu.

„Kann man ihn abschalten?“

„Ja“, sagte Zachary schwach. „Machen Sie mit ihm, was Sie wollen.“

Spinoza wich bis zur Wand zurück, die sich hinter ihm auszubeulen begann. Der Mutant kümmerte sich jedoch nicht um ihn.

„Ich nehme an, daß wir uns im Hyperraum befinden und mit milliardenfacher Lichtgeschwindigkeit dahinrasen“, sagte Kakuta. „Die Paratronblase schützt den Dolan und seine Insassen vor einer vollständigen Entstofflichung.“

Zachary fühlte die Blicke des Teleporters einen Augenblick forschend auf sich ruhen.

„Ist Ihnen nicht gut?“

„Nein“, gab der Captain zu. „Aber das wird schnell vorüber sein.“

Es fiel ihm schwer, seine Blicke von dem bio-positronischen Bildschirm zu lösen.

„Kommen Sie“, sagte Kakuta. „Wir müssen Redhorse und Lloyd folgen.“

Sie bewegten sich durch den Gang. Kakuta mit leichten Schritten, während Zachary noch immer das Gefühl hatte, auf schwankendem Untergrund zu stehen. Spinoza folgte den beiden Männern im sicheren Abstand.

„Warum werden wir nicht angegriffen?“ erkundigte Zachary sich erstaunt.

„Das weiß ich nicht“, gestand Kakuta. „Vermutlich hält sich außer dem Schwingungswächter niemand an Bord auf. Tro Khon wird in der Zentrale genügend zu tun haben.“

Zum erstenmal dachte Zachary daran, daß ihnen der Rückweg abgeschnitten war, solange der Dolan im Hyperraum blieb. Wohin sollte Tako Kakuta teleportieren? Es blieb ihnen vorläufig nichts anderes übrig, als sich innerhalb des Dolans aufzuhalten. Zachary hatte nie geglaubt, daß sich die Nackenhaare eines Menschen aus Furcht vor dem Unbekannten aufrichten konnten, aber jetzt erlebte er diesen Vorgang an seinem eigenen Körper. Seine Füße schienen aus Blei zu sein, und das Blut rauschte in seinen Ohren.

„Beeilen Sie sich!“ zischte Kakuta und überholte ihn. „Fellmer Lloyd und Redhorse orientieren sich nach den telepathischen Impulsen Camaron Oleks.“

Der Gedanke, daß Redhorse und Lloyd in der Nähe waren, hatte etwas Tröstliches. Zacharys Erregung ließ nach.

Plötzlich ging ein Ruck durch den Dolan. Der Boden wölbte sich vor Zachary und seinen beiden Begleitern auf. Tako Kakuta wurde von einer unverhofft aus dem Boden schießenden Erhebung gegen die Wand geworfen. Spinoza torkelte von einer Seite des Ganges auf die andere. Zachary stand zwischen zwei meterhohen Hügeln und blickte wild um sich.

„Das synthetische Wesen spürt unsere Anwesenheit“, erklärte Kakuta und tastete sich an der Wand weiter. „Wir müssen jetzt vorsichtig sein.“

Wie, um seine Worte zu bestätigen, tat sich vor Zachary ein trichterförmiger Schlund auf, dessen Rand sich schnell erweiterte. Zachary flüchtete bis zur Wand und krallte sich an warzenähnlichen Verdickungen fest. Durch den Helm glaubte er ein schmatzendes Geräusch wahrzunehmen. Dann sah er Redhorse und Fellmer Lloyd auf der anderen Seite der Öffnung auftauchen.

„Der Schwingungswächter hat jetzt keine Zeit, sich um uns zu kümmern!“ rief der Cheyenne. „Nur der Dolan und die loyalen Exekutoren können uns Schwierigkeiten machen. Wir müssen das Retortenwesen sofort verlassen, wenn es sein Ziel erreicht hat."

„Was wissen Sie über das Ziel, Sir?" fragte Captain Parral verzweifelt.

„Es war uns von Anfang an klar, daß Tro Khon Verstärkung herbeiholen will", antwortete Redhorse. „Lloyd stand mit Camaron Oleks Bewußtsein in telepathischem Kontakt. Jetzt weiß ich, wo der Zweitkonditionierte seine Hilfstruppen finden wird."

„In der Großen Magellanschen Wolke", vermutete Kakuta.

„Nein", antwortete Redhorse. „Die Antwort ist so phantastisch, daß ich dem Bericht Olcks zunächst keinen Glauben schenkte."

Zachary, der noch immer auf die Öffnung im Boden starrte, sah zu seiner Erleichterung, wie diese sich allmählich wieder verschloß. Ein paar Sekunden später zeugte nur noch ein narbenähnlicher Strich vom Vorhandensein der Falle.

„Spannen Sie uns nicht auf die Folter", sagte Kakuta. „Wo liegt das Ziel des Zweitkonditionierten?"

„Im Hyperraum", erwiderte Redhorse. „Die Schwingungswächter haben irgendwo eine gigantische Paratronblase geschaffen, die ihnen als Waffenarsenal dient."

Einen Augenblick war es still. Dann hörte Zachary über den Empfänger seines Helmsprechgeräts, wie Tako Kakuta einen Pfiff ausstieß.

„Eine Station im Hyperraum", sagte Fellmer Lloyd, „ist unangreifbar. Olek hat herausgefunden, daß es sich um das Hauptquartier der Schwingungswächter handelt."

Zacharys Gesicht verzerrte sich, als er daran dachte, daß der Dolan in absehbarer Zeit innerhalb der Hyperraumfestung landen würde. Die Station der Zweitkonditionierten mußte riesig sein. Sicher gab es dort Hunderte von Dolans mit ihren Besatzungen.

„Es war ein Fehler, an Bord des Dolans zu springen", sagte Tako Kakuta. „Wir sollten uns jetzt mit dem Gedanken vertraut machen, daß wir nicht mehr in das normale Universum zurückkehren können."

Zachary fühlte, wie es ihn abwechselnd kalt und heiß überlief. Kakutas Worte hatten etwas Endgültiges. Trotzdem wollte der Captain nicht daran glauben, daß es keine Rettung für sie gab. Die Schwingungswächter besaßen eine Möglichkeit, nach Belieben von ihrem Stützpunkt im Hyperraum ins Einsteinuniversum zu fliegen. Warum sollte das nicht auch den Terranern gelingen?

„Es muß unser Bestreben sein, einen Angriff mehrerer Zweitkonditionierter auf das Solare Imperium zu verhindern", sagte Don Redhorse. „Deshalb müssen wir versuchen, innerhalb des Para-Arsenals für Verwirrung zu sorgen und viel Schaden anzurichten."

Wieder wurde der Dolan durchgeschüttelt, und die Männer mußten sich an den Wänden festklammern. Zachary spürte, wie das Material unter seinen Händen weich wurde, und er versank bis zu den Ellenbogen darin. Er stieß einen erstickten Hilferuf aus. Spinoza erschien an seiner Seite. Der Roboter balancierte geschickt auf einem schmalen Steg zwischen zwei Spalten, die sich in der Nähe des Captains gebildet hatten.

„Wie ich sehe, sind Sie in erheblichen Schwierigkeiten, Captain Tick-Tack", stellte Spinoza fest.

Zachary riß sich mit einer gewaltsamen Bewegung los und wäre in eines der Löcher gestürzt, wenn der Roboter ihn nicht aufgefangen hätte. Spinoza trug ihn mühelos ein paar Meter durch den Gang und setzte ihn auf sicherem Untergrund ab.

Spinoza räusperte sich.

„Wenn Sie sich dafür interessieren, könnte ich Sie über den Stand meiner Überlegungen informieren", erbot er sich. „Sicher erscheint noch manches unklar, aber ich habe inzwischen festgestellt, daß wir einen Raumwechsel beträchtlichen Ausmaßes vorgenommen haben."

„Eines Tages", drohte Zachary, „erwürge ich dich mit bloßen Händen."

„Wie können Sie solch niedriger Instinkte fähig sein?" empörte sich Spinoza. „Ich überlege, ob ich noch länger mit Ihnen zusammenarbeiten soll."

„Olek meldet sich wieder", sagte Lloyd.

Zachary achtete nicht länger auf den Roboter. Olek war ihr einziger Verbündeter im Einflußbereich des Gegners. Jede Information, die der verschollen geglaubte Captain ihnen geben konnte, war von unschätzbarem Wert.

„Olek teilt uns mit, daß er genügend Verwirrung unter den Exekutoren gestiftet hat, um sie von uns abzulenken. Tro Khon kann die Zentrale des Dolans nicht verlassen, weil er sich um die von den Bewußtseinshütern im Stich gelassenen Kontrollen kümmern muß." Lloyd machte eine alles umfassende Geste. „Dieses Monstrum ist im Augenblick unser einziger Gegner. Es handelt jedoch mehr instinktiv als verstandesmäßig."

„Fragen Sie Olek, wann wir das Waffenarsenal der Schwingungswächter erreichen", forderte Redhorse den Mutanten auf.

„Das weiß unser Verbündeter nicht", antwortete Fellmer Lloyd. „Er fordert uns auf, nach dem Ruheraum zu suchen, wo sein Körper zusammen mit denen der anderen Exekutoren liegt. Tro Khon hat gedroht, alle Körper zu vernichten, wenn die Bewußtseinshüter ihre Arbeit nicht wieder aufnehmen. Wenn Oleks Körper zerstört wird, ist Olek dazu verurteilt, für immer innerhalb des Dolans zu bleiben. Vor einem solchen Schicksal hat er natürlich panische Furcht."

„Was schlägt Olek vor?" erkundigte sich Kakuta.

„Er will, daß wir seinen Körper sicherstellen oder bewachen", erklärte der Telepath. „Er will nicht, daß wir ihn aus dem Ruheraum entfernen, denn die dort herrschenden Verhältnisse verhindern einen Verfall der Zellen."

Zachary Parral bezweifelte, daß es ihnen gelingen würde, den Ruheraum zu finden. In den Wänden zu beiden Seiten des Ganges bildeten sich immer wieder Öffnungen, die Einblick in Räume verschiedener Größe gewährten. Auch in kleinere Seitengänge konnten die Männer hineinsehen. Manchmal erblickten sie seltsame Maschinen, die offenbar mit dem synthetischen Gewebe des Dolans verwachsen waren.

Der Gang schwankte noch immer, so daß Captain Parral das Gefühl hatte, auf einer primitiven Hängebrücke zu gehen. Die Decke drei Meter über ihren Köpfen schlug Wellen. Immer wieder mußten die Männer hervorschnellenden Pseudogliedern ausweichen, die nach ihnen schlugen. Der gesamte Dolan befand sich in Aufruhr.

„Wir müssen in unmittelbarer Nähe des Ruheraums sein!" rief Lloyd. „Oleks Bewußtsein scheint sich in diesem Labyrinth gut auszukennen."

Parrals Blicke waren auf Redhorses breiten Rücken gerichtet. Der Cheyenne und Fellmer Lloyd hatten die Führung übernommen. Sie legten etwa fünfzig Meter zurück, wobei Zachary den Eindruck hatte, daß sie sich im Kreis bewegten. Ab und zu stießen sie auf einen der seltsamen Bildschirme. Noch immer flog der Dolan durch eine rot leuchtende Emulsion, in der quallenartige Gewebe schwammen. Der Captain fragte sich, ob dieser Effekt durch die Paratronblase entstand, oder ob es innerhalb des Hyperraums tatsächlich so aussah.

Plötzlich endete der Gang in einer geräumigen Nische, in der ein konischer Sockel stand. Links und rechts von dem eigenartigen Gebilde entstanden schmale Öffnungen, gerade breit genug, um einen Mann durchzulassen. Redhorse gab seinen Begleitern ein Handzeichen.

„Lloyd, fragen Sie Olek, wo wir uns jetzt befinden!" befahl er dem Telepathen.

Der untersetzte Mann, dessen Alterungsprozeß frühzeitig durch Zellduschen und später durch einen Zellaktivator zum Stillstand gebracht worden war, konzentrierte sich.

Auf Zachary Parral machte der Telepath einen gleichgültigen, fast apathischen Eindruck. Der Captain fragte sich, ob diese Charaktereigenschaft angeboren war, oder ob Lloyd sie sich im Laufe seines langen Lebens angeeignet hatte. Zachary Parral wußte, daß Lloyd als Assistent in einem Atomkraftwerk gearbeitet hatte, bevor er zu Perry Rhodans Mutantengruppe gestoßen war. Doch diese Zeit gehörte der Vergangenheit an. Jetzt war Rhodan verschwunden, vielleicht sogar tot, und die Menschheit, die unter seiner Führung das größte galaktische Imperium geschaffen hatte, sah sich der Bedrohung eines überlegenen Feindes ausgesetzt.

„Wir sind in der Nähe der Zentrale", erwiderte Lloyd leise. „Olek teilt uns mit, daß es gleichgültig ist, welchen Gang wir benutzen. Jeder der beiden möglichen Wege führt zum Ruheraum."

Zachary sah, wie der Sockel inmitten der Nische sich bewegte. Das Oberteil kippte nach vorn und entpuppte sich als kleiner Bildschirm. Ein Gesicht, das sich nur wenig von dem eines Haluters unterschied, wurde sichtbar.

„Der Zweitkonditionierte!" stieß Redhorse hervor.

„Verhaltet euch ruhig!" Die dröhnende Stimme schien von allen Seiten zu kommen. Zachary duckte sich unwillkürlich. „Ihr seid verloren. Von eurer Vernunft hängt es ab, ob ihr am Leben bleiben werdet."

Der Bildschirm erlosch und klappte zurück.

„Zu mehr als zu dieser kurzen Ansprache hatte der Schwingungswächter keine Zeit", erklärte Lloyd unbeeindruckt. „Wir nähern uns dem Ziel, und er ist vollauf mit den Kontrollen beschäftigt."

„Haben wir noch Zeit, den Ruheraum zu finden?" fragte Redhorse.

Der Telepath schüttelte den Kopf.

Über ihnen wurde es hell. Zachary legte den Kopf in den Nacken. Die Decke der Nische wurde transparent. Gleich darauf konnten die Männer in den Hyperraum blicken. Zachary hatte den Eindruck, daß eine gewaltige Woge auf ihn zukam, die jede Sekunde über ihm zusammenschlagen mußte. Der Anblick war niederdrückend. Die leuchtenden Blasen, die die Männer bisher auf den Bildschirmen beobachtet hatten, waren verschwunden. Dafür sahen sie ein gigantisches ovales Gebilde, das schnell größer wurde. Zachary ahnte, daß er vielleicht die größte Paratronblase vor seinen Augen sah, die jemals existiert hatte. Auf der Unterseite des eiförmigen Riesenkörpers befand sich ein trichterförmiger Auswuchs, der rasend schnell zu rotieren schien. Zachary wurde an eine Windhose erinnert, die er vor Jahren einmal auf einem Kolonialplaneten beobachtet hatte.

Unter dem Eindruck des unwirklichen Erlebnisses schwiegen die Männer. Zachary begriff, daß Tro Khon ihnen die Überlegenheit der Schwingungswächter dadurch demonstrieren wollte, daß er ihnen den Anblick auf das Waffenarsenal im Hyperraum gestattete.

„Das Para-Arsenal“, unterbrach Tako Kakutas Stimme die Stille. „Wir werden in wenigen Augenblicken dort ankommen.“

Zachary Parral hatte sich unbestimmte Vorstellungen von der Station der Zeitpolizei gemacht. In seinen wildesten Träumen hatte er sich jedoch nicht ausgedacht, daß dieses Waffenarsenal solche Ausmaße besitzen könnte. Ein paar Sekunden später füllte es den gesamten Panoramabildschirm aus.

„*Wanagi Yata*!“ flüsterte Don Redhorse. „Das Reich der Geister.“

Der Dolan fiel der Oberfläche der Paratronblase entgegen. Zachary Parral glaubte, auf einen See brodelnder Lava zu blicken. Von der Außenhülle der Blase schlugen kilometerlange Energiefinger in die rote Emulsion des Hyperraums und ließen sie aufglühen. Nach den physikalischen Gesetzen des überdimensionalen Raumes war die Parablase ein Fremdkörper, und sie konnte nur mit unvorstellbarem Energieaufwand an ihrem Platz gehalten werden. Die Hülle war ständigen Belastungen ausgesetzt. Captain Parral war überzeugt davon, daß sich die äußere Schicht des Paratronschirms ständig erneuerte. Jahrhunderte mußten verstrichen sein, bevor es den Schwingungswächtern gelungen war, dieses Arsenal zu stabilisieren.

Angesichts dieses Stützpunkts fiel es Zachary schwer, seine Gedanken auf das zu konzentrieren, was seine Begleiter und ihn unmittelbar nach der Landung erwartete.

„Olek rät uns, sofort nach der Landung den Dolan zu verlassen“, sagte Fellmer Lloyd, der sich offenbar mit dem gleichen Problem beschäftigt hatte. „Der Kosmonaut weiß nicht, wie es innerhalb der Paratronblase aussieht. Er wird uns nicht viel helfen können.“

„Er soll auf jeden Fall versuchen, uns eine Öffnung in der Außenhülle des Dolans zu schaffen“, sagte Redhorse. „Ich weiß nicht, wie wir sonst ins Freie kommen sollen.“

„Olek hofft, daß er den dritten Exekutor beeinflussen kann“, antwortete der Telepath. „Nummer drei ist für die Inneneinrichtung des Dolans verantwortlich."

Inzwischen war der Dolan so nahe an das Waffenarsenal herangekommen, daß er von den Protuberanzen erfaßt wurde. Zachary Parral sah, wie sich in der Hülle der Paratronblase ein Strukturriß bildete. Die Randzonen waren unregelmäßig, als wäre die Öffnung durch eine Sprengung entstanden. Rote Feuersglut strömte aus dem Innern der Blase. Ein schrilles Kreischen drang an Zacharys Gehör. Der Dolan wurde von einer heftigen Erschütterung durchlaufen. Die nähere Umgebung sah seltsam verzerrt aus. Alles schien sich in die Breite auszudehnen.

In einen Mantel reiner Energie eingehüllt, sank der Dolan durch den Strukturriß. Als die Paratronblase sich schloß, ging ein Ruck durch das Retortenwesen, der Zachary von den Beinen warf.

Der Captain lag auf dem Rücken und beobachtete, wie die Decke der Nische sich verdunkelte. Mit einem letzten Blick sah er einen Ausschnitt einer unwirklichen Stadt. Turmähnliche Gebäude, die sich nach oben verjüngten und von breiten Spiralen umlaufen wurden, standen in kreisförmiger Anordnung um Kuppeln, deren vier Enden auf silbernen Kugeln ruhten. Dazwischen glaubte Zachary freie Plätze zu erkennen.

Das letzte, was er sah, war ein tropfenförmiger Flugkörper, der mit unglaublicher Geschwindigkeit zwischen den Turmspitzen hindurchraste.

„Wir landen!" schrie Fellmer Lloyd. „Olek kann uns jetzt nicht mehr helfen."

Zachary sprang auf die Beine und zog den Strahler. Der Zwang, um sein Leben kämpfen zu müssen, ließ ihn vergessen, wo er sich befand. Im Augenblick war es ihm gleichgültig, daß eine Rückkehr zur Erde so gut wie ausgeschlossen war. Es ging ihm nur darum, den ersten Angriff des Zweitkonditionierten zu überleben.

„Wir müssen hier weg!" rief Fellmer Lloyd. „Durch den linken Gang!"

„*Aye*!" schrie Redhorse durchdringend und übernahm die Spitze.

Sie stürmten durch den Gang, ohne sich um die Hindernisse zu kümmern, die der Dolan ihnen in den Weg stellte. Zachary stolperte ein paarmal, aber es gelang ihm, auf den Beinen zu bleiben. Mit einem gewaltigen Sprung setzte er über eine Öffnung hinweg, die vor ihm aufklaffte. Der Dolan ließ nichts unversucht, um die Terraner aufzuhalten.

Redhorse hatte einen schmalen Spalt erreicht, durch den Licht ins Innere des Ganges fiel. Der Cheyenne trat zur Seite, um zuerst die anderen durchzulassen. Lloyd und Kakuta sprangen ins Freie, dann folgten Parral und Redhorse. Spinoza konnte gerade noch entkommen, bevor die Öffnung sich wieder schloß.

„Wegen der Ortungsgefahr müssen wir auf unsere Flugaggregate verzichten!" rief Redhorse. „Wir werden laufen müssen. Die hier herrschende Schwerkraft beträgt laut Analysegerät knapp ein Gravo. Wir werden in dieser Hinsicht keine Schwierigkeiten haben, müssen aber die Helme geschlossen halten. Individualschutzschirme nur in Notfällen aktivieren!"

Redhorse blickte sich um. „Also los!" sagte er dann. „Wir müssen zu den Gebäuden hinüber."

Zachary war wie gelähmt. Er stand auf einem freien Platz, dessen Oberfläche wie poliertes Silber leuchtete. In regelmäßigen Abständen waren sechseckige Platten in den Boden eingelassen, die aus einem durchsichtigen Material bestanden. Durch sie konnte Parral auf riesige Maschinen blicken. Am Rande des Landefeldes ragten schlanke Gebäude in die Höhe. Am ‚Himmel' der Paratronblase verbreiteten künstliche Sonnen warmes Licht.

Zachary erhielt einen Stoß in den Rücken, der ihn zur Besinnung brachte. Redhorse und Lloyd hatten sich schon fünfzig Meter entfernt und hielten auf einen hohen Turm zu.

Zachary blickte in Kakutas Kindergesicht. Der Teleporter machte eine unmißverständliche Geste in Richtung des Dolans.

Der Captain rannte los. Spinoza hielt mühelos mit. Kakuta teleportierte zum Rand des Landefelds, um nach einem geeigneten Versteck zu suchen. Als Zachary zurücksah, landeten in der Nähe des Dolans vier tropfenförmige Flugkörper. Kleine quadratisch gebaute Gestalten sprangen heraus und vollführten scheinbar seltsame Tänze. Geblendet vom Licht der künstlichen Sonnen, brauchte Zachary einen Augenblick, bis er erkannte, daß die Unbekannten dünne Stricke um die stummelartigen Auswüchse des Dolans spannten. Was sie damit bezweckten, war völlig unklar.

„Wir werden verfolgt", sagte Spinoza.

Zachary blickte auf die andere Seite des Landefelds. Von dort näherten sich drei kastenförmige Fahrzeuge. Bei der Geschwindigkeit, die sie einschlugen, konnte er sich ausrechnen, daß sie ihn erreichen würden, bevor er in die Nähe des Turmes gelangte. Er überlegte, ob er stehenbleiben und sich zum Kampf stellen sollte. Auf diese Weise konnte er Redhorse und Lloyd zu einem größeren Vorsprung verhelfen. Er biß sich auf die Unterlippe. Für solche heroischen Taten war immer noch Zeit, wenn die Verfolger ihn eingeholt hatten.

Wahrscheinlich hatte Tro Khon bereits den Stützpunkt alarmiert. Das bedeutete, daß sie nicht die geringste Chance hatten, längere Zeit in Freiheit zu bleiben.

Während er weiterrannte, richtete Zachary sein Augenmerk wieder auf die verschiedenen Gebäude. Der Baustil war ihm völlig fremd. Trotzdem glaubte er zu erkennen, daß die Wesen, die dieses Arsenal geschaffen hatten, nur von Vorstellungen der Zweckmäßigkeit ausgegangen waren. Nirgends waren Pflanzen, Standbilder oder andere Dinge zu erkennen, die ausschließlich den Zweck erfüllen sollten, die Augen intelligenter Wesen zu erfreuen. Trotz der phantastischen Architektur machte der sichtbare Teil der Stadt einen nüchternen Eindruck. Selbst die gefälligen Formen der einzelnen Gebäude konnten darüber nicht hinwegtäuschen. Die Wesen, die dieses Arsenal errichtet hatten, waren offenbar nicht auf den Gedanken gekommen, ihre Zeit mit Spielereien zu vergeuden.

„Aufpassen!" rief Spinoza.

Zachary warf sich herum. Einer der Kastenwagen war so nahe herangekommen, daß Zachary den Fahrer erkennen konnte. Er war ein Wesen mit einem kleinen Kopf, der weder Augen noch eine erkennbare Mundöffnung besaß. Mehr als den Kopf und zwei Tentakel, die scheinbar blindlings über die Steuerung irrten, vermochte Zachary nicht zu sehen. Er hob seine Waffe. Da sprang Spinoza zwischen ihn und das Fahrzeug. Daran, daß er den Zusammenprall des Wagens mit dem Roboter hören konnte, erkannte Zachary, daß es innerhalb des Stützpunkts eine Atmosphäre gab. Sicher war sie für die Wesen geschaffen worden, die hier lebten und für die Zweitkonditionierten arbeiteten.

Spinoza lag am Boden. Das Fahrzeug war umgekippt, und sein Fahrer kroch unter den Trümmern hervor. Jetzt sah Zachary, daß das Wesen ungefähr in Hüfthöhe eine Verdickung besaß, in der alles untergebracht war, was in dem winzigen Gesicht fehlte.

Spinoza hob das Fahrzeug an der Vorderseite hoch und ließ es auf den Boden krachen. Dann klatschte er sich mit dem Anzeichen äußerster Befriedigung in die Hände. Das unbekannte Wesen lief gestikulierend auf die beiden anderen Wesen zu, worauf diese eine andere Richtung einschlugen.

Der Captain verstaute seine Waffe wieder im Gürtel.

Da fiel etwas auf Zachary herab.

Er stieß einen Schrei aus und wollte sich zur Seite werfen. Seine Reaktion kam jedoch zu spät. Ein netzähnliches Gebilde, dessen Mittelpunkt eine rot leuchtende Kugel war, hielt ihn umschlungen. Die dünnen Schlingen erwiesen sich als überraschend stark. Es dauerte nur Sekunden, bis Zachary bewegungsunfähig am Boden lag. Die Kugel schien sich auszudehnen. Dann hob sie sich vom Boden ab und nahm Zachary mit sich. Er versuchte, seinen Strahler zu erreichen. Es gelang ihm nicht. Unter sich sah er Spinoza mit zwei anderen Netzen kämpfen. Er verwünschte seine Unvorsichtigkeit. Anstatt seine Flucht fortzusetzen, während Spinoza die drei Wagen aufgehalten hatte, war er stehengeblieben und hatte somit sein Schicksal besiegelt.

Zachary zweifelte nicht daran, daß sein Bezwinger ein Lebewesen war. Er glaubte jedoch nicht, daß die Kugel mit ihren netzartigen Auswüchsen Intelligenz besaß.

„Captain Parral!“ klang Redhorses Stimme in Zacharys Helmlautsprecher auf. „Wir haben beobachtet, wie Sie weggeschleppt wurden. Wohin bringt Sie das Ding?“

Zachary fühlte, wie ihm das Blut ins Gesicht stieg. Die anderen waren offenbar vorläufig in Sicherheit. Sie hatten jedoch gesehen, wie leicht man ihn überwältigt hatte.

„Ich kenne das Ziel meines Gegners nicht“, sagte er. „Das Netz scheint auf die kleine Kuppel auf der anderen Seite des Landefeldes zuzusteuern.“

„Wir können Ihnen jetzt nicht helfen“, sagte Redhorse. „Sie sind auf sich allein gestellt. Versuchen Sie, sich zu befreien und wieder zu uns zu stoßen.“

„Wo sind Sie jetzt, Sir?“

„Bei einem Mitglied der Abfallverwertungsstelle dieses Stützpunkts“, antwortete Redhorse. „Ich glaube, daß es Fellmer Lloyd gelingt, Freundschaft mit Smith zu schließen.“

„Abfallverwertungsstelle?“ wiederholte Zachary verständnislos. „Smith?“

„Wir erklären Ihnen das später“, versprach Redhorse. „Jetzt ist es besser, wenn wir das Gespräch unterbrechen, damit wir nicht angepeilt werden. Viel Glück!“

„Danke“, würgte Zachary hervor. Er fühlte sich von seinen Begleitern im Stich gelassen.

Als er zur Seite blickte, sah er zwei fliegende Netze, die ein zappelndes Etwas transportierten.

„Spinoza!“ rief Zachary verblüfft.

Der Roboter winkte ihm mit einem freien Bein zu.

„Glauben Sie nicht, daß man mich gefangen hat, Sir“, sagte er würdevoll. „Ich habe mich nur davontragen lassen, um in Ihrer Nähe zu bleiben.“

Spinozas freies Bein verschwand unter einigen unerbittlich zugreifenden Schlingen. Zacharys Bezwinger machte eine Drehung, so daß der Captain den *Whistler*-Roboter nicht mehr sehen konnte.

„Ich habe gerade festgestellt, daß Sie sich in einer unangenehmen Lage befinden, Sir“, sagte Spinoza.

„In der gleichen wie du“, knurrte Zachary wütend. „Du kannst mir nicht vormachen, daß du mit diesen Netzen fertig wirst.“

„Es gibt nichts, was Ihr *Whistler*-Roboter nicht für Sie erledigen könnte“, zitierte Spinoza einen Werbeslogan der *Whistler-Company*.

15.

Smith ähnelte einer quergestellten Tonne. Er war fast vier Meter breit und nur eineinhalb Meter hoch. Aus der Unterseite des tonnenförmigen Körpers ragten acht krumme Beinpaare. Im oberen Drittel des Körpers befanden sich sechzehn Arme mit achtfingrigen Greifhänden. Smith mußte von einem Planeten mit hoher Schwerkraft kommen, und er trug wahrscheinlich einen Gravitator. Tako Kakuta hatte das Wesen in einem Vorbau jenes Turmes entdeckt, den Redhorse als vorläufiges Fluchtziel ausgewählt hatte. Da Smith durch nichts zu erkennen gegeben hatte, daß er die Anwesenheit Fremder nicht schätzte, waren Redhorse und Fellmer Lloyd ebenfalls in die Behausung eingedrungen. Lloyd hatte die Gedanken des Wesens sondiert und es als harmlos erkannt. Smith besaß etwas mehr Intelligenz als ein Hund, und diese reichte aus, um ihn seine Aufgabe gewissenhaft ausführen zu lassen.

Smith gehörte dem Ordnungsdienst des Waffenarsenals an. Wie Fellmer Lloyd dem Bewußtsein des Fremden entnahm, gab es innerhalb der riesigen Paratronblase etwa dreitausend Angehörige von Smiths Volk.

Sie waren damit beauftragt, den Stützpunkt sauberzuhalten. Smith und seine Freunde mußten allen Abfall wegschaffen. Diese Arbeit, so erfuhr Lloyd, war nicht immer ungefährlich, denn sowohl Smith als auch seine Helfer kamen dabei in die Nähe giftiger Chemikalien und großer Atomkonverter.

Lloyd nannte das Tonnenwesen Smith, weil dessen richtiger Name unaussprechbar war. Smith besaß in der oberen Hälfte seines Körpers einen Hautsack, den er voll Luft pumpen und blitzschnell wieder erschlaffen lassen konnte. Dabei erzeugte er Geräusche, die an das Knarren einer alten Tür erinnerten. Auf diese Weise konnte Smith sich mit anderen Wesen seines Volkes unterhalten. Wulstförmige Verdikkungen an beiden Enden des Tonnenkörpers dienten Smith als Sehorgane. Wie der Fremde Nahrung zu sich nahm, war nicht zu erkennen.

„Captain Parral und der Roboter sind verloren“, sagte Redhorse erbittert. „Auf die Dauer können wir hier nicht bleiben. Wir brauchen ein Versteck, das sicherer ist als die Garage von Smith.“

Smiths Unterkunft war ein vierzig Quadratmeter großer Raum mit einer gewölbten Decke. In der Vorderwand befanden sich Öffnungen, die Redhorse an Schießscharten erinnerten. Durch sie konnten die drei Männer einen Teil des Landeplatzes beobachten. Was Redhorse sah, war nicht dazu angetan, seine Zuversicht zu vergrößern.

Tro Khon hatte den Dolan verlassen und war in ein flaches Fahrzeug gestiegen, das sich unmittelbar darauf in Richtung des größten Turms in der Umgebung entfernt hatte. In der Nähe des Dolans wimmelte es jetzt von Wesen verschiedenster Art. Keine dieser Lebensformen kam Redhorse bekannt vor. Er nahm an, daß die Schwingungswächter Hilfsvölker in verschiedenen Galaxien besaßen. Die Roboter, die in Redhorses Blickfeld kamen, erinnerten noch am ehesten an humanoide Wesen.

Vier Suchtrupps näherten sich aus verschiedenen Richtungen der Unterkunft des Tonnenwesens. Redhorse befürchtete, daß die Verfolger über hochwertige Ortungsgeräte verfügten.

Über dem Landeplatz kreisten einige Dutzend tropfenförmiger Flugkörper. Außerdem sah Redhorse ein paar von jenen Netzen, die Captain Parral und den Roboter gefangen hatten. Der Cheyenne spürte, wie jemand hinter ihn trat. Er drehte sich um und blickte in Kakutas sorgenvolles Gesicht. Der Japaner deutete aus der Öffnung, durch die Redhorse ins Freie gesehen hatte.

„Die Turmspitzen!“ sagte der Teleporter. „Sie strahlen ein fluoreszierendes Licht aus.“

Redhorse hatte die gleiche Beobachtung gemacht. Um die Spitzen der größeren Bauwerke schienen Wolken glitzernden Goldstaubs zu kreisen. Durch eine Lücke zwischen zwei Gebäuden konnte Redhorse tiefer in das Arsenal einsehen, aber es schien keinen Horizont zu geben. Alles, was weiter als ein paar Kilometer entfernt war, verschwamm in einem undurchdringlichen roten Nebel.

„Ich vermute, daß die Stadt auf einer gewaltigen Plattform erbaut wurde", sagte Fellmer Lloyd. „Leider ist Smith zu dumm, um uns genauere Auskünfte geben zu können."

Redhorse wandte sich dem Fremden zu. Smith kauerte in der Mitte des Raumes. Er ähnelte einem fleischgewordenen Götzenbild aus längst vergangenen Zeiten. Ab und zu schwoll sein Hautsack an und gab ein friedliches Knarren von sich.

„In ein paar Minuten werden unsere Verfolger hier auftauchen", sagte Redhorse. „Tako, sehen Sie nach, ob es einen Durchgang zum Turm gibt!"

Der Teleporter begab sich zur anderen Seite des Raumes.

„Können Sie Gedankenströme empfangen, die uns weiterhelfen?" wandte Redhorse sich an Fellmer Lloyd. Der Mutant lächelte gequält.

„Ich wage nicht, mich voll auf die verschiedensten Mentalimpulse zu konzentrieren", sagte er. „Sie sind zu zahlreich und zu fremdartig."

„Hier unten ist alles verschlossen", klang Kakutas Stimme auf. Er sprach schneller als sonst, vielleicht, weil er wußte, daß sie in die Enge getrieben waren. Wie hatten sie auch hoffen können, länger als ein paar Minuten in Freiheit zu sein? überlegte Redhorse ironisch.

In diesem Augenblick begann Smith sich zu bewegen. Seine sechzehn krummen Beine trommelten über den Boden, als er auf eine Seitenwand zuging.

„Ich glaube, er hat einen Einsatzimpuls erhalten", sagte Lloyd erregt.

Redhorse sah, wie die Wand vor Smith zur Seite glitt. In einem beleuchteten Hohlraum stand ein kastenförmiges Fahrzeug. Zu beiden Seiten des Kastens hingen Halbkugeln, in denen offenbar der Antrieb untergebracht war. Die Oberseite des Kastens war offen. Eine Art Greifarm ragte von der Vorderseite des Wagens über den Kastenaufbau hinweg.

„Ein Transporter", stellte Lloyd fest. „Smith schafft damit den Abfall weg, den er nicht auf den Armen tragen kann."

Sie sahen zu, wie Smith das Fahrzeug aus dem Hohlraum zog. Ein paar Sekunden später öffnete sich der Eingang der Unterkunft.

„Smith wird uns verlassen", sagte Lloyd.

Redhorse faßte einen blitzschnellen Entschluß. Er rannte Smith nach und kletterte in den offenen Kasten des Transporters. Kakuta und Lloyd folgten ihm. Die drei Männer kauerten sich dicht auf den Boden, damit ihre Köpfe nicht über den Behälterrand ragten und gesehen werden konnten.

Eine leichte Erschütterung bewies ihnen, daß Smith losgefahren war.

Kakuta verzog das Gesicht.

„Ich kann nicht behaupten, daß mir diese Art der Beförderung gefällt", erklärte er. „Außerdem wüßte ich gern, wohin Smith uns bringt."

„Er will offenbar das Fahrzeug abholen, das von Spinoza beschädigt wurde", sagte Lloyd.

Redhorse schaute sich um. Es war undenkbar, daß das Wrack und drei Männer gleichzeitig in diesem Kasten Platz fanden. Getreu seinen Befehlen würde Smith das zerstörte Fahrzeug aufladen, ohne sich um seine Passagiere zu kümmern. Redhorse richtete sich auf und spähte über den Behälterrand.

„Nun?" fragte Kakuta gespannt.

„Wir sind gleich da", eröffnete Redhorse seinen beiden Begleitern. „Es wird uns nichts anderes übrigbleiben, als sofort abzuspringen, wenn Smith mit seiner Arbeit beginnt."

„Was dann?" wollte Lloyd wissen. „In der Nähe des Dolans halten sich zahlreiche Fremde auf."

„Wir müssen versuchen, das Fahrzeug zu wechseln", schlug der Cheyenne vor. „Sobald Smith anhält, gehen wir in den zerstörten Wagen hinüber. Vielleicht haben wir Glück und werden dabei nicht gesehen. Dann lassen wir uns von Smith zusammen mit den Trümmern abtransportieren."

Mit einem Ruck hielt der Transporter an. Die drei Männer konnten Smith draußen rumoren hören. Ein scheibenförmiger Körper schwebte über sie hinweg.

Redhorse ahnte schon, daß es sich um einen Antigravprojektor handelte, mit dessen Hilfe Smith das Fahrzeugwrack vom Boden anheben würde.

„Jetzt!" rief Redhorse.

Er schwang ein Bein über den Kastenrand. Einen Augenblick verhielt er, um sich zu orientieren. Smith hockte zwischen den beiden Fahrzeugen und hantierte an einem Schaltkasten, mit dem er den Antigravprojektor bedienen konnte. Der von Spinoza zertrümmerte Wagen lag fünf Meter von dem Transporter entfernt. Außer Smith war niemand in der Nähe. Der Dolan erschien aus dieser Entfernung unermeßlich groß und ragte bis zu den künstlichen Sonnen hinauf. Zwischen seinen Stummelbeinen huschten unheimlich aussehende Gestalten geschäftig hin und her. Niemand schien sich um Smith und seinen Transporter zu kümmern.

Redhorse sprang aus dem Behälter. Mit zwei Schritten erreichte er sein Ziel. Der Einstieg des beschädigten Wagens war verklemmt, so daß Redhorse gezwungen war, sich durch eine Öffnung neben der Tür zu zwängen.

Smith's Augenwülste zuckten nervös. Er wußte offenbar nicht, wie er sich jetzt verhalten sollte. Redhorse kroch in die äußerste Ecke, um Platz für Lloyd und Kakuta zu machen.

Fellmer Lloyd schob sich mit den Füßen voran in ihr neues Versteck. Dann kam Tako Kakuta herein, und es wurde so eng, daß die drei Raumfahrer sich kaum bewegen konnten. Da hob der Wagen vom Boden ab und landete gleich darauf unsanft im Kasten von Smiths Transporter.

Smith fuhr los.

„Ich bin gespannt, wohin uns unser Freund bringt", sagte Kakuta.

„Wahrscheinlich direkt zum nächsten Schmelzofen", vermutete Fellmer Lloyd.

Nach einigen Bemühungen gelang es Redhorse, sich so weit aufzurichten, daß er aus dem verbogenen Einstieg blicken konnte. Der Transporter war mit seiner Last zum Außenbezirk des Landefelds unterwegs. Smith saß wie eine riesige Kröte auf der Fahrerbank und klammerte sich mit vier seiner sechzehn Hände fest. Drei tropfenförmige Flugkörper schwebten über dem Transporter.

„Wir haben eine Eskorte", berichtete Redhorse den beiden anderen. „Fellmer, versuchen Sie herauszufinden, ob sich an Bord der Flugzeuge jemand aufhält."

„Ich kann nichts spüren", erwiderte Lloyd. „Es sind Robotmaschinen."

Don Redhorse löste eine Mikrobombe vom Gürtel.

„Bevor wir uns in einem Konverter abladen lassen, sprengen wir die gesamte Anlage in die Luft", sagte er entschlossen.

Das fliegende Netz näherte sich einem Turm, der sich durch seine große Höhe und zahlreiche stachelartige Auswüchse an der Außenseite von den anderen turmähnlichen Gebäuden grundlegend unterschied.

Captain Parral war zur Bewegungslosigkeit verdammt, aber da sich das Netz ab und zu um seine eigene Achse drehte, konnte er die gesamte Umgebung im Blickfeld behalten. Er vermutete, daß sie fünfzig Meter über dem Boden flogen. Eine genauere Schätzung war nicht möglich, weil das helle Material das Licht der Kunstsonnen reflektierte und Zachary blendete. Spinozas Bezwinger war etwas zurückgeblieben, aber er hatte das gleiche Ziel wie das Netz, das Zachary gefangen hatte. Die anfängliche Bestürzung des Captains war ruhiger Überlegung gewichen. Das Netz hätte ihn jederzeit töten können. Daran, daß es das nicht tat, glaubte Zachary zu erkennen, daß die Schwingungswächter ihn lebend wollten, wenn vielleicht auch nur, um ihn zu verhören.

Das Netz sank allmählich tiefer und landete auf einer Plattform des großen Turmes. Zachary schätzte, daß das Gebäude etwa fünfzig Meter durchmaß. Die Plattform war durchsichtig und schwankte unter dem Gewicht des menschlichen Körpers. Die Stricke des Netzes lockerten sich nicht. Als ein paar Sekunden später das zweite Netz mit Spinoza landete, bog sich die Plattform nach unten durch, doch die beiden seltsamen Wesen hafteten mit ihrer Last fest auf der glatten Oberfläche.

Minuten verstrichen, ohne daß etwas geschah. Zachary hatte das unangenehme Gefühl, von unsichtbaren Augen beobachtet zu werden. Er war froh, daß Spinoza schwieg, denn er verspürte keine Neigung, sich jetzt mit dem Roboter zu unterhalten.

Plötzlich begann die Plattform sich zu bewegen. Sie glitt auf eine Öffnung in der Außenwand des Turmes zu. Alles ging so schnell, daß Zachary von der Dunkelheit im Innern des Turmes überrascht wurde. Eben hatte ihn noch die Helligkeit des Kunsthimmels geblendet – dann war die Öffnung zugeschlagen, und der Captain lag bewegungslos auf der Plattform. Er erinnerte sich, daß Spinozas Linsensystem infrarotempfindlich und nachtsichtig war.

„Was kannst du erkennen, Spinoza?“ fragte Zachary.

„Mrrmph!“ machte der Roboter. Er trug keinen Schutzhelm. Ein breiter Strick, der sich über seinen Mund gelegt hatte, hinderte ihn am Sprechen. Zachary stellte ihm keine weiteren Fragen.

In seiner unmittelbaren Nähe glaubte Zachary einen schwach glühenden Körper zu sehen. Das war wahrscheinlich die Kugel, die zu dem Netz gehörte.

Zacharys Gedanken wurden abgelenkt, als die Plattform sich aufwärts zu bewegen begann. Sie glitt so schnell nach oben, daß der Magen des Offiziers rebellierte. Zachary fragte sich, ob er bis zur Turmspitze hinaufgebracht werden sollte. Was mochte ihn dort erwarten?

Die Plattform hielt an, und das Netz begann sich zu bewegen. Einen fürchterlichen Augenblick lang hatte Zachary das Gefühl, in die Tiefe zu stürzen, doch das Netz hielt ihn fest und trug ihn sicher an einen anderen Platz.

Dann wurde es hell. Das Licht strahlte zunächst nur schwach und beleuchtete unförmige Gegenstände, die Zachary an verkrüppelte Baumwurzeln erinnerte. Als es heller wurde, erkannte er, daß es sich um Säulen mit zahllosen Schalthebeln handelte, die gleichmäßig in einem runden Raum verteilt waren.

Zachary lag auf einer Art Pritsche. Das Netz hielt ihn noch immer umschlungen. Auch Spinoza war da. Das Lager des Roboters stand nur zwei Meter von Zachary entfernt.

Durch einen torbogenförmigen Eingang kam ein häßliches Wesen herein. Seine Gestalt war menschenähnlich, aber untersetzt und von einem schuppenähnlichen Panzer bedeckt. Der Kopf lief in eine spitze Schnauze zu, aus der zu beiden Seiten zwei gelbe Fangzähne ragten. Arme und Beine des Fremden waren muskulös. Durch die geschlitzten Augen wirkte das Gesicht bösartig. Zwei stöpselartige Gebilde, offenbar Äquivalente menschlicher Ohren, ragten aus dem Hinterkopf.

Der Unbekannte trug eine Waffe mit vier kurzen Läufen, die er jetzt auf Zachary richtete. Er kam langsam näher. Sein Panzer schimmerte in einem dunklen Violett, so daß er wie ein Schutzanzug aus ausgeglühtem Stahl aussah.

„Hallo!“ krächzte Zachary mit vor Angst entstellter Stimme. „Nur nicht gleich schießen, mein Freund!“

„Vrollguarth ist nicht Ihr Freund“, kam eine Stimme aus dem Nichts. „Er wird erst schießen, wenn ich ihm den Befehl dazu gebe.“

Zachary war sicher, daß ein Schwingungswächter zu ihm gesprochen hatte.

Das Wesen, das Vrollguarth hieß, blieb zwei Meter vor Zachary stehen und starrte den Gefangenen aus schmalen Augen an. Noch mehr als von dem seltsamen Aussehen des Fremden wurde Zachary von der Konstruktion der Waffe gefesselt. Sie besaß keinen Abzug. Dafür sah sie gefährlicher aus als der Strahler, der noch immer im Gürtel des Captains steckte.

Vrollguarth drehte sich plötzlich abrupt um und machte sich an einer Schaltsäule zu schaffen. Unmittelbar darauf begann das Netz sich von Zachary zu lösen. Die Schlingen rollten sich zusammen und bildeten einen Mantel um die Kugel. Zachary atmete auf, als das seltsame Gebilde von der Pritsche hüpfte und aus dem Raum rollte. Ein Seitenblick überzeugte Zachary, daß auch Spinoza freigekommen war.

Der Roboter hatte sich aufgerichtet.

„Vorsichtig, Spinoza!“ rief Zachary. „Wir wollen diesen Burschen nicht herausfordern.“

„Das ist ein kluger Entschluß“, sagte die dröhnende Stimme, die nicht zu Vrollguarth gehören konnte. „Der Dimoschütze würde Sie sofort töten, wenn Sie auf den Gedanken kommen sollten, ihn anzugreifen.“

Zachary verhielt sich ruhig, obwohl die Haut unter seinem Schutzanzug zu kribbeln begann und er ein kaum zu bändigendes Bedürfnis spürte, aufzustehen und hin und her zu gehen.

„Was ist ein Dimoschütze?“ fragte er.

„Vrollguarth gehört zu einem Volk, dessen Loyalität über jeden Zweifel erhaben ist“, wurde ihm geantwortet. „Deshalb dürfen er und seine Freunde Dimetransstrahler tragen. Mit dieser Waffe können kleine Strukturrisse geschaffen werden. Das heißt, daß ein einziger Schuß genügt, um einen Gegner als Energiespirale in den Hyperraum zu schleudern. Dieses Risiko wollen Sie sicher nicht eingehen?“

Zachary kämpfte einen Augenblick um seine Fassung. Dann stieß er ein rauhes Lachen hervor.

„Die Waffe besitzt noch nicht einmal einen Abzug“, sagte er verächtlich.

„Das ist auch nicht nötig“, wurde ihm erklärt. „In jedem Dimetransstrahler wurde ein Sensibilator eingebaut. Er mißt die kaum wahrnehmbaren Hautausscheidungen des Dimoschützen. Wenn Vrollguarth sich angegriffen fühlt, verstärken sich diese Ausscheidungen, und ein Schuß wird ausgelöst. Damit entheben wir die Dimoschützen der verstandesmäßigen Entscheidung, ob sie schießen sollen oder nicht.“

Zachary begann zu schwitzen. Was geschah, wenn der Dimoschütze sich angegriffen fühlte, ohne daß er tatsächlich bedroht wurde? Zachary erkannte resignierend, daß er auch ohne das Netz zur Bewegungslosigkeit verdammt war. Jede Bewegung konnte von Vrollguarth falsch verstanden werden.

„Du mußt ruhig auf deinem Platz sitzen bleiben“, sagte er zu Spinoza.

„Schon Konfuzius predigte die Unterwerfung des Individuums“, seufzte der Roboter. „Es fällt mir in dieser Lage nicht schwer, die Lehren meines Vorbilds zu beherzigen."

Vrollguarth stand jetzt zwischen den beiden Pritschen. Er wartete auf Befehle. Zachary riskierte es, den Kopf zur Seite zu drehen, um sich innerhalb des Raumes umzusehen. Die Schaltsäulen und die beiden Pritschen waren die einzige Einrichtung. An verschiedenen Stellen der Wände liefen dunkle Streifen von der Decke bis zum Boden. Zachary schloß daraus, daß die Wände verschoben werden konnten.

Während Zachary über die Bedeutung der einzelnen Schaltsäulen nachdachte, kam ein Schwingungswächter herein. Der Koloß mit seinen drei Meter breiten Schultern paßte gerade noch durch den Eingang. Die drei Augen im halbkugelförmigen Kopf des Monstrums starrten auf Zachary herab.

Der Zweitkonditionierte ließ sich auf seine Laufarme sinken, so daß sein Gesicht fast auf gleicher Höhe mit dem Parrals war. Zachary wich unwillkürlich zurück, als er den rachenartigen Mund mit den scharfen Zähnen sah.

„Ich will nicht, daß Sie sich vor mir fürchten", sagte der Riese in einwandfreiem Interkosmo. „Vorläufig werde ich Sie nicht töten. Vielleicht sind Sie als neuer Kosmonaut für meinen Dolan geeignet."

„Tro Khon!" stieß Zachary Parral hervor.

„Ja", stimmte der Zweitkonditionierte zu. „Ich bin Tro Khon. Mein Dolan ist reparaturbedürftig, und ich brauche einen neuen Ersten Exekutor für das Symposium. Camaron Olek rebelliert, und ich werde ihn ausstoßen, bevor ich die Paratronblase wieder verlasse."

„Sagen Sie zu Vrollguarth, daß ich aufstehen möchte", sagte Zachary. „Meine Arme und Beine sind steif von der völligen Bewegungslosigkeit."

„Der Dimoschütze wird nichts unternehmen, wenn ich in der Nähe bin", sagte Tro Khon. „Sie können sich bewegen."

Als der Captain sich aufrichtete, verschwamm die Gestalt des Zweitkonditionierten vor seinen Augen. Für die Dauer einiger Sekunden war er mit sich selbst beschäftigt, dann klärte sich sein Verstand, und er wandte sich wieder an seinen Bezwinger:

„Wir sind keine Zeitverbrecher. Wir wollen auch keinen Krieg gegen die Schwingungswächter führen. Unser einziges Ziel ist, unsere Unschuld zu beweisen, damit es nicht zu einer Katastrophe kommt."

„Es wird zu einer Katastrophe kommen", erwiderte Tro Khon. „Allerdings nur für Ihr Volk. Ich will Ihnen etwas zeigen."

Mit schwerfällig wirkenden Bewegungen näherte Tro Khon sich einer Schaltsäule. Vrollguarth hatte sich bis zum Eingang zurückgezogen, aber er hielt noch immer den Dimetransstrahler in der rechten Klaue.

Tro Khon veränderte die Stellung einiger Hebel. Zachary sah, wie an der gegenüberliegenden Wand eine Leichtmetallblende zurückglitt und den Blick auf einen großen Bildschirm freigab.

„Warten Sie!" knurrte Tro Khon. „Sie werden jetzt etwas sehen, das Ihnen das Kräfteverhältnis klarmachen soll." Auf der gewölbten Fläche erschien ein farbiges Bild mit dreidimensionaler Wirkung. Zachary hatte das Gefühl, sich in einem großen Raum zu befinden, dessen unebener Boden wie schwarze Erde aussah. In der Mitte des Raumes stand ein durchsichtiger Behälter, in dem ein Schwingungswächter in einer klaren Flüssigkeit schwamm.

„Er schläft", sagte Tro Khon ruhig. „Das Ding, auf dem die Schlafkabine steht, ist ein zusammengefalteter Dolan. Der Raum, den Sie sehen, befindet sich innerhalb dieses Gebäudes. Es gibt insgesamt zehntausend solcher Schlafräume, und in jedem davon wartet ein Zweitkonditionierter mit seinem Dolan auf den Schwingungsalarm, der ihn erwachen läßt."

„Nein!" schrie Zachary. „Sie lügen!"

Noch während er vor Entsetzen aufschrie, akzeptierte er die Wahrheit der Information, die er von Tro Khon erhielt.

Zehntausend Dolans und ebenso viele Schwingungswächter!

„Verstehen Sie jetzt, wie erbärmlich die Bemühungen Ihres Volkes sind?" fragte Tro Khon. „Ich brauche nur ein paar meiner Artgenossen zu wecken, um die Strafe für das Zeitverbrechen der Terraner endgültig zu vollziehen."

Zacharys Gedanken überschlugen sich. Er stammelte unverständliche Worte. Sein Atem ging stoßweise. Erst, als die Blende sich wieder über den Bildschirm schob, wurde der Captain ruhiger. Tro Khon ließ ihn los.

„Sie haben jetzt einen Raum des Konservierungsturms gesehen", sagte der Zeitpolizist. „Ich werde aus den schlafenden Schwingungswächtern ein Spezialkommando bilden, das den Kampf gegen die Menschheit fortsetzen wird. Innerhalb des Turmes, in dem Sie sich jetzt befinden, sind dreitausend verschiedene Wesen mit der Pflege der Schwingungswächter beschäftigt."

Wieder ließ Tro Khon einen Bildschirm sichtbar werden, und Zachary Parral sah nacheinander vier verschiedene Wesen, die alle eine bestimmte Aufgabe zu haben schienen.

„Es gibt Erwecker, Konservierer, Pfleger und Aufbereiter“, erklärte Tro Khon. „Wesen aus verschiedenen Galaxien, die sich hier zu einer gemeinsamen Aufgabe zusammengefunden haben.“

Verschiedene Galaxien! klang es in Zacharys Ohren nach.

Die Decke begann über ihm zu kreisen. In den letzten Minuten war er sich der Ohnmacht der Menschen bewußt geworden. Vor der Zeitpolizei gab es keine Rettung. Die Menschheit, die sich jetzt auf der Erde über den Sieg gegen die Schwingungswächter freute, wußte nichts von dem Waffenarsenal der Zeitpolizei im Hyperraum. Für das Solare Imperium würde es ein schreckliches Erwachen geben, wenn Tro Khon mit seiner Streitmacht im Sonnensystem auftauchte.

Diese niederschmetternde Erkenntnis war Zachary Parrals letzter Gedanke, bevor sein gemarterter Verstand endgültig Zuflucht in tiefer Bewußtlosigkeit suchte.

Smiths Transporter kippte plötzlich nach vorn, und die drei Männer, die eng zusammengepreßt im Innern des beschädigten Fahrzeugs kauerten, stießen unsanft gegen die verbogene Verkleidung des Einstiegs. Redhorse schloß aus den Bewegungen des Transporters, daß sie sich jetzt auf abschüssigem Gelände befanden. Er blickte nach oben. Die Flugkörper waren verschwunden. Das Stück des künstlichen Himmels, das Don Redhorse sehen konnte, hatte die Farbe flüssiger Lava angenommen.

Redhorse verrenkte seinen Körper nach der anderen Seite, so daß er Smith sehen konnte, der in gleichmäßigem Tempo weiterfuhr. Hinter Smith ragte die Außenwand eines Gebäudes in die Höhe. Nirgends waren Fenster oder andere Öffnungen zu erkennen.

Der Transporter glitt durch einen breiten Eingang in eine ausgedehnte Halle und hielt an. Sofort wurde Smiths Fahrzeug von einigen abenteuerlich aussehenden Wesen umringt. Die Fremden trugen sackähnliche Umhänge, die den gesamten Körper verhüllten und nur einen Blick auf den Kopf zuließen. Unter den Umhängen deuteten unregelmäßige Ausbuchtungen auf groteske Körperformen hin. Die Köpfe der Unbekannten waren vollständig von Haaren bedeckt. Durch den verfilzten Haarwuchs sah man vier helle Augen funkeln.

„Das sind Smiths Helfer“, sagte Fellmer Lloyd. „Sie überwachen den Konverter. Es wird Zeit, daß wir aussteigen.“

„Aber . . . aber diese Wesen werden uns entdecken“, wandte Tako

Kakuta ein. „Ich schlage vor, daß ich Sie mit einem Teleportersprung zur anderen Seite der Halle bringe."

„Ich bin dagegen, daß Sie jetzt schon Ihre Fähigkeit einsetzen", sagte Redhorse. „Wir wollen diesen Trumpf zuletzt ausspielen."

„Wie Sie meinen", murmelte Kakuta.

Der von Spinoza beschädigte Wagen begann zu wackeln. Redhorse sah, daß zwei Antigravprojektoren über dem Transporter schwebten, die offenbar von den Wesen gesteuert wurden, die Smith empfangen hatten. Smith selbst hockte seelenruhig auf seinem Platz und wartete darauf, daß sein Gefährt entladen wurde.

Kakuta, der zuletzt hereingeklettert war, hatte keine andere Wahl, als seinen unsicher gewordenen Platz zu verlassen. Er umklammerte mit beiden Händen eine Metallstrebe über seinem Kopf und schwang sich hinaus. Einen Augenblick hing er frei in der Luft und wartete auf die Reaktion der Fremden. Er sah, wie die Wesen ihre Arbeit unterbrachen und ihn anstarrten. Kakuta ließ sich fallen und landete unmittelbar neben Smith, der ihn aus seinen Augenwülsten verwundert ansah.

Kakuta riß den Strahler aus dem Gürtel und gab einen Warnschuß ab.

Smith knarrte empört und versuchte nach Kakuta zu greifen. Mit einem Sprung brachte der Teleporter sich aus der Reichweite von Smiths vielarmigem Körper. Lloyd erschien jetzt im Einstieg des Wracks. Das zerbeulte Fahrzeug stand noch unter dem Einfluß der Antigravfelder und schaukelte wie ein Fesselballon hin und her. Vorsichtig entfernte Lloyd sich aus dem Bereich völliger Schwerelosigkeit.

„Sie fliehen!" rief der Telepath befriedigt, als er den Rückzug der Fremden beobachtete.

„Nur keine Vorfreude!" gab Kakuta zurück. „Diese Wesen werden Hilfe anfordern. Die Schwingungswächter wissen wahrscheinlich schon, wo sie uns jetzt zu suchen haben." Seine Blicke wanderten zum Transporter zurück. „Wo, zum Teufel, bleibt der Häuptling?"

„Sollten Sie mich meinen, dann muß ich Sie darüber aufklären, daß ich auf Grund meiner langen Beine besondere Schwierigkeiten habe, hier herauszukommen", sagte Redhorse, dessen Oberkörper jetzt aus dem beschädigten Wrack ragte. „Außerdem ist die Atmosphäre innerhalb des Arsenals nicht atembar. Deshalb passe ich auf, daß ich meinen Schutzanzug nicht aufreiße."

Smith hatte endlich trotz aller Schwerfälligkeit begriffen, daß seine drei Passagiere keine Freunde waren. Er richtete sich von seinem Sitz auf und rollte auf Kakuta und Fellmer Lloyd zu.

Die beiden Männer setzten sich in Bewegung. Smith befand sich zwischen den Mutanten und Redhorse, noch unschlüssig, wen er angreifen sollte. Als er sah, daß Lloyd und Kakuta die Flucht ergriffen, richtete sich sein Zorn gegen den Cheyenne. Redhorse wich nach hinten aus. Er geriet in den Einflußbereich eines Antigravprojektors und verlor das Gleichgewicht.

Smith gab einen bellenden Laut des Triumphs von sich und wollte nach dem Terraner greifen. Da wurde auch er von der Schwerelosigkeit erfaßt. Smith knarrte so laut, daß Redhorse befürchtete, das seltsame Geräusch müßte innerhalb der gesamten Paratronblase zu hören sein. Smiths tonnenförmiger Körper überschlug sich. Redhorse angelte nach einer hochragenden Strebe und zog sich nach unten. Er winkte dem hilflos zappelnden Smith zu und folgte Kakuta und Fellmer Lloyd, die quer durch die Halle rannten.

Ein grellweißer Strahl zischte an ihm vorbei und färbte den Boden schwarz. Er blickte zurück. Hinter ihm drang eine Gruppe bewaffneter Roboter in die Halle ein. Sie hatten die Verfolgung übernommen.

Redhorse schlug einen Haken. In der Nähe der Hallenwand war es weniger hell, das würde den Robotern das Zielen erschweren. Zwei Schüsse zuckten über ihn hinweg. Ein klirrendes Geräusch, als würde eine riesige Glaswand zerspringen, drang an sein Gehör.

Er ließ sich zu Boden fallen und rollte sich ab. Mit einer Hand löste er den Zünder einer Mikrobombe. Durch den aufsteigenden Rauch sah er die Roboter herankommen. Er holte aus und warf. Die Bombe explodierte mit einem Lichtblitz. Die verfolgenden Roboter wurden durcheinandergewirbelt, aber über die deformierten Körper der Getroffenen stürmten die Nachdrängenden weiter.

Redhorse setzte seine Flucht fort. Kakuta und Fellmer Lloyd erwarteten ihn an der Hallenwand. Beide hatten ihre Strahlwaffen und Mikrobomben in den Händen.

„Wir werfen gleichzeitig!“ schrie Redhorse.

Als Zachary zu sich kam, war Tro Khon verschwunden. Vrollguarth stand im Eingang und beobachtete die schwerfälligen Armbewegungen des Terraners. Erst jetzt sah Zachary Spinoza, der neben der Pritsche stand und offenbar nicht wußte, was er unternehmen sollte.

„Wie lange war ich bewußtlos?“ fragte Zachary mühsam.

„Etwas länger als eine halbe Stunde“, antwortete Spinoza. „Ich habe nicht gewagt, Ihnen zu helfen, weil . . ." Er warf einen bedeutungsvollen Blick in die Richtung des Dimoschützen.

Zachary griff sich mit beiden Händen an die schmerzenden Schläfen.

„Ich hatte einen schrecklichen Traum", sagte er matt. „Ich träumte von zehntausend Schwingungswächtern, die mit ihren Dolans in diesem Gebäude schliefen."

„Sie werden sich an den Gedanken gewöhnen müssen, daß es kein Traum war", antwortete Spinoza trocken.

Zachary stöhnte schwach. Allmählich kehrte seine Erinnerung in vollem Umfang zurück, und er wurde sich der Ausweglosigkeit seiner Lage bewußt. Tro Khon war wahrscheinlich gegangen, um eine Streitmacht aufzustellen.

„Hat der Zweitkonditionierte etwas gesagt, bevor er verschwunden ist?" erkundigte Zachary sich.

„Er empfahl mir, Vrollguarth nicht zu reizen', berichtete der Roboter. „Aber darauf hätte ich auch ohne eine entsprechende Warnung verzichtet. Ich glaube, der Dimoschütze ist ein sensibles Wesen."

Captain Parral versuchte, Ordnung in seine erregten Gedanken zu bringen. Solange er am Leben war, mußte er auf seine Chance warten, den Zweitkonditionierten zu schaden. Er blickte an sich hinab und stellte erstaunt fest, daß er noch seine gesamte Ausrüstung besaß. Die Mikrobomben befanden sich ebenso an ihrem Platz wie der Strahler. Um sein Sauerstoffaggregat brauchte er sich vorläufig keine Sorgen zu machen. Der Luftvorrat würde noch für mindestens zehn Stunden ausreichen. Dann bestand immer noch die Hoffnung, daß wenigstens ein Teil der Räumlichkeiten in der Paratronblase mit einer auch für Terraner geeigneten Atemluft gefüllt war.

Zachary ließ sich auf sein aus flexiblem Kunststoff bestehendes Lager zurücksinken und streckte sich aus. Er hoffte, daß Vrollguarth nicht sehen konnte, wie er seine rechte Hand allmählich an den Waffengürtel heranbrachte. Sein Herz begann heftig zu schlagen. Wenn der Dimoschütze die Bewegungen sah und richtig einschätzte, würde er seine gefährliche Waffe benutzen. Zachary wußte, daß sein Leben jetzt vom Metabolismus eines völlig fremdartigen Wesens abhing. Wenn Vrollguarths Schuppenpanzer von einem Körpersekret mehr als die normale Menge absonderte, würde der Sensibilator des Dimetransstahlers sofort reagieren. Zacharys Hand, die Zentimeter um Zentimeter zur Hüfte hinabkroch, kam zum Stillstand. Der Captain befeuchtete seine ausgetrockneten Lippen mit der Zunge. Er versuchte, in den Schlitzaugen seines Gegners eine Reaktion zu erkennen, aber Vrollguarths Gesicht war viel zu fremdartig, als daß die Gefühle, die es vielleicht ausdrückte, von einem Menschen verstanden werden konnten.

Zacharys Hand war noch zwanzig Zentimeter vom Kolben des Strahlers entfernt. Er überlegte, ob er weiterhin mit äußerster Langsamkeit vorgehen oder mit einem blitzschnellen Zugriff die Entscheidung herbeiführen sollte. Er wünschte, seine Hand wäre ruhiger gewesen. Konnte er nicht Herr über dieses Zittern werden? Gewaltsam versuchte er sich zu entspannen, aber auch mit geschlossenen Augen glaubte er das Raubtiergesicht seines Wächters vor sich zu sehen.

Er fragte sich, warum man ihm den Waffengürtel gelassen hatte. Tro Khon mußte über die Bedeutung der einzelnen Ausrüstungsgegenstände informiert sein.

Wollte der Schwingungswächter seinen Gefangenen zum Selbstmord treiben, indem er ihn durch einen geschickten psychologischen Schachzug zu einem Kampf mit dem Dimoschützen veranlaßte?

Zacharys rechte Hand verkrampfte sich.

Er mußte eine Entscheidung treffen.

Was gewann er, wenn er Vrollguarth tötete? Würden nicht wenige Augenblicke später andere Gegner hereinstürzen, um den Toten zu rächen?

Zeit, dachte Zachary. Ich muß so viel Zeit gewinnen, daß es mir nach dem Tod des Dimoschützen noch gelingt, diesen Schaltraum zu zerstören. Vielleicht konnten die Schläfer nicht geweckt werden, wenn die Anlage beschädigt war.

Zachary lächelte grimmig. Er war ein Narr und ein unverbesserlicher Phantast.

Er beschäftigte sich in Gedanken bereits mit Dingen, die er tun wollte, sobald Vrollguarth ausgeschaltet war.

Aber der Dimoschütze lebte.

Zacharys Hand zuckte. In seiner Kehle entwickelte sich ein würgendes Gefühl. Seine Unentschlossenheit wuchs mit jeder Minute des Zögerns.

„Was tun wir jetzt?"

Zachary war so in sein Problem vertieft, daß er beim Klang von Spinozas Stimme zusammenfuhr.

Gleich darauf hörte er sich erleichtert aufatmen. Spinozas Frage verschob die Entscheidung erneut. Zachary Parral fragte sich, ob er feige war, weil er sich nicht dazu überwinden konnte, den Dimoschützen anzugreifen. Wie hätte ein anderer an seiner Stelle gehandelt? Was hätte Don Redhorse getan?

Der Captain preßte die Zähne aufeinander, daß es knirschte.

Die Situation, in der er sich befand, war schließlich nicht neu. Andere Männer hatten vor ihm ähnliche Probleme lösen müssen.

Aber waren sich diese Männer auch der verzweifelten, ja hoffnungslosen Lage der Menschheit bewußt gewesen? Hatte man sie auch mit einer Waffe bedroht, die einen raffinierten Auslöser besaß und die, einmal in Tätigkeit gesetzt, das Opfer in das Nichts zwischen den Universen schleudern würde?

Verdammt! dachte Zachary wütend. Er philosophierte, anstatt zu handeln.

„Was werden wir jetzt tun?“ fragte Spinoza erneut.

„Ich weiß es nicht“, gestand Zachary.

„Sie sind ein Mensch“, sagte der Roboter. „Sie *müssen* wissen, was wir jetzt unternehmen können.“

Zachary starrte ihn an.

„Bist du verrückt?“ knurrte er. „Glaubst du, mir fielen die Patentlösungen nur so in den Schoß, weil ich ein Mensch bin?“

„Natürlich“, sagte Spinoza voller Überzeugung. „Konfuzius wußte auf alle Fragen eine Antwort. Er war ein Mensch. Also darf es auch für Sie keine Probleme geben, Captain Tick-Tack.“

„Sehr scharfsinnig!“ sagte Zachary wütend. „Was hätte denn dein vielgelobtes Vorbild in meiner Situation getan?“

„Woher soll ich das wissen?“ fragte Spinoza beleidigt. „Bin ich ein Mensch?“

„Nein!“ Zachary schüttelte energisch den Kopf. „Du bist der unfähigste Roboter, der jemals die Fabriken der *Whistler-Company* verlassen hat.“

„Ich kann aber meditieren“, verteidigte Spinoza sich. Eifrig fügte er hinzu: „Wenn Sie möchten, denke ich über Ihre Schwierigkeiten nach.“

„Um Himmels willen“, stöhnte der Captain. „Verschone mich mit deinen Wahnsinnsideen!“

„Aber etwas muß ich doch tun!“

„Ja“, sagte Zachary drohend. „Schweigen!“

Spinoza murmelte etwas, das wie eingebildeter Ignorant klang, aber Zachary konzentrierte seine Aufmerksamkeit bereits wieder auf den Dimoschützen.

Ich werde es tun! dachte er mit plötzlicher Entschlossenheit.

Seine Hand wanderte weiter abwärts.

Wenig später mußte sie das kalte Material des Strahlers berühren.

Unwillkürlich hielt Zachary den Atem an. Er ließ Vrollguarth nicht aus den Augen. Der Dimoschütze stand bewegungslos im Eingang. Seine gefährliche Waffe hielt er lässig in der Klaue.

Zachary fühlte, daß er an der Schwelle zwischen Leben und Tod stand.

16.

Das Explosionsgeräusch der drei Mikrobomben übertönte das Zischen der Strahlwaffen und das Prasseln des Feuers. Aus trägen Rauchschwaden zuckten den drei Männern Flammenzungen entgegen. Einige verstümmelte Roboter taumelten aus dem Qualm und brachen nur wenige Schritte vor Redhorse und den beiden Mutanten zusammen.

Redhorse blickte sich um. Die Sicht war stark behindert, aber das war für die Verfolger ebenso ein Nachteil wie für die Verfolgten. Redhorse hoffte, daß es ihnen gelungen war, den Vormarsch der Roboter für kurze Zeit zu stoppen. Während der erzwungenen Atempause mußten sie einen neuen Fluchtweg finden.

„Wir werden eingekreist", alarmierte Fellmer Lloyd seine beiden Begleiter. „Ich kann die Impulse einiger Wesen spüren, die sich der Halle von der anderen Seite nähern."

„Ich teleportiere mit Ihnen in einen anderen Teil der Paratronblase", erbot Tako Kakuta sich erneut. „Hier können wir uns nicht länger verteidigen."

„Schonen Sie Ihre Kräfte", sagte Redhorse. „Sie werden sie noch brauchen."

Er überlegte einen Augenblick, in welcher Richtung sie fliehen konnten. Der Haupteingang des Gebäudes war von Robotern besetzt. Von der anderen Seite näherten sich Fremde, über deren Absichten keine Zweifel bestanden.

„Wir bewegen uns an der Hallenwand entlang", entschied Redhorse. „Vielleicht entdecken wir einen Zugang in die benachbarten Gebäude."

Redhorse wußte, daß er seine Kräfte nicht überschätzen durfte. Lloyd und Kakuta waren Zellaktivatorträger. Sie konnten die Strapazen besser ertragen als der Kommandant der WYOMING. Das war auch der Grund, warum Kakuta bereits zweimal vorgeschlagen hatte, die Flucht durch eine Teleportation fortzusetzen. Die psionische Energie des Mutanten war jedoch nicht unerschöpflich, und Redhorse wollte sie für den äußersten Notfall aufgehoben wissen.

Die drei Männer gelangten in einen Teil der Halle, wo die Rauchentwicklung noch nicht so stark war. Redhorse erblickte einen schmalen Durchgang in einen anderen Raum und blieb stehen.

„Was können Sie spüren?“ fragte er Lloyd.

„Niemand scheint vor uns zu sein“, sagte der Telepath. „Vergessen Sie aber nicht die Roboter. Positronische Gehirne kann ich nicht orten.“

Redhorse schüttelte den Kopf. Er hatte den Eindruck, als würden die Verfolger jetzt zurückbleiben. Nach der Explosion der drei Bomben hatten die Roboter keinen neuen Angriff unternommen. Auch die von Fellmer Lloyd georteten Fremden näherten sich offenbar nur langsam. Redhorse fragte sich beunruhigt nach dem Grund für diese Vorsicht. Befürchteten die Bewohner des Arsenals, daß die Flüchtlinge noch stärkere Bomben bei sich trugen und schwere Schäden anrichten konnten, oder näherten sich die drei Männer einer Falle, die eine weitere Verfolgung überflüssig machte?

Der Cheyenne hob einen Arm.

„Warten Sie hier!“ befahl er den Mutanten. „Ich sehe mich auf der anderen Seite des Durchgangs um. Ich gebe Ihnen ein Zeichen, wenn alles in Ordnung ist. Andernfalls setzten Sie die Flucht allein fort.“

„Warum sollen wir uns trennen, Oberst?“ protestierte Fellmer Lloyd.

„Ich bin der schwächste Teil unserer Gruppe“, sagte Redhorse. „Deshalb werde ich vorausgehen. Wenn mir etwas zustößt, kommen Sie bestimmt schneller voran als bisher. Vergessen Sie nicht, daß es unser Ziel ist, innerhalb dieses Arsenals an wichtigen Stellen so viel Schaden anzurichten, daß die Schwingungswächter einige Zeit mit sich selbst beschäftigt sind.“

Er wartete keine weiteren Einwände ab, sondern eilte voraus. Der Durchgang in das anschließende Gebäude war unbewacht. Redhorse zögerte einen Augenblick, dann ging er mit vorgehaltener Waffe durch die torbogenförmige Öffnung.

Er blinzelte verwirrt, als er den Raum betrat. Es gab keine sichtbaren Wände, sondern die Grenzen des Raumes wurden von ineinanderfließenden leuchtenden Wolken gebildet, die bis unter die Decke reichten und dort langsam rotierten. Der Boden schien vor Redhorse abzukippen, aber sein Verstand sagte ihm, daß seine Augen betrogen wurden. Die Leuchtwolken und die spiegelähnliche Fläche der Decke schufen Eindrücke, die Schwindelgefühl in Redhorse hervorriefen.

Ungefähr in der Mitte des Raumes klaffte eine dreieckige Öffnung im Boden. Sie schien die einzige Realität zu sein, und doch war Redhorse sicher, daß die seltsamen Effekte dort ihren Ursprung hatten.

„Sie können kommen!“ rief er in sein Helmsprechgerät. „Hier droht uns keine Gefahr.“

Die drei Männer hatten ihre Funkgeräte noch immer auf schwächste Leistung eingestellt, um die Gefahr einer Ortung zu verringern. Aus dem gleichen Grund zögerte Redhorse, sich mit Captain Parral in Verbindung zu setzen. Der junge Offizier mußte selbst wissen, wann er wieder Kontakt mit Redhorses Gruppe aufzunehmen hatte. Vielleicht, überlegte Redhorse, war Parral dazu nicht mehr in der Lage.

Lloyd und Kakuta traten durch den Eingang und unterbrachen die Gedanken des Cheyenne.

„Was ist das?“ entfuhr es Kakuta, als er die fremdartige Umgebung erblickte. „Ein Irrgarten?“

„Warten Sie ein paar Sekunden“, sagte Redhorse.

„Das gefällt mir nicht“, murmelte Fellmer Lloyd. „Es sieht nach einer Falle aus.“

„Unsinn“, widersprach Redhorse. „Dieser Raum ist nicht erst jetzt erbaut worden. Er sah vor unserer Ankunft nicht anders aus. Ich nehme an, daß es innerhalb der Paratronblase Stellen gibt, an denen Hyperraumeffekte zur Geltung kommen. Hier scheint so ein Platz zu sein.“

Lloyd kniff die Augenbrauen zusammen.

„Es gibt nur einen Eingang“, stellte er fest. „Wie groß ist dieser Raum überhaupt?“

„Das läßt sich nur feststellen, wenn wir ihn durchqueren“, erwiderte der Indianer.

„Dann brauchen die Roboter nur diesen Durchgang abzuriegeln, um uns zu fangen“, wandte Kakuta ein.

„In diesem Fall würde ich meine Meinung ändern und Sie bitten, Fellmer Lloyd und mich mit einem Teleportersprung hier herauszubringen“, sagte Redhorse.

„Sehen Sie den Einschnitt im Boden?“ fragte Fellmer Lloyd. „Er sieht aus wie eine überdimensionale Pfeilspitze. Ich kann mir nicht vorstellen, was diese Öffnung zu bedeuten hat.“

„Sehen wir nach“, schlug Redhorse vor und setzte sich in Bewegung. Wie fast alle erfahrenen Raumfahrer der Solaren Flotte hatte er gelernt, das Ungewöhnliche schnell zu akzeptieren. Das Universum barg viele Rätsel, und sie befanden sich jetzt in einer Station im Hyperraum, wo völlig andere Gesetze als im Einsteinuniversum Gültigkeit besaßen.

Es war unmöglich, die Entfernung bis in die Mitte des Raumes zu schätzen, aber die drei Männer erreichten ihr Ziel schneller, als sie geglaubt hatten. Nebeneinander standen sie am Rand der seltsam geformten Bodenöffnung. Von den beiden Seitenlinien des Dreiecks führten Treppen in die Tiefe, deren Stufen nach ein paar Metern miteinander zu verschmelzen schienen. Redhorse schätzte, daß er nicht weiter als vier bis fünf Meter hinabblicken konnte. Alles, was tiefer lag, löste sich in milchigem Nebel auf. Von der Grundlinie des Dreiecks fiel eine dunkelgraue Wand steil nach unten. Auch sie verschwand in der undurchsichtigen Substanz.

„Sieht aus wie eine Doppeltreppe“, sagte Fellmer Lloyd unsicher. „Weiter unten überschneiden sich die Stufen. Kein Mensch würde eine solche Treppe bauen.“

„Kein Mensch“, wiederholte Redhorse bedeutungsvoll. „Aber vielleicht verändert sich der Anblick, wenn wir hinabgehen.“

Tako Kakuta trat einen Schritt zurück und deutete ungläubig auf die Öffnung.

„Sie wollen diesen Abgang benutzen?“

„Das habe ich vor“, gab Redhorse zurück. „Ich habe das sichere Gefühl, daß wir auf der Spur eines Rätsels der Paratronblase sind. Der Anblick der Doppeltreppe bestätigt mir, daß dieser Raum eine gewisse Beziehung zum Hyperraum besitzt. Vielleicht ist hier die Verbindungsstelle zwischen den Dimensionen.“

„Und wo führt Ihrer Ansicht nach die Treppe hin?“ fragte Lloyd.

„Das werden wir herausfinden“, sagte Redhorse entschlossen. Behutsam setzte er einen Fuß auf die oberste Stufe. Er winkte den beiden anderen zu.

Die Stufen schienen vor den drei Männern zurückzuweichen. Sie bestanden aus glattem, aber festem Material.

„Seit wir auf der Treppe sind, kann ich keine Bewußtseinsströmungen mehr wahrnehmen“, verkündete Fellmer Lloyd. „Es ist, als wäre ringsum alles ausgestorben. Entweder haben die Verfolger sich zurückgezogen, oder es gibt hier eine Abschirmung, die die Impulse nicht durchdringen läßt.“

„Können Sie unsere Gedanken spüren?“ wollte Redhorse wissen.
„Ja“, sagte Lloyd. „Dabei habe ich keine Schwierigkeiten.“
„Wir gehen weiter“, sagte Redhorse.

Die Treppe führte verhältnismäßig steil nach unten. Wenn der undurchdringliche Nebel nicht trog, wurden die Stufen unten breiter. Als die Raumfahrer die Stelle erreichten, wo sich die beiden Treppen miteinander verbanden, stellten sie fest, daß der Anblick von oben sie getäuscht hatte. In Wirklichkeit endete keine der Treppen, sondern die Stufen verliefen quer zueinander, so daß sie aussahen wie gekreuzte Balken. Je tiefer die Männer kamen, desto schwieriger wurde es für sie, sich auf den Beinen zu halten. Obwohl die Stufen sich verbreiterten, verloren sie durch die Querstellung an Auflagefläche. Redhorse, der an der Spitze ging, mußte sich mit gespreizten Beinen bewegen.

Aus der Tiefe kam ein rotes Leuchten, das den Nebel allmählich verdrängte. Die Wand auf der anderen Seite verlief schräg nach hinten, so daß sich die Männer immer weiter von ihr entfernten.

„Wir befinden uns innerhalb eines gekrümmten Trichters von gewaltigen Ausmaßen“, sagte Don Redhorse. „Die Doppeltreppe führt an den Innenwänden dieses Hohlraums hinab. Da sich der Trichter nach unten verjüngt, überkreuzen sich die Treppen an mehreren Stellen. Theoretisch müßten die Stufen sich weiter unten wieder teilen, so daß wir besser vorankommen können.“

„Wie kommen Sie darauf, daß wir in einem Trichter sind?“ erkundigte Kakuta sich erstaunt.

„Wir haben ihn vom Weltraum aus gesehen“, antwortete Redhorse.

„Sie glauben, daß wir uns innerhalb des Auswuchses befinden, der von der Paratronblase in den Hyperraum ragt?“ fragte Fellmer Lloyd.

Redhorse nickte.

„Wir sind uns darin einig, daß die Schwingungswächter ihr Waffenarsenal auf einer Plattform errichtet haben, die von einer Paratronblase innerhalb des Hyperraums stabil gehalten wird. Unterhalb der Plattform befindet sich nichts außer diesem Trichter, den wir von Bord des Dolans beobachtet haben. Da wir uns immer weiter in die Tiefe bewegen, können wir uns nur in diesem Teil der Blase aufhalten.“

„Dann müssen wir umkehren“, meinte Tako Kakuta. „Welchen Sinn hat es, wenn wir bis in die untersten Regionen vordringen?“

„Ich möchte herausfinden, was sich dort unten befindet.“ Redhorse stieß einen leisen Pfiff aus, als er an eine überraschende Möglichkeit dachte. „Das gesamte Arsenal wird wahrscheinlich von diesem Gebilde getragen, das weit in den Hyperraum hinausragt. Hier befindet sich die Nahtstelle zweier physikalisch grundverschiedener Dimensionen. Die Schwingungswächter haben es verstanden, die Energien des Hyperraums für ihre Zwecke zu nutzen."

Seine Füße, die nach den nächsten Stufen tasteten, stießen ins Leere. Redhorse hatte damit gerechnet, daß sie früher oder später jene Stelle erreichen würden, wo die Querstellung der Stufen so gering war, daß die Treppe sich in eine glatte Wand verwandelte. Zehn Meter weiter unten mußten die Vorsprünge sich wieder vergrößern.

Der Cheyenne zog sich so weit hoch, bis er neben Lloyd und Kakuta stand.

„Ich werde jetzt das Flugaggregat einschalten und ein paar Meter in die Tiefe fliegen", kündigte er an. „Sie warten hier, bis ich Sie auffordere, mir zu folgen."

„Wir wollten die Flugaggregate wegen der Ortungsgefahr nicht benutzen", erinnerte Kakuta.

„Ich glaube nicht, daß wir uns darüber Gedanken machen müssen", antwortete der Oberst. „Hierher folgt uns niemand. Außerdem gibt es hier so viele Energiequellen, daß der Ausstoß des Aggregats nicht anzupeilen ist."

Redhorse flog los. Nachdem er ein paar Meter zurückgelegt hatte, wurde er vollständig von der roten Masse umhüllt, die er bereits vom Dolan aus gesehen hatte. In der unteren Hälfte des Trichters schien der Einfluß der Hypereffekte besonders stark zu sein.

Redhorse blickte nach oben. Er biß sich auf die Unterlippe, um keinen Entsetzensschrei auszustoßen. Kakuta und Lloyd schienen sich vervielfacht zu haben. Die Körper der beiden Männer glichen Vexierbildern und waren fast bis zur Unkenntlichkeit verzerrt. Redhorse wußte, daß er einer optischen Täuschung unterlegen war, aber seine Augen sahen weiterhin Dinge, von denen sein Verstand wußte, daß es sie nicht gab.

Plötzlich setzte das Flugaggregat aus. Redhorse drückte den Sicherungsknopf, aber der kleine Antrieb reagierte nicht. Bewegungslos hing der Kommandant der WYOMING in der rot leuchtenden Emulsion. Er rief nicht um Hilfe, weil er nicht wollte, daß auch seine Begleiter in Gefahr gerieten. Er gab es auf, sich an dem Aggregat zu schaffen zu machen. Es war in Ordnung, aber die Ausstrahlenergie blieb in diesem Gebiet des Trichters völlig ohne Wirkung. Der Indianer bemerkte zu seinem Entsetzen, daß er langsam nach unten sank. Irgendwann würde er auf diese Weise den tiefsten Punkt des Trichters erreichen und endgültig in den Hyperraum gelangen. Dann war er verloren.

„Warum kommen Sie nicht zurück?“ klang Kakutas Stimme in Redhorses Helmlautsprecher auf.

„Einen Augenblick“, sagte Redhorse. „Ich sehe mich noch ein bißchen hier unten um.“

Er hoffte, daß die beiden Männer nicht merkten, daß er sie belog. Lloyd vermied es im allgemeinen, die Gedanken seiner Begleiter zu kontrollieren. Redhorse mußte eine Möglichkeit zur Umkehr finden, bevor der Telepath unruhig wurde und sich auf parapsychischem Wege in seine Gedanken einschaltete.

Redhorse begann mit den Beinen zu strampeln. Mit den Armen machte er Schwimmbewegungen. Er kam jedoch in der zähflüssigen Masse nicht voran. Abermals blickte er nach oben. Kakuta und Lloyd hatten sich in Riesen verwandelt, die einer anderen Welt anzugehören schienen. Und das, dachte Redhorse deprimiert, traf ja auch in gewissem Sinne zu. Die Mutanten gehörten noch in die Realwelt, während er immer tiefer in eine fremde Dimension absank.

„Was haben Sie dort unten entdeckt?“ fragte Kakuta.

„Nichts Besonderes.“ Redhorse bemühte sich, seine Stimme ruhig klingen zu lassen.

„Warum antworten Sie nicht?“ rief Kakuta. „Wir können Sie nicht mehr sehen. Antworten Sie, Don Redhorse!“

Ein Schauer des Entsetzens lief über Redhorses Rücken. Er hörte die Rufe seiner Begleiter, aber seine Stimme erreichte die beiden Männer nicht mehr. Das bedeutete, daß sie ihm in wenigen Augenblicken folgen würden, um herauszufinden, was mit ihm passiert war. Dazu durfte es nicht kommen, denn dann waren sie alle drei verloren.

„Bleiben Sie, wo Sie sind!“ schrie Redhorse verzweifelt.

Keine Antwort. Redhorse glaubte, in der roten Substanz ersticken zu müssen, die selbst in das Innere seines Helmes einzusickern schien.

„Oberst!“ Diesmal rief Fellmer Lloyd. „Ich empfange Ihre Gedanken nicht mehr. Ich weiß nicht, was mit Ihnen geschehen ist und ob Sie uns hören können, aber wir folgen Ihnen jetzt und versuchen, Ihnen zu helfen.“

Redhorse wußte, daß es keinen Sinn hatte, eine Antwort zu geben. Er war ein Gefangener der 5-D-Treppe, und es war nur eine Frage von Sekunden, bis Fellmer Lloyd und Tako Kakuta in die gleiche Falle gehen würden, die auch ihm zum Verhängnis geworden war.

Alles ereignete sich so schnell, daß Zachary Parral sich später nicht an Einzelheiten erinnern konnte. Dabei schienen während des Geschehens alle Vorgänge von entsetzlich langer Dauer zu sein. Zacharys Hand und der Abzug des Strahlers wurden von einer viel zu großen Entfernung getrennt, und die Bewegung, mit der Zachary nach der Waffe griff, schien von quälender Langsamkeit zu sein, obwohl es die Bewegung eines Mannes war, der nichts zu verlieren hatte und daher mit der Entschlossenheit und dem Mut eines zum Tod Verurteilten handelte.

Noch während Zacharys Hand zur Waffe griff, hob Vrollguarth den Arm, und der Tod schaute Zachary aus vier dunklen Mündungen entgegen.

Zachary Parral war schnell gewesen, aber Vrollguarth, der kämpfen konnte, ohne seinen Verstand zu benutzen, weil der Sensibilator des Dimetransstrahlers ihm alle Entscheidungen abnahm, übertraf den Captain in der Reaktion.

Doch noch schneller als der Terraner und Vrollguarth, der aus einer anderen Galaxis kam, war ein nichtmenschliches Wesen.

Spinoza sprang im selben Augenblick, als Zachary Parral die Entscheidung getroffen hatte, auf den Wächter zu schießen. Er warf sich in die Schußbahn. Der *Whistler*-Roboter wurde von der Energiespirale des Dimetransstrahlers getroffen.

Während Spinoza in einem Wirbel aufgelöster Moleküle im Hyperraum verschwand, schoß auch Zachary.

Vrollguarth wurde gegen die Wand geschleudert und sackte zu Boden. Seine Klaue, die den Dimetransstrahler hielt, zuckte noch ein paarmal, aber sie war zu schwach, um die Waffe zu heben.

Zachary sprang von der Pritsche. „Spinoza!“ schrie er.

Er wußte, daß für den Roboter jede Hilfe zu spät kam. Zachary taumelte wie benommen auf den Dimoschützen zu. Er bückte sich und wollte nach der Waffe greifen, die dem *Whistler*-Roboter zum Verhängnis geworden war. Da fiel ihm ein, daß der Dimetransstrahler, der keinen Abzug besaß, für ihn wertlos war.

Unschlüssig blickte er sich um. Er wußte nur, daß er sich in der obersten Etage eines riesigen Turmes befand, in dessen Räumen zehntausend Zeitpolizisten mit ihren Dolans schliefen. In den verschiedenen Hallen wimmelte es von feindlichen Wesen, die nach Tro Khons Worten als Aufbereiter, Konservierer und Erwecker arbeiteten. Es war undenkbar, daß es Zachary gelingen würde, unbemerkt bis in die unterste Etage zu kommen.

Der Captain fragte sich, ob es einen Sinn hatte, wenn er vor seiner erneuten Gefangennahme die Schaltsäulen in diesem Raum zerstörte. Wenn es sich nur um die Kontrollen für die Beobachtungsgeräte handelte, konnte eine solche Handlung den Schwingungswächtern nicht schaden. Mehr Erfolg versprach ein Angriff auf eine Schlafhalle. Zachary wußte, daß er nichts zu verlieren hatte. Trotzdem blieb er zögernd stehen. Sollte er sein Funkgerät auf Höchstleistung stellen und versuchen, mit den drei anderen Männern Kontakt aufzunehmen?

Er schüttelte den Kopf. Redhorse und die beiden Mutanten hatten wahrscheinlich genügend eigene Probleme. Zachary mußte auf eigene Faust handeln. Er holte tief Atem. Von ihm hing es ab, ob ein erneuter Angriff der Schwingungswächter auf das Solare Imperium lange genug verzögert werden konnte, um der Menschheit Gelegenheit zu geben, viele Raumschiffe mit FpF-Geräten auszurüsten.

Parral bewegte sich auf den Ausgang zu. Er konnte in einen Gang hineinsehen, der nur schwach beleuchtet war. Kein fremdes Wesen schien sich in unmittelbarer Nähe aufzuhalten. Zachary trat durch den Torbogen.

Ein riesiger Schatten fiel über ihn her, und ein Schlag, der ihm den Unterarm brach, riß ihm die Waffe aus der Hand. Er schrie auf, als er Tro Khon erkannte, der neben dem Durchgang gestanden und gewartet hatte.

Tro Khon setzte einen Fuß auf den Strahler, und Zachary konnte hören, wie die Waffe zerbrach. Mit der linken Hand umklammerte der Captain seinen schmerzenden Arm. Durch Zacharys unvorsichtiges Vorgehen war Spinozas Opfer sinnlos geworden.

„Der Sensibilator eines Dimetransstrahlers erfüllt zwei Aufgaben", sagte Tro Khon leidenschaftslos. „Erstens reagiert er auf die Ausscheidungen eines angegriffenen Dimoschützen, und zweitens sendet er sofort ein Notsignal, wenn der Träger der Waffe ausfällt."

Captain Zachary verstand.

„Ich weiß nicht, was ich mit Ihnen machen soll", fuhr Tro Khon nachdenklich fort. „Es wird am besten sein, wenn ich Sie an Bord meines Dolans bringen lasse. Dort können Sie keinen Schaden anrichten."

„Warum töten Sie mich nicht?" fragte Zachary dumpf.

„Sie hätten den Tod verdient", gab der Schwingungswächter zurück. „Ihre Begleiter befinden sich jedoch noch in Freiheit. Es kann sein, daß ich Sie als Geisel benutzen muß."

Der Captain senkte den Kopf.

„Es gibt nichts, was Ihr *Whistler*-Roboter nicht für Sie erledigen könnte“, murmelte er.

„Was soll das bedeuten?“ erkundigte Tro Khon sich.

„Es war eine Nachrede für jemanden, der sich für einen Dummkopf geopfert hat“, antwortete Zachary.

Er wehrte sich nicht, als ein Netz auf ihn herabfiel und ihn umschlang.

Redhorse riß den Kombistrahler aus dem Waffengürtel, schaltete ihn auf Impulsfeuer und feuerte einen Schuß ab. Zu seiner Erleichterung funktionierte die Waffe.

Die rote Masse, die den gesamten unteren Teil des Trichters ausfüllte, wurde von einem hellen Energiestrahl gespalten. Redhorses Abwärtsbewegung kam zum Stillstand. Er drückte abermals ab. Diesmal hatte er Erfolg und trieb langsam nach oben.

„Kakuta!“ schrie er.

Niemand antwortete. Er war noch nicht hoch genug. Abermals benutzte er den Strahler als Rückstoßaggregat.

„Kakuta!“ rief er erneut.

„Ja!“ Die Stimme des Teleporters überschlug sich vor Erleichterung. „Alles in Ordnung, Don?“

„Bleiben Sie, wo Sie jetzt sind!“ befahl Redhorse. „Hier ist gefährliches Gebiet. Ich bin gleich wieder bei Ihnen.“

Das Flugaggregat des Kampfanzuges begann wieder zu funktionieren, und der Cheyenne erreichte wenige Augenblicke später die Stelle, wo die beiden Mutanten auf den schmalen Querstufen standen.

„Der Trichter geht allmählich in den Hyperraum über“, erklärte Don Redhorse. „Die rote Emulsion absorbiert fast alle artfremde Energie. Zum Glück funktionierte mein Strahler noch, und ich konnte verhindern, daß ich in den Pararaum abfiel.“

„Es geht also wieder aufwärts?“ fragte Fellmer Lloyd.

„Ja“, bestätigte Redhorse. „Wir wissen jetzt, daß der Trichter die Verbindungsstelle der Paratronblase und des Hyperraums ist. Die Plattform schwimmt sozusagen auf der halbstofflichen Emulsion, mit der dieser Hohlkörper angefüllt ist.“

„Der Trichter ist aber nicht das, was Sie zu finden hofften“, erriet Fellmer Lloyd.

„Nein“, gab Redhorse zu. „Irgendwo innerhalb des Arsenals muß es

Energiestationen von großer Kapazität geben. Ich hatte angenommen, daß wir hier unten ein paar Aggregate finden würden, mit deren Hilfe die Paratronfelder des Arsenals aufgebaut und erhalten werden."

Redhorse hatte beabsichtigt, diese Energiestation zu beschädigen oder zu vernichten.

Die Männer blieben schweigsam, als sie die Stufen emporstiegen. Redhorse überlegte, ob sie sich trennen und einzeln nach den Aggregaten suchen sollten. Auf diese Weise konnte es vielleicht einem von ihnen gelingen, das Ziel zu erreichen.

„Ich befürchte, daß wir oben bereits erwartet werden", durchbrach Kakutas Stimme die Stille. „Unsere Verfolger haben angenommen, daß wir in den Hyperraum stürzen würden. Trotzdem werden sie ein Abfangkommando am Ende der Treppe stationiert haben."

„Das befürchte ich auch", sagte Redhorse. „Wenn es ernst wird, müssen Sie unbedingt mit uns aus der Gefahrenzone teleportieren, Tako."

„Wohin?" erkundigte der Teleporter sich lakonisch.

Redhorse dachte nach. Sie waren überall gefährdet. Wenn sie wenigstens einen Platz gefunden hätten, wo sie vor ihren Verfolgern sicher waren. Aber innerhalb des Arsenals schien es ein solches Versteck nicht zu geben.

„Warum springen wir nicht in den Dolan zurück?" schlug Fellmer Lloyd vor. „An Bord des Retortenwesens wird man uns bestimmt nicht vermuten."

„Das halte ich für eine gute Idee", stimmte Redhorse zu. „Wir müssen zwar damit rechnen, auf Reparaturkommandos zu stoßen, doch mit diesen werden wir vielleicht fertig. Außerdem kann Camaron Olek uns helfen, sofern er noch am Leben ist."

„Ich spüre fremdartige Bewußtseinsströmungen", teilte Fellmer Lloyd seinen Begleitern mit. „Am Ende der Treppe stehen Wächter und warten auf uns."

Redhorse packte Tako Kakuta am Arm. Der Teleporter wartete, bis auch der Telepath an seiner Seite war, dann begann er sich zu konzentrieren.

„Hoffentlich haben wir Glück", meinte Lloyd.

„*H'gun*!" stieß Redhorse hervor. „Nur Mut!"

Das Netz transportierte Zachary Parral auf dem gleichen Weg zurück, den es bereits eingeschlagen hatte, als es den Gefangenen zum Konservierungsturm gebracht hatte. Die schlingenartigen Auswüchse der leuchtenden Kugel hielten den Terraner so fest, daß er sich nicht bewegen konnte. Zacharys Entschlußkraft war außerdem im Augenblick erlahmt, so daß er keine Anstrengungen unternahm, sich zu befreien. Erst jetzt stellte er fest, daß er sich an Spinoza wie an ein lebendes Wesen gewöhnt hatte. Er würde den Roboter vermissen.

Zachary starrte auf die helle Fläche des Landefelds hinab. Fremdartig aussehende Fahrzeuge rollten unter ihm vorbei. Dazwischen bewegten sich Gestalten, wie Zachary sie niemals zuvor gesehen hatte. Innerhalb des Waffenarsenals der Zweitkonditionierten schienen sich die Angehörigen Hunderter verschiedener Völker aufzuhalten. Zachary bezweifelte, daß sie alle freiwillig ihren Dienst verrichteten. Bestimmt gab es genügend Intelligenzen, die sich gern aus ihrem Sklavendasein befreit hätten, sich aber der Überlegenheit der Schwingungswächter beugen mußten.

Zachary fragte sich, ob er an Bord des Dolans Gelegenheit haben würde, sich mit solchen Wesen in Verbindung zu setzen. Das Retortenwesen Tro Khons mußte überholt werden, also würden sich viele Fremde darin aufhalten. Zachary wußte nicht, welche Befehle das Netz hatte, das ihn zum Dolan brachte. Vielleicht brachte man ihn in einem abgelegenen Raum unter, der nie von jemandem betreten wurde.

Der Captain dachte an Camaron Olek. Wenn er über Fellmer Lloyds telepathische Fähigkeiten verfügt hätte, wäre es ihm gelungen, mit dem Kosmonauten in Verbindung zu treten. Zachary erschauerte, als ihm einfiel, daß Tro Khon den Plan haben könnte, ihn als Exekutor einzusetzen. Zachary wollte lieber sterben als das gleiche Schicksal wie Olek erleiden.

Zwei Schlingen des Netzes ringelten sich um seinen gebrochenen Unterarm und bereiteten ihm starke Schmerzen. Sie trugen dazu bei, ihn seine Niedergeschlagenheit vergessen zu lassen. Er erinnerte sich an seinen Entschluß, so lange Widerstand zu leisten, wie er am Leben war.

Das Netz schien zu spüren, daß der Gefangene neue Initiative entwickelte, denn es zog seine Fangarme enger um Zacharys Körper. Der Captain kümmerte sich nicht darum. Solange sie sich noch über dem Landefeld befanden, war jeder Befreiungsversuch sinnlos.

In unmittelbarer Nähe des synthetischen Riesenwesens standen mehrere Wagen, bei denen es sich nur um Montagefahrzeuge handeln konnte. Außerdem erkannte Zachary eine Anzahl von Öffnungen in der Außenhülle des Dolans, durch die die Arbeiter an Bord gelangten.

Das Netz sank langsam auf das Landefeld hinab. Einige tropfenförmige Flugkörper glitten in unmittelbarer Nähe vorüber. Zachary glaubte, daß es sich um Robotmaschinen handelte, die ständig durch die Paratronblase flogen und nach Unregelmäßigkeiten in der Umhüllung suchten. Der energetische Schutz des Arsenals mußte starken Spannungen ausgesetzt sein. Die Station der Zeitpolizisten bildete innerhalb des Hyperraums einen Anachronismus, denn unter normalen Umständen konnte kein Körper aus dem normalen Raum-Zeit-Kontinuum in einer überlagerten Dimension stofflich stabil bleiben. Die Tatsache, daß die Schwingungswächter es geschafft hatten, sich über dieses Naturgesetz hinwegzusetzen, bewies Zachary erneut, welch hohen Stand die Technik der Zweitkonditionierten erreicht hatte.

Zachary hatte erwartet, daß das tiefer sinkende Netz einiges Aufsehen erregen würde, doch keines der Wesen, die in der Nähe des Dolans beschäftigt waren, nahm Notiz von dem gefangenen Terraner.

Der Captain warf einen letzten Blick auf das Landefeld, bevor das Netz ihn durch eine Öffnung ins Innere des Dolans brachte. Zachary hatte den Eindruck, daß fieberhaft an der völligen Wiederherstellung des Retortenwesens gearbeitet wurde. Das konnte nur bedeuten, daß Tro Khon beabsichtigte, nach einer kurzen Frist ins Sonnensystem zurückzukehren, um seinen Kampf gegen die vermeintlichen Zeitverbrecher fortzusetzen.

Im Innern des Dolans herrschten die gleichen Lichtverhältnisse, wie Zachary sie bereits von seinem ersten Aufenthalt an Bord gewöhnt war. In den Gängen hielten sich gespenstisch aussehende Wesen auf, die bereitwillig Platz machten, damit das Netz mit seinem Opfer vorbeischweben konnte. Dann öffnete sich unmittelbar vor Zachary das Synthobi-Gewebe, und die Kugel, die den Terraner mit ihren Armen umfangen hielt, glitt in einen ovalen Raum hinein, der ungefähr sechs Meter lang und halb so breit war. Zachary konnte vorläufig nicht erkennen, ob es irgendwelche Einrichtungsgegenstände gab, denn das Netz hatte sich gedreht, so daß der bewegungsunfähige Mann nur die Decke sehen konnte.

Zachary spürte, wie er sanft am Boden landete. Der Zugriff der Schlingen lockerte sich. Mit schnellen Griffen ihrer Tentakel entfernte die Kugel die Mikrobomben aus Zacharys Gürtel und zog sich damit zurück. Während der Raumfahrer noch benommen am Boden lag, verschwand das Netzwesen durch einen Spalt, der sich unmittelbar hinter ihm wieder schloß.

Captain Parral unternahm keinen Versuch, den kleinen Raum zu verlassen. Er wußte, daß sich die Wände vor ihm nicht öffnen würden. Bis auf zwei halbrunde Erhebungen auf der anderen Seite des Raumes war der Boden glatt. Auch an den Wänden und an der Decke waren keine Geräte befestigt. Zachary fragte sich, ob er beobachtet wurde.

Er verhielt sich still und lauschte.

Innerhalb des Dolans schien es völlig still zu sein. Die Wände und Zacharys Helm hielten alle Geräusche ab.

Zachary erhob sich. Er war noch ein wenig unsicher auf den Beinen. Er bewegte versuchsweise den gebrochenen Arm. Der Schmerz ließ ihn das Gesicht verziehen. Er mußte sich damit abfinden, daß er nicht mehr voll einsatzfähig war. Er konnte froh sein, daß Tro Khons Schlag nicht seinen Anzug aufgerissen hatte.

Zachary trat an eine Wand heran und tastete sie ab. Das Material war nachgiebig, aber zäh.

„Olek!" rief Zachary versuchsweise. „Können Sie mich hören, Olek?"

Wie er erwartet hatte, erhielt er keine Antwort.

Als er sich umdrehte, um zur anderen Wand hinüberzugehen, entstand in der Mitte des Raumes ein Flimmern. Zachary blieb wie erstarrt stehen. Mit ungläubig aufgerissenen Augen sah er zu, wie das Flimmern erstarb und drei bekannte Gestalten sichtbar wurden.

„Oberst Redhorse!" stieß Zachary hervor. „Kakuta und Fellmer Lloyd!"

Er vergaß seine Schmerzen und bewegte sich auf die drei Männer zu.

17.

Seit der Landung des Dolans und der Flucht der vier Terraner hatte Camaron Olek sich ruhig verhalten. Er hatte sein Bewußtsein gegen die sechs anderen Exekutoren abgekapselt und darauf gewartet, daß Tro Khon ihn gegen einen anderen Kosmonauten austauschen würde.

Bisher war jedoch nichts geschehen, obwohl bereits einige Stunden verstrichen waren. Oleks Bewußtsein spürte die hektische Betriebsamkeit, die die Mechaniker im Innern des Dolans entfalteten. Überall an Bord wurde gearbeitet. Der letzte Teil der Arbeit würde darin bestehen, das Symposium durch einen loyalen Kosmonauten zu vervollständigen. Danach konnte Tro Khon mit seinem Dolan erneut gegen die Menschheit kämpfen.

Olek war sich seiner Hilflosigkeit bewußt. Er hätte versuchen können, die Instandsetzungsarbeiten innerhalb des Dolans zu sabotieren, doch dann hätte er sein Bewußtsein öffnen müssen. Die Bewußtseinsinhalte der fremden Wesen, die zusammen mit Camaron Olek und dem Dolan das Symposium bildeten, hatten klar zu erkennen gegeben, daß sie auf Tro Khons Seite standen. Für Olek war es bedeutungslos, ob die Exekutoren den Schwingungswächter aus Sympathie oder aus Angst unterstützten. Wichtig war allein, daß er nicht mit ihrer Hilfe rechnen konnte.

Sobald er etwas unternehmen würde, was gegen den Dolan gerichtet war, mußte er damit rechnen, daß man seinen Körper aus dem Ruheraum holte und vernichtete. Das hätte das Ende Camaron Oleks bedeutet. Wenn er sich weiterhin ruhig verhielt, bestand immer noch die Möglichkeit, daß er eine Chance erhielt, zu einem entscheidenden Schlag gegen das Retortenwesen auszuholen.

Oleks Bewußtsein hatte sich weitgehend von dem Schock erholt, den das Begreifen aller Ereignisse seit dem 22. Dezember vergangenen Jahres in ihm ausgelöst hatte. Es war sinnlos, daß er sich Vorwürfe machte. Er hatte gar nicht anders handeln können.

Sein Wunsch nach Rache war übermächtig geworden. Inzwischen wußte er, daß er seine Lage nicht zuletzt einem Irrtum der Zeitpolizei verdankte, die die Unschuldsbeteuerungen der Terraner nicht glaubte, sondern sich mit unglaublicher Hartnäckigkeit weiterhin bemühte, das vermeintliche Verbrechen der Menschheit zu bestrafen.

„Olek!“ Der telepathische Ruf ließ ihn aufschrecken.

„Captain Camaron Olek! Verstehen Sie mich? Ich bin Fellmer Lloyd. Don Redhorse, Tako Kakuta, Zachary Parral und ich befinden uns wieder an Bord des Dolans. Wir halten uns in einem kleinen Raum auf, von dem wir nicht wissen, in welchem Teil des Retortenwesens er liegt. Können Sie mit mir Verbindung aufnehmen? Wir müssen damit rechnen, daß wir bald von den Wesen angegriffen werden, die in der Nähe arbeiten.“

Oleks erster Gedanke war: „Eine Falle!“

„Es ist keine Falle, Captain!“ drangen Lloyds Gedanken auf ihn ein. „Nehmen Sie Verbindung zu mir auf!“

„Ich kann Sie verstehen", antwortete Olek zögernd. „Wie ist es möglich, daß Sie hierher zurückkommen konnten?"

„Eine Erklärung würde zu lange dauern", sendete Fellmer Lloyd. „Von Zachary Parral haben wir erfahren, daß Tro Khon eine starke Streitmacht zusammenstellen und damit ins Solsystem zurückkehren will. Bis zu diesem Zeitpunkt müssen wir verschwunden sein. Wir wollten wichtige Stationen innerhalb des Waffenarsenals zerstören, aber das ist unmöglich. Dort draußen wimmelt es von Wesen verschiedener Völker, die alle Jagd auf uns machen."

Olek überlegte einen Augenblick. Zweifellos war es Fellmer Lloyd, der sich mit ihm in Verbindung gesetzt hatte. Allerdings war die Möglichkeit nicht auszuschließen, daß der Telepath von Tro Khon dazu gezwungen wurde, das Bewußtsein des Kosmonauten aus seiner Zurückgezogenheit hervorzulocken.

Olek beschloß, alles zu riskieren und den telepathischen Ruf zu glauben.

„Was soll ich tun?" erkundigte er sich.

„Sie müssen uns helfen", gab der Mutant zurück. „Dazu ist es nötig, daß Sie herausfinden, wo wir uns im Augenblick aufhalten. Sie müssen uns den Weg in die Zentrale des Dolans zeigen, damit wir sie zerstören können."

„Ich habe mich gegen die anderen Exekutoren abgekapselt", erklärte Olek verzweifelt. „Wenn ich jetzt zu handeln beginne, bin ich gezwungen, mein Bewußtsein für die anderen zu öffnen. Tro Khon und seine Helfer würden sofort erfahren, was sich hier abspielt."

Olek mußte auf eine Antwort warten. Er vermutete, daß Fellmer Lloyd mit seinen Begleitern beriet. Der Kosmonaut dachte fieberhaft nach. Es mußte eine Möglichkeit geben, den vier Männern zu helfen und gleichzeitig die anderen Bewußtseinshüter auszuschalten.

„Olek!" Fellmer Lloyd meldete sich wieder.

„Ja?" fragte Olek. „Haben Sie eine Idee?"

„Nein", mußte Fellmer Lloyd zugeben. „Wir können Ihnen nur empfehlen, die anderen Exekutoren anzugreifen. Vielleicht können Sie die Mitglieder des Symposiums so überraschen, daß sie für eine gewisse Zeit schockiert sind."

„Ein solcher Schock würde nicht lange anhalten", gab Olek zu bedenken. „Wir können froh sein, daß sich die Exekutoren zur Zeit in einem schlafähnlichen Zustand befinden und Sie noch nicht entdeckt haben."

„Trotzdem würde uns Ihr Eingreifen einen gewissen Vorsprung verschaffen“, drängte Fellmer Lloyd. „Versuchen Sie es, Camaron Olek! Es ist auch für Sie die einzige Chance, Ihren Körper zurückzugewinnen.“

„Nun gut“, dachte Olek widerstrebend. „Ich werde mir Mühe geben. Stören Sie mich jetzt nicht. Ich melde mich wieder, wenn alles vorüber ist.“

Lloyds Gedankenstrom versiegte, aber Olek begann nicht sofort mit dem Angriff auf das Symposium. Er mußte genau überlegen, wie er jetzt vorzugehen hatte. Ein kleiner Fehler konnte sein Vorhaben zum Scheitern verurteilen. Bevor er feststellte, wo sich die vier Raumfahrer aufhielten, mußte er die anderen Bewußtseinsinhalte unter seine Kontrolle bringen.

Bei Exekutor Nummer zwei würde das keine Schwierigkeiten bereiten, denn dieser war unbewußt schon immer bereit gewesen, Olek zu vertrauen. Dieses Verhältnis basierte auf ihrer bisherigen guten Zusammenarbeit.

Den größten Widerstand würde vermutlich der Analytiker leisten. Nummer sieben ließ sich nicht so leicht überrumpeln. Unberechenbar war auch der Exekutor für Ortung und Funk.

Olek dachte an seinen Körper, der im Ruheraum bei den anderen lag. Wenn er ihn zurückerobern wollte, mußte er jetzt handeln.

Er hoffte, daß er die anderen mit seiner plötzlichen Aktivität überraschen konnte.

Mit der gesamten Kraft, die sein Bewußtsein auszustrahlen vermochte, schaltete Camaron Olek sich in das Symposium ein.

Don Redhorse ging unruhig auf und ab.

„Es dauert zu lange“, sagte er. „Irgend etwas muß schiefgegangen sein.“

Fellmer Lloyd, der damit beschäftigt war, Zachary Parrals Arm notdürftig zu schienen, blickte auf.

„Soll ich Verbindung mit Oleks Bewußtsein aufnehmen?“

„Nein“, sagte Redhorse. „Warten Sie noch! Olek hat versprochen, daß er Verbindung mit Ihnen aufnimmt, sobald er das Symposium unter Kontrolle gebracht hat.“

Fellmer Lloyd unterbrach seine Arbeit und sprang auf.

„Was ist jetzt passiert?“ erkundigte Redhorse sich. „Haben Sie Kontakt zu Olek?“

Lloyd schüttelte den Kopf.

„Man hat uns entdeckt“, teilte er Redhorse mit. „Auf den Gängen haben sich ein paar bewaffnete Wesen zusammengefunden, die in kurzer Zeit hier auftauchen werden. Ich spüre deutlich ihre feindlichen Gedankenimpulse.“

„Wieviel Zeit haben wir noch?“ fragte Tako Kakuta.

„Ich kann den Bewußtseinsströmungen der Fremden entnehmen, daß sie vorsichtig sein wollen, um die Arbeit innerhalb des Dolans nicht zu stören. Deshalb bewegen sie sich nur langsam.“

„Wie viele sind es?“ wollte Redhorse wissen.

Fellmer Lloyd hob beide Hände und spreizte die Finger.

„Zehn!“ stieß Kakuta hervor. „Zuviel für uns.“

Redhorse deutete auf Zacharys gebrochenen Arm.

„Machen Sie weiter, Fellmer! Wir werden inzwischen aufpassen. Ich hoffe, daß Olek sich meldet, bevor die Angreifer hier eintreffen!“

Aber die Zeit verstrich, und die bewaffneten Mechaniker kamen immer näher, ohne daß Camaron Oleks Bewußtsein ein Lebenszeichen von sich gab.

Der Angriff Camaron Oleks traf die sechs Exekutoren und den Dolan völlig unvorbereitet. Als Olek spürte, daß er mühelos in die Funktionsgebiete der anderen Bewußtseinshüter eindringen und sie kontrollieren konnte, stieß er erbarmungslos nach und zwang die anderen Angehörigen des Symposiums dazu, sich zurückzuziehen. Nur der Dolan, dessen Primitivität in diesem Fall die beste Verteidigung war, lehnte sich instinktiv gegen den neuen Beherrscher des Symposiums auf. Als er jedoch spürte, daß Olek die Kontrolle völlig übernommen hatte, wehrte er sich nicht mehr.

Olek triumphierte nicht. Er wußte genau, daß er nur einen kleinen Zeitgewinn herausgeholt hatte. Früher oder später würden die anderen Exekutoren zu sich kommen und gegen seine Vorherrschaft kämpfen.

„Fellmer Lloyd!“

„Endlich!“

„Ich kontrolliere das Symposium“, teilte Olek dem Telepathen mit. „Ich weiß jetzt, wo Sie sich aufhalten.“

„Dann wissen Sie auch, daß sich eine Gruppe von Mechanikern diesem Raum nähert“, antwortete Lloyd. „Greifen Sie ein, bevor es zu spät ist!“

„Sie müssen in die Zentrale vordringen!" verlangte Olek. „Mit den Angreifern müssen Sie allein fertig werden. Ich habe jetzt genügend damit zu tun, den Dolan zu starten."

„Was?" schrien Lloyds Gedanken.

Olek strahlte einen Impuls grimmiger Entschlossenheit aus.

„Ich starte den Dolan", sagte er.

„Das dürfen Sie nicht tun. Ich muß erst mit Redhorse darüber sprechen. Wohin wollen Sie mit diesem Teufelsding fliegen?"

„Wir werden die Paratronblase verlassen", kündigte Olek an.

Lautloses spöttisches Gelächter erreichte sein Bewußtsein.

„Glauben Sie, daß die Schwingungswächter uns bereitwillig einen Strukturriß öffnen?" erkundigte Lloyd sich. „Wir werden explodieren, sobald wir mit der Außenhülle der Paratronblase in Berührung kommen."

„Dann explodiert das gesamte Arsenal ebenfalls", erwiderte Olek. „Das werden die Zeitpolizisten niemals riskieren."

„Unternehmen Sie nichts, bevor wir nicht beratschlagt haben", warnte Fellmer Lloyd. „Ihr Plan erscheint mir undurchführbar."

„Ich habe einen Entschluß gefaßt", gab Olek zurück. „Ich weiß genau, was ich jetzt zu tun habe. Begeben Sie sich in die Zentrale. Es ist möglich, daß Sie dort etwas für mich tun können."

„Sie meinen, wir sollen Ihnen helfen, dieses Monstrum zu steuern?"

„Ja", bestätigte Olek.

Fellmer Lloyds Gedanken übermittelten Olek strikte Ablehnung. Der Exekutor kümmerte sich jedoch nicht darum. Er wußte, daß eine Flucht mit dem Dolan ihre einzige Chance war.

Und sie mußten schnell sein, denn es war nur noch eine Frage weniger Sekunden, bis Tro Khon alarmiert sein und eingreifen würde.

„Er muß verrückt geworden sein!" stieß Fellmer Lloyd verbissen hervor. „Er verlangt, daß wir in die Zentrale eindringen, aber nicht, um sie zu zerstören, sondern um die Kontrollen zu übernehmen. Um uns den Weg zu zeigen, will Olek in den Gewebewänden überall dort Öffnungen schaffen, wo wir uns hinzuwenden haben."

„Das klingt nicht nach Verrücktheit", meinte Redhorse. „Auf jeden Fall ist es dem Captain gelungen, das Symposium zu übernehmen. Wir wissen nicht, wie lange er es unter Kontrolle behalten kann. Also sollten wir uns beeilen."

„Und was geschieht, wenn . . . wenn Olek den Dolan tatsächlich startet?“ fragte Lloyd angespannt.

„Er *wird* ihn starten“, gab Redhorse zurück. Er deutete auf einen breiter werdenden Spalt in der gegenüberliegenden Wand.

„Wir haben keine Zeit zu verlieren. Begeben wir uns in die Zentrale und warten wir auf weitere Anweisungen.“

Zachary konnte nicht verstehen, warum Redhorse so bereitwillig auf die Vorschläge des Bewußtseinshüters einging. Sie wußten nicht, in welcher Lage der ehemalige Captain sich jetzt befand. Vielleicht war Olek den anderen Mitgliedern des Symposiums unterlegen, und die Terraner sollten getäuscht werden. Aber auch dann, wenn Olek aus der Auseinandersetzung mit den Exekutoren als Sieger hervorgegangen war, konnte Zachary nicht begreifen, warum der Dolan gestartet werden sollte.

War Olek allein überhaupt in der Lage, das hundert Meter durchmessende Retortenwesen zu steuern? Zacharys Zweifel an der Richtigkeit von Oleks Vorgehen wurden immer stärker. Wohin sollten sie mit dem Dolan fliegen? Olek konnte doch nicht im Ernst daran glauben, daß es ihnen gelingen würde, die Paratronblase zu durchbrechen und in den Hyperraum vorzustoßen.

„Träumen Sie nicht!“ rief Redhorse. „Vorwärts, Captain Parral! Durch diese Öffnung!“

Zachary fühlte, wie er auf den Spalt in der Wand zugeschoben wurde. Er beschloß, Redhorse zu vertrauen. Der Cheyenne hatte oft genug bewiesen, daß er in schwierigen Situationen richtige Entscheidungen traf.

Sie gelangten auf einen verlassenen Gang. Auf der linken Seite wuchs ein Pseudo-Glied aus dem Boden.

„Hier entlang!“ rief Redhorse. „Olek zeigt uns den richtigen Weg.“

„Ich spüre fremde Impulse vor uns“, warnte Fellmer Lloyd. „Wir dürfen nicht weitergehen.“

Redhorse zog seine Waffe. Er bedeutete den anderen, daß sie stehenbleiben sollten.

„Jemand kommt uns entgegen“, sagte Fellmer Lloyd.

Gleich darauf kam ein tonnenförmiges Wesen, dessen Körper so breit war, daß er fast von einer Wand zur anderen reichte, um die Biegung des Ganges.

„Smith!“ rief Kakuta überrascht.

Das Wesen sah tatsächlich aus wie Smith, aber Redhorse bezweifelte, daß es sich um denselben Ordnungshüter handelte, mit dem sie bereits außerhalb des Dolans zusammengetroffen waren.

Smith sah die vier Männer und hob beunruhigt die Augenwülste. Sein primitives Gehirn schien angestrengt zu arbeiten.

Redhorse bewegte sich langsam auf die Kreatur zu. Der Fremde blähte seinen Hautsack auf und gab ein Geräusch von sich, das Zachary zusammenzucken ließ. Mit erhobenen Armen ging Redhorse weiter. Smith wurde unruhig. Seine sechzehn Beine zuckten. Er griff nach Redhorse, aber der Cheyenne konnte mühelos ausweichen.

„Verschwinde!" schrie Redhorse und wedelte mit den Armen.

Smith knarrte angstvoll, bewegte sich aber nicht von seinem Platz.

Redhorse gab einen Warnschuß ab. Diesmal hatte er Erfolg. Mit einer Geschwindigkeit, die man ihm bei seinem plumpen Aussehen niemals zugetraut hätte, ergriff Smith die Flucht. Gleich darauf war er den Blicken der Flüchtlinge entschwunden.

Die Männer gingen weiter, bis sich auf der rechten Seite des Ganges eine Öffnung bildete. Redhorse schlüpfte hindurch und fand sich in einem Raum wieder, in dem mehrere Maschinen standen, die mit dem Boden verwachsen waren. Die Bedeutung der Anlage war Redhorse fremd.

Er blickte in den Gang zurück.

„Sie können mir folgen", sagte er. „Niemand ist hier."

Als Tako Kakuta als letzter hereinkam, begann der Dolan plötzlich zu vibrieren. Redhorse blickte sich nach einem Halt um. Die Erschütterungen wurden stärker.

„Was bedeutet das?" fragte der Teleporter.

„Ich nehme an, daß Camaron Olek einen Startversuch unternimmt", erwiderte Don Redhorse gelassen. „Es wird Zeit, daß wir in die Zentrale kommen. Was machen unsere Verfolger, Lloyd?"

„Sie bleiben stehen", berichtete der Telepath. „Sie sind über die Bewegungen des Dolans beunruhigt."

Redhorse lächelte. Er konnte sich vorstellen, daß die Arbeiter, die sich innerhalb des Retortenwesens aufhielten, in Panik geraten würden, wenn sie feststellen mußten, daß der Dolan ohne ersichtlichen Grund startete.

In der Wand hinter den Maschinen war eine Öffnung entstanden. Das Gewebe schien zu wallen. Der Dolan wehrte sich offenbar verzweifelt gegen die Versuche Camaron Oleks.

„Weiter!" befahl Redhorse. „Jetzt können wir einen Vorsprung herausholen. In der Zentrale sind wir am sichersten. Außerdem können wir von dort aus die Bemühungen Oleks leichter unterstützen."

Redhorse und die beiden Mutanten zwängten sich durch die enge Öffnung. Zachary, der den Abschluß bildete, schaffte es nicht mehr, in den angrenzenden Raum zu kommen. Das Gewebe zog sich wieder zusammen und hielt ihn fest.

„Sir!" schrie Zachary entsetzt. „Ich kann nicht weiter."

Sein Kopf, der verletzte Arm und beide Füße ragten aus der Wand. Zachary sah, wie die drei anderen stehenblieben. Redhorse kam zurück. Er bückte sich und packte Zacharys Füße. Er zog, aber das synthetische Material hielt den Captain unbarmherzig fest.

„Fellmer! Rufen Sie Olek und teilen Sie ihm mit, was passiert ist!" befahl Redhorse keuchend.

„Die Umklammerung . . . wird immer . . . fester", stöhnte Zachary. „Ich kann kaum noch . . . atmen."

„Olek antwortete nicht!" rief Lloyd.

Redhorse zog seine Waffe und richtete sie auf die Wand.

„Keine Angst!" sagte er zu Zachary. „Ich schneide Sie heraus."

Der Oberst stellte den Impulsstrahl auf Minimalstreuung und drückte ab. Dunkler Rauch stieg auf, als das Gewebe sich aufzulösen begann. Kopfgroße Blasen bildeten sich auf dem Material. Sie zerplatzten und tropften wie flüssiger Gummi zu Boden. Zachary spürte, wie der Druck nachließ. Sein Kopf sackte nach vorn. Er unterstützte Redhorses Bemühungen, indem er sich gegen das Hindernis stemmte.

Der Cheyenne nahm die andere Seite unter Beschuß. Plötzlich schien die Wand sich zu verflüssigen. Zachary hatte das Gefühl, durch zähen Schlamm zu waten, als er sich vorwärts bewegte. Redhorse stellte das Feuer ein, als der Captain sich mit einem letzten Ruck endgültig befreite. Lloyd und Kakuta fingen den Verletzten auf.

„Sie sind ein bißchen vom Pech verfolgt", bemerkte Redhorse und klopfte dem jungen Offizier auf die Schulter. „Kommen Sie, wir müssen weiter!"

Die knappen Worte munterten Zachary auf. Er straffte sich und nickte dem Cheyenne dankbar zu. Erst jetzt erhielt er Gelegenheit, sich innerhalb des Raumes umzusehen, den er fast nicht mehr lebend erreicht hätte. Auch hier standen mehrere der eigenartigen Maschinen, die es in fast allen Räumen des Dolans gab.

„Wir müssen in unmittelbarer Nähe der Zentrale sein", vermutete Fellmer Lloyd.

„Dort drüben bildet sich eine Öffnung!“ rief Kakuta und deutete auf eine Stelle in der Wand, die wie lebendes Fleisch zu zucken begann.

Zachary blieb mißtrauisch stehen.

„Diesmal machen Sie den Anfang“, sagte Redhorse zu ihm.

Als Zachary den Spalt erreichte, konnte er in den anschließenden Raum blicken. Ein sicheres Gefühl sagte ihm, daß es sich um die Zentrale handelte. Die vier Männer konnten ihn ohne Zwischenfall passieren. Zachary bewegte sich direkt auf einen eingeschalteten Bildschirm zu, über dessen Oberkante sich eine wulstartige Verdickung befand. Der Captain sah, daß es innerhalb der Zentrale mehrere Bildschirme gab, von denen jedoch nur dieser eine eingeschaltet war.

Zacharys Blicke wurden von einem seltsam geformten Sitz abgelenkt, der für einen Menschen viel zu groß war. Von hier aus kommandierte der Schwingungswächter seinen Dolan.

„Wir sind in der Zentrale“, klang Redhorses Stimme auf. „Achten Sie auf den Bildschirm!“

Zachary drehte den Kopf. Die Übertragung der Vorgänge außerhalb des Dolans funktionierte einwandfrei. Zachary hatte den Eindruck, daß die Fahrzeuge und Wesen, die er beobachten konnte, allmählich kleiner wurden. Es dauerte ein paar Sekunden, bis er begriff, daß diese Veränderung dadurch ausgelöst wurde, daß der Dolan sich vom Landefeld abgehoben hatte und allmählich an Höhe gewann.

Wenige Sekunden, nachdem das Alarmsignal ertönt war, erreichte Tro Khon den Beobachtungsraum des Konservierungsturmes. Mit wenigen Handgriffen schaltete er die Bildschirme ein, über die er die Vorgänge auf dem Landeplatz beobachten konnte.

Was er sah, ließ ihn schreien.

Der Dolan hatte sich mit seinen stummelartigen Auswüchsen abgehoben und schwebte etwa dreißig Meter über dem Boden. Die Fahrzeuge der Mechaniker rasten quer über das Landefeld davon. Aus verschiedenen Öffnungen des Retortenwesens sprangen Arbeiter mit Antigravprojektoren und flogen hastig davon.

Für diese Ereignisse gab es nur eine Erklärung: Camaron Olek, dessen Bewußtsein als Kosmonaut dem Symposium angehörte, hatte den Dolan gestartet.

Tro Khon stellte eine Funkverbindung zum Leiter des Reparaturkommandos her, der ihn alarmiert hatte. Das intelligente Gesicht des vielarmigen Lonclarers erschien auf einem Bildschirm. Die Verwirrung des Wesens war offensichtlich, aber aadurch wurde Tro Khon noch mehr gereizt.

„Wie konnte das geschehen?“ schrie er. „Der Dolan muß sofort zurückgebracht werden. Geben Sie den Dimoschützen an Bord den Befehl, die Terraner zu erschießen und Oleks Körper zu vernichten.“

Braterask trat ein wenig zurück, so daß er in seiner ganzen Größe sichtbar wurde. Der Lonclarer war ein schlankes Wesen mit sechs Armen und walzenförmigen Doppelbeinen. Sein Kopf war lang und dünn. Die großen Augen des Mechanikers blickten Tro Khon traurig an.

„Es halten sich keine Dimoschützen an Bord auf“, teilte er dem Zeitpolizisten mit.

„Was?“ schrie Tro Khon ungläubig. „Ich hatte den ausdrücklichen Befehl gegeben, vier Dimoschützen an Bord zu schicken.“

„Ich habe diesen Befehl ignoriert“, gestand Braterask. „Ich hielt eine solche Maßnahme für überflüssig. Sie müssen zugeben, daß es nicht meine Schuld ist, wenn es den vier Fremden gelang, hierher zurückzukommen. Sie hätten an anderer Stelle längst . . .“

„Das genügt!“ unterbrach Tro Khon den Lonclarer. „Sie haben durch Ihre Unfähigkeit Ihr Leben verwirkt. Wer befindet sich noch an Bord?“

„Ein Dutzend Mechaniker und zwei oder drei Abfallsammler!“

„Sie bedeuten für die Terraner keine Gefahr“, schnaubte Tro Khon erbittert.

„Was sollen wir tun?“ fragte der Mechaniker. „Soll ich den Dolan unter Beschuß nehmen lassen?“

„Sind Sie verrückt?“ Tro Khons Stimme überschlug sich. „Ich verbiete Ihnen, noch irgendwelche Befehle zu erteilen, und verlange, daß Sie nach Beendigung dieses Gesprächs Selbstmord begehen. Andernfalls werde ich dafür sorgen, daß Sie bestraft werden.“

„Diese Mühe können Sie sich sparen“, sagte der Lonclarer ruhig.

Tro Khon konnte sehen, wie Braterask zur Waffe griff und sich erschoß.

Der Schwingungswächter wandte seine Aufmerksamkeit wieder dem Dolan zu. Es mußte Camaron Olek gelungen sein, die anderen Exekutoren zu überrumpeln. Tro Khon betätigte einige Schalter und wartete ungeduldig, bis sich im Dach des Turmes eine quadratische Öffnung gebildet hatte. Er schaltete das Flugaggregat seines Kampfanzuges ein und schoß mit Höchstgeschwindigkeit aus dem Kontrollraum. Als er über dem Turm schwebte, konnte er den Dolan unter sich fliegen sehen.

Er schaltete das Armbandgerät ein, mit dem er sich mit den Exekutoren in Verbindung setzen konnte. Er hoffte, daß es ihm gelang, Camaron Olek zu erreichen.

„Nummer eins!“ rief er im Befehlston. „Können Sie mich hören?“

Die Antwort kam sofort, und Tro Khon hörte den Triumph eines Wesens aus ihr heraus, das das Joch der Sklaverei abgeworfen hatte und seine Freiheit mit dem Leben verteidigen würde.

„Ich höre Sie, Tro Khon!“

„Landen Sie sofort!“ kommandierte der Zweitkonditionierte. „Ich gebe Ihnen zehn Sekunden Zeit, dann lasse ich das Feuer auf das Retortenwesen eröffnen.“

Er erhielt keine Antwort. Während er sich dem Dolan näherte, überlegte er, ob er gewaltsam an Bord gehen sollte. Ein solches Vorgehen konnte Olek jedoch zu einer Verzweiflungstat veranlassen, die das gesamte Waffenarsenal der Zeitpolizei in Gefahr bringen würde.

„Noch fünf Sekunden“, sagte Tro Khon.

„Sie enttäuschen mich“, erwiderte Olek gelangweilt. „Ich hatte gehofft, daß Sie zumindest ein faires Angebot machen würden. Dagegen bedrohen Sie mich, obwohl Sie wissen, daß alle Vorteile auf meiner Seite sind. Nun stelle *ich Ihnen* ein Ultimatum, Tro Khon: Öffnen Sie einen Strukturriß in der Paratronblase, damit wir mit dem Dolan das Arsenal verlassen können!“

„Sie wissen, daß die Paratronblase von einer Positronik gesteuert wird“, antwortete Tro Khon. „Nur sie kann die Entscheidung treffen, wer die Station verlassen darf.“

„Nun gut“, kam die gelassene Antwort. „Dann überlasse ich die Entscheidung der Positronik.“

„Das dürfen Sie nicht tun!“ schrie Tro Khon. Zu spät merkte er, daß er in seiner Erregung verriet, daß er sich in einer ungünstigen Verhandlungsposition befand. Ruhiger fügte er hinzu: „Der Dolan explodiert, sobald Sie die Außenhülle der Paratronblase ansteuern.“

„Nicht, wenn sich ein Strukturriß vor uns öffnet“, antwortete Olek.

„Die Positronik wird Sie nicht entkommen lassen“, prophezeite der Schwingungswächter.

„Das ist durchaus möglich“, gab Olek zu. „Trotzdem nehme ich jetzt Kurs auf die Außenhülle. Sollte die Positronik keinen Strukturriß bilden, wird der Dolan explodieren. Die Folge davon wird sein, daß die Stabilität der Paratronblase so stark erschüttert wird, daß das gesamte Arsenal dem Untergang geweiht ist.“

Tro Khon wußte, daß der Exekutor recht hatte. Ein Zusammenstoß des Dolans mit der Paratronblase würde eine unvorstellbare Katastrophe heraufbeschwören. Tro Khon mußte eine Möglichkeit finden, das Vorhaben der Terraner zu vereiteln.

„Sie können nur gewinnen, Camaron Olek", sagte er langsam. „Stoppen Sie den Dolan, damit wir verhandeln können. Ich verspreche Ihnen, daß Ihr Körper nicht vernichtet wird, wenn Sie Ihren jetzigen Plan aufgeben."

„Ich verhandle nicht mit Ihnen, weil ich weiß, daß Sie mich betrügen würden", antwortete Olek. „Es hat wenig Sinn, daß wir uns noch unterhalten, Tro Khon."

Der mächtige Körper des Schwingungswächters erbebte. Tro Khon sah sich unverhofft mit der Tatsache konfrontiert, daß ein paar Terraner ihn innerhalb des Waffenarsenals der Zeitpolizei überlistet hatten. Das Bewußtsein seiner Niederlage ließ ihn aufstöhnen.

„Ich wende mich jetzt an die anderen Exekutoren", sendete er. „Ich werde sie gegen Sie einsetzen, Camaron Olek."

„Das brauchen Sie nicht." Olek blieb völlig ruhig. „Die Bewußtseinshüter haben bereits mit dem Kampf gegen mich begonnen. Ich werde sie jedoch lange genug kontrollieren können, um mit dem Dolan aus dem Arsenal zu entkommen."

„Vernichtet ihn!" schrie Tro Khon. „Greift ihn an, bevor er die Außenhülle der Paratronblase erreicht!"

Er verstummte. Voll ohnmächtiger Wut sah er zu, wie der Dolan allmählich an Höhe gewann. Sein Appell an die Exekutoren zeigte keinen Erfolg.

Tro Khon raste hinter dem Dolan her. Dann änderte er seinen Entschluß und flog zum Konservierungsturm zurück. Er wußte nicht, welche Entscheidung die Positronik treffen würde. Die Grundprogrammierung dieser Anlage war von der Ersten Schwingungsmacht durchgeführt worden. Tro Khon erschauerte vor Ehrfurcht. Die Erste Schwingungsmacht war unfehlbar. Sie würde darüber entscheiden, ob das Arsenal geopfert werden sollte.

Zweifel stiegen in Tro Khon auf, als er im Kontrollraum des Turmes landete. Hatte die Erste Schwingungsmacht einen solchen Zwischenfall überhaupt einkalkuliert? War die Positronik fähig, richtig zu handeln?

Der Zweitkonditionierte kam sich verlassen vor. Noch war kein anderer Schwingungswächter erwacht, mit dem er sich hätte beraten können. Aber selbst dazu wäre keine Zeit geblieben.

Es konnte sich nur noch um Sekunden handeln, bis der Dolan die Außenhülle der Paratronblase erreicht haben würde.

Tro Khon starrte auf die Bildschirme. Erneut war er von den Terranern geschlagen worden, obwohl die Unterlegenheit dieser Wesen offensichtlich war.

Müde hob der Schwingungswächter seinen Arm.

„Kehren Sie um, Olek!" sendete er. „Es ist Ihre letzte Chance."

Der Dolan behielt seinen bisherigen Kurs bei.

Er wußte, daß er keine Antwort bekommen würde.

Captain Zachary starrte wie gebannt auf den Bildschirm, der zur Hälfte von einem Gewebelappen bedeckt wurde. Das halbierte Bild stellte ihre einzige Verbindung zur Außenwelt dar. Camaron Olek war nicht in der Lage, im Augenblick höchster Konzentration mehr als dieses eine Gerät in Betrieb zu halten.

Fellmer Lloyd hatte seine Begleiter von dem Gespräch unterrichtet, das zwischen Tro Khon und Camaron Olek stattgefunden hatte. Die vier Männer wußten, daß ihr Leben davon abhing, wie sich die Hauptpositronik des Waffenarsenals entscheiden würde.

Zachary fühlte, daß er zu schwitzen begann. Der Dolan war schon dicht an die Außenhülle herangekommen, ohne daß sich ein Strukturriß bildete, durch den das Monstrum hätte entkommen können.

„Ich befürchte, die Positronik läßt es auf eine Explosion ankommen", sagte Fellmer Lloyd. „Soll ich Olek auffordern, daß er dieses wahnsinnige Unternehmen abbricht?"

„Nein", sagte Redhorse knapp.

Zachary wollte dem Kommandanten der WYOMING zurufen, daß er seine Meinung ändern sollte, aber seine Stimme versagte den Dienst. Wahrscheinlich war es auch sinnlos, mit Olek Verbindung aufzunehmen. Der ehemalige Captain der GOLDEN STAR würde seinen Plan durchführen.

„Ich glaube nicht, daß wir Glück haben", bemerkte Tako Kakuta. „Soll ich versuchen, mit Ihnen von Bord zu teleportieren?"

„Sie können mit Fellmer Lloyd und Captain Parral den Dolan verlassen, wenn die beiden Wert darauf legen", antwortete Redhorse. „Ich bleibe auf jeden Fall hier."

Kakuta wandte sich an den Telepathen, doch Lloyd schüttelte energisch den Kopf.

„Ja, ich will fliehen!“ wollte Zachary rufen, doch er blieb abermals still. Als Kakuta ihn anblickte, senkte er den Kopf.

„Wir bleiben alle hier, Oberst“, sagte der Teleporter.

„Nehmen Sie Kontakt zu Olek auf!“ sagte Redhorse zu Fellmer Lloyd. „Fragen Sie ihn, wie unsere Chancen stehen!“

Eine Sekunde verstrich, während Olek und Lloyd lautlose Zwiesprache hielten.

„Olek glaubt nicht mehr an einen Erfolg“, sagte Lloyd dann. „Trotzdem behält er den Kurs bei. Er ist der Ansicht, daß wir mit der Vernichtung des Arsenals der Menschheit einen großen Dienst erweisen können.“

„Niemand braucht den Heldentod zu sterben“, sagte Redhorse. „Kakuta, verlassen Sie mit Captain Parral und Lloyd den Dolan. Wenn die Zeit noch ausreicht, kommen Sie zurück und holen Oleks Körper und mich.“

„Zu spät!“ stieß Kakuta hervor. „Wir . . .“

Er unterbrach sich, als unmittelbar vor dem Dolan ein flammender Strukturriß entstand. Das Retortenwesen raste in den Hyperraum hinaus.

„Wir sind durch“, sagte Redhorse mit einer Gelassenheit, als hätte er niemals eine andere Möglichkeit erwogen.

„Olek meldet sich“, sagte Fellmer Lloyd. „Er verliert die Kontrolle über die Exekutoren.“

„Fragen Sie, wie wir ihm helfen können!“ forderte Redhorse den Telepathen auf.

Fellmer Lloyd hob bedauernd die Schultern.

„Er muß allein damit fertig werden“, sagte er. „Wir können nur hoffen, daß wir rechtzeitig in den Normalraum zurückkehren, damit wir den Dolan zusammen mit Oleks Körper verlassen können.“

Shankar ‚Sparkling‘ Thigpen, der Erste Offizier des Schlachtkreuzers WYOMING, sah, wie der Dolan nach einer Abwesenheit von 12 Stunden und 23 Minuten wieder im Normalraum auftauchte. Die Borduhren zeigten den 17. März 2436, 8 Uhr 49.

Thigpen war ein ruhiger Offizier, aber diesmal sprang er von seinem Platz auf und machte die in der Zentrale anwesenden Männer mit einem lauten Ruf auf das unerwartete Ereignis aufmerksam. Dr. Geoffry Abel Waringer und Staatsmarschall Reginald Bull traten an die Kontrollen.

„Der Dolan ist zurückgekehrt“, sagte der Wissenschaftler leise. „In wenigen Augenblicken werden wir wissen, ob Don Redhorse und seine Begleiter noch am Leben sind.“

Thigpen, der erwartet hatte, daß der Dolan sofort Kurs auf OLD MAN nehmen würde, sah sich in seiner Meinung getäuscht. Der seltsame Flugkörper bewegte sich langsam auf die WYOMING zu.

„Polgeschütz mit FpF-Gerät feuerbereit machen!“ befahl Thigpen.

„Geben Sie noch keinen Feuerbefehl!“ sagte Bull. „Wir warten noch. Der Dolan hat keinerlei Schutzschirme errichtet.“

„Geben Sie einen Funkspruch durch“, schlug Waringer vor. „Vielleicht können wir uns jetzt mit dem Schwingungswächter verständigen.“

Bevor sein Vorschlag in die Tat umgesetzt werden konnte, materialisierte Kakuta in der Zentrale des Schlachtkreuzers.

„Die anderen . . . schweben im Raum“, sagte er stoßweise. „Sie haben den Dolan durch Gewebeöffnungen verlassen. Es droht . . . uns keine Gefahr. Der Schwingungswächter befindet sich nicht an Bord. Olek hat . . . das Retortenwesen übernommen. Wir müssen Redhorse und die anderen Männer mit Traktorstrahlen an Bord holen. Ich hatte keine Kraft mehr dazu.“

Thigpen begann blitzschnell zu handeln. Die WYOMING beschleunigte und raste dem Dolan entgegen. Kurz darauf wurden die vier im Raum treibenden Körper entdeckt.

„Einer dieser Körper ist Olek“, erklärte Kakuta. „Spinoza ist nicht mit zurückgekommen . . .“

„Olek?“ wiederholte Bull erstaunt.

„Ich erkläre Ihnen alles später“, sagte Kakuta.

Es dauerte zehn Minuten, bis Redhorse, Lloyd, Parral und der wie mumifiziert wirkende Körper Oleks sich an Bord befanden.

Waringer kümmerte sich sofort um den erstarrten Olek.

„Dieser Mann ist tot“, sagte er. „Wir können ihm nicht mehr helfen.“

„Warten Sie“, sagte Don Redhorse, während er sich seines Kampfanzuges entledigte. „Olek hat eine Chance verdient. Sein Bewußtsein befindet sich noch an Bord des Dolans. Das Retortenwesen wird jeden Augenblick explodieren, dann besteht die Hoffnung, daß Oleks Bewußtsein in seinen Körper zurückkehrt.“

Reginald Bull drängte einige jüngere Offiziere zurück.

„Was ist in den vergangenen zwölf Stunden geschehen?“ fragte er.

„Wir befanden uns in einer Paratronblase im Hyperraum“, berichtete Redhorse. „Dort haben die Schwingungswächter ein Waffenarsenal eingerichtet. Wir erfuhren, daß sich innerhalb dieses Arsenals zehntausend Zeitpolizisten aufhalten, die nur erweckt werden müssen, um in den Kampf gegen die Menschheit einzugreifen."

Bulls Gesicht veränderte sich. Ungläubigkeit und Entsetzen zeichneten sich darauf ab.

„Zehntausend?" wiederholte er.

„Ich wünschte, ich könnte hoffnungsvollere Dinge berichten", antwortete Redhorse.

„Der Dolan explodiert!" rief Oberstleutnant Thigpen.

Für wenige Sekunden konzentrierte sich die Aufmerksamkeit der Männer auf die Geschehnisse im Raum. Die Detonation, in der der Dolan sich auflöste, war so stark, daß sie das Raum-Zeit-Gefüge aufriß und den glühenden Körper im Hyperraum verschwinden ließ. Nur eine Gasfahne, die an einen Kometenschweif erinnerte, zeugte noch von dem kurzen Auftauchen des Retortenwesens.

Redhorse wandte sich von den Bildschirmen ab und beugte sich zu dem am Boden liegenden Camaron Olek hinab. Mit einer Hand berührte er das bleiche Gesicht des Kosmonauten.

Wenig später kehrte jedoch Farbe in Oleks Gesicht zurück.

Don Redhorse richtete sich auf.

„Dieser Mann wird leben. Der Geist *Yunke-los* ist aus dem Körper gewichen und hat dem Bewußtsein Camaron Oleks Platz gemacht."

Waringer biß sich verlegen auf die Unterlippe.

„Diesmal hat Ihr indianischer Aberglaube über die Meinung der Wissenschaft gesiegt", gab er zu. „Ich freue mich darüber, denn Olek kann uns viel helfen, wenn er über seine Erlebnisse berichtet."

Bull griff Redhorse am Arm und zog ihn zur Seite.

„Glauben Sie, daß wir mit den Schwingungswächtern Frieden schließen können, bevor sie uns in größerer Zahl angreifen?" fragte der Staatsmarschall bedrückt.

Der hochgewachsene Cheyenne schien ins Leere zu blicken.

„*Wolakota wa yaka cola*!" sagte er im gutturalen Tonfall der Indianer. „Das ist ein Spruch, den meine Ahnen in ihre Friedenspfeife einritzten."

„Was bedeutet er?" erkundigte Bull sich.

„Frieden ohne Sklaverei", erwiderte Don Redhorse. „Das ist der einzige Frieden, der Bestand haben kann."

18.

Cronot und Perish Mokart schlossen geblendet die Augen, als die grelle Lichtflut sie überfiel. Instinktiv warfen sie sich zu Boden. Die Strahlwaffen lagen wie hineingezaubert in ihren Händen.

Dann begann Perish Mokart zu lachen.

Unwillig richtete Cronot sich auf.

„Was ist in dich gefahren, du Mammutkopf? Ich finde es durchaus nicht erheiternd, wenn man uns plötzlich in Licht badet."

Perish verstummte.

„Schon gut, Vater", murmelte er. „Ich habe über mich selbst gelacht, weil ich jedesmal wieder in der gleichen Weise reagiere, obwohl wir diesen Effekt schon einige Dutzend Male erlebt haben."

Er setzte sich und wog die apfelgroße, silbern leuchtende Kugel nachdenklich in der Hand.

„Eigentlich könnte uns Einaklos auf solche Überraschungen vorbereiten. Er weiß doch über alles Bescheid, was es hier unten gibt."

„Du bist undankbar, mein Junge", widersprach Cronot. „Schließlich hat der Geist des lemurischen Baumeisters uns bisher vor allen Gefahren bewahrt. Ohne ihn lebten wir nicht mehr."

Perish Mokart nickte. Seine Miene verdüsterte sich, als er an die Ereignisse in der alten subtritonschen Fluchtsiedlung der Lemurer zurückdachte.

Nachdem es ihnen gelungen war, aus der Transmitterhalle, in der sie den Zweitkonditionierten mit unbekanntem Ziel auf die Reise geschickt hatten, zu entkommen, hatten sie kurz darauf Captain Arturo Geraldi und seine Männer tot aufgefunden.

Anschließend waren die beiden oxtornischen Kosmohistoriker von den Schwingungswächtern gejagt worden. Durch den Zufluß eines Sees hatten sie sich in eine riesige Höhle gerettet und die Verfolger abgeschüttelt.

Seitdem waren fast vier Wochen vergangen, und sie irrten noch immer durch das ungeheuer komplizierte Höhlenlabyrinth. Wasserfälle, subtritonsche Flutungsröhren und eingestürzte Gänge hatten ihr Vordringen nach oben gehemmt. Wenn der in die Silberkugel eingeschlossene Geist des lemurischen Baumeisters Einaklos ihnen nicht immer wieder den richtigen Weg gewiesen und sie nicht zu alten Waffen- und Proviantlagern der Lemurer geführt hätte, wären sie längst umgekommen.

Dennoch wuchs ihre Ungeduld mit jedem Tag, der sie nicht an die Oberfläche brachte. Sie wußten nicht, wie es oben aussah und wie die Lage im Solsystem überhaupt war. Keine Nachricht hatte sie erreicht. Das brauchte nicht unbedingt das Schlimmste zu bedeuten. Es konnte ja sein, daß Reginald Bull eine Hyperfunksperre verhängt hatte oder daß nur gerichtete Hypersendungen abgestrahlt wurden. Doch die Ungewißheit zerrte an den Nerven der beiden Oxtorner.

Perish erhob sich seufzend und schob Einaklos in die Beintasche seiner Spezialkombination zurück.

„Also, marschieren wir weiter! Vielleicht kommen wir heute an die Oberfläche."

Er durchquerte die kreisförmige Halle, in der sie von der jählings einsetzenden Beleuchtung überrascht worden waren. Auf der gegenüberliegenden Seite führte ein schmaler Gang schräg nach oben. Der Boden war schwach gerippt, so daß die Sohlen der Stiefel nicht abrutschten. Die Wände strahlten ein kaltes, fluoreszierendes Licht aus. Nach etwa zweihundert Metern stand Perish Mokart vor einem geschlossenen Schacht.

Er lehnte sich an die Wand und schloß die Augen.

„Nun, Einaklos, wie geht es jetzt weiter?" fragte er leise.

Im Laufe der letzten Wochen hatte sich die rein geistige Verständigung mit dem Bewußtsein des Lemurers, das 52000 Jahre lang in dem blastulaähnlichen Organismus innerhalb der Silberkugel geschlafen hatte, gut eingespielt. Einaklos – oder besser, sein übertragener Geist – verstand Perishs Gedanken, wenn er sie laut aussprach und damit auch geistig klar formulierte. Perish seinerseits vermochte die geistig übermittelten melodischen Tonwahrnehmungen des Baumeisters in bildhafte Vorstellungsinhalte umzusetzen, wenn er die Augen schloß und sich völlig entspannte.

Auch jetzt vernahm er zuerst wieder eigentümliche Harfenklänge, bevor erkennbare Bilder vor sein geistiges Auge traten. Er hatte das Gefühl, durch die Stahlschotten hindurchzusehen, obwohl seine Augen geschlossen waren. Dahinter befand sich ein geräumiger Kuppelsaal mit vielen Bildschirmen und Schaltpulten. Auf jemanden, der die Geheimnisse der alten Lemurer ergründen wollte, mußte der Saal eine unwiderstehliche Anziehungskraft ausüben.

Perish lächelte geistesabwesend, als das Bild des Saals vor seinem geistigen Auge verschwamm. Der Boden wurde plötzlich transparent und glitt wie der Lamellenverschluß einer gigantischen Kameralinse zurück.

Er öffnete die Augen.

„Vielen Dank, Einaklos!“

„Nun, was ist?“ fragte sein Vater ungeduldig.

„Eine Falle“, gab Perish zurück. „Wenn wir durch das Schott gegangen wären, hätten wir unsere Knochen in einem etwa tausend Meter tiefer liegenden Gewölbe wieder aufsammeln können.“

Cronot lachte grimmig.

„Die alten Lemurer waren eben sehr vorsichtige Leute.“

„Sie hatten allen Grund zu ihrer Vorsicht“, gab Perish schroff zurück. „Wenn ich mir vorstelle, daß der damalige Überfall der Haluter die Entwicklung unseres Volkes um rund fünfzigtausend Jahre zurückgeworfen hat . . .“

Er schwieg und zuckte mit den Schultern. Diese Gedanken waren unangebracht. Sie mußten nach oben und versuchen, in den heutigen Existenzkampf der Menschheit einzugreifen, sonst wiederholte sich das Drama möglicherweise.

Sein Vater hatte sich schon umgewandt und ging den Stollen zurück, den sie gekommen waren. Sie durchquerten zum zweitenmal die kleine Halle, marschierten etwa fünfhundert Meter weiter, bis sie an eine Kreuzung kamen, und schlugen dann eine nach links führende Abzweigung ein.

„Ich möchte nur wissen, warum ein Teil der Testautomaten uns einwandfrei als Lemurer klassifiziert und ein anderer Teil als Fremdlebewesen.“

„Oh, das kann ich mir schon denken“, erwiderte Perish. „Positronische Testgeräte, die uns lediglich nach der äußeren Erscheinungsform einstufen, müssen uns notwendigerweise für Lemurer halten, und da Positronengehirne keinen Zeitbegriff in unserem Sinne kennen, ist es für sie kein Widerspruch, daß seit der Installierung über fünfzigtausend Jahre verstrichen sind. Komplizierte Testgeräte jedoch, die auch die Körperstruktur erfassen und vergleichen, bemerken den Unterschied zu den alten Lemurern sofort. Darum gibt es Fallen, vor denen wir uns vorsehen müssen, und solche, die sich automatisch ausschalten, solange wir uns in ihrer Nähe befinden.“

Während er noch sprach, hatte er eine neue Abzweigung erreicht. Er wählte den leicht ansteigenden Gang. Diesmal konnten sie fast einen

Kilometer weit ungehindert marschieren, bevor eine neue Verteilerhalle auftauchte.

„Warum geht denn hier nicht das Licht an?“ schimpfte Perish, als er die Halle betrat. Er schaltete seinen Brustscheinwerfer ein. Die Speicherzellen des flachen Gerätes wurden immer wieder von dem Mikro-Fusionsgenerator im Rückenteil des Spezialanzugs aufgeladen und gaben daher noch immer die gleiche Leistung ab wie zu Anfang ihrer Odyssee.

„Du mußt bedenken, daß alle diese Anlagen vor rund 52 000 Jahren installiert wurden“, gab Cronot zurück. „Nach dieser langen Zeit kann schon mal etwas ausfallen.“

Perish murrte unwillig und richtete den Lichtkegel in den breitesten der strahlenförmig abgehenden Tunnel. Im selben Moment wurde er von einem Licht geblendet, das aus dem Tunnel herausstach.

Instinktiv warf Perish Mokart sich zur Seite. Er stieß dabei seinen Vater mit der Schulter davon.

Das Donnern einer Energieentladung dröhnte in den Ohren der Oxtorner. Ein Teil der Hallenwand hatte sich verfärbt und glühte.

Cronot stieß eine Verwünschung aus und zog den schweren Impulsstrahler, den er von einem vernichteten OLD-MAN-Roboter erbeutet hatte.

Perish legte ihm die Hand auf den Arm.

„Warte noch! Wir müssen erst wissen, wen wir vor uns haben!“

„Nun, wen schon? Einen Roboter vermutlich!“ sagte Cronot.

„Dann wären wir jetzt beide tot“, widersprach Perish. „Denn der andere hat uns zweifellos zuerst gesehen.“

Sie lauschten. Aber es dauerte eine Weile, bis sie das schleifende Geräusch hörten. Jemand kroch offenbar auf dem Bauch heran. Es mußte sich um einen erfahrenen Kämpfer handeln, sonst hätte er mehr Geräusche verursacht.

Das gab Perish Mokart die Gewißheit, daß sie es nicht mit einem Kampfroboter zu tun haben konnten. Kampfroboter marschierten stur auf ihr Ziel los; sie wußten, daß sie auf jeden Fall schneller reagierten als ein organisches Lebewesen.

„Hallo!“ rief Perish. „Hören Sie mich? Wenn Sie ein Terraner sind, dann haben Sie nichts zu befürchten!“

Er verbarg das Gesicht hinter dem angewinkelten Arm, als ein neuer greller Energieblitz durch die Halle zuckte und als glutflüssiges Stahlplastik umherspritzte.

„Dem ist nicht zu helfen“, murmelte Cronot. „Warum nimmst du nicht deinen Kombistrahler und paralysierst ihn, wenn du ihn schon nicht töten willst?“

Perish winkte unwillig ab.

Er wußte selbst nicht, warum er die Waffe nicht benutzte. Etwas in seinem Unterbewußtsein sträubte sich einfach dagegen.

Er deutete mit dem Daumen über seine Schulter. Sein Vater verstand sofort, was er meinte. Sie waren beide so gut aufeinander eingespielt, daß sie sich mühelos ohne Worte verständigen konnten.

Cronot Mokart huschte durch die Halle und schnellte sich in einen Seitengang. Dicht hinter ihm toste ein neuer Energiestrahl heran.

Perish lächelte leicht und stellte sich mit dem Rücken an die Wand, unmittelbar neben die Tunnelöffnung, aus der sie beschossen worden waren. Den Strahler schob er ins Gürtelhalfter zurück.

Er brauchte nicht lange zu warten. Seine Rechnung ging auf. Der andere hatte nur einen Mann gesehen und mußte jetzt selbstverständlich vermuten, daß er sich in den Seitengang zur Linken zurückgezogen hatte.

Perish Mokart sah im Widerschein der glühenden Hallenwand eine hochgewachsene Gestalt aus der Tunnelöffnung springen und neben dem Seitengang in Deckung gehen.

Da war er auch schon bei dem anderen und riß ihm die Waffe mühelos aus der Hand.

Ein dunkles, abgezehrtes Gesicht fuhr zu ihm herum. Das Weiß der Augen glänzte unnatürlich stark. Der Mann schien am Ende seiner Kraft zu sein. Dennoch zuckte seine Linke zum breiten Messer in der Gürtelscheide.

Perish hielt die Hand fest, wobei er sich bemühte, nur ganz schwach zuzudrücken. Ein Oxtorner mußte sehr vorsichtig sein, wenn er einen Erdgeborenen anfaßte.

„Laß das, mein Freund!“ sagte er leise. „Wir sind Freunde.“

In diesem Moment schaltete Cronot, der lautlos aus dem Seitengang herausgetreten war, seinen Brustscheinwerfer ein und richtete den Lichtkegel auf das Gesicht seines Sohnes.

Sofort spürte Perish, wie die Muskelanspannung in der Hand des Afroterraners nachließ. Mit einem schwachen Stöhnen schloß der Mann die Augen. Sein Kinn fiel haltlos auf die Brust.

„Ein Oberstleutnant der Raumflotte“, sagte Perish nachdenklich und beugte sich zum Ärmelschild hinab. „Ilja Malume, 22. VMGH . . .“ Er räusperte sich. „Das ist das 22. Verstärkte Moskito-Geschwader Heimatflotte, Vater. Ich möchte wissen, wie der Mann hierherkommt."

„Das hat Zeit bis später", entgegnete Cronot Mokart ernst. „Sehen wir erst einmal zu, daß wir ihm helfen, sonst stirbt er uns noch unter den Händen weg."

Perish Mokart öffnete die Augen und sagte zu seinem Vater:

„Wir müssen die linke Abzweigung nehmen, hat Einaklos mir mitgeteilt. Dort geht es zum nächsten Ausrüstungsdepot mit den erforderlichen medizinischen Einrichtungen."

„Nach links . . .?" fragte Cronot wenig erfreut. „Da geht es ja abwärts. Meiner Meinung nach braucht der Junge bloß etwas zu essen. Warum geben wir ihm nichts von unseren Vorräten?"

„Ich vermute, er hat wochenlang nur von Konzentraten gelebt", gab Perish zurück. „Sein Organismus ist nicht mehr an normale Nahrung gewöhnt."

Entschlossen bog er in den Gang ein. Den bewußtlosen Oberstleutnant trug er auf den Armen, als wöge er nur einige Kilo. Er schlug einen leichten Trab ein, denn der Zustand des Offiziers beunruhigte ihn. Offenbar hatte er seine letzten Kraftreserven verbraucht, als er den vermeintlichen Gegner angriff. Ein Wunder, daß er sich überhaupt dazu hatte aufraffen können.

Nach einigen hundert Metern gelangten sie an den Einstieg eines Antigravschachts. Der Lift war nicht in Betrieb, aber er wurde sofort automatisch aktiviert, als Perish den Arm hineinstreckte.

Sie schwebten etwa hundert Meter abwärts. An den Schachtwänden blinkten die glänzenden Kegel von Energieprojektoren. Perish Mokart fühlte ein warnendes Kribbeln auf seiner Haut. Wenn sie jetzt an eine komplizierte Testautomatik gerieten, waren sie verloren. Aber dann sagte er sich, daß Einaklos ihnen den Weg gewiesen hatte, und der Erbauer dieser Anlagen mußte schließlich am besten über sie informiert sein.

Als sie mit den Füßen die silbrig schimmernde Bodenplatte des Schachtes berührten, öffnete sich zur Rechten ein breites Tor. Die Bodenplatte setzte sich in Bewegung, schwebte rasch durch das Tor hindurch und hielt endlich dicht über dem Boden einer Kuppelhalle an.

Schon wollten die Oxtorner absteigen, da öffnete sich unter der Platte eine verborgene Luke, und sie sanken mitsamt der Platte hindurch und landeten in einer weiteren Halle.

Perish entdeckte einige Schaltpulte, Bildschirme und viele erleuchtete ovale Öffnungen in den Wänden. Über einem der Schaltpulte flackerte eine grüne Leuchtplatte.

„Hier spricht Servoschaltung M-9", sagte eine metallisch klingende Stimme auf lemurisch. Die Oxtorner beglückwünschten sich dazu, daß sie als Kosmohistoriker diese alte Sprache der ersten Menschheit beherrschten, und zwar in ihrer ursprünglichen Ausprägung und nicht mit den leichten Verfälschungen des Tefroda, wie es später von den Geflüchteten in Andromeda gesprochen wurde. Wer weiß, was geschehen wäre, wenn sie nicht hätten antworten können.

„Wir bringen einen lemurischen Flüchtling, der sich in der Anlage verirrt hatte und total entkräftet ist", erklärte Perish, ebenfalls in der lemurischen Sprache.

„Verstanden!" antwortete die Robotstimme. „Sektion H-5 wurde benachrichtigt."

Perish Mokart hatte zwar keine Ahnung, wer oder was Sektion H-5 war, aber er vertraute auf den technischen Perfektionismus der alten Lemurer.

Wenige Sekunden später schwebte eine ovale, silbrig schimmernde Platte aus einer der Wandöffnungen. Sie glich der Platte, die die Oxtorner hierhergebracht hatte.

„Legen Sie den Erkrankten in das Stützfeld!" schnarrte die metallische Stimme.

Die Oxtorner rissen ihre Augen weit auf. Sie konnten beim besten Willen nichts von einem Stützfeld erkennen. Perish faßte sich zuerst wieder. Behutsam ließ er Ilja Malumes schlaffen Körper auf die Transportplatte sinken. Im selben Moment spürte er, daß sich oberhalb der Platte starke, unsichtbare Kraftfelder befanden, die den Körperkonturen des Oberstleutnants nachgaben und dem Druck seines Körpers danach sanft widerstanden.

Perish trat zurück und wischte sich den Schweiß von der Stirn.

Die Platte mit Malume setzte sich in Bewegung und verschwand durch dieselbe Öffnung, durch die sie gekommen war.

„Die Behandlung wird einige Zeit dauern", meldete sich die Automatenstimme erneut. „Wünschen Sie für diese Zeit Unterkünfte, oder möchten Sie später wiederkommen?"

Cronot stieß einen anerkennenden Pfiff aus.

Perish blickte seinen Vater warnend an und antwortete:

„Wir wünschen Unterkünfte für die Zeit der Behandlung!"

„Zu Diensten“, schnarrte es zurück. „Sektion D-3 wurde benachrichtigt.“

Die beiden Oxtorner verzichteten auf Kommentare. Falls die Automatik Verdacht schöpfte, daß sie eventuell keine Lemurer waren, würde sie eine gründliche Überprüfung veranlassen. Und dann wäre alles aus gewesen.

Diesmal erschienen zwei ovale Transportplatten, und die Männer wurden aufgefordert, sich in die Stützfelder zu setzen. Anschließend ging es in rasender Fahrt einen erleuchteten Tunnel entlang. Ein Schott öffnete sich automatisch und ließ die Transportplatten hindurch. Ein gähnender Schlund tauchte auf, ein mindestens fünfhundert Meter tiefes Loch mit ungefähr dem gleichen Durchmesser. Als die Platten rasch nach unten glitten, verkrampften sich Perishs Finger unwillkürlich. Er dachte an eine Falle – bis er feststellte, daß das Loch in einen zylindrischen Hohlraum führte, dessen Innenwand von zahllosen Veranden umzogen wurde. Hinter den Geländern entdeckte er Tausende von Türen. Es schien sich um eine Art gigantisches Hotel zu handeln.

Die Transportplatten schwebten auf zwei der Türen zu und hielten davor an.

Die Oxtorner warteten einige Sekunden lang vergeblich auf die Aufforderung einer Robotstimme, dann hielten sie es für klüger, die Platten aus eigenem Antrieb zu verlassen. Sofort danch entschwanden die seltsamen Transportmittel ihren Blicken.

Cronot und Perish sahen sich in die verblüfften Gesichter – und grinsten plötzlich.

„Ich denke, wir sind hier ungestört“, sagte Perish schnell, bevor sein Vater etwas Falsches tun konnte. Er sprach wieder Lemurisch, und Cronot nickte verstehend. Mit großer Wahrscheinlichkeit achteten die Automatiken des subtritonschen Hotels die Intimsphäre der Gäste.

„Gut, sehen wir uns unsere Zimmer an“, erwiderte Cronot in lemurischer Sprache.

Er legte die Handfläche gegen das kühle Metallplastik der Tür. Wie erwartet, hatten die Lemurer ein gewöhnliches Wärmeschloß eingebaut, das allein auf die Ausstrahlung menschlicher Körperwärme reagierte. Mehr war in einer in sich geschlossenen Anlage auch nicht nötig.

Als die Tür lautlos zur Seite glitt, blinzelte Perish verwirrt in den luxuriösen Vorraum. Indirektes Licht umschmeichelte mild grüne Blattpflanzen und synthetische Holztäfelung; warme und dennoch frische, würzige Luft strich über Perishs Gesicht.

Er trat rasch ein. Hinter ihm schloß sich die Tür wieder lautlos. Eine Tarnblende gegenüber der Tür erlosch, als Perish darauf zuging. Dahinter wurde der Durchgang zu einem halbrunden Wohnzimmer sichtbar. Ein dicker Teppich verschluckte das Geräusch der Schritte, das Halbrund der rückwärtigen Wand begann zu flimmern, um danach in die makellose Projektion einer exotischen Landschaft überzugehen. Perish kam es vor, als schaute er von seinem Platz aus direkt durch eine Glasscheibe auf die Landschaft eines fremden Planeten. Zweige wiegten sich in einer milden Brise, duftende Blüten reckten sich dem Betrachter entgegen, und im Hintergrund ragte eine Kette rauchender Vulkane in den mattsilbrigen Himmel. Das dumpfe Donnern der Eruptionen und vielstimmiges Tierkonzert vervollständigten den Eindruck, es mit der Wirklichkeit zu tun zu haben. Perish hatte das Gefühl, er könnte in den Urwald hineinschreiten, wenn er das Fenster öffnete und sich hinausschwänge.

Er mußte sich plötzlich räuspern, weil er einen Druck in der Kehle verspürte.

Die alten Lemurer hatten wirklich zu leben verstanden. Auf welcher Stufe der Evolution ihre fernsten Nachfahren wohl jetzt stünden, wenn der furchtbare Krieg mit den Halutern die Entwicklung nicht abrupt abgebrochen hätte . . .? Wahrscheinlich wären sie dann in der Lage gewesen, den Angriff der Zweitkonditionierten mühelos zurückzuschlagen.

Doch diese Überlegungen waren müßig. Man konnte nicht in Wenn und Aber denken, sondern mußte mit der Welt fertig werden, in die man hineingeboren worden war.

Lächelnd trat er auf die Illusion einer exotischen Außenwelt zu, als er zwischen den beiden Wandcouches die haarfeinen Rillen einer Tür erkannte. Spätestens an dieser Stelle mußte die Illusion enden.

Doch Perish Mokart erlebte eine Überraschung.

Die Tür glitt auf, nachdem er die Handfläche darauf gelegt hatte. Vor ihm breitete sich die Welt des Dschungels aus, das vielstimmige Tierkonzert war lauter als in der Wohnung, und unter seinen Füßen spürte er deutlich die Erschütterungen, die die eruptierenden Vulkane dem Boden mitteilten.

Verwirrt und ungläubig trat er zwischen zwei blühenden Sträuchern hindurch. Seine Finger glitten über einige Blüten. Als er die Hand zurückzog, war sie von gelbem Blütenstaub bedeckt.

Er blickte nachdenklich einem kleinen affenartigen Pelzwesen nach, das sich am Geäst eines Baumes herabließ.

Er lief rasch auf den Baum zu und erlebte, daß das Tier bebend vor ihm flüchtete.

Perish drehte sich kopfschüttelnd um.

Er blickte auf einen halbkreisförmigen Bungalow mit geschwungener Glassitwand, hinter der die indirekte Beleuchtung des Wohnzimmers warmen, gelblichen Lichtschein verbreitete. Er sah auch die Tür, durch die er hinausgegangen war – aber weiter nichts.

Links und rechts von dem Bungalow wuchs verfilztes Gestrüpp. Von weiteren Gebäuden war nichts zu sehen.

Perish Mokart überlegte, ob er sich mit dem Strahler eine Gasse durch das Gestrüpp brennen sollte, verzichtete jedoch lieber darauf. Er hätte mit Sicherheit das Nachbarappartement getroffen, und diese Handlung wäre für jede lemurische Überwachungspositronik verdächtig gewesen.

Langsam kehrte er zurück. Die Tür öffnete sich, und er stand wieder im Wohnzimmer seines Appartements.

Die Tarnprojektoren zum Vorraum erloschen plötzlich. Cronot Mokart stand in der Öffnung und blinzelte seinem Sohn listig zu.

„Das wirft selbst den stärksten Mann um, was?“ sagte er mit dröhnender Stimme. „Hier drinnen ist es Illusion, und draußen wirkt anscheinend ein Hypnoprojektor – wenn er nicht schon vor dem Ausgang in Aktion tritt.“

Perish lächelte und zuckte die Schultern.

„Woher willst du das so genau wissen?“ Er schlug sich an die Stirn. „Bleib hier stehen, Vater! Ich gehe jetzt hinaus, und du wirst mich beobachten, ohne das Appartement zu verlassen, ja?“

„Guter Gedanke“, erwiderte Cronot.

Perish wandte sich um und ging zur Tür. Er legte die Hand auf das verborgene Wärmeschloß. Die Tür öffnete sich. Wieder ging er hinaus. Eine ellenlange, grünlich schillernde Echse huschte vor seinen Füßen davon. Oben am Himmel kreiste ein großer Vogel.

Erneut drehte der Oxtorner sich um. „Kannst du mich sehen, Vater?“

Er erhielt keine Antwort. Mit wenigen Schritten war er am Fenster und blickte hinein. Sein Vater stand in der Mitte des Wohnraums und starrte angestrengt zur Tür. Perish klopfte an die Scheibe. Doch Cronot reagierte nicht.

Plötzlich setzte sich der alte Oxtorner in Bewegung, erreichte die Tür, streckte die Hand aus – und stand im nächsten Augenblick neben seinem Sohn.

„Das nenne ich Perfektion“, sagte er anerkennend. „Vorhin müssen wir beide einige Minuten lang zur gleichen Zeit hier draußen gewesen sein, aber da ich durch meine Tür ging und du deine Tür benutztest, konnten wir uns nicht sehen. Dennoch ist es die gleiche Landschaft. Ich möchte wissen, wie sie das machen."

Perish lächelte gedankenverloren.

„Und ich möchte wissen, was geschieht, wenn wir die Flugaggregate unserer Kombis aktivieren und immer geradeaus fliegen . . ."

Er schüttelte den Kopf.

„Ich rede Unsinn! Wenn wir unter dem Einfluß eines Hypnoprojektors stehen, erleben wir unter Umständen eine Rundreise um diesen ganzen Fiktivplaneten – ohne uns überhaupt von der Stelle zu bewegen."

„Aber du bist wirklich hinausgegangen, Perish!" widersprach Cronot. „Demnach muß das hier echt sein."

„Hast du mich von innen gesehen?"

„Nein, dazu schloß sich die Tür zu schnell wieder. Ach, du meinst, ich wäre in dem Moment unter den Einfluß des Hypnoprojektors geraten, als sich die Tür öffnete?"

„Ich vermute es. Aber diese Details sind eigentlich unwichtig. Wir sollten uns mit anderen Problemen befassen."

Nebeneinander kehrten sie in das Appartement zurück.

Cronot Mokart sog heftig die Luft ein, als die Tür sich vor ihnen öffnete.

Mitten im Wohnzimmer stand eine schwarzhäutige Gestalt im Kampfanzug der Solaren Flotte und entblößte zwei schneeweiße Zahnreihen.

„Oberstleutnant Malume, meine Herren. Ich glaube, ich verdanke Ihnen mein Leben."

Sie schüttelten sich die Hände.

„Wie hat man Sie so schnell wieder auf die Beine gebracht, Junge?" fragte Cronot. „Sie sahen aus, als brauchten Sie mindestens eine Woche Krankenhausaufenthalt."

Ilja Malume zuckte die Schultern.

„Lemurische Biomedizin vermutlich. Unsere Urahnen scheinen sehr tüchtig gewesen zu sein." Er lächelte schmerzlich. Die Entbehrungen der letzten Wochen zeichneten noch immer sein Gesicht, aber die elastisch-straffe Haltung und die unternehmungslustig funkelnden Augen bewiesen, daß der Offizier sich frisch und erholt fühlte.

Cronot räusperte sich und stellte seinen Sohn und sich vor.
Malumes Augen weiteten sich.
„Wie . . .? Sie sind Cronot Mokart?"
Der alte Kosmohistoriker zwinkerte belustigt.
„Ist mein Name etwa schon in die Geschichtsbücher der Flottenakademien eingegangen? So berühmt kann ich doch gar nicht sein!"
„Sie sind viel berühmter, auch wenn Sie noch nicht in den Geschichtsbüchern stehen", erwiderte Ilja respektvoll. „Sie waren es doch, der einen Zweitkonditionierten gefangennahm, nicht wahr?"
„Wir beide waren es . . .", über Cronots Gesicht huschte ein Schatten, „ . . . und acht tapfere Soldaten, die dabei ihr Leben ließen. – Aber woher wissen Sie davon? Hat man das Monstrum gefunden?"
„Ich habe Ihren Funkspruch an Staatsmarschall Bull gehört." Abrupt wurde er ernst. „Leider ist das alles, was ich weiß. Kurz vor Ihrem Funkspruch mußte ich aus meinem zerstörten Raumjäger aussteigen. Ich landete mit Hilfe der Rettungsautomatik auf Triton und wurde wenig später von einer Art Wirbelfeld angesaugt und ins Innere des Mondes transportiert. Seither irrte ich in den unterirdischen Anlagen umher. Da durch den Abschuß meines Moskito-Jets auch mein Helmsender beschädigt wurde, hatte ich keine Möglichkeit, mich bemerkbar zu machen. Lediglich der Funkempfänger arbeitete noch halbwegs, so daß ich Ihre Nachricht an Reginald Bull empfangen konnte. Wissen Sie, was mit der Besatzung und den Leuten von Triton geschehen ist?"
„Sie haben auf Anweisung Bulls kapituliert", antwortete Cronot. „Die Kampfroboter sperrten sie in Lagerräume ein. Mehr wissen wir leider auch nicht. Seit fast einem Monat irren wir in dem subtritonschen Labyrinth umher. – Übrigens, ich heiße Cronot."
„Und ich Perish!" fiel der andere Oxtorner ein.
„Nennen Sie mich Ilja", sagte Malume. „Sie sind keine Erdgeborenen, nicht wahr?"
Cronot schüttelte den Kopf, lächelte hintergründig und packte den Waffengurt des Offiziers. Mit ausgestrecktem Arm hob er Malume hoch.
„Hm!" machte Ilja. „Wenn Perish keine Haare auf dem Kopf hätte, würde ich denken, Sie wären Oxtorner . . ."
Perish Mokart schnitt eine Grimasse.
„Diese verflixten USO-Mediziner!" schimpfte er. „Pflanzen auf die Schädeldachprothese eines waschechten Oxtorners eine Biobruthaut mit Haarboden!"

Cronot lachte schallend.

„Nehmen Sie seinen Zorn nicht für bare Münze, Ilja! Im Grunde genommen muß er den USO-Medizinern dankbar sein . . .“ Er brach ab und starrte auf seine Stiefelspitzen.

Perish versuchte abzulenken, weil er wußte, daß sein Vater wieder an die Wochen dachte, während der es für seinen ältesten Sohn um Leben oder Tod gegangen war.

„Ich stelle fest“, sagte er, „daß Ilja das Lemurische nicht beherrscht. Wir sollten deshalb vorsichtig sein. Falls eine Überwachungspositronik merkt . . .“

„Schon passiert“, erwiderte Ilja Malume. „Ich habe im Halbschlaf gesprochen und wurde anschließend befragt. Man gab sich jedoch mit der Ausrede zufrieden, daß ich erst vor kurzer Zeit von der Regionalflotte einer Kolonie im Kugelsternhaufen M-13 zur Hauptflotte abgestellt worden sei.“

Cronot Mokart kicherte.

„Sie sind nicht auf den Kopf gefallen, mein Junge. Nun, das enthebt uns einer Sorge. Befassen wir uns also damit, wie wir schnellstens zur Oberfläche kommen und den Kampf zugunsten der Menschheit entscheiden können.“

Malumes Unterkiefer sank herab.

„Wie bitte . . .?“ stammelte er. „Sagten Sie so etwas wie ‚entscheidend eingreifen‘?“

Cronot Mokart reckte sich.

„Sie haben ganz richtig gehört, Ilja. Wenn Oxtorner eingreifen, dann führen sie immer eine Entscheidung herbei!“ Er lachte, als er Iljas skeptischen Blick bemerkte. „Nun halten Sie mich wohl für übergeschnappt, wie? Aber warten Sie’s nur ab! Sie werden schon noch merken, in welchen verrückten Verein Sie hier geraten sind.“

„Na schön!“ erwiderte Malume, dessen Skepsis noch nicht ganz geschwunden war. „Brechen wir auf!“

„Moment mal!“ widersprach Perish Mokart. „Ich bin dafür, daß wir noch einen Tag hier unten bleiben. Sie brauchen Ruhe, Ilja, damit Sie genügend Energiereserven haben. Der Marsch nach oben ist für einen Erdgeborenen alles andere als ein Kinderspiel. – Und außerdem sollten Sie sich die Sache reiflich überlegen. Wenn Sie mit uns gehen, dann riskieren Sie Ihr Leben. Wir Oxtorner sind Ihnen körperlich hoch überlegen und müssen diese Überlegenheit voll ausnutzen, wenn wir in der gegenwärtigen Lage einen Erfolg erzwingen wollen. Sie sollten sich klar darüber sein, daß der bevorstehende Kampf in gleichem Maß Ihre Kräfte übersteigt. Wir haben schon einmal acht Mann verloren, weil sie sich in ein Unternehmen einließen, das auf unsere physische Konstitution zugeschnitten war."

„Ich bin Offizier der Raumflotte", sagte Ilja Malume ernst. „Und ich weiß deshalb genau, was ich zu tun habe. Die Männer meines Geschwaders haben ihr Leben eingesetzt und verloren. Ich werde ebenfalls mein Leben einsetzen, wie die Sache auch ausgeht. Sie können mich nicht daran hindern."

„Okay!" erklärte Perish hart. „Sind Sie einverstanden, sich meinem Befehl zu unterstellen? – Ich bin USO-Spezialist", fügte er hinzu, als er die Verblüffung in Malumes Augen bemerkte.

„In diesem Falle selbstverständlich", entgegnete Malume und entblößte sein prächtiges Gebiß in einem breiten Lächeln.

Der Oxtorner nickte.

„Also gut. Morgen früh brechen wir auf. Sie haben ebenfalls ein Hotelzimmer zugewiesen erhalten, wenn ich mich nicht irre . . ."

„Ja, aber sollten wir nicht sofort . . .?"

„Das war ein Befehl!" meinte Perish. Er wandte sich seinem Vater zu, doch Cronot Mokart war verschwunden. „Nanu?" entfuhr es Perish. „Warum ist er denn fortgegangen, ohne uns etwas zu sagen?"

Er eilte zur Tür. Ilja Malume folgte ihm.

Sie fanden den alten Kosmohistoriker in seinem Appartement. Der Hyperkom, den er in den Gängen unter Tritona erbeutet hatte, stand vor ihm auf dem Tisch. Die Kontrollampen brannten, aber aus dem Lautsprecher drang lediglich das bekannte Rauschen des Hyperraums.

Cronot blickte auf, als er die beiden Männer eintreten sah.

„Verzeihung!" sagte er rasch, bevor jemand etwas äußern konnte. „Aber der Summer hinter meinem Ohr meldete sich, während ihr euch unterhieltet. Ich lief hierher, ohne etwas zu sagen, denn ich konnte mir denken, daß ihr mir folgen würdet."

„Ist ein Spruch durchgekommen?" fragte Malume.

Cronot Mokart schüttelte den Kopf.

„Ich habe nur noch den letzten Teil einer Ankündigung mitbekommen. Demnach haben wir eine wichtige Durchsage zu erwarten. Von wo und . . ."

Er unterbrach sich, als es im Gerät knackte. Gleich darauf drang die vertraute Stimme Staatsmarschall Bulls aus dem Empfänger.

„Hier Staatsmarschall Bull vom Schlachtkreuzer WYOMING an alle

Einheiten der Solaren Flotte und alle Besatzungen der Stützpunkte. Im Auftrag des Großadministrators habe ich Ihnen folgende Information zu geben:

Soeben sind vier Männer unter dem Kommando von Oberst Redhorse auf die WYOMING zurückgekehrt. Diese vier Männer, unter ihnen der Teleporter Tako Kakuta, waren im Rahmen eines Sondereinsatzes an Bord eines sogenannten Dolans, der von dem Zweitkonditionierten Tro Khon kommandiert wurde. Es gelang ihnen, Verbindung mit Captain Camaron Olek aufzunehmen, der von dem Zeitwächter geistig unterworfen und als Erster Kosmonaut auf dem Dolan eingesetzt worden war. Im Dolan eingeschlossen, drangen sie in ein Arsenal der Zweitkonditionierten ein, das sich innerhalb des Hyperraums in einer gigantischen Paratronblase befindet.

Trotz sofort einsetzender Verfolgung und einer gewaltigen Übermacht der Gegner konnten sie anschließend unter Captain Oleks Führung aus der Paratronblase flüchten.

Dieser Einsatz hat für uns wertvolle Erkenntnisse erbracht. Aufgrund der Gefahr, die uns von rund zehntausend in der Paratronblase stationierten Zeitpolizisten droht, ist es notwendig, jedem Angehörigen der Solaren Flotte nochmals die Eigenschaften der Dolans und der Zweitkonditionierten deutlich vor Augen zu führen, wobei wir uns jetzt auf neuere Details stützen können.

Der Dolan ist eigentlich nichts anderes als ein perfektes, synthetisch erzeugtes Lebewesen von normalerweise amorpher Gestalt. Seine Intelligenz ist relativ gering, keinesfalls kommt sie dem Intelligenzgrad von humanoiden Lebewesen nahe. Seine amorphe Gestalt wird auf Befehl hin zu einer Hohlkugel von hundert Metern Durchmesser, wobei decksähnliche Gewebeklappen entstehen, auf denen sich vorher installierte Maschinen und Kraftstromaggregate von bisher unerreichter Mikrobauweise befinden. Damit wird der Dolan zu einem mit normalen technischen Anlagen ausgerüsteten lebenden Raumschiff, das die erteilten Befehle an die Aggregate weiterleitet.

Allerdings genügt zur Führung eines Dolans nicht nur die Anwesenheit eines Zweitkonditionierten. Die wahrscheinlich wichtigste Aufgabe fällt den sogenannten Exekutoren zu. Diese Exekutoren sind nichts anderes als die aktiven Bewußtseinsinhalte von hochspezialisierten Intelligenzwesen. Die Körper dieser Wesen liegen in einem separaten Raum des Dolans und befinden sich in einer Zellerhaltungsstarre; klinisch sind sie tot, aber sie verwesen nicht, und falls – wie in Captain Oleks Fall – ihre

Bewußtseinsinhalte in die Körper zurückkehren, erwachen sie wieder zum Leben.

Insgesamt gehören sieben Exekutoren zu einem Dolan: Exekutor Nummer eins als Kosmonaut, Nummer zwei als Flugtechniker, Nummer drei als Betriebstechniker, Nummer vier als Verantwortlicher für Ortung, Kommunikation und Funk, Nummer fünf als Spezialist für Bewegungen auf Himmelskörpern jedweder Beschaffenheit, Nummer sechs als Kontrolleur für das Defensiv- und Offensivsystem, Nummer sieben als Registrator und Analytiker.

Alle sieben Bewußtseinsinhalte zusammen bilden ein Symposium, und zwar zusammen mit dem Dolan, der gleichzeitig Träger ihrer immateriellen Bewußtseinsinhalte ist. Der jeweilige Zeitwächter verständigt sich mit dem Symposium über ein hühnereigroßes Gerät, das mit der Haut seines linken Handlungsarms verschmolzen ist.

Als sehr wichtig ist zu beachten, daß jeder Zweitkonditionierte einen sogenannten Symboflex-Partner besitzt, einen organischen Symbionten, der gleich einer wurstförmigen Raupe auf den Schultern aufliegt und dabei den Kopf halb umrundet. Für sich allein ist dieser Symboflex-Partner nur ein relativ primitives Tier, aber in Verbindung mit dem Plan- und Ordinärgehirn eines Zweitkonditionierten stellt er einen Zusatzteil zum Planhirn dar, der den Träger befähigt, eine Zehntelsekunde in die Zukunft zu sehen. Das wären zur Auffrischung die Informationen über die Zweitkonditionierten und ihre Raumschiffe.

Noch eine weitere Nachricht: OLD MAN ist nicht mehr besetzt. Tro Khon blieb im Para-Arsenal der Zeitpolizei zurück, und die anderen, ehemals in OLD MAN stationiert gewesenen Dolans und Zeitpolizisten existieren nicht mehr – bis auf einen, der sich in unserer Gefangenschaft befindet. Tro Khon hat jedoch mit großer Wahrscheinlichkeit die Positronik von OLD MAN mit einer auf seine Interessen abgestimmten Programmierung versehen, so daß wir den Riesenroboter immer noch als Gegner sehen müssen. Gefahr droht uns aber in erster Linie von den zehntausend im Arsenal stationierten Zeitpolizisten mit ihren Dolans. Mit ihrem Angriff muß unbedingt gerechnet werden. Deshalb herrscht weiterhin höchste Gefechtsbereitschaft für alle Solaren Streitkräfte.

Sobald sich eine Änderung der Lage ergeben sollte, werden wir uns wieder melden. Ende!“

Die drei Männer blickten sich stumm in die Augen. Hinter Perishs Stirn arbeitete es. Er wog alle Fakten gegeneinander ab und kam endlich zu einem Entschluß.

„Ich habe einen Plan“, sagte er gedehnt.

Sein Vater hob abwehrend die Hände.

„Verschone uns mit deinen Plänen, Perish! Wenn ich deine Augen sehe, friere ich. Was hast du vor?“

Perish lächelte kalt.

„Wir werden versuchen, etwas gegen unsere Gegner zu unternehmen . . .“

19.

Die Servokontrolle in seinem Appartement war ihm gleich beim Eintritt aufgefallen. Er wußte, daß er über sie praktisch alle Reserven des subtritonschen Geheimstützpunktes mobilisieren konnte. Dennoch zögerte er, seine Wünsche zu äußern.

Es gab so vieles hier, was der terranischen Technik bisher unbekannt geblieben oder doch zumindest in dieser wunderbaren Komposition von niemandem zusammengestellt worden war. Alles dies war eine Fundgrube ersten Ranges für jeden Kosmohistoriker. Am liebsten wäre Perish Mokart noch ein halbes Jahr in den ehemaligen lemurischen Anlagen geblieben, und er wußte, daß es seinem Vater ebenso ging. Aber oben in Triton herrschten die Kampfroboter von OLD MAN, und der Riesenroboter bedrohte noch immer das gesamte Solsystem, die Wiege der Lemurer, Akonen, Arkoniden, Aras, Springer und wie die Splittergruppen alle hießen, und das Herzstück des Solaren Imperiums der Zweiten Menschheit.

Unter diesen Umständen mußten alle persönlichen Wünsche zurückstehen.

Er tauschte einen Blick des Einverständnisses mit seinem Vater und Ilja Malume, dann legte er die Hand auf die Aktivierungsfläche, die nach dem uralten Prinzip der Wärmeschaltung funktionierte.

Eine Sekunde darauf stand eine mechanisch klingende Stimme im Raum.

„Hier spricht Servoschaltung M-9. Zu Diensten!“

„Wir benötigen eine komplette Kampfausrüstung für ein Kommandounternehmen gegen die Feinde, die auf Triton gelandet sind!“ sagte Perish.

Es klickte einige Male in der Servokonsole, dann ertönte eine andere mechanische Stimme.

„Hier spricht Spezialschaltung Z-1. Ausrüstung steht bereit. Bitte folgen Sie dem Imago-Führer Gelb!"

Bevor die Menschen recht begriffen, was sie unter einem ‚Imago-Führer Gelb' zu verstehen hatten, erschien aus dem Nichts heraus vor ihren Augen ein gelber Lichtpunkt. Er schwebte frei und lautlos in der Luft, verharrte kurze Zeit und bewegte sich dann auf den Ausgang des Appartements zu.

„Phantastisch!" entfuhr es Malume. Er griff nach dem Lichtpunkt, als wollte er ihn einfangen.

Cronot stieß einen Warnruf aus. Doch da glitt Iljas Hand bereits durch den gelben Punkt hindurch, ohne daß sein Strahlen dadurch irgendwie verringert worden wäre.

Perish lachte über Iljas Fassungslosigkeit.

„Es wurde uns schließlich als Imago-Führer offeriert", erklärte er schadenfroh. „Was erwarten Sie denn von einer imaginären Erscheinung? Daß Sie sich die Finger daran verbrennen? Ich wette, das Ding existiert lediglich in den Wahrnehmungszentren unserer Gehirne."

Ilja Malume fluchte leise.

„Die alten Lemurer scheinen viel Wert auf psychologische Spielereien gelegt zu haben", meinte Cronot.

„Spielereien . . .?" Perish Mokart schüttelte den Kopf. „Stell dir vor, man wollte diese komplexe Anlage beschildern, so daß du von jedem Ort zu jedem Ort anhand von Wegweisern finden könntest. Das wäre verwirrend und unpraktisch, vor allem, wenn die Anlage voll besetzt wäre. So aber würde von zehntausend Leuten jeder seinen privaten Wegweiser besitzen, und nur er selbst könnte ihn sehen. Ich halte diese Lösung für ideal. Man sollte sie auf den terranischen Großkampfschiffen oder Stationen ebenfalls einführen."

Während der Diskussion hatten sie das Appartement verlassen und waren auf den Rundgang hinausgetreten. Dort wartete bereits wieder eine der bekannten Transportplattformen. Die drei Männer stellten sich darauf und wurden im nächsten Augenblick mit großer Geschwindigkeit die leere Innenröhre des subtritonschen Hotels hinabtransportiert. Ein unsichtbares Konturfeld hüllte sie ein und verhinderte, daß sie unsicher wurden oder das Gleichgewicht verloren.

„Ich möchte nur wissen, wie die Plattform ein imaginäres Licht sehen kann!" murmelte Malume verwirrt.

„Ich vermute, daß die Steuerpositronik der Plattform sich nach unseren Bewußtseinsimpulsen richtet", gab Perish zur Antwort. „Im Grunde genommen ist das die einfachste Lösung."

„Wenn das einfach ist, möchte ich wissen, was du als kompliziert bezeichnen würdest", sagte Cronot Mokart.

Perish lächelte, ging jedoch nicht darauf ein. Vielleicht war die intensive Schulung auf der USO-Akademie daran schuld, daß er über technische Gegebenheiten nicht in erster Linie philosophierte, sondern primär den praktischen Nutzeffekt sah und ausnutzte. Zudem wußte er, daß die alten Lemurer in keiner Weise dekadent oder degeneriert gewesen waren; sie hatten sich in einem Existenzkampf befunden und demgemäß alle ihre technischen Möglichkeiten voll ausgeschöpft, um mit geringstem Aufwand maximale zweckgerichtete Erfolge zu erzielen. Auf Spielereien war dabei völlig verzichtet worden. Ihre Einrichtungen konnten demnach logischerweise nur hochgradig unkompliziert sein.

Zehn Minuten später öffnete sich ein Schott vor ihnen. Ein halbkreisförmiger Raum nahm sie auf. An den Wänden glitzerten die schwachen Ausbuchtungen großer Bildschirme.

„Hier spricht Spezialschaltung Z-1", ertönte die Automatenstimme erneut. „Sie befinden sich im Abtastraum. Die Spezialausrüstungen werden nach Maß angefertigt. Auf den entsprechenden Schirmen werden Sie mit den Details vertraut gemacht. Ich bitte um Ihre Aufmerksamkeit."

Fünf Bildschirme leuchteten zur gleichen Zeit auf.

Cronot Mokart stieß einen Ruf der Überraschung aus.

Perish kniff die Augen zu schmalen Schlitzen zusammen. Was er da auf den Schirmen erblickte, übertraf seine kühnsten Erwartungen.

Einer der Schirme zeigte eine Kombination von undefinierbarer Farbe. Der charakteristische Helmwulst lag um das Halsstück herum und bewies, daß der Anzug auch im leeren Raum getragen werden konnte. Eine leise Automatenstimme erklärte die Einzelheiten. Danach enthielt die Kombination außer einem Antriebskomplex vor allem ein hochwertiges Anti-Ortungssystem, das aus Deflektorprojektoren, Emissionsabsorbern und 5-D-Peileliminatoren bestand. Perish begriff, daß der Träger einer solchen Kombination weder durch Hypertastimpulse noch durch Streufeldmeßgeräte oder Breitbandoptiken entdeckt werden konnte.

Die anderen Bildschirme zeigten und erklärten herkömmliche Impulsstrahler, außerdem aber noch außerordentlich wirksame Vibrator-

Handstrahler und Librationsschleudern, die wahlweise atomare Sprengkapseln, Desintegratorgranaten, Rotationsfelderzeuger im Kleinstformat und Nervengasbehälter durch den Linearraum ins Ziel befördern konnten. Jede der unterschiedlichen Ladungen konnte außerdem noch als Zeitbombe verwendet werden, die man irgendwo stationierte.

„Mich laust der Affe!“ entfuhr es Ilja Malume. „Selbst Roi Danton würde vor Neid erblassen, wenn er diese Ausrüstung sähe.“

Perish Mokart räusperte sich und sagte mit gespielter Arroganz:

„Ich habe Ihnen ja gleich gesagt, daß wir entscheidend in die Auseinandersetzung eingreifen werden . . .“

„Jetzt müßte ich nur noch wissen, ob die Kombinationen über Schutzschirme verfügen“, murmelte Cronot Mokart nachdenklich.

Er suchte die größtenteils glatte Oberfläche seines Spezialanzugs nach den entsprechenden Schaltungen ab.

„Hm!“ machte Perish. „Ich habe eine Idee. Wie wäre es, wenn du deinen Strahler auf mich abfeuern würdest?“

Sein Vater grinste.

„Du hast wohl zu viel ‚Omar Hawk‘ gelesen, was? Mein Junge, deine USO-Spezialausbildung erlaubt dir noch lange nicht, mit deinem Leben zu spielen!“

Perish erwiderte das Grinsen nicht. Er blieb völlig ernst, als er sich an Ilja Malume wandte und sagte:

„Schießen Sie Ihren Kombistrahler auf mich ab, Ilja, ja? Aber schalten Sie ihn zur Vorsicht vorher auf Paralysieren.“

Der Oberstleutnant kratzte sich seinen Wollschädel.

„Ich kann mir zwar denken, worauf Sie hinauswollen, Perish. Aber sind Sie sicher, daß die alten Lemurer schon über ‚Vorahnungsschaltungen‘ verfügten?“

„Probieren Sie es aus! Ein normaler Strahler, auf Paralyse gestellt, wie Ihrer kann mich sowieso nicht beeindrucken. Ich würde höchstens ein unangenehmes Kribbeln spüren.“

Malumes Gesicht leuchtete auf.

„Ah, natürlich. Daran habe ich im Moment nicht gedacht!“

Er zog seine Waffe, zielte auf das linke Bein des Oxtorners und drückte ab.

Perish Mokart schüttelte den Kopf.

„Warum so zimperlich? Zielen Sie auf den Kopf. Meine Beine sind ohnehin unempfindlich; falls Sie es noch nicht wissen: Es handelt sich bei ihnen um hochwertige Produkte von Biokybernetikern der USO."

„Hm!" brummelte Ilja. „Unter Atlans Flagge scheint man gefährlich zu leben." Er grinste und feuerte eine volle Entladung in Perishs Gesicht.

Der ehemalige USO-Spezialist zuckte nicht einmal mit den Wimpern.

„Kein Effekt", vermerkte sein Vater. „Und nun mit schwachen Impulsstrahlern auf mich!"

Malume zuckte die Schultern und stellte seinen Strahler so ein, wie es Cronot von ihm gefordert hatte.

Dennoch trat ihm der Schweiß auf die Stirn, als er auf Cronot Mokart zielte und abdrückte.

Ein schwaches Flimmern war der einzige Effekt. Es sah aus, als stünde für den Bruchteil einer Sekunde der alte Kosmohistoriker hinter einer Wand aus minderwertigem Glas.

„Erhöhen Sie die Intensität!" befahl Cronot.

Ilja Malume nickte. Seine Befürchtungen schwanden. Er schoß mit halber Intensität. Aber lediglich das Flimmern zwischen ihm und dem Oxtorner verstärkte sich etwas. Das war alles.

„Das dürfte meine Annahme bestätigen", erklärte Perish. „Die Schirmaktivierung arbeitet mit Überlichtgeschwindigkeit. Da alle Energiestrahlen höchstens einfache LG erreichen, steht der Schutzschirm in allen Fällen, bevor der Waffenstrahl heran ist. Eine feine Sache. Man spart eine Menge Energie, die anderweitig dringend benötigt wird."

„Und wenn die Schirmaktivierung durch einen Defekt versagt?" fragte Malume mit rauher Stimme.

„Keine Sorge!" entgegnete Perish. „Sie würden es niemals merken."

„Ein komisches Gefühl ist es dennoch, sich auf eine Automatik verlassen zu müssen", murrte Cronot.

Perish Mokart winkte ab.

„Welche Rolle spielt es denn, ob unsere Ausrüstung zu fünfzig oder zu einundfünfzig Prozent vollautomatisch funktioniert?"

Er schaltete die Antiortungskombination ein. Sofort wurde er für die anderen unsichtbar. Doch als Cronot und Ilja ihre Deflektoren aktivierten, erschien die Gestalt Perishs wieder vor ihren Augen, etwas verzerrt zwar, als sähen sie ihn durch eine dünne Schicht bewegten Wassers hindurch, aber doch erkennbar.

„Kompensation", sagte Ilja Malume. „Minus mal minus gleich plus. Die Abschirmung muß gleichzeitig als indirekte Ortung dienen."

„Eine geniale Lösung", ergänzte Perish. „Hoffentlich können wir die

Kombination wohlbehalten unseren Wissenschaftlern übergeben, wenn der Kampf vorbei ist."

„Ich will zufrieden sein, wenn wir halbwegs wohlbehalten daraus hervorgehen", sagte Cronot ironisch. Er verstaute nach und nach die gesamte Zusatzausrüstung, die eine kleine Transportplatte vor ihm abgesetzt hatte. Dabei stellte er anerkennend fest, daß ihm die Spezialkombination lemurischer Robotfertigung wie eine zweite Haut paßte. Es gab keine Falten und auch keine Spannungsstellen. Mit bedauernden Blicken warf er seine Privatkombination auf die geleerte Ovalplatte. Am liebsten hätte er sie mitgenommen, aber er war vernünftig und erfahren genug, um darauf zu verzichten. Unnötigen Ballast würden sie nicht brauchen können, wenn es losging.

„Fertig!" meldete Ilja.

Perish Mokart musterte den Oberstleutnant und seinen Vater mit den geschäftsmäßig kalten Blicken des erfahrenen USO-Spezialisten. Er rückte hier einen Tragbehälter gerade, verteilte dort einige Lasten anders und nickte endlich zufrieden.

„Es kann losgehen." Grinsend fügte er hinzu: „Das ist ein historischer Augenblick. Später wird man ihn den Beginn der großen Wende nennen."

Grimmig blickte sein Vater ihn an.

„Wenn du deinen Zynismus nicht bald ablegst, muß ich dich enterben, Söhnchen!"

Der Antigrav-Schnellift brachte sie innerhalb von zehn Minuten an die Oberfläche Tritons. Nach den Angaben Einaklos' war der Zugang nicht schwer zu finden gewesen.

Die drei Männer wurden von dem Kraftfeld in einer so vollendet transparenten Panzerkuppel abgesetzt, daß Ilja Malume mit dem geschlossenen Druckhelm dagegenrannte.

„Nicht schlecht", lobte Cronot. „Die Kuppel muß vorzüglich gegen jedwede Ortung abgesichert sein, sonst hätte man sie längst entdeckt."

Er deutete auf die rötlich schillernden Riesenkuppeln am Horizont.

Die Männer atmeten auf. Tritona war also nicht zerstört worden. Offenbar wollten die Zweitkonditionierten den Neptunmond als Brükkenkopf im Solsystem benutzen.

„Nehmen wir die Transportaggregate?" fragte Malume.

„Wie?" Perish schrak aus seinen finsteren Gedanken hoch. „Ja, natürlich!“ Er verspürte plötzlich unbezähmbare Ungeduld. Ihm war, als käme es auf jede Sekunde an, und das, obwohl sie fast einen ganzen Monat unter der Oberfläche Tritons umhergeirrt waren.

Sein Vater hatte inzwischen herausgefunden, wie man die transparente Kuppel durchdringen konnte. Auch hier zeigte sich wieder, daß die alten Lemurer in manchen Dingen vor 52 000 Jahren weiter gewesen waren als die Terraner heute. Es genügte, das Antiortungssystem der Spezialkombination zu aktivieren und sich gegen die unsichtbare Kuppelwandung zu stemmen. Innerhalb weniger Sekunden löste sich die molekulare Struktur vor dem Oxtorner auf; hinter ihm fügte sie sich wieder in eine Art Beharrungsfeld ein.

Er kehrte zurück und gab seine Erfahrungen weiter. Doch niemand war augenblicklich in der Stimmung, seine Bewunderung für die lemurische Technik zu äußern. Sie fieberten der ersten Bewährungsprobe entgegen.

Nachdem sie alle drei die Kuppel verlassen hatten, blickten sie zurück. Das Gelände hinter ihnen unterschied sich in nichts von dem vor ihnen. Auch von dem Liftausstieg war nichts mehr zu sehen.

Sie schalteten die Feldaggregate ihrer Anzüge an und beschleunigten auf vierhundert Stundenkilometer. Absolut lautlos schwebten sie über die zerklüfteten und von Geröll bedeckten Ausläufer des Scrap-Gebirges. Die Silhouetten der Stadtkuppeln von Tritona schienen vor ihnen aus dem Boden zu wachsen und sich dabei aufzublähen. In knapp fünf Minuten hatten sie die ersten Kuppeln erreicht.

Und noch etwas anderes hatte sich ereignet.

Vor den Kuppeln standen zweieinhalb Meter große Kampfroboter des überschweren Typs. Unzweifelhaft handelte es sich um terranische Kampfroboter aus dem Riesenrobot OLD MAN, der ja von Terranern für Terraner erbaut worden war.

Perish Mokart drosselte seinen Feldantrieb und ließ sich vor einem der Roboter zu Boden sinken. Er lief um das Maschinenmonstrum herum, aber die Tasterorgane, menschlichen Augen nachgeformt, glommen nur schwach rötlich vor sich hin; die beiden Waffenarmpaare blieben gesenkt.

Der ehemalige USO-Spezialist atmete auf.

Das erste Experiment war gelungen. Die lemurischen Kampfanzüge bewahrten sie selbst davor, durch Kampfroboter geortet zu werden.

Erneut aktivierte er den Feldantrieb und stieg zu den Gefährten auf, die mit schußbereiten Waffen über ihm gekreist hatten.

„Alles in Ordnung!“ meldete er über jenes lemurische Wunderwerk eines Funkgeräts, das sich am besten mit dem Ausdruck Subhyperkom definieren ließ. Die Sendung wurde zwar mit überlichtschneller Geschwindigkeit, aber durch das vierdimensionale Raum-Zeit-Kontinuum abgestrahlt, wodurch das Äquivalent einer Zeitdilatation entstand, das im Empfänger durch Modulierung kompensiert wurde. Für interplanetare oder gar interstellare Entfernungen eignete sich das Gerät aus leicht ersichtlichen Gründen nicht; für die Nachrichtenübermittlung auf kurze Distanz brachte es jedoch den Vorteil, daß der Gegner die Quelle weder anpeilen noch die Sendung mithören konnte – es sei denn, er verfügte über das entsprechende Empfangsgerät und wäre über die Sendegeschwindigkeit informiert, eine Voraussetzung, die auf terranische Kampfroboter keinesfalls zutraf.

Perish verzichtete dennoch auf lange Unterhaltungen. Er fieberte vor Ungeduld, Gewißheit über die Lage der Einwohner von Tritona zu erhalten.

Die erste Reihe der Kuppelbauten wurde überflogen. Die drei Männer sahen, daß weder an den Gebäuden noch an den Kuppeln selbst Zerstörungen vorhanden waren. Zwischen den Bauten patrouillierten Kampfroboter. Sonst war alles ruhig.

Die zweite Reihe der Kuppeln war ihr Ziel. Sie standen vor dem nächsten kritischen Punkt ihres Einsatzes. Sie mußten nämlich versuchen, unbemerkt in eine der Kuppeln zu gelangen, obwohl die Schleusen geschlossen und schwer bewacht waren.

„Ich glaube, es bleibt uns nichts anderes übrig, als eine Kuppelwand zu beschädigen, so daß die Atmosphäre entweicht. Mit großer Wahrscheinlichkeit wird das einige Reparaturroboter veranlassen, nach draußen zu gehen – und wir können uns durch die Schotte schleichen.“

„Und womit willst du die Kuppelhüllen beschädigen?“ fragte Cronot Mokart. „Etwa mit einem Impulsstrahler?“

Perish grinste flüchtig.

„Womit würden Sie es tun, Ilja?“ fragte er.

„Mit einem Meteoriten“, gab Ilja Malume lakonisch zur Antwort.

Cronot kicherte verhalten.

„Natürlich mit einem Meteoriten. Vielleicht könnten Sie einen aus dem Raum herbeizaubern!“

Perish grinste stärker.

„Ilja hat recht, Vater. Alles würde den Verdacht der Roboter erregen – alles, bis auf die Ursache, die auf einem Mond Neptuns als die natürlichste erscheinen muß. Iljas Idee ist genial. Wollen Sie sie selbst ausführen?“

„Selbstverständlich“, erwiderte Ilja. „Jeder muß die Suppe, die er sich eingebrockt hat, selber auslöffeln.“

Er ließ sich tiefer absinken und landete auf einem Schuttwall, der von den Planierungsarbeiten beim Bau der Stadt Tritona übriggeblieben war. Einige Minuten lang suchte er in dem Geröll, bis er einen Stein von der Größe eines Pingpongballes und fast der gleichen Rundung gefunden hatte. Er schob ihn in die Ladungskammer seiner Linearschleuder, winkte den Mokarts zu und stieg anschließend mit der Geschwindigkeit eines Raketengeschosses in den düsterroten Himmel.

„Ts, ts!“ machte Cronot Mokart fassungslos. „Diese Jugend heute. Auf die verrücktesten Ideen verfallen die Burschen!“

Um Perishs Mundwinkel zuckte es. Aber er fühlte sich nicht ganz in der Stimmung, um seine Heiterkeit lautstark zu zeigen. Er forderte seinen Vater auf, ihm zu folgen, wich langsam von der Kuppel zurück.

Danach mußten sie warten.

Bei der relativ geringen Schwerkraft Tritons würde es Malume kaum Schwierigkeiten bereiten, auf ungefähr zweihundert Kilometer Höhe zu steigen. Diese Distanz zur Oberfläche des Neptunmondes war nötig, um den ‚Meteoritenfall‘ glaubhaft erscheinen zu lassen. Wie der Erdmond, so besaß auch Triton eine dünne Atmosphäre, die nur im Vergleich zu den primitiven Vakua des präatomaren Zeitalters als absolutes Vakuum bezeichnet werden konnte. In einer Höhe von achtzig Kilometern jedoch entsprach ihre Dichte der der Erdatmosphäre in gleicher Höhe, und je weiter man sich von der Oberfläche Tritons entfernte, um so dichter wurde sie relativ dazu. Schuld daran war die geringe Schwerkraft, die die Atmosphäre nicht so stark über der Oberfläche konzentrieren konnte. Infolgedessen mußte jeder Meteorit über Triton ebenso stark aufglühen wie über Terra – und die Wachroboter würden sich hinterher genau daran erinnern, ob das bei dem fraglichen Meteoriten auch der Fall gewesen war.

Einige Minuten verstrichen, ohne daß sich etwas ereignete. Dann erspähten Perishs scharfe und geübte Augen am Himmel eine kurz aufflammende Lichtspur.

Wenige Sekunden danach stieg ein weißer Nebelschleier aus der Kuppel.

Der ‚Meteorit‘ hatte getroffen.

Die Öffnung erweiterte sich durch die Wirkung des Innendrucks ziemlich rasch. Ein regelrechter Geiser spie Eiskristalle in den Raum. Die OLD-MAN-Roboter reagierten sofort. Sie liefen zwar nicht ziellos umher, aber sie blieben stehen und meldeten offenbar den Schaden weiter. Nach wenigen Mikrosekunden öffneten die Pfortenwächter die Schleusenschotte. Mit explosivem Druck schoß die Kuppelatmosphäre nach draußen. Dadurch wurde vermieden, daß sich der Riß im Kuppeldach noch weiter vergrößerte.

Als der Druck fast bis auf Null abgesunken war, stiegen fünf unbewaffnete Roboter aus einem Lifthäuschen mitten in der Kuppel.

Bevor die Reparaturroboter die nächste Schleuse erreichten, kehrte Ilja Malume zurück. Die beiden Oxtorner nahmen ihn in die Mitte und flogen durch eine der geöffneten Schleusen in die Kuppel hinein.

„Gut gemacht, Ilja!" lobte Perish und wollte dem Offizier auf die Schulter schlagen. Doch seine Hand wurde regelrecht zurückgeschleudert.

Malume lachte leise.

„Gut, daß der Schutzschirm nicht tödlich wirkt, Perish!"

Perish Mokart biß sich auf die Lippen. Er ärgerte sich darüber, daß er den selbsttätigen Schutzschirmaktivator vergessen hatte.

„Wir halten uns an den Lift, aus dem die Reparaturrobots gekommen sind!" befahl er.

Er legte sich auf den Boden und versuchte, in dem völlig dunklen Liftschacht etwas zu erkennen.

Innerhalb des Pfortenhäuschens befand sich eine atembare Atmosphäre mit fast normalem Druck. Die Schotten der Schleuse hielten dicht. Außerhalb des niedrigen würfelförmigen Gebäudes herrschte dagegen noch immer ein Vakuum. Die Reparaturroboter waren dabei, das Leck im Kuppeldach zu reparieren.

„Hast du gesehen, daß es Roboter von Tritona waren, Perish?" fragte Cronot Mokart.

Perish nickte.

„Warum auch nicht? Sie sind für diese Aufgabe spezialisiert, und ihre Programmierung unterscheidet nicht zwischen Freund und Feind."

Er strengte sich an, die von unten heraufkommenden Geräusche zu definieren. Die Außenmikrophone seines Lemureranzugs übermittelten ihm ein dumpfes, intervallartig an- und abschwellendes Poltern und Rumpeln. Dazwischen ertönte ab und zu ein dünnes Zischen. Es klang, als würde dort unten die Einrichtung demontiert.

Er zuckte die Schultern.

„Es hilft nichts. Wir müssen uns das an Ort und Stelle ansehen. Von hier ist nicht herauszuhören, was eigentlich vor sich geht."

Der Feldantrieb seiner Spezialkombination – eigentlich hätte es ‚Paragravitationsantrieb' heißen müssen, was jedoch zu umständlich geklungen hätte – arbeitete völlig geräuschlos und ohne meßbare Energiestreustrahlung. Er hob die Effekte der tritonschen Schwerkraft auf und polte gleichzeitig die Energiegehalte der transportierten Masse je nach Einstellung um, so daß zur Fortbewegung kein Rückstoßaggregat erforderlich war.

Langsam sanken die drei Männer in der Schachtröhre nach unten. Es blieb weiterhin dunkel, was verständlich wurde, wenn man bedachte, daß hier zur Zeit nur Roboter verkehrten, die nicht auf sichtbares Licht angewiesen waren.

In einer Tiefe von ungefähr zweihundert Metern berührten Perishs Füße eine Plattform. Er wandte sich um und erkannte gegen den vagen Lichtschimmer eines Tunnels die massige, zweieinhalb Meter hohe Gestalt eines terranischen Kampfroboters.

Unwillkürlich biß er sich auf die Unterlippe, als er sich dabei ertappte, daß er auf dem besten Wege gewesen war, den Roboter anzusprechen. Die terranische Konstruktionsweise war ein psychologisch irreführender Faktor, denn sie verleitete jeden Menschen immer wieder dazu, seine erbittersten Feinde als Freunde anzusehen.

Und eigentlich, sagte sich der Oxtorner, waren die Kampfmaschinen ja auch dazu gebaut, die Menschen zu unterstützen. Nur eine Kette verhängnisvoller Irrtümer hatte dazu geführt, daß das mächtigste Raumschiff aller Zeiten mitsamt seinen rund fünfzehntausend Ultraschlachtschiffen und Millionen Kampfrobotern eine feindliche Haltung einnahm.

„Man müßte es ändern können . . .!" murmelte er mit zusammengebissenen Zähnen.

„Wie bitte?" fragte Ilja Malume.

Perish Mokart lachte grimmig.

„Schon gut! Daß mir keiner auf die Idee kommt, sich mit diesen Robotern verständigen zu wollen!"

„Wir sind doch nicht lebensmüde!" gab Cronot ärgerlich zurück.

Perish drückte sich vorsichtig an dem Maschinenkoloß vorbei. Die Radaraugen glommen düsterrot in der Dämmerung. Die furchtbaren Waffen drohten, und Perish schluckte, als er dicht an einer aktivierten Feldmündung vorbeischwebte. Wenn der Roboter ihn trotz seines Spezialanzuges jetzt ortete, hatte er keine Chance. Der Koloß würde sofort das Feuer eröffnen und den Menschen nicht einmal Zeit lassen, ihr Ende bewußt zu erleben.

Aber alles ging gut. Die Kampfmaschine blieb reglos an ihrem Platz. Perish, Cronot und Ilja beschleunigten ihren Flug, nachdem sie diese Wache passiert hatten. Sie befanden sich innerhalb des subtritonschen Transportnetzes der Stadt. Die Laufbänder allerdings waren ebenso außer Betrieb wie die funkleitgesteuerten Schwebewagen.

An der nächsten Verteilerhalle stießen sie auf etwa zwanzig Arbeitsroboter, die dabei waren, mit Impulsschneidgeräten und Desintegratoren die Seitenwände herauszubrechen und die Bauteile einer meterdikken Röhrenwandung zu installieren.

„Sieht aus, als wollten sie hier einen Panzerturm einbauen", flüsterte Malume.

Perish Mokart erwiderte nichts darauf. Er ahnte, weshalb hier unten ein versenkbares Fort installiert wurde. Anscheinend hatte OLD MAN den Mond Triton als Auffanglager für künftige Gefangene ausersehen und befestigte die Zu- und Ausgänge, damit seine Opfer mit minimalstem Aufwand in Schach gehalten werden konnten. Dies alles deutete auf eine baldige Großoffensive hin, und der ehemalige USO-Spezialist fühlte, wie die Erregung kribbelnd bis in seine Fingerspitzen vordrang.

Augenblicklich sah er sich jedoch nur vor dem Problem, wie sie unentdeckt diesen von Robotern wimmelnden Arbeitsplatz passieren könnten. Es gab kaum eine Handbreit freien Boden.

Sein Vater befreite ihn von seinen Überlegungen. Cronot Mokart schwebte einfach dorthin, wo drei Arbeitsroboter mit Desintegratoren tiefer in die Felswand eindrangen, um Platz für die Bauteile zu schaffen.

Blitzschnell huschte der alte Oxtorner durch die strukturauflösenden Strahlen. Er blieb unverletzt, nur ein starkes Flirren der molekularen Gaswolke zeigte an, daß sein Schutzanzug die zerstörerischen Kräfte erfolgreich abgewehrt hatte.

Augenblicklich stellten die drei Roboter ihre Arbeit ein. Einer von ihnen trat zu der Stelle, an der die D-Strahlen aufgetroffen hatten und musterte offensichtlich die plötzlich aufgetretene Unregelmäßigkeit der Materialvergasung.

Diesen Moment benutzten Perish und Ilja, um völlig unauffällig zwischen den Maschinen hindurchzuschweben.

„Hoffentlich schöpfen sie keinen Verdacht", bemerkte Malume, nachdem sie wieder zu Cronot gestoßen waren.

Der Kosmohistoriker lachte leise.

„Maschinen!“ sagte er verächtlich. „Sie werden denken, die Desintegratoren hätten unregelmäßig gearbeitet.“

Perish lächelte.

Er kannte die Aversion seines Vaters gegenüber intelligenten Maschinen. Es war das uralte Vorurteil der älteren Generation gegenüber der allgemeinen Weiterentwicklung, der sich der menschliche Geist ab eines bestimmten Alters nicht mehr anzupassen vermag. Ein terranischer Zyniker hatte sogar einmal behauptete, alle Menschen über vierzig würden die Entwicklung nur noch hemmen, anstatt sie zu fördern. Das war natürlich übertrieben, aber ein Körnchen Wahrheit steckte gewiß dahinter.

„Achtung!“ rief Cronot plötzlich erschrocken.

Perish und Ilja ließen sich in instinktiver Reaktion zu Boden sinken und drückten sich an die Wand des Tunnels.

Sie wußten noch nicht, was Cronot aufgefallen war, aber ohne triftigen Grund würde der alte erfahrene Oxtorner gewiß keine Warnung übermitteln.

Sekunden später näherten sich zehn Terraner in den Uniformkombis von Flottenspezialisten ihrem Standort. An der Spitze der Gruppe ging Professor Wladimir Lustikow, ein As auf dem Gebiet der Materieumformung.

Sein graues Haar wucherte ungeschnitten über den Kragen, und die Haut sah teigig und ungesund aus. Offenbar hatte er weder genügend zu essen gehabt noch irgendwelche Möglichkeiten zur Körperpflege. Den anderen Männern ging es nicht besser.

Perish Mokart ballte die Fäuste, als die Gefangenen an ihm vorbeimarschierten. Er bewunderte ihre aufrechte Haltung; sie beschleunigten ihre Gangart nicht einmal, als der letzte Roboter sie lautstark zur Eile aufforderte.

„Ich möchte wissen, was man mit ihnen vorhat!“ meinte Cronot, nachdem die Gruppe im Halbdunkel untergetaucht war. „Hoffentlich will man ihnen keine Einzelheiten der geheimen Umformungstechnologie entreißen.“

„Das wäre fatal für die Männer“, murmelte Perish zornig. „Sie besitzen nämlich einen Hypnoblock, der jeder Befragung standhält. Aber wenn man sie zu lange unter dem Psycholator läßt, verlieren sie den Verstand.“

Er zog plötzlich scharf die Luft ein.

„Was gibt es?“ fragte Ilja Malume.

Der Oxtorner lächelte.

„Alles hat sein Gutes. Die Begegnung hat mich gewissermaßen zu einem Plan inspiriert. Aber schauen wir erst einmal nach, was die anderen Gefangenen machen!“

Sie standen vor dem offenen Schott eines subtritonschen Silos. Neben dem Eingang waren zwei Kampfroboter postiert. Ihre Waffenmündungen drohten ins Innere des Silos hinein. Vielfältiges Stimmengemurmel kam von dort.

„Die Roboter sind kein Hindernis für uns“, sagte Cronot. „Wenn wir hineingehen, können wir den armen Kerlen wenigstens etwas Hoffnung geben.“

„Wir werden hineingehen“, sagte Perish bedächtig, „aber uns weder sehen noch hören lassen, Vater.“

„Aber die Menschen sind sicher verzweifelt. Wenn wir ihnen zeigen, daß sie nicht allein sind . . .“

„Können sie uns ungewollt verraten. Nein, so schwer es mir fällt, ich bin gegen jeden Kontakt. Wir wissen nicht, ob einige von ihnen in der nächsten Zeit verhört werden, und nur wenige verfügen über einen Hypnoblock. Außerdem möchte ich niemanden zu einem sinnlosen Ausbruchsversuch oder einer ähnlichen Aktion verleiten, und ein paar Leute finden sich immer, die infolge neugeweckter Hoffnungen zu Aktionen neigen.“

Sie brauchten sich keine Mühe zu geben, die Kampfroboter zu täuschen. Ihre Antiortungsaggregate schützten sie vor jeder Entdeckung. Behutsam traten sie ein.

Ungefähr zweitausend Männer, Frauen und Kinder, stellte Perish Mokart fest, als seine Augen sich an das herrschende Dämmerlicht gewöhnt hatten. Die Menschen waren in dem winzigen Raum zusammengepfercht, den die gefüllten Ersatzteilregale ließen.

Die Gefangenen hatten sich zu kleinen Gruppen zusammengesetzt und flüsterten miteinander. Viele allerdings starrten nur apathisch vor sich hin. Verkrustete Teller zeigten, daß man ihnen wenigstens Verpflegung zukommen ließ. Von Hygiene konnte allerdings nur mit sehr großer Phantasie gesprochen werden. Zwar hatten einige Männer aus Plastikbauteilen und Blechstreifen zwei große Abteile getrennt, in denen die Menschen ihre Notdurft verrichten konnten, aber es existierte in dem Silo natürlich weder Wasserspülung noch eine Lufterneuerungsanlage von ausreichender Kapazität. Es roch penetrant nach Körperausdünstungen, Körperausscheidungen und Essenresten. Ein einziges Handwaschbecken lieferte einen dünnen Strahl lauwarmen Wassers. Davor standen in Reih und Glied etwa zweihundert Menschen, um ihre benutzten Teller abzuspülen und einen Schluck Wasser zu trinken.

„Ich möchte wissen“, murrte ein junger Mann mit schütterem Bart, „ob man uns abgeschrieben oder nur einfach vergessen hat!“

Ein alter Mann drehte sich nach ihm um und starrte ihn aus rot entzündeten Augen an.

„Mich würde viel mehr interessieren, ob die Erde noch frei ist, junger Mann. Solange das zutrifft, sind wir auch nicht abgeschrieben.“

„Ich weiß nicht“, nörgelte der junge Mann weiter. „Denen da droben ist es bestimmt egal, ob wir hier vor die Hunde gehen. Wir können ihnen nicht mehr nützen, also braucht man uns auch nicht zu helfen.“

Perish Mokart fühlte sich versucht, dem Jüngling ein paar hinter die Ohren zu geben. Doch glücklicherweise erledigte das der Alte für ihn.

„Solche Äußerungen werden hier nicht geduldet!“ fuhr er den verdutzten Burschen an. „Wenn wir schon weiter nichts mehr für unser Volk tun können, sollten wir dafür sorgen, daß wir Menschen bleiben. Außerdem ist es Unsinn, daß wir dem Imperium nicht mehr nützen können. Sobald der Kampf vorbei ist, wird man uns dringender als zuvor brauchen.“

„Bravo, bravo!“ flüsterte Cronot. „Da sieht man es wieder einmal: Die Jugend ist viel zu unreif, um in der Politik mitreden zu können. Diese Grünschnäbel haben doch überhaupt keinen geistigen Horizont.“

„Ausnahmen bestätigen die Regel, Vater“, widersprach Perish Mokart ernst. „Vergiß nicht, daß Tausende solcher ‚Grünschnäbel‘ ihr Leben für unsere Sicherheit gelassen haben. Wer alt genug ist, um für die Menschheit sterben zu dürfen, sollte aber auch in der Politik mitreden dürfen. Was nicht heißt, daß ich diesen Jüngling für reif genug dazu halte.“

„Schon gut, schon gut!“ sagte Cronot besänftigend. „Du hast natürlich recht.“

Abrupt wandte er sich um und ging aus dem Silo hinaus. Draußen im Verbindungstunnel schaltete er seinen Feldantrieb auf starke Beschleunigung, so daß die anderen beiden Männer Mühe hatten, ihn wieder einzuholen.

Sie besichtigten noch einige der anderen Gefangenenunterkünfte.

Das Bild war überall das gleiche. Die meisten Menschen hatten sich mit ihrem Schicksal abgefunden und ertrugen es mit Würde. Nur im größten Lager schien es Unruhen gegeben zu haben, denn etwa fünfzig entwaffnete Raumsoldaten patrouillierten mit weißen Armbinden zwischen den Menschenmassen und fungierten offensichtlich als Ordnungshüter.

Die Kampfroboter von OLD MAN schienen sich in die Angelegenheiten ihrer Gefangenen nicht einzumischen, solange kein Ausbruch versucht wurde.

„Im großen und ganzen bin ich zufrieden", erklärte Perish, nachdem sie in einen Seitenstollen eingedrungen waren und sich zu einer Besprechung auf die Abstellrampe einer Ausweichnische gesetzt hatten. „Man hat die Gefangenen nicht psychisch beeinflußt und läßt sie nicht verhungern. Das ist mehr, als wir nach den bisherigen Erfahrungen erwarten durften."

„Aber es genügt nicht", widersprach Oberstleutnant Malume. „Eines Tages werden die Zweitkonditionierten ins Solsystem zurückkehren und ihre Aktion zu Ende führen. Ich fürchte, daß die Menschheit nur einen Aufschub gewonnen hat."

Der ehemalige USO-Spezialist nickte bestätigend.

„Eben! Deshalb schlage ich vor, daß wir endlich aktiv werden. Wir müssen versuchen, an Bord von OLD MAN zu gelangen und den Riesenroboter zu erobern . . ."

Ilja und Cronot fuhren gleichzeitig auf.

„Bist du übergeschnappt, Junge?" schrie Cronot.

„Mein Gott!" murmelte Malume. „OLD MAN! Wie könnten wir etwas gegen den Giganten tun, wenn fast die gesamte Imperiumsflotte bisher vergeblich gegen das Maschinenmonstrum gekämpft hat? Ich fürchte, Sie übernehmen sich, Perish."

Perish Mokart knackte mit den Fingergelenken. Er lächelte spöttisch und etwas überheblich.

„Ganz recht, Ilja. Es ist ein Maschinenmonstrum, konstruiert und gebaut zum Nutzen der Menschheit. Sollte es da nicht möglich sein, es seinem eigentlichen Verwendungszweck zuzuführen – jetzt, da kein einziger Zeitpolizist an Bord ist?"

Cronot lachte meckernd. Er hatte mit seinem Sohn schon eine Menge erlebt, aber das hier war bisher unerreicht.

„Natürlich, Perish! Wir werden OLD MAN anrufen und ihn bitten, uns an Bord zu holen – und er wird gehorchen wie ein dressiertes Hündchen. So ist es doch, nicht wahr?"

Perish grinste.

„Na bitte, Vater! Ich wußte ja, daß du mir mühelos folgen kannst. Im Prinzip stimmen wir nämlich überein."

„Ich fürchte, ich bin hier der einzige Normale", flüsterte Ilja Malume entsetzt.

20.

Sie hatten sich in die winzige Kontrollbude eines Produktions-Disponenten zurückgezogen. Außer dem bequemen Konturlager und einem Dutzend mit Bildschirmen versehenen Kommunikationsgeräten gab es nur noch zwei Positroniken für Sektionsplanung und -kontrolle. Hier konnten sie endlich ihre Antiortungssysteme ausschalten und die Druckhelme zurückklappen.

„Ich wundere mich keineswegs, daß Sie mich für verrückt halten", erklärte Perish.

„Einsicht ist der erste Weg zur Besserung", murmelte Ilja.

Perish Mokart lächelte hintergründig.

„Wie recht Sie haben! Aber um Ihnen wirkliche Einsicht zu ermöglichen, muß ich etwas weiter ausgreifen. Was das bedeutet, werden Sie wissen, und auch du, Vater, weißt Bescheid. Aber bisher habe ich stets verschwiegen, daß ich zu einem sehr engen Kreis von Männern und Frauen gehörte, die eine Sonderkommission innerhalb der USO-Spezialistengruppe gebildet haben – und zwar aufgrund einer Vereinbarung zwischen Lordadmiral Atlan und Solarmarschall Mercant. Meine Arbeit bestand im wesentlichen aus der strategisch-taktischen Planung galaktischer Operationen, die zwar für alle Menschen und viele andere Völker bedeutsam waren, aber von denen Uneingeweihte niemals etwas erfuhren. Über Einzelheiten darf ich auch heute noch nicht sprechen. Ich wollte nur andeuten, daß mein ‚Infiltrationsplan' auf Richtlinien und Erfahrungen beruht, die ich in der Praxis gesammelt habe."

„Eine lange Rede, mein Sohn", murrte Cronot. „Na schön, ich will dir glauben, daß du gewohnt bist, außergewöhnliche Pläne zu schmieden, und daß du nicht unverantwortlich handelst."

„Vielen Dank!" entgegnete Perish voller Ironie. „Leider verfüge ich nicht über die detaillierten Informationen, die gewöhnlich zur Planung meiner Aktionen gehören. Wir werden also etwas improvisieren müssen."

„Wie harmlos das klingt!" warf Malume sarkastisch ein.

Perish Mokart zuckte die Schultern.

„Ich gehe davon aus, daß Tro Khon, als er OLD MAN verließ, dessen Zentralpositronik wieder aktiviert und mit bestimmten Befehlen programmiert hat, so daß sie in seinem Sinn selbständig handeln kann. Was aus den organischen Steuergehirnen geworden ist, ist unbekannt. Möglicherweise leben sie nicht mehr. Falls doch, dann sind sie inzwischen endgültig dem Wahnsinn verfallen. Auf jeden Fall hat Tro Khon sicherlich dafür gesorgt, daß sie ihm nicht mehr in die Quere kommen können. Es kommt jetzt darauf an, der Zentralpositronik einen absolut logischen Grund dafür zu geben, ein Schiff nach Triton zu entsenden, dort landen zu lassen und Roboter auszuschleusen. Der Grund muß außerdem so wichtig erscheinen, daß OLD MAN ein Schiff aus der eigentlichen Trägerkuppel schickt, weil er die wissenschaftlichen Roboter nach der Untersuchung gewisser Vorfälle in der Zentralpositronik verhören will. Mit Hilfe unserer Antiortersysteme sollte es relativ einfach sein, in dieses Schiff und von dort aus in die Trägerkuppel OLD MANS zu gelangen. Können Sie mir bis hierher folgen?"

„Nur weiter!" knurrte Oberstleutnant Malume. „Ich wollte mich schon immer einmal als Psychoanalytiker betätigen. Bis jetzt bin ich auf meine Kosten gekommen."

„Niemand zwingt Sie, an dem Unternehmen teilzunehmen, mein lieber Ilja", erwiderte Perish mit der Milde eines Untersuchungsrichters. „Es freut mich, daß Sie meine Ausführungen wenigstens mit Interesse verfolgen."

„O bitte! Keine Ursache!" sagte Ilja.

„Hört doch mit diesem blöden Gequatsche auf!" warf Cronot ein. „Dabei kann man doch keinen vernünftigen Gedanken fassen."

„Jawohl, Papa!" sagte Perish grinsend. „Es ist eine alte Angewohnheit, die Angst vor einem Todeskommando mit Blödeln zu unterdrükken. Oder bildet ihr euch etwa ein, ich hätte keine Angst? Da kann ich euch beruhigen. Mir läuft der kalte Schweiß über den Rücken. – Aber um auf unser Thema zurückzukommen: Die eigentliche Schwierigkeit dürfte nicht darin bestehen, in die Trägerkuppel von OLD MAN zu gelangen, sondern darin, in die hermetisch abgeschlossene und vielfach geschützte Kommandosektion einzudringen. Bleiben wir nämlich unsichtbar, wird sich kein Zugang öffnen – und lassen wir uns sehen, bleiben uns bestenfalls einige Sekunden, um entweder in die Kommandokugel zu gelangen oder zu sterben."

„Daran denke ich ja gerade die ganze Zeit über!" rief Ilja unbeherrscht. Er schlug mit der Faust auf eines der Schaltpulte. „Was für einen Sinn hat es, vor dem letzten Hindernis zu stehen und nicht weiterzuwissen? Andere Leute haben ebenfalls schon versucht, dieses Problem zu lösen – und sie überlebten nur deshalb, weil sie Mutanten bei sich hatten. Uns aber würde nicht einmal mehr die Flucht gelingen."

„Irrtum!" widersprach Perish. „Diese Leute haben sich vor allem in den Hangarsektionen aufgehalten – nicht in der eigentlichen Trägerkuppel. Und sie mußten auch nur deshalb fliehen, weil sie überraschend auf die Hypnokristalle trafen. Die Behandlung der Gefangenen von Triton aber scheint zu beweisen, daß es in OLD MAN keine Kristallagenten mehr gibt. Begreift ihr denn nicht, daß das unsere Chance ist?"

„Überredet! Ich mache mit. Schließlich stirbt man nur einmal!" seufzte Malume.

Perish Mokart blickte ihn prüfend an. Ernst sagte er:

„Wenn ich nicht wüßte, daß Sie noch keine Lust zum Sterben haben, würde ich Sie nicht mitnehmen, Ilja. Ich kann keine Leute brauchen, denen der Selbsterhaltungstrieb abhanden gekommen ist."

Malume grinste.

„Schön, ich bin durchschaut. Hoffen wir, daß die Katze nicht zurückkommt, bevor die Mäuse aufgeräumt haben."

Perishs Muskeln verkrampften sich unwillkürlich, als er das schleifende, von einem Surren begleitete Geräusch vernahm.

„Was ist das?" fragte Ilja Malume atemlos.

Perish Mokart grunzte unwillig und versuchte, sich in der engen Röhre des Lufterneuerungssystems auf die Ellenbogen zu stützen. Mit unsäglicher Mühe gelang es ihm schließlich, so daß er seinen Handdesintegrator aus dem Halfter ziehen konnte.

Das undefinierbare Geräusch war inzwischen angeschwollen. Es hörte sich an, als liefe irgendwo vor ihm ein defekter Ventilator. Aber ein Ventilator würde sich nicht bewegen, ganz davon abgesehen, daß derartig antiquierte technische Einrichtungen in dieser supermodernen Anlage nichts zu suchen hatten.

Der Oxtorner schaltete seinen Brustscheinwerfer ein, nachdem er ihn aus der Halterung genommen hatte. Die Röhre führte leicht abwärts, so daß die Sicht höchstens fünfzig Meter betrug. Auf diesen fünfzig Metern war nichts von dem zu sehen, was die seltsamen und beunruhigenden Geräusche erzeugte.

Plötzlich kniff Perish die Augen zusammen. Der Scheinwerferkegel wurde von einer Art Nebelwand gebrochen. Gleichzeitig verspürte Perish einen scharfen, beißenden Geruch. Seine Augen begannen zu tränen.

„Helm schließen!“ befahl er mit überschnappender Stimme.

Der Befehl galt allerdings nur Ilja Malume, denn einem Oxtorner machte selbst Säure so leicht nichts aus. Perish wollte wissen, was da aus haarfeinen Löchern in der Rohrwandung sprühte. Er schnupperte, und plötzlich mußte er lachen.

Wie zur Bestätigung seines Verdachts erschien im nächsten Moment ein schwarzes, struppig behaartes Monstrum im Scheinwerferlicht. Deutlich war zu sehen, daß es schnell um seine Achse rotierte.

Bedauernd drückte Perish Mokart auf den Auslöser seines Desintegrators.

Das struppige Ding verschwand. Es löste sich in eine Wolke molekularer Gase und einige zerfledderte Borsten und Plastikspäne auf, die kraft ihrer Beharrungskräfte in Perishs Gesicht flogen und ihn zum Niesen reizten.

„Ein Reinigungsautomat“, sagte er. „Mit Hilfe einer belaglösenden Chemikalie putzt er in regelmäßigen Abständen jede Stelle des Belüftungssystems blank und entzieht den Wandungen die aufgespeicherte Reibungselektrizität. Leider mußte ich ihn zerstören, sonst hätte er uns den Weg versperrt.“

Er nieste nochmals, und auch sein Vater brachte mit einem heftigen Niesanfall die Wandung zum Erbeben.

„Hoffentlich hat das niemand gehört“, sagte Malume besorgt. „Es wäre tragisch, wenn unser Unternehmen wegen eines Niesens scheitern würde.“

„Keine Bange“, erwiderte Perish. „Auf Geräusche im Belüftungssystem achten höchstens die Wartungsroboter, und die melden solche Lappalien bestimmt nicht an die Kampfmaschinen OLD MANS. Weiter geht's!“

Er zwängte seinen Körper mühsam durch die enge Röhre, die dadurch ausgedehnt wurde. Ein Erdgeborener hätte sich hier niemals bewegen können, und auch Ilja Malume vermochte es nur, weil der

Oxtorner mit seinen gewaltigen Körperkräften Platz für ihn schuf. Er mußte dabei allerdings darauf achten, die Stahlplastikwandung nicht zu zerreißen.

Eine halbe Stunde später erreichte er das feinmaschige Gitter, das das Ende des schwierigen Weges kennzeichnete. Dahinter lag die Schaltzentrale der tritonschen Kupferhütte.

In der Schaltzentrale hinter dem Lüftungsgitter wurde in normalen Zeiten die gesamte Produktion über Positroniken geplant, gesteuert und an die Absatzpositroniken in Terrania gemeldet. Jetzt lag die Anlage lahm. Die Schaltfelder für den Umformungsprozeß waren zu Beginn der Invasion abgebaut worden, denn man wollte das wichtigste Geheimnis des Solaren Imperiums nicht in die Hände des Gegners fallen lassen. Aber vor den geschlossenen Toren standen Kampfroboter und wachten darüber, daß kein Unbefugter sich in der Schaltzentrale zu schaffen machen konnte.

Zwar hätten die Roboter die drei Männer nicht sehen beziehungsweise orten können, aber was nützte das schon, wenn man vor einer geschlossenen Panzerschleuse stand? Wer immer diesen Eingang benutzen wollte, mußte die Schotte öffnen, und das wäre den Robotern auf keinen Fall entgangen.

Deshalb hatten sie den Weg durch das Belüftungssystem gewählt. Aus den Unterlagen ging hervor, daß Menschen die engen Röhren nicht passieren konnten; folglich hatte OLD MAN keine Überwachung des Systems angeordnet. Das Zentralgehirn des Riesenroboters konnte schließlich nicht wissen, daß es so etwas wie umweltangepaßte Oxtorner gab.

Perish Mokart grinste flüchtig, als er sich dies noch einmal durch den Kopf gehen ließ. Er zog behutsam die Knie unter den Leib. Das strapazierte Plastikmetall gab knirschende Laute von sich, aber es hielt.

Perish verzichtete darauf, eine Energiewaffe zur Beseitigung des letzten Hindernisses einzusetzen. Die starken Strahlungsemissionen wären von jeder Alarmanlage mit Sirenengeheul quittiert worden.

Er preßte die Handflächen gegen das Gitter und drückte es dadurch aus dem kaltverschweißten Rahmen. Bevor es auf der anderen Seite zu Boden fallen konnte, griff er rasch danach und hielt die kreisrunde Konstruktion in der Hand.

Die Umformerbank des Feldantriebes heulte kurz auf, als Perish Mokart, der gleich einem eingepreßten Pfropfen in der Röhre klemmte, mit hoher Beschleunigung durchstartete.

Er wurde nach knapp einer Sekunde ruckartig nach vorn geschleudert und mußte alle seine Steuerkünste aufwenden, um nicht gegen die hundert Meter gegenüberliegende Wand der Schaltzentrale zu prallen. Nach rasantem Kunstflug fing er sich unter der Decke ab und landete vor dem Hauptschaltpult.

Kurz nach ihm sanken Ilja Malume und sein Vater zu Boden. Sie hatten kaum Schwierigkeiten gehabt, da sie nicht in die Röhre verkeilt gewesen waren wie Perish Mokart.

„Wir überbrücken am besten die Planungspositroniken", sagte Perish. „Die Produktion soll zwar anlaufen, aber nicht koordiniert mit den Transporteinheiten, die ja sowieso keine Raumschiffe oder Transmitter zum Abtransport von Triton zur Verfügung haben. Sie würden die Produktion sofort stoppen, sobald wir sie informierten."

Er überblickte die kompliziert wirkende Schaltanlage. Sein durch lange Spezialistenausbildung geschultes Gehirn erfaßte die Bedeutung der Eingabesektionen in kurzer Frist. Mit zufriedenem Lächeln wandte er sich an Malume.

„Ilja, Sie überwachen bitte die Schleuse. Sobald das grüne Licht aufflammt, sagen Sie uns Bescheid. Wir müssen dann unsere Antiortungssysteme aktivieren."

Ilja Malume nickte bestätigend und postierte sich vor den Kontrollschaltbildern der Schleusenanlage.

„Vater, du bereitest bitte einen Hyperkomspruch an Staatsmarschall Bull vor!" fuhr Perish fort. „Inhalt sinngemäß: daß wir drei mit Hilfe lemurischer Spezialausrüstungen an Bord von OLD MAN gehen und die Übernahme versuchen wollen. Klar?"

„Wie Überdruckplasma!" erwiderte Cronot. „Meinst du vielleicht, die Kampfroboter und OLD MAN würden den Spruch nicht entziffern?"

Perish klopfte in ungleichmäßigem Rhythmus auf die Platte eines Automaten.

„Kennst du das?"

„Morseimpulse, klar! Wenn ich unmodulierte Hyperkomimpulse *morse*, kann OLD MAN sich seinen Kopf lange über die Bedeutung zerbrechen."

„Falls er einen solchen besitzt", gab Perish launig zurück.

Er aktivierte zuerst die Kontrollbildschirme. Die Knotenpunkte der weitverzweigten Produktionsanlage erschienen auf den Flächen: gigantische Robotschraper, Förderfeldprojektoren, Transportbänder und das Innere des riesigen Umformerwerks.

Der ehemalige USO-Spezialist pfiff leise vor sich hin. Bis jetzt war das Unternehmen reibungslos verlaufen. Wenn es weiter so ging . . .

Mit wenigen Griffen stellte er die Funktionsbereitschaft des Positronikkomplexes her, wobei er die Planungspositroniken durch Spezialbefehle an unproduktive und sinnlose Aufgaben band, so daß sie nicht in der Lage waren, den Produktionsvorgang zu verfolgen.

Danach strich er über die Hauptaktivierungsschaltplatte, bevor er sie mit voller Kraft eindrückte. Im selben Augenblick flammte die Platte in sattem Grün auf. Ein Summen erfüllte die Schaltzentrale, als die Speicherfelder der Positronik ihre Arbeit aufnahmen.

Die toten Bilder auf den Schirmen begannen sich geisterhaft lautlos mit Leben zu füllen. Riesenwälle geförderten Gesteins türmten sich in Minutenschnelle auf, die unsichtbaren Förderfelder langten hinein und warfen die Massen auf die teilweise kilometerbreiten, wartungsfreien Laufbänder. Tausende von Tonnen setzten sich in Bewegung.

Gespannt beobachtete Perish Mokart die Kontrollbildschirme, die Ausschnitte aus dem Umformerwerk zeigten. Er hatte nicht die Absicht, mit seiner Aktion etwa wirklich einen Umwandlungsprozeß einzuleiten und damit das Geheimnis preiszugeben. Alles hing jetzt davon ab, ob die Verantwortlichen die positronischen Technoschaltfelder wirklich gelöscht hatten.

Als er sah, wie die Rohstofflawine im Verlaufe weniger Arbeitsgänge zu einer gelblichgrauen Emulsion wurde, die nicht die geringsten Anstalten machte, sich in Kupferbarren zu verwandeln, lächelte er voller Genugtuung. Das Zentralgehirn von OLD MAN würde sich wundern, was sich da für eine Schlammflut aus den Endfertigungshallen auf die Stapelplätze ergoß.

Am meisten amüsierte er sich über die Kampf- und Überwachungsroboter OLD MANS. Diese Maschinen liefen kreuz und quer durch die Produktionsstätten. Sie machten den Eindruck einer Elefantenherde, die von Hunderttausenden weißen Mäusen erschreckt worden war.

Er wandte sich um. Sein Vater kniete neben dem aktivierten Hyperkom, den er wie einen Tornister auf dem Rücken transportiert hatte. Er lauschte auf die unverständlichen Sendungen, die auf Hunderten von Frequenzen zugleich gedämpft aus dem Empfangsteil knatterten.

„Sie spielen förmlich verrückt, mein Junge“, sagte er schmunzelnd. „Ich bin bloß gespannt, was OLD MAN dazu sagen wird.“

„Du solltest lieber deinen Morsespruch abgeben“, sagte Perish vorwurfsvoll. „Bully wird sonst wegen der vielen Robotsendungen nervös und vermasselt uns noch die Tour.“

„Bei allen Geistern der Barrier!“ entfuhr es Cronot. „Du solltest dich einer gepflegteren Ausdrucksweise befleißigen. Oder lernt man diesen Slang auf der USO-Akademie?“

Perish grinste übers ganze Gesicht.

„Du wirst lachen, man lernt ihn dort. Habe ich dir schon erzählt, daß ich einmal die Rolle eines Gangsterbosses spielen mußte, der mit gekidnappten Wissenschaftlern handelt . . .?“

„Sehr geschmackvoll!“ erwiderte Cronot mit ätzendem Spott. „Ich hätte das wissen müssen, bevor ich dir die Erlaubnis zum Besuch der Akademie erteilte.“

„Da wußte ich selber noch nichts davon.“ Perish Mokart wurde übergangslos ernst. „Es ist eine schmutzige Arbeit, gewiß. Aber sie ist nötig!“ sagte er hart.

Unwillkürlich riß sein Vater die Augen auf. Diese metallisch klingende Härte war ihm neu an der Stimme seines Sohnes. Mit Bitterkeit registrierte er, daß sie sich während Perishs Dienstzeit stärker auseinandergelebt hatten, als er bisher vermutet hatte.

„Der Morsespruch!“ forderte Perish.

Cronot Mokart beugte sich erneut über sein Tornistergerät. Als Kosmohistoriker beherrschte er selbstverständlich auch das alte terranische Morsealphabet.

Sicher und schnell betätigten seine Finger die Summertasten. Jeder entsprechende Empfänger im Umkreis von einigen hundert Lichtjahren würde im selben Moment tiefe Summtöne von sich geben, die sich lediglich durch die unterschiedliche zeitliche Länge und Gruppierung voneinander unterschieden.

Wenn die Funker in der WYOMING so gut waren, wie man es auf einem Schiff der Solaren Flotte erwarten durfte, dann würde Staatsmarschall Reginald Bull in wenigen Minuten wissen, daß Cronot und Perish Mokart sowie Oberstleutnant Ilja Malume beabsichtigten, sich an Bord des Riesenroboters zu begeben und zu versuchen, innerhalb der Hauptzentrale den bewußten roten Hebel umzulegen, mit dem das ganze gigantische Gebilde von Automatik auf Manuellbedienung umgeschaltet wurde. Da ihm der Name Cronot Mokart aus den Geschehnissen von vor vier Wochen bekannt war, würde er sicher die dringende Bitte befolgen, die gesamte Heimatflotte auf große Sicherheitsdistanz von

OLD MAN zu bringen, so daß die Hauptpositronik glauben mußte, freie Hand zu haben.

Nachdem er den Hypermorsespruch fünfmal durchgegeben hatte, schaltete er das Gerät auf Empfang und wartete.

Etwa zehn Minuten vergingen. Dann kam im Klartext die Meldung:

„Verstanden, Cronot! Wir drücken Ihnen die Daumen!"

Von dort, wo sich Ilja Malume postiert hatte, ertönte ein trockenes Schlucken.

„Was gibt es?" fragte Perish grinsend.

Ilja Malume schluckte nochmals.

„Alles was recht ist", würgte er hervor, „aber dieser Bully ist ein fabelhafter Kerl. Einfach so – auf Ihren Spruch hin – zieht er ungefähr fünfzigtausend Einheiten der Flotte zurück." Er schüttelte den Kopf.

„Er kennt eben seine Pappenheimer!" erklärte Cronot strahlend.

„Pappen . . . was?"

„Ein historischer Ausdruck", bemerkte Perish. „Er bedeutet, daß der Betreffende weiß, was er von anderen Leuten zu halten hat."

„Hoffentlich weiß er es wirklich", erwiderte Ilja seufzend.

„Wir müssen wissen, wo die Achillesferse der ganzen Anlage liegt!" schimpfte Cronot Mokart. „Von hier aus schaffen wir es nie, an Bord eines Untersuchungsschiffes zu kommen. Die Burschen starten bestimmt sofort wieder, wenn wir die Anlage ausschalten."

„Reg dich nicht auf!" erwiderte Perish. „Wo soll die Achillesferse schon liegen, Vater? Ich wette, sobald wir die Ausstoßautomatik desaktivieren, schaltet sich die Förderanlage ebenso aus wie das Umformerwerk. Schließlich würde sonst innerhalb einer Minute die Endfertigungshalle bersten."

Ilja Malume deutete mit dem Daumen zur Schleuse.

„Und wenn die Wachen hereinkommen und die Anlage stillegen?"

Perish lachte trocken.

„Dazu sind sie nicht befugt, mein Lieber. Es sei denn, OLD MAN wäre überhaupt nicht neugierig darauf, zu erfahren, was hier unten vor sich geht. Dann wäre aber unser schöner Plan sowieso im Eimer."

Er sprang zur Mündung der Belüftungsanlage, umklammerte den Rand des Loches mit den Fingern und zog sich hinein.

„Ilja, Sie folgen mir!" befahl er. „Und Vater, du setzt das Gitter anschließend wieder ein. Klar?"

„Jawohl, Sir!“ antwortete sein Vater sarkastisch.

Der Rückzug aus der Schaltzentrale vollzog sich in hektischer Eile. Jeder der drei Männer wußte, daß ihre Mission gescheitert sein würde, wenn sie nicht vor dem erwarteten Untersuchungskommando an die Oberfläche kamen. Von nun an mußten ihre und OLD MANS Aktionen so ineinander übergehen, als wären sie zuvor zwischen ihnen und dem Riesenroboter abgesprochen worden.

Unter diesen Umständen war Perish Mokart derjenige, der sich die wenigsten Sorgen machte. Er hatte gelernt, die Reaktionen einer hochwertigen und völlig autarken Positronik vorauszuberechnen. Deshalb wußte er, wie und in welcher zeitlichen Folge OLD MAN reagieren würde – es sei denn, solche Reaktionen wären von dem Zweitkonditionierten vor seinem Abflug blockiert worden. Doch dann hätte dieses Wesen hellseherische Begabung besitzen müssen, und das war mit Sicherheit nicht der Fall.

An der Oberfläche Tritons angekommen, legten sie die restliche Entfernung zum Umformerwerk mit Hilfe ihrer Feldtriebwerke zurück. Perish installierte in dem Sektionscomputer der Endfertigung eine Desintegrationsbombe mit Funkfernzünder. Sobald sie ausgelöst wurde, würde das Innere der Steuerpositronik größtenteils vergast werden, das Rechengehirn mußte seine Tätigkeit einstellen, wodurch der Endfertigungsausstoß blockiert und damit zwangsläufig die gesamte Produktion stillgelegt werden würde.

Anschließend flogen sie etwas langsamer zum Raumhafen nahe der Stadt Tritona.

Nachdem sie hinter einer der äußeren Stadtkuppeln in Deckung gegangen waren, sah Perish auf seinen Chronographen.

„Zwanzigster März 2436, dreizehn Uhr vierundfünfzig Standardzeit. Herrschaften, merkt euch diesen historischen Augenblick!“

Ilja Malume lachte unsicher, verstummte aber sofort, als neben der ungeheuren rötlich leuchtenden Sichel Neptuns ein grellweißer Lichtfleck auftauchte. Der Lichtfleck wurde rasch größer, und nach kurzer Zeit schalteten sich die Helmfilter automatisch ein, um die Augen der Männer zu schützen.

Geisterhaft lautlos senkte sich ein glutspeiendes, gigantisches Kugelraumschiff auf die matt reflektierende Terkonitplastikfläche des Raumhafens Tritona. Trotz der fehlenden Atmosphäre wäre jeder Mensch, der die Sicherheitszone überschritten hätte, von der Hitzestrahlung zu Asche verbrannt worden.

„Ein Ultraschlachtschiff!" hauchte Ilja Malume fassungslos.

„Was wollen Sie?" erwiderte Perish Mokart kalt. „Es ist die kleinste Einheit, die OLD MAN aufzubieten hat."

Trotz seiner zur Schau getragenen Kaltschnäuzigkeit blickte er bewundernd auf die gigantische Kugel, die selbst die größte Stadtkuppel Tritonas um das Dreißigfache überragte.

Er hielt unwillkürlich den Atem an, als an der Oberfläche des Kugelgiganten scharf abgegrenzte helle Flecke erschienen. Aus der Helligkeit schwebten in ununterbrochener Folge schwere und leichte Transportgleiter hervor. Ihre starken Scheinwerfer standen gleich unzähligen Glühwürmchen in der Finsternis.

Perish räusperte sich.

„Es ist soweit. Möchte jemand zurücktreten? Ich würde es ihm wirklich nicht verübeln. Vater?"

„Du vielleicht?" fragte Cronot Mokart spöttisch zurück.

„Ilja?"

„Nein! Ich komme mit!" erwiderte Ilja Malume mit vor Erregung heiserer Stimme.

„Fein!"

Perish aktivierte sein Feldtriebwerk.

„Denkt bitte daran, daß man uns nicht orten kann! In diesem Schiff besteht noch keine Gefahr für uns. Los!"

Hintereinander schwebten sie auf eine der offenen Schleusen zu.

„Hierhin!" rief Perish Mokart leise. „Wir verstecken uns am besten in einer Wartungszelle der Zentralstütze. Dort müssen die wissenschaftlichen Roboter hindurch, wenn sie in OLD MAN zur Berichterstattung aussteigen."

„Das ist anzunehmen", bestätigte Oberstleutnant Malume. „Es ist der direkte Weg von der Kommandozentrale nach draußen."

„Einen Moment noch!" bat Perish, als sein Vater und Malume sich in den Hauptachslift stürzen wollten.

Er blickte sich suchend um. Ein zynisches Lächeln glitt über sein Gesicht. Dann drückte er den Auslöseknopf der Fernzündung. Im selben Augenblick würde die Desintegrationsbombe ihre strukturauflösenden Strahlen aussenden.

„Schade, daß die Roboter keine Gesichter haben. Sonst würden sie Grimassen schneiden, weil die Produktion plötzlich wieder stillsteht."

„Du bist unausstehlich!“ stöhnte Cronot. „Bei nächster Gelegenheit werde ich dir deinen verlängerten Rücken versohlen, mein Junge!“

„Wenn wir OLD MAN übernommen haben, kannst du meinetwegen mit mir machen, was du willst!“ rief Perish.

Er ließ sich kopfüber in den großkalibrigen Liftschacht fallen und auf dem gepolten Feld nach unten ziehen. Dabei suchte er aufmerksam die Wandung ab.

Bald hatte er die kleine ovale Tür gefunden, durch die man in eine der Wartungszellen gelangen konnte. Sie öffnete sich, als er den Notknopf drückte. Normalerweise wurde sie auf diesem vollrobotisierten Schiff durch den kurzen Funkimpuls eines Wartungsrobots geöffnet.

Die Kammer war nicht gerade groß, aber sie genügte, um auf dem zu erwartenden kurzen Flug bequem stehen zu können. Die Männer ließen ihre Antiortungssysteme eingeschaltet. Von nun an durften sie nicht mehr das geringste Risiko eingehen. Wenn ihr Plan fehlschlug, bedeutete das nicht nur ihren Tod, sondern OLD MAN würde danach auch gewarnt sein und Maßnahmen ergreifen, um ähnliche Anschläge von vornherein unmöglich zu machen.

Sie brauchten nicht einmal eine Viertelstunde zu warten, da zeigten Geräusche an, daß die Gleiter mit den ausgeschleusten Spezialrobotern zurückkehrten. Weitere fünfzehn Minuten später erschütterte ohrenbetäubendes Dröhnen die Schiffszelle. Der Ultragigant startete mit Höchstwerten.

„Schade, daß wir nicht beobachten können, wo das Schiff landet“, sagte Ilja Malume.

„Bestimmt nicht auf einer Hangar-Plattform“, erwiderte Perish. „Es will von den Spezialrobotern informiert werden, und zwar schnell. Meiner Ansicht nach werden wir auf halber Höhe der Trägerkuppel eingeschleust werden. Von dort aus besteht die kürzeste Verbindung zum Zentrum.“

Ilja Malume seufzte. Er lehnte sich gegen die glatte Wand der Kammer. Seine Knie zitterten kaum merklich.

Erst wollte Perish Mokart eine ironische Bemerkung darüber machen, doch dann spürte er zu seiner eigenen Verwunderung, daß es ihm nicht besser ging als dem Geschwaderkommodore. Er hatte Angst, ganz einfach kreatürliche Angst.

Gleichzeitig aber beruhigte ihn diese Feststellung wieder. Er wußte, daß jeder Akademieschüler der USO sofort entlassen wurde, wenn man bei Psychotests feststellte, daß seine Fähigkeit, Angst zu empfinden, unter der Norm lag. Wer absolut keine Angst spürte, war bei Einsätzen eine Gefahr für den Erfolg des Unternehmens. Aus diesem Grund erhielten sogar Humanoidroboter einen speziellen Logiksektor, der ihnen vorschrieb, in bestimmten Situationen nach den Richtlinien eines einprogrammierten Selbsterhaltungstriebes zu handeln.

„Das sanitäre System der lemurischen Anzüge funktioniert einwandfrei, Ilja", sagte er in einem Anflug von Selbstironie. „Ich habe es eben ausprobiert, und Sie brauchen sich wirklich nicht zu genieren, es ebenfalls zu tun."

„Schon geschehen", entgegnete Ilja Malume lakonisch. „Man sollte wirklich die Gelegenheit nutzen; es könnte die letzte sein."

21.

Einige leichte Erschütterungen kündigten an, daß das Ultraschlachtschiff in einem Hangar verankert wurde. Das Tosen der Antriebsaggregate hatte schon einige Minuten vorher aufgehört; üblicherweise wurden die Einheiten eines Schiffsträgers mit Traktorfeldern und Korrekturprallfeldern eingeschleust.

Perish Mokart versuchte, den imaginären Kloß in seinem Hals hinunterzuschlucken.

Von nun an aber, das wußte der ehemalige USO-Spezialist, ging es um nicht weniger als um die Entscheidung über das Schicksal der Menschheit. Gegen OLD MAN und gegen die Zeitpolizei der ominösen Schwingungsmacht gäbe es auf die Dauer keinen ernsthaften Widerstand; ohne OLD MAN besaßen die Zweitkonditionierten jedoch keine Basis mehr im Machtbereich der Menschheit – und mit dem Robotgiganten als Verbündetem hätte die Menschheit Aussichten, den Gegner zurückzuschlagen und ihrerseits zur Offensive anzutreten.

Fast erdrückte die Verantwortung den Oxtorner. Nur die Gewißheit, daß er den Umständen nach ganz einfach verpflichtet war, den großen Coup zu wagen, konnte sein Gewissen beruhigen.

„Eine Arkonbombe müßten wir haben!" flüsterte Ilja Malume heiser. „Ich würde sie zünden. Was sind schon drei Menschenleben, wenn dafür die Zerstörung OLD MANS erkauft wird!"

Cronot Mokart räusperte sich.

„Genau daran dachte ich ebenfalls. Aber wir wollen OLD MAN nicht zerstören, denn die Menschheit braucht ihn.“

Perish blickte seinen Vater bewundernd an. Er war der einzige von ihnen, der so gut wie keine Nervosität zeigte oder sich zumindest so beherrschte, daß man ihm nichts davon anmerkte.

„Wir warten noch eine Minute, dann verlassen wir unser Versteck!“ ordnete er an.

„Warum gehen wir nicht gleich?“ fragte Malume, schlug sich dann aber mit der flachen Hand gegen die Helmscheibe. „Ist ja klar! Die Spezialroboter müssen sich gerade jetzt auf dem Weg durch die Schachtröhre nach unten befinden. Sie würden es bemerken, wenn sich plötzlich die Tür unserer Kammer öffnete.“

Perish Mokart nickte.

Es war schon eine komplizierte Angelegenheit, sich als Unsichtbarer zu bewegen. Man geriet immer wieder in Versuchung, auch alles, was man berührte, für unsichtbar zu halten. Dabei konnten hunderterlei Kleinigkeiten alles verraten.

Ein gewisses Risiko blieb dennoch, denn die Männer wußten nicht, ob nicht gerade in dem Augenblick, in dem sie die Tür öffneten, irgendein anderer Roboter im Schacht vorbeischweben würde. Sie konnten nur hoffen, daß zur Zeit keine Wartungsarbeiten fällig waren; glücklicherweise würden Roboter niemals ohne triftigen Grund den Lift passieren.

Als die Minute verstrichen war, öffnete Perish mit klopfendem Herzen die Tür einen Spalt weit.

Er streckte den Kopf hinaus und spähte um sich.

„Die Luft ist rein!“ rief er grinsend.

Kurz nacheinander huschten sie hinaus. Ihre Feldtriebwerke brauchten sie vorläufig nicht zu benutzen. Das schaltete ein zusätzliches Sicherheitsrisiko von vornherein aus.

Wie sie erhofft hatten, stand die Schleuse im Fuß der Zentralstütze offen. Sie blickten in einen gigantischen Hangar, ein Deck von unübersehbarer Länge und der Höhe eines terranischen Hochgebirges. Ultraschlachtschiff reihte sich an Ultraschlachtschiff. Nach innen gekrümmte Robotplattformen schwebten hier und dort an den Bordwänden entlang, hefteten sich ab und zu daran und glitten nach kurzer Zeit weiter. Es mußte sich um voll ausgebaute Prüfstände oder Reparatureinheiten handeln. Sie führten ihre Arbeiten nahezu lautlos durch; nur ein schwaches Summen hing in der Luft, die hier aus einer halben Erdatmosphäre bestand. Stickstoff war für alle Robotmaschinen und Positroniken das ideale Medium; sowohl Vakua als auch Mischatmosphäre begünstigten die natürliche Degeneration von Metallen und Plastikteilen.

„Wir müssen jetzt die Triebwerke benutzen!“ flüsterte Malume. „Sonst brauchen wir Tage bis zum Kuppelzentrum.“

„In Ordnung“, erwiderte Perish. „Hier draußen fiele es wahrscheinlich nicht auf, wenn wirklich einmal eine geringe Streustrahlung entstünde; sie ginge in den Streustrahlungen der Wartungsroboter unter.“

Sie schalteten ihre Feldtriebwerke ein und schwebten lautlos und für alle Ortungsmechanismen unsichtbar zur oberen Polkuppel des Schiffes, das sie nach OLD MAN gebracht hatte. Wie erwartet, stand ‚ihr Schiff‘ in der obersten Hangaretage, so daß sie die Fugen der Hangarschleuse auf Anhieb fanden. Nun mußten sie nur noch herausfinden, ob die Achse des Hangardecks parallel zur Außenwand verlief. Innerhalb der künstlichen Schwerkraftfelder von OLD MAN war das eine schwer zu lösende Aufgabe.

Nachdem sie eine halbe Stunde lang vergeblich nach Anhaltspunkten gesucht hatten, half ihnen der Zufall – oder, genauer gesagt, ein Vorgang, der zu erwarten gewesen war.

Die Spezialroboter kehrten von der Berichterstattung zurück.

Endlich vermochten die Männer sich zu orientieren. Das Mannschott, durch das die Roboter gekommen waren, mußte logischerweise in der Richtung zum Zentrum der Trägerkuppel liegen.

Sie warteten, bis die Roboter im Ultraschlachtschiff verschwunden waren, dann betätigte Perish Mokart den Öffnungsmechanismus des Schotts.

Mit zusammengekniffenen Lippen wartete er auf das Heulen einer Alarmsirene. Wenn eine Ortungseinrichtung das Schott beobachtete, mußte die entsprechende Positronik es als verdächtig einstufen, daß ein Schott sich ohne ersichtlichen Grund öffnete und schloß.

Doch alles blieb ruhig. Anscheinend waren die Ortungsstationen der Raumschiffe desaktiviert; innerhalb des Trägerkörpers bestand ja auch keine Notwendigkeit für ihre Funktion.

„Bis jetzt hatten wir Glück“, flüsterte Perish, nachdem sie das Schott passiert hatten. „Aber wir dürfen uns nicht darauf verlassen, daß es so weitergeht. Haltet also die Augen und Ohren offen, damit wir nicht durch einen dummen Zufall einen Großalarm auslösen. Selbst wenn man uns danach nicht fände, würde man doch gewiß den Verschlußzustand herbeiführen – und wir steckten rettungslos fest.“

„Wie wäre es mit dem Belüftungssystem?“ fragte der Geschwaderkommodore. „Können wir es nicht genauso machen wie in Tritona?“

Perish schüttelte den Kopf.

„Zu riskant. Ich kann mir vorstellen, daß jeder Fremdkörpertaster uns finden würde, sobald er aus zwei gegenüberliegenden Komponenten bestünde, und OLD MANS exponierte Lage hat bestimmt die Installierung derartiger Sicherheitssysteme als notwendig erscheinen lassen.“

„Das heißt also . . .“, sagte Cronot Mokart bedächtig, „. . . wir müssen warten, bis die jeweils nächsten Schotte von Robotern geöffnet werden.“

„Das wäre die beste Lösung.“

„Hm! Aber auch die zeitraubendste. Bull wird ungeduldig werden, wenn wir tagelang nichts mehr von uns hören lassen.“

„Außerdem besteht die Gefahr, daß der Schwingungswächter zurückkehrt“, warf Malume ein, „und möglicherweise mit Verstärkung. Wir haben ja gehört, daß im Para-Arsenal etwa zehntausend Dolans und Zweitkonditionierte auf ihren Einsatz warten.“

Der USO-Reservist biß sich auf die Unterlippe. Er wußte, daß die Argumente seines Vaters und Iljas schwer wogen. Sie durften aus Sicherheitsgründen nicht auf absolute Sicherheit gehen, so paradox das klingen mochte.

„Es muß hier ständig offene Lastentransporttunnels und -lifts geben!“ sagte er entschlossen. „Wir werden uns teilen und danach suchen. Sobald einer einen Weg gefunden hat, sendet er einen Kurzimpuls aus. Dann treffen wir uns an dieser Stelle wieder.“

In drei verschiedenen Richtungen eilten sie davon.

Perish Mokart gelangte schon nach wenigen Minuten zu einer der üblichen Verteilerhallen. Aber die Ausgänge waren durch Schotte verriegelt. Natürlich konnte es unbemerkt bleiben, wenn sie die Schotte öffneten, aber eine Gewißheit dafür gab es nicht. Außerdem würden auf einem solchen Weg immer wieder ähnliche Hindernisse auftauchen. Er war also nicht akzeptabel.

Perish kehrte um und betrat eine der nächsten Abzweigungen. Er gelangte bis zu einem leeren Hangarüberwachungsstand. Die Bildschirme zeigten die Decks mit den Ultraschlachtschiffen und die darum herumschwebenden Wartungsroboter. Eine einzige Tür führte wahrscheinlich zu einem Bereitschaftsraum. Es wäre sinnlos gewesen, diesen Weg zu wählen.

Während Perish sich noch den Kopf darüber zerbrach, ob er es wagen dürfte, wenigstens den Bereitschaftsraum zu inspizieren, ertönte ein kurzer Summton in seinem Subhyperkom.

Aufatmend kehrte er um.

Am Ausgangspunkt warteten die Gefährten bereits.

„Ich habe ein Ersatzteilband gefunden", berichtete Ilja Malume. „Soweit ich bisher feststellen konnte, führt es in gerader Linie unter dem Zentrum der Trägerkuppel hindurch – falls es überhaupt bis dorthin geht."

„Das spielt keine Rolle", sagte Perish begeistert. „Die Hauptsache ist, wir kommen wieder ein Stück voran. Sie sind ein Engel, Ilja!"

„Noch nicht!" entgegnete Malume trocken. „Aber vielleicht werde ich bald einer."

Sie mußten ausgestreckt über das Gleitband schweben, das sich in entgegengesetzter Richtung bewegte. Alle möglichen Ersatzteile glitten unter ihnen zu den Hangardecks. Offenbar sorgte die Zentralpositronik dafür, daß jedes Teil der Schiffe nach einer bestimmten Zeit immer wieder ausgewechselt und überholt wurde. Einen anderen Grund für diesen unaufhörlichen Ersatzteilstrom konnte es kaum geben.

Für die drei Männer bedeutete es einen unschätzbaren Glücksfall. Naturgemäß gab es auf einem permanent benutzten Transportweg keine Hindernisse in Form von Schotten oder ähnlichen Verschlüssen.

An der nächsten Kreuzung erlebten sie dennoch eine Überraschung, mit der sie eigentlich hätten rechnen müssen.

Gerade wollte Perish Mokart eine Bemerkung über die beiden seitlich heranführenden Zulieferbänder machen, als es über ihnen krachte und eine blecherne Stimme ausrief:

„Achtung! Unbefugten ist das Betreten oder Kreuzen der Materialtransportbänder untersagt! Bitte, benutzen Sie den Weg Rot-Rot-Grün zu Lift III-D-Gelb!"

Cronot Mokart vollführte vor Schreck einen unkontrollierten Sprung und landete auf dem nach außen führenden Materialband. Er wurde mit großer Geschwindigkeit davongetragen, während die blecherne Stimme den Text stereotyp wiederholte.

Mit befreiendem Lachen schob Perish den Impulsstrahler zurück, den er beim Aufklingen der Stimme gezogen hatte.

„Ein perfekter Service für Unkundige!" knurrte Ilja Malume. Seine Stimme bebte unter der Nachwirkung des Schrecks.

Aus dem Tunnel schwebte Cronot Mokart wieder zurück.

„Beinahe hätte ich geschossen", gab er zu. „Ich möchte wissen, was dieser Blödsinn soll. Es werden doch überhaupt keine Unbefugten in die Trägerkuppel hineingelassen."

„Beruhige dich, Vater", sagte Perish. „Die Stimme hat Interkosmo gesprochen, also die galaktische und zugleich imperiale Verkehrssprache. Da OLD MAN für uns gebaut wurde, ist es nur natürlich, daß es Hinweise für die ersten Besucher gibt. In diesem Monstrum kann man sich glatt verlaufen."

„Ich finde es makaber", widersprach Cronot. „Einerseits würde jeder Besucher kompromißlos vernichtet werden, und andererseits unterrichtet man ihn über den Weg. Zum Teufel auch!"

„Makaber oder nicht", erklärte Oberstleutnant Malume. „Hauptsache, es hilft uns, den richtigen Weg zu finden."

„Weg Rot-Rot-Grün . . .", murmelte Perish Mokart nachdenklich. „Das müßte der Seitengang dort drüben sein. Er ist mit den Farben Rot-Rot-Grün markiert. Mehr können wir wirklich nicht verlangen."

Er ließ sich vom Feldantrieb über die Bandkreuzung tragen und schwebte in den markierten Gang. Sein Vater und Ilja folgten ihm, ohne weiter auf das schockierende Erlebnis einzugehen.

Nach kurzer Zeit stießen sie auf den Einstieg eines Antigravschachtes.

„III-D auf gelbem Feld!" rief Perish. „Das muß es sein. Hoffentlich entfernen wir uns nicht zu weit vom Zentrum."

Er prüfte erst mit ausgestrecktem Arm, ob die Kraftfelder des Lifts aktiviert waren. Dann nickte er befriedigt und trat in das unsichtbare Feld hinein, das auf Abwärtsrichtung gepolt war.

„Achtung!" erscholl eine andere Robotstimme nach wenigen Metern. „Dieser Antigrav führt zum Unterdeck der Trägerkuppel. Ausstiege nach den Sektionen A-1 bis A-100 und B-1 bis B-87 sind vorhanden. Alle A-Sektionen liegen backbords des Zentralgehirns, alle B-Sektionen steuerbords. Von Sektion B-9 führt ein Antigravschacht mit der Markierung R auf weißem Feld zum Impulsverteilersektor unterhalb der Zentralkuppel. Benutzer dieses Schachts haben zuvor über Interkom-Nebenstelle RZ-Null Zugangsfreigabe zu beantragen. Identifikation erfolgt nur bei geöffnetem Druckhelm und desaktivierten Raumanzugaggregaten. Beachten Sie diesen Hinweis in Ihrem eigenen Interesse. Ende!"

„Herzlichen Dank!" sagte Ilja Malume sarkastisch. „Ich finde diese Aufforderung zum Selbstmord sehr liebenswürdig."

Perish Mokart schwieg. Er mußte dem Geschwaderchef innerlich beipflichten. Der Bandhinweis galt nur für den Fall, daß die Terraner als übernahmeberechtigt anerkannt worden waren. Leider traf genau das Gegenteil zu; wenn sie sich identifizieren ließen, unterschrieben sie quasi ihr eigenes Todesurteil.

Dennoch suchte er angestrengt nach einem Ausstieg mit der Markierung B-9. Es wäre sinnlos gewesen, einen anderen Weg einzuschlagen.

In schneller Folge glitten die Bezeichnungen an ihm vorbei. Fast hätte er B-9 übersehen. Im letzten Moment bremste er mit Hilfe des Feldtriebwerks ab und steuerte in den Gang hinein.

„Achtung! Sie betreten jetzt den Gang zu Sektion B-9. Bitte, melden Sie sich über den Interkom der Sektion bei der Nebenstelle RZ-Null, die Ihre Identifikation einleiten wird. Danke!"

Perish schaltete seinen Feldantrieb aus und ließ sich auf das Transportband sinken. Seine Stirn bedeckte sich mit einem Netz feiner Schweißperlen. Er fühlte den Puls im Hals hämmern.

War es reiner Zufall, daß der Lautsprecher in dem Augenblick aktiviert worden war, als er in den Gang eindrang – oder hatten irgendwelche speziellen Ortungssysteme ihn erfaßt . . .?

Er mußte sich mit Gewalt zusammennehmen, um nicht panikerfüllt umzukehren und Hals über Kopf die Flucht zu ergreifen. Es wäre zwecklos gewesen, denn wenn man ihn geortet hatte, gab es ohnehin keine Chance mehr, OLD MAN lebend zu verlassen.

Doch alles blieb ruhig. Allmählich beruhigte er sich wieder. Nach ungefähr zehn Kilometern Fahrt tauchte ein von innen heraus strahlendes Panzerschott auf.

Perish Mokart wollte vom Band springen. Aber es gab keine starren Seitenstreifen wie normalerweise in terranischen Raumschiffen. Bevor er sich dazu entschließen konnte, mittels Feldantrieb abzubremsen, hatte er das Panzerschott fast erreicht. Lautlos glitten die beiden Schotthälften auseinander, als er sie berührte. Perish stolperte vom Band herab und landete in einem kreisförmigen, domartigen Raum.

Hinter ihm tauchten Ilja und sein Vater auf.

„Man hat uns geortet!" flüsterte Cronot.

„Die Schotte haben sich geöffnet!" beruhigte Perish ihn. „Wir sind weiterhin unsichtbar."

„Hoffentlich hat die Zentralpositronik das Öffnen des Schotts nicht registriert!" stieß Malume erregt hervor.

Perish schluckte.

„Ich denke, dann wäre schon Alarm gegeben worden. Meiner Meinung nach sind wir viel zu ängstlich. Sicher, OLD MAN wird von außen und von innen ständig überwacht, aber die Öffnungsmechanismen der einzelnen Schotte sind höchstwahrscheinlich völlig autark und ohne Verbindung mit den Überwachungssystemen. Andernfalls lebten wir längst nicht mehr."

Er musterte den toten Bildschirm des Interkoms, der zwischen anderen Kontroll- und Kommunikationsgeräten in die Wand eingelassen war.

„Sei vorsichtig, Junge!" keuchte Cronot. „Du denkst doch nicht etwa daran, wirklich die Nebenstelle anzurufen?"

Perish lächelte dünn.

„Ich bin vielleicht ein bißchen dumm, aber so dumm, wie du denkst, nun auch wieder nicht. Nein, ich frage mich nur, ob wir den R-Schacht auch ohne vorherige Anmeldung benutzen sollen . . ." Er deutete an die hochgewölbte Decke der Sektion 9.

Etwa dreißig Meter über dem Boden befand sich die kreisrunde, matt erhellte Öffnung eines Antigravschachts. Daneben war ein großes R in weißen Grund eingelassen.

„Nicht schlecht gemacht", sagte Ilja Malume anerkennend. „Da die terranische Technik und die Technik der heute in der Galaxis dominierenden Völker keinen Mikrofeldantrieb kennen, kann sich nach Ansicht der Erbauer OLD MANS niemand unbemerkt in den R-Schacht begeben. Jedes andere Antriebsaggregat würde an seiner Emission geortet werden. Folglich – so dachte man – kann nur derjenige den R-Schacht benutzen, der vorher identifiziert wurde und die Zutrittsgenehmigung erhielt."

„Wie gut, daß die alten Lemurer uns vor rund 52 000 Jahren unwissentlich die Hilfsmittel bereitstellten, die uns heute eine Überlistung dieses Robotgiganten erlauben", bemerkte Cronot Mokart ernst.

Immer wieder plärrten Robotstimmen aus verborgenen Lautsprechern und wiesen auf die Notwendigkeit der Meldung bei Kontrollstelle RZ-Null hin.

Die drei Männer kümmerten sich nicht mehr darum. Sie hatten sich daran gewöhnt, daß in OLD MAN ein geisterhaftes Leben herrschte und daß ausgerechnet für diejenigen, die OLD MAN als Gegner ansah, beständig Orientierungshinweise gegeben wurden.

Offensichtlich arbeitete das Orientierungssystem unabhängig vom Zentralgehirn, sonst wäre die unsinnige Aktivität längst gestoppt worden.

Dennoch hielt Perish Mokart seinen Strahler schußbereit in der Faust, als er durch die Bodenöffnung in eine weitere domartige Halle schwebte. Das Kraftfeld des Lifts setzte ihn neben der Öffnung ab.

Er wartete, bis sein Vater und der Kommodore ihm gefolgt waren, dann deutete er auf einen Panoramabildschirm, der eine rötlich fluoreszierende gigantische Halbkugel zeigte. Es handelte sich um die sichtbare Hälfte einer etwa zweihundert Meter durchmessenden Kugel aus besonders präpariertem Terkonitstahl. Das Gebilde war an blinkenden Streben und zusätzlich an starken, flimmernden Kraftfeldern verankert. Drei Schotte waren auf der sichtbaren Hälfte zu erkennen. Davor schwebten unzählige ovale Transportplattformen – und jede Plattform war mit fünf überschweren Kampfrobotern besetzt.

„Bis hierher und nicht weiter“, murmelte Ilja enttäuscht. „An den Robotern kämen wir noch vorbei, aber wie wollen wir die Schotte öffnen, ohne daß sie es merken?“

„Bis jetzt sind wir noch nicht einmal dort“, entgegnete Perish in verhaltenem Zorn. „Vielleicht finden wir einen Weg, wenn wir das Ding aus nächster Nähe untersuchen!“

„Sicher, mein Sohn“, sagte Cronot Mokart sarkastisch, „einen Weg ins Jenseits. Ich fürchte, Ilja hat recht.“

„Mir ist furchtbar heiß“, sagte Ilja. „Geht es euch auch so?“

Perish runzelte besorgt die Stirn und wandte sich um. Er musterte das, was die Antiortungskompensation ihn von Malume erkennen ließ.

„Wie steht es mit dem Luftvorrat?“

„In Ordnung“, antwortete der Geschwaderkommodore nach einer Weile. „Ausreichend für vierhundertdreißig Stunden. Die Kühlung arbeitet auf Hochtouren.“

Cronot kicherte nervös.

„Du hast vor Angst geschwitzt, Ilja.“

„Ich schwitze noch immer“, entgegnete Ilja. „Aber nicht aus Angst.“

„Erhöhe die Zufuhr von reinem Sauerstoff für dreißig Sekunden“, riet Perish Mokart. Ohne daß es ihnen recht bewußt geworden wäre, duzten sich die Oxtorner plötzlich mit dem Oberstleutnant der Heimatflotte. Kein Wunder, ihre Schicksale waren so stark miteinander verknüpft, wie es Menschenschicksale nur selten sind.

„Ich fühle mich etwas besser“, erklärte Ilja, nachdem die dreißig

Sekunden herum waren. „Die Instrumentenanzeigen sind normal. Vielleicht ist es doch nur die Angst gewesen."

Perish lachte befreit auf.

„Na also! Besser geschwitzt, als die Hosen vollgemacht!"

Ilja Malume fiel in das Gelächter der beiden Oxtorner ein, nur klang es bei ihm ein wenig gepreßt.

Es war entgegen ihren Befürchtungen nicht schwierig, die Kontrollstelle RZ-Null zu verlassen und bis zur eigentlichen Zentralkugel vorzustoßen.

Doch nachdem sie vor den flimmernden Waffenmündungen der Kampfroboter die Außenhülle abgesucht hatten, zogen sie sich niedergeschlagen in einen Winkel des riesigen Hohlraums mit der Halteverstrebung zurück.

„Wir haben von Hypnokristallen tatsächlich auch nicht eine Spur entdeckt", sagte Cronot Mokart mit matter Stimme. „In dem Falle besteht die Möglichkeit, daß die Roboter den Weg freigeben, sobald wir uns als Terraner identifizieren lassen. Wie denkt ihr darüber?"

Perish schüttelte den Kopf.

„Das hat der Zweitkonditionierte bestimmt nicht riskiert. Ich halte es für logisch, daß er vor seinem Abflug zwar das Zentralgehirn aktivierte, andererseits aber die Kampfroboter oder doch einen Teil von ihnen – ganz gewiß aber die Wächter der Zentralkugel – umprogrammierte. Sie lassen garantiert nur Lebewesen vom Aussehen der Schwingungswächter durch."

„Mist!" bemerkte Malume treffend.

„Also bleibt nur Gewalt", murmelte der ehemalige USO-Spezialist nach einer Weile. „Zwei Mann halten die Kampfroboter in Schach, und einer sprengt die Schleuse auf. Sobald wir drinnen sind und den bewußten roten Hebel umlegen, dürfte es geschafft sein."

„Vorher wären wir hundertmal gestorben", widersprach Malume mutlos. „Allein in unmittelbarer Nähe der Zentralkugel haben wir rund fünfzig überschwere Kampfroboter gesehen. Zwei Mann könnten noch nicht einmal ein Zehntel von ihnen in Schach halten."

Perish lächelte kalt.

„Zwei Terrageborene nicht – aber zwei Oxtorner . . .!"

„Unsinn!" widersprach Malume heftig. „Wir müssen . . ."

Er unterbrach sich, als Cronot Mokart einen Schrei höchsten Entsetzens ausstieß.

Im gleichen Moment zeigten auch Perishs Instrumente an, daß Ilja

Malume plötzlich voll sichtbar geworden war. Das Antiortungssystem seiner Kombination war ausgefallen.

Aber nicht nur die beiden Oxtorner registrierten diese Tatsache. Die Fremdkörpertaster erfaßten den Afroterraner ebenfalls sofort.

Markerschütterndes Heulen und Pfeifen erfüllte von einer Sekunde zur anderen die Gänge und Hallen OLD MANS.

Perish Mokart zögerte nicht.

„Wir nehmen dich zwischen uns, Ilja!“ schrie er. „Los, fort! Wir werden dich schon hinausbringen!“

Keuchend wich der Oberstleutnant zurück. Das Weiße in seinen weit aufgerissenen Augen leuchtete gespenstisch. Er zog seinen Strahler und richtete ihn auf die Oxtorner.

„Zurück!“ brüllte er mit überschnappender Stimme. „Ich schlage mich allein durch. Seht zu, daß ihr die neue Lage ausnützen könnt!“

Er warf sich herum und schwebte auf den Schacht zu, aus dem sie gekommen waren.

Drei gleißend helle Energiestrahlen standen jäh zwischen ihm und den Oxtornern. Die Kampfroboter hatten ihr Ziel erkannt und kompromißlos das Feuer eröffnet. Aber noch hielt der starke Schutzschirm des lemurischen Spezialanzugs.

Perish und Mokart fuhren wie Automaten herum und schossen mit den schweren Vibrationswaffen auf die Roboter. Vier der Kolosse zerfielen zu metallisch glitzerndem Staub. Die anderen stoben unheimlich schnell auseinander und erwiderten das Feuer.

Perish und Cronot beschleunigten und flüchteten mit Hilfe der Feldaggregate bis unmittelbar an die Kugelwandung. Die Energiestrahlen der Roboter zerfetzten Träger und brannten tiefe Krater in die umliegenden Panzerwände. Die Maschinenmonstren schossen aufs Geratewohl in die Gegend. Es war ein Glück, daß sie die Oxtorner nicht orten konnten.

Die beiden Männer ließen ihre Waffen sinken und starrten mit bleichen Gesichtern in die Richtung, in der Ilja Malume verschwunden war. Das Sirenengeheul hielt weiterhin an und zerrte an den Nerven. Von fern ertönte das charakteristische Krachen von Energieentladungen.

„Wir hätten ihn nicht allein fliehen lassen sollen“, flüsterte Cronot Mokart tonlos. „Er war ein feiner Kerl.“

Perish Mokart schwenkte den Vibrationsstrahler mit ruhiger Hand von links nach rechts und wieder zurück. Unter den grauenhaften Vibrationen zerfielen die anstürmenden Kampfroboter zu Staub. Perishs linke Hand bediente gleichzeitig den schweren Impulsstrahler. Alles, was von oben oder unten kam, wurde von den sonnenheißen Energiestrahlen zerschmolzen.

Dennoch fauchten immer wieder Strahlschüsse heiß und schmerzhaft in unmittelbarer Nähe vorbei. Es waren zu viele Kampfroboter, und obwohl sie die Oxtorner nicht orten konnten und Perish seine Stellung ständig wechselte, würden sie früher oder später die entscheidenden Treffer anbringen.

Der USO-Reservist blickte nicht nach hinten. Dort arbeitete sein Vater unter seinem Schutz und versuchte, eines der Panzerschotte aufzubrechen.

Zum fünften- oder sechstenmal innerhalb weniger Minuten dröhnte die Explosion einer Mikro-Atomladung. Ohne die hochwirksamen Schutzschirme der lemurischen Kombinationen wären die Oxtorner längst durch die Hitzeentwicklung verdampft. Aber es kam noch mehr als genug Hitze durch die überlasteten Schirme durch.

Perish schrie unwillkürlich auf, als sein Schutzschirm für Sekundenbruchteile zusammenbrach und ein glühendes Trümmerstück gegen seinen linken Oberschenkel krachte. Die Verbindung zwischen Prothese und Körper gab mit häßlichem Knirschen nach. Der Schmerz nahm ihm die Besinnung.

Als er wieder zu sich kam, erblickte er durch die Glut und den Rauch hindurch das schweißüberströmte Gesicht seines Vaters.

Cronot Mokart hustete krächzend.

„Steh auf, du Faulpelz!“ sagte er. „Wie lange soll ich dich noch schleppen?“

Eiskalter Schreck durchfuhr den USO-Reservisten.

Er hatte versagt, als es darauf ankam. Hastig sprang er auf die Füße und knickte gleich darauf in den Knien ein. Die linke Oberschenkelprothese hing nur noch lose am Fleisch, und offenbar war die Amputationsnarbe aufgeplatzt. Sein Bein wurde eigentlich nur noch von der enganliegenden Kombination zusammengehalten.

Erst jetzt kam ihm zum Bewußtsein, daß der Kampflärm verstummt war. Mit Unterstützung seines Vaters richtete er sich auf. Er biß die Zähne zusammen und zog das linke Bein etwas an.

„Die letzte atomare Sprengkasel hat das Schott zerfetzt“, berichtete

Cronot mit rauher Stimme. „Ich habe eine Doppelladung genommen. Leider . . . hast du . . . ein Trümmerstück abgekriegt. Verzeih mir bitte, Perish!“

„Unsinn, Vater!“ stöhnte Perish. „Nicht der Rede wert. Weiter! Mir kommt es vor, als wären wir im Außenbezirk der Zentralkugel.“

Sein Vater lachte triumphierend.

„Erraten! Und die Roboter folgen uns nicht. Das bedeutet, daß wir in Sicherheit sind. Wir brauchen nur noch das Zentralgehirn zu finden und den roten Hebel umzulegen.“

Perish klappte den Druckhelm ganz zurück und rieb sich die tränenden Augen. Dann schüttelte er den Kopf und deutete auf die nächste Panzerpforte.

„Du hast dich zu früh gefreut, Vater. Wir stehen vor dem inneren Verteidigungsring.“

22.

Jahrzehntausendelang hatte das Gehirn in der blutwarmen Nährlösung gelegen, durch haarfeine Terkoniumdrähte mit einem komplizierten System von Rezeptoren und Sensoren verbunden.

Doch im Augenblick der Entscheidung – in einem Moment, der von dem ihm innewohnenden Bewußtsein eine halbe Ewigkeit lang sehnsüchtig erwartet worden war – versagte Rog Fanthers Geist unter dem Ansturm widersprüchlicher und unheilverkündender Meldungen.

In einer Kurzschlußreaktion hatte er das Geschenk der Zeitreisenden gegen diejenigen eingesetzt, für die es eigentlich gedacht war.

Und bevor der Fehler korrigiert werden konnte, drang ein unheimlicher, absolut gefühlloser und gnadenloser Gegner in die zwölf Sektorplattformen ein und überwältigte die dort regierenden Steuergehirne – die Überbleibsel jener Männer, die mit Captain Fanther den Riesenroboter konstruiert und seinen Bau überwacht hatten.

Gegen Rog Fanthers Willen wurde das der Menschheit zugedachte Werkzeug ein Danaergeschenk.

Der Geist des ehemaligen Flottenoffiziers war unaufhaltsam dem Irrsinn zugetrieben worden. Ihm erschien die Vergewaltigung seiner zwölf

Helfer nur wie ein Alptraum. Auch dann, als gigantische Lebewesen, die das Aussehen von Halutern besaßen, in die Zentralkugel der Trägerkuppel eindrangen und OLD MAN fur sich in Besitz nahmen, wurde dem Geist Rog Fanthers dieser Vorgang nur traumhaft verzerrt bewußt. Durch die Abschaltung der Automatsteuerung wurde er sogar vom direkten Geschehen ausgeschlossen. Immer tiefer sank er durch die Dämmerung der Bewußtlosigkeit dem endlosen Abgrund ewiger Nacht entgegen, der Nacht des Todes, aus der es kein Erwachen mehr gibt. Die Nährlösung wurde trotzdem immer wieder aufgefrischt, mit Sauerstoff und allem anderen angereichert, was ein menschliches Gehirn zum Leben benötigt, und mit Informationen aus der Außenwelt versorgt.

Auch der Großalarm für OLD MAN erreichte die Gehirnrinde des dahindämmernden, umnachteten Geistes.

Der Impuls war so stark, daß er etwas fertigbrachte, das alles andere bislang nicht fertiggebracht hatte. Er riß Rog Fanthers Bewußtsein vom Rand des dunklen Abgrunds zurück, und mit plötzlich einsetzender Klarheit erfaßte der Geist des ehemaligen Captains die Situation . . .

Haluterähnliche, aber feindlich gesinnte Monstren hatten den Riesenroboter überfallen – von ihnen war keine Spur mehr in dem gigantischen Gebilde zu entdecken. Die Rezeptoren hätten es gemeldet. Dafür registrierten die Schaltbildtaster, daß zweitausend schwere und überschwere Kampfroboter im Sinne der Feinde und zum Schaden der Menschheit umprogrammiert worden waren.

Diese zweitausend Kampfroboter befanden sich im Kampf mit drei zweifellos echten Terranern.

Rog Fanthers Geist erkannte ganz klar, daß er etwas unternehmen mußte, um sein Lebenswerk für die Menschheit zu erhalten. Er wußte allerdings auch, daß seine letzten Energiereserven unaufhaltsam verströmten und daß er bald endgültig über die Schwelle zum Jenseits treten mußte.

Dabei kam ihm zugute, daß der Gegner die Automatsteuerung und dadurch die Zentralpositronik wieder aktiviert hatte, bevor er das Schiff verließ. Ohne diese Maßnahme wäre das Gehirn nach wie vor hilflos in seiner Nährlösung geschwommen, unfähig, in die Geschehnisse einzugreifen.

Angesichts der Lage gab es nur eines, was er noch tun konnte: Er aktivierte die geheime und bislang noch unentdeckte Fremdkörper-Vernichtschaltung, die selbst der Zentralpositronik unbekannt war, so daß sie der unheimliche Gegner nicht außer Betrieb hatte setzen können.

Ein verstecktes Positronengehirn erwachte zu summendem Leben. Es kannte nur eine Aufgabe: alle Fremdkörper außer echten Terranern und im Sinne der Menschheit programmierten Robotern kompromißlos zu vernichten – oder den gesamten Riesenroboter zu zerstören, falls extraterrestrische Intelligenzen bis in das Zentralgehirn vordringen sollten . . .

Das FVS-Gehirn übernahm schlagartig sämtliche Kontrollfunktionen. Es setzte die Steuerpositronik für die technischen Anlagen OLD MANS außer Betrieb. Die zweitausend Kampfroboter, deren Programmierung nicht mehr den Sicherheitsvorschriften des FVS-Gehirns entsprach, erhielten den Selbstvernichtungsimpuls. Die intelligenten Lebewesen wurden teilweise geortet und dem Individualtest zugeführt.

Die beiden atomaren Sprengkapseln entwickelten zwischen der äußeren und der inneren Panzerwand eine furchtbare Wirkung. Die Außenwand platzte auf wie eine Eierschale unter den Bewegungen des schlupfreifen Lebewesens.

Doch als Perish Mokart und sein Vater von draußen zurückkehrten, wo sie Deckung gesucht hatten, erlebten sie eine weitere Enttäuschung.

Die Innenwand hatte standgehalten. Sie war geschwärzt, aber nicht einmal stellenweise zeigten sich Schmelzflecken.

„Molekularverdichtung", murmelte Perish mutlos. „Dagegen kommt nicht einmal die Sprengkraft aller unserer Vorräte an. Ohne Einverständnis des Zentralgehirns kommen wir nicht weiter. Wir können umkehren, Vater."

„Umkehren . . .?" Cronot Mokart blickte seinen Sohn entsetzt und enttäuscht an. „Sagtest du umkehren . . .? Ist das alles, was von deiner Tatkraft übriggeblieben ist?"

Perish lächelte niedergeschlagen.

„Mit Tatkraft kommt man nicht gegen molekülverdichtete Terkonitstahlwände an. Ein Mann muß wissen, wann er am Ende ist."

Cronot fuhr herum, als er stampfende Schritte vernahm. Er lachte bitter und deutete auf die Phalanx der Kampfroboter, die in etwa einem Kilometer Entfernung zum Sturm auf den Außenring der Zentralkugel ansetzte.

„Das ist tatsächlich das Ende", murmelte er tonlos.

Perish knirschte mit den Zähnen.

„Bist du bereit, Vater?"

„Ich bin bereit!" erwiderte Cronot Mokart hart.

Sie warfen sich dort zu Boden, wo sie gerade standen. Vor sich breiteten sie ihre Waffen aus. Dann warteten sie. In den hintersten Winkeln ihres Gehirns war immer noch ein Rest Hoffnung, sich den Weg freikämpfen zu können.

Als die Roboter auf etwa einen halben Kilometer herangekommen waren, hob Perish seine Linearschleuder und legte eine Atomladung in die Ladungskammer. Sein Vater tat es ihm nach.

„Ich . . ." Perish stockte. „Ich danke dir für alles, was du mir gegeben hast, Vater."

Er schämte sich nicht darüber, daß ihm die Tränen über die Wangen strömten.

„Und ich . . .", begann Cronot Mokart.

Was immer er noch hatte sagen wollen, es blieb unausgesprochen, denn die Druckwelle einer furchtbaren Explosion riß ihm die Worte von den Lippen.

Geblendet schlossen die Oxtorner die Augen, glühendheiße Luftmassen orgelten durch die Lücken der äußeren Panzerwand, ein Schauer von Metallsplittern prasselte herab.

Dann wurde es still . . .

Nach einer Weile hob Perish Mokart den Kopf. Fassungslos starrte er durch die Explosionsrisse der äußeren Wand auf den glühenden, knisternden Haufen Metallschutt, der draußen über den Stegen und Zugängen und unten auf dem Boden der riesigen Halle lag, die sich um das zweifach abgesicherte Zentralgehirn spannte.

„Eh!" ächzte Cronot neben ihm. „Ist das alles, was die Roboter übriggelassen haben?"

„Scheint so", gab Perish zurück. „Ganz schön warm hier, was?"

Das war eine Untertreibung. Jeder Erdgeborene wäre an ihrer Stelle zu einem Klumpen Schlacke verbrannt. Er fuhr sich über die Schädeldecke – und plötzlich grinste er.

„Was gibt es da zu grinsen?" fragte sein Vater verblüfft. „Mir juckt die Haut, als hätte man mich mit flüssigem Blei begossen."

Sein Sohn hielt ihm die offene Hand hin. Sie war von schwärzlichgrauer Asche überzogen.

„Kein Wunder! Haare auf dem Kopf gehören eben nicht zu einem richtigen Oxtorner. Jetzt bin ich den Schandfleck endlich los."

In Cronots Kehle gluckste es mehrmals, dann brach der alte Kosmohistoriker in krampfhaftes Lachen aus.

„Dieser Teufelsbraten!" stieß er hervor. „Bei allen Geistern der Barrier! Nie hätte ich mir träumen lassen, daß ich so einen abgebrühten Halunken gezeugt habe!“

Er lachte freier und hieb mit der Rechten auf Perishs Schulter.

„Aber freue dich nicht zu früh! Deine Haare werden nachwachsen, Junge!“

„Na ja“, gab Perish trocken zurück. „Vielleicht soll es so sein.“

Übergangslos verfinsterte sich sein Gesicht wieder.

„Schön, irgend etwas hat bei den Robotern eine Selbstzerstörungsschaltung ausgelöst. Deshalb kommen wir aber immer noch nicht in die Zentralkugel.“

„Ich würde das nicht behaupten, mein Junge“, erwiderte Cronot mit eigenartig flacher Stimme.

Alarmiert fuhr Perish herum. Aus weit aufgerissenen Augen starrte er auf die schweren Panzerschotte der Innenwandung, die sich gespenstisch langsam und lautlos öffneten. Eine beleuchtete Schleusenkammer bot sich den Blicken der Männer dar.

„Wir sollten unseren Ortungsschutz wieder einschalten“, sagte Cronot.

Perish schüttelte den Kopf.

„Nein! Hätten wir ihn vorhin nicht abgeschaltet, wären wir vermutlich nie als Terraner identifiziert worden. Der Schwingungswächter muß sich verkalkuliert haben. Ich wette, daß . . .“

Er fühlte sich von einem energetischen Feld aufgehoben und eingeschlossen. Langsam schwebte er auf die offene Schleuse zu. Aber das störte ihn keineswegs. Er lachte seinem Vater zu, der neben ihm auf die Schleuse zuschwebte.

Hinter ihnen schlossen sich die Panzerschotte wieder. Die Fesselfelder hielten sie noch immer umklammert. Ungeduldig warteten sie darauf, daß die Innenschotte sich öffneten.

Statt dessen wurden sie plötzlich freigegeben und fielen unsanft auf den Boden. Summende, tickende Geräusche drangen an ihre Ohren.

„Was ist das?“ fragte Cronot Mokart ahnungsvoll.

„Gehirnwellenaufnahme, individuelle Körperstrukturtastung“, erwiderte Perish tonlos. „Wir haben uns zu früh gefreut.“

„Wieso? Dann identifiziert man uns eben jetzt!“

„Sicher. Aber bestimmt nicht als Terraner“, gab Perish leise zurück. „Wir sind anders als normale Menschen.“

„Testautomatik an FVS-Schaltung! Vermeintliche Terraner getestet. Es handelt sich nach Körperstruktur und Artschwingung um nichtmenschliche, lediglich humanoid erscheinende Intelligenzwesen. Ende!"

„FVS-Schaltung an Testautomatik! Testergebnis zur Kenntnis genommen. Atomare Sprengung des Gesamtkomplexes wird eingeleitet. Vernichtung in fünf terranischen Minuten. Nichtmenschliche Gefangene festhalten. Ende!"

„Testautomatik an FVS-Schaltung. Verstanden. Ende!"

Das Bewußtsein Rog Fanthers erkannte, welchen verhängnisvollen Fehler er und seine Kameraden vor rund 52 000 Jahren begangen hatten. Damals existierten in der Realzeit bereits die Nachkommen terranischer Kolonisten, die durch Umweltanpassung strukturmäßig verändert worden waren. Den aufgefangenen Meldungen zufolge konnte es sich bei den beiden getesteten Gefangenen nur um Oxtorner handeln.

Und Oxtorner waren ebenso menschlich wie Erdgeborene – nur hatte damals niemand von der Korvettenmannschaft an die Möglichkeit gedacht, daß ausgerechnet Terraner oxtornischer Abstammung als erste den Riesenroboter betreten würden.

Ein grauenhafter Sturm der Erregung toste durch das Gehirn Rog Fanthers. Das Bewußtsein des Koordinators versuchte mit einer letzten Kraftanstrengung die Meinung des FVS-Gehirns zu korrigieren. Doch da senkten sich rote Nebel über den Geist aus der Vergangenheit. Die Blutung überflutete den intakten Rest des Gehirns und stieß das Bewußtsein in den finsteren Schlund des Todes . . .

Cronot und Perish Mokart hatten mit ihrem Leben abgeschlossen. Der ehemalige USO-Spezialist konnte sich zusammenreimen, was in den Computerkomplexen von OLD MAN vorgegangen war. Eine Sonderschaltung mußte das Kommando übernommen haben und hatte die Kampfroboter zerstört, weil sie von Tro Khon umprogrammiert worden waren und nicht mehr im Sinne ihrer Erbauer funktionierten. Anschließend waren die einzigen beiden lebenden Wesen getestet worden, deren man habhaft werden konnte – und das Ergebnis war negativ ausgefallen. Logischerweise mußte nun die Selbstzerstörung des Riesenroboters eingeleitet worden sein.

„Wenigstens war unser Einsatz nicht völlig vergebens", sagte er zu seinem Vater. „OLD MAN wird keine Gefahr mehr für die Menschheit darstellen."

„Ein schwacher Trost, aber immerhin ein Trost", gab Cronot zurück. Er lächelte resignierend. „Wir werden mit einem Feuerwerk ins Jenseits fahren, das man auf allen Planeten des Solsystems sehen kann."

„Und meine Haare wachsen nun doch nicht mehr nach", erklärte Perish in einem Anflug von Galgenhumor.

Desinteressiert wandte er sich um, als die beiden Außenschotte erneut aufglitten. Dann riß er vor Überraschung den Mund auf.

„Ilja!"

Sein Schrei gellte fanfarengleich durch die Stille. Er wußte, was Ilja Malumes Ankunft zu bedeuten hatte. Doch vergebens versuchte er, es seinem Vater klarzumachen. Cronot Mokart hatte mit dem Leben abgeschlossen und wollte nichts mehr von Rettung wissen.

„Hallo, was geht hier vor?" rief der Geschwaderkommodore, als die Fesselfelder ihn freigaben. „Die Roboter hatten mich gestellt. Ich sah schon in die flimmernden Feldmündungen ihrer Strahler. Plötzlich blieben die Dinger stehen, die Gleichrichtungsfelder erloschen, und ich konnte völlig ungehindert bis hierher marschieren."

Perish wollte ihm antworten, doch eine Robotstimme kam ihm zuvor.

„Sie sind als echter Terraner identifiziert, Sir! Nennen Sie bitte Ihren Namen und befehlen Sie, was mit den Fremdintelligenzen geschehen soll!"

„Du bist gemeint, Ilja!" Perish lachte, als er die fassungslosen Gesichter des Afroterraners und seines Vaters sah.

„Ilja Ma . . . Malume", stotterte Ilja. „Oberstleutnant der Solaren Flotte. Was sagst du da von Fremdintelligenzen, Robot?"

„Die beiden nichtmenschlichen Intelligenzwesen, die neben Ihnen stehen, wurden gefangengenommen und getestet. Da ich sie auf Grund meiner Programmierung als Fremdkörper im Sinne der FVS-Schaltung einstufte, veranlaßte ich die Vorbereitung zur totalen Selbstvernichtung. Die Vorbereitungen wurden nach Erhalt Ihres Testergebnisses gestoppt. Falls Sie es wünschen, werde ich für die sofortige Liquidierung der Fremdkörper sorgen."

„Du bist verrückt!" sagte Malume fassunglos. „Das sind keine nichtmenschliche Intelligenzen, sondern Terraner wie ich!"

„Antwort als unzutreffend klassifiziert. Sowohl in Körperstruktur als auch in Gehirnwellenamplituden bestehen entscheidende Unterschiede."

Ilja Malume hatte sich wieder gefaßt. Er begann zu begreifen, wie es zu diesem Testergebnis gekommen war.

„Das weiß ich. Es handelt sich um Terraner oxtornischer Abstammung, um umweltangepaßte Menschen, deren Gene gezielt verändert wurden, damit sie auf ihrem Kolonialplaneten überleben konnten. Sie sind Freunde, verstehst du!“

„Logikbegründung akzeptiert“, erscholl die seelenlose Stimme. „Bitte, treten Sie in die Hauptschaltzentrale. Es bleibt Ihnen überlassen, ob Sie den Gesamtkomplex durch Umlegen des roten Hebels auf Manuellbedienung umschalten oder nicht. Leider ist das Gehirn des Koordinators vor dreieinhalb Minuten Erdzeit verschieden. Eine Tonbildaufnahme wird Ihnen alles Wesentliche mitteilen. FVS-Schaltung wird gelöscht. Ich wiederhole: FVS-Schaltung wird gelöscht.“

Die metallisch klingende Stimme erstarb. Sekunden später öffneten sich die Innenschotte. Eine hell erleuchtete Halle bot sich den Blicken der drei Männer dar. Zögernd schritten sie hinein. Ihre Blicke wanderten nur flüchtig über die Vielfalt der technischen Einrichtung, dann hefteten sie sich auf den rot leuchtenden Hebel, der groß und unübersehbar aus einem erhöhten Schaltpult ragte.

Iljas Fuß stockte.

Perish Mokart stieß ihn leicht an.

„Geh schon, Ilja! Du bist dazu berufen, der Menschheit das Geschenk der Zeitreisenden zu überbringen!“

Ilja Malume schluckte, aber als auch Cronot ihn anstieß, schritt er steifbeinig auf das Pult zu.

Seine Hand zitterte nicht, als er sie auf das kühle, leuchtende Metall legte und den Hebel mit entschlossenem Ruck umlegte . . .

23.

Sie saßen in bequemen Kontursesseln und blickten auf die riesige Bildwand, von der ihnen das jungenhaft lächelnde Gesicht eines Captains der terranischen Raumflotte entgegensah.

Rog Fanther, ehemaliger Erster Kosmonautischer Offizier des Flottenders DINO-3, begrüßte die Menschen, die nach seinem Tode die alleinigen Herrscher über das gewaltigste Trägerschiff geworden waren, das jemals von Menschen erbaut wurde.

Rog Fanther war am 14. Juli 2404 gestartet, mit der DINO-3 durch den Zeittransmitter Vario der ehemaligen Meister der Insel gegangen und rund zweiundfünfzigtausend Jahre in die Vergangenheit zurückgekehrt, um der verschollenen CREST neue Lineartriebwerke für den Rückflug zum Transmitter in Andromeda zu überbringen.

Niemand hatte damals geahnt, daß die CREST durch einen Handstreich Perry Rhodans die Zeitstation Pigell der MdI erobert hatte und um fünfhundert Jahre näher an die Realzeit herangebracht worden war. Als die Freiwilligen des Flottentenders in der lemurischen Vergangenheit ankamen, suchten sie vergeblich nach dem Flaggschiff Perry Rhodans. Als sie es nicht fanden, versuchten einige von ihnen, mit einem Beiboot im Dilatationsflug die Zeitdistanz von mehr als 52 000 Jahren in die Realzeit zu überbrücken, während die anderen auf der DINO-3 ausharrten, ohne jede Hoffnung, noch einmal in ihre eigene Zeit zurückkehren zu können.

Das Überlichttriebwerk des Beiboots versagte allerdings, und die Besatzung mußte auf dem Planeten der sogenannten Walkers notlanden. Die Walkers, intelligente, raupenartige Wesen von Menschengröße, waren ein Hilfsvolk der alten Lemurer gewesen. Ihre Heimatwelt war im damaligen Vernichtungskrieg Haluts gegen die erste Menschheit durch einen glücklichen Zufall verschont geblieben.

Zusammen mit den notgelandeten Terranern, der vorhandenen lemurischen Technik sowie ihrer eigenen Fähigkeiten, bauten die Walkers den gewaltigen Riesenroboter. Von den Terranern blieben schließlich nur dreizehn Gehirne übrig, die die Steuerung OLD MANS übernahmen und diesen mit Hilfe eines Zeitdilatationsfluges in die Realzeit bringen wollten, um ihrem Volk eine ultimate Waffe gegen die MdI zu schenken. Durch einen Berechnungsfehler kam OLD MAN um mehr als dreißig Jahre zu spät an, und das Verhängnis begann.

Und nun, am 22. Mai 2436, war das letzte der Gehirne gestorben: Rog Fanther, der als Koordinator die Handlungen der zwölf Sektionsgehirne geleitet und OLD MAN der Menschheit zugeführt hatte. Widrige Umstände hatten das Geschenk der Zeitreisenden zu einem Werkzeug von Kräften werden lassen, die die Vernichtung der Menschheit anstrebten. Drei beherzte Männer waren dem Unheil sozusagen im letzten Augenblick in den Arm gefallen.

Erschüttert verfolgten Perish und Cronot Mokart sowie Ilja Malume die Tonbildaufzeichnungen, erschüttert vor allem deswegen, weil Rog Fanthers Gehirn in dem Irrtum gestorben war, daß durch das Eindringen vermeintlicher Fremdintelligenzen die Selbstvernichtung OLD MANS ausgelöst worden sei.

Die Blicke der drei Menschen richtete sich auf den großen Hyperkom, als das Meldezeichen ertönte. Auf der Bildscheibe erschien das breitflächige, strahlende Gesicht von Staatsmarschall Bull.

Er war vor einer Stunde über die Übernahme OLD MANS unterrichtet worden und wußte Bescheid, was geschehen war.

„Ich kann nicht sagen, wie dankbar ich Ihnen bin, meine Herren. Was sage ich: Die ganze Menschheit ist Ihnen dankbar. Sie haben uns alle von einem Alptraum befreit und uns ein Geschenk übergeben, mit dem wir nun vielleicht nahezu unbesiegbar geworden sind."

„Wir wollen es hoffen, Sir", erwiderte Perish Mokart ironisch. „Noch sind die Schwingungswächter nicht geschlagen."

Reginald Bull räusperte sich, dann huschte ein Grinsen über sein Gesicht.

„Sie sagen es, Oberst Mokart. Ich . . ."

„Spezialist-Major, Sir", berichtigte ihn der Oxtorner lächelnd. „Sie erweisen mir zuviel Ehre."

Um Bulls Augenwinkel zuckte es verdächtig.

„So lassen Sie mich doch erst einmal ausreden!" donnerte seine Stimme. „Ich bin zwar nicht Ihr Vorgesetzter, aber etwas mehr Achtung sollte Ihnen meine Stellung wohl abnötigen!"

„Verzeihung, Sir!" sagte Perish verwundert. „Aber ich bin wirklich nur Spezialist der USO im Rang eines Majors."

Staatsmarschall Bull wandte sich ab. Sein Gesicht verschwand vom Bildschirm, aber seine Stimme war noch zu hören. „Sagen Sie es ihm Admiral, mir glaubt der Kerl anscheinend nicht!"

Im nächsten Moment erschien auf dem Schirm das durchgeistigte Gesicht von USO-Admiral M. Gatscholkew, des ehemals unmittelbaren Vorgesetzten Perish Mokarts.

„Ich darf Ihnen zur Beförderung gratulieren, Oberst Mokart", sagte er leichthin. „Die Ernennungsurkunde ist leider noch nicht ausgefertigt, aber vielleicht geruhen Sie, mein Wort für bare Münze zu nehmen."

Perish schluckte.

„Jawohl, Sir!" murmelte er betroffen.

Gatscholkew lächelte.

„Im übrigen danke ich Ihnen und Ihren Freunden von ganzem Herzen. Bitte, seien Sie so liebenswürdig, meine Einladung zu einer Feier in kleinem Rahmen nicht abzuschlagen. Die gleiche Bitte richte ich an Mr. Cronot Mokart und Oberst Malume."

„Oberstleutnant, Sir!" entfuhr es dem Afroterraner.

„Ihrer Ernennungsurkunde geht es ähnlich wie der von Oberst Mokart", erwiderte der Admiral. „Ich hoffe, daß ich den Herrn Staatsmarschall nicht extra noch einmal zum Hyperkom bemühen muß, um meine Worte zu bestätigen . . ."

„Nein, Sir. Selbstverständlich nicht, Sir!" antwortete Malume schnell.

In die dunklen Augen des Admirals trat ein spöttisches Funkeln.

„Ich bedanke mich für das Vertrauen, Oberst."

Der Bildschirm erlosch.

Cronot Mokart lachte leise.

„Diese Jugend heutzutage!" sagte er seufzend. „Zu meiner Zeit hatten wir Respekt vor den großen Männern der Menschheit . . ."

Plötzlich brachen alle drei Männer in schallendes Gelächter aus.

Zwei Tage später, an Bord von Reginald Bulls Flaggschiff MARSHAL FREYT . . .

Die Elite des Solaren Imperiums hatte sich dort versammelt. Neben Staatsmarschall Bull, Solarmarschall Julian Tifflor und Admiral Gatscholkew standen Oberst Don Redhorse, einige Admirale der Heimatflotte Sol und Dr. Abel Waringer.

Nach der Begrüßung nahm Reginald Bull die drei Männer beiseite.

„Niemand hat mehr damit gerechnet, daß wir OLD MAN noch in unsere Hand bekommen. Eigentlich war es eine verrückte Idee von Ihnen, in einem Dreimannunternehmen dieses Ungetüm erobern zu wollen."

„Das Ergebnis scheint weniger verrückt auszusehen, Sir", widersprach der Oxtorner.

Bull lachte.

„Sie sind ein Teufelskerl! Und Sie beide auch. Mann, wenn Perry das wüßte."

Aber Perry Rhodan war mit der CREST verschollen, und niemand wußte, ob und *wo* die CREST überhaupt noch existierte.

Gemeinsam traten sie an den Panoramaschirm und blickten hinaus zu der monströsen Kulisse, die die gewaltige Trägerkuppel OLD MANS zusammen mit dem rötlich strahlenden Neptun als Hintergrund bildete.

Im finsteren Abgrund des Weltraums leuchteten immer noch Lichtpunkte auf. Sie näherten sich dem Riesenroboter und brachten die Stammbesatzung und die Notbesatzung der Ultraschlachtschiffe. OLD MAN war zur fliegenden Großraumstation des Menschen geworden. Die Mannschaften des Robotgiganten würden Tag und Nacht üben, um das Geschenk aus der Vergangenheit beherrschen zu lernen – bis die Ruhe vor dem Sturm vom Großangriff der Schwingungswächter abgelöst werden würde.

Inzwischen waren die Gefangenen von Triton sicher befreit worden.

Perish Mokart schreckte aus seinen Gedanken auf, als ein Bedienungsrobot sich mit einem Tablett in die kleine Gruppe drängte.

„Was darf ich Ihnen anbieten, meine Herren?" fragte Staatsmarschall Bull. „Wein, Whisky, Sekt?"

„Einen Whisky – und dann ein Bett!" sagte Perish. „Ich bin hundemüde, wenn Sie diesen Ausdruck gestatten, Sir."

24.

Eine Ewigkeit entfernt

Die Spannung innerhalb der großen Kommandozentrale war fühlbar, wie eine dunkle Wolke schien sie über den Köpfen der Männer zu schweben. Und weil diese Männer in den letzten Tagen stiller geworden waren, schienen alle anderen Geräusche an Intensität zugenommen zu haben. Das Summen der Kontrollanlagen klang hektisch, beinahe herausfordernd.

Major Drave Hegmar, der Zweite Offizier der CREST IV, beobachtete den Mann, der vor dem Auswurfschlitz der Bordpositronik saß. Der Mann war einer der vielen Spezialisten, die sich an Bord des Flaggschiffs befanden; er war groß und bullig, seine Augenbrauen, die wie dicke Raupen aussahen, zogen sich vor Nervosität ständig zusammen. Hegmar hatte seit jeher eine instinktive Abneigung gegen alle Spezialisten empfunden, aber dieses Gefühl hatte sich jetzt gelegt. Die erdrückende Gefahr verband sie alle und zwang sie, sich gegenseitig anzuerkennen.

„Auswertung läuft!" rief der Mann vor der Positronik.

Hegmar warf einen zögernden Blick auf den Panoramaschirm. Obwohl die CREST IV zwanzigtausend Lichtjahre vom eigentlichen Zentrum der fremden Galaxis entfernt war, standen die Sterne hier so dicht wie im Mittelpunkt der Milchstraße. Hegmar hatte geglaubt, die Angst zu kennen, aber alles, was er bisher erlebt hatte, mußte neben diesem tiefempfundenen Gefühl vor der unvorstellbaren Entfernung, die ihn von der heimatlichen Galaxis trennte, zurückstehen; Angst vor den fremden Sternen, vor einer Meuterei, vor unbekannten Gefahren, vor allem aber vor sich selbst, denn er fürchtete, daß er unter dieser enormen Belastung zerbrechen könnte.

Hegmar fragte sich, ob die CREST IV sich tatsächlich in der Kugelgalaxis M 87 befand, die ein Mitglied der Virgo-Wolke war. Vieles sprach dafür, aber die Astronomen an Bord wußten einfach zu wenig über diesen Teil des Universums, um eine endgültige Antwort zu finden.

Der Spezialist vor der Bordpositronik nahm einen Plastikstreifen aus dem Auswurfschlitz und erhob sich. Dadurch wurde Hegmar in seinen Überlegungen unterbrochen. Der Spezialist starrte auf den Streifen und bewegte murmelnd die Lippen. Dann begab er sich zum Kontrollstand, um Perry Rhodan das errechnete Ergebnis zu überreichen.

Rhodan studierte den Plastikstreifen.

„Die Wahrscheinlichkeit einer Meuterei ist um sieben Prozent gestiegen“, sagte er nach einer Weile. „Das bedeutet, daß wir im Augenblick höchstens mit vereinzelten Disziplinüberschreitungen rechnen müssen. Dabei sollten wir jedoch nicht vergessen, daß die Stimmung der Besatzung sich ständig verschlechtert und fast auf dem Nullpunkt ist.“

„Es hängt vieles davon ab, was in den nächsten Stunden geschieht“, sagte Roi Danton. Für Hegmar war es erstaunlich, daß sich das Verhältnis zwischen Perry Rhodan und dem Freihändler verbessert hatte. Rhodan behandelte Danton längst nicht mehr wie früher. Im Gegenteil: Zwischen diesen beiden Männern schien ein stilles Einverständnis zu bestehen.

Hegmar wußte natürlich nicht, daß Roi Danton Perry Rhodans Sohn war. Niemand außer einigen Eingeweihten wußte das. Und diese Eingeweihten hatten beschlossen, Roi Dantons Rolle in der Öffentlichkeit vorerst weiterleben zu lassen.

„Ja“, stimmte Rhodan auch jetzt dem Händler zu. „Irgendein Ereignis, auch wenn es nur unbedeutend erscheint, kann zur Explosion führen. Wir müssen daher sehr vorsichtig sein. Die Offiziere und ihre Stellvertreter müssen uns ständig über irgendwelche Vorfälle unterrichten, auch dann, wenn sie ihnen unbedeutend erscheinen.“

Hegmar konnte beobachten, daß einige Offiziere nach diesen Worten verlegen wurden – und er wußte auch warum. Es lag diesen Männern nicht, wegen jeder Kleinigkeit bei Rhodan, Atlan oder Oberst Akran vorzusprechen. Sie hielten sich für fähig, allein mit allen Schwierigkeiten in ihren Abteilungen fertig zu werden. Und das, dachte Hegmar, hatten sie bisher auch oft genug bewiesen.

Die Situation war jetzt allerdings eine andere. Niemals zuvor hatte sich ein terranisches Schiff in so hoffnungsloser Entfernung von der heimatlichen Milchstraße befunden. Niemals zuvor hatten die Männer den Sinn eines weiteren Borddienstes mehr angezweifelt als jetzt. Hegmar kannte die Ideen, die in den Köpfen der Männer herumspukten, und er wußte, daß sie sich nicht vertreiben lassen, sondern immer neue Anhänger finden würden.

Hegmar ahnte, daß Perry Rhodan genau wußte, welche Gedanken die Besatzungsmitglieder dieses verlorenen Schiffes bewegten. Aber Rhodan ließ sich nichts anmerken. Er vertraute den Offizieren und offenbar auch seiner Fähigkeit, Menschen für irgend etwas zu begeistern. Hegmar wußte, daß Rhodan sich im entscheidenden Augenblick vor das Mikrophon des Interkoms stellen und eine Rede halten würde. Er war vielleicht in der Lage, die Männer aus ihrer Niedergeschlagenheit aufzurütteln und ihnen Hoffnung zu machen, auch wenn es keine mehr gab.

Die Männer in der Zentrale diskutierten weiter, aber Drave Hegmar hörte kaum zu.

Sämtliche Pläne, die jetzt geschmiedet wurden, besaßen mehr oder weniger nur einen theoretischen Wert. Die Astronomen, die behaupteten, die CREST IV befände sich im Sternhaufen M 87, führten als Hauptargument die blaue Entladungszone ins Feld, die diese Galaxis besaß. Die Gegner dieser Theorie argumentierten, daß man von Millionen Galaxien umgeben sei, so daß man nicht ausschließen konnte, daß auch andere Sterneninseln über eine ähnliche Eigenart verfügten.

Hegmar wunderte sich, daß Atlan nicht anwesend war. Er vermutete, daß der Arkonide sich an Bord des halutischen Raumschiffs aufhielt. Tolots Kampfschiff war auf der oberen Polkuppel der CREST IV magnetisch verankert worden. Auf diese Weise sollte verhindert werden, daß sich die Schiffe in diesem Sternenhaufen verloren. Es hatte sich herausgestellt, daß die Ortungs- und Funkanlage nur fehlerhaft arbeitete, weil sie von den starken Energieströmungen dieser Galaxis stark beeinflußt wurde.

Trotzdem wunderte sich Hegmar, daß die Haluter ihr Schiff so bereitwillig zu einem Beiboot der CREST IV gemacht hatten. Im allgemeinen zogen es diese Wesen vor, völlig selbständig zu arbeiten. Hegmar vermutete, daß Tolot ganz bestimmte Gründe hatte, sein Schiff mit der CREST IV zu verbinden.

Als Atlan die Zentrale des halutischen Kampfschiffs betrat, fand er Icho Tolot zusammengekauert in einem der Kommandosessel, während Fancan Teik vor den Kontrollen auf und ab ging. Atlan fragte sich, warum Tolot ihn auf so geheimnisvolle Weise an Bord gebeten hatte. Der Haluter hatte ihm eine Nachricht zukommen lassen und darauf gedrungen, daß weder Perry Rhodan noch einer der terranischen Offiziere etwas von dieser Zusammenkunft erfahren sollte.

„Ich bin froh, daß Sie schnell gekommen sind!“ grollte Teik mit seiner harten Stimme. Es war zum erstenmal, daß er Atlan spontan begrüßte. Bisher hatte er gegenüber dem Arkoniden stets Zurückhaltung bewahrt. Atlan hatte die gefühlsmäßigen Gründen des Haluters respektiert und sich niemals aufgedrängt.

„Sehen Sie Tolot an!“ forderte Teik den Ankömmling auf.

„Was ist mit Ihnen, Icho Tolot?“ erkundigte sich Atlan. „Sind Sie krank?“

Der Haluter hob den Kopf. Seine Augen traten etwas hervor, als er den Besucher anstarrte.

„Er redet nicht viel“, bemerkte Teik. „Aber wenn er spricht, überschüttet er sich seit einigen Stunden mit bitteren Selbstvorwürfen.“

Tolot richtete sich auf. Seine Blicke wanderten von Atlan zu Teik. Atlan hatte das Gefühl, daß Tolot gegenüber dem jüngeren Haluter die Nachsicht des höheren Alters aufbrachte. Das mochte der Grund sein, warum er nicht auf Fancan Teiks Worte einging.

„Ich kann mir vorstellen, daß die Stimmung an Bord des terranischen Schiffes nicht gut ist“, begann Tolot.

Atlan nickte bekräftigend. „Sie ist sogar ausgesprochen schlecht“, berichtete er. „Die Männer sind gereizt. Einige haben zu trinken begonnen. Es ist bereits zu verschiedenen Schlägereien gekommen.“

„Das wird noch schlimmer werden“, verlieh Icho Tolot seiner Befürchtung Ausdruck. „Wenn die Besatzung der CREST IV erst einmal richtig begreift, in welcher Situation wir uns befinden, kann es schnell zu Meutereien kommen.“

„Damit rechnen wir!“ versetzte Atlan grimmig. „Ich denke, wir sind genügend darauf vorbereitet.“

„Glauben Sie wirklich?“ fragte Tolot skeptisch. „Sie und ich, wir sind keine Terraner, aber wir glauben, die Mentalität dieser Menschen zu kennen. Ein Terraner braucht ein Ziel. Er beginnt innerlich zu sterben, wenn er keines hat.“

„Rhodan wird ein Ziel finden“, versicherte Atlan.

„Für diese einsamen Männer?“ Tolot begann neben Teik auf und ab zu gehen. Die mächtigen Körper der beiden Haluter warfen groteske Schatten auf den Boden. Die Kontrollanlagen knisterten.

„Hören Sie?“ fragte Tolot. „Da sind sie wieder. Unsere Schiffe sind von ganzen Schwärmen dieser blauen Leuchtkugeln umgeben. Diese Kugeln sind sehr starke Radiostrahler. Sie bewegen sich in verschiedenen Geschwindigkeiten auf das blau strahlende Zentrum dieser Milchstraße zu. Ungewöhnlich, nicht wahr?“

Atlan fuhr sich mit der Zunge über die Lippen. Wie die beiden Haluter durch die Zentrale ihres Schiffes wanderten, verkörperten sie ungestüme natürliche Kraft. Es war schwer vorstellbar, daß es irgend etwas gab, das sie fürchten mußten.

„Wir haben die Geschwindigkeit dieser Kugeln gemessen“, fuhr Tolot fort. „Ihre Fahrt schwankt zwischen fünf und zehn Prozent der einfachen Lichtgeschwindigkeit. Keine der Kugeln wird je langsamer oder schneller. Also folgen auch sie einer bestimmten Gesetzmäßigkeit. Was hat Rhodan jetzt vor?“

Die Sprunghaftigkeit von Tolots ausgesprochenen Gedanken verwirrte den Arkoniden.

„Wir wollen möglichst bald diese Zone verlassen“, sagte Atlan. „Rhodan möchte auf alle Fälle aus dieser unbekannten Galaxis herauskommen. Im kosmischen Leerraum können wir leichter feststellen, wo wir uns befinden.“

Tolot warf einen kurzen Blick auf die Kontrollen.

„Im Augenblick steht die CREST fahrtlos im Raum, nicht wahr?“

„Ja“, sagte Atlan.

Tolot brummte. Einen Augenblick unterhielten Fancan Teik und er sich in einer unbekannten Sprache. Im allgemeinen waren die Haluter zu höflich, um so zu handeln, wenn sie es taten, mußten sie einen bestimmten Grund dafür haben.

„Ich kann mir vorstellen, daß Perry Rhodan mit unserer Hilfe rechnet“, sagte Icho Tolot schließlich.

„Allerdings“, sagte Atlan. „Die Stimmung an Bord des Flaggschiffes wäre noch verzweifelter, wenn wir nicht wüßten, daß zwei Haluter mit ihrem Kampfschiff jederzeit zu unserer Unterstützung herbeigezogen werden können. Das Vorhandensein Ihres Schiffes ist ein nicht zu übersehender psychologischer Faktor.“

Tolot stieß ein Lachen aus, das Atlan erschauern ließ.

„Haben Sie das gehört, Teiktos?“ wandte sich Tolot an den jungen Haluter.

„Ja, Tolotos“, sagte Teik. „Es ist so, wie wir vermutet haben.“

„Ich will ehrlich sein“, wandte sich Tolot wieder an den Arkoniden. „Es gibt keine Hilfe durch unser Schiff.“

„Was?“ entfuhr es Atlan. „Wollen Sie . . . wollen Sie uns im Stich lassen?“

„Natürlich nicht“, murmelte Tolot. „Wir *können* dieses Schiff nicht mehr benutzen. Die empfindlichen Dimetrans-Triebwerke sind durch die fürchterlichen Energieschocks beschädigt worden. Vergessen Sie nicht, daß diese Triebwerke wesentlich empfindlicher sind als die auf der Halbraumbasis arbeitenden Lineartriebwerke terranischer Schiffe.“

„Das ist bedauerlich“, hörte sich Atlan sagen. Noch während er sprach, wirbelten seine Gedanken durcheinander. Es fiel ihm schwer, sich das ganze Ausmaß dieser Katastrophe vor Augen zu führen. Ohne dieses Kampfschiff waren sie endgültig verloren. Niemand an Bord der CREST IV, Rhodan ausgenommen, durfte jetzt erfahren, was mit Tolots Schiff los war. Die Nachricht, daß dieses kleine Schiff fluguntüchtig war, hätte die seelische Not der CREST-Besatzung noch erhöht.

„Ich habe meine Kinder ins Verderben geführt“, klagte Tolot. „Ich hätte OLD MAN niemals angreifen dürfen, denn ich kannte die Wirkung mehrerer gleichzeitig arbeitender Paratronfelder.“

Atlan wußte, daß Tolot die Terraner oft als seine ‚Kinder‘ bezeichnete. Der Haluter fühlte sich für die Katastrophe verantwortlich.

„Niemand macht Ihnen einen Vorwurf“, sagte Atlan, der sich nicht erinnern konnte, einen Haluter jemals so verzweifelt gesehen zu haben.

Fancan Teik machte eine resignierende Bewegung.

„Tolot macht sich Vorwürfe. Ich fürchte, er kommt so schnell nicht über diese Tatsache hinweg.“

Der Arkonide fühlte sich unbehaglich. Er suchte nach einem Vorwand, um das halutische Schiff möglichst schnell verlassen zu können. Später, wenn Tolot seine seelische Krise überwunden hatte, konnte Atlan wieder hierher zurückkommen.

Fancan Teik schien zu ahnen, welche Gedanken den Arkoniden bewegten.

„Sie wissen jetzt, wie es hier aussieht. Kehren Sie an Bord der CREST zurück. Es liegt in Ihrem eigenen Ermessen, was Sie Rhodan und seinen Männern sagen."

Atlan lächelte gezwungen.

„Viel wird es nicht zu sagen geben."

„Nein", sagte Teik ruhig. „Es gibt nicht viel zu sagen."

Als Atlan die Zentrale der CREST IV betrat, fand er Perry Rhodan inmitten der anwesenden Offiziere. Die Stimme des Großadministrators hatte ihren ruhigen Klang behalten, und Atlan konnte sich vorstellen, daß sie einen nachhaltigen Einfluß auf die verwirrten Männer hatte.

„Wir müssen aus diesem gefährlichen Gebiet heraus", hörte Atlan seinen terranischen Freund sagen. „Hier laufen wir ständig Gefahr, daß es zu Zwischenfällen mit diesen Energiekugeln kommt, die Mr. Danton als Spender bezeichnet hat."

Roi Danton hatte den Begriff Spender geprägt, nachdem die Bordphysiker festgestellt hatten, daß diese seltsamen Kugeln nichts anderes waren als gebündelte Energie, die die Milliarden Sonnen des Zentrums vor undenklichen Zeiten abgestrahlt hatten. Eine physikalische Eigenschaft, die zu enträtseln die Spezialisten sich bisher vergeblich bemüht hatten, bündelte Energiemengen zu blau leuchtenden Kugeln, die von dem energetisch offenbar gleichartigen Zentrum magisch angezogen wurden.

„Wir haben keinen festen Kurs", fuhr Rhodan fort. „Doch da wir keinen der im Randgebiet dieser Milchstraße stehenden Sterne kennen, ist es gleichgültig, in welcher Richtung wir uns bewegen. Wichtig allein ist jetzt nur, daß wir aus diesem Gewühl herauskommen."

Atlan hatte sich den Kontrollen genähert und blieb schweigend stehen. Seine Blicke trafen sich mit denen Major Hegmars, und in den Augen des Zweiten Offiziers las er seine eigenen Zweifel.

„Wir müssen darauf gefaßt sein, daß die zahlreichen Wolken von Energiekugeln unruhig werden, sobald die Triebwerke der CREST anspringen", sagte Perry Rhodan. „Wir müssen in den Hyperraum gelangen, bevor die Spender die Außenhülle der CREST berühren. Nach Erreichen der minimalen Eintauchfahrt werden wir mit allen verfügbaren Kompensationskräften in den Linearraum gehen."

Die minimale Eintauchfahrt, das waren zehntausend Kilometer pro Sekunde.

Atlan konnte sehen, wie Rhodan sich aufrichtete und über die anderen Männer hinwegblickte. Wenn Rhodan sich Gedanken darüber machte, wo Atlan sich in den beiden vergangenen Stunden aufgehalten hatte, so zeigte er es nicht. In knappen Worten erläuterte er dem Arkoniden seine Pläne. Atlan wußte, daß sie keine andere Wahl hatten, als dieses Gebiet zu verlassen.

Rhodan überreichte Atlan einige Papiere.

„Das sind die Berichte von den letzten Zwischenfällen, die sich an Bord ereignet haben", sagte Rhodan. „Die Wahrscheinlichkeit für eine Meuterei ist nicht sehr hoch, aber wir müssen mit allem rechnen."

Atlan nahm die Berichte entgegen. Er brauchte sie nicht zu lesen, weil er genau wußte, wie einige Männer in der jetzigen Situation reagieren würden.

„Es gibt eine Idee, die immer wieder auftaucht", sagte Rhodan. „Verschiedene Besatzungsmitglieder glauben, daß es am besten wäre, einen erdähnlichen Planeten zu finden und dort eine neue Zivilisation zu gründen." Er straffte sich unwillkürlich. „Derartigen Plänen werde ich niemals zustimmen. Solange dieses Schiff flugfähig und seine Besatzung gesund ist, werde ich nichts unversucht lassen, um die Milchstraße zu erreichen."

Bei dem Gedanken an die heimatliche Galaxis verdüsterte sich Rhodans Gesicht. Niemand wußte, was sich jetzt im Solsystem zutrug.

Atlan zuckte mit den Schultern. Es war sinnlos, wenn sie sich auch noch mit den Problemen des Solaren Imperiums beschäftigten. Sie hatten genügend eigene Sorgen, außerdem gab es keine Möglichkeit, in irgendeiner Weise in die Ereignisse innerhalb der Milchstraße einzugreifen.

„Beginnen Sie in fünf Minuten zu beschleunigen, Oberst", sagte Rhodan zu Merlin Akran. „Unterrichten Sie die Besatzung über Interkom von dem bevorstehenden Flug. Machen Sie es etwas geheimnisvoll. Die Männer sollen etwas haben, worüber sie nachdenken können. Das wird sie ablenken."

Akran brummte beifällig.

„Ich verspreche ihnen das Paradies, wenn es sie beruhigt."

Als die Normaltriebwerke der CREST ansprangen, gerieten die im Raum schwebenden Spender in Unruhe. Zunächst änderten sie nur ihre Geschwindigkeit, dann nahmen sie Kurs auf das Ultraschlachtschiff. Sie taumelten, als wären sie betrunken, oder hüpften wie Tennisbälle auf und nieder. Ein besonders dichter Schwarm näherte sich der oberen Polkuppel der CREST IV, wo das halutische Kampfschiff verankert war.

„Sie sehen aus wie Seifenblasen", sagte Bert Hefrich, der die Bildschirme nicht aus den Augen ließ.

„Sie sind gefährlich", murmelte Rhodan. „Ich bin froh, wenn der erste Kalup anspringt."

Die CREST erreichte schnell die zum Eintauchen in den Linearraum nötige Beschleunigung. Kalup Nummer 1 sprang an.

Fast im selben Augenblick wurde der Raum rings um das Flaggschiff von zweitausend schweren Transitionsschocks erschüttert. Die Strukturtaster der CREST IV schnellten bis zum Anschlag.

„Linearmanöver einstellen!" rief Rhodan. „Triebwerke abschalten!"

Oberst Akran reagierte sofort. Der 2500 Meter durchmessende Gigant, der eben noch im Begriff gestanden hatte, das Normaluniversum zu verlassen, trieb jetzt ruhig durch den Raum.

Aber jetzt war die CREST IV nicht mehr allein.

In ihrer unmittelbaren Nähe schwebten zweitausend durchsichtige Behälter. Jeder dieser Flugkörper hatte die Form einer Sechskantsäule und war drei Meter lang. Ein Ende der Säulen war glatt, am anderen befand sich eine Kugel von ungefähr drei Metern Durchmesser.

„Was, zum Teufel, sind das für Dinger?" entfuhr es Oberstleutnant Ische Moghu. „Sie sehen aus wie fliegende Särge."

Atlan, der sich die ganze Zeit über schon gefragt hatte, woran ihn diese Flugkörper erinnerten, gestand sich ein, daß der I.O. den richtigen Vergleich gefunden hatte.

Sie hatten die ersten Spuren intelligenten Lebens in dieser fremden Milchstraße gefunden.

„Welche Befehle, Sir?" klang Akrans beherrschte Stimme auf.

Rhodan stand hinter dem gedrungenen Epsaler. Er beobachtete die Bildschirme. Es war nicht zu erkennen, welche Absichten die Unbekannten hatten.

Der Erste Feuerleitoffizier meldete sich.

„Alle Geschütze einsatzbereit, Sir!"

„Danke, Major Waydenbrak!" antwortete Rhodan. „Im Augenblick brauchen wir sie nicht." Seine nächsten Worte galten dem Chef der Funkzentrale. „Setzen Sie einen Funkspruch ab, Major Wai Tong! Vielleicht gelingt es uns, Kontakt herzustellen."

Atlan bezweifelte, daß die sargähnlichen Flugkörper durch einen Zufall in unmittelbarer Nähe der CREST IV aus dem Hyperraum gekommen waren. Entweder hatte sie irgend etwas angelockt, oder jemand hatte sie geschickt. Die zweitausend Sechskantstäbe schwebten rings um das Flaggschiff im Weltraum. Sie hatten keine geordneten Formationen eingenommen.

„Wir haben den Funkspruch inzwischen mehrfach wiederholt", meldete Major Wai Tong. „Ich glaube nicht, daß wir eine Antwort bekommen."

„Das bezweifle ich auch", sagte Rhodan.

„Ist es nicht merkwürdig, daß diese seltsamen Flugkörper im selben Augenblick aus dem Hyperraum kamen, als unser erster Kalup anlief?" fragte der Leitende Ingenieur, Bert Hefrich. „Das läßt mich vermuten, daß diese fliegenden Särge durch den Energieausstoß des Kalupschen Konverters angelockt wurden."

„Ich schlage vor, daß wir diese Dinger einfach ignorieren", sagte Roi Danton. „Ich befürchte, daß wir nur Schwierigkeiten bekommen, wenn wir uns mit den Sechskantstäben befassen. Warum sollten wir freiwillig noch weitere Probleme auf uns nehmen?"

Rhodan blickte den jungen Freihändler an, als er antwortete.

„Sie vergessen, daß es psychologisch wünschenswert wäre, wenn der Besatzung der CREST ein gemeinsamer Gegner entstünde. Das würde die Männer ihre kleinen Streitigkeiten vergessen lassen und ihr Zusammengehörigkeitsgefühl verstärken."

„Das mag schon sein", gab Danton zu. „Vergessen Sie aber nicht das Risiko, das mit einer näheren Untersuchung dieser Flugkörper verbunden ist."

Jeder Mann in der Zentrale wußte, daß die Bedenken des Freihändlers angebracht waren. Seit drei Tagen befand sich die CREST IV in einer fremden Galaxis, vermutlich mehr als 30 Millionen Lichtjahre von der Milchstraße entfernt. Unter diesen Umständen erschien es gefährlich, sich mit den ersten Anzeichen einer unbekannten Zivilisation zu befassen. Trotzdem hätte wahrscheinlich jeder der Offiziere an Rhodans Stelle die gleichen Befehle gegeben.

„Warum feuern wir nicht einige Warnschüsse ab, um zu sehen, wie die Unbekannten reagieren?" fragte Major Hegmar.

„Noch wissen wir nicht, ob diese kleinen Raumschiffe bemannt sind", antwortete Rhodan. „Ich möchte jede kriegerisch wirkende Handlung unterlassen, solange keine unmittelbare Gefahr für uns besteht."

Major Hegmar, der einige besonders nahe an der CREST IV vorbeitreibende Sechskantsäulen auf den Bildschirmen beobachtete, hatte den Eindruck, daß sie durchsichtig waren. Trotzdem konnte der II.O. nicht sehen, was sich im Innern der Behälter befand. Er nahm an, daß es sich bei den fliegenden Särgen um robotgesteuerte Kleinstraumschiffe handelte. Warum sie jedoch in der Nähe der CREST IV aufgetaucht waren, noch dazu in so großer Zahl, vermochte auch Hegmar nicht zu erklären.

Es war reiner Zufall, daß die Empfänger der CREST IV so geschaltet waren, daß die von den Sechskantkörpern kommende Musik im ganzen Schiff zu hören war.

Major Drave Hegmar konnte sich nicht erinnern, jemals zuvor Hymnen von solcher Eindringlichkeit gehört zu haben. Die unirdische Musik kam aus allen Lautsprechern und schien überall ein Echo zu finden. Hegmar wurde an das Rauschen mehrerer großer Wasserfälle erinnert.

Ein paar Sekunden lähmte dieses unerwartete Geräusch die Entschlußkraft der Männer. Dann wurden von der Funkzentrale aus Regulierungen vorgenommen, so daß die fremdartige Musik nur noch leise zu hören war.

„Kostenlose Vorstellung!" versuchte Roi Danton zu spotten, aber seine Stimme klang nicht so fest wie gewohnt.

Auch jetzt, da die Musik kaum noch hörbar war, hatte sie etwas von der Gewalt eines orkanartigen Sturmes; sie schien das Symbol aller erdenklichen Naturgewalten zu sein.

Hegmar ahnte, daß er nur die Augen zu schließen und sich dieser Musik ganz hinzugeben brauchte, um von ihr davongetragen zu werden. Das Auf- und Abschwellen der fremden Töne löste seltsame Empfindungen in Hegmar aus; es machte ihn melancholisch und erfüllte ihn gleichzeitig mit einer tiefempfundenen Zufriedenheit. Einer solchen Musik, dachte er, konnte man folgen. Sie konnte das Leitbild eines Mannes sein und alle seine Handlungen bestimmen.

Er riß sich davon los und konzentrierte sich auf Perry Rhodan.

Dieser beobachtete die Bildschirme. Die Stellung der einzelnen Behälter hatte sich nur unwesentlich verändert.

„Wir sollten hier verschwinden, solange wir noch Zeit haben", schlug

Atlan vor. „Vielleicht übt die Musik irgendeinen hypnotischen Einfluß aus."

„Wir können die Empfänger jederzeit abschalten", sagte Rhodan. Er schien nicht gewillt, den Warnungen Atlans nachzugeben. „Auf keinen Fall dürfen wir uns die Chance entgehen lassen, mit raumfahrenden Intelligenzen dieser Galaxis Kontakt aufzunehmen. Diese Wesen können uns vielleicht helfen, unseren Standort genau zu bestimmen."

Hegmar wurde den Verdacht nicht los, daß Rhodan bereits einen bestimmten Entschluß gefaßt hatte.

„Die Musik war auf dem gesamten Schiff zu hören", erinnerte Oberstleutnant Ische Moghu. „Unter diesen Umständen würde ich empfehlen, der Besatzung eine Erklärung abzugeben."

„Tun Sie das", stimmte Rhodan zu.

Während der I.O. eine kurze Ansprache über Interkom hielt, wurden weitere Ortungsergebnisse ausgewertet. Die vorliegenden Daten waren jedoch nur geeignet, die Verwirrung innerhalb der Zentrale zu vergrößern.

„Vielleicht sollten wir eine Korvette ausschleusen, Sir", schlug der Chef der Ersten Flottille, Major Hole Hohle, vor.

Rhodan lehnte auch diesen Vorschlag ab.

„Wir werden nichts tun, was nach einer kriegerischen Handlung aussehen könnte", sagte er. „Trotzdem müssen wir versuchen, das Rätsel dieser fliegenden Särge zu lösen."

„Die seltsamen Behälter verhalten sich passiv", sagte Melbar Kasom. „Wenn wir Pech haben, warten wir Stunden oder sogar Tage, bis irgend etwas geschieht."

Rhodan wandte sich an John Marshall.

„Spüren Sie irgendwelche Impulse?"

Der Mutant verneinte. Auch Gucky behauptete, daß er nicht in der Lage sei, Bewußtseinsströmungen festzustellen.

Hegmar hatte nicht damit gerechnet, daß sich an Bord dieser zweitausend Kleinstraumschiffe irgendwelche Lebewesen aufhalten könnten. Er war davon überzeugt, daß es sich um Robotschiffe handelte, die einen bestimmten Auftrag auszuführen hatten.

Hegmar fragte sich, ob die Musik nur deshalb erklungen war, weil die Sechskantsäulen die CREST IV geortet hatten. Traf diese Vermutung zu, dann waren diese Töne in den Empfängern des Flaggschiffs nur laut geworden, weil irgendwelche Wesen sich einen bestimmten Erfolg davon versprachen.

Hegmar runzelte die Stirn. Unbewußt hatte er sich wieder auf die Orgelmusik konzentriert. Das waren keine Orgeln, die da spielten, wenn es auch so klang. Vielmehr schienen es Stimmen zu sein, bis zur Unkenntlichkeit verzerrt, und doch wohlklingend und voller Gefühl.

„Wir holen einen dieser Behälter an Bord!“

Hegmar zuckte unwillkürlich zusammen, als er Perry Rhodan diesen Befehl geben hörte.

„Sobald der unbekannte Flugkörper sich innerhalb der CREST befindet, nehmen wir Fahrt auf und verschwinden im Linearraum“, fuhr Rhodan fort. „Dann haben wir immer noch Zeit, uns mit dem eigenartigen Ding zu beschäftigen.“

Rhodan beugte sich über das Mikrophon des Interkoms.

„Ich brauche eine Verbindung mit dem Chef der Korvettenschleusen“, sagte er.

Es dauerte nur Sekunden, bis das dürre und schläfrig wirkende Gesicht Swendar Rietzels auf einem der Bildschirme erschien. Rietzel grinste und entblößte dabei zwei Reihen künstlicher Zähne. Er schien wenig von der Tatsache beeindruckt zu sein, daß Rhodan persönlich mit ihm sprach.

„Wir werden einen der mysteriösen Behälter an Bord nehmen“, informierte Rhodan den Techno-Offizier. „Ich möchte, daß Sie das Einschleusmanöver überwachen.“

„Ja, Sir“, erwiderte Rietzel gedehnt.

Die Verbindung wurde unterbrochen.

„Selbst wenn wir des Teufels Großmutter einschleusen wollten – Rietzel würde das nichts ausmachen“, meinte Merlin Akran mit dröhnender Stimme.

Wenn es etwas gab, das Swendar Rietzel zornig machte, dann waren es Menschen, die mit übertriebener Hast an irgendeine wichtige Arbeit herangingen. Als er durch die Sichtscheibe der drucksicheren Kontrollkabine sah, wie die beiden Hangartechniker in ihren weißen Schutzanzügen auf die Schleuse zurannten, beugte er sich mit verdrossenem Gesichtsausdruck über das Mikrophon der Funksprechanlage, mit deren Hilfe er mit den beiden Männern in Verbindung treten konnte.

„Bringt euch nicht um!“ grollte er. „Es dauert noch eine Minute, bis das Ding hereinkommt. Kümmert euch lieber darum, daß eure Individualschutzschirme eingeschaltet sind.“

Er wartete nicht ab, wie die beiden Raumfahrer auf seine Worte reagierten, sondern wandte sich den Beobachtungsbildschirmen zu. Auf einem dieser Bildschirme konnte er den von einem feinen Traktorstrahl erfaßten Sechskantbehälter sehen. Rietzel manipulierte an den Einstellknöpfen herum, bis er eine Nahaufnahme des Flugkörpers sehen konnte, aber auch jetzt waren keine auffälligen Einzelheiten zu erkennen.

Rietzel knurrte unwillig und griff zum Mikrophon des Interkoms.

„Unbekannter Flugkörper nähert sich der Schleuse!" meldete er in die Zentrale. „Traktorstrahl arbeitet einwandfrei. Es sieht nicht so aus, als wollten die anderen Särge etwas gegen die Entführung unternehmen."

„Haben Sie Ihren Männern gesagt, daß die CREST beschleunigen wird, sobald der Behälter eingeholt ist?" erkundigte sich Rhodan.

„Natürlich, Sir", versicherte Rietzel. „Hier läuft alles einwandfrei."

„Können Sie die Musik hören?"

Rietzel verzog das Gesicht.

„Einwandfrei, Sir. Das Katzengejammer geht mir auf die Nerven, aber ich denke nicht daran, die Empfänger völlig auszuschalten."

„Gut. Geben Sie sofort Alarm, wenn etwas Unvorhergesehenes geschehen sollte. Sobald die CREST im Linearraum fliegt, komme ich in den Hangar."

Der Traktorstrahl ging von dem Hangar aus, in dem Swendar Rietzel die Ankunft des rätselhaften Flugkörpers erwartete. Der Chef der Korvettenschleuse hatte unwillkürlich einen der nahe an der CREST IV stehenden Sechskantbehälter ausgewählt. Das seltsame Gebilde hatte durch keinerlei Manöver dem Traktorstrahl zu entkommen versucht.

„Wir können ihn bereits sehen!" rief einer der beiden Männer in der Schleusenkammer.

„Wunderbar!" Rietzels Stimme klang sarkastisch. „Paßt auf, daß euch das Ding nicht rammt, wenn es in die Schleuse kommt!"

Er stieß sich mit den Füßen ab und rollte mit seinem Stuhl zur anderen Wand der Kontrollkabine hinüber. Hier konnte er in den rückwärtigen Teil des Hangars hineinsehen. Hinter einer kleinen Strahlkanone kauerte ein Mann und wartete. Rietzel betrachtete diese Szene zufrieden. Der Mann hatte den Befehl, den fliegenden Sarg sofort unter Beschuß zu nehmen, wenn irgendeine Gefahr drohte. Außerdem trugen die beiden Männer in der Schleuse schwere Strahler. Damit hatte sich Rietzel jedoch nicht begnügt. Sämtliche Zugänge dieses Hangars waren verschlossen und von bewaffneten Wachen besetzt.

„Da kommt er herein, Sir!“

Rietzel fluchte, unwillig darüber, daß er die Ankunft des Behälters fast verpaßt hatte. Der Stuhl rollte quer durch die Kabine. Rietzel bremste seine Fahrt mit den Absätzen und sprang auf. Er kam gerade rechtzeitig, um den fremden Flugkörper aus der Schleusenkammer ins Innere des Hangars schweben zu sehen. Flankiert wurde er von den beiden Hangartechnikern, die ihre Waffen auf ihn richteten.

Rietzel manövrierte mittels Fernsteuerung eine Antigravplatte unter das Kleinstraumschiff. Dann schaltete er den Traktorstrahl aus. Sanft wie eine Feder wurde der Sarg von dem Antigravfeld auf den Boden des Hangars gesetzt. Die beiden Männer winkten aufgeregt. Wenn Rietzel auch gespannt war, so ließ er sich doch nicht beirren. Er schloß die Hangarschleuse und stellte die üblichen Druckverhältnisse her. Seine Blicke wanderten prüfend über die Kontrollen.

„Bleiben Sie bei der Kanone, Minamack!“ befahl er.

Entschlossen öffnete er das Schott der Kabine und trat in den Hangar hinaus. Die beiden Hangartechniker nahmen gerade ihren Helm ab.

„Kommen Sie zu uns, Sir!“ rief einer von ihnen. „Sehen Sie sich an, welch seltenen Fisch wir da gefangen haben!“

25.

Ein gläserner Sarg!

Das war Major Drave Hegmars erster Gedanke, als er auf den drei Meter langen Behälter blickte, der vor ihm auf einem Gestell ruhte. Aber das Material des Behälters, wenn es auch durchsichtig war, konnte nicht mit Glas verglichen werden. Der Flugkörper war mit allen möglichen Geräten angefüllt. Doch sie waren es nicht, die das Interesse des II.O. in erster Linie beanspruchten.

Hegmars Aufmerksamkeit konzentrierte sich auf den einzigen Insassen des Sechskants: auf den humanoiden Zwerg!

Das Wesen war etwa neunzig Zentimeter groß und lag, eingebettet zwischen den zahlreichen Instrumenten, inmitten des Sarges. Es war zweifellos tot. Seine Augen, die, wenn sie den Lidern entsprachen, sehr groß sein mußten, waren geschlossen. Der Zwerg trug weite Gewänder von leuchtender Farbe. Sein winziger Mund war fest zusammengekniffen, als wäre er voller Verbitterung gestorben. Der kahle Schädel des Unbekannten war kugelförmig und, wie der gesamte sichtbare Körper, von faltiger, bräunlicher Haut überzogen.

Durch den geschlossenen Behälter war leise Orgelmusik zu hören.

Ische Moghu hatte, als er die Sechskantbehälter als ‚fliegende Särge' bezeichne, zufällig den richtigen Namen gefunden. Zweitausend dieser Särge bildeten den ersten kosmischen Friedhof, den die Besatzung der CREST IV zu sehen bekam. Hegmar fragte sich, welches Volk seine Toten auf diese Art bestattete? Waren es ausschließlich religiöse Gründe, die diese Zwerge veranlaßten, eine so ungewöhnliche letzte Ruhestätte zu wählen?

„Das Wesen ist tot", ließ sich die Stimme von John Marshall vernehmen. „Ich kann keine Impulse empfangen."

Rhodan, Atlan, Roi Danton, John Marshall und Drave Hegmar waren in den Hangar gekommen, um den eingefangenen Sarg zu besichtigen. Bisher hatte der seltsame Flugkörper allen Bemühungen der Raumfahrer, ihn öffnen zu wollen, standgehalten.

„Wir können den Deckel mit einem Impulsstrahl aufbrennen, Sir", schlug Swendar Rietzel vor.

„Nein", lehnte Rhodan ab. „Ich möchte nicht, daß irgend etwas von der Einrichtung des Sarges beschädigt wird. Wir werden schon herausfinden, wie der Verschlußmechanismus funktioniert."

Inzwischen befand sich die CREST im Linearraum, Hunderte von Lichtjahren von den zweitausend fliegenden Särgen entfernt. Das mächtige Rauschen der fremdartigen Musik war verstummt, bis auf jene Töne, die aus dem Sarg im Hangar kamen.

„Ich fürchte, wir werden keinen Verschlußmechanismus finden, Grandseigneur", bemerkte Roi Danton. Seine Hände glitten über die Außenfläche des Behälters. „Nirgends ist eine Stelle zu entdecken, die Ähnlichkeit mit einem Schloß hat. Wahrscheinlich werden wir früher oder später den Sarg doch gewaltsam öffnen müssen."

„Vielleicht läßt er sich nur von innen öffnen", meinte Atlan.

Rhodan lächelte.

„Dann wäre er eine Fehlkonstruktion, denn wie soll das tote Wesen den Mechanismus betätigen?"

Atlan trat dicht an den Flugkörper heran. Er deutete auf die gut sichtbaren Instrumente.

„Wir können annehmen, daß der Antrieb innerhalb der Kugel am

Ende des Behälters untergebracht ist. Wozu dienen dann diese Instrumente? Es sind nirgends Schalter oder Knöpfe zu erkennen, die darauf schließen lassen, daß der Zwerg sie bedienen soll. Die gesamte Anlage scheint vollautomatisch zu funktionieren. Sie hat einen bestimmten Zweck zu erfüllen, der wahrscheinlich nichts mit dem Antrieb zu tun hat." Atlan machte eine kurze Pause, um den anderen Gelegenheit zu geben, über diese Worte nachzudenken. Dann fuhr er fort: „Das tote Wesen liegt inmitten der Instrumente. Obwohl nirgends Anschlüsse zu sehen sind, die in den Körper des Zwerges führen, können wir annehmen, daß diese Geräte etwas mit dem Toten zu tun haben."

„Du bist mißtrauisch", stellte Rhodan fest.

„Ja", gab Atlan zu. „Die Geschichte vom Fall Trojas haftet noch fest in meinem Gedächtnis. Ich hoffe, daß wir kein modernes Trojanisches Pferd in die CREST IV gebracht haben."

„Aber der Zwerg ist tot", sagte Marshall.

„Dieses Wesen soll vielleicht von der eigentlichen Gefahr ablenken", bemerkte Atlan.

Drave Hegmar hatte den Sarg inzwischen einmal umrundet. Auf der anderen Seite des Behälters stand Swendar Rietzel. Der Chef der Korvettenschleusen hatte die Arme über der Brust verschränkt und blickte gedankenverloren auf den Sarg. Als Hegmar neben ihm stehenblieb, schaute er auf. Die Stimmen der anderen Männer drangen zu ihnen herüber.

„Nun, Major?" Rietzels Stimme klang rauh. „Was halten Sie davon?"

„Es sieht alles sehr harmlos aus", sagte Hegmar. „Trotzdem wäre ich erleichtert, wenn Rhodan sich entschließen könnte, das Ding in den Weltraum zu werfen, ohne es zu öffnen."

„Die Urinstinkte des Menschen", murmelte Rietzel. „Sie sind noch immer wach."

„Sie geben nichts auf Ahnungen?"

„Überhaupt nichts!" Rietzel grinste. „Als Techno-Offizier kann ich mir das nicht erlauben. Meine Ahnung sagt mir manchmal, daß ich diese oder jene angeschossene Korvette nicht sicher in den Hangar bekomme, doch dann bleibt mir keine andere Wahl, als das Manöver sicher durchzuführen."

„Sie sind noch sehr jung", meinte Hegmar. „In Ihrem Alter habe ich ebenfalls die sogenannten inneren Stimmen ignoriert."

Hegmar ging weiter. Auf der anderen Seite des Sarges war eine Diskussion im Gang, ob man den Deckel durchbohren sollte.

„Wir brauchen die Maschine nicht zu holen", sagte Roi Danton. „Ich würde eine Wette abschließen, daß dieses Material widerstandsfähig genug ist, um jedem Bohrer standzuhalten."

„Es gibt eine andere Möglichkeit", sagte Atlan. „Wir sprengen die Kugel auf, in der sich vermutlich der Antrieb befindet. Von dort aus kommen wir leicht an den Sarg heran."

„Da es eine Möglichkeit gibt, den Sarg gewaltlos zu öffnen, werden wir sie finden", sagte Rhodan. „Ich möchte nicht, daß der Behälter oder die Kugel beschädigt werden. Überlassen wir es den Wissenschaftlern, den Sarg zu öffnen. Ich werde Doktor Jean Beriot und sein Team in den Hangar schicken."

„Das hat mir gerade noch gefehlt", murmelte Swendar Rietzel kaum hörbar. „Wenn diese Burschen sich hier herumtreiben, werde ich mir in meinem eigenen Hangar wie ein Fremder vorkommen."

Nur Hegmar hatte diese Mißfallenskundgebung vernommen, und er reagierte nicht darauf, weil er Rietzel genau kannte.

„Bevor Sie den Chefphysiker benachrichtigen, hätte ich gern noch einen Versuch gemacht", sagte John Marshall.

„Was haben Sie vor, John?" fragte Rhodan den Mutanten.

Marshall legte beide Hände flach auf den Sargdeckel.

„Vielleicht läßt sich der Behälter mit parapsychischen Impulsen öffnen", meinte er.

Hegmar trat unwillkürlich einen Schritt zurück. Seine Vernunft sagte ihm, daß nichts geschehen konnte, wenn sich der Deckel öffnete. Das Gefühl kommenden Unheils war jedoch stärker.

„Also gut!" Rhodan nickte dem Telepathen zu. „Versuchen Sie es."

Da Hegmar nur den Rücken des Mutanten sehen konnte, entging ihm, wie Marshall sich konzentrierte. Nach ein paar Sekunden hörten die Männer ein metallisches Knacken.

„Es kam aus dem Sarg!" rief Roi Danton erregt. „Es war laut genug, um die Musik zu übertönen."

Jetzt umdrängten sie wieder alle den Behälter. Hegmar auf der einen, Rhodan auf der anderen Seite, so griffen sie nach dem Deckel. Zu Hegmars Erstaunen ließ er sich leicht abheben. Er schien fast nichts zu wiegen. Die Musik verstummte augenblicklich.

„Halten Sie vorsichtshalber Ihre Waffen bereit!" befahl Rhodan.

Hegmar hatte es plötzlich eilig, den Deckel abzulegen. Den Worten Rhodans hatte er entnommen, daß auch dieser mit einem Zwischenfall rechnete.

Der Zweite Offizier der CREST IV richtete sich auf und blickte über den Rand des Sarges ins Innere. Nichts hatte sich verändert. Nur die Musik war verstummt.

„Ausgezeichnet, John!" sagte Rhodan. „Es hat funktioniert."

Marshall antwortete nicht sofort. Er streckte beide Arme von sich, als wollte er irgend etwas berühren. Sein Gesicht schien schnell zu altern. Er bewegte die Lippen wie ein Greis.

„Tötet ihn!" schrie er dann.

Die Stimme des Mutanten traf Hegmar wie ein Peitschenschlag. Er fuhr zusammen. Als er in den Sarg blickte, hatte der Zwerg seine Augen geöffnet. Sie waren noch größer, als man auf Grund der Lider hätte vermuten können und schienen bösartig zu funkeln.

Drave Hegmars Hand fiel auf den Waffengürtel.

In dem Augenblick, da Rhodan und Roi Danton ihre Waffen hochrissen, verschwand der Zwerg in einem feurigen Nebel.

Es schien undenkbar, daß ein einzelnes Wesen, noch dazu ein unbewaffneter Zwerg, eine Gefahr für das zweitausendfünfhundert Meter durchmessende Flaggschiff der Solaren Flotte sein konnte.

Trotzdem waren die Männer nach dem Verschwinden des Unbekannten wie gelähmt. John Marshall hatte beide Hände gegen die Schläfen gepreßt und schien unter starken Schmerzen zu leiden.

Perry Rhodan gewann seine Fassung schnell zurück. Mit wenigen Schritten erreichte er den nächsten Interkomanschluß.

„Hier spricht Perry Rhodan!" sagte er. „Ab sofort herrscht an Bord dieses Schiffes höchste Alarmstufe. Wir haben einen Fremden an Bord. Er ist humanoid und etwa neunzig Zentimeter groß. Er scheint Teleporter zu sein. Sobald er irgendwo auftaucht, ist er zu überwältigen. Es besteht kein Grund zur Besorgnis. Alle erforderlichen Maßnahmen werden sofort getroffen."

Noch während er sprach, materialisierten Gucky und Ras Tschubai innerhalb des Hangars. Atlan erklärte ihnen in knappen Sätzen, was sich ereignet hatte. Der Mausbiber und der Teleporter verschwanden wieder. Sie hatten mit der Jagd nach dem Zwerg begonnen.

Als Rhodan vom Interkomanschluß zurückkam, hatte Marshall sich wieder in der Gewalt.

„Ich habe es zu spät bemerkt, daß das Ding erwacht", sagte der Mutant. „Die Warnung kam zu spät."

„Haben Sie irgendwelche Gedanken auffangen können?“ fragte Rhodan.

„Unmittelbar nach seinem Erwachen glaubte das Wesen, im ‚Feuer der Reinheit‘ angekommen zu sein, und es war sehr glücklich darüber. Seine Gefühle änderten sich jedoch sofort, als es merkte, daß es sich an Bord eines unbekannten Schiffes befand. Es faßte ausgesprochen bösartige Entschlüsse. In diesem Augenblick rief ich Ihnen zu, daß Sie den Fremden töten sollten. Er ist entschlossen, die CREST zu vernichten.“

Marshall erklärte weiter, daß in jedem der von der CREST IV georteten Särge ein im Tiefschlaf befindlicher Zwerg liege. Diese Wesen hatten große Opfer gebracht, um die Gunst zu erhalten, vielleicht nach zwanzigtausend Jahren das ‚Feuer der Reinheit‘ zu erreichen.

„Es handelt sich wahrscheinlich um religiöse Fanatiker“, fuhr Marshall fort. „Ich kann mir vorstellen, daß sie zum Zentrum dieser Galaxis unterwegs sind. Die Spürtransmitter der Särge haben den angelaufenen Kalup der CREST geortet. Deshalb tauchten sie so plötzlich in der Nähe unseres Schiffes auf. Die von dem Kalup ausgestoßenen Energien müssen mit denen des ‚Feuers der Reinheit‘ identisch sein. So kam es zu einer Verwechslung.“

Bevor Marshall weitersprechen konnte, kam Ras Tschubai zurück. Der Afrikaner materialisierte neben dem Sarg. Seinem Gesicht war zu entnehmen, daß er einen Mißerfolg zu berichten hatte. Während er auf Rhodan zuging, kam auch Gucky zurück.

„Wir kriegen ihn nicht“, sagte der Mausbiber schrill. Ras Tschubai nickte bekräftigend.

„Habt ihr seine Spur gefunden?“ erkundigte sich Rhodan.

„Ja“, sagte Tschubai. „Er kann jedoch nach Belieben im Hyperraum verweilen. Es macht ihm wahrscheinlich nichts aus, stundenlang im entmaterialisierten Zustand zu verharren und dann erst zurückzukommen. Deshalb lassen sich seine Teleportersprünge nicht kontrollieren oder vorherbestimmen.“

„Er hat uns viel voraus“, mußte auch Gucky zugeben.

„Vielleicht befindet er sich nicht mehr an Bord“, hoffte Rhodan.

Das plötzlich einsetzende Schrillen der Alarmanlage schien seinen Worten hohnzusprechen.

Aus einem Waffenlager der CREST IV wurde ein Toter gemeldet. Es handelte sich um Sergeant Bigard Yaged. Er kam bei der Explosion einer Mikrobombe ums Leben. Nach ersten Sondierungen stand so gut wie fest, daß das fremde Wesen dafür verantwortlich zu machen war.

„Es gibt zwei Möglichkeiten", sagte Perry Rhodan. „Entweder Korporal Yaged hat den Zwerg angegriffen und wurde in Notwehr getötet, oder der Fremde ist tatsächlich darauf aus, die CREST-Besatzung zu eliminieren."

Die Männer waren in die Zentrale zurückgekehrt, weil Rhodan von hier aus die Jagd auf den Eindringling besser koordinieren konnte. Der Sarg war sofort nach dem Verschwinden des Gnomen vernichtet worden, weil Atlan befürchtete, das Wesen könnte zurückkehren und sich irgendwelche unbekannten Waffen beschaffen, die sich innerhalb des Behälters befanden.

Vor einer Stunde hätte Drave Hegmar noch über Rhodans Worte gelächelt, jetzt empfand er sie als bitteren Ernst. Gucky und Ras Tschubai konnten den Zwerg nicht einholen, weil sie nicht in der Lage waren, ihre Körper während der Teleportation durch überlagerte Dimensionen zu kontrollieren. Der Unbekannte konnte das – und diese Fähigkeit machte ihn überlegen.

„Seinen Gedankenimpulsen nach zu schließen, ist der Zwerg bösartig", sagte John Marshall. „Er wird sich durch nichts zu friedlichen Verhandlungen bringen lassen. Vielmehr scheint es sein Ziel zu sein, dieses Schiff durch zahlreiche Sabotageakte flugunfähig zu machen."

Rhodan nickte langsam.

„Ich muß noch einmal mit der Besatzung sprechen", entschied er. „Die Männer müssen jetzt sehr wachsam sein."

Als Rhodan sich über das Mikrophon beugte, überlegte Drave Hegmar, daß sie sich diese Schwierigkeiten hätten ersparen können, wenn sie auf Atlans und Dantons Warnungen gehört hätten. Doch nun war es zu spät, sich Vorwürfe zu machen.

„Wir müssen damit rechnen, daß der Fremde unser Schiff zerstören will", sagte Perry Rhodan. „Jeder von uns ist zu erhöhter Aufmerksamkeit verpflichtet. Ab sofort darf niemand mehr allein sein, auch nicht in seiner Kabine. Jedes Besatzungsmitglied muß eine schußbereite Waffe bei sich tragen. Sobald der Zwerg irgendwo auftaucht, ist ohne Anruf das Feuer auf ihn zu eröffnen. Benutzen Sie dabei vorwiegend den Paralysemodus Ihrer Kombistrahler. Wenn diese nicht den gewünschten Erfolg bringen sollten, so können auch andere Strahlenarten verwendet werden, auch wenn dabei wichtige Geräte zerstört werden sollten. Ich möchte nicht, daß noch mehr Männer den Tod finden."

Rhodan fügte noch einige für die Offiziere bestimmte Befehle hinzu, dann schaltete er ab. Sein Gesicht war ernst, als er sich wieder den Männern in der Zentrale zuwandte.

„Wir müssen unseren Gegner schnell erledigen", sagte er. „Mit jeder Minute, die das unheimliche Wesen sich in Freiheit befindet, erhöht sich die Gefahr, daß es zu einer Katastrophe kommt."

„Wenn wir ihn angreifen wollen, müssen wir wissen, wo er sich aufhält", sagte Oberst Akran. „Aber wie können wir das feststellen, wenn Gucky und Tschubai nicht in der Lage sind, dem Fremden durch Teleportersprünge zu folgen?"

Atlan wandte sich an John Marshall.

„Können Sie telepathischen Kontakt zu dem Zwerg herstellen?"

„Nein", sagte Marshall. „Weder Gucky noch ich spüren derzeit die Mentalimpulse dieses Wesens. Vielleicht ändert sich das, wenn wir uns in seiner unmittelbaren Nähe befinden, doch wie sollen wir dorthin gelangen?"

„Das vordringlichste Problem scheint mir die Feststellung des jeweiligen Aufenthaltsortes unseres Fremden zu sein", bemerkte Roi Danton. „Wenn wir eine Methode gefunden haben, wie wir ihn entdecken können, haben wir ihn schon so gut wie gefangen."

Hegmar hielt diesen Optimismus für übertrieben. Er wußte, daß es im Augenblick keine Möglichkeit gab, vorherzusagen, wo der Gegner zuschlagen würde. Sie konnten nur hoffen, daß der Zwerg bei seinem nächsten Angriff von aufmerksamen Raumfahrern vernichtet wurde.

„Korporal Yaged hielt einen Strahler in den Händen, als man ihn tot in der Schreibstube fand", erinnerte Oberstleutnant Moghu. „Wir können daraus schließen, daß er den Fremden gesehen hat, bevor er starb. Der Zwerg muß also den Zustand völliger Entmaterialisation aufgeben, wenn er sich betätigen will. Er kann im entstofflichten Zustand nicht angreifen."

„Sie haben recht", stimmte Rhodan erleichtert zu. „Dieser Umstand erhöht unsere Chancen auf einen Erfolg beträchtlich. Wir brauchen nur überall Männer zu postieren. Der Unbekannte muß früher oder später auftauchen, wenn er seine Pläne verwirklichen will."

Hegmar konnte Rhodans Zuversicht nicht teilen. Es war unmöglich, jeden Raum in der CREST IV besetzen zu lassen. An Bord des Ultraschlachtschiffs hielten sich fünftausend Besatzungsmitglieder auf. Rhodans Befehl, daß niemand mehr allein sein durfte, machte es völlig unmöglich, sämtliche Räume zu bewachen. Nur die wichtigsten Anlagen würden sich gründlich beobachten lassen, aber auch dort gab es unzählige Schlupfwinkel, in denen der Zwerg materialisieren konnte.

Hegmar geriet ins Schwitzen, wenn er an die ungeahnten Möglichkeiten des unheimlichen Gegners dachte. Der Zwerg konnte Sabotageakt auf Sabotageakt verüben, ohne daß man ihn jemals zu Gesicht bekam. Wahrscheinlich wurde das Wesen noch vorsichtiger, wenn es entdeckte, daß es rücksichtslos verfolgt wurde.

„Vielleicht können wir bei den Angriffen unseres Gegners ein gewisses System erkennen", sagte Oro Masut hoffnungsvoll. „Wir müssen uns genau merken, wo er auftaucht. Wenn er ein paarmal zugeschlagen hat, läßt sich vielleicht vorausberechnen, wo der nächste Angriff erfolgt."

„Daran habe ich auch schon gedacht", sagte Rhodan. „Ich will es nach Möglichkeit jetzt nicht dazu kommen lassen, daß mehrere Angriffe erfolgen. Ich rechne damit, daß der Gnom bereits bei seinem nächsten Vorstoß einen Fehler begeht, so daß wir ihn überwältigen können."

Die beiden nächsten Angriffe erwiesen sich als verhältnismäßig harmlos. Obwohl in beiden Fällen der Zwerg nicht gesehen wurde, bezweifelte Perry Rhodan nicht, daß die Zwischenfälle durch ihn verursacht worden waren. Zunächst fiel in den zehn unteren Decks die Beleuchtung aus, und es dauerte zehn Minuten, bis die Reparaturtrupps den Schaden entdeckt und behoben hatten. Danach begann in einem der Hangars ein leerstehender Katapult wie verrückt zu arbeiten. Da sich niemand an das wildgewordene Gerät heranwagte, mußte der zuständige Hangartechniker die Energiezufuhr zerstören, um die Maschine zum Stillstand zu bringen.

Als Rhodan die Meldung erhielt, waren viereinhalb Stunden seit Erwachen des Zwerges verstrichen. Der erste Angriff war genau eine halbe Stunde nach Verschwinden des Gnomen erfolgt. Das Licht in den zehn unteren Decks erlosch sechsundvierzig Minuten später.

Zeitmäßig schien der Saboteur völlig willkürlich zu arbeiten.

„Wir wissen nicht, ob inzwischen schon weitere Sabotageakte durchgeführt wurden", sagte der Leitende Ingenieur der CREST IV. „Es kann sein, daß verschiedene Schäden von der Besatzung erst später entdeckt werden."

„Sie denken doch hoffentlich nicht an Zeitbomben“, sagte Rhodan. „Dazu hat unser Gegner wahrscheinlich keine Zeit. Er muß uns schnell vernichten, wenn er Aussicht auf Erfolg haben will. Da er zweifellos intelligent ist, weiß er genau, daß wir immer mehr über ihn lernen. Er muß die Überlegung in seine Pläne einbeziehen, daß wir früher oder später eine wirksame Waffe gegen ihn finden. Deshalb ist er zur Eile gezwungen.“

„Glauben Sie, daß er müde wird?“ wandte sich Rhodan an John Marshall.

„Ich weiß es nicht“, antwortete der Mutant. „Alles, was ich von seinen Gedanken empfangen konnte, war . . .“

Er unterbrach sich, als sich die Geräuschkulisse in der Zentrale plötzlich veränderte. Das gleichmäßige Summen der Kalups ging in ein unruhiges Brummen über.

„Die Kalups!“ entfuhr es Oberst Akran.

„Unterbrechen Sie den Linearflug, Oberst!“ rief Rhodan. „Wir dürfen kein Risiko eingehen. Offenbar hat unser Freund sich am Lineartriebwerk zu schaffen gemacht.“

Wenige Augenblicke später tauchte das Flaggschiff in den Normalraum ein. Noch immer befand sich das Schiff im dichtesten Sternengewühl. Mit geringer Geschwindigkeit setzte es seinen Flug fort.

„Kümmern Sie sich darum!“ sagte Rhodan zu Oberstleutnant Hefrich. „Ich hoffe, daß es Ihnen gelingt, den aufgetretenen Schaden bald zu beheben. Sie wissen, daß wir ohne Lineartriebwerk verloren sind.“

Hefrich verschwand mit blassem Gesicht. Obwohl er nichts sagte, wußte jeder in der Zentrale, daß der Leitende Ingenieur mit seinem Reparaturtrupp verbissen arbeiten würde.

Der Zwerg hatte zum viertenmal zugeschlagen. Obwohl die Konverteranlagen scharf bewacht wurden, waren sie beschädigt worden. Der unheimliche Feind hatte schnell herausgefunden, wo er die Terraner am empfindlichsten treffen konnte.

„Vor wenigen Minuten war der Gnom in der Nähe der Kalups“, sagte Rhodan. „Jetzt kann er schon wieder in der oberen oder unteren Polkuppel sein. Vielleicht befindet er sich auch an Bord des halutischen Schiffes. Wir wissen es nicht. Wir befinden uns in einer ungewöhnlichen Lage. Unser Leben ist bedroht. Es sieht so aus, als sollte ein kleiner Humanoide ein zweitausendfünfhundert Meter durchmessendes Schlachtschiff mit fünftausend Mann an Bord in erhebliche Schwierigkeiten bringen.“

Der Interkom summte. Die Männer blickten Rhodan abwartend an. Hegmar ahnte, daß erneut schlechte Nachrichten eintreffen würden. Es schien keine Möglichkeit zu geben, den Zwerg aufzuhalten.

Rhodan schaltete auf Empfang. Die aufgeregte Stimme eines Mannes wurde hörbar.

„Hier spricht Major Runete, Sir. Wir haben soeben eine erstaunliche Feststellung gemacht."

„Was ist geschehen?" fragte Rhodan.

„Es sieht so aus, als würde der Zwerg nach und nach allen Korvetten einen Besuch abstatten", berichtete Runete. „Wir haben einige der Schiffe bereits untersucht, ohne jedoch irgendwelche Schäden feststellen zu können."

„Verstärken Sie die Wachen in den Hangars!" befahl Rhodan.

„Jawohl, Sir!"

„Ich möchte sofort unterrichtet werden, wenn irgend etwas entdeckt wird."

„Natürlich, Sir", versicherte Runete.

Rhodan richtete sich nachdenklich auf.

„Die Korvetten!" sagte er leise. „Was hat das schon wieder zu bedeuten?"

„Ich glaube", sagte Merlin Akran mit schwerer Stimme, „man will uns jeden Fluchtweg abschneiden."

26.

In den letzten beiden Stunden waren zahlreiche Meldungen in der Zentrale eingetroffen. An fünf Stellen hatte der Zwerg mehr oder weniger ernste Beschädigungen verursacht. In mindestens zwanzig Räumen war er gesehen worden.

Unter diesen Umständen fiel es den Offizieren schwer, irgendwelche Maßnahmen durchzusetzen. Rhodan hatte noch einmal einen dringenden Appell an die gesamte Besatzung gerichtet, aber Hegmar bezweifelte, daß seine eindringlichen Worte genügen würden, um weitere Zwischenfälle zu verhindern.

Drave Hegmar warf einen Blick auf die Borduhr.

Er ahnte, daß ein Teil der Nachrichten unglaubwürdig war. Der Zwerg war zu einer Psychose geworden, so daß es die Männer in der Zentrale nicht wunderte, daß er an verschiedenen Stellen zu gleicher Zeit gesehen worden sein sollte. Die nervöse Besatzung beging entscheidende Fehler. Einer der Männer im 13. D-Deck wäre fast von seinem Kameraden erschossen worden, weil er ohne Anruf dessen Kabine betreten hatte. Unfälle, die auf Grund von Leichtsinn oder nicht eingehaltenen Schutzvorschriften passierten, wurden dem Zwerg zugeschoben.

Der Gnom war vor vierzehn Stunden erwacht. Er war inzwischen schuld am Tod von zwei Männern. Die Zahl der Verletzten war inzwischen auf zwölf gestiegen. Hinzu kam beträchtlicher Sachschaden. Vor einer halben Stunde war es dem Leitenden Ingenieur und seinen Helfern gelungen, den Schaden an den Konvertern auszubessern. Rhodan verzichtete jedoch darauf, die Kalups wieder zu benutzen. Er ahnte, daß der Zwerg erneut zuschlagen würde, wenn er feststellte, daß das Lineartriebwerk der CREST IV wieder arbeitete. Solange der Teleporter nicht besiegt war, konnte das Flaggschiff keine längeren Linearflüge unternehmen. Der Gnom hatte es fertiggebracht, das riesige Schiff praktisch lahmzulegen. Wie hypnotisiert wartete die Besatzung darauf, daß der Gegner erneut zuschlagen würde.

Weder Ras Tschubai noch Gucky war es gelungen, den Zwerg in die Enge zu treiben. Die beiden Teleporter kamen stets zu spät, wenn Rhodan sie an jene Stellen innerhalb des Schiffes schickte, von denen die alarmierenden Nachrichten kamen.

Bisher war der Fremde noch nicht in der Zentrale aufgetaucht, aber Perry Rhodan rechnete auch damit. Zum Schutz der unersetzlichen Kontroll- und Ortungsanlagen hatte Rhodan ungewöhnliche Maßnahmen getroffen. Vor jedem wichtigen Gerät stand ein Raumfahrer mit schußbereiter Waffe in der Hand. Jeder dieser Männer hatte den Befehl, sofort zu schießen, wenn der Gegner auftauchte. Rhodan ließ diese Wächter jede Stunde ablösen, um zu vermeiden, daß sie übermäßig nervös wurden oder ermüdeten.

Hegmar schaute sich in der Zentrale um. Überall standen Männer mit Kombistrahlern. Ihre Blicke waren auf die Geräte gerichtet, die sie zu bewachen hatten. In der Kommandozentrale des Ultraschlachtschiffs würde der Zwerg keine Chance haben.

Aber, so gestand sich Major Hegmar resignierend ein, es gab genügend andere Räumlichkeiten, wo der Wiedererweckte großen Schaden anrichten konnte, ohne daß die Besatzung ihn daran zu hindern vermochte.

Die Diskussionen, wie man den unheimlichen Gegner bezwingen könnte, gingen weiter.

„Wir müssen ihm eine Falle stellen“, schlug Atlan vor. „Vielleicht können wir ihn überwältigen, wenn wir ihn in einen bestimmten Raum locken, der mit betäubenden Gasen gefüllt ist.“

„Wie sollen wir ihn dazu bringen, daß er ausgerechnet in diesem Raum materialisiert?“ fragte Rhodan.

„Es müßten sich wichtige Geräte darin befinden“, sagte Atlan. „Um den Zwerg nicht mißtrauisch zu machen, können wir einen Mann als Wache abstellen, der jedoch im richtigen Augenblick unaufmerksam sein muß. Dieser Mann muß einen Schutzanzug tragen, um nicht durch das Gas gefährdet zu sein.“

„Wir können einen Versuch machen“, sagte Rhodan.

Daran, daß Perry Rhodan diesem Plan zustimmte, erkannte Drave Hegmar, wie gering er ihre Aussichten beurteilte, bald zu einem Erfolg zu kommen.

„Es wird am besten sein, wenn einer der Offiziere diese Aufgabe übernimmt“, schlug Rhodan vor.

„Ich werde mich darum kümmern, Sir“, erbot sich Hegmar.

„Gut, Major“, stimmte Rhodan zu. „Ich überlasse es Ihnen, einen entsprechenden Raum auszuwählen. Veranlassen Sie alles, was zur Ausführung des Planes nötig ist. Vielleicht haben Sie Glück.“

Hegmar war froh, daß er die Zentrale verlassen konnte. Mehr als in den anderen Räumen des Schiffes spürte man im Kommandoraum die unheilvolle Gegenwart eines fast immer unsichtbaren Gegners.

Draußen auf dem Gang stieß Hegmar auf drei patrouillierende Wächter. Er gab ihnen sofort ein Zeichen, damit sie nicht aus Nervosität auf ihn schossen. Er wählte einen der Männer als Begleiter aus, weil Rhodan verboten hatte, daß sich noch jemand allein durch das Schiff bewegte. Der junge Mann, der Hegmar zum Antigravschacht folgte, war Offiziersanwärter Roscoe Poindexter. Sein Gesicht war eine stumme Frage. Hegmar lächelte unterdrückt. Er konnte keine hoffnungsvollen Berichte geben, auch wenn er direkt aus der Zentrale kam.

Vor dem Antigravschacht, den sie kurz darauf erreicht hatten, standen zwei bewaffnete Männer. Einer von ihnen salutierte, als er den Major erkannte.

„Wollen Sie da hinein, Sir?“ erkundigte er sich.

„Natürlich“, antwortete Hegmar unwillig. Die Verzögerung machte ihn ungeduldig.

Der Wächter ließ sich jedoch nicht aus der Ruhe bringen.

„Vor jedem Eingang stehen bewaffnete Männer“, sagte er. „Passen Sie auf, daß man Sie nicht für den Zwerg hält, wenn Sie irgendwo herauskommen.“

Hegmar studierte das Gesicht des Mannes und versuchte, irgendwelche Anzeichen von Spott zu erkennen. Doch der Wächter hatte seine Worte ernst gemeint. Daraus ließ sich entnehmen, wie sehr die Besatzungsmitglieder sich gegenseitig mißtrauisch beobachteten, weil jeder damit rechnete, daß der andere die Nerven verlor. Hegmar schüttelte verwundert den Kopf. Alle diese Männer waren durch eine harte Schule gegangen. Man hatte sie unzähligen psychologischen Tests unterzogen, bevor man sie für den Dienst an Bord eines Ultraschlachtschiffes zugelassen hatte.

Aber anscheinend gab es Bedingungen, die kein Galakto-Psychologe vorhersehen konnte. Hegmar bezweifelte jedoch, daß es zu einer Krise kommen würde. Diese Männer waren noch genauso zuverlässig wie er, und es war nur zu begrüßen, wenn sie darauf achteten, daß niemand die Nerven verlor.

„Wollen wir es riskieren?“ fragte Hegmar.

Poindexter nickte ein paarmal.

„Ich glaube, wir können es wagen, Sir. Erstens sind wir zu zweit, und außerdem glaube ich nicht, daß man mich mit dem Zwerg verwechselt.“

Hegmar warf einen Blick auf die große und hagere Gestalt des Offiziersanwärters und grinste verstehend.

„Kommen Sie!“ befahl er.

Wenige Augenblicke später kamen sie in einem der unteren Decks heraus. Der Schachteingang war nicht bewacht, aber aus dem Hauptgang kamen sofort zwei Männer mit angeschlagenen Waffen hervor.

„Alles in Ordnung!“ rief Hegmar beschwichtigend. „Wir sind zum Schaltraum unterwegs.“

In jedem Deck gab es mehrere Schalträume, von wo aus eine beschränkte Zahl von Kontrollen durchgeführt werden konnte. In diesen Räumen gab es große Leuchttafeln, die alle Fehlerquellen anzeigten, so daß die Reparaturtrupps ohne lange Suche den Schaden beheben konnten.

Wie Hegmar erwartet hatte, wurde der Schaltraum, den Poindexter und er betraten, von zwei Raumfahrern bewacht.

„Sie können gehen", sagte der Major zu den Männern. „Poindexter und ich übernehmen die Wache."

„Wir haben den Zwerg nicht gesehen, Sir", murmelte einer der Männer. „Vielleicht gibt es ihn überhaupt nicht."

„Wenn er Ihnen im Nacken sitzt, werden Sie schon merken, daß es ihn gibt", antwortete Hegmar.

Als die beiden Wächter den Schaltraum verließen, drang aus einem der oberen Decks ein dumpfes Explosionsgeräusch an die Ohren der Männer.

Gleich darauf begannen die Alarmanlagen zu schrillen.

Hegmars Gesicht verfinsterte sich.

„Unser Freund hat erneut zugeschlagen", vermutete er. „Wir können uns jetzt nicht darum kümmern. Holen Sie einen Schutzanzug für mich!"

Poindexter blieb stehen.

„Worauf warten Sie?" Hegmar blickte auf.

„Ich dachte, ich könnte vielleicht zwei Anzüge holen, Sir", sagte Poindexter bedeutungsvoll.

„Hören Sie zu, junger Freund! Wenn wir zu zweit im Schaltraum sitzen, kommt der Zwerg wahrscheinlich nie. Das ist ihm zu gefährlich. Wenn ich allein bin und den Unvorsichtigen spiele, haben wir eher eine Chance. Sie werden draußen im Gang warten!"

„In Ordnung, Sir!" Poindexter eilte davon.

Hegmar schloß alle Absperrventile der Klimaanlage, damit das Gas, wenn es aus den Flaschen strömte, nicht in andere Räume dringen konnte. Dann begab er sich in ein Waffenarsenal, um die Gasbehälter zu holen. Die Waffenlager wurden ebenso scharf bewacht wie die Zentrale, und Hegmar hatte das Gefühl, daß die mißtrauischen Blicke der Männer ihn verfolgten, bis er die Tür hinter sich schloß.

Als er zum Schaltraum zurückkam, wartete Poindexter bereits mit einem Schutzanzug auf ihn. Hegmar nahm den Anzug in Empfang.

„Hören Sie gut zu!" sagte er zu dem Offiziersanwärter. „Ich ziehe mich jetzt in den Schaltraum zurück. Sie bleiben draußen und lassen niemanden zu mir hinein!"

„Ja, Sir!" sagte Poindexter.

Drave Hegmar zog die Tür hinter sich zu. Er legte den Schutzanzug an und ließ das Gas aus den Behältern strömen. Es blieb fünf Stunden lang wirksam. Hegmar hoffte, daß der Zwerg während dieses Zeitraums auftauchen würde. Vielleicht wäre es gut gewesen, wenn man mehrere Räume des Schiffes auf diese Weise präpariert hätte. Doch das Risiko war zu groß. Experimente mit diesem Nervengas waren immer gefährlich.

Hegmar rollte einen Sessel vor eine Kiste und machte es sich bequem.

Die Zeit verging langsam. Mit jeder Minute, die verstrich, bezweifelte Hegmar mehr, daß der Gnom hier erscheinen würde.

Als ungefähr eine halbe Stunde verstrichen war, hörte der Major ein dumpfes Geräusch an der Tür.

Er sprang auf und rannte zum Eingang. Mit der geballten Faust schlug er gegen die Tür. Wenn Poindexter draußen stand, mußte er den Lärm hören. Doch es erfolgte keine Antwort. Hegmar dachte einen Augenblick nach. Was war im Gang passiert?

Er wurde unruhig. Wenn er die Tür öffnete, strömte das Gas auf den Gang hinaus und machte ein Dutzend Männer für Stunden bewußtlos. Andererseits war er verpflichtet, sich um Poindexter zu kümmern, der offenbar nicht mehr in der Lage war, auf die Klopfzeichen zu antworten. Der Offiziersanwärter hatte keinen Grund, seinen Platz zu verlassen, ohne Hegmar vorher zu benachrichtigen.

Dumpfe Furcht befiel den Major. Irgend etwas Unvorhergesehenes war geschehen.

Hegmar überblickte die Leuchttafel. Nirgends blinkte ein Warnlämpchen. Alles war noch in bester Ordnung.

Bei allen Planeten! Er mußte einfach hinaus, um nachzusehen, was passiert war. Wenn er sich beeilte, drang vielleicht nur ein bißchen Gas auf den Gang hinaus, so daß er Zeit hatte, die Männer zu warnen.

Hegmar öffnete die Tür weit genug, daß er sich blitzschnell durch den Spalt zwängen konnte.

Draußen wäre er fast über den bewegungslosen Körper Roscoe Poindexters gestolpert. Hegmar fühlte, wie ihm das Blut in den Kopf stieg. Der Offiziersanwärter war besinnungslos. Hegmar blickte nach beiden Seiten. Etwa zwanzig Meter von ihm entfernt lagen ebenfalls zwei bewußtlose Männer.

Ein Verdacht stieg in Hegmar auf. Er kehrte in den Schaltraum zurück und kontrollierte die Absperrventile der Klimaanlage.

Hegmar stieß einen lauten Fluch aus.

Wieder hatte sich der Zwerg als der Klügere erwiesen. Indem er die Ventile geöffnet hatte, war er nicht nur der Falle entgangen, sondern hatte auch einige seiner Gegner für Stunden ausgeschaltet.

Hegmar schloß sekundenlang die Augen. Wie sollten sie dieses teuflisch schlaue Wesen jemals überwältigen?

Als Major Drave Hegmar in die Zentrale zurückkehrte, schien sich nichts verändert zu haben. Jedenfalls gab es keine äußeren Anzeichen einer Veränderung. Vielleicht, überlegte Hegmar, lag seine Unsicherheit darin begründet, daß er als Unterlegener hierher zurückkehrte, als ein Mann, den man überlistet hatte.

„Wir haben schon von Ihrem Mißgeschick gehört, Major", begrüßte Atlan ihn. „Sie brauchen sich nichts vorzuwerfen. Während Ihrer Abwesenheit hat der Zwerg dreimal zugeschlagen. Unter anderem ist es ihm gelungen, mit Hilfe von drei Mikrobomben die Energiezufuhr zu den beiden oberen Decks zu unterbinden."

„Ich habe die Explosion gehört", sagte Hegmar.

„Der Kerl wird immer unverschämter", stellte Oberst Akran wütend fest. „Er merkt offenbar, daß wir ihm nichts entgegenzusetzen haben."

„Vielleicht war es ein Fehler, daß wir seinen Sarg vernichteten", meinte Rhodan. „Ich kann mir vorstellen, daß er freiwillig in den Behälter zurückkehren würde, wenn er die Möglichkeit dazu hätte."

„Unmittelbar nach seinem Erwachen war seinen Gedanken kein solcher Entschluß zu entnehmen", sagte Marshall. „Das kleine Wesen steckt voller Boshaftigkeit. Es hat uns als Feinde eingestuft und handelt dementsprechend."

„Trotzdem sollten wir einen Versuch machen, mit ihm zu verhandeln", sagte Rhodan nachdenklich.

„Er wird sich auf nichts einlassen", prophezeite Roi Danton. „Im Gegenteil, wenn wir aufhören ihn zu jagen, wird sich der Terror noch verstärken."

Das Knacken des Interkomlautsprechers unterbrach die Diskussion.

„Hier spricht Major Waydenbrak, Sir!" meldete sich der Erste Feuerleitoffizier. „Der Zwerg war soeben in der Feuerleitzentrale."

„Haben Sie ihn erwischt?" fragte Rhodan grimmig.

„Leider nicht, Sir. Er war zu schnell. Außerdem ist er an einer Stelle aufgetaucht, wo niemand mit ihm gerechnet hätte."

„Major! Sie hatten den ausdrücklichen Befehl, vor jedem Gerät einen bewaffneten Mann zu postieren. Die Feuerleitzentrale ist zu wichtig, als daß wir es auf einen Sabotageakt ankommen lassen könnten."

Der Vorwurf schien Waydenbrak zornig zu machen. Seine Stimme klang heftig, als er antwortete.

„Der Zwerg hat seine geringe Größe ausgenutzt und ist innerhalb des Programmierungsspeichers herausgekommen", berichtete er. „Als wir merkten, was los war, hatte er sich schon wieder zurückgezogen."

Rhodan wölbte die Augenbrauen.
„Und der Programmierungsspeicher?"
„Er war vielleicht vier Minuten drin", erklärte der Feuerleitoffizier. „Sie können sich denken, was das bedeutet, Sir."
Rhodan nickte verbissen.
„Es bedeutet, daß die CREST, sollte sie jetzt in ein Gefecht verwikkelt werden, allein auf Augen und Hände der Kanoniere angewiesen ist. Es gibt keine blitzschnell errechneten Ziele mehr."
„So ungefähr, Sir!"
„Haben Sie bereits mit der Reparatur begonnen?"
„Ja", sagte Waydenbrak. Seine Stimme klang atemlos. „Es wird mindestens acht Stunden dauern, bis wir den Schaden behoben haben."
„Acht Stunden!" Ische Moghu, der die Zeitangabe wiederholt hatte, stöhnte leise.
„Wie wollen Sie verhindern, daß der Gnom nach vollendeter Arbeit abermals auftaucht?" fragte Rhodan.
Eine Weile blieb es still. Waydenbrak mußte sich offenbar erst mit der Tatsache vertraut machen, daß Rhodan annahm, der Zwerg könnte in acht Stunden noch immer in Freiheit sein.
„Wir nehmen die Verkleidung des Speichers ab", sagte Waydenbrak. „Dann sehen wir den Kobold, wenn er wieder erscheinen sollte."
„Es genügt nicht, wenn Sie ihn sehen", sagte Rhodan. „Sie müssen ihn überwältigen."
„Natürlich, Sir."
Die Verbindung wurde unterbrochen. Rhodan wandte sich an die anwesenden Offiziere.
„Das war eine neue Hiobsbotschaft, meine Herren!" Er stützte sich mit beiden Händen auf den Kartentisch vor den Kontrollen. „Wir müssen tatenlos zusehen, wie der Fremde die CREST IV allmählich in ein Wrack verwandelt. Dieser letzte Anschlag beweist, daß unser Gegner die empfindlichen Stellen des Schiffes immer besser erkennt."
Hegmar wunderte sich über die Ruhe, mit der Rhodan zugab, daß ein einziges Wesen in der Lage war, das beste Schiff des Solaren Imperiums zum Wrack zu machen. Aber es war besser, sich mit den Tatsachen abzufinden, als sich unsinnigen Hoffnungen hinzugeben. Hegmar rang sich ein schwaches Lächeln ab. Als er in den unteren Decks im Schaltraum auf den Zwerg gewartete hatte, war er noch voller Illusionen gewesen. Das war vorbei. Er sah die Dinge jetzt nüchterner. Und das war gut so.

„Ich würde gern einen Versuch machen", hörte Hegmar eine kühle Stimme sagen.

Unwillkürlich blickte er sich nach dem Sprecher um.

Es war Ralf Marten, der Teleoptiker des Mutantenkorps.

Marten war groß und schlank. Seine hellblauen Augen bildeten einen Kontrast zu den dunklen Haaren. Er sah ungewöhnlich gut aus. Hegmar wußte, daß der Zellaktivatorträger Sohn eines Deutschen und einer Japanerin war.

Als Teleoptiker war Ralf Marten fähig, sein eigenes Ich vorübergehend auszuschalten und durch die Augen und Ohren anderer Wesen zu sehen und zu hören, ohne daß es die Betreffenden bemerkten.

„Was haben Sie vor, Ralf?"

„Ich könnte versuchen, durch die Augen des Zwerges zu sehen", schlug Marten vor. „Dann wüßten wir wenigstens, in welchen Räumen das Wesen auftaucht."

Rhodan blieb skeptisch.

„Gucky, Tschubai und John Marshall scheiterten", sagte er.

„Es ist nur ein Versuch", erinnerte Marten. „Und wir haben schon sinnlosere Versuche unternommen, seit der Zwerg an Bord ist."

So, wie Marten das sagte, in seiner nüchternen, reservierten Art, klang es nicht wie ein Vorwurf. Es war einfach eine Feststellung.

„Fangen Sie an!" sagte Rhodan.

Marten ließ sich auf einem Sessel nieder.

„Solange ich Kontakt habe, werde ich wie erstarrt in diesem Sessel sitzen", sagte Marten. „Beachten Sie meine Verfassung nicht. Es ist wichtig, daß Sie überall dort ein paar Männer hinschicken, wo ich unseren Gegner auftauchen sehe."

Die zehn Roboter kamen aus dem Maschinenraum und marschierten in einer langen Reihe durch den Gang. Am anderen Ende des Ganges hielten Leutnant Terminow und Techno-Offizier Menese Wache.

Menese sah die Roboter zuerst.

„Sehen Sie sich an, was da auf uns zukommt!" rief er erschrocken.

George Terminow folgte mit seinen Blicken dem ausgestreckten Arm Meneses. Er gab einen ungläubigen Laut von sich. Es gab keinen Grund für die Roboter, den Maschinenraum zu verlassen. Sie hatten in der Nähe der Maschinen zu bleiben und Wartungsdienste zu verrichten. Dazu waren sie programmiert.

„Sollen wir Alarm geben?" murmelte Menese.

Terminow blickte auf den wesentlich kleineren Techno-Offizier hinab.

„Warten Sie noch!" sagte er. „Ich will herausfinden, was da vorgeht. Jemand muß die Roboter umprogrammiert haben."

„Aber nur Duvivier und Zeitlin halten sich im Maschinenraum auf", protestierte Menese. „Sie halten dort Wache. Warum sollten sie die Roboter umprogrammieren?"

Die Roboter blieben plötzlich wie auf ein geheimes Kommando stehen. Dann machten sie eine Drehung im rechten Winkel und hämmerten mit ihren Stahlfäusten auf die Gangwand ein. Es gab dröhnende Geräusche, als ob hundert Dampfhämmer gleichzeitig zu arbeiten begonnen hätten.

Von allen Seiten kamen bewaffnete Raumfahrer herbeigerannt.

Terminow schwang seine mächtigen Arme.

„Bleibt auf euren Plätzen!" schrie er gestikulierend. „Zum Teufel! Seht ihr nicht, daß ihr auf diese Weise weggelockt werden sollt?"

Die Männer starrten ihn an. Menese fand, daß Terminow geradezu imponierend aussah. Terminow war zwei Meter groß, kahlköpfig und hatte einen sorgfältig gepflegten Streifenbart, der von Ohr zu Ohr über das Kinn hinweglief.

Die Wand, auf die die Roboter einhieben, war von Beulen übersät. Die Deckenleuchten flackerten. Kabel hingen lose aus der Wand. Lack spritzte ab. In wenigen Minuten würden die Roboter die Wand völlig demoliert haben.

„Kommen Sie, Menese!" sagte Terminow. „Wir machen dieser Sache ein Ende."

Der Techno-Offizier starrte ungläubig in den Gang.

„Sie wollen zu ihnen, Leutnant?"

Terminow gab ein verächtliches Grunzen von sich. „Dachten Sie, ich würde ein Scheibenschießen auf die verrückt gewordenen Automaten veranstalten? Sie werden schließlich noch gebraucht. Wir gehen hin und schließen sie kurz. Alles andere können die Kybernetiker erledigen."

Menese verzog das Gesicht. *Wir gehen hin und schließen sie kurz*! Als ob das so einfach gewesen wäre. Es blieb ihm jedoch nichts anderes übrig, als dem Einsatzoffizier zu folgen. Der Lärm, den die Roboter veranstalteten, war ohrenbetäubend. Der gesamte Gang schien zu dröhnen und zu vibrieren. Terminow hatte den ersten Roboter erreicht und machte sich an ihm zu schaffen. Dabei mußte er immer wieder den schwingenden Stahlfäusten ausweichen. Sekunden später wurde der Metallkörper starr.

Terminow grinste zufrieden. Menese, der jetzt mutiger wurde, schaltete vier Roboter aus. Die anderen wurden von Terminow kurzgeschlossen. Bewegungslos standen die Maschinen vor der Gangwand.

„Jetzt sehen wir nach, was im Maschinenraum los ist!“ ordnete Terminow an. „Ich hoffe, Duvivier und Zeitlin haben eine Erklärung für alles.“

Als Menese hinter Terminow den Maschinenraum betrat, hing der Geruch nach verbrannter Isolation in der Luft. Eine dünne Qualmwolke schwebte über den Generatoren. Neben der seitlichen Wand lagen Duvivier und Zeitlin. Ihre Gesichter waren schwarz. Menese senkte den Kopf.

Der große Hauptsicherungsblock war offenbar im selben Augenblick herausgeflogen, als die beiden Männer vorbeigekommen waren. Die Stichflamme war mit ihrer sengenden Glut über ihre Gesichter gefahren.

„Dieser teuflische Zwerg!“ sagte Terminow. Noch nie hatte seine Stimme so haßerfüllt geklungen.

„Schreckliche Dinge sind geschehen“, sagte Rhodan in das Mikrophon des Interkoms. „Ich kann nicht versprechen, daß wir unseren Feind jetzt bald besiegen können, aber wir haben eine Möglichkeit gefunden, ihn zu beobachten.“

Er unterbrach sich. Überall im Schiff lauschten die Männer der bekannten Stimme. Mit dieser Stimme waren viele Hoffnungen verbunden.

„Es ist wichtig, daß wir in der Zentrale noch besser als bisher mit allen anderen Abteilungen der CREST zusammenarbeiten“, fuhr Rhodan fort. „Wenn wir schnell sind, können wir den Zwerg schon bei seinem nächsten Auftauchen unschädlich machen. Ralf Marten, der zum Mutantenkorps gehört, kann sich auf parapsychischem Weg mit dem Fremden in Verbindung setzen. Der Teleoptiker wird mit den Augen des Zwerges die Räume sehen, in denen dieser materialisiert. Über Interkom werde ich alles, was Marten berichtet, an die Besatzung weitergeben, so daß jeder weiß, wo sich der Saboteur aufhält. Ich hoffe, daß dadurch die Zahl der Angriffe zumindest gesenkt werden kann. Das wäre im Augenblick alles. Ich melde mich wieder, sobald Ralf Marten Kontakt aufgenommen hat.“

Als Rhodan sich im Sessel zurücklehnte, warf er Atlan einen fragenden Blick zu.

„Vielleicht hätte ich ihnen größere Hoffnungen machen sollen“, meinte er.

Der Arkonide schüttelte den Kopf.

„Sie brauchten einen Ansporn“, sagte er. „Den haben sie jetzt.“

Der Bildschirm des Bordfunks wurde hell. Das Gesicht von Chefarzt Dr. Artur zeichnete sich auf der Mattscheibe ab. Der ewig schlechtgelaunte Mediziner schien noch mißmutiger zu sein als sonst.

„Duvivier und Zeitlin ist nicht mehr zu helfen“, sagte er. „Wann wollen Sie endlich entscheidende Schritte unternehmen?“

„Vielleicht gehen Sie mit gutem Beispiel voran, Doc“, schlug Rhodan vor. „Sie können dem Zwerg Chloroform aufs Haupt träufeln, wenn er bei Ihnen auftauchen sollte. Das mag vielleicht helfen.“

Arturs Gesicht verriet Sprachlosigkeit. Noch nie hatte er von Rhodan eine so heftige Antwort erhalten.

„Was soll mit den beiden Männern geschehen?“ fragte er, als er die Fassung zurückgewonnen hatte.

„Sie erhalten eine ordnungsgemäße Weltraumbestattung, Doc. Übernehmen Sie das!“

„Zu Befehl, Sir!“ schnarrte Artur. Sein Gesicht verblaßte.

Atlan machte ein Zeichen des Unwillens.

„Du hast ihn hart angepackt“, sagte er.

Rhodan fuhr herum.

„Soll ich jeden in Watte packen, weil sich ein Zwerg an Bord herumtreibt, oder weil wir dreißig Millionen Lichtjahre von der Heimat entfernt sind?“

Atlan wandte den Blick nicht von seinem Freund ab.

„Du bist nervös“, stellte er fest.

„Ja“, gab Rhodan zu. „Ich werde wahrscheinlich noch nervöser, wenn der Wiedererweckte fortfährt, Besatzungsmitglieder zu töten und das Schiff in ein Wrack zu verwandeln.“

„Resignation ist ein Kind der Nervosität“, philosophierte Atlan.

Rhodan rang sich die Spur eines Lächelns ab.

„Nicht bei mir“, sagte er entschlossen.

27.

Der Zwerg materialisierte inmitten eines kleinen Raumes und verharrte einen Augenblick. Seine Augenlider flatterten, und er atmete schwer. Er war erschöpft, aber er durfte sich keine Ruhe gönnen. Bisher war es ihm gelungen, die Besatzung dieses großen Schiffes zu täuschen. Indem er ständig Sabotageakte verübte, lenkte er die Fremden von seinen eigentlichen Plänen ab. Er grinste verzerrt bei dem Gedanken, was die Riesen wohl sagen würden, wenn sie feststellen mußten, daß der Schaden, den er ihnen zugefügt hatte, weitaus größer war, als sie jetzt ahnten.

Der Zwerg kannte sich inzwischen gut an Bord des gigantischen Schiffes aus. Das Unbekannte, das ihn zunächst in Panik gestürzt hatte, besaß jetzt keine Schrecken mehr für ihn. Er hatte längst herausgefunden, daß die Besatzung vor allem die wichtigen Maschinenanlagen bewachte. Alle unbedeutenden Räume blieben unbesetzt. Der kleine Humanoide konnte sich also ab und zu irgendwo ausruhen. Zum Glück besaßen die Fremden keine Möglichkeit, um ihn aufzuspüren. Sie machten zwar Jagd auf ihn, aber daran, daß sie ihn bei jedem Auftauchen erst spät angriffen, erkannte er, daß sie nie wußten, wo er zuschlagen würde.

Die Besitzer des Raumschiffs hatten ihm den Weg zum ‚Feuer der Reinheit' versperrt. Sie hatten ihn zu einem Zeitpunkt wiedererweckt, da er noch weit vom ersehnten Ziel entfernt war. Eine solche Handlungsweise durfte nicht ungestraft bleiben.

Der Zwerg wußte genau, daß er zu schwach war, um das Schiff gänzlich zu zerstören. Er konnte jedoch die Besatzung vernichten. Bald würde es viele Opfer geben. Die Fremden waren völlig ahnungslos. Verbissen verteidigten sie ihre Maschinen, ohne zu wissen, daß ihr Gegner an anderen Stellen zuschlug. Der Gnom fühlte keine Befriedigung. Er wollte sich nur für die erlittene Schmach rächen. Traurig dachte er an jene, die ihn zum ‚Feuer der Reinheit' begleiten wollten. Auch sie waren vom Kurs abgekommen, aber sie würden ihr Ziel erreichen. Er aber konnte dies nun nie mehr.

Die großen Augen des Zwerges wurden feucht. Sein kleiner Mund bebte vor Zorn. Nur mühsam konnte er seine Gedanken in eine andere Richtung lenken. Er durfte jetzt nicht länger von einer unerfüllbaren Sehnsucht beeinflußt werden.

Sein Atem ging langsamer, seine Nervosität ließ nach. Er begann darüber nachzudenken, wie er die Raumfahrer noch besser als bisher von der richtigen Spur abbringen konnte. Dabei durfte er sein eigentliches Ziel nicht vernachlässigen.

Er mußte . . .

Seine Gedankenkette wurde unterbrochen. Sein empfindliches Gehör vernahm das Getrampel von Stiefeln. Mißtrauisch kniff er die Augen zusammen und zog sich bis zur Wand zurück.

Dieses Verhalten rettete ihn.

Als seine Händchen die glatte Wand berührten, wurde die Tür des Raumes aufgerissen. Zwei Raumfahrer mit vorgehaltenen Waffen stürzten herein. Hinter ihnen kamen andere.

Die Männer schossen, ohne zu zielen. Hätte der Zwerg noch an seinem ursprünglichen Platz gestanden, hätte er den Feuerüberfall nicht überlebt.

Obwohl ihn der Schock fast lähmte, entmaterialisierte er rechtzeitig. Doch bevor er sich auflöste, wurde er sich mit allen Konsequenzen darüber klar, daß seine Gegner offenbar einen Weg entdeckt hatten, seinen jeweiligen Standort zu ermitteln. Denn daß sie ausgerechnet in diesen kleinen und bedeutungslosen Raum eingedrungen waren, konnte kein Zufall sein.

Ralf Marten schnellte hoch, als hätte er einen elektrischen Schlag erhalten. Auf seiner Stirn standen Schweißtropfen. Mit drei Schritten war Rhodan bei ihm und ergriff ihn am Arm.

„Es ist alles in Ordnung“, sagte er beruhigend.

Marten blickte wie irr um sich, dann fand sein Verstand in die Wirklichkeit zurück.

„Es hat funktioniert“, sagte Rhodan erleichtert. „Sie haben uns den Raum geschildert, wo der Zwerg auftauchte. Ich habe sofort einige Männer hingeschickt, doch unser Feind konnte noch einmal entkommen.“

Marten lächelte verwirrt.

„Ich erinnere mich an nichts“, sagte er. „Aber ich glaube, daß ich durch die Augen des Zwerges gesehen habe.“

„Sie haben uns genau den Kabelraum beschrieben, in dem der Gnom erschienen war", bestätigte Rhodan. „Leider waren keine Männer in unmittelbarer Nähe, so daß wir nicht sofort angreifen konnten."

„Der Zwerg ist jetzt gewarnt", meinte Atlan. „Er wird also vorsichtiger sein."

Der Teleoptiker ließ sich wieder in den Sessel zurücksinken. Während des Kontakts mit dem Fremden hatte er starr und mit aufgerissenen Augen dagesessen.

„Ich glaube nicht, daß unser Widersacher seine Angriffe aufgibt", meinte John Marshall. „Sobald er sich von seiner Überraschung erholt hat, wird er erneut zuschlagen."

Die Männer in der Zentrale beobachteten Ralf Marten. Er stellte im Augenblick die einzige Kontaktmöglichkeit zu dem unheimlichen Gegner dar. Auf dem Teleoptiker ruhten die Hoffnungen der Besatzung. Schon beim ersten Versuch hatte sich jedoch gezeigt, daß die Entdekkung des Zwerges noch nicht mit seiner Eliminierung identisch war.

„Vielleicht können wir ihn irgendwie einkreisen", sagte Melbar Kasom. „Wenn Ralf Marten uns ständig Hinweise gibt, gelingt es uns bestimmt, die Räume zu umstellen, in denen der Wiedererweckte auftaucht."

„Sie vergessen, daß der Fremde Teleporter ist", wandte Roi Danton ein. „Er kann praktisch in Nullzeit aus der Gefahrenzone verschwinden. Wie Lordadmiral Atlan richtig bemerkte, ist die Kreatur jetzt gewarnt. Es wird uns schwerfallen, sie in die Enge zu treiben."

„Wir wollen . . ." Rhodan unterbrach sich, als er sah, wie Ralf Marten zusammenzuckte. Der Körper des Mutanten versteifte sich.

„Er hat wieder Kontakt!" piepste Gucky aufgeregt.

„Ein langer Gang", flüsterte Marten. „Am Ende des Ganges ein Antigravschacht. Vor dem Schachteingang stehen zwei Männer. Ein Seitengang. Eine Nische. Die Hauptenergieverbindung zwischen dem sechsten und fünften C-Deck."

Rhodan beugte sich über die Interkomanlage.

„Achtung!" rief er. „Der Zwerg hält sich in der Nähe eines Hauptverteilers im fünften oder sechsten C-Deck auf."

„Der Verteiler wird geöffnet", berichtete Marten.

Rhodan hörte kaum zu. Er konnte sich vorstellen, wie jetzt überall im fünften oder sechsten C-Deck die Männer auf die angegebenen Stellen zurannten. In jedem Deck gab es zwölf Hauptverteiler. Sie waren in Nischen der Seitengänge untergebracht.

„Die Klemmen sind entfernt!“ Martens Stimme klang unheimlich. „Nun werden die Leiter herausgenommen. Dann . . .“

Er unterbrach sich. Seine Augenlider sanken nach unten. Gleich darauf wurde sein Körper schlaff. Rhodan preßte die Lippen aufeinander.

„Habt ihr ihn?“ rief Rhodan in das Mikrophon.

„Nein, Sir!“ kam die erregte Stimme eines Mannes aus dem Lautsprecher. „Hier spricht Sergeant Jacquet vom C-Deck, Sir. Er ist uns entwischt. Als wir die Nische erreichten, war er schon weg. Er wollte offenbar die Anschlüsse vertauschen. Das hätte einige gefährliche Kurzschlüsse gegeben. Wir bringen die Sache wieder in Ordnung, Sir.“

„Gut“, Rhodan strich sich müde über das Gesicht. „Bleiben Sie aufmerksam, Sergeant Jacquet!“

„Natürlich, Sir!“ versicherte der Sprecher eifrig.

Marten war schon wieder in die Kontakthaltung verfallen. Seine Lippen waren bebende Striche in einem blutleeren Gesicht.

„Der vierzehnte Hangarraum“, sagte er. „Eine der Korvetten. Die KC-17.“

„Hangar vierzehn!“ Akrans Stimme überschlug sich fast, als er an Rhodans Stelle die Warnung durchgab. „Er muß in der KC-17 sein.“

Die Spannung innerhalb der Zentrale hatte sich noch verstärkt. Fast atemlos lauschten die Männer. Ihre Blicke wanderten von Rhodan zu Akran, von Akran zu Marten, dort verharrten sie, wandten sich ab, glitten über Atlans schlanke Gestalt und blieben schließlich am Lautsprecherteil des Interkoms hängen, denn nur von dort konnte die erlösende Nachricht kommen, daß der Gegner besiegt war.

„Die KC-17“, wiederholte Akran mit dröhnender Stimme, als spräche er eine Beschwörung. „Holt ihn dort heraus!“

Major Drave Hegmar, der in einem Sessel nahe der Kontrollen saß, versuchte sich vorzustellen, wie die Wächter das sechzig Meter durchmessende Beiboot zu durchsuchen begannen. Er ahnte jedoch, daß der Zwerg erneut entkommen würde. Marten war zwar eine große Hilfe, aber der Saboteur würde sich niemals auf frischer Tat erwischen lassen.

Marten kam wieder zu sich. Er wischte sich mit einer Hand über die Stirn.

Er sieht erschöpft aus, dachte Helgmar teilnahmsvoll.

Jemand reichte dem Teleoptiker einen Becher mit heißem Kaffee.

Marten trank, doch er setzte ab, als die Stimme von Major Ronald Keller aus dem Lautsprecher des Interkoms klang.

„Er ist uns entkommen, Sir", sagte Keller. „Ich glaube nicht, daß er viel Schaden anrichten konnte."

Rhodan nagte an seiner Unterlippe.

„Seltsam", sagte er. „Er kehrt immer wieder zu den Korvetten zurück. Bisher hat er dort kein nennenswertes Unheil angerichtet. Trotzdem scheint dem Vorgehen unseres Gegners ein bestimmtes System zugrunde zu liegen. Marten, in zwei bis drei Stunden werden Sie so erschöpft sein, daß Sie uns nicht mehr helfen können."

„Das befürchte ich ebenfalls", sagte der Mutant.

Hegmar warf einen Blick auf seine Uhr. Seit fast dreißig Stunden terrorisierte der Fremde die CREST IV. Der Major unterdrückte ein Gähnen. Seit man den Zwerg an Bord genommen hatte, war es Hegmar nicht vergönnt gewesen, länger als zwei Stunden zu schlafen.

„Wir verlieren jedesmal zuviel Zeit", sagte Atlan sachlich. „Marten nimmt Kontakt auf. Während er uns berichtet, was er durch die Augen des Zwerges sieht, vergehen bereits wertvolle Sekunden. Bis wir über Interkom die Besatzung gewarnt haben, dauert ebenfalls eine Weile. Hinzu kommt noch die Zeit, die die Männer benötigen, um jene Stelle im Schiff zu erreichen, wo der Gnom aufgetaucht ist."

Von irgendwo aus dem Schiff kam der Lärm einer Explosion. Hegmar zuckte zusammen. Ralf Marten blickte betroffen auf. Er zerknüllte den Plastikbecher, aus dem er getrunken hatte, und warf ihn in einen Abfallschacht.

„Es ist wieder etwas passiert", sagte er. „Ich habe nicht aufgepaßt."

„Sie können ihn nicht pausenlos kontrollieren", sagte Rhodan.

Ein Bildschirm leuchtete auf. Das breite Gesicht von Major Bob McCisom wurde sichtbar. Der sonst so fröhliche Mann blickte finster.

„Ein Moskito-Jäger ist explodiert!" berichtete der Flottillenchef. „Zum Glück hielt sich niemand in unmittelbarer Nähe auf."

„Beseitigen Sie die Trümmer, Major!" befahl Rhodan.

Der Blick zur Uhr war für Major Hegmar zur Gewohnheit geworden.

Siebenunddreißig Stunden wurden sie jetzt von diesem Zwerg terrorisiert.

Seit 37 Stunden mußten sie um die CREST IV, mußten sie um ihr Leben fürchten. Und noch immer war es ihnen nicht gelungen, den Gegner zu stellen. Ralf Marten, auf den sie große Hoffnungen gesetzt hatten, hing schlaff und erschöpft in seinem Sessel.

Die meisten der in der Zentrale anwesenden Männer hatten gerötete Augen. Die Gesichter der Offiziere waren eingefallen. Etwas, das wie Resignation aussah, begann sich darin abzuzeichnen.

Ich sehe nicht besser aus, dachte Hegmar ironisch.

Vor vier Minuten war die neueste Katastrophenmeldung eingetroffen. Der Zwerg wurde immer unverschämter. Er hatte eine Haftladung in einem Waffenlager gestohlen und sie an der Außenhülle der KC-37 angebracht. Im letzten Augenblick war es Ras Tschubai gelungen, zu teleportieren und die Sprengladung zu lösen. Er hatte sie jedoch nicht mehr entschärfen können, so daß sie inmitten des Hangars explodiert war und erhebliche Zerstörungen angerichtet hatte.

In der Zentrale hatte man sich schon an die Unglücksbotschaften gewöhnt. Man nahm sie hin, als gehörten sie seit eh und je zum Bordleben. Selbst die Jagd auf den Zwerg schien schon ein Teil der alltäglichen Beschäftigung zu sein; eine Sisyphusarbeit, die die stumpf gewordenen Sinne kaum noch beschäftigte.

Die Zellaktivatorträger litten nicht unter dieser allgemeinen Müdigkeit. Rhodan, Atlan und die Mutanten versuchten nach wie vor mit allen Mitteln, den Unheimlichen zu besiegen.

Ein Schatten fiel über Hegmars Gesicht und riß ihn aus seinen Gedanken. Er blickte hoch und sah Captain Atara Kawinati neben dem Sessel stehen. Der große Japaner lächelte höflich.

„Ich habe eine Idee, Sir", sagte er.

Kawinati war Chef des Robotkommandos. Er war ein stiller, aber fähiger Offizier.

„Was haben Sie vor?" erkundigte sich Hegmar. Er mußte sich Mühe geben, ein gewisses Interesse zu heucheln.

„Man könnte einen Teil der Roboter so programmieren, daß sie sofort auf den Zwerg schießen, wenn er in ihrer Nähe auftaucht", sagte der Captain. „Dazu wäre es nötig, daß wir die Roboter im gesamten Schiff verteilen."

„Sprechen Sie mit Rhodan darüber", empfahl ihm Hegmar.

„Sie sind Zweiter Offizier, Sir", sagte Kawinati. „Ich kann mir vorstellen, daß Sie mit diesem Vorschlag eher durchkommen als ich."

Hegmar mußte lächeln.

„Was ist los, Captain? Haben Sie Hemmungen?"

Der Asiate lächelte zurück.

„Werden Sie mit Rhodan darüber sprechen?"

„Ja", sagte Drave Hegmar widerstrebend. Er versprach sich nicht viel von Kawinatis Plan. Wenn man alle Roboter bewaffnete und im Schiff verteilte, arbeitete man dem Zwerg vielleicht in die Hände.

Kawinati merkte am Gesichtsausdruck Hegmars, daß sein Plan auf wenig Gegenliebe stieß. Die Wahrscheinlichkeit, daß die Roboter Erfolg haben, ist gering, sagten Hegmars Blicke. Außerdem ist das Risiko zu groß.

„Wir könnten alle ein bißchen Ruhe brauchen", sagte Kawinati.

Hegmar nickte langsam. Er starrte auf Rhodans Rücken. Der Großadministrator hatte Merlin Akran abgelöst und saß jetzt im Kommandosessel. Atlan stand bei den Mutanten und unterhielt sich mit Iwan Goratschin. Der Doppelkopfmutant konnte ebensowenig gegen den Zwerg ausrichten wie Gucky oder John Marshall.

Der Erste Offizier der CREST IV, Oberstleutnant Ische Moghu, war zusammen mit dem Leitenden Ingenieur, Bert Hefrich, zu einem Inspektionsrundgang durch das Schiff aufgebrochen. Hefrich wollte sich persönlich von den Schäden überzeugen, während der I.O. die Stimmung der Besatzung verbessern wollte.

Hegmar ahnte, daß Moghu sich eine unlösbare Aufgabe gestellt hatte. Der Zwerg, der die Männer anfangs aus ihren Gedanken gerissen hatte, war nun ebenfalls zu einer Belastung geworden. Vor einer Stunde war bekannt geworden, daß zwei Hangartechniker den Versuch gemacht hatten, mit einem Moskito-Jäger von der CREST IV zu fliehen. Sie waren im letzten Augenblick zurückgehalten worden. Hegmar konnte sich vorstellen, daß auch andere Besatzungsmitglieder schon an Flucht gedacht hatten.

Hegmar wunderte sich, daß der Zwerg noch nicht in der Zentrale aufgetaucht war. Das Wesen schien zu ahnen, daß es einen solchen Überfall nicht überstehen würde.

In den letzten Stunden wurden die zeitlichen Abstände, in denen der Gnom erschien, immer größer. Hegmar schloß daraus, daß der Fremde entweder ermüdete oder seinem Ziel näher kam.

Kawinati war davongegangen und kam jetzt mit zwei Bechern zurück. Einen davon drückte er Hegmar in die Hand. Hegmar fühlte die Wärme der Flüssigkeit durch das Plastikmaterial.

„Das ist mein dritter Kaffee in der letzten Stunde", verkündete der Captain.

„Sie können sich jederzeit ablösen lassen", schlug Hegmar vor.

„Natürlich", gab der Japaner zu. „Seltsamerweise finde ich keinen Schlaf, obwohl ich ziemlich müde bin. Vielleicht habe ich Angst, daß ich während des Schlafes von unserem Feind überrascht werde. Vielleicht hält mich auch nur der Gedanke wach, ich könnte die Entscheidung versäumen."

„Glauben Sie denn, daß es so bald zu einer Entscheidung kommt?"

„Es muß wohl", antwortete der Chef des Robotkommandos. „So kann es nicht weitergehen. Die Männer halten das nicht mehr lange aus."

Die Wellen der Übelkeit fluteten durch Roscoe Poindexters Körper, und er erbrach sich. Eine Weile rang er nach Atem, dann ließ der Magenkrampf nach. Er konnte sich zurücksinken lassen. Ein Medo-Robot, der neben dem Bett Aufstellung genommen hatte, wischte mit einem keimfreien Tuch über Poindexters Mund.

Der Offiziersanwärter wünschte, er hätte endlich aufstehen können. Drei der vom Gas gelähmten Männer versahen bereits wieder ihren Dienst, aber er lag noch immer in der Krankenstation der CREST IV. Wahrscheinlich hatte er eine größere Dosis abbekommen.

An der gegenüberliegenden Wand des kleinen Raumes stand ein zweites Bett, doch Poindexter konnte sich mit dem Mann, der dort lag, nicht unterhalten. Der Mann hieß Prudy und war einer der Techno-Offiziere, die im oberen Deck arbeiteten. Vor drei Stunden hatte der Zwerg eine Metalleiter unter Strom gesetzt, und Prudy war der erste Mann, der nach den Sprossen gegriffen hatte. Es war ein Wunder, daß er noch lebte.

Auf der Seitenklappe von Poindexters Bett lag ein Strahler. Man hatte ihm die Waffe unmittelbar nach seinem Erwachen gegeben, denn er sollte gerüstet sein, wenn der Zwerg zufällig in der Krankenstation auftauchte. Poindexter grinste verzerrt. Im Nebenraum hörte er den jungen Arzt, einen von Dr. Arturs Assistenten, hantieren. Der junge Mann kümmerte sich kaum um Poindexter.

Poindexter machte einen Versuch, sich auf die Seite zu drehen, aber sofort kehrte die Übelkeit wieder zurück. Er schluckte ein paarmal. Der Roboter wischte ihm den Schweiß von der Stirn.

„Schon gut", murmelte Poindexter.

Der Roboter antwortete nicht, sondern faltete das Tuch geschickt zusammen und warf es in den Abfallschacht.

Im Nebenraum verstummten für einen Augenblick die Geräusche, dann hörte Poindexter rasche Schritte. Der junge Arzt kam herein, um sich um Prudy zu kümmern. Er streifte Poindexter mit einem raschen, fast verächtlichen Blick, als könnte er die Notwendigkeit, daß Poindexter hier noch lag, nicht einsehen. Der Arzt hatte einen breiten Mund mit schmalen Lippen; dieser Mund war das einzig Auffallende an ihm.

Der Arzt machte sich an Prudy zu schaffen. Der Techno-Offizier stöhnte leise, aber er war sicher nicht bei Bewußtsein. Poindexter zwang sich dazu, sich ungeachtet der sofort aufsteigenden Übelkeit etwas aufzurichten.

Da hörte er im Nebenraum ein Klirren.

Er sah, wie der Arzt sich aufrichtete und scheinbar erstarrt neben Prudys Bett stand.

Poindexter streckte seine Hand aus, um nach dem Strahler zu greifen. Er zog die Waffe zu sich heran; er konnte sie nicht richtig hochhalten, so daß sie eine Furche in der Bettdecke hinterließ.

„Da ist jemand im Nebenzimmer!“ krächzte Poindexter.

„Ich habe keine Waffe“, sagte der Arzt. „Ich habe sie nebenan liegen lassen. Geben Sie mir die Ihre!“

„Nein“, sagte Poindexter kläglich. Seine Zunge fühlte sich dick und pelzig an. In seinem Schädel schien ein mächtiger Hammer zu klopfen. Vor Übelkeit brach ihm der Schweiß aus. Das Zimmer drehte sich vor seinen Augen. Sein Blut schien durch die Adern zu tosen.

Trotzdem schlug er die Decke zurück.

Der Mediziner stand noch immer neben Prudys Bett; er hielt irgend etwas in der Hand, und seine Blicke irrten durch das Zimmer, als suchte er verzweifelt nach einem geeigneten Versteck.

„Verdammt!“ fluchte Poindexter, als sich sein Bein in der Decke verwickelte.

Der Brechreiz würgte ihn, aber er brachte seinen Fuß frei und schwang seine Beine aus dem Bett. Einen Augenblick dachte er, der Druck in seinem Magen würde übermächtig werden, doch dann richtete er sich auf. Schwankend stand er neben dem Bett, sich des Arztes kaum noch bewußt.

Aus dem Nebenraum kamen prasselnde Geräusche.

„Feuer!“ schrie der Arzt.

Poindexter taumelte vorwärts. Er handhabte die Waffe wie eine Keule; sie schwang in seiner Hand hin und her, und er hätte sie wahrscheinlich nicht anheben und ruhig auf ein Ziel richten können. Ein schreckliches Schwächegefühl stieg in seinen Kopf. Er kam sich ausgehöhlt vor und ging wie durch dicken Sirup.

Er war erstaunt, als er plötzlich im Durchgang zum Nebenraum stand.

Im hinteren Teil des Zimmers brannte es.

Vor den Flammen kauerte ein merkwürdiges Wesen.

Es war klein und starrte Poindexter aus großen Augen an.

Der Offiziersanwärter dachte, daß dies der Zwerg sein müßte, daß der unheimliche Gegner hier vor Schwäche zusammengebrochen war.

Welche Ironie! dachte Poindexter.

Da stehen wir uns nun gegenüber, und jeder von uns ist zu schwach, um irgend etwas zu unternehmen. Die züngelnden Flammen spiegelten sich in den dunklen Augen des Gnomen wider. Poindexter hob den Strahler. Er mußte sich mit einer Hand am Türrahmen festhalten.

Nur ruhig! dachte er.

Hinter ihm wurde der Eingang des Krankenzimmers aufgerissen, und einige bewaffnete Männer stürmten herein. Poindexter ließ die Waffe sinken. Er taumelte und wäre gefallen, wenn ihn zwei starke Arme nicht aufgefangen hätten.

Der Zwerg war verschwunden.

„Macht Platz für Löschroboter!“ schrie jemand.

Poindexter wurde davongetragen und aufs Bett gelegt. Mit geschlossenen Augen wartete er darauf, daß die Übelkeit nachlassen würde.

„Ich hätte ihn erledigt“, murmelte er. „Ich hätte ihn erschießen können, wenn Sie nicht gekommen wären.“

„Er phantasiert“, sagte eine rauhe Stimme. „Er glaubt, den Zwerg gesehen zu haben.“

„Er ist erschöpft“, sagte Poindexter. „Er hält nicht mehr lange durch.“

„Allmählich werden die Männer verrückt“, sagte die rauhe Stimme. „Sie fangen an, Gespenster zu sehen.“

„Aber das Feuer“, sagte der junge Arzt. „Wie sollte das Feuer ausgebrochen sein?“

Darauf gab niemand eine Antwort.

Poindexter sah in Gedanken das Bild des Gnomen vor sich. Der Fremde war vor Schwäche fast umgefallen. Sein pausenloser Kampf gegen die Besatzung der CREST IV mußte ihn erschöpft haben.

Die Offiziere mußten wissen, in welchem Zustand der Gegner sich befand. Wenn man den Zwerg jetzt gnadenlos jagte, würde er bald zusammenbrechen.

„Ein Kranker!“ stieß Dr. Ralph Artur hervor. „Die Theorie eines Kranken. Warum fragen Sie mich erst jetzt? Ich hätte Ihnen sofort sagen können, daß Poindexter sich getäuscht haben muß. Ich will nicht abstreiten, daß er den Zwerg gesehen hat, aber alles andere . . .“ Er machte eine verächtliche Geste.

„Seit er in der Krankenstation das Feuer entfacht hat, ist der Gnom bereits wieder dreimal aufgetaucht“, sagte Rhodan. „Wir haben uns bemüht, ihn noch schneller zu verjagen, damit er vielleicht irgendwo erschöpft zusammenbricht. Unsere Hoffnung hat sich jedoch nicht erfüllt. Dafür haben wir in unseren eigenen Reihen einen Ausfall.“

Er deutete auf Ralf Marten, der vor Überanstrengung das Bewußtsein verloren hatte. Dr. Artur war in die Zentrale gekommen, um den Mutanten gründlich zu untersuchen. Marten hatte eine Injektion erhalten und war in einen erholsamen Tiefschlaf verfallen.

„Wecken Sie ihn die beiden nächsten Stunden nicht“, sagte Dr. Artur. „Wenn er erwacht, darf er nicht sofort mit Kontaktversuchen beginnen. Lassen Sie ihm Zeit, sonst kann es geschehen, daß er seine Fähigkeiten völlig verliert.“

„Sie wissen, daß der Teleoptiker im Augenblick unsere einzige Hilfe ist“, sagte Atlan.

Artur gab ein unwilliges Brummen von sich und verließ die Zentrale. Er hielt es offenbar für überflüssig, über seine Anordnungen zu diskutieren.

„Wenn wir Glück haben, taucht der Zwerg während der nächsten beiden Stunden nur einmal auf“, sagte Roi Danton. „Es kann aber auch so kommen, daß er fünfmal zuschlägt.“

Der Freihändler war vor wenigen Augenblicken wieder in die Zentrale gekommen, nachdem er vier Stunden unter Oro Masuts Bewachung geschlafen hatte.

„Ich hoffe, daß Poindexter sich nicht getäuscht hat“, sagte Atlan. „Wir haben die Feststellung gemacht, daß die Zeitabstände zwischen dem Auftauchen des Zwerges immer größer werden. Diese Tatsache läßt die Angaben als richtig erscheinen. Trotzdem sollten wir nicht warten, bis Marten wieder einsatzfähig ist. Wir müssen einen Weg finden, wie wir den Gegner auch ohne seine Hilfe vorher ausschalten können.“

Ras Tschubai erhob sich von seinem Platz.

„Vielleicht gelingt es uns, den Zwerg aus dem Schiff zu locken“, schlug er vor. „Wenn Gucky und ich in den Weltraum teleportieren, folgt uns der Fremde vielleicht. Dann braucht Akran nur noch den HÜ-Schirm einzuschalten, und unserem Gegner ist der Rückweg abgeschnitten."

„Abgesehen davon, daß ich bezweifle, daß dieser Plan Erfolg haben könnte, muß ich Sie daran erinnern, daß auch für Sie und Gucky der Rückweg versperrt wäre", sagte Perry Rhodan. „Ich möchte nicht, daß der Mausbiber und Sie sich opfern."

Ras Tschubai senkte den Kopf.

„Bestimmt gibt es für uns eine Möglichkeit, irgendwie an Bord zurückzukommen", sagte er.

„Durch den HÜ-Schirm?" John Marshall legte eine Hand auf die Schulter des Teleporters. „Sie wissen genauso wie ich, daß weder Gucky noch Sie einen solchen Schirm durchdringen können. Ebensowenig wie der Zwerg." Er hatte seine Stimme gehoben. Jetzt schlug er sich mit der flachen Hand gegen die Stirn.

„*Ebensowenig wie der Zwerg*!" wiederholte er. „Waren wir denn blind?"

Die anderen blickten ihn verständnislos an.

„Die HÜ-Schirme!" rief Marshall. „Wir müssen von der Tatsache ausgehen, daß der Zwerg ebensowenig wie Gucky und Tschubai in der Lage ist, einen HÜ-Schirm mit einem Teleportersprung zu überwinden."

„Sie haben recht!" entfuhr es Rhodan. „Wir hätten früher daran denken müssen. Wir haben uns durch die ungewöhnlichen Fähigkeiten des Gnomen verblüffen lassen. Ich muß sofort mit Hefrich sprechen."

Er trat an die Interkomanlage.

„Hier spricht Perry Rhodan! Oberstleutnant Hefrich, bitte melden Sie sich."

Es dauerte eine Weile, bis eine Antwort kam.

„Vermutlich steckt er bis zu den Ohren in seiner Arbeit", vermutete Atlan.

Seinen Worten folgte ein allgemeines Gelächter, so daß er sich erstaunt umblickte. Er hatte keinen Witz machen wollen, sondern lediglich eine Feststellung getroffen. Wenn die Männer darüber lachten, dann zeigte das, wie sehr sie hofften, Marshalls Idee könnte ihnen weiterhelfen.

„Hier ist Hefrich!" klang die Stimme des Leitenden Ingenieurs aus dem Lautsprecher. „Sir! Es gibt weitaus mehr Schäden, als man uns gemeldet hat. Wenn das so weitergeht, legt der Zwerg wirklich das ganze Schiff in Trümmer. Ich bin gerade dabei, eine Liste sämtlicher Reparaturen aufzustellen, die in den nächsten Tagen nötig sind."

„Einen Augenblick!" sagte Rhodan gelassen. „Holen Sie einmal Luft, damit ich zum Reden komme."

„Was wollen Sie, Sir?" erkundigte sich Hefrich. „Ist in der Zentrale etwas passiert?"

Rhodan grinste. „Wir sind immer noch die letzte Bastion. Doch darüber möchte ich nicht mit Ihnen sprechen. Sie müssen diese Liste, oder womit immer Sie im Augenblick beschäftigt sind, zur Seite legen."

„Und warum?"

„Passen Sie auf! Wie viele transportable HÜ-Schirmfeldprojektoren haben wir zur Verfügung?"

„Siebzehn!" kam augenblicklich die Antwort.

Rhodan räusperte sich durchdringend.

„Das sind zuwenig", sagte er. „Wir brauchen mindestens die doppelte Anzahl."

„Das wird unmöglich sein", sagte Hefrich mürrisch. „Wie soll ich die Techniker dazu bringen, daß sie . . ." Er unterbrach sich, dann sprudelte er erregt hervor: „Jetzt verstehe ich erst, wozu Sie die Projektoren brauchen. Unter diesen Umständen beschaffe ich Ihnen fünfzig."

„Wie lange wird es dauern? Ralf Martens ist in ungefähr zwei Stunden wieder einsatzbereit, dann können wir mit dem Einsatz beginnen."

„Zwei Stunden sind zuwenig, Sir."

„Ich weiß", gab Rhodan zu. „Aber Sie können es schaffen, wenn Sie sich beeilen. Nehmen Sie alle verfügbaren Männer."

„Ich werde Wachen von wichtigen Stellen abziehen müssen. Sie wissen, daß auch die Techniker im Schiff verteilt sind."

„Sie haben alle Vollmachten", sagte Rhodan. „Es kommt nur darauf an, daß Sie in möglichst kurzer Zeit möglichst viele fahrbare Projektoren erstellen."

„In Ordnung, Sir!"

Die Verbindung brach ab. Rhodan wußte, daß er sich auf den Leitenden Ingenieur verlassen konnte. Hefrich würde alle brauchbaren Männer in den Schiffswerkstätten zusammenrufen. Es kam darauf an, eine genügende Anzahl von Projektoren für Hochenergie-Überladungsschirme zu schaffen.

Er verbarg seine Müdigkeit hinter einem breiten Lächeln. Vor einer halben Stunde war er aufgewacht und wäre wohl sofort wieder eingeschlafen, wenn Rhodan ihn nicht daran gehindert hätte.

„Wir brauchen Sie noch einmal, Ralf! Noch einmal müssen Sie parapsychischen Kontakt mit dem Zwerg aufnehmen."

Jetzt saß er im Sessel und wartete, daß der Gnom aus dem Hyperraum kam, um irgendwo innerhalb des riesigen Schiffes einen neuen Sabotageakt auszuführen. Die fahrbaren Projektoren für kleinere HÜ-Abschirmungen waren gleichmäßig im Schiff verteilt, so daß die Voraussetzung geschaffen war, diese Geräte möglichst schnell an den Einsatzort zu bringen.

Der Teleoptiker fühlte die Blicke der in der Zentrale versammelten Männer auf sich ruhen. Hoffnung lag in diesen Blicken, aber auch Skepsis, ob er wohl im entscheidenden Augenblick durchhalten würde. Marten war selbst nicht sicher, ob er einen neuen Kontakt überstehen würde, ohne erneut das Bewußtsein zu verlieren. Er fühlte sich völlig zerschlagen. Aus irgendeinem Grund fiel ihm die Psi-Verbindung mit dem Zwerg schwerer als mit Menschen oder Tieren. Im Gehirn des Fremden schien es eine natürliche Barriere zu geben, die psionische Energie abwehrte.

Es schien dem Mutanten fast unglaublich, daß seit der Wiedererwekkung des Zwerges fünfundvierzig Stunden verstrichen waren. Es kam ihm vor, als sei der Gegner erst vor wenigen Minuten aus dem Sarg geschlüpft und hätte seinen Kampf gegen die CREST IV und ihre Besatzung eröffnet.

„Wie fühlen Sie sich?" fragte Perry Rhodan, der neben Martens Sessel stand.

Der Teleoptiker schnitt eine Grimasse.

„Prächtig", sagte er. „Diesmal wird uns der Zwerg nicht entkommen."

Bevor Rhodan antworten konnte, verfiel Ralf Marten in Kontaktstarre. Einen Augenblick schien es, als wollte sich der Körper des Teleoptikers aufbäumen, aber es waren nur die Anzeichen der beginnenden Verbindung.

„Die Feuerleitzentrale", murmelte Marten. „Die einzelnen . . ."

Rhodans Stimme übertönte die des Mutanten.

„Der Zwerg ist in der Feuerleitzentrale. Paßt auf, daß ihr ihn nicht verjagt. Der Raum muß mit Projektoren umstellt werden!"

Mehr konnte Rhodan jetzt nicht tun. Er stellte sich vor, wie von allen

Seiten die Techniker die fahrbaren Projektoren zur Feuerleitzentrale brachten, um dem Zwerg jede Fluchtmöglichkeit zu verbauen.

Marten sprach noch immer, aber niemand hörte auf ihn. Die Offiziere und die Mutanten warteten gespannt auf die Nachrichten, die bald über die Lautsprecher des Interkoms kommen mußten.

Ralf Martens Körper wurde schlaff. Er schlug die Augen auf und lächelte verzerrt. Unter seinen Augen hatten sich dunkle Schatten gebildet.

„Ich hatte offenbar Kontakt“, sagte er leise.

Rhodan nickte grimmig. Ungeduldig trat er an die Interkomanlage.

„Major Waydenbrak! Haben Sie den Zwerg gefangen?“

„Nein!“ Die Stimme des Feuerleitoffiziers klang so durchdringend, daß Rhodan unwillkürlich einen Schritt zurücktrat. Rhodan fühlte, wie ihn die aufsteigende Enttäuschung fast betäubte. Diesmal waren die Voraussetzungen so günstig gewesen – und doch . . .

Er gab sich Mühe, sich seine Gefühle nicht anmerken zu lassen. Die anderen beobachteten ihn. Wenn er anfing, Müdigkeit und Resignation zu zeigen, würde das einen fatalen Eindruck auf die Männer machen.

„Alle Voraussetzungen waren gegeben, daß wir ihn diesmal erwischen konnten“, sagte Rhodan. „Trotzdem ist er abermals entkommen. Warum, Major?“

Er glaubte sehen zu können, wie Waydenbrak sich jetzt hastig mit der Zunge über die Lippen fuhr; eines jener charakteristischen Anzeichen, die seine Verlegenheit zeigten.

„Die Männer sind nervös, Sir. Ja, ich glaube, es liegt an der Nervosität. Wir sahen den Zwerg diesmal sofort; er war zwischen zwei Kartentischen materialisiert.“ Waydenbrak hustete. „Wir taten so, als hätten wir ihn nicht bemerkt, um den Männern draußen in den Gängen Gelegenheit zu geben, mit den Projektoren heranzukommen und die Feuerleitzentrale zu umstellen.“

„Aber das ist nicht gelungen“, vermutete Rhodan.

„Nein!“ sagte Waydenbrak beinahe heftig. „Einer der Männer verlor die Nerven und griff nach der Waffe. Sofort entmaterialisierte der Zwerg. Wir sollten dem Mann, dem das passiert ist, keinen Vorwurf machen. Er sah den Zwerg deutlich vor sich, die Gelegenheit erschien so günstig.“

„Natürlich“, sagte Rhodan ruhig.

Waydenbrak schien unsicher zu werden.

„Sicher klappt es beim nächstenmal“, hoffte er.

Beim nächstenmal! Rhodan lächelte verzerrt. Immer hofften sie auf ein nächstes Mal. Was blieb ihnen auch anderes übrig?

„Ja, sicher", sagte er und unterbrach die Verbindung in die Feuerleitzentrale.

Abrupt wandte er sich vom Interkom ab. Seine Blicke glitten über die Männer in der Zentrale hinweg; er schien jeden einzelnen einer genauen Prüfung zu unterziehen.

„Sie haben gehört, warum unser Plan fehlgeschlagen ist", sagte er. „Wir müssen immer damit rechnen, daß ein übereifriger oder müder Mann einen Fehler begeht. Trotzdem werden wir es weiterhin mit den fahrbaren Projektoren versuchen. Keiner von uns hat wohl geglaubt, daß es beim erstenmal funktionieren würde."

O doch! dachte er. Sie alle haben an einen Erfolg geglaubt.

Er sah die erloschene Zuversicht in den Augen der Männer wieder lebendig werden, und er war dankbar, daß er diese Kraft besaß; die Kraft, mit ein paar Worten zu überzeugen und Entschlossenheit zu wecken. In ihrem tiefsten Innern schienen diese Männer sogar davon überzeugt zu sein, daß der Mann, der das Solare Imperium aufgebaut hatte, sie über zweiunddreißig Millionen Lichtjahre hinweg in die heimatliche Galaxis zurückführen konnte.

Immer wenn Rhodan dieses Vertrauen spürte, das ihm andere entgegenbrachten, wurde die Verantwortung zu einer Last.

Er wandte sich an Ralf Marten.

„Sie müssen noch einmal Kontakt aufnehmen", sagte er. „Vielleicht sogar noch ein paarmal."

Der erschöpfte Mann grinste Rhodan an, als wollte er ihm Mut machen.

„Es macht mir nichts aus", sagte Marten. „Ich glaube, jetzt bin ich wieder völlig munter."

Dabei, dachte Rhodan, wäre Marten vor Erschöpfung umgefallen, wenn er hätte stehen müssen.

Sie mußten fast eine Stunde warten, bis der Zwerg wieder innerhalb des Schiffes geortet wurde.

„Er ist im Gewächshaus des vierzehnten B-Decks", sagte Ralf Marten mit tonloser Stimme.

Perry Rhodan schaltete die Interkomanlage ein und befahl den Technikern, das Gewächshaus mit fahrbaren HÜ-Schirmprojektoren zu umstellen.

28.

Die Gewächshalle war nur ein kleiner, in sich geschlossener Teil der riesigen hydroponischen Gärten der CREST. Die Halle maß etwa 100 Quadratmeter und war mit hydroponischen Tanks verschiedener Größe gefüllt. Zwischen den einzelnen Tanks gab es schmale Gänge, damit die Techniker und Biologen die Anlagen ständig überprüfen konnten. Der größte Teil der Pflanzen wucherte über den Behälterrand hinaus, so daß jeder, der die Gewächshalle betrat, das Gefühl hatte, vor einem undurchdringlichen Pflanzenmeer zu stehen.

In diesem Raum wuchs Gemüse aller Art. Zum Teil wurde damit der Vitaminbedarf der Besatzung gedeckt. Außerdem dienten die hydroponischen Tanks als willkommene Sauerstoffspender. Alle hier wachsenden Pflanzen waren von Biologen speziell für die an Bord eines Raumschiffs herrschenden Verhältnisse gezüchtet worden. Es gab merkwürdig aussehende Gewächse darunter, die jedoch ihren Zweck besser erfüllten, als es herkömmliche Arten vermocht hätten. Vor allem handelte es sich um schnell wachsende Exemplare, so daß in der Gewächshalle praktisch immer geerntet werden konnte. Die Techniker und Biologen, die sich mit den hydroponischen Tanks beschäftigten, wurden von der Besatzung des Flaggschiffs mit sanfter Ironie als ‚Bauern' bezeichnet.

Als der Zwerg zwischen den Behältern inmitten des Gewächshauses materialisierte, war er viel zu erschöpft, um dieser ungewöhnlichen Umgebung eine besondere Bedeutung beizumessen. Er spürte, daß er mit seinen Kräften am Ende war. Er brauchte jetzt eine längere Ruhepause. Da er sein Ziel erreicht hatte, konnte er sich in ein sicheres Versteck zurückziehen, um sich zu erholen.

Er schaute sich um.

Nichts an dieser Umgebung erinnerte ihn daran, daß er sich in einem Raumschiff befand. Die zahlreichen Pflanzen in den Behältern weckten Heimweh in ihm. Er wünschte, es hätte eine Möglichkeit für ihn gegeben, seine Heimatwelt zu erreichen.

Seltsam, daß er nicht mehr an das ‚Feuer der Reinheit', dachte. Vielleicht war er zu müde, um sich noch dafür begeistern zu können.

Wahrscheinlich hatten seine ehemaligen Begleiter inzwischen wieder den richtigen Kurs eingeschlagen und flogen schlafend ihrem Ziel entgegen.

Der Zwerg ließ sich zu Boden sinken. Hier, zwischen den großen Blättern, die über den Behälterrand hingen, war er vor den Blicken eventuell anwesender Raumfahrer sicher. Er wollte sich einen Augenblick ausruhen und dann versuchen, diese Anlage zu vernichten. Die Zerstörung dieses Gewächsraumes sollte sein letzter Anschlag sein. Es war nur noch eine Frage der Zeit, bis die Fremden merken würden, welchen Schaden er ihnen tatsächlich zugefügt hatte. Sie waren alle vom Tod gezeichnet, ohne es jedoch zu wissen.

Der Zwerg schloß die Augen. Er war so schwach, daß er zitterte.

Plötzlich zuckte er zusammen.

Sein empfindsames Gehör hatte ein Geräusch wahrgenommen. Kamen sie schon wieder, um Jagd auf ihn zu machen? Nein, es war unwahrscheinlich, daß sie ihn hier so schnell entdeckten.

Trotzdem richtete er sich auf.

Jetzt hörte er es wieder. Es waren die charakteristischen Geräusche, die immer dann entstanden, wenn mehrere Gegner zusammen waren und sich ihm näherten.

Der Gnom gab einen unterdrückten Seufzer von sich. Offenbar hatten die Raumfahrer herausgefunden, daß er sich in diesem Raum aufhielt. Nun kamen sie, um ihn zu vertreiben oder zu töten.

Er hatte noch einen Augenblick Zeit, denn noch waren die Türen geschlossen. Er wunderte sich, daß die Fremden noch immer nicht hereinkamen. Bisher waren sie schneller gewesen. Vielleicht waren auch sie müde und langsamer geworden.

Die Geräusche nahmen an Intensität zu. Es hörte sich so an, als würden draußen auf den Gängen Geräte zusammengetragen. Der Zwerg blinzelte. Er mußte vorsichtig sein. Er durfte seine Feinde nicht unterschätzen.

Es war besser, wenn er sich jetzt zurückzog.

Er konzentrierte sich und teleportierte.

Der Wirbel seiner in Atome aufgelösten Zellstruktur traf auf einen Widerstand und prallte zurück. Der Zwerg schrie in panischer Angst auf, als er an der gleichen Stelle materialisierte, von der er gerade geflüchtet war.

Sie hatten ihm eine Falle gestellt.

Eine Falle, aus der es kein Entrinnen gab.

Der Projektor für den HÜ-Schirm ruhte auf einer Antigravscheibe. Hinter dem Projektor bewegten sich außer den beiden Technikern noch Perry Rhodan, John Marshall, Atlan und Major Drave Hegmar. Sie waren von der Zentrale aus hierhergekommen, als festgestanden hatte, daß es gelungen war, den Zwerg zu stellen.

Der Projektor war etwa eineinhalb Meter lang und besaß konische Form. Einige Kabel, an deren Enden Schaltkästen angebracht waren, baumelten von ihm herunter.

Die Techniker bremsten die Fahrt der Scheibe ab, so daß sie unmittelbar vor der Tür zum Stehen kam.

Major Drave Hegmar spürte, daß sein Mund ausgetrocknet war. Das helle Licht über dem Eingang tat seinen Augen weh.

„Sollen wir öffnen und die Antigravscheibe hineinschieben, Sir?" fragte einer der Techniker.

Rhodan überlegte einen Augenblick.

„Wir müssen näher an ihn heran", sagte er. „John, können Sie ihn jetzt durch die Strukturlücke spüren?"

„Ja", sagte John Marshall. „Seine Gedanken sind haßerfüllt. Er weiß, daß wir ihn in die Enge getrieben haben. Er hat viermal versucht, die Barriere zu durchbrechen, die wir rings um die Gewächshalle errichtet haben."

„Wird er kämpfen?" wollte Atlan wissen.

John Marshall hob die Schultern.

„Er hat noch keine Entscheidung getroffen. Er ist erschöpft. Wir müssen damit rechnen, daß er in seiner Verzweiflung immer wieder Ausbruchsversuche unternimmt."

„Öffnen Sie!" befahl Rhodan den Technikern. „Wir bringen den Projektor in den Gewächsraum. Auf diese Weise können wir den Zwerg in eine Ecke treiben."

Hegmars Müdigkeit war verflogen. Der Gnom konnte ihnen jetzt nicht mehr entkommen. Der Terror würde endlich ein Ende haben. Mechanisch setzte sich Hegmar in Bewegung, als die Techniker die Scheibe in das Gewächshaus dirigierten.

Er ließ seine Blicke über die hydroponischen Tanks gleiten. Der Zwerg war nicht zu sehen. Wahrscheinlich hatte er sich in die äußerste Ecke zurückgezogen.

„Halt!" befahl Rhodan. „Wir dürfen nichts überstürzen. Jeder Schritt muß überlegt werden. John, stellen Sie fest, wo unser Gegner sich jetzt aufhält."

„Auf der anderen Seite der Halle“, informierte der Mutant seine Begleiter. „Er kauerte in einer Ecke.“

Hegmar streckte sich, um besser an der Scheibe vorbeisehen zu können. Er war jedoch nicht in der Lage, durch das Gewirr der Pflanzen irgend etwas von der gegenüberliegenden Seite der Halle zu erkennen.

Einer der Techniker schüttelte den Kopf.

„Die Gänge sind zu schmal“, sagte er. „Wir kommen mit dem Projektor nicht weiter.“

„Das macht nichts“, sagte Rhodan. „Unser Gegner weiß, daß er uns nicht mehr entkommen kann. Wir brauchen ihn nur hier festzuhalten.“

„Ich werde noch einmal versuchen, telepathischen Kontakt zu ihm aufzunehmen“, erbot sich John Marshall. „Vielleicht kann ich ihn jetzt davon überzeugen, daß es besser ist, wenn er sich ergibt.“

Marshall konzentrierte sich.

Nach einer Weile sagte er: „Der Zwerg ist bereit, sich uns auszuliefern.“

„Er soll hierherkommen!“ befahl Rhodan. „Übermitteln Sie ihm, daß wir ihn mit schußbereiten Waffen erwarten. Wir machen von diesen Waffen Gebrauch, wenn er irgend etwas unternimmt, das uns oder die Sicherheit des Schiffes gefährden könnte.“

Wieder entstand eine Pause, während Marshall mit dem Zwerg telepathische Zwiesprache hielt.

„Er kapituliert bedingungslos“, sagte der Mutant schließlich. „Er kommt jetzt aus seinem Versteck.“

Drave Hegmar beobachtete gespannt die langen Tankreihen. Aus einem dieser Gänge mußte der Zwerg hervorkommen. Der Major blickte auf seine Uhr. Seit achtundvierzig Stunden machten sie jetzt Jagd auf diese Kreatur. Ein einziges Wesen hatte fünftausend Raumfahrer in Atem gehalten. Hegmar holte tief Luft. Er war erleichtert, daß dieser unheimliche Kampf ein Ende gefunden hatte. Einen Augenblick dachte er daran, was geschehen wäre, wenn sie anstelle *eines* Sarges ein Dutzend an Bord genommen hätten. Das hätte mit Sicherheit den Untergang der CREST IV bedeutet.

Das Auftauchen des Zwerges unterbrach Hegmar in seinen Überlegungen.

Das seltsame Wesen war zwischen den hydroponischen Tanks erschienen und sofort stehengeblieben, als es die Terraner erblickt hatte.

Trotz seiner Kleinheit ähnelte der Zwerg nicht einem Kind. Er sah aus wie ein zusammengeschrumpfter alter Mann, und in seinen großen

Augen schien sich unermeßliches Leid zu spiegeln. Hegmar hatte erwartet, daß ihr Gegner einen anderen Eindruck auf ihn machen würde, daß er ihn vielleicht hassen könnte. Aber jetzt fühlte er nichts als Mitleid mit diesem Wesen, das sie fast fünfzig Stunden lang bekämpft hatten.

Die schmalen Lippen des Zwerges zuckten. Er schwankte leicht, als könnte er sich nur noch mit Mühe auf den Beinchen halten.

„Er ist sehr verwirrt", teilte John Marshall mit. „Er haßt uns, weil wir ihn zur Kapitulation gezwungen haben. Aber es schwingt auch Resignation in seinen Gedanken mit."

„Das ist gut", sagte Rhodan. „Fragen Sie ihn, ob er irgendwelche Waffen bei sich hat."

„Er ist unbewaffnet", sagte Marshall.

„Ich traue ihm nicht", bemerkte Atlan. „Wir sollten ihn sofort paralysieren."

„Ich möchte einiges von ihm erfahren", antwortete Rhodan. „John, fragen Sie ihn, warum er nicht unmittelbar nach seinem Erwachen versucht hat, eine Verständigung herbeizuführen."

Marshall nickte.

Er erhielt jedoch keine Antwort mehr. Der Zwerg stieß einen schrillen Schrei aus und fiel in sich zusammen. Es sah aus, als würde man aus einem Ballon plötzlich die Luft herauslassen.

Die Männer blickten wie erstarrt auf das Gebilde, das von ihrem Gegner übriggeblieben war und ein paar Schritte von ihnen entfernt am Boden lag.

Rhodan hob den Arm und sprach in sein kleines Funkgerät.

„Alle Projektoren ausschalten! Der Zwerg ist tot."

Hegmar fragte sich, was geschehen war. Hatte ihr Gegner Selbstmord begangen, oder hatten geheimnisvolle Kräfte für sein Ende gesorgt?

Rhodan näherte sich den Überresten des kleinen Körpers. Er blieb davor stehen. Die anderen Männer waren ihm gefolgt.

Rhodan beugte sich hinab.

„Rätselhaft", murmelte er betroffen.

Er berührte das Gebilde vorsichtig mit der Hand. Es zerbröckelte. Die abgefallenen Teile zerfielen zu Staub und wehten im schwachen Luftzug, der von der Klimaanlage kam, davon.

Perry Rhodan richtete sich wieder auf.

„Das dürfte das Ende dieser seltsamen Begegnung sein", stellte er fest. „Ich glaube, wir können den Alarmzustand aufheben. Die gesamte Besatzung hat Ruhe nötig."

Erst jetzt bemerkte Major Drave Hegmar, wie müde er war. Er hätte sich am liebsten auf den Boden gelegt. Wahrscheinlich wäre er auf der Stelle eingeschlafen. In Erwartung eines ungestörten Schlafes erschien ihm sogar die riesige Entfernung, die sie von der Milchstraße trennte, bedeutungslos.

Als er sich abwandte, um das Gewächshaus zu verlassen, begannen die Alarmanlagen zu schrillen. Das Geräusch traf Hegmar wie ein elektrischer Schlag. Wie gelähmt blieb er stehen. Dann lächelte er. Wahrscheinlich hatte einer der müden und gereizten Männer aus Versehen den Alarmknopf betätigt.

Das war die Erklärung.

Was sollte sonst geschehen sein?

Aber er täuschte sich. Der Alarm war bewußt ausgelöst worden, und es gab auch einen Grund dafür.

Einen fürchterlichen Grund.

Denn vor ein paar Sekunden waren achtundzwanzig Männer von der CREST-Besatzung durch vergiftetes Wasser gestorben.

Es wurde nie festgestellt, ob es Zufall war, daß das Gift in den Wasservorräten der CREST IV fast im selben Augenblick wirksam wurde, als der Zwerg sich vor den Augen der ins Gewächshaus eingedrungenen Männer auflöste.

Dr. Ralph Artur war es zu verdanken, daß nicht mehr als 28 Männer von dem giftigen Wasser zu sich nahmen. Unmittelbar, nachdem er die Nachricht vom ersten Gifttoten bekam, löste der Chefarzt der CREST IV Großalarm aus.

Er setzte sich mit der Zentrale in Verbindung, und Oberstleutnant Ische Moghu verbot sofort den Genuß von Trinkwasser.

Rhodan und seine Begleiter, die von der Schreckensnachricht im Gewächshaus überrascht wurden, kehrten in die Zentrale zurück.

Sie hatten den Zwerg besiegt, aber jetzt sah es danach aus, als sollten sie einen teuren Preis dafür bezahlen. Der Gnom hatte offenbar die gesamten Wasservorräte der CREST IV mit einem unbekannten Nervengift verunreinigt. Wahrscheinlich handelte es sich bei dem Gift um irgendwelche organischen Ausscheidungen des unheimlichen Wesens.

Der Zwerg hatte die gesamte Besatzung getäuscht. Sämtliche Sabotageakte an Maschinen und Einrichtungen der CREST IV waren nur ein Ablenkungsmanöver gewesen. Während er den Anschein erweckt hatte, die CREST vernichten zu wollen, hatte der Fremde die Trinkwasservorräte verseucht. Damit hatte er mehr erreicht, als wenn er noch tagelang weitere Anschläge verübt hätte.

Unmittelbar nach Bekanntgabe der schrecklichen Nachricht wurde es still innerhalb des großen Schiffes.

Fünftausend Raumfahrer waren ohne Trinkwasser.

Drei Stunden später

Atlan streckte einen Arm aus und hielt Roi Danton mit der flachen Hand fest.

„Laß ihn jetzt!" sagte er sanft. „Geh jetzt nicht zu ihm!"

Aber ich bin sein Sohn! protestierten Rois Augen. Ich habe das Recht, zu ihm zu gehen.

Der Arkonide verstand den Blick, und er wußte, daß Danton seine Gedanken nur deshalb nicht laut aussprach, weil er nicht wollte, daß jemand von den Offizieren erfuhr, wer der Freihändlerkönig in Wirklichkeit war.

„Es gibt Augenblicke, in denen ein Mann allein sein muß", sagte Atlan. „Wir dürfen ihn nicht stören."

„Aber er ist . . . verzweifelt!" stieß Danton hervor.

Atlan betrachtete ihn gelassen.

„Woher weißt du das?"

Roi wandte sich irritiert ab. Vielleicht, dachte er, wußte dieser Arkonide mehr über Rhodan als er, der Sohn dieses Mannes. Trotzdem konnte Roi nicht verhindern, daß seine Blicke immer wieder sorgenvoll zu seinem Vater im Kontrollsessel zurückkehrten.

Perry Rhodan saß ruhig und einsam da. Man hätte glauben können, er sei eingeschlafen. Danton war jedoch sicher, daß sein Vater nicht schlief. Er dachte wahrscheinlich angestrengt nach.

Vielleicht brauchen wir alle diese Pause, dachte Danton.

Er beobachtete Atlan. Der Arkonide hatte die Arme über der Brust verschränkt und stand vor den Kontrollen. Nur ein Mann, der über eine zehntausendjährige Erfahrung verfügte, konnte in einem solchen Augenblick gelassen bleiben. Roi versuchte die Wege zu erkennen, die Atlans Gedanken nahmen, aber er ahnte, daß ihm Gefühle und Überlegungen dieses Mannes immer fremd bleiben mußten.

Danton fühlte, wie diese fast stoische Ruhe des Lordadmirals auf ihn übergriff, und er war dankbar dafür. Er entspannte sich und richtete seine Aufmerksamkeit auch auf die anderen Männer in der Zentrale.

Sie standen einzeln und in Gruppen und warteten.

Sie warteten und schwiegen. Sie alle akzeptierten, daß Rhodan ruhig dort vorn saß und überlegte.

In diesen Minuten gab es wohl keinen an Bord der CREST, der sich nicht mit den vorliegenden Fakten beschäftigt hätte.

Perry Rhodan hatte über Interkom eine Ansprache gehalten und schonungslos das ganze Ausmaß der Katastrophe geschildert. Es stand fest, daß die zentrale Wasserversorgung des Schiffes vergiftet worden war. Dazu kam, daß das fremde Wesen auch die Wassertanks der Beiboote verseucht hatte. Lediglich die Vorräte der Moskito-Jets und der Shifts waren noch genießbar. Hinzu kamen noch die Wassermengen, die sich in den geschlossenen Systemen einiger Raumanzüge befanden. Alles in allem waren die zur Verfügung stehenden Wassermengen jedoch zu gering, um die Versorgung in vollem Umfang aufrechterhalten zu können. Sie mußten daher streng rationiert werden.

Durch die Vergiftung des Wassers war aber auch die Nahrungsmittelversorgung in Mitleidenschaft gezogen worden.

An Bord terranischer Schiffe wurden hauptsächlich Konzentrate und Nahrungsmittel, die durch Wasserentzug haltbar gemacht wurden – sogenannte Trockennahrung –, sowie Konserven mitgeführt. Hinzu kamen noch Vorräte an Tiefkühlfleisch sowie die in den hydroponischen Gärten gezüchteten Früchte, Gemüse und Algenkulturen, die die Grundlage von Synthonahrung bildeten.

Durch die Vergiftung des Wassers waren auch die hydroponischen Anlagen in Mitleidenschaft gezogen worden, so daß sämtliche von dort bezogenen Produkte ungenießbar sein mußten.

Infolge der sich überstürzenden Ereignisse in Magellan, hatten die Versorgungsoffiziere kaum Gelegenheit gehabt, die Lebensmittellager aufzufüllen. Als die CREST nun in diese Galaxis verschlagen wurde, waren die Bestände an Konservenkost und tiefgefrorenem Fleisch bereits zusammengeschrumpft, so daß sie derzeit gerade noch ausreichten, die Besatzung für einige Tage halbwegs zu ernähren.

Zwar gab es noch Vorräte an Konzentraten und Trockennahrung, aber die Trockennahrung war ohne Wasser unbrauchbar. Die Konzentrate konnten ohne direkte Wasserzugabe zu sich genommen werden, aber sie lösten im Körper einen erhöhten Wasserbedarf aus – und dieser konnte in der gegebenen Situation nicht ausgeglichen werden.

Zum Wasserproblem kam daher auch das Ernährungsproblem hinzu und verschärfte die Situation an Bord noch drastisch.

Es gab zwar Wassertabletten, die kurzfristig Linderung schaffen konnten. Doch diese waren lediglich in der Lage, bereits vorhandene Körperflüssigkeit für begrenzte Zeit zurückzuhalten, jedoch nicht dem Körper Wasser zuzuführen.

Rhodan hatte kurz nach Bekanntwerden des Ausmaßes der Katastrophe angeordnet, nach einem Gegenmittel für das Gift zu suchen.

Die Toxikologen hatten jedoch wenig Hoffnung. Es stand fest, daß es sich bei dem Gift um organische Ausscheidungsstoffe des Zwerges handelte. Doch welcher Art dieses organische Gift war, war unbekannt. Selbst wenn es gelang, es zu analysieren, war es fraglich, ob rechtzeitig ein Gegenmittel gefunden werden konnte.

Dieses unbekannte Gift hatte schon in geringsten Mengen absolut tödliche Wirkung, so daß selbst die Zellaktivatorträger davon nicht verschont blieben. Die Aktivatoren hatten nicht nur die Aufgabe, dem Träger die relative Unsterblichkeit zu verleihen, sondern darüber hinaus auch Giftstoffe, die dem Körper zugeführt wurden, zu neutralisieren.

Die Toxikologen hatten die Aktivatorträger eindringlich davor gewarnt, sich bei diesem unbekannten Gift auf ihre Zellaktivatoren zu verlassen. Es bestand in hohem Ausmaß die Gefahr, daß die Aktivatoren das organische Gift nicht rasch genug restlos absorbieren konnten.

Perry Rhodan und die anderen Unsterblichen hatten dieses Argument eingesehen und beschlossen, sich auf keinerlei Experimente einzulassen. Das Risiko war zu groß.

Die Situation an Bord der CREST war mithin alles andere als rosig. Seit einer halben Stunde befand sich das terranische Flaggschiff wieder im Linearraum. Man mußte so schnell wie möglich einen geeigneten Planeten finden, um Frischwasser zu tanken.

In der Zentrale herrschte eine Zeitlang bedrücktes Schweigen. Schließlich räusperte sich Atlan.

„Ich hoffe, daß wir bald Erfolg haben“, sagte er zu Rhodan. „Unsere Vorräte werden nicht lange halten.“

„Sie müssen reichen, bis wir Ersatz gefunden haben“, sagte Perry Rhodan.

Roi Danton dachte an die kommenden Stunden. Der Kampf gegen den Zwerg würde ihnen unbedeutend erscheinen, wenn erst Durst und Hunger begannen. In einer düsteren Vision sah Roi Danton fünftausend durstende Männer aus Verzweiflung vergiftetes Wasser trinken.

Soweit durfte es nicht kommen!

„Alle Zapfstellen werden gesperrt", sagte Perry Rhodan, der offenbar ähnliche Gedanken wie Danton hatte. „Ich möchte, daß sämtliche Tanks von zuverlässigen Männern bewacht werden. Es könnte sein, daß ein paar durstige Kehlen auf dumme Gedanken kommen."

Männer, die kurz vor dem Verdursten waren, tranken alles, erinnerte sich Roi Danton. Sie würden sich auch nicht davon abhalten lassen, vergiftetes Wasser zu trinken.

Ein Schluck kann uns nicht schaden, würden sie denken. Nur diesen einen Schluck, um die ausgetrockneten Lippen zu befeuchten, um den Geschmack kühlen Wassers auf der geschwollenen Zunge zu spüren.

„Wenn wir alle vernünftig bleiben, wird es keine Schwierigkeiten geben", sagte Perry Rhodan. „Wir sind schon mit ganz anderen Problemen fertig geworden."

Dieser Mann, dessen Entschlossenheit ungebrochen war, konnte es vielleicht auch jetzt immer noch schaffen, fünftausend Männer vor der Verzweiflung zu bewahren und sie dazu zu bringen, mit einem Minimum an Wasser und Nahrung auszukommen.

Von großen Männern sagte man, daß sie unsterblich seien, weil ein Stück von ihnen in jedem Menschen weiterlebte.

Roi Danton lächelte.

Bei Perry Rhodan war das anders. Er brauchte nicht zu sterben, um das, was in ihm war, an andere weiterzugeben. Etwas von diesem Mann war schon jetzt in ihnen allen und machte sie stark, um vielleicht jetzt und eines fernen Tages endgültig in diesem Universum bestehen zu können.

29.

Seit dem Tod des Zwerges waren zehn Tage vergangen und die vorhandenen Konserven inzwischen aufgebraucht. Die Erforschung des Giftes und die Suche nach Gegenmitteln verlief bisher ergebnislos. Die CREST hatte in dieser Zeit einige Linearmanöver durchgeführt, ohne dabei einen brauchbaren Planeten zu entdecken.

Nunmehr stand ein weiteres Orientierungsmanöver dicht bevor. Vor dem letzten Linearraumeintritt war Icho Tolot an Bord der CREST gekommen und hatte sich in der Zentrale eingefunden. Der halutische Gigant saß am Kartentisch und hielt die Augen geschlossen. Offenbar stellte er Berechnungen an. Das Ergebnis schien jedoch unbefriedigend auszufallen, denn als er aufblickte, stand in seinen Augen ein Ausdruck der Trauer.

Allerdings vermochte nur Perry Rhodan die Gefühlsregung des Haluters zu erkennen. Für die meisten Menschen war das absolut unmöglich.

Inzwischen wußte Rhodan natürlich längst, daß das Dimetranstriebwerk des Haluterschiffes, über dessen Funktionsweise die Haluter nach wie vor beharrlich schwiegen, nicht einsatzbereit war. Nicht betroffen von diesem Ausfall waren die normalen Lineartriebwerke, über die das Haluterschiff verfügte und die eine ähnliche Reichweite besaßen wie die der CREST IV. Rhodan hatte diese Information mit stoischer Ruhe zur Kenntnis genommen und gegen den Willen Atlans auch die Besatzung der CREST darüber informiert.

Rhodan beobachtete den Haluter einige Augenblicke, dann ließ er sich neben dem Spezialsessel des Giganten nieder.

„Es ist schlimm für meine Kinder“, sagte Tolot.

Perry Rhodan lächelte über den Ausdruck ‚Kinder‘. Der Haluter war, jedenfalls aus menschlicher Sicht, ein seltsames Wesen, seiner biologischen Veranlagung entsprechend halb Mann, halb Frau und in terranischem Sinne wiederum keines von beiden. Eine Auswirkung dieser Gegebenheit waren die ausgesprochen triebhaften Muttergefühle, die er für alle Menschen empfand – was Uneingeweihte angesichts dieses Kolosses immer wieder erschreckte.

„Wir sind noch mit jeder Schwierigkeit fertig geworden, die sich vor uns auftürmte“, widersprach Rhodan. „Wir werden auch mit dieser fertig werden!“

Icho Tolot beugte sich vor und stützte sich dabei versehentlich auf die Kante des Kartentisches. Er zuckte zwar sofort wieder zurück, aber ein armlanger und etwa dreißig Zentimeter breiter Streifen war bereits abgesplittert.

„Verzeihung!“ murmelte der Riese.

Rhodan winkte ab.

„Ich hoffe, wir finden nach unserem Orientierungsaustritt ein brauchbares Sonnensystem.“

Tolot wiegte den Oberkörper hin und her, bis sein gigantischer Sessel zu knarren begann.

„Das ist es nicht, was mich beunruhigt. Wenn wir diesmal noch kein Glück haben sollten, dann nach der nächsten Linearflugetappe. Ich sorge mich um die Rückkehr ins Milchstraßensystem. Wir sind mindestens zweiunddreißig Millionen Lichtjahre von unserer Heimatgalaxis entfernt. Unsere technischen Mittel reichen nicht einmal aus, ein Viertel dieser Strecke zu bewältigen."

„Wir werden es schaffen", sagte Perry Rhodan fest, „weil wir es schaffen müssen!"

Er lehnte sich seufzend zurück und strich mit einer geistesabwesend wirkenden Geste über sein Haar.

„Was mir Sorgen bereitet, ist die Zeitspanne, die wir dazu benötigen, Tolot. Als wir aus der Magellanschen Wolke verschwanden, hatte OLD MAN Kurs auf die Milchstraße genommen. Ich fürchte, dem Solsystem stehen schwere Zeiten bevor. Und wir sind nicht da, um der Menschheit jetzt beizustehen."

„Achtung!" schallte es aus den Lautsprechern der Rundrufanlage. „In dreißig Minuten erfolgt Austritt ins Normaluniversum!"

Wortlos schnallten die Männer in der Kommandozentrale sich an.

Überall im Schiff würde man nun die vorgeschriebenen Sicherheitsmaßnahmen ergreifen, um jeder Überraschung begegnen zu können. Der Zwischenfall mit den fliegenden Särgen und dem gefährlichen gnomenhaften Lebewesen hatte auf drastische Weise bewiesen, daß eine unbekannte Galaxis auch unbekannte Gefahren barg.

Auch die Männer am Kartentisch schnallten sich an und schwiegen.

Die letzten Sekunden vor dem Orientierungsmanöver tröpfelten mit nervtötender Langsamkeit dahin.

Dann verschwand das bizarre Bild der Zwischenraumeffekte von den Bildschirmen der Panoramagalerie. Ein unübersehbares Sternenmeer schien lautlos in die Kommandozentrale zu stürzen.

Die CREST IV befand sich wieder im normalen vierdimensionalen Raum-Zeit-Kontinuum.

Der erste Blick auf die Umgebung des Schiffes mußte naturgemäß jeden Optimismus dämpfen. Obwohl die CREST IV sich unterdessen rund zehntausend Lichtjahre in Richtung auf das Randgebiet der fremden Galaxis bewegt hatte, standen die Sonnen immer noch viel zu dicht für vergleichbare heimatliche Raumzonen.

Nach zehn Minuten erschien der Haluter Fancan Teik ebenfalls in der

Zentrale der CREST. Er hatte während der letzten Linearflugetappe ganz allein in dem schwarzen, hundertdreißig Meter durchmessenden Raumschiff gesessen, das auf der oberen Polkuppel des Ultraschlachtschiffes magnetisch verankert war.

Perry Rhodan hatte auch ihn zu einer Besprechung gebeten.

Außer den beiden Halutern, Perry Rhodan, Atlan und einigen Offizieren erschienen John Marshall, Gucky, Ras Tschubai, Iwan Iwanowitsch Goratschin, der Teleoptiker Ralf Marten und der Suggestor Kitai Ishibashi, außerdem die beiden Ertruser Kasom und Masut. Roi Dantons Anwesenheit wirkte bereits selbstverständlich.

Er tänzelte wie üblich herein und musterte die Anwesenden durch seine Lorgnette.

Dann verzog er angewidert sein Gesicht und deutete auf die Gitteröffnung der Klimaanlage.

„Schrecklich, Messieurs, diese Luft! Es riecht nach allem möglichen, nur nicht nach einem atembaren Gasgemisch. Desinfektionsmittel, Öldunst, Chemikalien! Meine Lungen weigern sich, dieses Gift zu ventilieren."

Er hüstelte affektiert.

„Außerdem ist es furchtbar trocken hier. Meine Schleimhäute protestieren, Messieurs."

„Feuchten Sie sie mit Schwefelsäure an!" riet ihm Kasom mit unbewegtem Gesicht. „Vielleicht normalisiert sich dann auch Ihr Benehmen."

„Ruhe!" gebot Perry Rhodan. „Noch eine Bemerkung, Mr. Danton, und ich lasse Sie entfernen."

Der Freihändler erstarrte und ließ die Puderquaste fallen, mit der er soeben sein Gesicht bearbeiten wollte.

Melbar Kasom streckte eines seiner langen Beine aus und trat auf die Quaste. Eine weiße Puderwolke stob empor. Zurück blieb ein deformiertes graues Gebilde.

Danton starrte den Ertruser empört an. Aber Kasom zog eine unschuldsvolle Miene und hob das Fragment einer Puderquaste zuvorkommend auf.

„Sie hatten Ihren Putzlappen verloren, Majestät", sagte er devot.

Roi griff an seinen Degen. Doch dann sah er Rhodans Blick und zog die Hand wieder zurück. Mit beleidigter Miene stolzierte er zu seinem Platz, streckte den Arm aus und ließ sich von Oro Masut in die Konturpolster helfen.

Es zuckte um seine Lippen, als er sah, daß Atlan den Nachdenklichen spielte und die Hände vor sein Gesicht hielt, um seine Heiterkeit nicht zeigen zu müssen.

Sein ehemaliger Lehrmeister hatte ihm vor knapp drei Wochen eine Lektion erteilt, die er nicht so bald vergessen würde. Roi glaubte noch immer die Ohrfeige zu spüren, die er bei seiner Entlarvung erhalten hatte.

„Der Bericht der Astrophysiker liegt vor, meine Herren", berichtete Perry Rhodan. „Danach besteht nur eine Wahrscheinlichkeit von siebzehn Prozent, daß wir in diesem Raumsektor auf einen brauchbaren Planeten stoßen."

Er hustete. Auch ihm machte die Trockenheit der Luft zu schaffen. Dieser Zustand wurde allmählich unerträglich, aber die geringen Wasservorräte, die man noch besaß, reichten nicht aus, um zusätzlich auch noch die Luftbefeuchter damit zu versorgen. Das vergiftete Wasser schied dafür aus. Das Gift hätte sich in der Luft gelöst und seinen Zweck über die Lungen der Raumfahrer erfüllt.

„Der mittlere Abstand zwischen den Sternen beträgt hier immer noch nur 1,3 Lichtjahre. Das erhärtet den Verdacht, daß wir uns tatsächlich in der Galaxis M 87 im Virgo-Haufen befinden, denn in M 87 nimmt die Zentrumsdichte nach den Randgebieten hin ebenfalls nur sehr langsam ab.

Da wir also noch mindestens weitere zehntausend Lichtjahre zurücklegen müßten, um bedeutend andere Verhältnisse vorzufinden, schlage ich vor, wir beginnen sofort mit der Suche nach einem Planetensystem. Es gibt etwa zwanzig Sterne in der Nähe, die nach den bisherigen Messungen Begleiter haben könnten. Diese sollten wir anfliegen und nach Planeten suchen. Ich bitte um Meinungsäußerungen."

Er griff sich an die Kehle und schluckte krampfhaft. Plötzlich schüttelte ihn ein trockener, würgender Husten.

Roi Danton gab seinem Leibwächter einen Wink.

Oro Masut zog eine vergoldete Wasserflasche hervor, schenkte einen Kristallbecher voll und reichte ihn dem Großadministrator.

Perry Rhodan blickte ihn eigentümlich an. Dann wehrte er ab.

„Ich beanspruche keinerlei Vorteile! Vielen Dank, Mr. Masut, aber ich kann Ihr Angebot nicht annehmen."

„Sie dürfen es mit ruhigem Gewissen annehmen, Grandseigneur!" beharrte Oro. „Mein Herr benötigt seine Ration nicht ganz, deshalb hat er mich angewiesen, Ihnen etwas davon abzugeben."

„Ich nehme nichts . . ."

Auf einen neuerlichen Wink Dantons ergriff der Ertruser Rhodans Nase, hielt sie zu und schüttete dem Terraner das Wasser in den Mund.

Die Mutanten schauten betreten zu. Sie wußten nicht, ob dieser Akt als eine Nötigung oder eine etwas ungestüm aufgedrängte Hilfsaktion zu werten sei.

Selbst Rhodan schien zwischen Zorn und Dankbarkeit zu schwanken.

Atlan ergriff die Hand seines Freundes.

„Du solltest inzwischen wissen, daß Roi es immer nur gut meint, Perry", sagte er.

Perry Rhodan öffnete den Mund, und beinahe hätte er die Identität seines Sohnes preisgegeben. Rechtzeitig genug besann er sich darauf, daß nicht nur informierte Leute anwesend waren.

„Kommen wir zum Thema zurück", sagte Atlan. „Ich stimme deinem Plan nicht vorbehaltlos zu. Wir wollen sofort weiter zum Rand dieser Galaxis fliegen und dort mit der Suche beginnen. Hier vergeuden wir nur unnötig Zeit."

Roi Danton warf dem Lordadmiral verstohlen einen Blick zu, der Dankbarkeit ausdrückte. Er ahnte, daß Atlan seinem Vater nur widersprach, um ihn von der Peinlichkeit der Situation abzulenken.

Im Laufe der Diskussion gab Atlan allmählich wieder nach, so daß Rhodans ursprünglicher Plan zum Schluß allgemeine Zustimmung fand.

Fancan Teik kehrte an Bord des Haluterschiffes zurück, während Icho Tolot noch auf der CREST IV blieb.

Das blaue Glühen aus dem Zentrum erfüllte sämtliche Panoramabildschirme. Deutlich trat im Heckschirm der feurige Riesenball des Zentrums hervor. Er durchmaß zwanzigtausend Lichtjahre. An seinem Rand flimmerte es bläulich; wenn man länger hinsah, schmerzten die Augen davon. Dieses flimmernde Randglühen wurde, soviel man wußte, von den kugelförmigen ‚Spendern' hervorgerufen, die in unabsehbarem Strom von allen Seiten zugleich in die Reaktionszone der Galaxis rasten und wahrscheinlich für jenen gigantischen Strom von ‚Radiogasen' verantwortlich waren, den man mit den größten Radioteleskopen sogar von der Erde aus erkennen konnte.

Der Raum, den die CREST IV durchkreuzte, wurde allerdings nur selten von Spendern passiert. Auch kümmerten sie sich nicht mehr um die Triebwerksimpulse des Ultraschlachtschiffe – wahrscheinlich, weil die CREST nun zu weit vom Zentrum entfernt war, als daß ihre energetischen Ausstrahlungen mit denen des Reaktionskerns verwechselt werden konnten.

Roi Danton wandte sich vom Frontschirm ab, als die CREST IV wieder einmal in den Linearraum eintauchte. Auf dem Reliefschirm erschien das Abbild einer orangeroten Sonne. Sie war das nächste Ziel des Schiffes.

Der Freihändler musterte unauffällig die Männer vor den Navigationspulten.

Ihre verbissen wirkenden Gesichter bewiesen ihm, daß er nicht allein unter der grauenhaften Trockenheit der Luft und unter dem Durst litt.

Von Zeit zu Zeit war es nötig, sich diese Tatsache wieder vor Augen zu führen. Sonst hätte man verzweifeln können.

Ab und zu erscholl krächzendes Husten und pfeifendes Atmen. Verwünschungen mischten sich darein.

Er glaubte, einer der Männer sei ohnmächtig zusammengebrochen. Aber dann entdeckte er Melbar Kasom, der mit wütender Beharrlichkeit auf einen fußballgroßen Brocken Trockennahrung einschlug.

Mit tänzerischen Bewegungen ‚schwebte' er zu dem Ertruser hinüber. Er hob die Lorgnette an die Augen und sah Kasom gelangweilt zu.

Melbar hob die Rechte mit dem umgedrehten schweren Kombistrahler immer wieder und ließ den Kolben aus Terkonitstahl auf den steinharten Würfel herabsausen. Gelegentlich sprangen winzige Splitter von der Masse ab. Der Ertruser steckte sie sich sofort in den Mund und kaute verbissen darauf herum.

„Nun, mein lieber Kasom", näselte Roi, „hat Er Schwierigkeiten bei der Zerkleinerung Seines Pemmikans? Dürfen Wir Ihm behilflich sein?"

Melbar Kasoms Kopf lief blaurot an. Er schleuderte dem Freihändler ein unschönes Zitat entgegen und hieb weiter auf seinen Nahrungswürfel ein.

Da die Stimme des Ertrusers Scheintote hätte aufwecken können, wurden die Offiziere der Zentralebesatzung aufmerksam und schoben sich näher an die beiden Männer heran, soweit sie nicht mit dringenden Arbeiten beschäftigt waren.

Roi Danton tat, als hätte er das Zitat nicht gehört. Er umtänzelte den USO-Spezialisten spielerisch, zückte seine edelsteinbesetzte Schnupftabaksdose und nahm eine Prise.

„Weiß Er . . .?" begann er wieder, „ . . . wie viele Portionen Sein Nahrungswürfel enthält?"

„Verschwinde, Mike!" quetschte der Ertruser zwischen den Zähnen hindurch, so daß nur der Freihändlerkönig ihn verstand.

Roi lächelte spöttisch und nahm die versteckte Drohung nicht ernst. Melbar würde seine wahre Identität niemals preisgeben – jedenfalls nicht ohne sehr triftige Gründe.

„Das ist die Tagesration für eine Korvetten-Besatzung", fuhr er fort. „Er wird sich daran den Magen verderben."

Kasom stieß einen Knurrlaut aus, packte den Würfel mit beiden Händen und schleuderte ihn nach Dantons Kopf.

Doch Roi hatte mit einer solchen Reaktion gerechnet. Er riß mit einer kaum erkennbaren Bewegung den Zierdegen aus der Scheide und hob ihn hoch, während er gleichzeitig einen Sidestep nach links vollführte.

Ein bläuliches Flimmern verzerrte plötzlich die Umrisse der Degenklinge. Der Nahrungswürfel prallte dagegen – und wurde in zwei fast gleich große Stücke zerschnitten, als wäre er aus Butter.

„Voilà!" rief Danton in marktschreierischem Ton. „Kommen Sie heran, Damen und Herren! Sie sehen das größte Wunder der Galaxis M 87! Einen beschränkten Halbwilden von Ertrus, der mit offenem Mund auf die Fütterung wartet!"

Er führte vier blitzschnelle Schläge mit dem Degen gegen eine Hälfte des Würfels, nahm eines der doppelt faustgroßen Stücke auf und warf es dem Ertruser in den offenen Mund.

Erst jetzt erlangte Kasom seine Fassung zurück.

Doch als er merkte, daß er mit vollem Mund nicht schimpfen konnte, ergab er sich in sein Schicksal und versuchte das Beste aus der Situation zu machen. Er wälzte den Nahrungsbrocken im Mund herum. Zerbeißen konnte er ihn natürlich nicht, aber wenn er ihn wie ein Bonbon lutschte, würde es ihm im Laufe der Zeit gelingen, ihn aufzuweichen.

Die Männer lachten.

Sie hatten inzwischen einen Kreis um Kasom und Danton gebildet und erwarteten sicher noch mehr derartige Späße.

Roi zerkleinerte den Rest des Würfels mit der Vibratorklinge seines Degens in walnußgroße Stücke und verteilte sie.

„Man sage nicht . . .", wieder warf er einige Stücke aus, „ . . . man sage nicht, ein König besäße kein Herz für das Volk. Er sorgt für es wie ein Vater und denkt dabei nicht einmal an sich selbst." Er verteilte die letzten Brocken. „Guten Appetit!" rief er. „Denken Sie daran, wir haben noch eine Menge schöner absolut trockener Nahrungspreßwürfel an Bord. Genug jedenfalls, um eine richtige Orgie damit zu feiern!"

Wieder lachten die Männer.

Aber Roi Danton merkte, daß es bei einigen Leuten recht gequält klang. Er sah die trockenen, rissigen Lippen und die geröteten Augäpfel und wußte, daß selbst seine sonst so beliebten Späße an Wirkung verloren hatten.

Seufzend wandte er sich ab und tänzelte zum Kartentisch hinüber.

Als er in seinem Kontursessel saß, fielen aller Übermut und alle Blasiertheit wie eine schlechte Maske von ihm ab. Er hustete trocken und schloß die Augen. Seine Finger klammerten sich um die Armlehnen.

„Oro, mir ist schwindlig!" flüsterte er.

Sein ertrusischer Leibwächter wollte ihm etwas von der eigenen Wasserration anbieten, doch Roi lehnte ab.

„Du brauchst es nötiger, Oro. Ich begreife überhaupt nicht, wie ihr Ertruser es mit kaum verdaulicher Preßnahrung und minimalsten Wassermengen aushaltet."

Ein lautes Knurren ließ ihn nach rechts blicken.

Dort schlich Gucky mit hängenden Ohren vorüber.

„Hallo, Monsieur Guck!" rief Roi leise. „Seit wann knurren Sie wie ein Raubtier? Man fürchtet sich ja direkt vor Ihnen."

Gucky blieb stehen und wandte sich langsam um.

„Ich und wie ein Raubtier knurren?" fragte er krächzend. „Das war mein Magen, Freibeuter." Er seufzte unterdrückt. „Keine Mohrrüben, keine Spargelspitzen, keine Artischocken . . .! Wie könnte ein Ilt nur von Trockenmarmelade aus Chlorellapulver und synthetischem Süßstoff leben?"

„Armer Kerl", sagte Roi und kraulte den Mausbiber hinter den Ohren. „Wenn ich dir nur helfen könnte!"

„Du hast nicht zufällig einige Konserven in deinem Gepäck?" fragte Gucky hoffnungsvoll.

„Leider nicht, Kleiner. Du mußt schon mit den Konzentraten vorliebnehmen."

„Das Zeug mag ich nicht", erwiderte Gucky. „Lieber will ich hungern."

Er hoppelte müde weiter.

Roi schüttelte den Kopf.

„Lange darf das nicht so weitergehen, Oro!"

Der Ertruser ließ sich mit gequältem Gesichtsausdruck in einen Sessel fallen.

„Wenigstens wird der Mausbiber nicht so sehr unter dem Wassermangel leiden. Auf seiner Heimatwelt Tramp gab es bekanntlich überhaupt kein freies Wasser."

„Aber wasserhaltige Nahrungsmittel", widersprach Roi. „Unsere Konzentrate dagegen laugen im Laufe der Zeit den Körper aus."

„Die CREST tritt jetzt wieder in den Normalraum ein!" erscholl die Stimme Perry Rhodans aus den Lautsprechern. „Vor uns liegt das System einer orangeroten Sonne. Drücken Sie die Daumen, daß wir hier einen brauchbaren Planeten finden. Ende."

„Wieder nichts", sagte Rhodan, als er aus der Ortungszentrale zurückkehrte. „Die Astrophysiker glauben inzwischen, daß es in dieser Zone von M 87 überhaupt keine Sonnen mit Planeten gibt."

Roi Danton preßte die Lippen zusammen.

„Wir haben erst zwanzig Sonnen näher untersucht, Grandseigneur. Sollen wir jetzt schon aufgeben?"

Rhodan zuckte die Achseln und starrte mit grimmigem Gesicht auf den Backbordsektor der Panoramagalerie, auf dem das Abbild einer blauweißen Sonne zu sehen war.

„Ich schlage ebenfalls vor, wir nehmen sofort Kurs auf die Randzone dieser Galaxis", warf Oberst Merlin Akran ein.

Roi blickte sich unauffällig um.

„Sehen Sie sich die Leute an, Monsieur! Ein Drittel der Besatzung dürfte innerhalb der nächsten Stunden schlappmachen. Die Trockenheit der Luft ist eine Qual. Es gibt niemanden an Bord, dessen Schleimhäute noch nicht entzündet wären."

Er massierte seinen Adamsapfel.

„Es wird nicht mehr lange dauern, bis wir keinen vernünftigen Ton mehr herausbekommen", sagte er ironisch.

„Ich habe . . .", begann Rhodan, brach jedoch ab, als Melbar Kasom aus dem Schacht des Achslifts trat.

Der Ertruser schob zwei Raumsoldaten vor sich her.

„Sir!" meldete er. „Ich kam dazu, wie diese Männer sich an die Wasserreserven einiger Raumanzüge des Ausrüstungsdepots heranmachten."

Perry Rhodan musterte die Soldaten mit eisigen Blicken.

„Sind Sie sich klar darüber, daß Sie mit einem schimpflichen Ausstoß aus der Flotte rechnen müssen?" fragte er leise.

Die beiden Männer bekamen knallrote Köpfe.

„Jawohl, Sir!“ sagten sie mit gesenktem Blick.

„Oberst Kasom!“ befahl Rhodan. „Die beiden Männer stehen ab sofort unter Stubenarrest und sind vom Dienst an Bord suspendiert!“

Kasom packte die beiden am Genick und schob sie wieder in den Antigravlift.

„Arme Kerle!“ murmelte Roi.

Sein Vater bedachte ihn mit einem sonderbaren Blick.

„Persönlich tun sie mir ebenfalls leid, Monsieur Danton. Aber im Interesse der Borddisziplin muß ich jeden exemplarisch bestrafen lassen, der sich auf Kosten der Allgemeinheit Vorteile zu verschaffen versucht.“

Er räusperte sich die Trockenheit aus der Kehle.

„Oberst Akran, treffen Sie bitte sofort Maßnahmen, durch die die Ausrüstungslager gegen Unbefugte abgesichert werden. Ich werde außerdem nochmals über Rundruf zu der Besatzung sprechen, damit sich ähnliche Zwischenfälle nicht wieder ereignen können.“

„Ja, Sir!“ bestätigte Merlin Akran mit unbewegtem Gesicht. „Darf ich Ihre Anordnungen betreffs des Kurses bekommen?“

Rhodan nickte.

„Wir werden die Suche in diesem Raumsektor abbrechen und auf möglichst geradem Kurs zum Randgebiet dieser Milchstraße vorstoßen. Riskieren Sie bitte nichts. Meiden Sie unbedingt alle Sonnenballungen, Novaeausläufer und Gaswolken. Gehen Sie lieber einmal zuviel als zuwenig in den Normalraum zurück.“

„Verstanden“, erwiderte Akran heiser. „Ich werde Ihnen die Koordinaten des Zielsterns vorlegen, sobald wir eine entsprechende Sonne eingepeilt haben.“

„Ich wollte, ich könnte meinen Kindern helfen“, sagte Icho Tolot.

Der Haluter war infolge seiner besonderen Konstitution noch völlig frisch. Er und sein Kollege vermochten die Trockennahrung mühelos zu zerkleinern und zu verdauen und kamen lange Zeit ohne Flüssigkeit aus.

„Vielleicht sollten wir ihn schlachten“, bemerkte Oro Masut nachdenklich.

Rhodan und Roi Danton lachten.

Sie bemühten sich, gegenüber der Mannschaft die unerschütterlichen Optimisten zu spielen, die über die Schwierigkeiten lächelnd hinweggingen. Wahrscheinlich war es zum Teil diesem Verhalten zu verdanken, daß die Besatzung den Mut immer noch nicht ganz verloren hatte.

Tolot lachte dröhnend.
„Sie würden sich an mir bestimmt den Magen verderben, meine Herren!“
„Leider!“ gab Oro seufzend zurück. „Lieber lutsche ich Trockenrationen.“
Er zog ein eiförmiges, steinhartes Gebilde hervor und schob es in seinen Mund.
„Der moderne Dauerlutscher, Marke M 87“, sagte er in einem Anflug von Galgenhumor. „Reicht garantiert hundert Jahre.“
Diesmal lachte Perry Rhodan nicht.
„Ich glaube, es ist besser, wenn Sie jetzt wieder in Ihr Schiff zurückkehren, Tolot. Ihr Kollege fühlt sich sonst zu einsam während der nächsten Linearetappe.“
Der Haluter verabschiedete sich kurz und stieg in den Lift, um sich zur oberen Polkuppel der CREST IV tragen zu lassen, wo sich der Zugang zu seinem Raumschiff befand.
Unterdessen vibrierte die Schiffszelle unter dem Tosen der Impulstriebwerke. Die CREST wurde herumgerissen und nahm mit maximaler Beschleunigung Kurs auf einen zehntausend Lichtjahre entfernten Zielstern . . .

30.

Am 25. Januar 2436 – nach Erdzeit gemessen – war der Zielstern noch sechshundertneunzig Lichtjahre entfernt.
Die CREST befand sich wieder im Normalraum. Vor ihr leuchtete eine zweihundertsiebzig Lichtjahre durchmessende Sternenwolke, genauer gesagt, der ‚obere‘ Rand dieser Wolke. Das Ultraschlachtschiff hatte erneut den Kurs geändert und flog mit sechzig Prozent der Lichtgeschwindigkeit nach ‚oben‘, um das Hindernis zu umgehen.
Der Morgen des 25. Januar 2436 war zugleich jener Augenblick, in dem die Besatzung erfuhr, daß die letzten unverseuchten Wasservorräte verbraucht waren.
„Vierzigtausend Lichtjahre Entfernung zum Zentrum, Sir“, meldete Oberst Merlin Akran.

Perry Rhodan blickte konzentriert auf den Bildschirm des Interkoms. Dennoch sah er statt des Gesichts seines Kommandanten nur eine Ballung flimmernden Nebels. Sein Schädel dröhnte zum Zerspringen.

„Das . . . müßte . . . genügen, wie?" fragte er mit schwerer Zunge.

„Mittlerer Sonnenabstand nur 1,5 Lichtjahre", meldete Akran. „Massetaster arbeiten. Erhoffe . . ."

Der Rest ging in einen trockenen Husten über.

„Ende!" krächzte Rhodan und schaltete den Interkom aus.

Neben ihm ließ sich Roi Danton in einen Kontursessel fallen. Rhodan merkte es erst, als der Freihändlerkönig ihn ansprach.

„Bonjour, Grandseigneur! Comment allez-vous?"

„Was soll der . . . Blödsinn?" flüsterte Rhodan. Seine Stimmbänder schmerzten, und er konnte sich nicht vorstellen, daß es dem Freihändler anders ging.

„Oh, Pardon!" sagte Roi. „Ich wußte nicht, daß Sie ungnädig gestimmt sind. Ich habe nur gefragt, wie es Ihnen geht."

„Es ist mir schon besser gegangen", erwiderte Rhodan ironisch. Er hustete trocken. „Und wie geht es Ihnen, Monsieur Danton?"

„Bis auf eine absolute Konstipation ganz ausgezeichnet."

„Konsti . . . was . . .?"

Der Freihändlerkönig hüstelte.

„Verstopfung, Granseigneur. Sozusagen . . . äh . . . fehlender Stuhlgang mangels Masse."

Gegen seinen Willen mußte Perry Rhodan lachen. Er hörte jedoch sehr schnell wieder auf damit, denn in seinem Hals schienen glühende Messer zu wüten.

„Ihr Humor ist sehr makaberer Natur", murmelte er.

„Sozusagen, Grandseigneur."

Roi hüstelte wieder.

„Die Besatzung befindet sich in einem . . . äh . . . Zustand der progressiven Indisposition, Grandseigneur. Um es in der Sprache des gemeinen Volkes auszudrücken: Sie ist fertig. Unter diesen Umständen . . ."

Perry Rhodan brachte er fertig, die flimmernden Nebel vor seinen Augen zu verdrängen und sich aufzurichten.

„Was wollen Sie eigentlich? Sagen Sie es knapp und präzise, oder ich stoße Sie eigenhändig aus ihrem Narrenkostüm! Nun . . .?"

Er erhaschte einen Blick auf Rois Gesicht.

Der Freihändler saß mit schwankendem Oberkörper im Nebensessel.

Seine Wangen waren eingefallen, Nase und Lippen aufgesprungen, die Augen so rot wie überreife Erdbeeren. Dennoch brachte er es fertig, sich mit einer Puderquaste über die Wangen zu tupfen.

Perry Rhodan war nahe daran, seinen Sprößling zu bewundern. Mike war nicht nur der ehrgeizige Sohn, der inkognito seinen eigenen Weg gehen wollte, soviel hatte er sofort gewußt, als Roi ihm gegenüber die Maske ablegte – Mike war zu einem Mann herangereift, der sich selbst in aussichtsloser Lage seine Menschenwürde zu bewahren wußte.

„Nun . . .?“ fragte er noch einmal, diesmal aber nicht mehr drohend.

Roi lächelte – und tupfte mit der Puderquaste über den Blutfaden, der aus der frisch aufgeplatzten Unterlippe übers Kinn hinabrann.

„In dem raumtüchtigen Gehäuse auf unserer oberen Polkuppel sitzen zwei Überwesen, Grandseigneur, sozusagen die beiden einzigen Wesen, die noch voll funktionsfähig sind. Ich schlage vor, daß wir die Haluter auf Planetensuche schicken, sobald wir eine Sonne ausgemacht haben, die uns hoffen läßt.“

Perry Rhodan verstand.

Er stellte die Verbindung zu den Halutern her und unterrichtete sie von Dantons Vorschlag. Icho Tolot und Fancan Teik waren sofort einverstanden damit.

„Endlich kann ich etwas für meine Kinder tun!“ röhrte Tolot. „Geben Sie uns sofort Bescheid, wenn Ihre Leute etwas ermittelt haben. Unsere Massetaster arbeiten selbstverständlich ebenfalls seit dem Eintritt in den Normalraum.“

Der Großadministrator lächelte dankbar.

Es war schön, wenn man sich in der Not auf jemanden verlassen konnte.

Eine halbe Stunde später entdeckten die Orter eine rote Riesensonne. Sie stand in einer Entfernung von nur acht Lichtmonaten an Backbord. Die Massetaster wiesen aus, daß sie über mindestens vier große Planeten, wahrscheinlich aber über mehrere kleine und große Begleiter verfügte.

Die Astrophysiker bestätigten die Analyse anhand der Aufzeichnungen.

Zur gleichen Zeit meldeten die Haluter das gleiche Ergebnis.

Icho Tolot bat darum, das Magnetfeld abzuschalten, das ihr kleines Schiff auf der oberen Polkuppel festhielt.

Perry Rhodan gab die entsprechenden Anweisungen. Dann sagte er mit matter Stimme:

„Viel Glück, Tolot!"
Der halutische Gigant ging ganz dicht an die Bildaufnahme heran.
„Wir werden uns beeilen. Halten Sie durch. Es kann nicht mehr lange dauern!"
„Je me sens mal", flüsterte Roi Danton. „Ich fühle mich schlecht."
Besorgt blickte Rhodan den Freihändler an.
„Soll ich einen Medoroboter rufen?"
Roi winkte ab.
„Nur dann, wenn er mir ein schönes kühles Bier mitbringt, Grandseigneur. – Aber das Bier hat man ja „regeneriert", damit die Besatzung nicht betrunken wird."
Er hustete.
„Reden Sie nicht so viel!" herrschte Atlan ihn an.
Der Lordadmiral setzte sich in einen Kontursessel und rang keuchend nach Luft.
„Ich war . . . in der Bordklinik. Schlecht, Perry . . .! Gucky . . . ist dort. Phantasiert!"
„Wann tut er das nicht?" bemerkte Roi anzüglich.
Atlan holte aus, ließ aber die Hand wieder sinken.
„Meine Energie ist zu schade, um . . ."
Seine Stimme erstarb in einem Röcheln.
„Faites une compresse froide autour du cou!" sagte Roi halb ironisch, halb mitleidig. „Machen Sie einen kalten Umschlag um den Hals."
Der Arkonide krächzte ein französisches Schimpfwort.
Rhodan lauschte der Stimme des Kommandanten, die aus dem Interkomlautsprecher drang. Merlin Akran flüsterte, ganz im Gegensatz zu seiner sonstigen Angewohnheit, die Tonfülle seines epsalischen Organs voll zum Ausdruck zu bringen.
Perry Rhodan fiel auf, daß er die beiden Ertruser seit einigen Stunden nicht mehr gesehen hatte. Er fragte Atlan, ob er etwas von ihnen wüßte.
„Kasom und Masut liegen ebenfalls in der Klinik", erwiderte Atlan ernst. „Sie leiden viel stärker als wir. Der Arzt gibt ihnen noch höchstens zehn Stunden."
Perry Rhodan stöhnte unterdrückt.
Sofort beugte sich der Freihändlerkönig zu ihm hinüber.
„Was ist mit Ihnen, mon ami?"
Sein Vater winkte ab.
„Sie haben nicht auf die Anrede geachtet", sagte Atlan ironisch. „Es heißt ‚Grandseigneur', wenn Sie den Großadministrator ansprechen!"

„Sie haben wie immer recht, Sire“ erklärte Roi.

Rhodan war nicht mehr imstande, auf das Gespräch zwischen Danton und Atlan einzugehen. Sein Kopf fiel zur Seite, und die Nacht der Bewußtlosigkeit senkte sich über ihn. Lediglich im Unterbewußtsein nahm er das verstärkte Pochen seines Zellaktivators wahr, der auf die körperliche Schwäche reagierte und sie zu kompensieren versuchte. Aber Rhodans Körper war während der vergangenen Tage weitaus mehr belastet worden als jene der anderen Besatzungsmitglieder. Rhodan hatte einige Male zugunsten anderer Leute auf seine Rationen verzichtet – wie die anderen Aktivatorträger auch –, und so kam es, daß der Zellaktivator nicht mehr in der Lage war, eine kurze Bewußtlosigkeit zu verhindern.

Als Perry Rhodan nach einigen Augenblicken wieder zu sich kam, hörte er am Dröhnen der Stromerzeuger, daß die CREST IV Fahrt aufgenommen hatte.

Seltsamerweise spürte er kaum noch Schmerzen. Die ganze Welt um ihn herum schien in Watte verpackt zu sein. Mühsam erhob er sich.

Roi Danton lag im Nebensitz. Er schlief oder war bewußtlos.

Langsam ging Perry Rhodan zum Kommandostand.

Als die bewegungslose Gestalt Oberst Akrans auf einer Antigravbahre von zwei Medorobotern an ihm vorübergeschoben wurde, beschleunigte er seinen Schritt.

Wer sollte das Schiff befehligen, wenn der Kommandant ausgefallen war? fragte er sich ängstlich.

Aber der Kommandantensitz war besetzt.

Atlan wandte sich um. Er hatte die Annäherung des Freundes gehört.

„Alles klar, Perry . . .“, flüsterte er.

Perry Rhodan starrte auf den Frontschirm, bis er einigermaßen klar sehen konnte.

Ein roter Glutball von der Größe einer Tomate schwamm zitternd in der Schwärze des Alls, vor einem Hintergrund aus tanzenden silbrigen Punkten.

Es dauerte einige Minuten, bis Rhodan erkannte, daß das Zittern des Sonnenballs und die anderen Phänomene von seiner eigenen gestörten Wahrnehmungsfähigkeit herrührten.

Noch einige Minuten später begriff er, daß die CREST IV sich bereits am Rande des Systems der roten Riesensonne befand.

Das versetzte ihm einen heilsamen Schock.
Er rüttelte Ische Moghu an der Schulter.
„Haben wir Nachricht von den Halutern, Oberstleutnant?"
Ische Moghu nickte und deutete auf seinen Hals.
Er konnte nicht mehr sprechen!
„Achtung! Neue Durchsage!" erscholl es plötzlich aus dem Lautsprecher des Gerätes, das Hyperkomsprüche aus der Funkzentrale direkt in der Kommandozentrale empfing. „Planetensystem untersucht!"
„Hallo, Tolot!" sagte Rhodan.
„Hier spricht Teik!" erscholl es zurück. „Eine gute Nachricht. Die rote Sonne hat, wie bereits gemeldet, mehrere Planeten. Nummer eins ist fast glutflüssig, Nummer zwei völlig trocken, Nummer drei scheint erdähnlich zu sein. Soeben gibt mir Tolotos die neueste Analyse. Der dritte Planet ist eine Sauerstoffwelt mit ausgedehnten Meeren, Seen und Flüssen!"
„Danke!" stammelte Perry Rhodan. „Danke, Teik! Wir kommen!"
„Wir fliegen der CREST entgegen", erwiderte Teik. „Hoffen, daß wir sie dirigieren können. Suchen nur noch einen Landeplatz. Ende."
„Danke! Ende!" rief Rhodan.
Er schlug dem Lordadmiral auf die Schulter.
„Wir haben es geschafft, Freund!"
Er erstarrte, als Atlan haltlos zusammensank. Die Finger des Arkoniden umklammerten noch immer den Beschleunigungshebel, aber sie zogen ihn allmählich in die Ausgangsstellung zurück.
Perry Rhodan versuchte, den Arkoniden aus dem Kommandosessel zu heben. Aber er schaffte es nicht.
„Helfen Sie mir, Moghu!" bat er den Ersten Offizier.
Ische Moghu richtete sich halb auf, sank dann aber kraftlos zusammen.
Da kamen zwei Medoroboter zu Hilfe. Sie hoben Atlan mühelos hoch und legten ihn auf eine Antigravbahre.
Rhodan fühlte sich von der vergeblichen Kraftanstrengung so ausgelaugt, daß er sich nicht mehr weiter um den Freund kümmern konnte. Er kletterte in den viel zu großen Sessel Merlin Akrans und überprüfte die Kontrollen. Danach schob er den Beschleunigungshebel wieder bis zum Anschlag nach vorn.
Das Tosen der Triebwerksmeiler drang bis in die Zentrale. Mit schwachem Rütteln schoß die CREST IV tiefer in das fremde Sonnensystem hinein.

Eine Stunde später tauchte ein schwarzer Schemen im Frontschirm auf. Gleich danach meldete sich Icho Tolot über Telekom.

„Folgen Sie uns!" sagte er. „Wir führen Sie zum dritten Planeten."

Perry Rhodan sah, wie das kleine schwarze Raumschiff nach Steuerbord abschwenkte. Er änderte den Kurs und folgte den Halutern nach Sicht.

„Berichten Sie mehr über diese Welt", bat er.

Der Äquatordurchmesser des dritten Planeten betrug nach den Messungen der Haluter 12916 Kilometer, lag also nur geringfügig über dem des irdischen Äquatordurchmessers. Eine Rotation dauerte 29,6 Stunden, die mittleren Temperaturen lagen entsprechend der stärkeren Sonnenstrahlung sehr hoch bei 38 Grad Celsius.

Der Planet besaß zwei Monde von fast gleicher Größe. Auch ihre Umlaufbahnen lagen gleich, und sie waren beide unbelebte Gesteinsbrocken mit einer staubbedeckten Oberfläche. Sie standen sich genau gegenüber, also um 180 Grad gegeneinander versetzt.

Tolot teilte außerdem mit, daß sein Kollege und er einen guten Landeplatz auf einer savannenähnlichen Hochebene ausgemacht hätten. Dort befände sich genügend Frischwasser, um die Besatzung einer ganzen Flotte von Ultraschlachtschiffen zu versorgen.

„Ich danke Ihnen!" sagte Rhodan. „Sie wissen gar nicht, wie sehr ich Ihnen danke, Tolot!"

„Bitte!" wehrte der Haluter verlegen ab. „Sie wissen, daß ich nichts lieber tue, als für meine Kinder zu sorgen."

Perry Rhodan lächelte – aber das zeigte sich nicht mehr auf seinem Gesicht. Die Züge waren erstarrt.

„Clearwater!" murmelte Ische Moghu tonlos. „Auf nach Clearwater!"

Zuerst sah Perry Rhodan den Ersten Offizier erstaunt an, dann nickte er bekräftigend.

„Jawohl, Moghu, Clearwater soll er heißen, unser Planet!"

Dabei blieb es.

Der Name wurde sogar noch auf das ganze System erweitert.

Mit voller Kraft setzte die CREST IV ihren Flug fort – und mit erschöpften, fiebernden und ausgelaugten Männern vor den Kontrollen und Schaltpulten.

Niemand wäre unter diesen Umständen in der Lage gewesen, sich um etwas anderes zu kümmern als um das Haluterschiff, das sie nach Clearwater lotste. Die vier jupiterähnlichen Außenwelten wurden zwar aufgenommen, aber nicht beachtet.

Als der dritte Planet endlich auf den Panoramaschirmen sichtbar wurde, ging ein Aufatmen durch das Schiff.

Wie gebannt starrten die Männer auf die weißgefleckte Scheibe, und immer dann, wenn die ausgedehnten Wolkenfelder den Blick auf die stark reflektierenden Ozeane freigaben, erschollen krächzende Laute der Begeisterung.

Längst schon hatte Perry Rhodan veranlaßt, daß die Automatsteuerung den Landeanflug übernahm. Die menschliche Besatzung war zu ausgelaugt. Es bestand die Gefahr, daß man während des Landeanfluges Fehler beging, die zu einer Bruchlandung führten.

Die Automatik hingegen würde, unter der exakten Anleitung der beiden Haluter, die CREST wohlbehalten auf Clearwater absetzen.

Perry Rhodan sah auf dem Subschirm die glitzernde Fläche eines riesigen Binnenmeeres, ähnlich dem Kaspischen Meer der Erde. Der weiße Schaumfaden eines Wasserfalls stürzte zu ihm hinab. Er kam aus einem Fluß, der sich über eine winzig erscheinende Hochebene schlängelte. Ein blauweißes Wabern umhüllte die CREST IV und ging hinter dem Raumschiff in einen sich drehenden Schlauch erhitzter und ionisierter Luft über. Der Schutzschirm hielt die Einwirkungen des draußen tobenden Infernos vom Schiff und seiner Besatzung ab. Immer größer wurde das Plateau im Subschirm.

Die Antischwerkraftprojektoren übernahmen die letzten Kilometer der Landung. Das Dröhnen der Triebwerke verstummte.

Perry Rhodan starrte noch immer krampfhaft auf den Suchbildschirm, als eine Automatenstimme schon längst den Vollzug der Landung verkündet hatte.

Medoroboter hoben ihn aus dem Sessel und legten ihn auf eine Bahre.

Da aktivierte er noch einmal alle Energien, die ihm verblieben waren.

Er stieg von der Bahre herab und ging mit unnatürlich steifen Bewegungen auf den Antigravschacht zu.

Mit eigenen Augen wollte er Clearwater sehen, nicht nur durch die mechanischen Augen der Fernbildoptik.

Clearwater, die Welt der Rettung!

31.

Perry Rhodan stemmte sich in kniende Haltung hoch. Er mußte bewußtlos gewesen sein, konnte sich aber nicht daran erinnern.

Ein frischer Wind wehte vom See her über die Hochebene. Er brachte Gischt vom nahen Wasserfall mit und kühlte die ausgedörrten Lippen, die aufgesprungene Haut und die entzündeten Augen.

Rhodan genoß die Erfrischung. Er atmete tief ein. Hier, in über dreitausend Metern Höhe, betrug die Lufttemperatur höchstens fünfzehn Grad. Die Haluter hatten einen Landeplatz ausgesucht, der für den Zustand der fünftausendköpfigen Besatzung geradezu ideal war.

Allmählich nur klärte sich sein Blick. Er konnte das kurze, harte Gras der Savanne sehen, die niedergeduckten Bäume und Sträucher – und in höchstens fünfhundert Metern Entfernung das silberne Band des Stromes . . .

Plötzlich stutzte er.

Etwas bewegte sich dort am Ufer!

Perry Rhodan blickte genauer hin und kniff die Augen zusammen, weil die hochstehende Sonne ihn blendete.

Das waren Menschen!

Jemand taumelte an ihm vorbei, strauchelte, fiel, raffte sich wieder auf und wankte zwischen den gigantischen Landestützen des Schiffes hindurch auf den Fluß zu.

Rhodan wußte mit einemmal, daß sich dort unten am Fluß tatsächlich Menschen befanden – Terraner. Einige wenige mußten die Entbehrungen besser ertragen haben, hatten noch genügend Kraft besessen, um der magischen Anziehungskraft des schimmernden Labsals zu folgen.

Genügend Kraft, um vielleicht in den Tod zu gehen . . .!

Rhodan richtete sich auf, schaltete seinen Armbandkom in die Welle der Roboterkommunikation ein.

„Hier Sphinx an Gladiatoren!“ schrie er heiser. Es war dies das Kodewort, das den Robotern bewies, daß ein Befugter zu ihnen sprach. „Alle Roboter der Klassifikationen Omega sofort an den Fluß! Anweisung: Wasser gegen alle Besatzungsmitglieder abriegeln. Die am Fluß befindlichen Menschen mit Gewalt hindern und diejenigen, die bereits getrunken haben, in die Bordklinik bringen. Sphinx an Gladiatoren; Ende!“

Die Leitpositronik meldete sich und bestätigte den Befehl.

Kurz darauf stürmten Hunderte von Kampf- und Dienstleistungsrobotern aus der offenen Bodenschleuse und liefen zum Flußufer.

Perry Rhodan setzte sich auf den Boden und wartete.

Es dauerte nicht lange, da kamen die ersten Roboter zurück. Sie trugen teils protestierende, teils reglose oder schreiende Menschen auf ihren Schultern.

Am Fluß blitzte es grell auf. Eine Explosion erschütterte den Boden.

Rhodan fuhr sich über die Augen.

Er ahnte, was geschehen war.

Ein vor Durst halbwahnsinniger Mann hatte seinen Strahler gezogen und einen Roboter vernichtet.

Selbstverständlich würden die anderen Roboter ihn nicht deswegen umbringen, sondern schlimmstenfalls mit einem Paralysator lähmen – wenn er nicht von der Explosion getötet worden war.

Rhodans Ahnung bewahrheitete sich, als ein Roboter mit den sterblichen Resten des Mannes zurückkam.

Er rief erneut über die Roboterwelle und befahl, daß alle verfügbaren Roboter sich für einen Wassertransport bereitzuhalten hätten. Medoroboter sollten das Flußwasser auf gefährliche Fremdstoffe untersuchen und ihm das Ergebnis melden.

Während die Maschinen ihrer Arbeit nachgingen, traten Atlan und Roi Danton zu Rhodan. Die beiden Männer vermochten sich kaum auf den Beinen zu halten, aber das Wissen, daß das Schlimmste überstanden war, verlieh ihren ausgepumpten Körpern neue Kräfte.

Dabei hatte das Schlimmste noch gar nicht begonnen . . .

Der Roboter hielt den Becher an Rhodans Lippen.

Perry Rhodan spürte das kühle Naß an seinem trockenen Gaumen. Die Versuchung, soviel wie möglich davon zu trinken, war fast übermächtig. Aber er kannte die Folgen, die unausbleiblich waren, wenn ein Halbverdursteter plötzlich eine große Menge Flüssigkeit in sich aufnahm.

Außerdem ließ der Roboter es nicht zu, daß er mehr als einige winzige Schlucke trank. Er goß den Rest über Rhodans Gesicht.

Mit einemmal fühlte der Großadministrator den unwiderstehlichen Zwang, sich im Gras auszustrecken und zu schlafen. Die Lider sanken ihm immer wieder herab, als wären sie schwer wie Blei.

Bevor er es überhaupt merkte, war er eingenickt.

Doch die innere Unruhe ließ ihn nur wenige Minuten schlafen. Er fuhr abrupt hoch, taumelte und hielt sich an einem Roboter fest.

Es wäre einfach gewesen, den Roboter zu bitten, er möchte ihn ins Schiff tragen oder ihn nur stützen, damit er nicht umfiele.

Doch das ließ Rhodans Stolz nicht zu.

Er wandte sich ab und wankte auf die Bodenschleuse zu.

Dort traf er mit Atlan zusammen, der ebenfalls ins Schiff wollte.

Der Arkonide lächelte ironisch.

Sie mußten beide dicht nebeneinander zur Schleuse gegangen sein, ohne daß der eine den anderen bemerkt hatte.

Vor ihnen tauchte überraschend Oro Masuts mächtiger Schädel auf.

Das von Narben entstellte Gesicht des Ertrusers verzog sich zu einem Grinsen.

„Hallo, Messieurs!“ krächzte er. „Haben Sie zufällig Seine Majestät, den König der Freihändler gesehen?“

„Seine Majestät liegen im Gras und schnarchen“, gab Perry Rhodan spöttisch zurück.

„Oh!“ sagte Masut nur. Im nächsten Augenblick hatte er sich umgedreht und lief stolpernd und schwankend zurück.

Dafür erschien Melbar Kasom.

Der USO-Spezialist trug in der Rechten eine riesige Thermoskanne und in der Linken zwei Plastikbecher. Seine Zähne zerrissen mühselig noch nicht ganz durchfeuchtetes Trockenfleisch.

Als er die beiden Männer sah, hockte er sich nieder und goß eine dampfende Flüssigkeit in die beiden Becher.

„Fleischbrühe!“ sagte er lakonisch.

Atlan und Rhodan griffen zu. Die Brühe schmeckte nach der aufgezwungenen Durst- und Fastenkur der letzten Tage herrlich, aber sie war glücklicherweise so heiß, daß die Männer gezwungen wurden, sie sehr langsam und vorsichtig zu trinken.

Bevor sie fertig waren, hatte Kasom die Fünfliterkanne geleert.

Er wischte sich über die blutenden Lippen und stöhnte wollüstig.

„Die Zeiten des Überflusses sind angebrochen“, meinte er entschuldigend. „Mir kommt es vor, als hätte ich eine Entschädigung für ein ganzes Jahr absoluter Nahrungsenthaltsamkeit verdient.“

Perry Rhodan musterte besorgt das Gesicht des Ertrusers.

Es sah so schrecklich aus wie der Totenschädel eines Riesen. Die Haut war aufgeplatzt und hing in pergamentartigen Fetzen vom gelblich verfärbten Fleisch. Die Hände glichen beinahe denen eines Skeletts.

„Sehen Sie sich vor, Kasom", sagte er, „daß Sie sich nicht gleich zuviel zumuten. Ich fürchte, Sie und Masut haben am meisten unter Hunger und Durst gelitten."

„Mein Magen verträgt alles", gab Kasom grinsend zurück.

Aus dem Hintergrund der Schleuse tauchte eine seltsam anmutende Gestalt auf.

Es war Oro Masut mit einem merkwürdigen Gestell auf dem gekrümmten Rücken.

Perry Rhodan öffnete den Mund, brachte jedoch keinen Ton hervor.

Er kannte das Gestell, denn Roi Danton hatte es in seine Gastkabine auf der CREST IV bringen lassen, weil er sehr oft für längere Zeit auf dem Flaggschiff des Großadministrators wohnte.

Es war ein antiquiertes Himmelbett!

„Vorsicht, bitte!" schrie Oro heiser.

„He!" rief Melbar Kasom überrascht. „Was willst du mit dem Sündenpfuhl Seiner Majestät?"

Oro versetzte ihm einen Fußtritt.

„Weg da, Erdenwurm! Seine Majestät befinden sich in Gefahr, unstandesgemäß zu ruhen!"

Kasom stieß einen unterdrückten Schmerzensschrei aus.

Blitzschnell schob er ein Bein vor.

Dantons Leibwächter stolperte, da er das Hindernis nicht sehen konnte. Mit einem Hechtsprung stürzte er aus der Schleuse auf den Boden Clearwaters. Das Himmelbett hüpfte über die Rampe und fiel seitlich herunter. Die Einzelteile verstreuten sich im Gras. Der Himmel senkte sich fallschirmartig auf Oro herab und hüllte ihn ein.

Rhodan, Atlan und Kasom lachten, bis ihnen die Kehlen schmerzten.

Schimpfend und fluchend verstrickte sich Masut immer mehr in dem Betthimmel – bis der Stoff mit einem lauten Krachen zerriß.

Wütend zog Rois Leibwächter seine Waffe.

Aber geistesgegenwärtig warf Kasom ihm die Thermoskanne zu und rief:

„Fang auf!"

Oro ließ seinen Strahler fallen und fing die Kanne auf. Mit ausgesprochen dummem Gesichtsausdruck starrte er sie an.

„Kommen Sie!“ sagte Kasom zu Rhodan und Atlan. „Dieser mißratene Sohn von Ertrus bringt es sonst noch fertig und schießt mit seinem Spielzeug auf uns.“

Schmunzelnd durchquerten sie die Schleusenkammer und traten in den Lift, der sie zur Kommandozentrale bringen sollte. Hinter ihnen verklang Oros zorniges Gebrüll.

Perry Rhodan wurde sehr schnell wieder ernst, als er die ersten Meldungen aus der Bordklinik erhielt.

Zweiundvierzig Männer waren mit schweren Magen- und Darmkrämpfen eingeliefert worden. Sie hatten am Fluß zuviel Wasser getrunken, was ihren ausgetrockneten Körpern naturgemäß schlecht bekommen war.

Doc Artur berichtete, daß zwei Männer bereits gestorben waren. Vier weitere befanden sich in Lebensgefahr. Außerdem hatten die Roboter einen Ertrunkenen aus dem Fluß gezogen. Der Mann war beim hastigen Trinken über das felsige Ufer gefallen und wegen seiner körperlichen Erschöpfung nicht fähig gewesen, sich durch Schwimmen zu retten.

Rhodan machte sich schwere Vorwürfe, daß er nicht dafür gesorgt hatte, daß die Schleusen nach der Landung geschlossen blieben. Mit einer einzigen Schaltung von der Zentrale aus wäre das möglich gewesen.

Aber Atlan wies ihn darauf hin, daß er zum Zeitpunkt der Landung gar nicht mehr in der Lage gewesen sei, einen klaren Gedanken zu fassen. Seine letzten Reserven hätte er beim Landemanöver selbst verausgabt und damit ihnen allen das Leben gerettet, denn ein anderer wäre dazu nicht mehr fähig gewesen. Außerdem, so fügte er hinzu, seien die Besatzungsmitglieder des Flottenflaggschiffes keine unwissenden Kinder und wüßten genau, welche Gefahren einem Halbverschmachtenden drohten, wenn er sich bei der Zuführung von Flüssigkeit und Nahrung nicht mäßigte. Bei der außergewöhnlichen Situation nach der Landung sei jeder für sich selbst verantwortlich gewesen.

Allmählich beruhigte sich Rhodan wieder.

Er ordnete, soweit die Roboter nicht schon selbständig gehandelt hatten, Maßnahmen zur Behandlung der gesamten Besatzung an, ließ die Kampfroboter Wachtposten aufstellen und verfügte eine allgemeine Erholungspause.

Mit letzter Kraft schleppte er sich danach in seine Wohnkabine, legte sich angezogen aufs Bett und war im selben Moment eingeschlafen.

Nachdem er einige Stunden geschlafen hatte, erwachte er gestärkt wieder.

Er ließ sich vom Versorgungsautomaten, dem nun die noch vorhandenen Lebensmittelvorräte infolge des neu vorhandenen Wassers wieder zur Verfügung standen, ein Frühstück zubereiten und aß in Ruhe. Danach berief er über Interkom eine Lagebesprechung im Konferenzraum der CREST ein.

Außer den Mutanten und der Schiffsführung erschienen die beiden Haluter, die ihr Schiff wieder auf der oberen Polkuppel der CREST IV befestigt hatten.

Atlan, Roi Danton und die beiden Ertruser fehlten ebenfalls nicht.

Gucky allerdings konnte noch nicht dabeisein. Er lag mit schwerem Durchfall in der Bordklinik, da er sofort nach der Wasseraufnahme einen Zehnkilowürfel Trockenspargelspitzen hydrophilisch aufbereitet und verzehrt hatte.

Perry Rhodan wandte sich zuerst an John Marshall, den Chef des Mutantenkorps.

„John, mich interessiert folgendes: Wir sind mit der CREST praktisch notgelandet, ohne auf unsere Umgebung zu achten. Die nähere Umgebung des Schiffes scheint allerdings kein intelligentes Leben zu beherbergen, sonst hätten die Individualtaster längst angesprochen. Dennoch interessiert es mich, ob der Planet vielleicht an anderen Stellen intelligentes Leben hervorgebracht hat. Als Telepath können Sie das besser feststellen als jeder Individualtaster. Deshalb möchte ich Sie bitten, die Leitung einer Erkundungsgruppe zu übernehmen, die mit etwa zwanzig Beibooten den Planeten in geringer Höhe umkreisen soll.

Oder haben Sie schon irgendwelche Gedankenimpulse intelligenter Wesen entdeckt?"

John Marshall schüttelte den Kopf.

„Nein. Aber das bedeutet überhaupt nichts. Kurz nach der Landung war ich bewußtlos, und danach habe ich bis vor zehn Minuten fest geschlafen. Und jetzt . . .!" Er zuckte die Schultern. „Ich fürchte, meine Kondition ist noch zu schwach, als daß ich einwandfreie Arbeit leisten könnte. Immerhin halte ich eine Erkundung für angebracht. Wir befinden uns in einer unbekannten Galaxis und auf einem unbekannten Planeten."

„An dem uns nur das Wasser und die Pflanzen interessieren", fügte Atlan hinzu. „Nein, meine Herren, ich halte eine systematische Erkundung für sinnlos. Gäbe es hier eine Zivilisation, hätten wir es längst bemerkt – beziehungsweise, ihre Vertreter hätten uns längst aufgespürt. Intelligentes Leben der Entwicklungsstufe eins aber braucht uns nicht zu interessieren."

„Ich weiß nicht", sagte Roi Danton und putzte angelegentlich die Gläser seiner Lorgnette. „Eigentlich sind wir bisher nur deshalb so weit gekommen, weil wir uns für alles interessieren . . ."

„Ich wollte, wir wären nicht ganz so weit gekommen!" bemerkte Kasom zynisch. „Oder ist Ihnen M 87 nicht weit genug, Monsieur Danton?"

Roi steckte seine Lorgnette umständlich weg und betupfte sein Schönheitspflästerchen.

„Es gibt Leute", sagte er langsam, „die sind bereits zufrieden, wenn sie aus ihrem Wohnraum in die gefüllte Speisekammer laufen können. Naturgemäß können solche Leute den Höhenflügen eines Genies nicht folgen."

Er räusperte sich.

„Oro, mein Schönheitsmal ist eingetrocknet. Warum hat Er nicht dafür gesorgt, daß ich standesgemäß gerüstet in diesen Raum treten darf?"

Dienstbeflissen angelte sich der Ertruser das Schminkköfferchen aus rotem Saffianleder, das hinter ihm stand. Er wühlte in dessen Inhalt, dann reichte er seinem Herrn triumphierend ein daumennagelgroßes Schönheitspflaster.

Roi streckte empört die Hände aus.

„Ist Er denn von allen guten Geistern verlassen? Er Nichtsnutz! Dieses Mal ist für meine Epaule, aber nicht für mein Menton!"

Oro zuckte zurück.

„Verzeihung, Majestät, aber ein kleineres Pflaster ist nicht mehr vorhanden. Der Vorrat liegt in Ihrer Kabine auf der FRANCIS DRAKE."

„Dann schaffe Er mir die FRANCIS DRAKE umgehend herbei!" befahl der Freihändlerkönig hochfahrend.

„Das dürfte etwas schwierig sein", bemerkte Kasom grinsend.

Roi Danton musterte ihn lange durch seine Lorgnette, dann sagte er lässig:

„Für einen guten Diener gibt es das Wort ‚unmöglich' nicht, Monsieur Kasom. Sie müssen noch viel lernen, bevor ich Sie in die Schar meiner Bediensteten aufnehme."

In diesem Moment wurde es Perry Rhodan zuviel.

„Hören Sie bitte auf!“ befahl Rhodan. „Wir haben keine Zeit für Ihre Mätzchen.“

„Ha!“ ächzte Roi. „Mir das! – Oro, mein Riechflakon!“

Während sein Diener sich beeilte, dem Befehl seines Herrn zu folgen, meldete sich Icho Tolot zu Wort.

Rhodan nickte ihm auffordernd zu.

„Mein Kollege und ich“, begann Tolot, „haben den Planeten, den Sie Clearwater nannten, selbstverständlich umkreist, bevor wir Sie hierherführten. Dabei konnten wir keine Anzeichen einer Besiedlung durch intelligente Bewohner feststellen. Wir halten es auch nicht für unbedingt erforderlich, uns darüber Gewißheit zu verschaffen. Andererseits könnte es natürlich nicht schaden, wenn die Beibootbesatzungen ein wenig trainierten, damit sie wieder ihre ursprüngliche Kondition erhalten.“

„Das ist natürlich auch ein Grund“, erwiderte Perry Rhodan schmunzelnd, „aber nicht der primäre.“

„Ich bin für eine genaue Untersuchung Clearwaters und seiner beiden Monde!“ warf Iwan Iwanowitsch Goratschin ein. „Wissen wir denn, ob sich nicht auf einem dieser Himmelskörper der Stützpunkt eines raumfahrenden Volkes verbirgt? Es muß ja nicht unbedingt von Clearwater stammen!“

„Ganz meine Meinung, Monsieur Goratschin“, sagte Roi affektiert.

Rhodan nickte bedächtig und wandte sich dann an Merlin Akran und Ische Moghu.

„Wir werden in einer Stunde zwanzig Beiboote ausschleusen, meine Herren. Sie sorgen dafür, daß die CREST während dieses Erkundungsunternehmens überprüft und für den Start vorbereitet wird. Irgendwo müssen wir dann das vergiftete Wasser ablassen und die Tanks mit Frischwasser füllen.“

Er blickte den Flottillenchef an.

„Major Keller und Major McCisom, Sie übernehmen mit Ihren Korvetten den Erkundungsflug. Sorgen Sie dafür, daß nur gesunde Besatzungen eingesetzt werden. – Die Majore Hohle, Runete und Kulu halten sich unterdessen in Alarmbereitschaft.“

Er erhob sich.

„Das wäre alles. Genauere Anweisungen erhalten die einzelnen Offiziere von mir persönlich.“

Es war Nacht über diesem Teil Clearwaters, als die zwanzig Beiboote mit ohrenbetäubendem Dröhnen in den Himmel rasten. Über dem südlichen Horizont leuchtete einer der beiden Monde als rotgoldene Sichel, vor die sich allmählich die mächtigen Türme von Gewitterwolken schoben.

Iwan Iwanowitsch Goratschin stand auf einem Felsvorsprung am steinigen Ufer des Flusses und blickte hinab in den Hexenkessel aus Gischt und Strudeln, der unterhalb des Wasserfalls toste.

Der Mond und die Sterne übergossen Wasser und Gischt mit einem glitzernden Schleier. Das unablässige Donnern des herabstürzenden Wassers übertönte alle anderen Geräusche – bis auf das allmählich verklingende Röhren der Korvettentriebwerke.

Das gigantische Gebirge aus Terkonitstahl, das sich im Osten erhob, wirkte fremd und beinahe feindlich in dieser friedlichen Umgebung. Die farbigen Positionslichter und die Tiefstrahler am Heck schufen eine gespenstische Szenerie.

Goratschin seufzte und setzte sich auf den Fels. Die Beine ließ er über den Abgrund hängen. Gischtwolken stiegen eruptionsartig auf und benetzten seine Kombination mit einem silbrig schimmernden Wasserschleier.

Ein Stein polterte.

Sofort kehrte Goratschins Geist wieder in die Gegenwart zurück.

Es konnte natürlich eine Sinnestäuschung gewesen sein, denn normalerweise war wegen des Wasserfalls kein Laut zu hören. Aber der Mutant hatte sich während seines langen Lebens schon oft mit Gefahren konfrontiert gesehen, die sich durch harmlos erscheinende Zeichen ankündigten.

Langsam erhob er sich, zog den Brustscheinwerfer aus der Halterung und nahm den Strahler in die Rechte.

Aber er hörte kein zweites Geräusch.

Schon wollte er sich wieder hinsetzen, da schwang sich ein nur schemenhaft erkennbares Wesen über den Rand des Felsvorsprungs.

Goratschin schaltete den Scheinwerfer ein.

Fassungslos starrte er auf den nur einen Meter zwanzig großen Mann, den er als Tar Szator identifizierte. Szator stammte von der Kolonialwelt Aurora und gehörte zu Dantons Freihändlerorganisation. Der Auroranier hatte es – wie einige andere Freihändler auch – in Magellan vorgezogen, an Bord der CREST zu bleiben, und hatte dadurch die unfreiwillige Versetzung des terranischen Schiffes mitgemacht.

Goratschin wußte, daß die Lebensbedingungen auf Aurora ein sparsames Umgehen mit den körperlichen Kräften der Kolonisten erforderte, damit im Falle höchster Beanspruchung noch ausreichend Reserven vorhanden waren. Aurorianer erweckten daher im Normalfall stets den Eindruck von lethargischen Faulpelzen. Aber er wußte auch, daß sie sehr gezielt und agil handelten, wenn es darauf ankam.

Tar Szator trug einen enganliegenden, feuchtglitzernden Schwimmanzug und Schwimmflossen an den Beinen. Vor der Brust hing eine Unterwasserkamera, und in der Gürtelscheide steckte ein breites Taschenmesser.

Goratschin richtete den Scheinwerferkegel auf den Boden.

„Wo kommen Sie denn her?“ fragte er naiv.

Tar deutete mit dem Daumen nach unten, dorthin, wo der Fluß zwischen scharfkantigen Klippen dahinschoß, bevor er in die Tiefe stürzte.

Goratschin blickte ihn ungläubig an.

„Wollen Sie tatsächlich behaupten, ein Mensch käme gegen die Strömung dort unten an?“

Tar Szator schüttete den Kopf.

„Hat es Ihnen die Sprache verschlagen, oder was? Entweder kann ein Mensch dort unten schwimmen oder nicht. Nun, sind Sie dort unten im Wasser gewesen?“

Der Auroranier nickte.

„Sind Sie geschwommen?“ fragte Goratschin ungeduldig.

Tar nickte wieder.

Allmählich geriet der Mutant in Wut. Er ballte die Faust und trat drohend einen Schritt auf Szator zu.

„Wenn du nicht endlich deinen Mund aufmachst, helfe ich nach, du Zwerg!“

Tar grinste.

Da griff Iwanowitsch Goratschin zu. Er wollte den Auroranier keineswegs schlagen, sondern nur erschrecken.

Doch bevor er ihn ergreifen konnte, war Tar Szator verschwunden.

Um ein Haar wäre Goratschin in den Abgrund gestürzt.

„Vorsicht, Mr. Goratschin!“ rief jemand hinter ihm.

Als der Mutant sich umwandte, stand Tar mit verschränkten Armen da und lachte ihm offen ins Gesicht.

„Sie verschwenden Ihre Energien!“ schrie er, damit der Wasserfall die Worte nicht übertönte.

Nun mußte Goratschin lachen. Er setzte sich und klappte seinen Kapuzenhelm nach vorn. Dann tippte er mit den Zeigefingern dagegen.

Edelmann Szator verstand.

Er klappte ebenfalls seinen transparenten Kapuzenhelm zurück und schaltete den Helmkom ein.

„Ich weiß zwar, daß Auroranier sehr sparsam mit ihren Energien umgehen“, begann der Mutant, „aber man kann es auch übertreiben. Wollen wir uns nicht ein bißchen unterhalten, Edelmann Szator?“

„Worüber?“ fragte Tar.

Goratschin seufzte.

„Über Clearwater, über unser Glück, das uns im letzten Augenblick eine Wasserwelt zuspielte – und über Ihren Schwimmausflug.“

„Das ist sehr viel“, erwiderte Tar. „Über Clearwater und unser Glück brauchen wir nicht zu sprechen, da wir über die gleichen Informationen verfügen. Und über das Schwimmen . . .? Sie glauben mir nicht. Also zeige ich es Ihnen, Mr. Goratschin.“

Der Doppelkopfmutant lachte.

„Sie sind ein komischer Kauz, Edelmann Szator. Aber gut! Wenn Sie schwimmen wollen, dann schwimme ich mit. Was ein Fliegengewicht wie Sie fertigbringt, das habe ich schon in der Wiege fertiggebracht.“

Szator wölbte die Augenwülste. Brauen besaß er nicht.

Danach zuckte er die Schultern, winkte auffordernd und glitt geschmeidig über die Felskante. Unweit zur Linken donnerten Tausende von Tonnen Wasser in den Abgrund, zur Rechten gurgelten und strudelten die Stromschnellen.

Iwan Iwanowitsch Goratschin bereute seinen Entschluß bereits, als er noch über die glitschigen Felsen nach unten rutschte.

Der Auroranier dagegen bewegte sich wie ein Berglöwe. Er fand selbst da Halt für Hände und Füße, wo Goratschin im Scheinwerferlicht überhaupt keinen entdecken konnte.

Am Fuße des Steilufers blieben sie stehen.

Die Mondsichel zitterte gespenstisch in den gurgelnden Fluten, die mit atemberaubender Geschwindigkeit dahinschossen. Vom anderen Ufer war selbst im Scheinwerferlicht nichts zu sehen.

Tar Szator klappte seine Helmkapuze nach hinten und überprüfte den Halsverschluß seines Froschmannanzugs.

„Nun . . .?“ fragte er auffordernd.

Der Mutant zauderte. Doch dann schämte er sich vor Szator.

Mit dem Mute eines zum Tode Verurteilten stapfte er auf das Wasser zu. Neben ihm glitt der Auroranier geschmeidig in die Fluten.

Goratschin spürte nur noch, wie eine furchtbare Gewalt ihm die Beine unter dem Leib wegriß, dann wirbelte er durch ein Chaos von Schaum, Wasser und Felsbrocken, bis ihm die Luft wegblieb.

Als Tar ihn auf eine Klippe zog, war er schon halb bewußtlos.

Er stieß einen groben sibirischen Holzfällerfluch aus, den der Auroranier glücklicherweise nicht verstand.

„Sie hatten das Schwimmen und das Steuern vergessen, Goratschin", sagte Tar Szator vorwurfsvoll. „Und beinahe auch noch das Atmen."

Der Mutant hustete und würgte einige Liter Wasser aus.

„Hölle und Teufel! Wie kann man in dem Hexenkessel schwimmen, atmen und auch noch steuern? Ich habe überhaupt nichts mehr gesehen!"

„Natürlich nicht", erwiderte Tar. „Sie sind an der Oberfläche geblieben. Dabei hätten Sie bis zum Grund tauchen müssen. Hier ist der Fluß fast dreißig Meter tief – bis auf die Klippen natürlich."

„Da hätte ich erst recht nichts mehr gesehen", protestierte Goratschin.

„Und das mit vier Augen", murmelte Tar. „Na, schön! Ich bin zwar sehr enttäuscht von Ihnen, aber das liegt wohl daran, daß Ihr Normalterraner den größten Teil eurer Energien für körperliche Arbeiten verwendet. Dann bleibt für logisches Denken naturgemäß nicht mehr viel übrig."

„Verstehe ich nicht", entgegnete der Doppelkopfmutant. „Beim Schwimmen kommt es doch in erster Linie auf Körperkräfte an. Wieso sind Sie besser als ich, wenn Sie Ihre Muskeln kaum benutzen?"

„Weil ich sie mit Verstand benutze, wenn ich sie brauche", erwiderte Tar Szator. „Aber jetzt müssen wir zurück zur CREST. Unser Einsatz beginnt in zwanzig Minuten."

„*Unser* Einsatz . . .?"

Tar lächelte.

„Ich habe Sie zum Schwimmen mitgenommen – und Sie werden sich hoffentlich revanchieren, indem Sie mich mitnehmen, wenn Sie mit Leutnant Terminow den beiden Monden einen Besuch abstatten."

„Erpresser!" schimpfte Goratschin.

„Eine Hand wäscht die andere. – Aber nun geht es los!"

„Halt!" rief Goratschin. „Wie soll ich wieder ans Ufer kommen?"

„Machen Sie's wie ich", antwortete Tar Szator, schaltete sein Antigravaggregat ein und sprang mit einem einzigen Satz über die etwa hundert Meter tobender Wasserfläche, die zwischen der Klippe und dem Ufer waren.

„Na, so etwas!" murmelte der Mutant. „An *diese* Möglichkeit hätte ich nicht gedacht!"

Er schaltete ebenfalls seinen Antigrav ein, und schwerelos geworden, überbrückte er die Entfernung mit Leichtigkeit.

32.

Die Korvette befand sich auf dem Rückflug nach Clearwater. Wie vermutet, hatten die Untersuchungen der beiden Monde keine Hinweise auf die Existenz intelligenter Wesen gegeben.

Iwan Iwanowitsch Goratschin sprach über Telekom mit Perry Rhodan und berichtete von der Mondexpedition.

„Vielen Dank!" sagte Rhodan, nachdem der Doppelkopfmutant seinen Bericht beendet hatte. „Fliegen Sie bitte nicht direkt zur CREST. Wir befinden uns augenblicklich mit dem Schiff über dem nahen Binnensee und lassen das vergiftete Wasser ab. Anschließend füllen wir unsere Tanks oberhalb des Katarakts. Landen Sie bitte auf der anderen Seite des Flusses."

Goratschin wölbte die Brauen, schluckte jedoch die Bemerkung, die ihm auf der Zunge lag, herunter.

Vielleicht wäre es besser gewesen, er hätte sie ausgesprochen. Aber möglicherweise hätte seine Warnung nichts genützt, denn Goratschins Vermutung traf nicht den Kern der Sache.

Er wies den Piloten, Leutnant George Terminow, an, auf dem Flußufer gegenüber dem Landeplatz der CREST herunterzugehen.

Anschließend schaltete er die Sektorvergrößerung des Subschirmes ein.

Es war wieder Tag über dem Landeplatz. Deutlich konnte der Mutant das Hochplateau mit dem Fluß, den Binnensee und die umliegenden Berge erkennen.

Über dem See hing die Riesenkugel der CREST IV. Gegen die ausgedehnte Wasserfläche wirkte sie allerdings nicht mehr gigantisch. Die Natur stellt immer noch jedes Menschenwerk in den Schatten.

Als die Korvette zur Landeschleife ansetzte, sah Goratschin zahlreiche Wasserfontänen aus dem Stahlleib der CREST schießen.

Er unterdrückte auch jetzt noch seine Unruhe, obwohl sie sich stärker bemerkbar machte.

Tar Szator, der hinter ihm in einem der Notsitze hockte, merkte jedoch etwas.

„Wovor fürchten Sie sich, Mr. Goratschin?“ fragte er leise.

„Ich . . .? Vor überhaupt nichts!“ brauste der Mutant auf.

Der Auroranier lächelte ironisch.

„Sie tragen Ihre Gefühle in Ihren Gesichtern spazieren. Mir können Sie nichts vormachen.“

Goratschin zuckte die Schultern.

„Na schön! Mir gefällt es nicht, daß man das Giftwasser einfach in einen Binnensee pumpt. Wenn es dort intelligente Wesen gibt, wird man die Terraner noch nach Jahrtausenden verfluchen.“

Tar wiegte den großen Kopf.

„Sie haben doch die Berichte ebenfalls gehört, Mr. Goratschin. Weder Mr. Marshall noch die Individualtaster haben Anzeichen intelligenten Lebens feststellen können. Das Leben auf Clearwater steht noch auf der Stufe des Tierreichs.“

Der Mutant seufzte.

„Sie haben recht. Ich weiß auch, daß man im Weltraum die Tanks niemals völlig leer bekommen hätte. Aber es gefällt mir trotzdem nicht, daß durch unsere Schuld Tausende von Tieren eingehen werden. Vielleicht hätten wir nach einer anderen Lösung suchen sollen.“

„Mir auch nicht“, erwiderte Tar Szator.

Er schloß die Augen und schlief, bis die Korvette auf dem vorbestimmten Landeplatz aufsetzte.

Iwan Iwanowitsch rief unterdessen noch einmal den Großadministrator an und fragte, welche Aufgabe er nach der Landung übernehmen solle.

Perry Rhodan schlug ihm vor, aus der Besatzung des Beibootes ein Jägerkommando zusammenzustellen und für Frischfleisch zu sorgen. Die Restbesatzung sollte in der Zwischenzeit ebenfalls das vergiftete Wasser in den Tanks gegen frisches austauschen.

Das war eine Aufgabe nach Goratschins Geschmack.

Er suchte sich gleich nach der Landung zehn Mann für die Jagdexpedition aus, ließ drei Shifts ausschleusen und brach auf. Tar Szator begleitete ihn.

Die drei Shifts schwebten zum Seeufer hinunter und drangen in den Urwald ein, der den Binnensee umgab.

Aber als nach drei Stunden noch immer kein jagdbares Wild gesichtet worden war, begannen die Männer daran zu zweifeln, daß es auf Clearwater überhaupt Wild gab . . .

„Das Wasser ist ungenießbar, Sir!" meldete der Biologe über Interkom.

„Was heißt ungenießbar?" fragte Perry Rhodan. „Meinen Sie, von Krankheitserregern verseucht?"

„Nein, Sir. Es handelt sich um das gleiche Nervengift, das uns bisher zu schaffen machte. Anscheinend ist es so ergiebig, daß winzigste Restmengen den gesamten Wasservorrat erneut vergiftet haben."

Rhodan lächelte dem besorgten Wissenschaftler beruhigend zu.

„Wenn es weiter nichts ist! Schön, wir haben die gleiche Arbeit noch einmal, aber damit werden wir auch noch fertig!"

Er wies den Kommandanten an, noch einmal über den See hinauszufliegen und das soeben gefaßte Wasser wieder abzulassen.

Sein Optimismus erhielt jedoch den ersten Schlag, kaum daß der zweite Wasseraustausch beendet war. Noch immer befand sich genügend Gift darin, um jeden Menschen umzubringen, der davon trank.

Als aber nach der dritten Füllung immer noch hochaktive Giftspuren vorhanden waren, verzweifelte er fast.

Insgesamt mußte die CREST IV elfmal Giftwasser ablassen und Frischwasser tanken. Dann endlich ergaben die sorgfältigen Untersuchungen, daß es trinkbar war.

Doch kaum war diese Schwierigkeit überwunden, traf die Meldung eines Jägerkommandos ein, daß unzählige Fische und Tausende saurierähnliche Kreaturen tot an der Oberfläche des Binnensees trieben.

Perry Rhodan stand im ersten Augenblick wie versteinert.

„Das . . . das habe ich nicht bedacht!" murmelte er fassungslos.

Er preßte die Daumen auf die Schalttaste des Interkoms.

„Hier Rhodan! Sofort einen Gleiter nach Schleuse N-6!"

„Ich komme mit", sagte Atlan. „Daß wir daran nicht gedacht haben!"

Roi Danton blickte abwechselnd seinen Vater und seinen arkonidischen Lehrmeister an. Sein Gesicht zeigte einen grüblerischen Ausdruck.

„Wenn Sie gestatten, Grandseigneur", sagte er, „dann komme ich ebenfalls mit."

Fünf Minuten später saßen sie in einem kleinen Bodengleiter und flogen in geringer Höhe über den Wasserfall hinweg.

Der Pilot ging tiefer und begann über der Seeoberfläche zu kreisen.

„Grauenhaft!“ murmelte Rhodan zutiefst betroffen.

Auf dem trüben Wasser des Binnensees wimmelte es von hellen Fischleibern. Dazwischen lagen möwenähnliche Vögel, die wahrscheinlich gleich nach dem Genuß ihrer Beute verendet waren.

Ab und zu schaukelten die Riesenleiber toter Saurier auf den Wellen. Über allem aber kreisten die möwenähnlichen Vögel und stießen immer wieder auf die tödliche Beute hinunter, obwohl ihre Schar ständig dezimiert wurde.

Die Sonne hatte unterdessen fast wieder ihren höchsten Stand erreicht. Sie strahlte über den ungeheuren Fisch- und Saurierfriedhof. Als Perry Rhodan einmal eine Lüftungsklappe des Gleiters öffnete, schlug ihm ein Schwall heißer, stinkender Luft entgegen. Die Kadaver verwesten bereits.

„Wie ist das nur möglich?“ sagte Atlan. „Wenn man die Größe des Sees bedenkt und das Wasser, das er enthält, dann käme auf tausend Tonnen vielleicht ein Minimum dieses teuflischen Nervengiftes.“

„Anscheinend ist es noch viel wirksamer, als wir gedacht hatten“, entgegnete Rhodan.

Er wandte sich dem Gleiterpiloten zu.

„Fliegen Sie ans andere Seeufer! Ich möchte sehen, ob es dort anders aussieht.“

„Ich fürchte, wir werden genau das gleiche Bild zu sehen bekommen wie hier“, warf Roi Danton ein. „Der Strom durchfließt den See und bringt das Gift überall hin.“

Seine Annahme bestätigte sich.

Perry Rhodan wandte sich erschüttert von dem Bild des Todes ab und ordnete die Rückkehr zur CREST an.

Dort bestellte er die Biologen, Toxikologen und Mediziner ins große Konferenzzimmer und forderte sie auf, ihm Vorschläge zur Entgiftung des Seewassers zu unterbreiten.

„Ich sehe nicht ein, warum, Sir“, widersprach ein Toxikologe. „Es kommt auch aus natürlichen Ursachen überall einmal vor, daß eine Seuche die Fischbestände von Seen und Flüssen dezimiert.“

„Natürlich kommt das vor!“ schrie Rhodan erregt und schlug mit der flachen Hand auf den Tisch. „Aber in diesem Fall handelt es sich um keine natürliche Ursache! Dies hier haben wir zu verantworten! Ohne daß wir es hätten voraussehen können! Und können Sie, meine Herren, mir vielleicht hundertprozentig genau versichern, daß es in dem Binnenmeer keinerlei intelligentes Leben gibt?"

„Nein, Sir", erwiderte der Toxikologe kleinlaut.

„Aber es ist sehr unwahrscheinlich", sagte John Marshall. „Ich konnte keinerlei Hirnimpulse höherstehender Lebewesen aufnehmen. Und Gucky, der inzwischen wieder einsatzfähig ist, ebenfalls nicht. Es gibt im See nur Fische, Saurier und primitive Säugetiere."

„Daß wir diese vergiftet haben, ist schon schlimm genug", murmelte Perry Rhodan. „Sie dürfen mich ruhig auslachen, meine Herren, aber seit unserem Wasseraustausch fühlte ich eine innere Unruhe, die zum Ausbruch kam, als ich von dem Fischsterben erfuhr. Bisher haben mich derartige Gefühle noch nie betrogen. Irgend etwas stimmt hier nicht."

„Ja, mein Bauch", flüsterte Gucky. „Erst hat er nichts behalten können, und nun scheinen alle Öffnungen zugegipst zu sein."

Rhodan lief rot an.

„Mr. Guck, wir behandeln ein sehr ernstes Problem und können keine faulen Witze brauchen."

„Aber das war kein Witz!" schrillte der Mausbiber empört. „Nur die nackten Tatsachen!"

Seine Augen traten plötzlich aus den Höhlen. Mit offenem Mund erstarrte er und saß stocksteif auf seinem Spezialsessel.

Rhodan blickte ihn aufmerksam an. Aber er kannte Gucky zu genau, als daß er nicht sofort merkte, daß der Mausbiber kein Theater spielte.

„John!"

Der Telepath antwortete nicht.

Er saß mit geschlossenen Augen in seinem Sessel. Die Finger krampften sich um einen Magnetschreiber – bis das Gerät mit lautem Krachen zerbrach.

„Emotionelle Störungen!" flüsterte Gucky. „Etwas oder jemand ruft!"

Perry Rhodan beugte sich gespannt vor. Auch die anderen Anwesenden saßen plötzlich ganz still. Man vernahm nur stoßweises, hastiges Atmen.

„Es kam mir anfänglich vor wie Telepathie", sagte John Marshall und öffnete die Augen. „Aber das ist es nicht. Meiner Meinung nach handelt es sich um die Sendungen eines organischen Radiogerätes."

Er hob die Hände, um den sofort aufkommenden Widerspruch einzudämmen.

„Das klingt paradox, ich weiß. Aber auch das menschliche Gehirn arbeitet mit elektrischen Impulsen, mit Strom, wie der Laie sagen würde. So betrachtet kann man Telepathie als eine Art ungerichteter Radiosendung bezeichnen."

„Halbtelepathische Gefühlsströme", warf Gucky ein, der sich inzwischen ebenfalls wieder entspannt hatte. „Du hast nur teilweise recht, John. Mehrere Sender strahlen radioähnliche Gefühlsimpulse aus. Ich konnte nichts verstehen, aber ich spürte die Dringlichkeit, die dahintersteckt."

Die Anwesenden sahen sich mit bleichen Gesichtern an.

Fast eine Minute lang wagte niemand zu reden.

Erst Perry Rhodan brach die Stille.

„Das ist der Beweis", sagte er ernst, „der Beweis dafür, daß ein winziger Denkfehler eine Katastrophe ausgelöst hat!"

„Es hat keinen Sinn", sagte Iwan Iwanowitsch Goratschin resignierend. „Die Landung der CREST scheint sämtliche größeren Tiere aus der Umgebung vertrieben zu haben."

„Das gibt es nicht", widersprach Leutnant Terminow. „Bei der Landung wurde kein Stück Land verwüstet, weil wir für die letzten paar tausend Meter nur die Antigravprojektoren benutzten. Folglich können wir das Wild nicht vertrieben haben, noch dazu hier, auf einem jungfräulichen Planeten, auf dem die Tierwelt keiner systematischen Verfolgung ausgesetzt ist."

Goratschin zuckte die mächtigen Schultern.

„Glauben Sie etwa, auf Clearwater gäbe es keine größeren Landtiere? Nein, mein Lieber, bisher haben sich noch auf jedem Planeten mit den entsprechenden Bedingungen kleine und große Tierarten entwickelt. Das Fehlen von Großtieren würde eine Lücke in der Lebenskette bedeuten."

„Sie haben beide recht – und auch wieder unrecht", bemerkte Tar Szator philosophisch.

George Terminow warf dem kleinen Auroranier einen finsteren Blick zu.

„Was soll das heißen, Zwerg?"

„Edelmann Szator!" verbesserte Tar ihn sanft.

Terminow lachte dröhnend. Mit seinem kahlgeschorenen Kopf und dem schmalen Bartstreifen von Ohr zu Ohr wirkte er wie ein asiatischer

Ringkämpfer. Vom Ringen allerdings hielt George Terminow nichts; dafür war er seit über drei Jahren ungeschlagener Karate-Meister der terranischen Flotte.

„Also schön! Wichtelmann Zartohr!“

Wieder lachte er.

Die Besatzung des Shifts fiel ein.

Tar Szator rümpfte die Nase und drehte sich mit dem Gesicht zur Wand, damit ausdrückend, daß er mit Leuten wie Terminow nichts gemein hatte.

„Jedenfalls kehren wir um!“ sagte Goratschin mit Bestimmtheit.

Er schaltete den Telekom des Shifts ein und gab den Befehl an die Besatzungen der anderen beiden Expeditionsfahrzeuge durch.

Mit mahlenden Gleisketten wendeten die Shifts, rollten in den Schneisen zurück, die sie in den Urwald geschlagen hatten, und trafen auf der Lichtung wieder zusammen, auf der sie sich getrennt hatten.

„Den Rest der Strecke fliegen wir“, sagte Goratschin.

Der Fahrer schaltete die Gleiskettenmotoren ab und die Antigrav- und Düsentriebwerke ein. Pfeifend schossen die kaum sichtbaren Impulswellenbündel aus den Heckdüsen.

Plötzlich schrie George Terminow auf.

In diesem Augenblick sahen es alle.

Aus dem gegenüberliegenden Waldrand heraus trottete eine Herde vierbeiniger Tiere.

„Schafe!“ rief ein Sergeant.

„Selbst ein Schaf!“ gab Terminow zurück. „Das sind Rinder.“

„Beide haben recht – und zugleich unrecht!“ murmelte Tar Szator.

„Er hat recht – und ist damit der einzige von uns, der nur recht hat“, entschied Goratschin. „Das sind weder Schafe noch Rinder, was auch höchst verwunderlich gewesen wäre. Es handelt sich um eine Tierart, die einiges mit terranischen Schafen *und* Rindern gemeinsam hat, zweifellos aber betrifft das nur Äußerlichkeiten.“

„Komisch, sie scheinen keine Angst vor uns zu haben“, erscholl es aus dem Telekomempfänger.

„Das ist allerdings merkwürdig“, gab Goratschin zu. „Immerhin, es handelt sich einwandfrei um Tiere – und wir brauchen Frischfleisch – Jäger, raus! Aber wartet auf mich!“

Die Luken der Shifts schwangen auf. Hastig drängten die Männer heraus, die als Jäger bestimmt worden waren. Sie trugen keine Strahlwaffen, sondern Nadlergewehre, die mit Explosionsgeschossen geladen waren.

„Ich würde nicht auf diese Wesen schießen", sagte Tar plötzlich.

Der Auroranier stand neben Goratschin und blickte den Doppelkopfmutanten bittend an.

„Hören Sie auf meinen Rat, Mr. Goratschin! Dies sind sicherlich keine intelligenten Wesen, aber für Tiere verhalten sie sich wiederum zu instinktlos."

„Wahrscheinlich haben sie auf Clearwater keine natürlichen Feinde", erwiderte Terminow wegwerfend. „Los, worauf warten wir noch? Sollen sie uns erst wieder entwischen?"

„Nein", sagte Goratschin. „Ausschwärmen!"

Die Jäger verteilten sich über die Lichtung.

Iwan Iwanowitsch Goratschin hob die Hand.

Die Gewehrläufe blitzten in der Sonne, als die Männer ihre Waffen anhoben. Dann erfüllte schwaches Knattern und Fauchen die Lichtung.

Die Hälfte der schafähnlichen Tiere fiel tot um. Der Rest jedoch machte keinerlei Anstalten, die Flucht zu ergreifen. Reglos warteten sie, bis ihr Schicksal sie ereilte.

„Hölle und Teufel!" fluchte Terminow. „Das war keine Jagd, sondern reine Schlächterarbeit."

„Ich habe gesehen, wie sich ein Tier zwischen zwei toten hindurchdrängte, Sir!" rief ein Korporal mit aufgeregter Stimme. „Es sah so aus, als wollte es sich richtig hinstellen, damit es auch getroffen wurde."

„Unsinn!" wies ihn Goratschin heftig zurecht. „Die Tiere haben einfach nicht begriffen, daß sie getötet werden sollten. Das dürfte beweisen, daß es sich wirklich nur um Tiere handelt."

„Tiere, die keine natürlichen Feinde kennen", ergänzte Terminow. „Dennoch war es keine reine Freude."

„Glauben Sie etwa, mir hätte es Spaß gemacht? Begreifen Sie endlich, Leutnant, daß wir die Tiere nur töteten, weil wir Frischfleisch brauchen!" fuhr der Mutant ihn an. „Und nun bringt die Tiere in die Shifts!"

Als sie am Landeplatz der CREST IV eintrafen, wurden sie von Roi Danton empfangen.

Der Freihändlerkönig hörte sich die Erfolgsmeldung Goratschins ruhig an, dann deutete er auf ein riesiges Kuppelzelt, das zwischen den Landestützen des Ultraschlachtschiffes stand.

„Lassen Sie die Beute bitte dort hineinbringen, Monsieur Goratschin."

Der Doppelkopfmutant runzelte die Stirn.

„In das Zelt? Warum das?"

„Untersuchung, Monsieur. Der Großadministrator war so gütig, meine Bedenken hinsichtlich der Jagdbeute anzuerkennen."
„Ah! Ich verstehe. Veterinärmedizinische Untersuchung?"
„Das auch."
Roi blickte sich um, und als er die Gewißheit hatte, daß niemand seine Worte hören konnte, flüsterte er:
„Wahrscheinlich haben Sie Tiere geschossen, die wie kleine Rinder beziehungsweise große Schafe aussehen – und wahrscheinlich haben diese Tiere sich Ihnen freiwillig präsentiert, nicht wahr?"
Goratschin sah den Freihändler fassungslos an.
„Woher wissen Sie das?"
„Nur eine Ahnung, Monsieur. Allerdings basiert diese Ahnung auf der Tatsache, daß alle bislang zurückgekehrten Jägerkommandos das gleiche erlebten."
„Das ist . . .!"
Der Mutant schluckte eine Verwünschung hinunter.
„Habe ich Sie nicht gewarnt, Mister?" lispelte jemand unmittelbar neben ihnen.
Goratschin und Roi fuhren erschrocken herum.
„Ah, Sie sind es, Edelmann Szator!" rief Roi Danton. „Wovor hatten Sie Monsieur Goratschin gewarnt?"
„Vor dem Abschuß dieser Schafrinder, oder wie immer wir sie nennen wollen. Es erregte meinen Verdacht, daß sie nicht die Spur eines Fluchtinstinktes zeigten, nicht einmal Unruhe."
„Hm!" machte Roi. „Ich wußte es ja, daß man sich auf die Logik von Auroraniern verlassen kann. Monsieur Goratschin, ohne Sie kränken zu wollen, wenn Edelmann Szator Sie wieder einmal vor etwas warnt, dann würden Sie gut daran tun, auf ihn zu hören."
Tar kicherte und rieb sich die Hände.
„Ich werde jetzt ein wenig ruhen, Majestät, wenn Sie gestatten . . .?"
„Was bleibt mir anderes übrig", erwiderte Roi achselzuckend. „Sie würden ja doch tun, was Sie wollen."
„Und das nennt Ihr Freihändler Disziplin!" verwunderte Goratschin sich, nachdem der Auroranier gegangen war.
Roi Danton lächelte fein.
„Wir pflegen eine besondere Art von Disziplin, Monsieur."
Der Mutant räusperte sich.
„Na ja! – Also, wie ist das mit der Untersuchung?"
„Toxikologische, biologische und biochemische Tests", erklärte Roi.

„Und . . .?“
„Bis jetzt nur befriedigende Ergebnisse.“
Goratschin atmete auf.
„Dann sieht Tar Szator also doch zu schwarz.“
Roi lächelte sphinxhaft.
„Warten wir’s ab, mon ami!“

„Nun, wie steht es, Professor?“ fragte Melbar Kasom den Chefbiochemiker der CREST.

„Das Fleisch ist absolut einwandfrei. Unsere Versuchstiere zeigten keine Reaktionen, die auf Toxine oder biologische Krankheitserreger schließen ließen.“

Der Ertruser strahlte.

„Ausgezeichnet, Professor!“

Er schüttelte dem hageren Mann die Hand und ging davon. Hinter der nächsten Reihe aufgehängter, ausgenommener Tiere blieb er stehen, blickte sich aufmerksam um – und nahm dann ein Jungtier vom Haken. Er warf es sich über die Schulter, huschte zwischen den Hängestangen entlang und kroch auf allen vieren unter der Plastikplane hindurch ins Freie.

Grinsend registrierte er, daß sein Landsmann Oro Masut auf einen der Bewacher einredete.

Oro würde vergeblich auf einen ‚Vorschuß‘ hoffen.

Melbar schlich weiter, erreichte die Klippen am Flußufer und kroch in eine Höhle, die mit dem Ausgang zum Strom lag. Hier konnte niemand von der CREST aus den Feuerschein seines Strahlers sehen.

Er steckte das etwa anderthalb Zentner schwere Wildbret auf einen zuvor geschlagenen Ast und legte diesen über zwei Astgabeln. Danach schaltete er seinen großen Kombistrahler auf Impulsfeuer mit minimaler Leistungsabgabe und richtete die ultrahell zitternde Glut auf die Beute.

Nach einer Stunde ging er daran, die besten Stücke mit seinem Buschmesser zu lösen.

Perry Rhodan befand sich in seiner Wohnkabine, als Melbar Kasom unangemeldet hereintaumelte.

Der Ertruser hielt sich den Leib mit beiden Händen und stieß unaufhörlich Schmerzenslaute aus.

„Was ist geschehen?“ fragte Rhodan erschrocken.

Kasom wischte sich den kalten Schweiß mit dem Handrücken von der Stirn.

„Uh!“ stöhnte er. „Sir! Das Fleisch . . . ist vergiftet! Oh, ich sterbe!“

Er stieß den Großadministrator beiseite und stürmte in die Toilette. Nach einigen Minuten kam er mit kreidebleichem Gesicht wieder heraus.

„Ich habe eine Rindschafshälfte gegessen, Sir. Lassen Sie das Zeug aus dem Schiff schaffen! Es ist giftig!“

Perry Rhodan begriff.

Er lief zum Interkomgerät und schaltete gleichzeitig zwei Kanäle ein. Über den einen beorderte er einen Medoroboter zu sich, über den anderen warnte er die Besatzung vor dem Genuß des Wildbrets.

Aber es war schon zu spät.

Dr. Artur meldete, daß aus allen Sektionen des Schiffes laufend Notrufe eingingen. Die ersten Untersuchungen deuteten auf eine Viruserkrankung hin.

Rhodan stutzte.

„Sagen Sie, Doc, ist das Fleisch denn bereits von der Bordküche verwendet worden? Mir ist darüber nichts bekannt.“

„Mir auch nicht, Sir!“ erwiderte der Chefarzt erregt. „Das wäre auch technisch nicht möglich, denn soviel ich weiß, wurde das Frischfleisch erst vor einer Stunde in die Kühlräume gebracht.“

„Untersuchen Sie sofort Proben von diesem Fleisch!“ befahl Rhodan.

Eine halbe Stunde später war die Zahl der erkrankten Besatzungsmitglieder auf 816 gestiegen.

Glücklicherweise meldete Doc Artur, daß für die zuerst Erkrankten keine Lebensgefahr mehr bestünde. Die hochwirksamen Antibiotika aus der Bordapotheke hatten spontan angesprochen.

Inzwischen hatte sich herausgestellt, daß die Erkrankten kein Fleisch genossen hatten.

Perry Rhodan befahl einem Roboterkommando, die eingelagerte Jagdbeute aus dem Schiff zu schaffen und zu verbrennen.

Wie richtig diese Maßnahme gewesen war, stellte sich heraus, als der Chefarzt meldete, die Rindsschafe hätten bisher aktive Viren aufgewiesen, die durch die Klimaanlagen des Schiffes verteilt worden wären.

Rhodan berief eine Besprechung mit den führenden Wissenschaftlern und den Mutanten ein.

„Wir haben einen schwerwiegenden Fehler begangen“, sagte er,

„indem wir in unserer Gedankenlosigkeit, die ihre Ursache sicher zum Teil in der damaligen Entkräftung hatte, das vergiftete Wasser in das Binnenmeer abließen. Obwohl es offenbar keine ausgesprochen intelligenten Lebewesen auf Clearwater gibt, schlug die Natur dieses Planeten gezielt und außerordentlich planvoll zurück. Tiere boten sich unseren Jagdkommandos praktisch zum Abschuß an. Mr. Danton schöpfte zwar sofort Verdacht, als er davon erfuhr, aber mit einer planvoll gesteuerten Maßnahme der Natur Clearwaters konnte selbstverständlich niemand rechnen.

Die Tatsache, daß die in den Tierkörpern enthaltenen Viren inaktiv und somit unentdeckt blieben, bis die Tiere in den Kühlhallen hingen, deutete auf eine alles umfassende Verbindung zwischen der Pflanzen- und Tierwelt dieser Welt hin. In diesem Zusammenhang dürften die Wahrnehmungen von Mr. Marshall und Gucky bemerkenswert sein – John . . .!"

John Marshall neigte leicht den Kopf und schilderte noch einmal die ‚halbtelepathischen Gefühlsströme', die der Mausbiber und er wahrgenommen hatten.

„Symbiose!" sagte der Chefbiologe. „Die Lebewesen Clearwaters müssen in einer rein emotionell bedingten Abart der normalen biologischen Symbiose stehen."

„Woraus schließen Sie das?" fragte Atlan.

Der Chefbiologe zuckte die Schultern.

„Zu einem verläßlichen Schluß wären natürlich einige Hundert Versuchsreihen erforderlich, aber die Tatsache, daß keine direkte biologische Abhängigkeit zwischen den einzelnen Arten besteht – abgesehen natürlich von der überall vorhandenen indirekten Abhängigkeit hinsichtlich der sogenannten Nahrungskette –, schließt eine Symbiose im biologischen Sinne aus. Da jedoch trotzdem ein gemeinsames, planvolles Handeln vorliegt, kann höchstens von einer emotionell bedingten Symbiose oder, wenn Sie mir den unwissenschaftlichen Ausdruck gestatten, von einer Sympathie-Symbiose die Rede sein."

„Ich finde den Ausdruck sehr treffend", warf Marshall ein. „Er erklärt in der Tat das Phänomen umfassender als alle feststehenden wissenschaftlichen Begriffe."

„Lassen wir doch jetzt einmal die wissenschaftlichen Erklärungsversuche beiseite!" sagte Atlan ungeduldig. „Meiner Ansicht nach war die Virusverseuchung erst der Anfang. Wir müssen uns absichern, damit die nächsten Schläge des Gegners uns nicht unvorbereitet finden!"

„Ich habe die Jagdkommandos zur Rückkehr aufgefordert", erklärte Perry Rhodan. „Allerdings wird es noch einige Stunden dauern, bis die am weitesten entfernten Gruppen eintreffen."

„Ich empfehle, ihnen Robotertrupps entgegenzuschicken", sagte Roi Danton.

Sein Vater schaltete seinen Armbandkom ein und erteilte sofort die notwendigen Befehle.

Atlan aber schüttelte mit dem Kopf.

„Vielleicht überfällt man die Jagdkommandos tatsächlich, meine Herren. Aber das dürften nur Randerscheinungen bleiben. Ich fürchte, der nächste Angriff richtet sich gegen das Schiff selbst. Das wäre doch logisch, nicht wahr?"

„Aber wie . . .", begann Roi, stockte jedoch, als ein donnerndes Krachen ertönte.

„Es geht los!" sagte Atlan trocken.

Im selben Augenblick drang die aufgeregte Stimme eines Technikers aus den Lautsprechern der Rundrufanlage, die auch im Konferenzzimmer angebracht waren.

„Abteilung Wasserversorgung an Großadministrator! Unbekannte Bakterien haben das Wasser in den Tanks aufgespalten. Ein Tank hielt dem Innendruck nicht stand. Die ausströmenden Gase bestehen hauptsächlich aus Wasserstoff und Sauerstoff, also Knallgas. Es besteht Explosionsgefahr! Sir, die Druckmesser klettern unaufhörlich. Wenn sämtliche Tanks ihr Gasgemisch abgeben, dann genügt ein winziger Funke oder ein Katalysator – und die CREST explodiert von innen heraus!"

Perry Rhodan befand sich bereits vor dem Gerät.

Er drückte die Sendetaste.

„Alarmstufe eins! Verschlußzustand! Besatzungsmitglieder außerhalb des Schiffes entfernen sich sofort unter Zurücklassung allen Geräts. Ich wiederhole . . ."

Die Zentralebesatzung reagierte außerordentlich schnell.

Das Heulen der Alarmsirenen vermischte sich mit dem lauthallenden Zuschlagen der Schotten.

„Verbindung zwischen K-Raum und Zentrale bleibt für zwei Minuten bestehen", erscholl Ische Moghus Stimme aus dem Empfänger.

Die Männer rannten bereits zur Tür. Ein kurzer Gang führte direkt in die Kommandozentrale des Flaggschiffes.

Der Erste Offizier saß im Kommandantensessel.

„Oberst Akran hatte dienstfrei, Sir!“ meldete er hastig. „Er konnte nicht mehr kommen!“

„Außenbeobachtung!“ befahl Atlan.

Die Bildschirme der Außenbeobachtung leuchteten auf und zeigten die unmittelbare Umgebung der CREST IV.

Deutlich waren die flüchtenden Menschen zu sehen.

„Sie sind noch zu nahe!“ stieß Roi zwischen zusammengebissenen Zähnen hervor.

„Antigravprojektoren ein!“ befahl Ische Moghu sachlich.

Das Ultraschlachtschiff wurde von einer Sekunde zur anderen gewichtslos. Aber noch durften weder die Abstoßfelder noch die Impulstriebwerke aktiviert werden; sie hätten die flüchtenden Menschen außerhalb des Schiffes gefährdet.

Der Leitende Ingenieur, Oberstleutnant Bert Hefrich, meldete sich.

„Um Himmels willen, Sir! Tun Sie etwas! Das Knallgasgemisch diffundiert bereits durch die Tankwandungen. Die CREST kann uns jeden Augenblick um die Ohren fliegen!“

„Dann halten Sie Ihre Ohren nicht hin!“ gab Rhodan zurück.

Seine Bemerkung entsprang nicht einem übertriebenen Hang zum Zynismus, sondern praktischen Gründen. Die Besatzung hörte das Gespräch mit, und sie sollte wissen, daß er noch weit davon entfernt war, die Nerven zu verlieren.

Endlich meldete Atlan, daß die Männer draußen genügend Abstand zwischen sich und die CREST gebracht hätten.

Ische Moghu startete mit geringsten Werten und mit kombiniertem Einsatz von Abstoßfeldern und Impulstriebwerken.

Dennoch heulte ein Orkan über die Hochebene, als das mächtige Schiff sich vom Boden erhob. Das Savannengras duckte sich flach auf den Boden, und die in der Nähe des Landeplatzes wachsenden Bäume und Sträucher verloren ihre Blätter.

In fünfhundert Metern Höhe schaltete der Erste Offizier die Impulstriebwerke aus. Nur von den Abstoßfeldern gesteuert und von der Kraft der Antigravprojektoren gehalten, schwebte die CREST IV über den Wasserfall und kam in der Mitte des Binnenmeeres zum Stillstand.

Roi Danton legte die Hand auf die Schaltplatte der Schnellentlüfter und blickte seinen Vater fragend an.

Rhodan nickte.

„Es hilft nichts, wir müssen das Risiko eingehen, sonst dauert es zu lange.“

Der Freihändler preßte die Hand auf die Schaltplatte. Seine Stirn bedeckte sich mit feinen Schweißperlen.

Da die Triebwerke schwiegen, hörten sie alle über die Außenmikrophone das schrille Pfeifen, mit dem das Knallgasgemisch aus den Wassertanks gepreßt wurde. Ab und zu entwich das unter Überdruck stehende Gemisch mit explosionsartigem Knallen.

„Das war in letzter Sekunde!" meldete der Chefingenieur. „Der Druck in den Behältern läßt rapide nach. Wir sollten . . ."

Rhodan erfuhr nicht mehr, was ihm Bert Hefrich vorschlagen wollte. Über die Bildschirme der Panoramagalerie zuckten blauweiße Blitze. Ein furchtbares Krachen schüttelte den Schiffsgiganten.

Als die Männer in der Zentrale die Schrecksekunde überwunden hatten, lagen unter ihnen ausgedehnte Felder von Zirruswolken.

„Donnerwetter!" entfuhr es Ische Moghu. „Die CREST wollte auf einmal Flüssigkeitsrakete spielen. Das explodierende Knallgas hat uns acht Kilometer hochgeschleudert!"

„Beachtliche Leistung", bemerkte Atlan mit blassem Gesicht. „Rechnen Sie sich aus, wieweit die Trümmer der CREST geflogen wären, hätten wir es nicht gerade noch geschafft . . ."

„Du solltest lieber ausrechnen, was wir tun können, Freund", erwiderte Rhodan sarkastisch. „Das ganze schöne Wasser von Clearwater nützt uns überhaupt nichts mehr – und nach einem anderen Planetensystem zu suchen . . ."

„Das wäre ein Hasardspiel", murmelte Moghu. „Wir müssen mit dem Problem Clearwater fertig werden."

33.

Sie mußten das Problem von Clearwater lösen – oder sterben. Aber niemand sah eine Möglichkeit, das unintelligente Leben eines ganzen Planeten, das durch eine ‚Sympathie-Symbiose' emotionell miteinander verbunden war, zum Abbruch seiner Angriffe zu bewegen.

„Es ist ein Jammer", sagte John Marshall. „Ein Schiffsgigant mit fünftausend Mann Besatzung und mit Waffen, die ein ganzes Planetensystem aus dem vierdimensionalen Kontinuum fegen könnten – und wir stehen hilflos auf dem Boden einer paradiesischen Welt mit einem Überfluß an Nahrungsmitteln und Wasser und müssen elend verschmachten!"

Atlan nickte.

„Nunmehr ist auch das Flußwasser ungenießbar geworden. Solange es sich außerhalb geschlossener Räume oder eines Organismus befindet, ist es harmlos. Aber die Versuchstiere, denen man es zu trinken gab, explodierten infolge einer ungeheuerlichen Druckentwicklung im Körper. Diesmal handelte es sich um Gärungsgase. Was wird das nächste sein?"

„Mehr ist eigentlich gar nicht nötig", warf Roi Danton ein. „Die Symbionten brauchen nur abzuwarten, bis wir tot sind."

Sie wandten sich um, als George Terminow mit allen Anzeichen hochgradiger Erregung in die Zentrale stürmte.

Vor Perry Rhodan blieb er stehen.

„Nun . . .?" fragte Rhodan.

„Sir!" stieß der Leutnant atemlos hervor. „Nördlich des Sees ist eine Gruppe von zwölf Botanikern von Ungeheuern eingekreist. Ich wollte sie mit einem Shift herausholen, aber plötzlich explodierte der Trinkwasserbehälter. Ich rettete mich mit dem Antigravantrieb meines Einsatzanzuges und bin sofort umgekehrt, um Hilfe zu holen."

Rhodan erstarrte.

„Hat man Sie nicht angewiesen, das Trinkwasser aus dem Behälter abzulassen?"

„Ich kenne die Anweisung", entgegnete Terminow. „Aber da ich das Fahrzeug eine Stunde danach von einer Einsatzgruppe übernahm, glaubte ich, sie hätten den Befehl bereits befolgt."

„Ich werde den Leiter dieser Einsatzgruppe zur Verantwortung ziehen", sagte Rhodan grimmig. „Aber zuerst holen wir die Leute heraus. Kommen Sie, Leutnant! – John, Danton, Atlan, wenn Sie und du ebenfalls . . ."

„Selbstverständlich!" riefen die drei Männer wie aus einem Mund.

Fünf Minuten später schossen sechs Flugpanzer aus den Hangarschleusen und nahmen Kurs auf den Dschungel nördlich des Binnenmeeres. Rhodan, Atlan, Danton und Terminow befanden sich in dem einen; die fünf anderen Shifts waren von Kampfrobotern bemannt worden.

Schon als sie den Rand des Urwaldes überflogen, sahen sie, daß die ehemals so friedlich wirkende Landschaft sich in ein einziges Mordinstrument verwandelt hatte. Gigantische Raubsaurier reckten ihre Schädel aus dem Blätterdach und funkelten die Shifts mit rotunterlaufenen Augen tückisch an. Schwärme von Vögeln und Flugsauriern umkreisten die Fahrzeuge und attackierten sie von Zeit zu Zeit mit selbstmörderischem Mut. Schlingpflanzen peitschten die Luft und versuchten vergeblich, nach den Shifts zu greifen. Gigantische Insektenschwärme tanzten über dem Wipfeldach des Urwaldes und suchten nach Opfern.

Da entdeckte Perry Rhodan die gewaltige Wand mächtiger Schuppenleiber, die in breiter Front gegen den Vulkankegel vorrückte, der in etwa drei Kilometern Entfernung aufragte.

Dennoch atmete er erleichtert auf.

Wenigstens waren sie nicht zu spät gekommen!

Er zog das Mikrophon des Telekoms an die Lippen.

„Sphinx an Gladiatoren! Igelstellung in geringer Höhe um den Kraterkegel bilden und ringförmig gegen angreifende Tiere oder Pflanzen vorgehen!"

Die pilotierenden Roboter der fünf anderen Shifts bestätigten den Befehl. Blitzartig schwärmten die wendigen Flugpanzer aus, während Leutnant Terminow zur Landung am Kraterrand ansetzte.

Vier Männer in zerfetzten Kombinationen empfingen sie.

Es war der Rest der Botanikergruppe. Die anderen sechs Männer und zwei Frauen waren während der Flucht aus dem Dschungel von Mordpflanzen und riesigen giftigen Käfern getötet worden.

„Anscheinend benötigen die Bestien eine gewisse Zeit, um ihre Handlungen zu koordinieren", berichtete der Leiter der Gruppe, ein weißhaariger Professor.

Er schoß mit auf breite Fächerung eingestelltem Strahler in die Luft, als ein Schwarm hornissenähnlicher Insekten sich auf die Gruppe herabsenkte.

„Steigen Sie ein!" ordnete Perry Rhodan an. „Es hat keinen Sinn, sich im Freien den Gefahren auszusetzen."

Die Botaniker gehorchten wortlos. Einer war durch den Biß eines kleinen Sauriers am Oberschenkel verletzt worden. Roi Danton versorgte die Wunde.

Unterdessen drängten die Kampfroboter in den übrigen Shifts die angreifenden Tiere zurück. Perry Rhodan befahl den Abbruch des ungleichen Kampfes, als er sah, wie die Strahlwaffen unter den Tieren wüteten.

Die Flugpanzer sammelten sich in der Luft über dem Kampfplatz und flogen zurück. Eine Suche nach den Toten hielten die Männer augenblicklich für zwecklos. Man konnte ihnen nicht mehr helfen und hätte beim Durchstreifen des Dschungels nur ein neues Blutbad unter den Tieren anrichten müssen. Das aber wollte Perry Rhodan vermeiden. Er hoffte noch immer auf eine friedliche Beilegung des Konflikts, der durch eine unbeabsichtigte Provokation entstanden war.

Plötzlich erstarrte John Marshall.

Der Telepath schloß die Augen und konzentrierte sich.

Rhodan sah es, aber er wartete geduldig.

Als Marshall die Augen wieder öffnete, lag ein Ausdruck der Ungläubigkeit auf seinem Gesicht.

„Intelligenz . . !“ stammelte er. „Ich habe die Individualimpulse eines denkenden Wesens entdeckt!“

„Also doch!“ entfuhr es Rhodan. „Wo ist es, John?“

„Einen Augenblick“, murmelte John Marshall. „Ich konnte es eben noch nicht anpeilen. Es denkt sehr verworren. Offenbar befindet es sich in Not.“

Nach einigen Sekunden, die den anderen Männern wie eine halbe Ewigkeit vorkamen, seufzte er erleichtert auf.

„Ich habe die Position. Lassen Sie mich ans Steuer, Leutnant.“

George Terminow überließ ihm seinen Platz.

Der Telepath steuerte den Shift nach Westen, parallel zum See. Perry Rhodan wies unterdessen die Roboter in den anderen Shifts an, ihnen zu folgen.

Zehn Minuten später landeten die Fahrzeuge auf einer gewaltigen Lichtung, die offensichtlich durch einen Waldbrand verursacht worden war.

Fassungslos starrten die Männer zu dem seltsamen Wesen hinüber, das quer über einem umgestürzten, verkohlten Baumstamm lag . . .

Das Wesen war etwa menschengroß, besaß zwei Arme und zwei Beine und einen Kugelkopf mit zwei riesigen, voller Entsetzen starrenden Augen.

„Ein Wasserbewohner!“ sagte Atlan. „Seht die grüne Schuppenhaut, die Schwimmhäute an Händen und Füßen und die Steuerflosse auf dem Rücken! Wahrscheinlich atmet er sowohl mittels Lungen als auch Kiemen, sonst wäre er auf dem Land umgekommen.“

Das Wesen zuckte beim Klang der Worte heftig zusammen und stieß dumpfe Laute aus. Sie klangen wie das Geräusch eines Ventils, durch das der überschüssige Druck eines Dampfkessels abgelassen wird.

„Das habe ich doch schon einmal gehört", sagte Roi Danton. „Die gleichen Laute konnte man vernehmen, wenn man in genügender Entfernung vom Wasserfall am See entlangfuhr."

„Untersuchen Sie ihn!" rief Rhodan erregt. „Sie sind doch ein halber Arzt – oder etwa nicht? Das ist ein Bewohner des Binnenmeeres, einer von vielen, die wir unwissentlich vergifteten. Jetzt begreife ich die Zusammenhänge!"

„Er ist ein völlig fremdes Wesen, Grandseigneur", dämpfte Roi seinen Eifer. „Außerdem leidet er wahrscheinlich ebenfalls unter der Einwirkung dieses Gnom-Toxikums."

„Beeilen Sie sich schon!" forderte Marshall ihn auf. „Ich habe telepathische Verbindung mit dem Blower. Er hat nur wenig von dem Gift abbekommen, und offenbar können diese Wesen ein gewisses Quantum vertragen. Aber er stirbt, wenn Sie ihm nicht helfen, Danton!"

„Ich bin ja schon dabei", murmelte der Freihändler.

Er löste eine rechteckige Schachtel aus seinem Notgepäck und öffnete sie. Ein Satz antiquierter Injektionsspritzen und Ampullen kam zum Vorschein.

„Was hatten Sie da gesagt?" fragte Rhodan, an Marshall gewandt. „Blowers? Nennen die Wesen sich so? Aber das wäre ja . . ."

„Durchaus nicht", entgegnete der Telepath mit schmerzlichem Lächeln. Anscheinend litt er mit dem Wesen, da er seine Gefühle aufnahm. „Ich habe mir erlaubt, ihn nach diesem Blasgeräusch so zu nennen."

„Wie kommt es, daß Sie und Gucky die Gedankenimpulse dieser Wesen nicht schon viel früher entdeckt haben?" wollte Rhodan wissen.

Marshall zuckte die Achseln. „Ich kann diese Frage nicht eindeutig beantworten", erwiderte er. „Aber ich nehme an, daß auch die Blowers einen natürlichen Abschirmungsblock besitzen. Bei diesem Wesen hier dürfte diese natürliche Blockade durch die Vergiftung zusammengebrochen sein."

„Sehen Sie mal, was ich hier gefunden habe!" rief Atlan.

Der Arkonide hatte sich einige Meter von den anderen entfernt gehabt. Jetzt kam er zurück. In den Händen trug er einen langen Holzspeer mit einer harpunenartigen Spitze aus Fischbein sowie ein leicht geschwungenes, flaches Holzstück mit einem scharfkantigen Steinblatt am dickeren Ende.

„Zweifellos primitive Waffen, wie sie die Erdbewohner am Ende der Steinzeit benutzten", meinte er.

„Und da sie im Wasser leben", fügte Rhodan hinzu, „und deshalb das Metall erst auf einer viel späteren Entwicklungsstufe kennenlernen werden, schätze ich ihren Intelligenzgrad höher ein, etwa Bronzezeit, würde ich sagen."

„Womit du recht haben . . ."

Der Arkonide ließ die primitiven Waffen fallen und griff zum Strahler.

Gleichzeitig begannen die Kampfroboter aus ihren Impulswaffen und den Bordgeschützen der Shifts auf den Waldrand zu feuern.

Ohrenbetäubendes Gekreisch antwortete ihnen.

„Da!" rief Marshall. „Mordpflanzen! Sie versuchen unseren Raum einzuengen!"

Lianen peitschten durch die Luft. Einer der Kampfroboter wurde von drei Fangarmen gepackt und hochgerissen. Seine Gefährten schossen ihn jedoch frei, bevor er im Dschungel verschwand. Krachend stürzte er zum Boden zurück.

Perry Rhodan trat wieder zu dem hilflosen Blower.

Roi Danton bemühte sich trotz des heftigen Kampflärms unbeirrt um ihn. Er blickte mit schweißüberströmtem Gesicht auf, als Rhodan sich über ihn beugte.

„Ich habe ihm XT-331 injiziert, Grandseigneur. Das ist ein Antitoxikum, das die Wissenschaftler der CREST gegen das Nervengift entwikkelten. Bei Menschen konnte es den Exitus leider nur verzögern, aber vielleicht hilft es hier. Die Blowers sollen ja nach Marshalls Worten unempfindlicher sein." Roi sprach hoffnungsvoll.

„Beten Sie darum, daß es hilft!" flüsterte Perry Rhodan.

Der Freihändler füllte eine zweite Injektionsspritze.

„Ein neuartiges Stimulans mit Breitenwirkung", erklärte er. „Von einem Team unserer Wissenschaftler entwickelt."

„Ich werde Ihren Leuten eine nagelneue Biomedausrüstung im Werte von drei Milliarden Solar schenken, wenn es hilft", erklärte Rhodan.

„Nicht nötig, Grandseigneur", gab Roi lächelnd zurück und stieß die Injektionsnadel in eine schuppenlose Hautverdickung nahe der Kiemenöffnungen des Blowers. „Das Imperium braucht Geld nötiger als wir."

Er zog die Injektionsnadel zurück und hockte sich neben dem Wasserwesen nieder.

Nach einigen Minuten regte sich der Blower.

Roi Danton half ihm, sich aufzusetzen.

Aus großen Augen glotzte das Wesen die Menschen an. Aber die Furcht schien aus seinem Blick verschwunden zu sein.

Im selben Augenblick stellten die Kampfroboter das Feuer ein.

Perry Rhodan fuhr verblüfft herum und sah, wie die Mordpflanzen, Saurier und Insektenschwärme sich langsam zurückzogen.

Atlan stieg aus einem der Shifts und kehrte mit einem schweren, kastenartigen Gerät zurück.

„Bitte sehr! Ich denke, das ist das, was wir augenblicklich am dringendsten brauchen."

„Ein Gedankenzeichner!" rief Marshall. „Wo haben Sie den her?"

„Ich wußte, daß Shift SC-44 ein solches Gerät an Bord hatte – noch von den gemeinsamen Aktionen mit den Gurrads her. Deshalb sah ich nach, und tatsächlich hatte man vergessen, es ins Ausrüstungslager zurückzubringen."

Roi erhob sich und legte dem Fischmenschen die eine Serie der Kontakte an. Die andere Serie nahm er selbst.

„Gestatten Sie, daß ich als Mann mit Phantasie die Sache übernehme?" fragte er grinsend.

Er wartete jedoch eine Antwort nicht erst ab, sondern konzentrierte sich auf seine Fragen – und die Antworten.

Nach einer Viertelstunde schaltete er das komplizierte Gerät aus.

„Ich denke, er hat begriffen, daß wir nicht gekommen sind, um seinem Volk zu schaden", berichtete er ernst. „Leider rettet das seine Artgenossen in dem Binnenmeer nicht mehr. Sie sind tot."

„Aber in den anderen Seen und Meeren des Planeten . . .", begann Perry Rhodan verzweifelt.

Roi winkte ab.

„Dschufar versucht gerade mit ihnen Verbindung zu bekommen. Sie leben selbstverständlich noch. Aber sie sind entschlossen, uns zu vernichten, um ihre Welt vor dem vermeintlichen Untergang zu bewahren."

Er seufzte und strich sich über die Augen.

„Die Blowers – sie nennen sich übrigens Menschen, jedenfalls in der Übersetzung des Gedankenzeichners – leben in Unterwasserstädten, von korallenartigen Kleinstlebewesen errichtet, die sie beschützen."

„Also eine unmittelbare Symbiose", stellte John Marshall fest.

„Allerdings nur in diesem speziellen Fall", antwortete der Freihändler. „Die emotionelle Verbindung mit den anderen Lebensformen von

Clearwater ist tatsächlich nur eine Art Sympathie-Symbiose. Zwar jagen die Blowers das Wild, fangen Fische und essen die Früchte der Pflanzen, aber in Notzeiten steht alles Leben hier gegen Gegner zusammen."

„Phantastisch!" rief Atlan aus. „Ein solcher Planet ist tatsächlich unbesiegbar!"

Perry Rhodan wollte etwas entgegnen, schwieg jedoch, als der Blower wieder seine dumpfen Laute ausstieß.

Rasch stellte der Freihändler den Kontakt her.

Nach einer Weile blickte er mit ernstem Gesicht auf.

„Grandseigneur, die Menschen dieses Planeten stellen uns ein Ultimatum – und ich fürchte, wir müssen es bedingungslos akzeptieren."

„Was verlangt man von uns?" fragte Rhodan hastig. „Entschädigung? Die sollen sie haben, soweit es unsere Mittel nicht übersteigt!"

Roi schüttelte den Kopf.

„Sie wollen nichts von uns haben – sie verlangen nur unseren sofortigen Abflug von Clearwater!"

Nachdenklich blickten Rhodan, Atlan und Roi Danton auf die Panoramabildschirme, die ihnen noch einmal das Bild dieser Welt zeigten: den breiten Strom, den Wasserfall und den See, über dessen intelligente Bevölkerung die Terraner so furchtbares Unheil gebracht hatten – ohne es zu wollen.

In den letzten Stunden des Aufenthaltes auf Clearwater war sogar eine Art Funkkontakt mit Hilfe der Translatoren zustande gekommen. Perry Rhodan hatte versucht, von den Eingeborenen die Genehmigung zum Abschuß von Wild und zum Sammeln von Nutzpflanzen zu erhalten.

Die Blowers hatten strikt abgelehnt.

Sie gestatteten den Terranern lediglich, ihre Wassertanks neu zu füllen, und diesmal erwies sich das Frischwasser als einwandfrei.

Der Interkommelder summte.

Rhodan schaltete das Gerät ein.

„Sir!" meldete Chefingenieur Bert Hefrich. „Wassertanks gefüllt."

„Danke", sagte der Großadministrator müde.

Er schaltete den Interkom ab und wandte sich Atlan und Roi zu.

„Dann kann unsere Odyssee wohl weitergehen, wie?"

„Ich rate dringend zu sofortigem Start, Grandseigneur", sagte der Freihändler. „Der neue Frischwasservorrat enthält mit Sicherheit unzählige harmlose Bakterien – die allerdings nur dann harmlos bleiben dürften, wenn wir die Bedingung erfüllen."

Rhodan nickte.

„Alles klar?" rief er zu Oberst Merlin Akran hinüber.

„Alles klar zum Start, Sir!" erwiderte der Kommandant.

Oberst Akran legte einen Hebel um. Die Triebwerksmeiler tief im Schiffsinnern erhöhten ihre Leistung und zeigten das durch lautstarkes Dröhnen an.

Gleich würde die CREST IV sich von ihrem Landeplatz erheben und Clearwater für immer verlassen, weil die primitiven Eingeborenen dieses Planeten es so wollten.

Plötzlich meldete sich der Chefórter über die Rundrufanlage.

„Noch nicht starten! Da kommt noch jemand!"

„Kommando zurück!" befahl Rhodan. Dann: „Zweiter Offizier, schalten Sie Sektorvergrößerung auf den Kerl!"

Einer der Bildschirme flackerte kurz, dann war in Lebensgröße ein einzelner Mann darauf zu erkennen, der mit wahren Riesensätzen über die Hochebene rannte. Er trug einen schwarz-glänzenden Froschmannanzug und eine Unterwasserkamera: Tar Szator!

Er verschwand aus dem Sichtbereich der Panoramabildschirme und befand sich damit unterhalb der gigantischen Kugel der CREST IV.

Wenige Minuten später betrat er die Zentrale.

„Ich bitte um Verzeihung!" sprudelte er hervor, bevor jemand ihm Vorwürfe machen konnte, „aber die Blowers hatten mich eingeladen, ihre Stadt am Oberlauf des Flusses zu besichtigen."

„Eingeladen . . .?" fragte Roi Danton sarkastisch.

Der Auroranier senkte verlegen den Blick.

„Nun, nicht direkt! Ich bin einfach zu ihnen hingeschwommen. Jedenfalls haben sie nichts dagegen unternommen, und als sie merkten, daß ich ein halber Wasserbewohner bin, luden sie mich sogar zur Besichtigung ihrer Stadt ein."

„Also, so etwas hat die Welt noch nicht gesehen, Herrschaften!"

Atlan seufzte resignierend.

„Wahrscheinlich haben Sie sogar fotografiert."

„Selbstverständlich habe ich fotografiert", sagte Tar.

„Aber das hindert die Blowers wohl nicht daran, ihr Ultimatum zurückzuziehen?" fragte Perry Rhodan.

„Leider nicht", gab Edelmann Szator zu. „Aber vielleicht zeigen sie sich zugänglicher, wenn wir später einmal wiederkommen."

Rhodan wandte sich halb um und gab dem Kommandanten durch einen Blick zu verstehen, daß er nun starten solle. Dann wandte er sich wieder dem Auroranier zu.

„Ich fürchte, wir werden Clearwater niemals wiedersehen. Wir können lediglich hoffen, daß wir eines Tages die Erde wiedersehen dürfen . . ."

Ultraschlacht
(CREST IV)

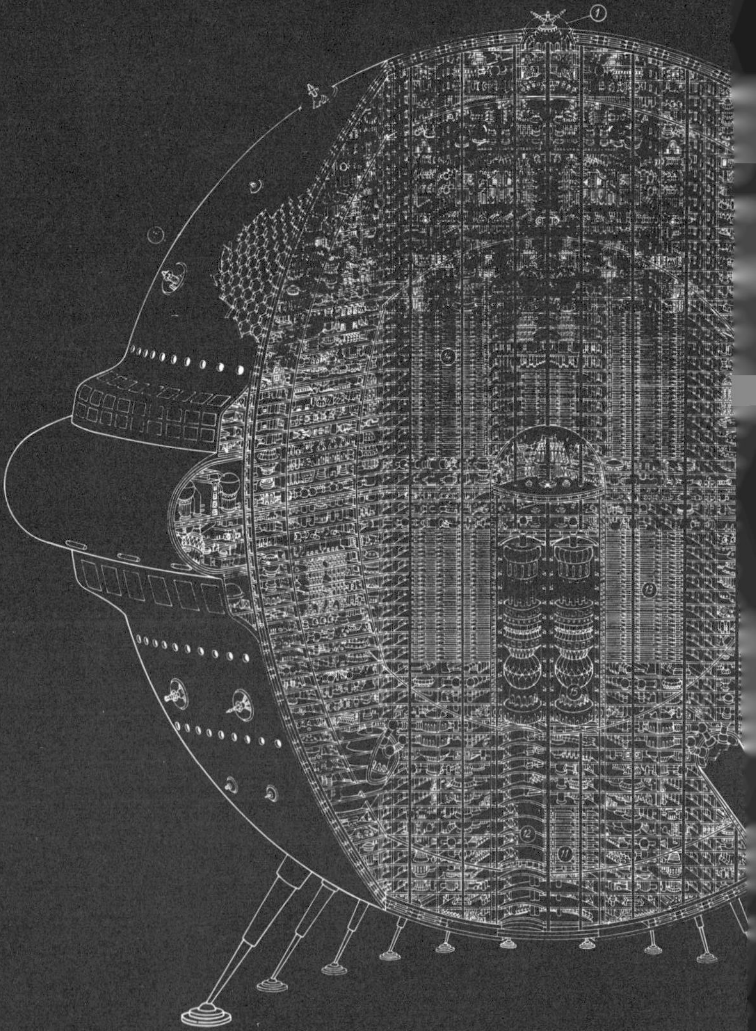